Die Frau in der Literatur

Lola Landau

Lola Landau

Vor dem Vergessen

Meine drei Leben

Autobiographie

Mit einem Nachwort von
Thomas Flügge

Ullstein

Die Frau in der Literatur
Ullstein Buch Nr. 30285
im Verlag Ullstein GmbH,
Frankfurt/M – Berlin

Ungekürzte Ausgabe

Umschlagentwurf:
Theodor Bayer-Eynck
unter Verwendung eines Fotos
aus dem Privatbesitz der
Erben von Lola Landau
Frontispiz: Lola Landau

Printed in Germany 1992
Druck und Verarbeitung:
Ebner Ulm
ISBN 3 548 30285 8

September 1992
Gedruckt auf Papier mit
chlorfrei gebleichtem Zellstoff

Die Deutsche Bibliothek – CIP-Einheitsaufnahme

Landau, Lola:
Vor dem Vergessen: meine drei Leben; Autobiographie / Lola Landau.
Mit einem Nachw. von Thomas Flügge. – Ungekürzte Ausg. –
Frankfurt/M; Berlin: Ullstein, 1992
(Ullstein-Buch; Nr. 30285: Die Frau in der Literatur)
ISBN 3-548-30285-8
NE: GT

1

Aus meiner frühen Kindheit steigt ein Erlebnis auf, das tönt mit dem Grundklang künftigen Schicksals.

Die Vierjährige preßt ihr Gesicht an die Glasscheibe des fahrenden Zuges. Bäume und fremde Häuser laufen vorüber. Aber das Kind starrt nur gebannt auf die Drähte vor dem Fenster, welche den Zug begleiten.

Wie sie langsam heben, höher und höher klimmen! Sie wollen hinauf in den Himmel klettern, sie sehen aus wie die Saiten des Cellos, mit dem der Vater an manchen Abenden Musik macht.

Wenn die Drähte den Himmel erreichen – so träumt das Kind –, werden auch sie zu singen beginnen, nur schöner als das Cello, von Engelshänden gestrichen.

Aber nun werden sie jäh zu Boden gerissen; die Drähte fallen, sie schleifen dicht über der Erde. Es tut dem Kind weh, als ob es selber mitfiele, aus den Wolken auf die harte Erde.

O Wunder, nun steigen die Drähte wieder aufwärts, diesmal werden sie den Himmel gewiß erstürmen. Doch wieder werden sie kurz vor dem Ziel niedergeschlagen, und erneut klettern sie mühsam in die Höhe.

Das Kind wird nicht müde diesem Spiel zuzuschauen, mitzusteigen und mitzusinken. Ahnt es in dieser schwebenden, ewig vergeblichen und doch ewig hoffnungsvollen Bewegung das eigene Geschick voraus, den Niederbruch und die Schleuderkraft, die es immer wieder aus tiefster Tiefe hochreißen wird?

So läuft mein Leben, ein tönender Draht neben dem sausenden Zug, Fall und Auftrieb, wieder und wieder.

Wenn ein Straßenbahnwagen vorüberfuhr, so klirrten die Glasgehänge an den Kronleuchtern im Salon, und die ganze Front unserer Wohnung am Kurfürstendamm in Berlin schien zu zittern wie unter einem kaum spürbaren Erdbeben. Das Dröhnen der bis in die tiefe Nacht belebten Prachtstraße begleitete das Leben in meinem Elternhause, die rastlose Bewegung der Großstadt, von der man mitgetragen wurde. Es war eine Straße, die mit ihrem Prunk aus Stuck, ihren verschnörkelten Fassaden, ihren Säulen aus falschem Marmor vor den hohen Mietshäusern die Züge der Zeit zeigte, protzig, parvenuhaft, ein Emporkömmling ohne Tradition in dem reich gewordenen Deutschland von 1913. Aber im Sommer gaben die Balkone, mit roten und rosa Geranien bepflanzt, der Straße die Farbe echter Jugend, und dann wurde sie zur eleganten Promenade schlendernder Spaziergänger, so daß wir aus den breiten Fenstern unserer Wohnung wie auf einen Korso blickten.

Mein Vater, der neben seinem Beruf als Frauenarzt ein Liebhaber der schönen Künste war, hatte jeden Raum in einem anderen Zeitstil eingerichtet, so daß ich von einem Zimmer in das nächste wie von einem Jahrhundert in das andere wanderte. Von der Diele mit dem goldenen Dunkel ihrer gotischen Holzmadonnen und verzückten Heiligen trat ich in den Musikraum in seiner frühlingshaften Helligkeit mit den großgeblümten, damastseidenen Sesseln im Stil Louis seize, und von dort gelangte ich in das grüne Empirezimmer mit den steifen, mit metallenen Beschlägen verzierten Kommoden und Stühlen. Dort hielt ich mich nicht gerne auf und ging schnell in die Behaglichkeit des Biedermeierzimmers mit seiner Sofaecke. Die schneeweißen Mullgardinen, der Klingelzug mit Perlstickerei und die Glasvitrine mit dem handbemalten Porzellan hatten früher in meinem großelterlichen Hause in Süddeutschland gestanden, und der Hauch von Behaglichkeit haftete an ihnen.

Wenn meine schöne Mutter mit ihren kleinen festen Händen dort den Tee einschenkte, füllte sich der Raum mit dem warmen Glanz des Zuhause. Wenn sie dann im Salon am Flügel saß und mit ihrer tiefen Altstimme *Carmen* sang, glich sie mit der Fülle ihres schwarzen Haares der feurigen Spanierin, und im Empirezimmer, wenn sie Gäste empfing, war sie die große Dame. Wo sie auch war, selbst in der Küche, wenn sie mit vorgebundener Schürze der Köchin eines ihrer Rezepte zeigte, strömte ihr überstarkes Leben in die Dinge über, und ohne herrschsüchtig zu sein, dominierte sie doch uns alle völlig – meine kleine Schwester, mich und scheinbar auch meinen Vater. Nur scheinbar. Denn mein noch immer in sie verliebter Vater, dem sie so unentbehrlich war wie der Atem, wehrte sich doch manchmal gegen ihre überstarke Persönlichkeit durch sein Lächeln. Es war ein Lächeln voll leiser Ironie, von überlegener Weisheit, in die er sich vor dem stürmischen Lebenswillen seiner ehrgeizigen Frau bisweilen zurückzog. Damals wußte ich nicht, daß es ein jüdisches Lächeln war, die Maske des assimilierten Juden in fremder Umwelt. Aber dieses Lächeln, dieser gütige Spott meines Vaters erzog mich mehr als alle lebhaften Ermahnungen der Mutter, die mich aus meinem Traumleben in die Sphäre der Wirklichkeit versetzen wollte, mit allen Forderungen, die damals die bürgerliche Gesellschaft an ein jüdisches Mädchen stellte.

Aber wie sollte ihr dies gelingen, da ich – zu sehr behütet – die Welt nur durch gläserne Wände erblickte. Reichtum, den mein Vater in schwerer Arbeit errungen, umgab mich wie eine schützende Mauer, hinter der erst das eigentliche Leben mit seiner Wildnis und seinen Kämpfen begann. Ich ahnte nichts davon. Ich war erzogen wie die Mädchen meiner Generation, welche die Frauenemanzipation in ein rein geistiges Studium drängte, das lebendige Leben in tote Formeln pressend. Ich hatte viel gelernt, viel gelesen, und wie in den Räumen unserer Wohnung war ich heimisch in der Kulturgeschichte Europas, die ich wie eine Bildergalerie durchstreifte. Es war ebenso leblos und gefahrlos wie ein Museum. Ich studierte englische Literatur; bereitete mich darauf vor, die Prüfung zur Sprachlehrerin zu bestehen. Aber das Leben hatte mir, dem wohlerzogenen jungen Mädchen, noch keine andere Prüfung aufgegeben, als den Blick in den verwirrenden Spiegel der eigenen Seele, in den ich gebannt starrte. Das Ich, das zitternde, neugierige Ich mit tausend unbestimmten Sehnsüchten war das Abenteuer. Dort im Inneren, in der Tiefe, spielte sich für mich das Leben ab. Dort tauchte ich ein und lauschte einer lockenden, chaotischen Musik, die mir das wohlgeordnete äußere Leben nicht gewährte, und in meinem Mädchenzimmer mit den kindlichen weißen Möbeln lebte ich in einer tropischen Welt der Phantasie und schrieb – Gedichte.

Ich glaubte allein zu sein und wußte doch nicht, daß ich mit der Strömung trieb. Denn es war eine Zeit des Ich-Kults der bürgerlichen Jugend, die keine großen Gemeinschaftsziele kannte. Überfeinert und müde wandte sie sich dem Labyrinth der eigenen Seele zu. Wir bewegten uns in einem Halbdämmer auf spiegelndem Boden und ahnten nicht, daß der Boden unterhöhlt war.

Es war charakteristisch für diese Seelenstimmung, daß junge Leute aus unserem Kreis zu einem Moritz von Schwind-Fest einluden, einem halböffentlichen Kostümfest, zu dem wir als die märchenhaften Gestalten des romantischen Malers verkleidet erscheinen sollten. Der Saal, in gedämpften Farben dekoriert, in dem bläulichen Grün der Schwind-Landschaften, schillerte wie eine unterirdische Zaubergrotte. Elfen und Nymphen, Kobolde, allerlei verzaubertes Getier, Ritter und Prinzessinnen, Engel und Teufel tobten durch die Festräume. Rauschhafte Musik trieb die Tänzer an, versetzte sie in Verzükkung. Ein Prinz und eine Edelfrau – sie trug ihre schwarzen Haare in einem goldenen Netz – hielten sich an den Händen und drehten sich langsam wie Traumwandler. An ihnen vorbei stampfte ein wilder Zug brauner Faune. Ein Frühlingsgott, einen gelben Kranz auf dem Kopf, hielt in jedem Arm eine Elfe, während ein Mönch in schwarzer Kutte allein groteske Sprünge vollführte.

Als Nixe im grünen Schleiergewand fühlte ich mich grenzenlos leicht. Ich nahm alles wie durch einen farbigen Nebel wahr – das heiße Licht, die vorbeisausenden Gestalten und das geheimnisvolle Lächeln meines Tänzers im Teufelskostüm. Es war ein Lächeln, das zwischen den schmalen, dunklen Augen und dem geschlossenen Mund hin und her spielte. Es war ein Bekannter, plötzlich wildfremd und unheimlich verlockend. Ich hatte ihn oft auf Gesellschaften getroffen, einen jungen Mann aus »guter Familie«, wie man sagte, ein Jurist mit kluger, wacher Stirn und einer gepflegten Sprechweise, die oft etwas Geziertes hatte. Aber in der Verkleidung enthüllte sein Wesen etwas Faunisches und Leidenschaftliches, das in den schmalen Augen aufblitzte. Und auch er schien mich durch meine Maske ganz neu zu entdecken.

»Deine Augen wechseln die Farbe, schöne Nymphe«, sagte er zärtlich. »Vorhin waren sie grün. Jetzt sind sie dunkel. Du bist gefährlich, Wasserwesen«.

»Und du . . .«, erwiderte ich in einer mir selbst fremden Stimme, »woher kommst du? Geradewegs aus der Hölle?«

Spielerisch verstrickten wir uns, und das Spiel ging noch weiter, als er mich im Morgengrauen durch die bleichen schlafenden Straßen nach Hause brachte. Ein scharfer Wind wehte gegen mein heißes Gesicht, und er zog den Schal behutsam enger um meinen Kopf. Seine Finger streiften meine Haare.

»Morgen sehen wir uns wieder«, sagte er beim Abschied. »Oder besser – heute. Heute nachmittag?«

In meinem Zimmer stand ich vor dem Spiegel und bürstete mein Haar. Es knisterte Funken. Auch aus meinen Fingerspitzen schienen kleine Flämmchen zu sprühen. Das Gesicht im Spiegel sah mich mit weitgeöffneten strahlenden Augen an.

Die Tür öffnete sich. Meine Mutter im Schlafrock trat ein.

»Hast du dich gut unterhalten?« fragte sie.

Ich antwortete kurz wie ein Schulkind, das ausgefragt wird.

»Wer hat dich nach Hause gebracht?«

»Richard Blum«, antwortete ich, blickte zur Seite und bürstete heftig mein Haar. Die wachen Augen meiner Mutter sahen mich forschend an.

»So, also Richard, der Sohn von Justizrat Blum. Ein begabter junger Mensch.«

In diesem Augenblick rebellierte ich gegen meine Mutter, ihren unausgesprochenen Wunsch, mich zu verheiraten und alle die Regeln der bürgerlichen Gesellschaft, die mein Leben einengten und jedes Geheimnis töteten.

»Ich finde ihn nicht interessant«, sagte ich.

Meine Mutter seufzte leise und verließ das Zimmer.

Ich traf Richard vor der Uhr am Bahnhof Zoologischer Garten. Ich war zu früh gekommen und stand allein im Mahlstrom quirlender Menschen, die in die Halle hinein- und aus ihr herausströmten. Der leise Donner, wenn ein Zug über die lange schwarze Brücke fuhr, erschütterte meinen ganzen Körper. Ich fühlte mich wie vor einer großen Reise. Fuhren nicht von hier aus die Expresszüge nach Paris? Als sein breitkrempiger Hut auftauchte, erschrak ich beinahe, und als er die Billets am Schalter kaufte, war das für mich der Beginn einer Entführung.

Wir stiegen tatsächlich in einen Zug, reisten fort, wie ich mir in meiner Phantasie vorgaukelte, und stiegen in Grunewald, der vierten Station der S-Bahn, aus. Dort im Freien, unter einem weißen schweren Himmel, unter den starren Kiefern verstummten wir plötzlich. Das Gespräch, das noch im Zuge spielerisch, im Maskenton geführt wurde, brach jäh ab. Da begann Richard hastig über ein belangloses Thema zu sprechen, über irgendein Buch. Seine Worte liefen ihm davon, er entlief mit ihnen. Schließlich waren wir beide auf glatten Gleisen, unterhielten uns, wie es unter wohlerzogenen jungen Leuten üblich war. Aber in mir bäumte sich etwas auf.

»Warum verbirgst du dich?« dachte ich. »Warum flüchtest du? Warum sprichst du nicht von dir, von mir? Habe ich nicht gestern dein wirkliches Gesicht gesehen? Ist nicht zwischen uns etwas geschehen, etwas Bedeutungsvolles, Unerhörtes?«

Ich blickte ihn an. Sein Gesicht erschien mir aus lauter Stücken zusammengesetzt, die nicht zusammenpaßten, seine zu kleine Nase, der zusammengepreßte Mund. Da stieß ich ihn mit einer Frage wie mit einer Faust in seine Maske. »Was sind eigentlich Ihre Pläne nach dem Assessorexamen?«

Ein kaum merkbares schmerzliches Zucken lief über seine Züge.

»Zuerst eine Italienreise«, antwortete er in verändertem Ton. »Eine Studienreise eigentlich. Ich wollte ursprünglich Kunstgeschichte studieren. Mein Vater hat mich gewarnt. Mit Recht. Als Jude könnte ich doch niemals Universitätslehrer werden.«

Die Maske war für einen Augenblick zerrissen, ein ratloses Antlitz blickte darunter hervor. Der Zwiespalt dieses jungen Menschen erleuchtete jäh unsere eigentümliche zweifelhafte Stellung als Juden in Deutschland. Aber wir glitten schnell darüber hinweg. Warum auch bei Unerquicklichem verweilen, einem trüben Rest mittelalterlichen Vorurteils, noch nicht verarbeitet von der modernen Zeit? Bald würde dieser trübe Fleck verschwinden – in der Helligkeit der Aufklärung und des Fortschritts.

Ich wechselte das Thema. So entlief auch ich und bog auf das glatte, ungefährliche Gleis ein, das uns vertraut war.

Wir trafen uns noch öfter, gingen durch das abendliche Berlin, das sich mit seinen Lichtreklamen wie ein flammendes Karussel drehte. Wir saßen nebeneinander im Konzertsaal, wo das Stimmen der Instrumente ahnungsvoll den Schauer der großen Symphonien ankündigte. Wir betrachteten Bilder, gingen durch verschneite Parks, tauchten in die Verzauberung des Theaters. Für mich war alles nur Kulisse, vor der sich sein bewegliches Gesicht abhob, das Lächeln, das zwischen Mund und Augen spielte. Es war nur geliehenes Leben, das wir gemeinsam erlebten, und ich wartete gespannt, wann unser eigenes beginnen würde. Hatte ich mich in ein Spukbild verliebt oder in eine Andeutung seines Kosens, das er schnell erstickte? Er blieb immer nur Zuschauer. Er flüchtete. Selbstisch zog er sich in sich zurück, eine brüchige Natur, unfähig eines echten Gefühls. Immer seltener ließ er von sich hören und blieb schließlich ganz fort.

Und da war es dann, das wirkliche Leben – allerdings anders, als ich es herbeigesehnt hatte. Es packte und schüttelte mich wie zehrender fressender Schmerz, eine Krankheit des ganzen Wesens. Ich lief ziellos in den Straßen umher, seinem Schatten nach, suchte die Plätze auf, an denen wir gemeinsam gewesen waren. Während ich den Eltern und meiner Umgebung ein unbewegtes Gesicht zeigte, krümmte ich mich innerlich wie eine Verwundete.

Nach gewisser Zeit trat Leere ein, zugleich aber auch ein innerer Aufruhr gegen die hohlen Daseinsformen unserer Gesellschaft in ihrer Dumpfheit und Unbestimmtheit. Wäre ich damals jünger gewesen, so hätte ich mich einer der Gruppen der Jugendbewegung angeschlossen, die aus Protest gegen die Elternhäuser in die Natur flüchteten, um Zeltfeuer tanzten und ihr elementares Jugendgefühl austobten.

Wäre ich nicht ein wohlbehütetes junges Mädchen gewesen, wäre ich vielleicht durchgebrochen zu anderen Kreisen und in geistig und politisch revolutionäre Strömungen geraten. So aber schlug sich die enttäuschte Liebe nur in einigen Gedichten nieder und mehr als je blieb ich im Glasgehäuse gefangen.

Der Winter 1913 schleppte sich hin. An mein Fenster gelehnt, das in den Gartenhof hinausging, konnte ich lange den kahlen Baum betrachten, der seine tastenden und frierenden Arme sehnsüchtig in die Luft streckte, und ich fühlte, wie ich selbst in den Stamm einging, zum Baum wurde. In geheimnisvoller Verwandlung schlüpfte ich in andere Kreaturen, das Lustgefühl des Künstlers ergriff mich. Bisweilen aber packten mich heftige Gewissensbisse, daß ich mich so selbstsüchtig meinem törichten Kummer hingab, daß mir sogar meine Eltern gleichgültig geworden waren. Die Hände wie in kindlichem Gebet gefaltet, faßte ich allerhand großartige Vorsätze.

Inzwischen hatte ich begonnen, ein mittelalterliches Drama zu schreiben, das um die Gestalt der Isolde Weishand kreiste, Tristans Frau, die vergeblich gegen den Schatten der goldhaarigen Isolde ankämpfte. Die Verse, schillernd in den Farben des Mittelalters, und die theatralischen Figuren meiner Phantasie begleiteten mich unaufhörlich, während ich gleichzeitig englische Grammatikformen für das Examen paukte und in einer Volksschule vor blassen Proletarierkindern Lehrproben ablegte. Ein sonderbares Doppelleben.

Warum aber sah ich über diese Kinder hinweg, vorbei an der Wirklichkeit, die mich aus ihrer ärmlichen gestopften Kleidung, aus dem stumpfen und doch wissenden Ausdruck ihrer Augen anstarrte? Warum blickte ich nicht hinter die Fassaden der grauen Häuser, die sich in endlosen Reihen erstreckten und aus denen der Dunst der zusammengepferchten Massen quoll? Warum sah ich nicht mit wachem Auge die Frauen in ihren Umschlagtüchern, die glanzlosen Haare straff aus der Stirn gekämmt, ihre fahlen zeitlosen Gesichter, mit dem Staub der Sorge bedeckt? Warum blieb ich nicht vor den kleinen Kneipen stehen, vor denen sich die Männer in kleinen Gruppen sammelten, mit ihren breiten Rücken und rauhen Stimmen? Warum lauschte ich nicht ihrer besonderen Sprache, dem Berliner Dialekt, in dem sich zynischer Humor, rohe Kraft, Gutmütigkeit und eine scharfe Beobachtungsgabe mischte?

Mir war das fremd wie ein anderer Erdteil, dieses andere Berlin der Arbeiterviertel, das sich noch in dumpfem Schlafe reckte und streckte, um hin und wieder drohend zu grollen. Was wußte ich damals vom Sozialismus, der begonnen hatte, den ungefügen Koloß Masse in Bewegung zu setzen? Was wußte ich von Lohnkämpfen, vom Achtstundentag, von Versammlungen, von Reichstagswahlen, ja von vereinzelten Demonstrationen, Protestmärschen, die das Polizeiministerium so schnell unterdrückte, daß nichts davon in unsere Welt herüberhallte? Das Leben unserer bürgerlich-intellektuellen Schicht, zu der die wohlhabenden Juden gehörten, war durch unsichtbare Mauern säuberlich von diesem anderen Berlin getrennt.

Nur einmal verlief ich mich in diese andere Welt, erschrak, wurde angerührt, vergaß dann wieder. Ich ging nicht allein, wurde geführt – von einer jungen Sozialpflegerin, die mich auf einen Besuchsgang bei bedürftigen Familien mitnahm. Klara, die Tochter eines hohen Postbeamten und einer jüdischen Mutter, hatte das strenge schöne Gesicht eines gotischen Engels, in das südliche braune Augen gesetzt waren. Sie hatte neben ihrer Erbschaft nordischer Tüchtigkeit, pedantischer Gewissenhaftigkeit und Gründlichkeit den anderen, warmen Teil ihres Wesens unbewußt verkümmern lassen, so daß von ihr eine sachliche Kühle ausging. Ich bewunderte sie und hatte ihr meine Freundschaft angetragen, indem ich sie lächelnd »die heilige und unbestechliche Klara« nannte. Sie hörte geduldig zu, wenn ich ihr von meinen künstlerischen Plänen erzählte; rügte aber zugleich meinen Mangel an systematischen Studien und meinen Hang zu tatenloser Träumerei, die sie als heillose Unordnung betrachtete. Ein geordnetes und nutzvolles Dasein galt ihr als einzige Berechtigung des Lebens. Dieser gotische Engel war im Grunde eine Rationalistin mit dem tadellos gespitzten Bleistift einer Gouvernante, die nur an die Heiligkeit des guten Werkes glaubte. Mir aber war es damals genug, mich an einen Abendhimmel oder ein großes Gefühl ganz hinzugeben, mich selbst aufzulösen. Trotzdem, vielleicht gerade aus diesem Gegensatz, wurden wir Freundinnen.

Sie hatte mir angeboten, sie auf einem ihrer Besuchsgänge für die städtische soziale Fürsorge zu begleiten. So kletterte ich mit ihr viele Treppen in die Elendswohnungen hinauf. Es schien immer das gleiche trostlose Zimmer zu sein, überfüllt mit Betten, in denen Kranke lagen und zahllose Kinder mit verschmutzten Gesichtern. Es schien auch immer die gleiche weinerliche Frauenstimme, die sich über Arbeitslosigkeit oder Trunksucht ihres Mannes beklagte. Stets roch es säuerlich nach ungelüfteten Zimmern und Essensresten. Ich stand daneben, während Klara Fragen stellte und Zettel ausfüllte, verlegen, mit dem unverantwortlichen Mitleid des Besuchers, der gerne wieder frische Luft atmen möchte. Dann traten wir in einen Kellerraum, wo selbst die Luft trübe und schmutzig schien. Das Zimmer war leer. Nur auf dem nackten Fußboden saß ein kleines, etwa zweijähriges Kind mit zerrissenem Kittel, durch den kränkliche Haut schimmerte. Es sah uns aus seinen großen blaßblauen Augen mit dem Ausdruck einer bekümmerten Frau an. Klara nahm es in ihre Arme.

»Hat man dich allein gelassen?« fragte sie. »Wo ist die Mutter?«

Das Kind lallte: »Das Leben is swer.« Dabei wiegte es den kleinen Kopf hin und her. Bewegung und Tonfall verrieten, daß es die Mutter nachahmte. »Das Leben is swer«. Der erste zusammenhängende Satz vielleicht, den es lallen konnte.

Diese Kinderstimme drang in mein Innerstes. Ich bebte. O die höllische Ungerechtigkeit auf der Erde! Warum mußte dieses kleine schuldlose Kind darunter leiden, daß es zufällig in die Armut hineingeboren war? Warum war ich verschont, aufgewachsen im Luxus, meine Kindheit behütet und verzärtelt? Die Kinderstimme gellte mir im Ohr. Jahre später erinnerte ich mich ihrer, als ich selbst schuldlos aus der Heimat vertrieben wurde, nur weil ich zufällig als Jüdin geboren war.

Mein soziales Gewissen war beunruhigt, und ich bot Klara damals meine freiwillige Arbeit im Fürsorgedienst an. Klara blickte mich mit nachsichtigem und ungläubigem Lächeln an. »Du wirst es nicht durchhalten. Es ist viel langweilige Kleinarbeit dabei. Das Mitleid allein reicht nicht aus.«

Ich widersprach heftig. »Ich will es ehrlich versuchen«, beteuerte ich. »Ich will beginnen, sobald wir von der Reise zurückkommen.«

Klara zog ihre feinen Augenbrauen hoch. »Du verreist?«

»Ja, mit den Eltern. Ins Riesengebirge. Zum Wintersport.«

Klara behielt mit ihrer Skepsis recht. Als ich zurückkehrte, hatte sich mein Leben verändert. Ich hatte mich verlobt und war während der letzten Wochen vor meiner Hochzeit damit beschäftigt, meine Wäscheaussteuer zu kaufen, Kleider anzuprobieren und Möbel auszusuchen.

Noch heute weiß ich nicht, was mich eigentlich in diese Ehe trieb, eine reine Vernunftehe. Vielleicht war es der Schnee, die kristallklare eisige Gebirgsluft, in der sich alles so hart und deutlich abzeichnete und in der die schwärmerischen Mädchengefühle unterlagen. Vielleicht war es Bewunderung für den logischen, scharfglitzernden Verstand des jungen Mannes, eines Privatdozenten der Philosophie, die mich unterwarf. Vielleicht war ich es auch müde, auf das Wunder zu warten, und die Liebesenttäuschung hatte in mir den Willen geweckt, mich in der Ehe zu bestätigen. Vielleicht war es auch der natürliche

Trieb, das Elternhaus zu verlassen, der liebevollen Bevormundung zu entlaufen, der Drang zur Unabhängigkeit. Oder war es überhaupt der Wunsch, aus der Leere meines Lebens herauszukommen und in eine andere Region überzuwechseln.

Mit Sicherheit hatte der Schnee etwas damit zu tun. Schnee knirschte unter unseren Füßen, als wir mit unseren Schlitten den steilen Gebirgspfad hinanstiegen. Schneevermummte Tannen kauerten wie weiße Riesenvögel mit erstarrten Schwingen am Wege. Alles war weiß, auch die Stille, so daß man jeden Laut scharf und klirrend hörte. Die Worte meines Begleiters fielen eindringlich in das Schweigen, bedeutungsvoll. Ich hörte aufmerksam zu. Er erklärte mir Plato. Er hatte die Eigentümlichkeit, sich bei schwierigen Passagen mit dem Daumen über seine rechte Augenbraue zu streichen, als wollte er dort einen Funken anzünden. Der junge Universitätslehrer sprach zu mir wie zu seinem Auditorium, aber zwischen zwei abstrakten Sätzen fing ich Blicke auf, die mich in schüchterner und doch leidenschaftlicher Verliebtheit streiften. Seit einer Woche, als wir uns in dem Vestibül des Hotels kennengelernt hatten, beschäftigte er sich mit mir wie ein Lehrer mit seiner Lieblingsschülerin. Abseits von den lärmenden Sportplätzen gingen wir auf einsamen Bergwegen durch die weite Schneelandschaft, waren in Gespräche vertieft, die um uns allmählich einen besonderen Kreis schlossen.

»Haben Sie begriffen, was die ›Idee‹ bei Plato bedeutet?« fragte er.

»Ja«, erwiderte ich wie ein gehorsames Schulmädchen. »Das Urwesen der Dinge, losgelöst von der Vielfalt und dem Wirrwarr der Einzelheiten. Ich stelle es mir vor«, fuhr ich lebhafter fort, »als ein Gleichnis des Winters, der die Farbe aus den Dingen saugt, die Bäume entblättert und nur ein Gerippe enthüllt.«

»Das ist schön und dichterisch gesehen, aber unphilosophisch ausgedrückt«, lachte er, während seine braunen Augen einen freundlichen, hasenhaften Ausdruck annahmen. Überhaupt hatte er mit seiner gedrungenen Gestalt, dem kurzen Hals, seinen schnellen Bewegungen und flinken wißbegierigen, sogar neugierigen Blicken Ähnlichkeit mit einem Hasentier.

»Ich möchte gern mit Ihnen Plato lesen«, sagte er dann. »Gefällt Ihnen der Vorschlag?«

Ich betrachtete nachdenklich einen kleinen Baum, der von der Last des Schnees niedergedrückt war. »Wie gerne«, erwiderte ich. »Aber wie wäre das möglich? Wir leben in verschiedenen Städten.«

Er blieb plötzlich stehen, atemlos. Röte übergoß seine Züge bis in die breite Stirn. Ich las den Gedanken von seinem Gesicht ab. Den Vorschlag, gemeinsam das Buch der Ehe aufzuschlagen. So stellte auch ich es mir in diesem Augenblick vor. Ein Buch, über das wir uns gemeinsam beugten. Ein warmer Raum mit langen Bücherreihen und vielen Teppichen. Eine geistige Gemeinschaft . . . Aber von Schüchternheit nahezu erdrückt, brachte er die selbstverständlichen Worte nicht heraus. Ich half ihm nicht, kostete mit weiblicher Grausamkeit meine Macht aus, als er sich auf umständlichen Umwegen mühsam zu der schicksalhaften Erklärung hinaufschraubte. Immer in abstrakten Begriffen lehrend und erläuternd, war er endlich bei der platonischen Liebesidee angelangt.

»Glauben Sie nicht, daß zwei Menschen wie wir beide Ergänzung in einer Einheit finden könnten?« fragte er außer Atem. Er war wieder stehengeblieben und breitete plötzlich die Arme aus. Sein großer Kopf auf dem kurzen Halse zitterte vor Erregung. Ich wich unwillkürlich zurück. Ich fand seine flehende Haltung lächerlich, als hätte er jede natürliche Würde abgeworfen. Auch das nervöse Schütteln des Kopfes, das mich an das Nicken eines alten Mannes erinnerte, berührte mich plötzlich. »Er ist alt, trotz seiner Jugend«, dachte ich. »Wie könnte ich ihn lieben . . .«

Er hatte die Arme fallen lassen und den Kopf gesenkt. Auf seiner schönen gewölbten Stirn lag Trauer, und wie ein Atemzug – der nur kurz ausgesetzt hatte – kehrte meine Achtung, meine Sympathie für ihn zurück.

»Ich empfinde für Sie Sympathie«, sagte ich. »Aber genügt das für eine Ehe? Ich warte auf etwas anderes, auf ein elementares Gefühl.«

»Falsch«, rief er. »Grundfalsch! Man soll bei der Wahl des Lebensgefährten nicht dem blinden Instinkt folgen, sondern der höheren Vernunft, die eine geistige Verwandtschaft bejaht.« Er blieb stecken, hilflos. »Aber ich bin ja selbst blind – Ihnen gegenüber.« Trotzig stieß er mit dem Fuß gegen den steinharten Schnee. Ein Brocken löste sich und rollte den Hang hinab.

»Lassen Sie mir etwas Zeit«, bat ich. Er antwortete nicht. Kaltes Schweigen stieg aus dem Schnee. Auf unseren Handschlitten fuhren wir zu Tal. »Noch bin ich frei«, dachte ich, von der sausenden Geschwindigkeit berauscht. »Noch kann ich gleiten, mich fallen lassen, in unbekannte Tiefen stürzen.«

Aus dem hell erleuchteten Hotel tönte Tanzmusik, einige junge Paare in ihren bunten Sportkostümen drehten sich zu den Klängen der Nachmittagskapelle. Das Gelb, Blau und Rot tat nach dem starren Weiß der Landschaft den Augen weh. Ich wünschte, mich unter die Gesellschaft zu mischen, in gedankenloser, gesunder Fröhlichkeit, aber ich spürte mein Anders-, mein Draußensein. Langsam stieg ich die Treppe zum Zimmer hinauf, als trüge ich die drohende Entscheidung wie ein schweres Gewicht mit mir. Meine Mutter erriet sofort, was vorgegangen war. Mein Vater lächelte sein halb gütiges, halb spöttisches Lächeln, als ich ihm die philosophische Liebeserklärung schilderte.

»Ich halte viel von der Begabung und dem Charakter des jungen Mannes«, sagte er. »Aber wir wollen dich nicht beeinflussen. Es ist dein Leben.«

Meine Mutter fiel ihm mit einer ungeduldigen Geste ins Wort: »Es ist nicht so leicht, für deine Tochter einen Menschen zu finden, der zu ihr paßt. Sie stellt geistige Ansprüche. Sie ist eine Träumerin. Dieser junge Mann kann ihr die Atmosphäre schaffen, in der sie sich wohl fühlen wird. Er ist bedeutend. Und er hat gute Augen. Aber natürlich«, fügte sie hinzu und blickte mich aufmerksam an, »will ich dir nicht zureden. Es ist dein Leben.«

Mein Leben! Was wußte ich davon? Ich, die ich im Glasgehäuse gefangen war, die Welt durch farbiges Glas sah.

Am nächsten Morgen war Fried abgereist. Ich schloß mich dem Kreis der jungen sportbegeisterten Leute an, machte Skiübungen, fiel hin, stand auf, ein kleines unbekümmertes Kind – aber bald fühlte ich mich allein in der Gruppe, mir fehlte das Zwiegespräch, die Frage und Antwort, die Anleitung bei meinem unruhigen Suchen nach einem Sinn des Daseins. Nach einer Woche schrieb ich Fried, daß ich mich entschlossen hätte, seine Frau zu werden.

Unsere Verlobung fand in dem konventionellen Rahmen statt, den unsere Gesellschaft damals forderte, und gehorsam unterwarfen wir uns den vielen ermüdenden Regeln. Wir verschickten schön lithographierte Anzeigen, machten Besuche bei Verwandten, wo wir auf steifen Stühlen immer wieder die gleichen Glückwünsche entgegennahmen und die automatischen und bisweilen neugierigen, aufdringlichen Fragen ebenso automatisch beantworteten, um danach auf der Treppe oft in heilloses Gelächter auszubrechen. Ich entdeckte an Fried, dem weltabgewandten Philosophen, zu meinem Erstaunen auch Züge von Humor, und als er einmal eine dickbusige, lispelnde Tante, die wir die »Rodelbahn« nannten, nachahmte, war es ein befreiendes Lachen, das uns verband. Denn sonst waren wir einander immer noch fremd.

Wir gaben einen Empfang, auf dem zahllose gleichgültige Hände meine Finger drückten und sich auf den Tischen Geschenke türmten, Kristall und Silber zwischen Blumen funkelte. Wir fügten uns den Konventionen nicht ungern, obwohl wir beide eigentlich alles Äußerliche ablehnten. Dieser Rahmen gab unserer inneren Unsicherheit Halt und half uns über hilflose Verlegenheiten hinweg. Denn diese Wochen waren für uns unnatürlich aufreibend. Zwei junge Menschen, die sich auf die innigste Gemeinschaft vorbereiteten, sprachen nur aus weiter Ferne miteinander, rührten einander kaum an. In seiner Unbeholfenheit und Scheu wagte Fried nicht, mich durch Liebkosungen allmählich zu erwecken. Ich selbst wich zurück, noch knospenhaft verschlossen und kindlich unwissend.

Eines Abends brachte er mich nach einem Theaterbesuch mit dem Auto nach Hause. Eingeschlossen in das Gefährt glitten wir über den schwarzen, nach einem Regen glänzenden Asphalt wie über dunkle Seen, und die Lichter der Laternen zuckten wie Blitze an uns vorüber. Mitten im Gespräch hielt Fried inne. Plötzlich umfaßten mich seine Arme, ich spürte einen fremden Körper dicht an dem meinen, fremden Atem auf meinem Mund. Nach dem ersten Schreckgefühl beobachtete ich, wie sich seine Züge unter der Leidenschaft veränderten und verzerrten. Zum ersten Mal sah ich die furchtbare Freude der Lust, empfand sie aber nicht. Als mein Körper in unwillkürlicher Abwehr steif wurde und erstarrte, ließ er mich los und zog sich in die Ecke des Wagens zurück. Bis das Auto vor unserer Tür hielt, sprachen wir kein Wort miteinander. Es war sein alter vertrauter Hasenblick, der mich um Verzeihung bat. Ich zwang mich, ihm freundlich zuzulächeln, als ich ihm eine gute Nacht wünschte.

»Dies muß wohl sein«, dachte ich ergeben. »Es gehört mit zu dem Spiel. Ich muß es eben mit mir geschehen lassen.«

Ja, es geschah alles mit mir, nicht aus mir heraus: Der Kauf der Aussteuer, weißes steifes Leinen, geschaffen wie für die Ewigkeit, die meine Mutter mit mir auswählte. Der Kauf der Möbel, das geflammte Birkenholz der Betten, das Kastanienrot des Speisezimmers, die schimmernden neuen Gegenstände, die mit uns beginnen sollten zu leben – in unserem Heim. Die Kleider, die ich anprobierte, Hüllen der jungen Frau, die ich werden sollte und in denen ich mir im Spiegel fremd war. All das geschah wie in einem Halbtraum. Ich war »glückliche Braut«, eine »gute Partie« aus »bester Familie« – doch im Grunde war ich ein hilfloses, verträumtes Kind, das an der Hand geführt wurde.

Nur einmal kam ich jäh zu Bewußtsein. Zu dem Zeitpunkt, an dem Wäsche und Kleider in einen riesenhaften Koffer gepackt wurden, um in die Provinzstadt, in mein künftiges Heim vorausgeschickt zu werden. Da ergriff mich ein fast panisches Gefühl der Bangigkeit. Das frische Leder des Koffers roch nach Abschied. Ich sollte mein Zimmer mit seiner Rosentapete verlassen, um nie zurückzukehren; Berlin verlassen, um in eine fremde Stadt zu ziehen; mich selber verlassen, um mein Ich in einem anderen zu verlieren. Der Ledergeruch des Koffers strömte Abenteuer und Reiselust aus, zugleich aber Todesangst.

War es vielleicht eine Vorahnung, daß dieser Koffer – groß und breit wie ein kleines Haus – mich mein ganzes Leben schicksalhaft begleiten sollte, daß er mich und meine Habe mitschleppte bei immer neuem Ab- und Aufbruch, bei Einzügen in neue Städte, bei Auflösungen, die dem Tode glichen und zuletzt bei der Auswanderung und Zerreißung der Familie? Der Koffer folgte mir überall, jedesmal älter und schäbiger, wie ein treuer alter Hund, der einem unverdrossen nachhinkt.

Aber damals, kurz vor der Hochzeit, als er funkelnagelneu, mit blanken Schlössern, bis zum Rande vollbepackt, nicht schließen wollte, setzten Fried und ich uns lachend darauf, um ihn mit unserem Gewicht zuzudrücken und lachten so die Bangigkeit fort.

In einer Art tiefer Betäubung durchlebte ich die Hochzeitszeremonien, die fast wie eine Oper vor mir abrollten, in der ich eigenartigerweise die Hauptrolle spielte. War es etwa nicht unwirklich und opernhaft, mit Schleier und Kranz in einer mit weißer Seide ausgeschlagenen Märchenkarosse zu fahren und dann über einen roten Läufer die Synagoge zu betreten, deren Mosaikkuppel in Blau und Gold an einen orientalischen Palast erinnerte? Musik ertönte gedämpft von oben, schwebende Stimmen im Chorgesang. Plötzlich, mitten auf dem Wege zum Trauhimmel, zuckte ich zusammen. In diesem Augenblick entschied sich mein Leben für immer: Ich blickte zur Seite, auf Fried, an dessen Arm ich wie eine Traumwandelnde hing. Auch er sah vor Erregung bleich aus. Der rote Läufer erschien mir nun wie ein schwindelnder schmaler Steg, auf dem wir uns beide vortasteten, von unbekannten Strudeln umgeben. Fried erwiderte meinen angstvollen Blick, indem er meinen Arm fester an den seinen preßte.

Unter dem Trauhimmel hörte ich die gemurmelten Segenssprüche des Rabbiners nur undeutlich. Wir tranken Wein aus einem Pokal, Alfred steckte mir den Ring an den Finger. Und dann – ja, war denn dies noch eine menschliche Stimme? – brausten Worte auf mich zu: »Der Herr lasse euch sein Antlitz leuchten, der Herr wende euch sein Antlitz zu . . .«

Ein ungeheurer saugender Glanz umhüllte mich und vom Unendlichen angerührt, blickte ich wieder zu Fried hinüber, fragte mich, ob er gleiches spürte. Aber sein Gesicht hatte wieder die natürliche Farbe angenommen und zeigte ein selbstzufriedenes Lächeln.

Die hufeisenförmige Hochzeitstafel war in meinem Elternhause gedeckt. Auch sie wirkte opernhaft mit den vergoldeten Stühlen und der verschwenderischen Fülle rosafarbener Rosen, zwischen denen die Gäste scherzten und schmusten. Die drei Brüder meines Vaters, angesehene wohlhabende Männer – ein Advokat, ein Bankier und ein Arzt – hielten die Festreden. Sie alle hatten die Eigentümlichkeiten der väterlichen Familie: schmale Gesichter mit schmalen Nasen und einer hohen Stirn, die in eine Glatze überging, vor allem aber die gleiche quirlende Lebendigkeit, den Rhythmus springlebendiger Jugend.

Mein Vater, der jüngste der Brüder, wirkte besonders gütig, und als ihn meine Blicke suchten, wie er seiner Nachbarin das Glas füllte, wurde mir heiß bei dem Gedanken an unser letztes persönliches Gespräch. Es war einige Tage vor der Hochzeit gewesen, als ich nachmittags während der Sprechstunde an sein Untersuchungszimmer klopfte und – wie ich es als Kind oft getan hatte – auf seinen Untersuchungsstuhl kletterte.

»Ich komme als Patientin, Papa«, sagte ich, in meiner Verlegenheit die Worte überstürzend. »Ich bitte dich nämlich, mich aufzuklären. Du weißt schon ... über meine ehelichen Pflichten. Ich habe darüber natürlich alles gelesen und gehört. Aber ...«, und hier begann ich zu stammeln, »... ich möchte es gern genau wissen.«

Das Gesicht meines Vaters wurde bis zur Glatze hinauf dunkelrot. Schweigend nahm er ein schweres Buch aus dem Schrank und reichte es mir. Stumm verließ ich den Raum. Mit hastigen Fingern blätterte ich die Seiten durch, aber die anatomischen Abbildungen, der rohe Fleisch-Farbton der Organe ernüchterten mich und stießen mich ab. Ich klappte das Buch zu.

Aus diesen Gedanken fuhr ich an der Hochzeitstafel auf, als mein Arm leicht berührt wurde. »Gnädige Frau, Eis gefällig?«

Ein Lohndiener reichte mir eine Platte mit einem kunstvollen Eisturm. »Gnädige Frau« – war ich damit gemeint? Kindisch-geschmeichelt brach ich in Lachen aus, mit dem süßen Geschmack des Eises auf der Zunge tief in die Kindheit zurücksinkend. Kindlich wie bei einer Geburtstagsfeier lachte ich Fried beim Toast zu, während das Lied »Hoch sollen sie leben« uns überschwemmte. Kindlich dankbar winkte ich meiner Mutter zu, die in ihrem schwarzen, paillettenglitzernden Kleid königlich in der Mitte der Tafel thronte, und die mit ihren kleinen festen Händen das Fest so herrlich gestaltet hatte. Meine Bangigkeit war verschwunden.

Die heiße Nachmittagssonne lag noch auf den Straßen, als wir an diesem Junitag vom Bahnhof Zoologischer Garten aus abfuhren. Es war der Bahnhof, vor dem ich nach dem Maskenball Richard so erwartungsvoll getroffen hatte. Auch diesmal war es nur ein Vorortzug, der mit uns nach Potsdam fuhr, wo wir die erste Nacht verbringen wollten, um am nächsten Morgen mit dem Expresszug die Hochzeitsreise in die Schweiz anzutreten.

Potsdam, obwohl nur eine Stunde von Berlin entfernt, bot Ausflüglern das Gefühl völligen Entrücktseins, und auch wir fühlten uns verreist, als wir Arm in Arm durch die schläfrigen Straßen der kleinen Garnisonsstadt schlenderten, im Schatten Friedrichs des Großen, vor dessen Denkmal wir nachdenklich stehenblieben. Die Häuser mit den barocken Steingirlanden, den grünen Rolläden und weißen Mullgardinen blickten uns ebenso steif und hochmütig an wie einzelne Vorübergehende. Offiziers- und Beamtenfrauen, dunkel gekleidet, mit hohen Stehkragen. Sie bedachten uns mit eigentümlichen Seitenblikken, als wären wir Ausländer. Doch das bemerkten wir kaum, maßen ihm keine Bedeutung bei.

Fried hatte begonnen, mir einen Vortrag über die Staatsidee des Absolutismus zu halten, als ich leicht aufseufzte.

»Was ist dir, mein Liebling?« fragte er zärtlich.

»Ich bin hungrig«, stellte ich fest.

Fried schlug sich gegen die Stirn. »Du bringst mich darauf. Auch ich habe einen Riesenappetit.«

Wir hatten beide von dem üppigen Hochzeitsessen kaum etwas angerührt und brachen nun in schallendes Gelächter aus, was uns die mißbilligenden Blicke einer vorübergehenden älteren Dame eintrug.

Wir nahmen unser Abendessen auf der Gartenterrasse unseres Hotels an der Havel ein. Kleine Wellen schlugen plätschernd an die Steinbrüstung, während an einem Steg in der Nähe Ruder- und Segelboote mit Sportlern und Pärchen anlegten. Ich hatte mitten in der Unterhaltung mit Fried plötzlich das unsinnige Verlangen, mich in eines der Boote zu setzen und allein weit auf den schimmernden Abendfluß hinaustreiben zu lassen, vor etwas Drohendem und Unwiderbringlichem zu flüchten. Dabei hörte ich aufmerksam Fried zu, der sich heftig mit seinem Daumen über die Braue fuhr.

»Komm!« forderte er unvermittelt.

Wir stiegen die Treppe des altmodischen Hotels herauf. Sie roch nach gewachstem Holz. Unser Zimmer sah aus wie ein Turmgemach, und in einer Nische war ein breites Bett aufgeschlagen. Ich bat Fried, das Licht zu löschen und verbarg mich wie ein kleines scheues Kind völlig unter den Decken.

Dann, in der Finsternis, warf sich ein Körper auf mich. Ein reißender, fast unerträglicher Schmerz durchfuhr meinen Leib. Ich biß die Zähne zusammen, um nicht aufzuschreien, verkrallte die Hände, um den Angreifer nicht fortzustoßen. Ich hielt still, wollte still halten. Denn mußte ich diese Operation – so empfand ich den Vorgang – nicht tapfer ertragen, um eines Tages ein Kind empfangen zu können?

Über mir hörte ich ein Keuchen, es waren die Atemzüge eines fremden Tieres, eines Wolfes, der mich mit Gewalt zerriß. Bestand denn noch ein Zusammenhang zwischen diesem gewalttätigen Wesen und dem nahen Menschen, dessen Gesicht eben noch von schönen Gedanken erleuchtet war? Nannte man das Liebe? Und warum kreiste alles – Gedichte, Musik, die großen Sehnsüchte – »darum«? Ich fühlte mich zermalmt, eine kleine zappelnde Fliege in einem unentwirrbaren Netz.

»Nun bist du meine Frau«, stammelte Fried. »Verzeih, ich mußte dir wehtun.« Er schluchzte fast. Ich haßte ihn in diesem Augenblick, rollte an den äußersten Rand des Bettes. Er schlief sofort ein.

Ich lag lange wach. Ich dachte an ein junges Mädchen aus meinem Kreis, die in der Hochzeitsnacht wie eine Verstörte noch vor Morgengrauen aus dem Hotel auf die Straße geflüchtet und in ihr Elternhaus zurückgelaufen war, um nie wieder zu ihrem Mann zurückzukehren. Man flüsterte, daß der Ehemann widernatürliche Dinge von dem jungen Mädchen verlangt hätte. Die Ehe wurde geschieden.

Ich wußte, daß ich keinen Grund zu einer solchen Reaktion hatte. Fried war ein normaler, keineswegs brutaler Mann, vielleicht etwas täppisch und ungeschickt, selbst unerfahren, wie er mit einem unschuldigen Mädchen umzugehen hatte. Die Jungfräulichkeit, die damals so hoch bewertet wurde, war eben nicht Süße, sondern Bitterkeit in der Blüte. Was Fried mir antat – so dachte ich im Dunkeln, an den harten Rand des Bettes gedrückt –, war das Natürliche, das alle Mädchen zu ertragen hatten und worüber man am besten nicht sprach, wie über so vieles Peinliche. Nein, man lief nicht davon, man zeigte am nächsten Morgen ein heiteres Gesicht. Denn nun begann ja das eigentliche Leben.

Das Krähen der Hähne kündigte den Morgen an, und ich beobachtete, wie das geheimnisvolle Licht der Dämmerung die Gegenstände des fremden Raumes enthüllte. Mit lächelndem Gesicht wünschte ich Fried einen guten Morgen. Erwartungsvoll fuhren wir in das Ausland, um neue Landschaften und neue Bücher gemeinsam aufzuschlagen, wie ich dachte. Ich wußte nicht, daß ich in jener ersten Nacht eine winzige Wunde davongetragen hatte, die nie vernarben sollte.

2

Die Stadt erschien mir trotz der Sommersonne grau, als wir, von der Hochzeitsreise zurückgekehrt, durch die lange farblose Hauptstraße zu unserem neuen Heim fuhren. Die hohen ältlichen Mietshäuser hatten ein schläfriges Aussehen. Die Blätter der umgitterten Bäume hingen schlaff herab, waren mit leichtem Staub bedeckt. Auch die Luft kam mir schal und abgestanden vor, nicht wie die prickelnde, frische Luft Berlins, nach der ich jetzt schon Heimweh hatte.

»Wir sind in Breslau, wir sind zu Hause«, hörte ich meinen Mann neben mir sagen, während er den Arm um meine Schulter legte. Ein leiser Anklang von Hochmut schwang in seiner Stimme, als hätte er ein persönliches Besitzrecht an dieser alten östlichen Stadt, in der seine Familie eine besondere Patrizierstellung einnahm.

Stadtväter waren sie seit drei Generationen, die, ursprünglich als Schutzjuden eingewandert, sich allmählich aus ihren geduckten und gedrückten Gnadendiensten zu der Ehre von unbesoldeten Stadträten emporgeschwungen hatten.

Heute führte Frieds Vater ebenbürtig das Wort in den Wohlfahrtsausschüssen, er saß mit auf der Ehrentribüne, er speiste mit dem Bürgermeister. Wenn Frieds Eltern über die Straße gingen, flogen viele Hüte in ehrerbietigem Gruß von den Köpfen; man liebte und verehrte sie wie kleine Fürsten. Die Stadt, der sie aufopfernd dienten, war ihr Vaterland, ihre große Welt.

»Die Eltern erwarten uns heute abend«, sagte Fried.

»Meine Eltern«, dachte ich plötzlich sehnsüchtig. »Ich bin ihnen entlaufen. Ich habe mich verirrt. Wohin bin ich geraten?«

Meine Augen suchten nach einem Halt, während das Auto scharf um ein Rasenrondell bog und in hellere Vorortstraßen fuhr. Hier hing noch der blühende Sommer in den Alleen, das Grau der Innenstadt blieb zurück und löste sich auf wie ein Nebel. In der Ebereschenallee, wo sich die Beerenbüschel korallenrot färbten, hielt der Wagen vor einem zweigeschossigen villenartigen Haus. Im oberen Stockwerk wartete unser Heim auf uns.

»Hier ist es wunderbar«, rief ich. »So frei. So ländlich.«

Fried lächelte etwas überlegen. »Der Weg zur Universität ist nicht gerade kurz. Aber du wolltest ja draußen wohnen.«

Die Haustür wurde von einem Dienstmädchen mit schneeweißer, frisch gestärkter Schürze geöffnet. In allen Zimmern roch es nach frischer Farbe, und im Wohnzimmer glänzten die hellen Möbel aus Birkenholz so spiegelglatt, daß wir kaum wagten, uns zu setzen. Im Schlafzimmer war die goldgelbe seidene Steppdecke über dem Doppelbett zurückgeschlagen. Ich trat an das breite Fenster und blickte auf die unbebauten Felder hinter dem schmalen Garten und die fernen roten Dächer. Es erinnerte mich an eine Seite aus einem Kinderbilderbuch, so einfach und klar gezeichnet. Fried trat hinter mich.

»Reh«, sagte er mit dem Kosewort, das er von meinem Vater übernommen hatte, »die Eltern erwarten uns zum Abendbrot. Ich konnte es ihnen nicht abschlagen. Mutter will dich im alten Haus begrüßen. Vater kann es kaum erwarten, dir unsere Ahnenecke zu zeigen. Du gehörst ja nun auch mit hinein.«

Ich drehte mich langsam um. Hatte ich nicht eben im Garten die Schatten spielender Kinder vorbeihuschen sehen? »Wie du willst, Lieber«, sagte ich fügsam.

Wir fuhren in die graue Stadt zurück.

Es war bedeutungsvoll, daß ich den ersten Abend nicht in unserem Heim, sondern im Hause meiner Schwiegereltern verbrachte. Es war die Familie, die mich forderte und in ihren Rahmen spannte, das jüdische Sippengefühl, das durch Generationen unzerreißlich bindet. Ja, aus goldenen Rahmen blickten mich die Augen von Frieds Vorfahren prüfend an, als ich vor der Ahnenecke, in dem mit Möbeln und Plüsch überladenen Salon, neben meinem Schwiegervater stand.

»Sieh ihn dir gut an, den Patriarchen. Er war der erste Stadtrat unserer Familie«, sagte mein Schwiegervater, indem er zärtlich meine Hand tätschelte.

Über dem weichen Silbergrau der Biedermeierweste erhob sich ein kräftiger Kopf mit den sentimentalen blaßblauen Augen des Deutschen und der scharf hervortretenden Nase des Juden. Sah man länger auf das Porträt, schien der Blick im Ausdruck zu wechseln, er war klug und scharf. In seinem Sohn, dem Großvater, waren die Gegensätze schon mehr ausgeglichen. Das fast wuchtige rötliche Gesicht mit dem Vollbart strotzte vor gesunder Energie, Selbstbewußtsein und heiter-gelassenem Bürgerstolz. Die goldene Kette, sorgfältig gemalt, straffte sich über dem schwarzen Gehrock.

Als ich den Schwiegervater verstohlen von der Seite betrachtete, bemerkte ich wohl die Ähnlichkeit mit den Zügen seiner Vorfahren. Nur war bei ihm alles weicher, seine Wangen fleischiger und behäbiger, und die blaßblauen, etwas vorstehenden Augen leicht verschleiert.

»Nun haben wir also wieder einmal eine Fremdstädtische geheiratet«, lachte er mich an. »Eine Großstädterin. Wie die schöne Wienerin vom Urgroßvater. Sieh sie dir genau an, sieht sie nicht aus wie ein blauer Pfau?« Er deutete auf ein Frauenporträt, weiße Haut über dem tiefausgeschnittenen Samtkleid, ein Kopfputz von blauen Federn und darunter ein perlenhaftes, launisch funkelndes Gesicht. »Die war eine Weltdame, die ihre eleganten Toiletten auf dem Ring spazierenführte. Etwas zu leichtlebig für unser solides Breslau. Sie tanzte leidenschaftlich gern. Nun, gottlob, du bist ja nicht aus Wien.«

»Aber ich tanze auch gern«, antwortete ich lachend, indem ich der Schönen auf dem Gemälde fast trotzig zunickte.

»Genug Bilder für heute abend«, unterbrach uns die hohe Stimme meiner Schwiegermutter. »Unsere Tochter ist gewiß angestrengt nach der Reise. Es ist angerichtet.« Sie nahm meinen Arm und führte mich sanft an den gedeckten Tisch.

»Fried, du sitzt auf deinem alten Platz«, sagte sie zu meinem Mann, der plötzlich wieder ein kleiner Junge geworden war. »Gegenüber deiner Frau. Nun haben wir zwei Kinder. Glück und Segen.« Sie hob das Weinglas. Harmonie senkte sich auf die Tafel, ein Wohlgefühl von Ruhe und Sicherheit. Harmonie strömte von dieser Frau aus, die mit Sanftmut alle beherrschte. Mit ihren zierlichen Zügen unter dem grauen krausen Haar, das sich doch so geordnet um ihren Kopf legte, mit ihren mädchenhaft flinken Bewegungen, dem alterslosen Lächeln und ihrer selbstlosen Güte besaß sie einen Zauber, dem keiner widerstand.

Sie besänftigte das unruhige Wesen ihres Mannes, sanft und unmerklich hatte sie ihrem Sohn geholfen, gegen den Wunsch des Vaters Philosophie zu studieren und Freunde für ihn unter den Einflußreichen der Universität geworben. Sie führte ein geselliges Haus und leitete daneben gleich mehrere Küchen der sozialen Fürsorge. Dabei bewahrte sie immer einen behaglichen Winkel in ihrem überfüllten Salon, wo sich viele Rat und Zuspruch bei ihr holten. Obwohl von früh bis abends in Bewegung, war sie nie gehetzt. In ihrem ältlichen und doch frischen Gesicht zeigte sich keine Falte der Ermüdung. Oft erinnerte sie in ihrem harmonischen Wesen an eine Äbtissin, die sich die Jugendlichkeit eines Mädchens erhalten hatte. Sie besaß nur eine Leidenschaft: Die Liebe zu ihrem Mann und dem Sohn. Und vielleicht war deshalb doch in ihrer Selbstlosigkeit ein Kern von Selbstsucht enthalten. Denn mit ihrer grenzenlosen Liebe umspannte sie ihre Nächsten stärker als mit der Gewalt von Ketten, aus denen man sich nicht lösen konnte. So sah die Mutter meines Mannes aus, die meine zweite Mutter werden wollte.

Sie nickte mir lächelnd über den Tisch zu: »Wenn du deine erste Gesellschaft gibst – in deinem eigenen Heim, Rehlein – habe keine Angst. Ich komme dir helfen.«

Auch ich konnte mich ihr nicht entziehen. Ich versuchte vergeblich, vom Elternhaus befreit, mich selbst zu finden, im wahrsten Sinne des Wortes zu mir zu kommen und mit Fried gemeinsam ein neues Leben zu beginnen. Aber ich war wieder eingefangen worden, und in der abgesperrten Luft, eingehüllt in die weichliche und übertriebene Zärtlichkeit des schwiegerelterlichen Hauses, fühlte ich mich nahezu erdrückt. Es ist schwerer gegen die Tyrannei der Güte zu rebellieren als gegen Grausamkeit. Sollte ich meiner Schwiegermutter nicht dankbar sein, die mir half, meinen Wäscheschrank einzuordnen, das Mädchen anlernte und an jeder Vorlesung meines Mannes Anteil nahm?

Wir trafen uns täglich. Fast immer nahmen wir eine Mahlzeit gemeinsam ein, entweder im alten Hause oder bei uns in dem neuen Eßzimmer mit den weißen Wänden. Frühmorgens schon, oft während wir frühstückten, läutete das Telefon. Der Schwiegervater sprach ausführlich mit Fried. Mit kleinstädtischer Umständlichkeit ging er die Ereignisse des Tages und Neuigkeiten über Personen durch. Mir kam es vor, als könnte ich seine Stimme durch den Apparat hören, die ich als etwas Klebriges, Süßliches empfand, und die mich mit der physischen Abneigung des jungen Menschen gegen das Alter erfüllte. Für Fried waren diese Gespräche eine natürliche Gewohnheit. Er war wieder das einzige Kind, der begabte Junge, der zu Hause von der Schule erzählte. Dann rief mich die Schwiegermutter ans Telefon. Eine hohe muntere Stimme, liebevolle Fragen und eine feste Verabredung – jeden Tag das gleiche.

Eines Morgens brach bei mir die Revolution aus. Wir saßen am Frühstückstisch. Das Telefon kreischte wie ein lästiger Vogel. Ich setzte die Teetasse heftig auf den Teller.

»Sage deiner Mutter, daß ich nicht an das Telefon kommen kann.«

Fried sah mich bestürzt an: »Warum nicht? Fühlst du dich nicht wohl?«

»Ich fühle mich sehr wohl. Aber ich will einfach nicht. Sage ihr irgendeine Ausrede. Kann man uns denn nicht einen einzigen Tag in Ruhe lassen – allein, allein?« Ich schrie es fast heraus. Das Telefon kreischte weiter, überschrie mich.

»Ich verstehe dich überhaupt nicht«, sagte Fried und lief hastig an den Apparat. Wieder schien ich die Stimme zu hören, die nach mir griff.

Fried sagte zögernd: »Mutter möchte dich in der Stadt treffen.«

»Sage ihr, ich gehe heute nicht aus.«

Fried legte die Hand auf meine Stirn. »Du scheinst wirklich krank zu sein.«

Ich stieß die Hand zurück. »Begreifst du denn nicht, daß ich es nicht länger ertrage?«

»Was erträgst du nicht?«

»Daß man unser Leben gängelt wie das kleiner Kinder, daß ich mich jede Minute belauscht fühle. Warum stehlen uns deine Eltern unser Leben?«

Fried schwieg hilflos. Sein scharfer Geist, der sich mit abstrakten Problemen beschäftigte, war verwirrt und ratlos vor den unberechenbaren Leidenschaften des Lebens. Er strich sich hastig mit dem Daumen über die rechte Augenbraue, wie immer, wenn er angestrengt nachdachte. Sein Kopf auf dem kurzen Hals zitterte leise. Seine braunen guten Hasenaugen sahen mich verstört an.

»Ich verstehe dich leider ganz und gar nicht«, brachte er mühsam hervor. »Reh fühlt sich nicht wohl«, hörte ich ihn hastig am Telefon sagen. »Nein, nichts Ernstes.« Als er an den Tisch zurückkehrte, hatte er mit dem Gleichgewicht seine schulmeisterliche Haltung wiedergewonnen.

»Du bist ungerecht«, belehrte er mich. »Törichte Eifersucht auf die Schwiegereltern ist deiner einfach nicht würdig. Die Eltern sind die besten, selbstlosesten Menschen. Sie denken nur daran, es dir in der fremden Stadt heimisch zu machen, dir das Einleben zu erleichtern. Ist Mutter nicht die Güte selber?«

»Güte«, rief ich bitter. »Listige Güte nenne ich es, wenn man dadurch alle beherrscht. Du bist es, der nicht begreift.«

Fried wurde blaß. Mit seinem schweren gesenkten Kopf, der zusammengezogenen Stirn, sah er grollend und zornig aus.

Erschrocken über meine eigenen Worte, lenkte ich ein. »Verzeih, deine Mutter ist eine verehrungswürdige Frau. Aber ich . . . ich ersticke hier!« Ich brach in Schluchzen aus. Mit unbeholfener, täppischer Zärtlichkeit trocknete Fried meine Tränen. Ich lachte plötzlich über den Knoten in seinem Taschentuch, der ihn fast täglich an etwas anderes erinnern sollte. Jetzt fuhr er mit dem Tuch liebkosend über mein Kinn, meinen Hals. Er war wie ein großer vernünftiger Bruder, der überlegene Freund.

»Ein Anfall von Heimweh«, stellte er fest. »Wollen wir ein paar Tage nach Berlin fahren, dummes kleines Mädchen?«

»Nein, nein, du solltest die Arbeit an deinem Buch nicht unterbrechen«, wehrte ich mich. »Du wolltest mir doch heute abend dein neues Kapitel vorlesen.«

In Gedanken sah ich mich schon vor den hohen Bücherwänden auf dem Sofa zusammengerollt, während Fried mit langsamer und deutlicher Betonung aus seinem Buch *Die Staatsphilosophie des 19. Jahrhunderts* vorlas. Ich liebte diese Abende. Ich freute mich auf das leise Rascheln der Blätter, die beredte, gedankenvolle Stille des Raumes, auf die tiefe Geborgenheit in diesem abgeschlossenen Garten des Geistes. Ja, war es denn nicht in Erfüllung gegangen, was meine Mädchenträume von Fried erwartet hatten? Seite an Seite über die Seiten gebeugt, auf denen die Buchstaben zauberisch auftauchten, Gedanken in klare Form pressend wie schönes Glas, das man blies, während ich half, den Rohstoff, die Vorstudien, zu ordnen und zu klären.

»Heute abend bleiben wir allein zu Hause, nicht wahr?« fragte ich. Ich suchte Frieds Blick, fragte mich, ob er die gleiche Vorfreude spürte. Aber in seinem Auge glomm etwas anderes auf, etwas, das den braunen nachdenklichen Blick in etwas Trübes, Wildes verwandelte.

Er zerrte so heftig an meiner Bluse, daß der Verschluß aufsprang. Und dann wälzte sich sein schwerer Körper auf mich, der mich drückte und erdrückte, der mir nur Unbehagen bereitete. Ein Vorgang, losgelöst von unserer menschlichen Beziehung. Es bestand kein Zusammenhang für mich zwischen den beiden Wesen, dem vertrauten Menschen, an dessen Stirn ich meinen Kopf lehnte, und dem plumpen gierigen Geschöpf, das sich auf mich warf. Ich ließ es geschehen wie immer, eine unangenehme Pflicht. Ich nahm es hin, dieses gespaltene Leben, weil ich es nicht anders kannte.

Als sich hinter Fried die Tür geschlossen hatte, wechselte ich die Kleidung und bürstete heftig mein Haar. Als hätte ich die Haut gewechselt, verließ ich dann eilig das Haus, um allein die fremde Stadt zu erforschen.

Wie oft, wenn ich mir überlassen war, suchte ich die Dominsel auf, den ältesten Teil der Stadt, wo sich die kleineren Kapellen um den spitzen, in den Himmel stoßenden Turm des Domes drängten. Das mächtige versteinerte Blattwerk der gotischen Rosetten, das Regenbogenlicht in den hohen bunten Glasfenstern triumphierte in seiner zeitlosen Schönheit über das grüne lebendige Laubwerk. Hier stand die Zeit still. Auf dieser Halbinsel, von zwei Wasserarmen abgeschnitten, war eine Insel des Mittelalters erhalten, die die Flut des modernen Lebens noch nicht weggespült hatte. Das zitternde Blätterspiel vor den steinernen Blüten erfüllte mich mit tiefer Ruhe, besänftigte mich, als wäre auch mein bebender Aufruhr des Gemüts nur etwas Flüchtiges.

Wäre es nicht vielleicht besser gewesen, im Mittelalter zu leben? dachte ich. Wo alles so fest vorgeschrieben war – der unumstößliche Glaube, die Gesetze von Gut und Böse, der feste Platz, der einem zugewiesen war und von dem man sich nicht voll heimlicher Unruhe fortsehnte. Anders als heute, wo die Begriffe von Recht und Unrecht zu schwanken begannen, man aber die alten Schalen der abgestandenen Ordnung doch noch mitschleppen mußte. War denn nicht die Familientyrannei – die Tyrannei der Güte, wie ich es nannte – ein so mittelalterlicher Überrest? Und doch befand ich mich da in einem inneren Zwiespalt. Ich konnte mich hier so schwer zurechtfinden, weil Breslau, anders als das kosmopolitische Berlin, unter der Maske des modernen Gesichts seine mittelalterlichen Züge bewahrt hatte.

Überall war ich hier dem Mittelalter begegnet, in dem Kastenwesen des Bürgertums, das die angesehenen Familien streng gesondert hielt, in der Universität mit ihren prunkvoll mittelalterlichen Zeremonien. Ich dachte an die Feier bei der Verleihung der Doktorate, als die Professoren feierlich in ihren mönchisch schwarzen Talaren zum Podium schritten; das Gesicht des Rektors tauchte wieder vor mir auf, eines Rechtslehrers, dessen strenges Antlitz an einen mittelalterlichen Scholastiker erinnerte. Ich war schon gegen die Vorurteile der eingeengten Stadt gestoßen, welche die Großstadt nur nachahmte. Ja, ich war in Breslau in das Mittelalter geraten. Trotz der Sommersonne überlief mich ein Frösteln.

Und doch zog es mich bei meinen einsamen Spaziergängen immer wieder zur Dominsel. Dort träumte ich auch an jenem Tage, der alles umstürzte, an dem alles anders wurde. Durch die alten krummen Gassen war ich langsam zurück in das Zentrum der Stadt geschlendert. Es war die Mittagsstunde, die Angestellten eilten nach Hause, auf der Geschäftsstraße bewegten sich die Menschen in dichtem, geordnetem Strom; das Klingeln der elektrischen Bahnen, das Hupen der Autos, die Schreie der Zeitungsausrufer mit ihren scharfen abgerissenen Synkopen waren die vertraute Begleitmusik der belebten Straße.

Plötzlich wurde dieser gewohnte Lärm durch einen schrillen Ruf übertönt, der langgezogen in gleichbleibend hohem Ton Außergewöhnliches verkündete. Der Ton schwoll an, wurde schriller, bedrohlicher! »EXTRABLATT: ULTIMATUM VON RUSSLAND! KRIEGSGEFAHR!«

Ein Sog entstand in der Menge, man drängte sich um den Rufer, riß ihm die Blätter aus der Hand. Laut schrie man sich die unheilvollen Worte zu, die in schwarzen Riesenbuchstaben auf die betäubte

Menge niederflatterten. Noch waren es nur schwarze Worte – etwas Finsteres, Drohendes, das sich keiner recht vorstellen konnte.

Krieg!

Der Krieg ist in meiner Erinnerung wie bei den meisten Daheimgebliebenen mit einem Lied verknüpft, das die hinausziehenden Soldaten sangen. Darin rauschte der Sommerwald, und bittersüß war die Hoffnung auf baldige Heimkehr mit Todesahnung gemischt:

»Die Vöglein im Walde, sie sangen so wunderwunderschön; in der Heimat, in der Heimat, da gibt's ein Wiedersehn.«

Überall und immerzu hörte man das Lied. Man stürzte zum Fenster, lief auf die Straße, um die Kolonnen der Soldaten vorbeimarschieren zu sehen; man winkte ihnen zu, diesen blutjungen Gesichtern unter den engsitzenden Helmen, die ihre Uniformen so verwechselbar ähnlich machten. Eigentlich war es immer dasselbe: ein wie aus Holz geschnittenes knabenhaftes Gesicht.

Zunächst klang das Lied noch trotzig und siegessicher; aber als der erste Kriegsrausch vorüber war, die ersten Gefallenenlisten erschienen, wurde auch das Lied müde.

Immer kraftloser, mechanischer wurde das Lied gesungen, die Stimmen erstarrten wie die sich automatisch bewegenden Soldaten. Und als dann der tollkühne Vormarsch unter Siegesfahnen und mit Siegesfeiern zum Stillstand gekommen war und sich die jungen Männer in den regennassen Schützengräben wie für die Dauer einrichteten, wurde das Zuhause immer unwirklicher, die Strophe von dem Wiedersehen klang fast wie ein Spott.

Denn allmählich war zwischen der Welt an der Front und dem Leben in der Heimat ein tiefer Graben entstanden. Sie verstanden sich nicht mehr, die da draußen und die daheim. Das da draußen war eine Männerwelt. Männer hausten wie Höhlenbewohner unter der Erde, in ihre Termitenbauten eingegraben, stumpf geworden in der Eintönigkeit endloser Wochen, bis wieder ein Sturmangriff und heulende Todesgeschosse sie aufpeitschten. Daheim war Angst und endloses Warten auf Briefe, die das eigentliche Leben ersetzen sollten und doch nichts sagten.

Die jungen Soldatenfrauen trugen ein gealtertes Lächeln, bei manchen Vereinsamten artete die Traurigkeit in Untreue und Verwilderung aus. Die Mütter, die den Kindern die Väter ersetzen mußten, zeigten harte und männliche Züge der Unabhängigkeit. Manche Männer kehrten als Verwundete heim, die wie Kinder unter dem Bettzeug stöhnten. Und immer weiter ging der patriotische Rummel mit Paraden und Militärmärschen, der Urlaubsrummel mit Tanzlokalen und Soldatenkabaretts. Aber die Entfremdung zwischen Front und Heimat wuchs ständig; die drinnen wußten nicht, wie die Nächsten draußen lebten und litten.

Ich selbst bewegte mich auch in diesem allgemeinen Rhythmus, obwohl mein persönliches Leben im ersten Kriegsjahr noch gar nicht angerührt wurde. Fried, bei dem die ärztliche Untersuchung einen nervösen Herzfehler ergeben hatte, wurde als untauglich für den Frontdienst befunden. Noch heute sehe ich den eigentümlichen Ausdruck seines Gesichts vor mir, als er nach der Untersuchung langsam in mein Zimmer trat, beschämt, verlegen, wie nach einer Niederlage und so, als wäre seine Manneswürde angetastet worden.

»Untauglich«, sagte er, indem er sich heftig mit dem Daumen über seine Braue strich. »Für wertlos befunden und verworfen. Geistige Begabung kann dem Vaterlande jetzt nichts nützen.«

Ich sah ihn forschend an, fast wie einen Fremden, den großen Kopf mit der gewölbten schönen Stirn, der kurzhalsig und schwer auf dem plumpen Körper saß, und den ratlosen, nach innen gerichteten Blick. Mit einer mütterlichen Geste legte ich die Hand auf seinen Arm.

»Wer weiß, wozu es gut ist«, tröstete ich ihn. »Wer weiß, wofür dich das Schicksal aufhebt. Du bist nicht nur Wissenschaftler, du bist Lehrer der Jugend, du hast große Aufgaben. Und dann . . . du darfst leben«, brach es plötzlich aus mir heraus. »Ist das Leben nicht etwas Einmaliges, Unersetzliches? Ich will es nicht ausdenken, was dir zustoßen könnte . . .« Ich stockte. Das Kind in mir rührte sich. Ich war im sechsten Monat schwanger. »Es bewegt sich. Fühle mal«, flüsterte ich, indem ich seine Hand auf meinen Leib legte. »Bebu.« So nannten wir das Ungeborene, das Geheimnisvolle, das uns bald als Knabe, bald als Mädchen vorschwebte und bisweilen geschlechtlos wie ein elbisches Wesen vor den Augen unserer Phantasie gaukelte.

»Bebu«, wiederholte Fried mit behutsamer, zärtlicher Stimme. Doch gleich darauf zogen sich seine Augenbrauen zusammen. »Was hast du eben gesagt?« fragte er zornig. »Der einzelne wäre unersetzlich? Das einmalige, kostbare Individuum sei unersetzlich und sollte dem Staat nicht geopfert werden? Aber hat nicht der Staat das Recht auf solche Opfer? Ist nicht der Staat selbst etwas Lebendiges, eine eigene Persönlichkeit, Ausdruck der Nation, nicht Summe der einzelnen? Nein, im Staat manifestiert sich, wie Hegel es so kristallklar ausdrückt, Geist und Wille des Menschen in einer Gesamtpersönlichkeit, die die Grenzen des kleinen Ich sprengt!«

Er wollte weiter dozieren, aber ich unterbrach ihn heftig. »Der Staat ist ein Götze. Und die Mütter müssen ihm blind opfern.« Unwillkürlich legte ich meine Hände schützend vor meinen gewölbten Leib. »Das Leben ist heilig.«

»Und Deutschland ist heilig«, sagte Fried. »Und einmalig! Seine besondere Kultur, seine Musik, seine Dichtung, seine Philosophie – einmalig. Man hat es umkreist, man will es vernichten. Sollen wir das dulden?«

»Aber jedes einzelne Leben ist ein Wunder. Durch Leben soll es seinem Land dienen, nicht durch Sterben und durch Morden«, widersprach ich im Gefühl meiner Ohnmacht fast flehend.

»Anmaßung nenne ich es«, erwiderte Fried, »wenn der einzelne, das kleine Ich, sich zum Götzen macht, um den alles zu kreisen hat. Es muß eine Staatsgesinnung geben, die das Bewußtsein des Volkes ganz selbstverständlich durchdringt.« Er rieb sich mit der Daumenspitze nachdenklich über die Stirn. »Wäre ›Staatsgesinnung‹ nicht ein guter Titel für eine Abhandlung? Könnte ich durch eine solche Schrift nicht auch einen vaterländischen Dienst leisten, da ich nun einmal zum Frontsoldaten nicht tauge? Was meinst du?«

Ich sah ihn nur schweigend an, den Mann, der einem Prinzip das Leben opfern wollte. Feindseligkeit wallte in mir auf. Ihm war das Leben zu Formeln erstarrt, zu philosophischen Begriffen ... Plötzlich hörten wir von fern das Abschiedslied der ausziehenden Soldaten – gedämpft, aber doch hörbar.

»Da marschieren und singen sie nun auf Befehl! Sie töten und sterben, alles auf Befehl«, rief ich verstört. »Und wenn du jetzt in den Reihen mitmarschiertest, zur Front abtransportiert würdest, dann würdest du vielleicht anders fühlen und sprechen.«

»Wahrscheinlich«, sagte Fried. »Aber das wäre kein Argument gegen eine einmal erkannte Wahrheit.«

»Und was würde aus Bebu, wenn du fallen würdest? Aus unserem Bebu?« fragte ich.

»Du sprichst wie ein Kind«, lachte Fried. »Aber es steht dir gut, wenn deine Augen vor Empörung funkeln.«

Er umarmte mich heftig, ließ mich dann aber gleich wieder los, um in sein Arbeitszimmer zu eilen. »Staatsgesinnung«, wiederholte er, und schon saß er mit seinem breiten, gekrümmten Rücken am Schreibtisch, um seine Gedanken in wohlgeformte Sätze zu pressen.

Ich blieb unbeweglich stehen, horchte in mich hinein. Mir war, als pochte eine winzige Faust gegen meinen Leib. Mit dem schaukelnden Gang der Schwangeren ging ich durch den schmalen Korridor in den leeren Raum neben unserem Schlafzimmer, der Bebus Zimmer werden sollte. Es hatte eine Tapete mit großen fröhlichen Blumen, und aus dem breiten Fenster sah man auf Gärten und rote Dächer, die mich immer wieder an eine Seite aus einem Kinderbuch erinnerten.

In dem Raum stand noch kein Möbelstück. Aber ich liebte es, mich hier aufzuhalten, wo die Zukunft so lieblich geisterte. Hier unterhielt ich mich mit dem Ungeborenen. Ich sprach mit ihm, wie mit meinem zweiten Ich. Die Mutterschaft hatte mich überwältigt, war ein mystischer Vorgang für mich. Ich trug nicht, ich wurde getragen; in dem Kind würde ich noch einmal geboren werden. Ja, schöner und besser wollte ich in ihm wieder zur Welt kommen. Nicht nur mein Körper sollte es formen, sondern auch meine reinsten Gedanken.

Ich strich gerade zärtlich über die Blumen der Tapete, als ich die hohe Stimme meiner Schwiegermutter hörte. Sie stand in der geöffneten Tür.

»Du nimmst wohl Maß für den Wickeltisch, Kindchen? Eigentlich sollte er schon in der vorigen Woche hier sein. Ich hatte ihn doch rechtzeitig genug bestellt. Hat dir die Tüllprobe für den Babykorb gefallen?«

Ich fühlte mich in meinen müßigen Träumereien beschämt.

»Du nimmst mir zuviel ab«, erwiderte ich. »Du verwöhnst mich. Ich werde morgen selbst in die Stadt gehen.«

»Soll ich die Mutter meines Enkelsohnes denn nicht verwöhnen, eines neuen Stammhalters der Familie? Es wird gewiß ein Junge.« Sie seufzte leise auf. »Welches Glück, daß dein Mann bei dir bleiben kann. Man darf es ja nicht laut sagen, aber wir sind doch beide froh, nicht wahr, daß er nicht an die Front kommt. Ich habe bestimmt nicht das Talent zur Heldenmutter.«

Wir blickten uns verstehend an. Meine Schwangerschaft hatte mich ihr näher gebracht und meine frühere Eifersucht verdrängt. Ich bewunderte diese Frau, die unermüdlich im sozialen Dienst ein Netz von Wohlfahrtsküchen leitete, wie ein General von ihrer Zentralstelle alles übersah, und doch wie eine warmherzige Hausmutter nie den Blick für die Einzelheit verlor.

In den ersten Monaten nach Kriegsausbruch hatte ich in einer ihrer Küchen als freiwillige Helferin für bedürftige Soldatenkinder Suppe ausgeteilt. Die blassen Kinder mit ihren glanzlosen Haaren, die die Armut unschön machte, trugen schon die Zeichen des Krieges, die hastige Gier und eine gewisse Stumpfheit. Ohne Väter wuchsen sie auf, bei ihren versorgten überarbeiteten Kriegsmüttern.

Ich dachte an das kleine Kind, das ich damals mit Klara in der Elendswohnung besucht hatte. »Das Leben is swer«, hatte es gelallt. Auch diese Kinder hatten die kalten, wissenden Augen von Erwachsenen. Mißtrauisch und verschlossen löffelten sie schweigend ihre Suppe. Manche von ihnen waren ungewaschen, hatten häßlichen Ausschlag auf den Gesichtern und Grind auf den Köpfen. Mit der Empfindlichkeit der Schwangeren mußte ich mich oft heimlich übergeben. Ich wusch sie und reinigte die grindigen Köpfe.

Aber ich fühlte mich auch schuldig, daß ich diese Kinder nicht stärker lieben konnte, empfand Schuldgefühle darüber, daß mein eigenes kommendes Kind so behütet war.

Im fünften Monat meiner Schwangerschaft stellte der Arzt eine leichte Nierenreizung bei mir fest. Er verordnete Ruhe und Schonung und plädierte dafür, meinen sozialen Dienst zu unterbrechen. So wurde ich in die Isolation der wohlhabenden jungen Frau zuückgestoßen.

Wieder war ich von einer Schutzhülle umgeben, lebte im schwebenden Zustand der Erwartung. Ich versuchte, das Erlebnis der Mutterschaft in Versen zu formen. Sie wurden zu dem Gedichtband *Das Lied der Mutter,* der einige Monate später im Druck erschien. Damals schloß ich mich in meiner Kapsel der Fruchtbarkeit ein, war mir selbst genug. Welche Anmaßung! War ich so selbstsüchtig, die chaotische Welt zu vergessen, die hinter dem hauchdünnen Vorhang meines persönlichen Lebens tobte, die Angst und Todesschreie des Krieges? Geschah es vielleicht aus dem Selbstschutz der werdenden Mutter heraus? Um zu leben, mußte man sich taub stellen. Und taub war nicht nur ich, taub stellten sich fast alle Menschen in jener Zeit. Der Krieg war ganz allmählich zum Alltag geworden.

Auch Fried hatte sich inzwischen mit seinem unsoldatischen Dasein in der Etappe abgefunden. Da die Tore der Universität geschlossen waren, vertrat er einen Gymnasiallehrer und brachte zwölfjährigen Tertianern Latein bei. Er machte sich über seine Rolle als »Pauker« lustig. Wir lachten beide, wenn er mir seine Korrekturen der Schulhefte zeigte, in denen er die Ränder mit philosophischen Erläuterungen und humorvollen Bemerkungen in seiner unleserlichen Handschrift vollkritzelte. Er erzählte mir, daß er – ungerechterweise! – seine Vorzugsschüler hätte, seine Lieblinge. Besonders ein schmaler Junge mit einer hellblonden Mähne, frisch und immer fragelustig bis zur Frechheit, erfreute sich seiner Gunst.

»Dieser Bursche Hans Kliem ist so unbeschwert«, sagte Fried, »so unbelastet. Vielleicht ist es das, was mich, einen Menschen von komplizierter Geistigkeit, anzieht. Das Unproblematische, das . . .«, er stockte, »nun, das Unjüdische vielleicht.«

So trat der Schüler Hans in unseren Gedankenkreis, wurde eine Gestalt, die unsichtbar mit uns lebte, an unserem Tische saß, und einmal fragte ich Fried sogar: »Möchtest du, daß Bebu so ähnlich wie Hans wird?«

Er schüttelte den Kopf. »Ach nein, Bebu soll ein nachdenkliches, denkendes Wesen werden.«

Wie typisch war doch dieser geistige Hochmut, dieses Überlegenheitsgefühl des assimilierten deutschen Juden, das doch eigentlich einem Minderwertigkeitsgefühl entsprang, und dessen Unsicherheit sich mit der Sehnsucht nach einem völligen Aufgehen im anderen Volke mischte. Jene unerwiderte Sehnsuchtsliebe nach dem »Blonden«, Einfachen, Hemmungslosen, dem wir uns angleichen wollten. Und doch sollten wir schon damals eine Erschütterung erfahren, einen Vorstoß des Erdbebens, das uns zwanzig Jahre später entwurzelte.

Es geschah an einem strahlenden Frühlings- und Siegestage, die

Fahnen flatterten wieder einmal von den Dächern, als Fried mittags blaß und verstört heimkehrte.

»Was ist denn passiert?« wollte ich ängstlich wissen. Er antwortete nicht, sondern ging ruhelos im Zimmer auf und ab, seine Braue mit der Daumenspitze mißhandelnd. Endlich stieß er hervor: »Eine Beleidigung, eine ungeheure Beleidigung!«

»Wer hat dich beleidigt?«

»Ich konnte dem Kerl nicht einmal die passende Antwort geben, denn er drückte sich mit Absicht verschleiert aus, erging sich in Andeutungen.«

»Erzähle doch etwas genauer«, bat ich.

Fried blieb stehen. Seine Stirn war mit kleinen Schweißtropfen bedeckt, er ballte die Fäuste. Noch nie hatte ich ihn in solcher Erregung gesehen.

»Anläßlich der Siegesfeier hatte ich einen Vortrag in der Aula zu halten. Danach kam der Geschichtslehrer auf mich zu ... du weißt, der sich immer als Reserveoffizier aufspielt, der mit dem spitzen Drosselbartkinn und den dünnen, mit Wasser gekämmten Haaren über der Glatze.«

»Ich erinnere mich«, sagte ich. »Alle haben Angst vor ihm, sogar der Direktor.«

»Richtig. Nun, er kam auf mich zugeschossen und sagte in liebenswürdigem Ton: ›Herr Kollege, in Ihrem Vortrag hat mir etwas gefehlt. Er war zu allgemein, zu intellektuell, nicht volkstümlich genug. Unsere Jugend braucht heute nationales Brot, keine geistigen Leckerbissen, einfache nahrhafte Kost für das Gemüt und das patriotische Gefühl. Aber woher sollten Sie das geben können, es liegt Ihnen nicht, bei Ihrer anderen Herkunft.‹ Ich fuhr auf. ›Andere Herkunft? Wie meinen Sie das?‹ Er zog sich sofort feige zurück. ›Ich meinte nur, der Vortrag wäre zu hoch, für unsere Schuljugend nicht geeignet.‹ ... Oh, der Antisemit! Er warf mir Fremdheit, undeutsches Wesen vor, der Hohlkopf!«

Fried begann wieder durch das Zimmer zu laufen, setzte sich nicht an den Tisch, rührte keine Speise an. Auch mir blieb der Bissen im Munde stecken, mir fehlten die Worte. Der feste Boden unter uns hatte einen Riss bekommen.

»Wer ist er denn?« fragte ich schließlich. »Ein kleiner Lehrer ohne

Einfluß, ohne Bedeutung. Der Direktor schätzt dich. Deine Universitätskollegen achten dich . . .«

»Du hast recht«, sagte Alfred mit veränderter, heiserer Stimme. »Man darf einen solchen Menschen gar nicht beachten. Ich betrachte die Angelegenheit als nicht geschehen.«

Er setzte sich an den Schreibtisch, und ich ging in Bebus Zimmer, um Babywäsche in die Wickelkommode einzuräumen.

Wir stellten uns nicht nur taub, wir stellten uns auch noch blind, weil wir weiterleben mußten.

Der Mai kam in diesem Jahr mit verschwenderischem Blühen und frühsommerlicher Hitze. Goldregenbüsche und Fliedersträucher beugten sich unter der Last der Blüten. Es war eine Orgie des Lebens, während in der Ferne die Zerstörung des Krieges ganze Wälder in Asche legte.

Ich war auf der Seite des Lebens, jeden Tag konnte ich niederkommen. Beim Gehen spürte ich jetzt die Schwere des Kindes. Oft blieb ich in der Kastanienallee stehen und beobachtete das Aufbrechen der Knospen. Gewaltsam stießen und drängten sich die Blättchen aus der klebrigen Hülle. Eines Mittags spürte ich während eines Spaziergangs einen Stich, der meinen ganzen Leib durchfuhr. Ganz langsam ging ich weiter. War es die erste Wehe? Zu Hause setzte ich mich mit meiner Näharbeit vor das große Fenster in Bebus Zimmer und blickte auf die Bilderbuchlandschaft der kleinen Gärten hinaus. Der Schmerz wiederholte sich nicht. Ungeduldig wartete ich auf den Beginn meiner Geburtsarbeit.

Mittags brachte Fried ein Extrablatt heim, das einen bedeutenden Teilsieg an der Ostfront verkündete. In schwarzen Riesenbuchstaben bedeckten phantastische Zahlen von gefangenen und toten Feinden das Papier.

»Man braucht neue Massen an der Ostfront«, berichtete Fried. »Man plant einen Durchbruch. Dieser Hohlkopf, der Reserveoffizier, ist zur Front abgegangen und drohte uns, daß wir Lehrer alle eingezogen würden. Man spricht von neuen ärztlichen Untersuchungen.«

Ich starrte wie gebannt auf die Zahlen: Dreitausend Tote! Diese Zahl peinigte mich wie eine ungelöste Rechenaufgabe. Dreitausend Menschen, von denen jeder einzelne für sich eine Welt bedeutete, für den die Welt für immer untergegangen war. Plötzlich durchfuhr mich wieder der messerscharfe Schmerz.

»Was ist dir?« fragte Fried. »Geht es los?« Er sprang auf. »Ich werde die Hebamme rufen.«

»Es hat keine Eile«, sagte ich mit künstlich munterer Stimme. Inzwischen fühlte ich mich wieder völlig schmerzfrei. Ich bediente Fried mit Erbsen und betrachtete aufmerksam die grünen kleinen Kügelchen auf seinem Teller. Dann aß ich tapfer, obwohl es mir widerstrebte. Fried betrachtete mich sorgenvoll. Ich lachte. »Die zweite Wehe kommt in zwanzig Minuten«, sagte ich – und legte die Gabel fort.

Da war der Schmerz wieder, nur der Schmerz und nichts anderes, ungeheuerlich und stetig anschwellend bis zum Fortissimo und in kleinen Schmerzwellen langsam abebbend, die durch den Rücken liefen. Ich hielt mich an der Lehne des Stuhls fest.

Dieser gute Stuhl war mein Freund, mein Halt, bis die Hebamme kam. Es war eine kleine Frau mit einem bäurisch-lustigen, rotbäckigen Gesicht. Sie hatte eine seltene Kraft in ihren Händen, wenn sie mich im Kreuz stützte. Sie stellte den ratlosen Fried dazu an, das Bett im Schlafzimmer von der Wand abzurücken, und während sie sorgfältig die Instrumente auskochte, schwatzte sie unaufhörlich; erzählte lustige Klatschgeschichten aus ihrer Praxis, und ich mußte mitlachen, bis mich mitten im Lachen eine neue Wehe packte und es in unterdrücktes Stöhnen überging. Fried folgte mir mit feierlichem und besorgtem Gesicht überallhin, während ich von einer geheimen tiefen Freude erfüllt war, abwechselnd lachte und stöhnte und heiter Bebus Zimmer durchquerte, um durch die Bewegung die Geburt zu beschleunigen. Ich fühlte mich tapfer und nützlich – entschlossen, keinen Laut von mir zu geben.

Aber dies waren nur die Vorboten des Schmerzes gewesen. Bald überfielen mich rhythmische Krämpfe, die meinen Rücken zu zerbrechen drohten. Alle fünf Minuten stießen sie mich buchstäblich um. In den Pausen lachte ich nicht mehr, sondern ruhte mit geschlossenen Augen, um neue Kraft vor dem nächsten Ansturm zu schöpfen.

In einer solchen Pause traten meine Schwiegereltern in das Zimmer. Meine Schwiegermutter trug ein gesticktes Kissen – ein Erbstück, an das sich ein Glücksaberglauben heftete – und stopfte es mir in den Rücken. Der Schwiegervater sah mich aus seinen blaßblauen vorstehenden Augen mitfühlend an. Mußte ich denn wie eine französische Kronprinzessin des Rokoko in Gegenwart des Hofstaates gebären? Zunächst zwang ich mich zu einem höflichen Lächeln. Aber dann, als mich die nächste Wehe hochriß, schrie ich wütend: »Hinaus! Alle hinaus! Ich will allein sein!«

Sanft drängte die zierliche Hebamme mit ihren kleinen starken Händen die Familie auf den Korridor hinaus, wo ich alle drei, Fried und die Eltern, vor meiner Tür unaufhörlich flüstern und laufen hörte. Doch inzwischen war es mir gleichgültig geworden. Jetzt hätte ich mich ohne Scham auch vor einem Publikum von Unbekannten dem Schmerz überlassen, der mich wie ein wütendes Tier überfiel. Ich hatte allmählich jede Empfindung für Zeit und Umgebung verloren. Ich merkte nicht, daß es dämmerte, daß der Abend hereinbrach, ich gewahrte kaum, daß man mich auszog und auf das Bett legte, und daß ein älterer Arzt mit einem grauen Spitzbart an meinem Lager stand. Der Schmerz hatte mich betäubt wie ein Nebel. Mit beiden Händen umklammerte ich die Bettpfosten, wenn mich wieder eine große Wehe überschwemmte.

Plötzlich spürte ich eine Veränderung und wurde hellwach. Gegen meinen Willen mußte ich eine Zentnerlast in meinem Leibe nach unten pressen. Mir war, als würde ich auseinanderbrechen.

»Mittun! Pressen!« hörte ich die Stimme der Hebamme. Zugleich vernahm ich ein fast tierisches Gebrüll. War ich es, die diese entsetzlichen Schreie ausstieß? Eine winzige Pause, und wieder wälzte ich einen Felsen in meinem Leib.

»Ich sterbe,« dachte ich, da öffnete sich die Tür. Mein Vater stand auf der Schwelle. Besorgt um seine Lieblingstochter, hatte er den Schnellzug von Berlin nach Breslau genommen, um mir als Arzt beizustehen. Ich schrie vor Freude auf, aber der Schrei artete in Gebrüll aus. »Papa«, rief ich, »sei mir nicht böse, daß ich schreie. Ich muß schreien.«

Mein Vater trat an mein Bett. »Die Musik gehört dazu, Kind«, sagte er lächelnd.

»Ja, es ist alles wie moderne gräßliche Musik«, stöhnte ich. »Die Pausen sind das Schönste.«

Nun sah ich alles überdeutlich und blitzhell. Sah, wie mein Vater auf den älteren Kollegen zuging, der breit, die Hände in den Gummihandschuhen von sich gestreckt, wie vor einem Eingriff an meinem Bett stand. Wie er ihn mit einer kleinen sicheren Bewegung beiseiteschob und sich seine eigenen Hände schützend und unendlich vertraut mir wie zwei lebende Wesen näherten. »Äther, Schwester«, befahl er.

Benommenheit rieselte aus einer Maske auf mich. In einem Halbrausch sah ich auf einem grünen Rasen elfenhafte weiße Wesen tanzen. Dann wich die Betäubung, wieder fühlte ich mich zersprengt. In Todesnot schrie ich, spürte etwas Weiches zwischen meinen Schenkeln hindurchgleiten, und auf dem Höhepunkt meines höchsten Schreies vernahm ich plötzlich ein dünnes anderes Schreien, die Stimme des Neugeborenen. Oh, diese kleine zornige Stimme des neuen Lebens! Völlige Schmerzstille senkte sich auf mich und mit ihr vollkommene Seligkeit, in der mein Leben für Sekunden stillstand.

Dann begann die Unruhe wieder. Unruhe und Jubel. »Ein Junge«, rief mein Vater. »Ein Junge«, jubelten draußen vor der Tür die Schwiegereltern.

Ein winziges zerdrücktes, feuerrotes Gesicht wurde mir in den Arm gelegt. »Mein Sohn.«

»Unser Sohn«, sagte Fried, als er sich über ihn beugte. »Er hat deine Augen, aber meine Stirn.«

Am Abend tanzte mein Vater mit meiner Schwiegermutter während eines Spaziergangs übermütig durch die Felder. Sie tanzten aus Freude über den ersten Enkelsohn. War er nicht erwartet und willkommen wie ein Kronprinz, der Erbe ehrwürdiger Geschlechter mit Familienstolz, dessen Zukunft in einem mächtigen Deutschland so glückverheißend und gesichert schien? Die Siegesmärsche im Osten würden den Frieden bald erzwingen.

Ich dachte nicht an Krieg oder Sieg. Ich betrachtete das verquollende winzige Gesicht, und als sich die Lippen suchend bewegten, lachte ich leise auf. Ich war glücklich, vollkommen glücklich.

3

Für jede Mutter sind die ersten Monate ihres Kindes eine unendlich lange, kostbare Zeit; an jedem Tag enthüllt sich etwas Neues, Menschenähnlicheres aus dem noch formlosen Geschöpf. Jeder Tag ist eine Entdeckung für die Mutter, wunderbar wie die Erforschung eines Erdteils. Da ist der bedeutende Augenblick, an dem sich der schielende Blick der noch orientierungslosen Augen auf einen bestimmten Punkt richtet und dort haften bleibt: das erste Sehen. Da ist der lächerlich-rührende Versuch, den kleinen Kopf zu heben: der erste Wille, und da ist der erstaunliche Anblick, wenn das beziehungslose Lächeln des winzigen Gesichts zum Lächeln des Erkennens wird.

Wie jede Mutter erlebte ich diese Zeit als Wunder. Das gewaltige Glück wuchs um mich wie eine Hecke, hinter der ich mit dem Kinde auf meinem Schoß saß, und die eigentlich nichts durchdrang – auch Fried nicht, der mit dem »sonderbaren Geschöpf«, wie er es nannte, nicht viel anzufangen wußte.

»Später, wenn ich mich mit ihm unterhalten kann, führe ich ihn spazieren«, sagte er verlegen und kehrte an den Schreibtisch zurück.

Aber vor meiner Hecke ging der Krieg weiter; auch er wuchs und breitete sich über neue Länder und Menschen aus wie eine Wucherpflanze, die das Leben aussaugt. Das Elend schwoll an, täglich gab es mehr Tote und Verwundete, und eines Tages teilte sich meine Hecke: Der Krieg trat durch die Lücke zu mir herein.

Es war ein leuchtender Oktobertag; die Bäume unserer Ebereschenallee hingen voller blutroter Beeren, als Fried zu ungewohnter Stunde heimkam. Er sprach atemlos, da er hastig gelaufen war, und sein großer Kopf zitterte leicht auf dem kurzen Halse:

»Sie haben mich genommen.«

»Wer hat dich genommen?« fragte ich verständnislos.

»Sie, die Ärzte, haben mich genommen. Ich bin frontdienstfähig geschrieben. Ich komme nicht von der Schule. Ich hatte es dir verschwiegen, ich war zur ärztlichen Untersuchung bestellt.«

Ich sprang auf. »Das muß ein Irrtum sein. Du hast ein nervöses Herz. Sie haben sich geirrt.«

Fried stand steif, regungslos, als wäre er schon soldatisch erstarrt. Nur der Kopf zitterte ganz leicht weiter. »Sie haben sich nicht geirrt. Sie brauchen Menschen. Sie müssen die Lücken im Osten füllen. Sie nehmen jeden. Der Arzt hat gesagt: ›Dein Herz ist schnellschlägig. Es hat ein etwas zu schnelles Tempo. Nun, Tempo ist das, was wir jetzt brauchen. Auch wenn du nicht gerade im Sturmangriff mithalten kannst – am Telefon im Schützengraben sitzt es sich ganz bequem. Dafür reicht es.‹«

Ich begriff mehr aus dem Tonfall als aus dem Sinn der Worte, was geschehen war. Fried gehörte sich schon nicht mehr selbst. Die Kriegsmaschine hatte bereits eine Veränderung mit ihm vorgenommen, ihn gestutzt und straffgezogen. Bald würde sie auch seine Persönlichkeit plattwalzen.

Mühsam stemmte ich mich dagegen an. »Du mußt ein Gesuch einreichen, um Neuuntersuchung bitten. Unser Arzt wird ein Attest schreiben; dein Herz kann das nicht aushalten.«

Fried unterbrach mich mit einem kurzen Lachen. Es kam mir fremd vor, war schon ein soldatisches Lachen, hart und abgehackt. »Sinnlos! Ich würde das Gegenteil erreichen. Außerdem, habe ich es nicht selber gewollt? War ich nicht beschämt, als man mich ablehnte? Habe ich nicht über *Deutsche Staatsgesinnung* geschrieben?« Er stockte. Seine Züge lockerten sich plötzlich, sein brauner Blick richtete sich nach innen. »Das Buch ist glücklicherweise fertig«, sagte er dann langsam. »Die Korrekturen wird mir der Verleger ins Übungslager nachschikken.«

»Ins Übungslager?« wiederholte ich, ohne zu begreifen.

»Ja, morgen früh um fünf Uhr werden wir in ein Übungslager irgendwo in Oberschlesien abtransportiert. Eine Schnellausbildung. Es heißt, wir werden nach sechs Wochen an die Front geschickt.«

»Morgen um fünf Uhr«, wiederholte ich mechanisch.

»Wir müssen packen«, rief Fried, und sein Gesicht, vor einer Sekunde noch starr, nahm einen verstörten Ausdruck an. »Was nehme ich um Gotteswillen mit? Wollenes Unterzeug? Wieviele Socken?«

Nicht der Frontdienst, nicht die möglichen Gefahren beunruhigten diesen abstrakten Kopf im Augenblick, sondern der Wust der kleinen Dinge, der Anprall der praktischen Verrichtungen, die von ihm gefordert wurden. Er sah mich hilflos und hilfesuchend an, seine edle gewölbte Stirn gesenkt wie damals, als er mir den Antrag machte, und das gleiche Gefühl der Achtung und mütterlichen Zärtlichkeit durchströmte mich.

»Packen!« rief er sich zu wie einen Befehl.

Wir packten lange und umständlich. Zwischen seine Hemden und Socken kamen philosophische Bücher, eine Handausgabe von Goethes *Faust*, weiße unbeschriebene Bogen, viele gutgespitzte Bleistifte in verschiedenen Farben – das Handwerkszeug, die Waffen des Geistes, die er nicht abliefern wollte.

Wir sprachen kaum miteinander. Diese entscheidenden Stunden wurden mit Besorgungen und Vorbereitungen zerfasert. Welche sinnvolle Schutzeinrichtung hat sich der Mensch doch bei jedem Abschied geschaffen, auch bei dem letzten, der Beerdigung, wenn er sich mit dem Fieber der Geschäftigkeit betäubt.

Selbst am Abend kamen wir nicht zu klarer Besinnung, als wir im Wohnzimmer der Schwiegereltern, unter der Ahnengalerie, aus den handbemalten Tassen mit Goldrand den Abschiedstee tranken. Auch Frieds Mutter sprach schnell und eifrig über warme Wolle, die der neue Soldat in den kalten Herbstnächten tragen müsse, über Eßpakete, die sie regelmäßig schicken würde. Je schneller und eifriger sie sprach, desto besser konnte sie ihre grauenhafte Mutterangst verdekken.

Der Schwiegervater, Stadtrat und Mitglied der deutschnationalen Partei, lenkte uns und sich mit seinem strategischen Heimatspiel ab. Auf einer großen Landkarte Europas, die gegenüber den Ahnen an der Wand hing, bewegte er die Stecknadeln vorsichtig von Punkt zu Punkt, die Stellung und Vormarsch der deutschen Truppen markierten. Es ähnelte einem Gesellschaftsspiel auf buntem Karton für Kinder, das wir damals alle spielten.

Erst als wir aufbrachen, im Hausflur, hielt Frieds Mutter ihren Sohn am Ärmel fest. »Friedel, mein Junge«, sagte sie in dem Ton, in dem man ermunternd zu einem Schuljungen vor seiner Prüfung spricht, »du brauchst kein Held zu sein. Wenn du den Strapazen nicht gewachsen bist, dann melde dich krank. Du wirst dann auf Krankenurlaub geschickt, vielleicht nach Hause.«

Fried klopfte seiner Mutter zärtlich auf den Rücken. »Sei ohne Sorge. Ich werde hauptsächlich telefonieren. Und telefonieren haben wir ja in unserer Familie genug geübt.«

Wir brachen alle in Lachen aus. Lachend nahmen wir Abschied, während hinter dem Lachen der Eltern Angst und Tränen standen. Wir lachten auf der Straße, als wir in einem parodierten Parademarsch auf einer dunklen Seitenstraße die Beine in die Luft warfen. Wir lachten zu Hause weiter, als Fried in kindischer Narretei im Schlafzimmer auf- und abgaloppierte, sich mit der flachen Hand vor die Stirn schlug und einen albernen Schlager sang: »Ach Amalia, wer hätte dies gedacht, ach Amalia, was hast du durchgemacht!« Und wir lachten noch, als wir im Bett lagen und Telefonieren spielten, von Bett zu Bett, die Hand am Ohr, die unsinnigsten Botschaften weitergaben – bis uns vor Lachen die Tränen kamen.

Dann fragte er telefonisch an, ob die Dame nicht zu ihm kommen wolle und zog mich gleichzeitig zu sich herüber. Ich ließ es geschehen, wie immer bemüht, seine Freude nicht zu stören, aber selbst dabei abwesend und lustlos, während mich wirre Gedanken weit fortspülten.

Im Halbtraum sah ich die große Landkarte, auf der sich Landschaften mit Flüssen und undurchdringlichen schwarzen Wäldern plastisch formten; ich hörte das Geräusch schwerer Stiefel, die das Unterholz knackend zertraten, Stiefelschritte ohne Aufhören, aber ich sah keine Gesichter, sondern erriet nur eine dunkle, undeutliche Masse, die sich durch den Wald wälzte wie ein Riesenwurm. Als ich vor Morgengrauen aufwachte, wußte ich nicht, ob ich wirklich geträumt hatte oder diese düsteren Bilder nur im Halbschlaf mein Bewußtsein gestreift hatten.

In der Morgendämmerung begleitete ich Fried zum Bahnhof. Wir fröstelten in der herbstlichen Kühle. Nebel hing wie Rauch tief zwischen den Häusern. Da ich keine Erlaubnis hatte, den Bahnsteig zu betreten, trennten wir uns in der schwärzlichen, zugigen Bahnhofshalle, während Fried mich ungeschickt an sich drückte und seine Küsse hastig und ziellos auf mein Gesicht fielen.

Dumpf, ohne Empfindung, ging ich nach Hause. Erst in unserer Wohnung, als ich mich an den Tisch setzte, neben den leeren Stuhl von Fried, brach es in mein Bewußtsein, was eigentlich geschehen war. Unser Leben war unterbrochen, zerstückelt. Eine fremde rohe Gewalt, stark wie der Tod, hatte meinen Mann von meiner Seite gerissen. Ich fühlte mich halb. Gewiß, die Liebe, die ich als junges Mädchen ersehnt hatte, hatte sich nicht entfaltet. Aber er war doch mein allernächster Mensch, der Nachbar meines Lebens – sein Platz neben mir am Tisch, sein Kopf neben mir auf dem Kissen ... ein ungeheurer Arm hatte in die Ordnung unseres Lebens eingegriffen.

Ich stieß den Stuhl zurück und ging in das Kinderzimmer. Mein Sohn schlug die Augen auf. Er sah mich unverwandt an, mit jenem unmittelbaren staunenden Blick, den nur kleine Kinder haben. Und ich senkte vor diesem Blick ratlos und zweifelnd die Augen.

Ich gehe den Kurfürstendamm entlang. Es scheint, als habe sich diese Prachtstraße nicht verändert, auch nicht im dritten Kriegsjahr. Es ist immer noch die breite Promenade mit ihren Cafés und Luxusläden, die an sommerlichen Nachmittagen zum Schlendern einlädt. Und dennoch ist eine Veränderung vorgegangen, unmerklich, fast unsichtbar, so daß man manchmal mitten auf der Straße wie gelähmt stehenbleibt.

Das Galanteriegeschäft im Eckhaus ist leer, ausgeräumt. Ich erinnere mich, der Besitzer ist gefallen, die Frau fortgezogen, und gleichzeitig sehe ich, daß die Fassade des Hauses überall abgeblättert ist, und daß im zweiten Stockwerk die Balkons nicht wie früher mit Blumen bepflanzt sind. Die Straße ist schäbiger geworden. Obwohl das Leben in Berlin in heftiger Bewegung weitergeht, ist etwas in den Menschen ausgehöhlt und brüchig geworden. Wie einen Refrain hört man überall die Redensart: »Wenn der Krieg zu Ende ist, werde ich beginnen, dies oder jenes zu unternehmen ...«

»Wenn der Krieg zu Ende ist?« Wann wird er zu Ende sein? Niemand wagt mehr, einen Termin anzugeben. Die Front hält sich auf beiden Seiten in einem starren Gleichgewicht. Man rückt einige Kilometer vor, man fällt ein paar Meilen zurück: unterdrückte Aufschreie, Tränen, Auflösung von Familien, Tote. Der Frieden ist eine

Fata Morgana, die schillernd immer weiter entweicht, je mehr man sich ihr zu nähern versucht, ein Luftgebilde jenseits der Wirklichkeit. Die Jahreszeiten surren vorüber, man hat jedes Gefühl für Zeit verloren.

Zu dieser Zeit, unter diesen Eindrücken, entstand das folgende Gedicht:

Lied der Gefallenen

Wir Unvollendeten
Zu Grabe getragen,
Mit Sehnsüchten,
Die aus dem Grabe ragen!
Bevor wir entzündet,
Sind wir verglommen.

Bevor wir verkündet,
Im Rauch verschwommen.
Unser junger Gedanke,
Nie ausgedacht,
Unser heißtolles Lachen,
Nie ausgelacht,
Das tiefste Weinen des Lebens versäumt
Und seine Träume nie ausgeträumt!
Wir Unvollendeten
Finden nicht Frieden,
Weder zu Bösen
Noch Guten geschieden!
Zwischen Himmel und Hölle,
Zerschleudert, zerrissen,
Nur Steingerölle
Zum Ruhekissen.
Und Leidenschaften, die schwarzen Pferde,
Galoppieren uns rasend über die Erde.

Unglaubhaft erscheint es mir, daß ich schon über ein Jahr wieder in Berlin im Hause der Eltern lebe, die mich und mein Kind aufnahmen, um meine Einsamkeit als Soldatenfrau zu lindern. Mit starken, liebevollen Armen umschloß mich die Teilnahme der Eltern, hießen mich die vertrauten Räume meiner Mädchenzeit willkommen.

Aber es war ein zweifelhafter Trost. Denn ich blieb einsam, da ich mich der Atmosphäre des Elternhauses entfremdet hatte, unabhängig geworden und jeder Bevormundung entwachsen war. Wie konnte man wieder zum Kind werden? Nur der Schatten des früheren jungen Mädchens bewegte sich in den Zimmern, mein eigentliches Ich flüchtete, lebte außerhalb des elterlichen Heims, das meine Hände müßig ließ. Denn meine Mutter, die ihren Haushalt wie ein kleines Königreich regierte, duldete keine Einmischung. Ich dachte nur: »Wenn der Krieg zu Ende ist, werde ich mein eigenes Leben wieder fest in die Hand nehmen.« Gewiß, ich betreute mein Kind, schrieb Artikel und Kurzgeschichten für Zeitungen, hörte Vorlesungen an der Universität – aber dennoch waren meine Tage verödet.

Sogar mein kleiner Sohn, dessen erste unbeholfene Schritte durch die Flucht der Räume für Mutter und Kind Forschungsreisen bedeuteten, bei denen der Einjährige winzige Triumphschreie ausstieß, konnte mir nicht wie früher wunschlose Beglückung schenken. Auch ich mußte noch einmal gehen lernen, allein gehen, weit ausschreiten, auf der Suche nach einem Sinn in der Wildnis.

Zuerst klammerte ich mich an Frieds Briefe. Sie waren eine sonderbare Mischung von abstrakten Abhandlungen und drastischen Schilderungen der Unbequemlichkeiten des Feldlebens. Bisweilen brach ein Satz in der Mitte ab:

»Der menschliche Geist kennt Vorübungen, Gruppenbildung zur Staatsbildung . . . Ich muß mich leider kurz fassen. Der Kerzenstummel auf der Kiste, die mir als Tisch dient, ist niedergebrannt. Bitte, schicke mir mehr Socken. Drei Paar genügen nicht, um Nässe und Kälte von meinen gefrorenen Füßen abzuhalten. Trockene Füße sind eine Erinnerung an graue Vorzeit. Ich kann schwer denken. Ich habe seit vier Wochen ununterbrochen Nachtdienst. Aber sorge Dich nicht. Unser Klappenschrank steht weit hinter der Front. Nur bin ich oft so müde, daß ich mit offenen Augen schlafe wie ein Hase. Man nimmt die Schutzinstinkte des Tieres an. Also vergiß nicht die Socken!!!«

Drei Ausrufungszeichen. Immer schlossen die Briefe mit Ausrufungszeichen, die mich wie die Zeichen einer Geheimsprache anschrien. Bedeuteten sie Gefahr? Oder vielleicht die innere Umwälzung eines weltfremden Menschen, der durch körperliche Leiden verwandelt wurde?

Bisweilen tauchten in Frieds Briefen die Gesichter einiger Kameraden auf. Da war Reinhold, der lange magere Schuhmacher, der langsam und gewichtig die Worte zwischen seinen hohlen Wangen kaute, um platte tröstliche Lebensweisheiten von sich zu geben. Oft lief sein schlesisches sentimentales Gemüt über, und er verschluckte sich vor Rührung, wenn er von seiner Blumenzucht erzählte. Da war Max, der dicke Schlosser, dessen schwarze kleine Augen in dem massigen roten Gesicht verschwanden, wenn er lachte oder unanständige Witze erzählte. Da war Heinrich, der schweigsame Bergarbeiter, der hinter seinen bläulichen, unrasierten Stacheln und mürrisch geschwollenen Backen stumm Tabak kaute, bis er plötzlich auffuhr und lange sozialistische Parteireden hielt, als stünde er auf einem Podium.

Diese drei Gestalten beschäftigten meine Vorstellung so lebhaft, daß ich sie plastisch vor mir sah. Sie, die ich niemals mit leibhaftigem Auge geschaut hatte, waren mir deutlicher als die Züge meines eigenen Mannes, die mir immer mehr ins Ungewisse zerrannen. Etwas Unheimliches war mir geschehen. Ich hatte vergessen, wie Frieds Gesicht aussah. Vergeblich versuchte ich, es mir vorzustellen und zermarterte mich, um mir Einzelheiten seines Ausdrucks ins Gedächtnis zurückzurufen. War dies vielleicht eine besonders raffinierte Folter, der die vereinsamten Kriegerfrauen unterworfen waren? Oder war dieses Vergessen schon eine versteckte Untreue?

Überall – auf der belebten Straße, während eines Vortrages, morgens beim Aufwachen und nachts zwischen zwei Träumen – gaukelte dieses entfremdete, in Nebel aufgelöste Antlitz meines Mannes wie ein Irrlicht vor mir. Auch jetzt, als ich die Treppe zu unserer Wohnung hinaufstieg, war dieses Gespenst, das ich nicht fassen konnte, an meiner Seite. Als ich mich in meinem Zimmer über den Feldpostbrief beugte, versuchte ich, aus den krausen, groß geschwungenen Schriftzügen Frieds Gesicht zu entziffern.

Der Brief war schwer. Als ich den Umschlag öffnete, zogen meine ungeduldigen Finger einen Stoß dünne, mit einer fremden Handschrift bedeckte Blätter heraus. Die Buchstaben waren steil, druckähnlich wie eine Schulmädchenschrift. Erschrocken las ich englische Sätze, die Sprache des Feindes. Ich drehte den Brief in meinen Händen, gewichtig und vorsichtig wie ein gefährliches Dokument. Dann begann ich zu lesen.

»Mein Liebster!« lautete der Text. »Seit sechs Wochen bin ich ohne ein Wort von Dir, und meine Gedanken suchen Dich überall. Ich fühle, Du bist in Gefahr. Nicht eine Sekunde dürfen Dich meine liebevollen Gedanken loslassen; ich bilde mir ein, sie können Dich schützen. Wo bist Du? Mitten im Feuer, im Höllenlärm? Bei uns sind die Nächte still, totenstill. Was hat man aus unserem Leben gemacht? Ist es nicht unnatürlich, daß wir getrennt sind? Wir gehören doch zusammen, gerade in Gefahr. Es wäre gegen die Natur, daß Dir etwas zustößt und ich am Leben bleibe. Ich müßte in demselben Augenblick sterben. Wir haben ja erst angefangen zu leben, und in unserem Glück glaubten wir, Riesenkräfte zu haben. Wir haben beide zusammen noch so viel zu tun in der Welt, vor allem, unser kleines Baby gemeinsam zu erziehen. Wenn Du ihn nur sehen könntest! Er läuft mit rasender Geschwindigkeit durch alle Zimmer. Sein Haarschopf steht in einem ebenso drolligen Wirbel ab wie Dein Haar, und er lacht mit breit offenem Munde wie Du. Herrgott, hoffentlich wird er einmal in einer besseren Welt leben, ohne Krieg. Gib Dir Mühe, mir zuliebe, heil zu bleiben, mein geliebtes Herz!«

Es folgten Schilderungen der Häuslichkeit. Sie berichtete, daß sie die Möbel im Wohnzimmer umgestellt hätte; sie nahm den Entfernten bei der Hand und führte ihn durch das verwaiste Heim. Der Schluß brach ab wie mit einem unterdrückten Schluchzen.

Ich saß wie erstarrt. Dies also war der Brief der Feindin, die ich hassen sollte. Dann überflog ich Frieds Brief. Er teilte mir mit, daß er beim Vormarsch diesen Brief neben einem gefallenen englischen Offizier auf der Straße gefunden hätte. Da der Engländer sicher als vermißt gemeldet wurde, bat mich Fried, seiner Frau den Brief und die Todesnachricht über das Rote Kreuz in der Schweiz zukommen zu lassen, um sie aus der qualvollen Ungewißheit zu erlösen. Fried fügte nichts hinzu, aber ich spürte zwischen seinen Zeilen ein Beben der Erschütterung. Auch meine Finger zitterten, als ich die Bögen zusammenfaltete. An dem Brief haftete der Tod. Todesschauer und Todesahnung hatten ihn geschrieben, er hatte im Straßenstaub neben dem Toten gelegen; nie würde er eine Antwort erhalten, nur das Schweigen des Todes.

Der Brief war tief in mich eingedrungen. Konnte man einfach so weiter leben, ohnmächtig und untätig? In den nächsten Tagen mußte ich unaufhörlich an die junge Engländerin denken; nachdem ich die kurze Nachricht an das Rote Kreuz abgesandt hatte, schrieb ich in Gedanken lange Briefe an sie. »Du bist glücklich in Deiner Erinnerung«, wollte ich ihr schreiben. »Denn Du hast Deinen Mann sehr geliebt. Sicher wirst Du nie vergessen, wie sein Gesicht aussah ...« In qualvollem Schuldgefühl versuchte ich wieder, mir Frieds Gesicht herzustellen. »Auch ich leide«, schrieb ich in Gedanken weiter. »Meine Ehe ist zerrissen. Ich habe das Gesicht meines Mannes vergessen ...«

Ich fühlte, daß ich dieser Frau in Feindesland alles gestehen konnte. Sie war meine Schicksalsgenossin. Sie war wie ich durch den Krieg ihres natürlichen Lebens beraubt, mit ihrem kleinen Kind vereinsamt zurückgelassen. Was ihr geschehen war, bedrohte auch mich. Wir beide waren verbunden, schuldlose Opfer des Wahns, der die Völker gegeneinanderhetzte. Wir beide sprachen mit verschiedenen Lauten die gleiche Sprache, die Sprache des Lebens gegen die Vernichtung. Warum vereinigten wir uns nicht über die feindlichen Grenzen hinweg, wir und die Millionen anderer junger Frauen? Warum faßten wir einander nicht an den Händen, um eine Kette zu bilden, eine Internationale der Mütter, stärker als die des Proletariats, die versagt hatte?

Die von Männern regierte Welt kannte nur den brutalen Kampf als Lösung der Zwistigkeiten. Es war Zeit, daß die Frauen, seit Jahrhunderten ausgeschaltet und zum Stummsein verurteilt, sich empörten und sich in einem einzigen Aufschrei zwischen die kämpfenden Reihen warfen. Eine Weltliga der Mütter!

Es war kein neuer Gedanke, der mich so heftig bewegte. Schon vor dem Kriege hatte die Idee gekeimt. Frauen hatten sich als besondere Gruppe der Friedensbewegung zusammengeschlossen. Dann, während der ersten Kriegsjahre, schien jede Tätigkeit verschüttet. Jetzt hatte der ungeheure seelische Druck die Idee wieder zum Gären gebracht. Einige Frauen, Gleichgesinnte, trafen sich unauffällig – kleine Gruppen, so lose geknüpft wie die Maschen eines Netzes.

Ich wußte davon kaum etwas. Aber jeder Gedanke ist jung, wie zum erstenmal gedacht, wenn er neu durch einen Menschen hindurchgeht. Und so war, durch den Brief geweckt, diese Vision der Mutterliga für mich überwältigend kühn und veränderte den Rhythmus meines Lebens. Ich wollte nicht mehr alleine gehen, ich suchte Weggefährten, meinen Trupp, die Marschkolonne der Idee. Auch ich wurde Soldat – aber gegen den Krieg.

Die Studentin Hanna, meine Nachbarin im pädagogischen Seminar der Universität, sagte mir den Weg. Hanna, die auf den ersten Blick alle durch ihr Aussehen täuschte, war ein zierliches Mädchen mit einer Fülle rotbrauner Haare, die ihr auf die schmalen Schultern fielen, mit blassen, zarten Gesichtszügen. Hanna, die so zerbrechlich und empfindsam wirkte und die, wenn sie zu sprechen begann, jeden durch ihren klaren, nüchternen Verstand, ihre unerbittliche Logik erstaunte. Sie hatte eine leise, hohe Stimme, die sich einprägte. Sie war ein Advokat in der Maske eines lieblichen Mädchens, das den Krieg als Unvernunft und geistige Verstörung bekämpfte.

Hanna brachte mich in einen Kreis junger Frauen, der sich regelmäßig in der Privatwohnung einer Ärztin in einem Vorort versammelte. Wir fuhren vom Bahnhof Zoologischer Garten ab, und in der Bahn, während die starren schwarzen Kiefern wie Schiffsmaste vorüberglitten, entsann ich mich des Ausflugs mit Richard auf derselben Strecke, den ich damals als Anbruch einer abenteuerlichen weiten Reise ausgekostet hatte. Ich dachte auch zurück an die bange Fahrt neben Fried, vorbei an denselben Stationen, dem Unbekannten entgegen. So kurz die Entfernung auch war, wieder fuhr ich weit fort, begab mich auf unbetretenes Gebiet, weit weg von meinem früheren Ich.

Der erste Eindruck allerdings war harmlos genug. Eine Frau, die blonden Zöpfe schlicht um den Kopf gelegt, streckte mir über einen runden altmodischen Teetisch hinweg mit hausmütterlichem Lächeln die Hand entgegen. Ihr rundes Gesicht schimmerte in klarer Harmonie, als sie den Tee einschenkte. Nie hätte man hinter diesen weichen Zügen aufrührerische Gedanken vermutet: Eine Kinderärztin mit mütterlichen Händen, die Leidende sanft und behutsam anfaßten, und die Untersuchung eines kranken Kindes mit Spielen und Kinderliedern begleitete. So sah die Frau aus, die den Mut hatte, sich gegen die Gesellschaft und ihre Kriegsmaschine zu stellen.

Aber wie Hanna trug auch Dr. Käte Linden ungewollt die täuschende Maske ihres früheren Gesichts, hinter der sich ihre neue Persönlichkeit verbarg. Als sie plötzlich ihre Tasse mit einem Ruck fortschob, als fege sie alles Überflüssige von sich weg, sah uns ein veränderter Mensch mit strengem blauen Blick und strengem Mund an, voll gespannter Aufmerksamkeit. Der idyllische Teetisch verwandelte sich in das karge Podium einer politischen Versammlung, die sie überlegen leitete.

Die Teilnehmerinnen, Frauen verschiedenen Alters und ihrer Kleidung nach aus unterschiedlichen Schichten stammend, hatten alle etwas Gemeinsames, einen Ausdruck verschlossenen Ernstes und angestrengter Spannung. Methodisch und sachlich wurde unser Friedensprogramm mit gewissenhafter Gründlichkeit durchgesprochen. Es ging um die Herausgabe einer Broschüre. In der Diskussion fanden sich Stimmen dafür und dagegen, bis das Vorhaben schließlich mit knapper Mehrheit gebilligt wurde.

Die sachliche, kühle Behandlung der Vorschläge stand in eigenartigem Gegensatz zu dem leidenschaftlichen Impuls der Idee, die uns alle zusammengetrieben hatte. Nur eine der Sprecherinnen sprang ungestüm von ihrem Stuhl auf. Alles an ihr erinnerte an ein feurig durchgehendes Pferd. Das schwarze buschige Haar, das ihr in die Stirn fiel, die bewegliche Nase mit den breiten Nasenlöchern, der kräftige Mund und die scheuen dunkelglimmenden Augen. Es waren Maleraugen, Künstleraugen, welche die Farben tausendmal farbiger und stärker sahen als andere, auch Lust und Leid heftiger in sich aufnahmen.

»Wir sind zu zahm«, rief sie. »Müssen wir nicht mehr als ein Wohlfahrtsverein sein? Wir begnügen uns mit Broschüren, die als wertlose Papierfetzen in den Abfall wandern. Wir müssen demonstrieren. Geht ein Zug von Soldaten hinaus, müssen wir eine Marschkolonne von Frauen bilden und ihnen auf der Straße entgegentreten.«

Die leise, eindringliche Stimme von Hanna unterbrach sie. Ihre langen rotbraunen Haare schwangen mit, als sie den Kopf schüttelte. »Nein. Das wäre verfrüht. Wir sind noch nicht stark genug. Vorläufig müssen wir in der Stille arbeiten.«

»Hanna hat recht«, sagte die Ärztin ruhig und bestimmt. »Eines Tages werden wir zu solchen Aktionen bereit sein. Aber heute noch nicht. Die Zeit ist noch nicht reif. Am dringendsten ist es, bald mit unseren Kameradinnen im Ausland in Fühlung zu kommen. Ich werde versuchen, die Reiseerlaubnis zum Besuch eines Ärztekongresses im Spätherbst in der Schweiz zu erhalten. Dort werde ich die unsrigen treffen. Inzwischen müssen wir hier wachsen, stärker werden, neue Menschen werben.«

Die Malerin senkte den Kopf. Eine kleine bedrückte Stille lastete auf dem Raum. Wie ohnmächtig waren wir doch, wie durch Stacheldrähte von der Welt abgeschnitten. Stacheldrähte liefen sogar mitten durch unser Land hindurch, wo die Menschen es nicht wagten, ihre Gedanken auszusprechen. Ein Stacheldraht war um dieses Zimmer gelegt.

Es war gut, daß in die ratlose Stille hinein ein Klopfen ertönte. Ein Mädchen mit weißer Schürze setzte eine Obstschale und bunte Teller auf den Tisch, der sich nun wieder in den Mittelpunkt einer geselligen Plauderstunde verwandelte. Die Frauen zogen ihre Handarbeit hervor, strickten graue Strümpfe für die Soldaten. Nadeln und gleichgültige Worte klapperten. Niemand hätte ahnen können, daß die kleine Gruppe einen revolutionären Kern bildete. Die gemütliche Atmosphäre war eine Täuschung wie die weichen Gesichter der Frauen, die nach einer Pause ihre gespannten Züge erneut annahmen, als die politische Aussprache wieder begann.

Vor dem Aufbruch am späten Abend war jede Teilnehmerin mit einer besonderen Aufgabe ausgerüstet; mir war aufgetragen, an der Broschüre mitzuarbeiten und neue Mitglieder zu gewinnen. Als ich in der S-Bahn saß und die starren Kiefern an mir vorüberglitten, wußte ich, daß mein Leben nun vom Atem einer Gemeinschaft bestimmt wurde. Und als ich an Frieds Feststellung dachte – »der menschliche Geist kennt Vorübungen, Gruppenbildung zur Staatsbildung« –, mußte ich leise lachen. Wohl übte ich mich im Dienst der Gemeinschaft, aber doch nur, um den Staat als eisernen Götzen zu bekämpfen.

»Der eiserne Götze«, so nannte ich meine Streitschrift für den Frieden, die sich allmählich aus ein paar Kapiteln für die Broschüre zu einem eigenen Buch entwickelte. Ich wählte die Worte sorgfältig und schliff sie, damit sie die hohle, schreckliche Welt wie kleine Hämmer abklopften. Ich klagte den falschen Glockenklang an, der in den

Kirchen aller Länder den Sieg bejubelte, lauter nationale Götzen statt eines Gottes anbetete. Ich versuchte, den Schall einer einzigen Weltenglocke heraufzubeschwören, einer Weltkuppel, die sich über die versöhnten Völker spannte.

Aber diese Töne waren vorläufig nur für mein eigenes Ohr hörbar, in Schriftzeichen erstarrt. Ich ritzte damit nur das Papier, noch kein fremdes Gewissen, ich rührte keine Menschen an.

Ich versuchte, die mündliche Botschaft weiterzutragen. Es war schwerer als rieselnden Sand zu formen. Bei persönlichen Begegnungen, bei geselligen Zusammenkünften, überall führte ich das Gespräch absichtlich zu dem Thema des Friedens. Da trat dann plötzlich eine kleine verlegene Pause ein, ein leises unmerkliches Erschrecken, eine winzige Fortwendung des Kopfes, ein Achselzucken, und schließlich einige hingeworfene Bemerkungen: »Es wird immer Krieg geben; man kann Naturgesetze, die menschliche Natur, nicht ändern.« Dann wechselte man das Thema, und die Sandkörner gleichgültiger Worte rieselten über mich hinweg.

Fast nie begegnete ich offener feindlicher Abwehr, fast immer einem nachsichtigen Lächeln, das mich als weltfremde Närrin verspottete. Gegen Verfolgung und Haß wäre leichter zu kämpfen gewesen als gegen dieses mitleidige Lächeln. Meine Kameradinnen hatten die gleiche Erfahrung gemacht. Es blieb uns nichts übrig, als uns diesem vergifteten Lächeln immer wieder auszusetzen. Bisweilen dachte ich, die Malerin hätte recht, und wir könnten nur durch eine laute Demonstration die Müden und Gleichgültigen aufrütteln.

Doch einmal stieß ich auf harten Widerspruch, der mich verächtlich anspie. Eines Tages erblickte ich vor mir auf der Straße meine Jugendfreundin Klara in der Uniform der Krankenschwester. Sie schritt eilig aus mit langen Schritten, und ich lief ihr nach. Sie nickte mir freundlich zu, ohne stehenzubleiben und setzte ihren hastigen Gang fort. Steif stand die gestärkte Haube von ihren Haaren ab, steif und starr knisterte die weiße Tracht und mehr als je glich ihr Gesicht den Zügen eines gotischen Engels.

»Ich habe jetzt keine Zeit«, sagte sie. »Ich muß zum Dienst im Lazarett. Was tust du?« fügte sie flüchtig hinzu.

Ich erzählte ihr von meiner Aufgabe. Sie sah mich mit kaltem Blick von der Seite an. »Du spielst also wieder herum mit schönen Worten«, sagte sie. »Aber diesmal sind sie gefährlich. Du fällst uns in den Rücken. Du gehörst zu den heimlichen Maulwürfen, die wühlen und Unruhe stiften . . .«

»Unruhe?« unterbrach ich sie. »Wir wollen Ruhe und Frieden für die gequälte Menschheit.«

Klara beschleunigte ihre Schritte. »Menschheit. Aufgeblasene Worte! Weißt du, daß dies Verrat an unserem Lande ist? An unseren Soldaten, die für uns bluten und fallen?«

Ich hatte Mühe, mit ihr Schritt zu halten und stieß atemlos hervor: »Was tust du für die Soldaten? Du flickst sie zusammen, damit sie wieder in die blutige Fleischmühle geworfen werden können. Denkst du nicht einmal darüber nach, welcher Mißbrauch mit den Menschen getrieben wird?«

Klara blieb mit einem Ruck stehen. Ihre Züge waren unbewegt, ihre braunen südlichen Augen sahen starr, wie blind geradeaus. »Wir haben jetzt nicht zu denken. Wir haben nur zu gehorchen. Ich tue nichts als meine Pflicht. Und du machst bunte Seifenblasen mit großen Worten wie ›Menschheit‹; aber du vergißt, daß du ein Vaterland hast.«

Klaras Blick musterte mich von oben bis unten und blieb einen Moment verächtlich an meinen Händen haften. Dann, als ihr Blick meine Augen traf, wandte sie sich ab, und ich sah einen Augenblick Verwirrung und Traurigkeit über ihr Gesicht huschen, die nicht zu den gotischen Zügen und der starren, knisternden, makellosen Uniform paßten. Ich ließ sie stehen und ging auf die andere Seite der Straße.

Ziellos lief ich ein paar Straßen weiter. Ich hatte eine nahe Freundin verloren. Es schmerzte. Es war, als wäre etwas aus meinem Gewebe herausgeschnitten, und zum erstenmal griff mich dieser eigentümliche Tod an, der Verlust eines Menschen mitten im Leben. Klara würde nur noch ein Erinnerungsbild sein, sonst war sie für mich gestorben. War dies vielleicht das Opfer, das ich meinem neuen Menschheitsglauben bringen mußte?

Würden sich noch mehr nahe Menschen von mir trennen und ich bliebe abseits, abgesondert, von einer Luftschicht der Einsamkeit umhüllt? Und mein allernächster Mensch, Fried, mein Mann, dessen Gesicht ich vergessen hatte – würde er mich verstehen oder mich als

Verräterin verurteilen? Ich hatte ihm nichts über meine Entwicklung geschrieben; auch seine Briefe sagten wenig. Öffnete ich den Umschlag, öffnete ich noch lange nicht den Sinn seines Schreibens; denn zwischen den Zeilen stand unsichtbar das Ungesagte, eine Geheimschrift, zu der man den Schlüssel nicht hatte, wenn man das Gesicht nicht sah. Ich war in Gedanken an unserem Hause vorbeigelaufen. Jetzt nickten mir die rosa und roten Geranien unseres Balkons nach, helle, freundliche Blumenköpfe, die Paradiespflanzen meines Mädchenheims, rieten mir umzukehren. Aber das Paradies dahinter war, trotz aller schönen Möbel, leer.

Grübelnd ging ich die nächsten Tage umher. Ich badete mein Kind, bürstete seine seidigen Härchen und nahm es auf den Schoß, als könnte es mit seinen stammelnden Worten meine Rätsel lösen. Ich wiederholte im Geist das Gespräch mit Klara, und mir fielen bessere Antworten ein; aber ich erkannte auch, wie armselig Worte an sich sind, und daß mir Klara mit Recht ihre tätigen Hände vorwurfsvoll entgegengestreckt hatte. Was konnten wir Friedenskämpfer mit unseren ohnmächtigen Händen schon ausrichten? Die Kanonen aufhalten? Die Gewehre aus den Fäusten schlagen? Klara pflegte leidende Körper, unter ihren Händen regte sich Fleisch und Blut. Blutvoll war auch ihr Ideal, das Vaterland, die Heimaterde mit atmenden Wäldern und Wiesen; blutlos dagegen war noch immer unsere Idee einer Menschheit für die meisten – es sei denn, die Mütter marschierten wirklich in endlosen Zügen über die Straßen, quer über die Grenzen hinweg, ihre Kinder in den Armen.

Diese Grübeleien verstörten mir Tage und Nächte. Schlaflos lag ich eines Nachts wieder einmal in meinem weißen Mädchenbett, als die Klingel tönte, lange und dringlich. »Wer kann so spät läuten?« dachte ich. »Vielleicht ein Unfall auf der Straße, man bringt einen Verletzten zum nächsten Arzt, zu meinem Vater.« Vorsichtig öffnete ich die Tür einen Spalt; in dem undeutlichen Halblicht des Treppenflurs stand ein fremder Soldat.

»Was wollen Sie?« fragte ich mißtrauisch. Der Soldat wollte mich umarmen, ich schrie leise auf, und in der Sekunde des Schreckens erkannte ich ihn. Es war Fried. Wir brachten beide keinen Laut hervor. Dann fragte ich sinnlos: »Woher kommst du? Was willst du mitten in der Nacht?«

»Einbrechen«, sagte Fried in verstelltem rauhen Ton. »Einbrechen bei feinen Leuten.«

Seine schweren Stiefel stampften über den Teppich. Die Mütze tief in die Stirn gedrückt, das Gesicht schwärzlich von Schmutz und Schweiß, sah er aus wie ein wildfremder Mensch. Ein scharfer Geruch von Rauch und Leder, von ungelüftetem Stoff und ungewaschenem Körper, ein Männergeruch kam mit ihm in das Zimmer. Er setzte sich nicht, er stand steif und breit auf dem Teppich und blickte mich an, wie ein Mann eine fremde Frau ansieht, die ihm gefällt.

Dann klappten Türen, elektrische Lichter blitzten auf, die Eltern umarmten Fried wie den eigenen, lange entbehrten Sohn, und unter der Kruste von Schmutz und Schweiß sah ich endlich das vergessene frühere Gesicht Frieds hindurchschimmern: Die hohe Stirn, als er die Mütze abnahm, die Hasenaugen, den weichen, sinnenden Mund.

Fremd aber war die Sprechweise, als er kurz und abgerissen erzählte, er hätte acht Tage Urlaub bekommen, weil sein Vater schwer erkrankt sei. Bis zum letzten Augenblick hätte man ihn nicht gehen lassen wollen, da sie durch die Offensive im Vormarsch mitgetrieben würden. Tage und Nächte wären sie marschiert, durch zerschossene Gerippe von Wäldern und verlassene Minentrichterfelder. Er strich sich mit dem Daumen über die Augenbraue, eine vertraute Bewegung, aber nicht wie früher, um einen neuen Gedanken anzuzünden, sondern um Bilder des Grauens fortzuwischen.

»Dort irgendwo, neben Leichen, hat er den Brief der englischen Frau gefunden«, dachte ich.

»Laßt den Jungen nicht so viel erzählen«, mahnte mein Vater und klopfte ihm herzlich auf die Schulter. »Er muß essen und ausruhen.«

»Vielleicht möchte er erst ein Bad nehmen«, schlug meine Mutter vor, die Tornister und Mantel von den Sesseln auflas und hinaustrug.

»Danke. Erst essen, dann baden. Entschuldigt, aber ich bin ein ganz gemeiner Gemeiner. Ich kann mich sogar ungewaschen zu Tisch setzen. Ach du lieber Himmel, ein Tischtuch! Welcher Luxus!«

Ein kleiner Tisch mit Speisen wurde herangerollt. Wein wurde entkorkt, weiße Laken und Handtücher auf dem Sofa meines Zimmers ausgebreitet. Der heimgekehrte Soldat wurde als Ehrengast bewirtet und zugleich wie ein entlaufener verschmutzter Junge mit lächelnder Nachsicht betreut.

Fried stopfte hastig die Bissen in den Mund. »Iß du auch«, ermunterte er mich, während er mich wieder mit sonderbaren Blicken wie eine fremde Frau betrachtete. Bald ließen uns die Eltern allein.

Wir standen uns in meinem früheren Mädchenzimmer mit den weißen Möbeln, der Rosentapete und dem weißen schmalen Mädchenbett stumm gegenüber. Der fremde Soldat, der mein Mann war, umschlang mich wortlos mit beiden Armen so fest, daß ich mich nicht bewegen konnte. Ich spürte eine stachelige Haut an meiner Wange, die rauhe Wolle der Uniform an meinem Knie, einen wuchtigen Körper dicht an den meinen gepreßt und das wilde ungeheure Begehren des Mannes, das ihn fast zersprengte. Ich wehrte mich zuerst wie bei einem Überfall, einer Vergewaltigung, während mich die Arme noch fester umschlossen, und der Körper mich mit seinem schweren Gewicht allmählich zum Bett drängte, auf das er mich warf. Dann aber lag ich still. Ein heißer, feuriger Strom überschwemmte mich, der Geruch von Leder, Schweiß, glühender Haut vermischte sich mit dem Geruch der frischgewaschenen weißen Laken. Ich zitterte unter der Gewalt des Triebes, der losgelassen Wut, Krampf, Zerstörung mit sich wälzte und nach feuchter aufgerissener Erde, dem nassen Fell eines Tieres schmeckte. Ich gab mich nicht Fried hin, dessen Gesicht ich vergessen hatte, sondern einem fremden Soldaten, der in mein Mädchenzimmer eingebrochen war.

Wir lagen nachher eine lange Weile schweigend in der Dunkelheit nebeneinander. Ich schämte mich, Licht zu machen, ich wollte sein Gesicht nicht sehen, und auch er schien die Helle zu scheuen. Leise, fast auf Fußspitzen, schlich er sich hinaus. Als er später aus dem Badezimmer zurückkam, knipste er den Schalter an, und ich erblickte einen sauber gewaschenen, frisch rasierten Mann, dessen Gesicht ich wiedererkannte, den großen Kopf auf dem kurzen Hals, den vertrauten Hasenblick – Fried, der mit dem Soldaten von vorhin nichts mehr gemeinsam hatte.

Er streckte sich auf dem Sofa aus und begann zu philosophieren, als wäre er mit der sauberen Wäsche wieder in sein früheres Selbst geschlüpft. Und doch hatten die Betrachtungen keinen rechten Zusammenhang mit dem müden Urlauber. Mitten in einem langen Satz verstummte er. In die Stille sagte ich: »Ich habe den Brief nach Genf abgeschickt.« Aber ich erhielt keine Antwort mehr. Er war eingeschlafen.

Am nächsten Tag fuhren wir nach Breslau. Der Schwiegervater war zu schwach, um den Kopf zu heben, winkte uns aber mit beiden Händen zu, aufgeregt und zappelnd vor Freude. Die Spanische Grippe hatte ihn niedergeworfen, eine tückische Krankheit des Krieges, die ein schleichendes Gift durch den Körper jagte und die Lunge zersetzte.

Der Stadtrat führte von seinem Krankenbett seinen strategischen Heimatkrieg weiter; eine Landkarte lag auf der Bettdecke, auf der sein Zeigefinger unruhig hin- und herfuhr. Er hielt die Karte gewaltsam fest, als die Schwiegermutter sie ihm leise fortnehmen wollte: Ein eigensinniges Kind, das sich an sein Spielzeug klammert.

»Es strengt dich zu sehr an«, mahnte sie mit sanfter Festigkeit. Ihre feinen Züge waren von kleinen Sorgenfältchen geritzt und trugen doch noch immer eine alterslose Frische. Ihr graues krauses Haar war sorgfältig frisiert, ihr Gang war leicht und mädchenhaft, während sie lautlos im Krankenzimmer hin- und herging. Als sie Fried umarmte, fiel ihr Gesicht zusammen und alterte. »Vater ist sehr krank«, flüsterte sie.

Gierig lauschte der Schwiegervater Frieds Erzählungen von der Front, und seine blaßblauen Augen traten hervor. Er sprach mühsam zwischen den Hustenanfällen. »Endlich rücken wir wieder vor. Wenn wir durchbrechen und den Feind von hinten fassen, bedeutet es vielleicht den Endsieg. Nur Bewegung! Bewegung! Die Front aufrollen!«

Es schien, daß er auf seinem Bett mit dem Vormarsch auf einer unbekannten Straße mitrollte. Seine blassen, vom Husten tränenden Augen waren in eine unbestimmte Ferne gerichtet. Dann legte er seine breite Hand auf die Hand des Sohnes. »Mein Junge, und dann kommst du nach Hause mit dem guten Gefühl, du hast mitgeholfen. Noch vor dem Winter nach Hause. Dann werden wir feiern.«

Unten auf der Straße zog ein marschierender Soldatentrupp vorüber. Durch das offene Fenster tönten die kurzen Stakkatorufe von Befehlen. Der Kranke lauschte angestrengt, sein Gesicht strahlte triumphierend. War es irgendein Siegesmarsch, den er mit seinem inneren Ohr hörte?

Plötzlich versuchte er, sich mit einem gewaltsamen Ruck aufzurichten. »Ich will aufstehen«, rief er. »Wenn Fried hier ist, müssen wir eine

Gesellschaft geben. Ein Festessen. Wir wollen den Bürgermeister einladen, die Herren vom Magistrat.«

Mit größter Mühe konnten wir den Schwiegervater im Bett zurückhalten. Seine Frau hielt seine Hände fest und streichelte sie: »Wir müssen erst den Arzt fragen. Vielleicht erlaubt er dir, morgen aufzustehen.«

Der Kranke riß seine Hände los und warf die Decken zur Seite. Er bewegte die Beine wie ein erschöpfter Schwimmer, der das feste Ufer wieder erreichen will.

»Ich bin nicht krank«, schrie er. »Ich darf nicht krank sein, wenn mein Sohn auf Urlaub kommt. Befehl ist Befehl! Vorwärts marsch! Eins, zwei, drei!«

Er schleuderte ein Bein aus dem Bett. Seine Frau versuchte verzweifelt, ihn auf das Kissen zu drücken. »Es ist ein schlechtes Datum zum Aufstehen – der Elfte.«

Der Kranke ließ sich erschöpft zurücksinken. »Elf«, wiederholte er. »Eine schlechte Zahl.«

Mit richtigem Instinkt hatte die Schwiegermutter sein abergläubisches Gemüt getroffen. Ein Zahlenaberglaube, den der sonst so vernünftige und gebildete Mann zu einem persönlichen System ausgearbeitet hatte, beherrschte in der unsinnigsten Weise seine Handlungen wie ein mittelalterliches Ritual. Er begann nichts Entscheidendes, wenn das Datum die für ihn unglückliche Primzahl aufwies. Er rechnete jeden Morgen auf dem Wege zum Amt die Zahlen der Elektrischen zu einer Quersumme zusammen und ließ den Wagen vorüberfahren, wenn die Zahl ungünstig war. Er betrat kein Haus mit einer verhängnisvollen Hausnummer, telefonierte nicht selbst, wenn ihm die Quersumme der Telefonnummer fatal erschien. Aus welcher urgründigen Vergangenheit rührte dieser Aberglaube, den er mit sich schleppte? Er glich nun mit seiner schmollenden Unterlippe einem ermüdeten, besänftigten Kind, und so schlummerte er ein, das schlaffe Bein noch aus dem Bett hängend. Auf Zehenspitzen schlichen wir hinaus.

In dumpfer Bedrückung setzten wir uns im Wohnzimmer unter die Ahnengalerie. So fest hingen die Bilder, wie aus der Wand gewachsen, so fest stand jedes Möbelstück an seinem Platz, so unverrückbar jede Porzellantasse in der Vitrine. Alles hier war unverändert und beständig. Nur wir waren durch den Krieg verwandelt und traurig, verstört. Wenn wir miteinander sprachen, so redeten wir uns wie aus weiter Ferne an. Selbst der Vater nebenan auf dem Krankenbett war nicht nur seiner eigenen, sondern der allgemeinen Auflösung unterworfen. Vergeblich klammerte er sich an seine Landkarte, ein Puzzlespiel des zerrissenen, zerstückelten Europa, das nicht mehr aufging, dessen Teile nicht mehr zusammengesetzt werden konnten.

Ich betrachtete aufmerksam das Bild von Frieds Großvater, das gesunde rötliche Gesicht mit dem Vollbart, selbstsicher und bürgerstolz, die goldene Kette, die sich über dem schwarzen Gehrock straffte. Dann glitt mein Blick hinüber zu der Wienerin, der pfauenhaften Schönheit mit ihrem Kopfputz aus blauen Federn, der tief ausgeschnittenen perlmutterhaften Büste, dem launisch funkelnden Gesicht. Auch sie sah mich an mit ihrem unmerklich zweideutigen Lächeln und dem vielsagenden Blick. Was wollte sie mir sagen?

Ich fuhr auf wie aus einem Halbtraum, als die Schwiegermutter meine Schulter berührte. »Armes Kind«, sagte sie. »Auch du bist übermüdet. Geht zusammen ein bißchen an die Luft. Ihr habt beide so wenig voneinander.«

Fried stand auf. »Ich will dich ablösen, Mutter. Du mußt ruhen.«

Sie schüttelte den Kopf. »Ich bin nur ruhig, wenn ich an seinem Bett sitze. Geht Kinder! Nimm deinen Mann unter den Arm, mein Herz.«

Sie umschlang uns beide und brachte unsere Gesichter näher aneinander, in ihrer selbstlosen, tyrannischen Güte, der sich niemand entziehen konnte. Wir gehorchten. Wir gingen spazieren.

Es lag Regen in der schwülen Luft, die Häuser schienen mir noch grauer und stumpfer als früher. Wir stiegen die Anlagen über dem Stadtgraben empor, wo die alten Festungsmauern, von Efeu überwuchert, alles Grün und Licht in ihrem mächtigen Schatten aufsogen.

Fried begann hastig zu sprechen. Es war mehr ein Selbstgespräch, als daß er sich an mich wandte. »Ich mußte den alten Mann belügen. Konnte ich ihm die Wahrheit erzählen? In Wirklichkeit sieht ein Vormarsch anders aus. Eine Treibjagd von Menschen, von Angreifern und Angegriffenen. Man wird von hinten getrieben, muß laufen, man trampelt über durchlöcherte Erde, über zerrissenen Stacheldraht, über Leichenhaufen. Eine Granate zischt, man wirft sich eine Sekunde nieder, dann läuft man weiter. Das Bewußtsein ist ausgelöscht.«

Leicht zitterte sein Kopf auf dem kurzen Hals. Ich faßte seine Hand. »Fried, seitdem du mir den Brief der englischen Frau geschickt hast, gibt es für mich nur eines. Wir müssen gegen den Wahnsinn kämpfen. Wir müssen ihn aufhalten.« Ich begann, ihm von der Liga der Mütter, von meinem Anschluß an die Gruppe zu erzählen.

Fried zog mich in eine Vertiefung in der Mauer. Scheu blickte er sich um. »Sprich leise!« Auf seinem Gesicht sah ich das gleiche nachsichtig-mitleidige Lächeln, das mich bei fremden Menschen wie ein Schlag getroffen hatte.

»Eine kindliche Idee. Willst du mit einem Kinderwagen Kanonen aufhalten? Gegen das ausgeklügelte System der Armee, in dem jeder vor dem nächsten Übergeordneten erstarrt, gegen diesen blinden automatischen Gehorsam kommt niemand an. Das Denken wird amputiert, das Bewußtsein ausgeschaltet. Wir sind Maschinenteile.«

Ich sah ihn entsetzt an. Auch er hatte einen langen Weg durchlaufen von dem Idealismus seiner Staatsgesinnung zu so zynischer Resignation. Ein leichter Regen hatte begonnen zu sprühen und verschleierte die schwere Mauer, das massige Grün der Baumwipfel. Durch den Regenschleier liefen wir den kleinen Hügel hinunter, als wären wir froh, dem Gespräch entlaufen zu können. An der Haltestelle zögerte Fried. »Ich möchte noch einen Besuch bei einem Professor machen. Am besten fährst du nach Hause, bevor der Regen stärker wird.«

Suchte er eine Gelegenheit, mir und meinen quälenden Fragen auszuweichen? Ich blickte ihm nach, wie er sich schnell entfernte, seinem etwas gebeugten Rücken in der grauen Uniform.

Der Regen fiel stärker, ein heftiger Wind wirbelte die abgerissenen grünen Blätter vor sich her. Mein Kleid flatterte, Tropfen schlugen auf mein Gesicht, ich schmeckte den Regen bitter auf meinen Lippen. In dem verhangenen Licht sah die Elektrische von weitem aus wie ein unförmiges Tier, wie ein Riesenkäfer, der langsam herankroch. Ich bemühte mich, die Nummer zu erkennen. Es war die Elf, die für den Schwiegervater verhängnisvolle Primzahl. Unwillkürlich zögerte ich einzusteigen; dann, im letzten Augenblick, sprang ich auf. Der Wagen war überfüllt. Ich stand eingeklemmt, als ich auf der hinteren Plattform eine auffallende Erscheinung bemerkte.

Zuerst sah ich nur den schwarzen Umhang, der vor Nässe glitzerte, ausländisch und fremdartig im Schnitt. Mit seinen weiten düsteren Falten erinnerte er an einen Rittermantel. Aus diesem dunklen Rahmen sprang das Gesicht hervor, hell wie aus edlem Stein geschnitten, und von einer so vollendet ebenmäßigen Schönheit, daß es dem Stofflichen wie ein Kunstwerk entrückt schien. Aber in diesem regelmäßigen Antlitz lebten unruhige Augen von tiefem Nachtblau, und unruhig waren auch die Brauen, die steil wie die Schwingen eines Vogels darüber emporstrebten und dem Unbekannten den Ausdruck eines gefallenen Engels, eines düster leuchtenden Dämonen verliehen.

Ich erschrak fast tödlich. Ich konnte den Blick von dem Fremden nicht losreißen. An der nächsten Haltestelle sollte ich aussteigen. Ich fuhr weiter, unfähig, mich von der Stelle zu rühren. An der fünften Haltestelle verließ er den Wagen. Ich fühlte die Schwere eines unersetzlichen Verlustes, einer grenzenlosen Verarmung. Die Welt schien mir verödet . . .

Ich lief zu Fuß durch den Regen, durch unbekannte Straßen, die in trostloser Traurigkeit mit mir im Regen weinten. Regentropfen liefen wie schwere Tränen meine Wangen hinunter. Nach langem Umherirren ließ ich mich in die Ruhe unseres Hauses zurücktreiben und stieg, völlig durchnäßt, wie unter Fieberschauern zitternd, die Treppe empor. Fried öffnete mir die Tür. »Wo bist du gewesen, um Gotteswillen? Wir haben uns schon geängstigt . . .«

»Ich bin an der falschen Haltestelle ausgestiegen.«

Ich sprach die Wahrheit und log zugleich. Dabei genoß ich die Halblüge, weil sie mein Erlebnis zu einem Geheimnis machte, das nur mir gehörte. Die Schwiegermutter, die herbeigeeilt war, berührte meine Kleider. »Du zitterst ja vor Nässe. Du wirst krank werden.«

Ich wich zurück, zwang mich zu einem Lächeln, das mein steifes, gefrorenes Gesicht schmerzhaft zerschnitt. »Wie geht es dem Vater?«

Die Schwiegermutter schüttelte ratlos den Kopf. »Ich weiß nicht, was ich tun soll. Er ist aufgewacht. Er verlangt jetzt ein Aktenstück, das er noch einmal durchsehen müßte. Es ist wie eine fixe Idee. Er läßt sich nicht davon abbringen.«

Ich runzelte die Stirn, vollführte die Gesten der Teilnahme, war aber abwesend, gleichgültig. Während ich mich umzog, erzählte mir Fried von dem Besuch bei dem Professor. »Es war eine wunderbare geistige Erfrischung. Man sprach nur über Wissenschaft. Man vergaß den Krieg.«

Ich strengte mich an zuzuhören. Ich antwortete, aber ich war nicht vorhanden, war weit fortgeflogen, einem fremden Gesicht nach, das mich verzaubert hatte, und das ich nun allezeit in der Welt suchen mußte. Dieses Gesicht konnte ich niemals vergessen.

»Du hörst gar nicht zu«, sagte Fried.

»Ich höre genau.« Mechanisch wiederholte ich seine Worte. Die Schwiegermutter rief, es klang wie ein Hilferuf.

Im Krankenzimmer war Aufruhr. Der Kranke tobte, seine blassen Wangen waren vor Wut aufgeblasen, er rief nach dem Aktenstück und fuchtelte mit beiden Händen in der Luft, als wollte er es greifen. Es wäre ihm ein kleiner Fehler unterlaufen. Die Armenunterstützung für eine Witwe müßte höher veranschlagt werden. Er hätte sich am Tage der Bearbeitung schon unwohl gefühlt; jetzt wäre ihm der Fehler eingefallen. Er begann zu rechnen, seine Lippen bewegten sich stumm und heftig, als kaute er die Zahlen. Ungestüm stieß er die Hand seiner Frau zurück, so daß die Arznei, eine braune klebrige Flüssigkeit, auf das reine Laken spritzte.

»Das Aktenstück!« brüllte er heiser, bis ein Hustenanfall ihn fast erstickte. Es blieb nichts übrig, als nach den Akten zu senden, und als man ihm dann den schweren Stoß von Papieren im blauen Aktendekkel auf die Bettdecke legte, erfaßte er mit einem Griff den gesuchten Bogen. Seine Züge, noch vor einer Sekunde die eines Tobsüchtigen, entspannten sich und nahmen die stille Würde des gewissenhaften Beamten an, während er mit seiner feinen zierlichen Handschrift, die leise zitterte, den Fehler verbesserte. Todkrank wie er war, wurde er noch von seinem Pflichtbewußtsein verzehrt, das ihm nicht einmal erlaubte, ruhig zu sterben. Er sah blutlos aus, fast so weiß wie das Kissen, als er sich endlich erschöpft zurückfallen ließ.

Ich fühlte mich beschämt, daß angesichts dieses Leidens meine Gedanken immer noch abirrten, einem Wildfremden nachliefen. Ich riß mich zusammen, bemühte mich, hilfreich zu sein. Ich lief den langen Korridor von der Küche zum Krankenzimmer, um Speisen zu bringen. Ich bediente das Telefon und gab immer die gleiche Antwort auf die vielen teilnehmenden und neugierigen Fragen.

»Es geht ihm etwas besser. Nein, wir danken. Er darf keine Besuche empfangen.« Ich wollte wieder einmal einhängen, da wechselte die Frauenstimme am Apparat von ihrer gekünstelten Traurigkeit zu einer hellen Tonart.

»Ich spreche mit der jungen Frau, nicht wahr? Ich habe Ihre Stimme sofort erkannt. Sie erinnern sich gewiß meiner? Wollen Sie und Ihr Mann heute abend zu einer literarischen Vorlesung zu mir kommen? Ein intimer ausgewählter Kreis. Der Dichter Armin T. Wegner ist von der türkischen Front auf kurzem Urlaub in unserer Stadt und wird seine neuesten Dichtungen bei mir vorlesen. Eine außergewöhnliche Erscheinung. Sie dürfen den Abend nicht versäumen. Sie müssen beide kommen!«

Natürlich entsann ich mich der Sprecherin. Die jugendliche Stimme paßte eigentlich nicht zu dem verblichenen Gesicht mit den kurzsichtigen flatternden Augen unter dem weißen Haar, das so künstlich frisiert war wie eine Perücke. Es war eine reiche, kunstsinnige Frau, die den Ehrgeiz hatte, einen literarischen Salon zu führen und junge Künstler zu unterstützen. Der Name des Dichters hatte für mich nur einen schattenhaften Klang. Ich hatte nichts von ihm gelesen. Es fiel mir leicht abzusagen.

»Es tut mir leid«, sagte ich mit betonter Höflichkeit. »Wir gehen abends nicht aus. Wir können den Kranken nicht allein lassen.«

»Unsinn«, unterbrach mich meine Schwiegermutter, die zufällig vorüberging. Sie nahm mir mit sanftem Griff den Hörer aus der Hand. Sie hörte aufmerksam hin, den Kopf etwas schief geneigt wie ein kluger Vogel. »Selbstverständlich kommen die Kinder. Sie sollen sich nicht so abschließen«, sagte sie bestimmt.

»Ich habe keine Lust zu gehen«, widersprach ich. Sie sah mich mit ihrem feinen Diplomatenblick von der Seite an.

»Warum sollst du dich mit deinem Urlauber nicht in der Gesellschaft zeigen? Den Schriftsteller kennenzulernen, kann dir nur nützlich sein. Vielleicht hilft er dir bei der Veröffentlichung deiner Gedichte.«

Konnten wir uns ihrer listigen Güte, ihrer triumphierenden Selbstlosigkeit entziehen? Als ich mich abends umzog, kam sie herein.

»Mache dich schön, mein Rehchen«, sagte sie mit mütterlicher Zärtlichkeit. »Dein Mann wird stolz auf dich sein. Wie gut dir das Kleid steht.«

Es war aus blauem Seidensamt, fast so pfauenblau wie das Kleid der Wienerin auf dem Bilde, und in einem strengen, altertümlichen Stil. Als ich es überstreifte, schlüpfte ich in eine neue glänzende Haut. Die silbernen Knöpfe, der einzige Schmuck des Kleides, funkelten wie große glitzernde Augen.

Als Fried und ich den Salon betraten, sah ich ihn sofort, den Fremden. Wieder durchzuckte mich ein elektrischer Schlag. Es war das Antlitz, das mich den ganzen Tag verfolgt hatte, seine auffliegenden Augenbrauen und die ruhelosen Augen in dem gemeißelten Gesicht. In der braunen türkischen Offiziersuniform wirkte er ebenso fremdländisch wie in dem schwarzen Umhang. Die langen Beine in einem niedrigen Sessel von sich gestreckt, sprach er kaum, während die Gastgeberin lebhaft auf ihn einredete. Dann erhob sie sich.

»Ich brauche den Dichter den Anwesenden nicht vorzustellen. Jeder kennt ihn, seine dynamischen Großstadtgedichte ...« Sie war dabei, sein früheres Werk überschwenglich zu loben, als er mit einer kleinen ungeduldigen Handbewegung um Schweigen bat.

Hager und abgezehrt stützte er sich mit beiden Händen auf den kleinen Tisch. »Ein anderer Mensch als ich hat jene früheren Gedichte geschrieben«, begann er. »Ein Lebender. Aber ich komme jetzt aus der Unterwelt, aus dem Jenseits zurück, als ein vom Tode Auferstandener. Ich hatte Flecktyphus, man hatte mich aufgegeben. Auch dies ist ein Kriegstod, und Sie werden mir verzeihen, wenn die Töne schaurig sind, die Sie hören werden.«

Er setzte sich, man vernahm einige Augenblicke nur das Rascheln der Blätter, die er umschlug. Dann stieg langsam seine Stimme auf.

Er schilderte den Orient auf seine Weise, indem er Verlockung und Abstoßung, Zauber und Ekel mischte und hinter den schillernden Schleiern das häßliche, von Narben zerrissene Antlitz der Wirklichkeit zeigte. Er breitete einen Teppich aus, in dem er die leuchtenden Farben orientalischer Buntheit mit den schwarzen und grauen Fäden des Todes und der Verwesung verwob. Er malte die glitzernden Stände einer Basarstraße und zugleich ihren Schmutz und Abfall, er zeigte eine edle, in Metall getriebene Trinkschale, ein Entzücken für das Auge, und daneben die Armstümpfe eines Bettlers, die sich ihm flehend entgegenstreckten. Er entlarvte hinter dem gestickten Gewand der Frau, das im Staube schleifte, den üblen beizenden Geruch des Elends. Er ließ den papageienhaften Lärm der orientalischen Gasse ertönen und zwei Schritte weiter, im Hof einer Moschee, das erhabene Schweigen der Beter deutlich werden.

Hinter allem aber trommelte als Begleitmusik dumpf der Krieg, die unmittelbare Nähe des Todes. Ein Tod mitten im strotzenden Leben, bei dem sich letzte Lust und letztes Grauen ineinanderschlangen, die rasende Lebensgier der zum Tode Verdammten, die in den Lazaretten stöhnten. Lust und Grauen, das waren die wesentlichen Motive seiner Dichtung, zwischen diesen beiden Polen schwang sein Erleben. Lust und Grauen gaben einem Gedicht den Rhythmus, in dem er sich als Typhuskranker in maßlosen Fieberträumen auf seinem Lager in die Luft schwang wie auf einem Zauberteppich, und in dem sogar das Sterben noch ein letztes Abenteuer war.

Er sprach die Verse mit klangvoller, aber gebändigter Stimme; dann steigerte er sich immer mehr, und am Ende öffnete sich sein Mund zu einem singenden Schrei. Mit diesem geöffneten Mund glich er einem Dämon, einem phantastischen Haupt an einem Wasserspeier, über dessen Lippen Zauber und Verführung sprudelten. Ich stand noch benommen, als sich nach der Lesung alle um ihn drängten.

Auch als die Gastgeberin mich beim Arm nahm und zu ihm führte, blieb ich betäubt und sprachlos. »Darf ich Sie mit dieser jungen Frau bekanntmachen – auch eine Dichterin«, stellte sie mich vor, wie eine Erwachsene ein begabtes Kind vorführt. Er neigte höflich den Kopf. Sein Blick ging über mich hinweg in eine unbestimmte Ferne. Inmitten aller Menschen, die ihn umringten, stand er einsam, abgesondert, ein Fremdling. Ich zog mich zurück, bewegte mich marionettenhaft grüßend, von Gruppe zu Gruppe, bis ich mir einen Weg zu Fried gebahnt hatte. Ich stieß ihn leicht an: »Ich möchte nach Hause«, bat ich.

Draußen rieselte noch immer der Regen, ein schräger Vorhang aus glitzernden Fäden, der gegen unsere heißen Gesichter schlug. Es war ein Zufall, daß Armin T. Wegner und wir in demselben Privatauto von Bekannten mitgenommen wurden. Er saß mir gegenüber, und im Dunkel des Wagens traf mich zum erstenmal der volle Strahl seiner Augen. Ich fühlte ein heißes Licht auf meinen Lidern, als er mich lange und unverwandt betrachtete. In einer Kurve gegeneinander gestoßen, berührten sich unsere Knie und auch unsere Hände streiften sich. Er wandte den Kopf ab.

»Wie lange dauert Ihr Urlaub?« fragte er Fried.

»Fünf Tage.«

»Ich fahre in einer Woche nach Konstantinopel zurück. Ich fühle mich jetzt dort mehr zuhause als hier.«

»Ich begreife Sie«, erwiderte Fried. »Front und Heimat haben ein zu verschiedenes Klima. Dennoch kann ich nicht behaupten, daß ich mich im Schützengraben zuhause fühle.«

»Kennen Sie den neuesten Witz über Hindenburg?« unterbrach die etwas verschnupfte, stockige Stimme eines dicken Mannes aus der Ecke des Wagens. Er begann umständlich zu erzählen, sein schweres Gewicht und seine näselnde Sprache füllten den engen Raum.

Wir stiegen aus. »Gute Reise. Viel Glück. Dank für den Abend.«

Die Abschiedsworte zersprangen schnell wie Regentropfen auf dem Pflaster, hinter dem Regenvorhang rollte das Auto fort. Die Straße mit ihren schwarzen Pfützen blieb zurück, ein regloser Sumpf.

»Er ist ein ebenso guter Schauspieler wie Dichter«, sagte Fried in unserem Schlafzimmer. »Du sagst ja gar nichts. Wie gefielen dir seine Dichtungen?«

Ich konnte keinen Laut hervorbringen.

Es klopfte leise an die Tür. An der Schwelle stand die Schwiegermutter in einem langen geblümten Morgenrock. »Habt ihr euch gut unterhalten, Kinderchen?« Die Spannung zerriß, mit voller Wucht kamen die irdischen Gegenstände des Zimmers auf mich zu, ich fühlte festen Grund unter den Füßen, während ich aufmerksam das große gelbe Blumenmuster des Morgenrocks betrachtete. »Es war ein interessanter Abend. Wie geht es Vater?« Gehorsam fielen die Worte aus meinem Mund.

»Besser. Viel besser, gottlob. Er schläft ruhig.« Sie tat einen tiefen Atemzug. Ein klarer, mädchenhafter Ausdruck verjüngte ihre Züge.

Am nächsten Morgen saß der Schwiegervater aufrecht im Bett und verlangte seine Lieblingsspeisen. Aber die Besserung war nur eine scheinbare. Scheinheilig und tückisch näherte sich der Tod. Auch ein Kriegstod, Kriegstod der Heimat. Der Krieger fiel, unheldenhaft und unromantisch, ohne maßlose Fieberträume, ausgehöhlt und durchlöchert von Pflichtgefühl und Überanstrengung. Mittags verschluckte sich der Kranke zwischen zwei Bissen, krümmte sich in einem Hustenanfall und fiel dann leblos wie ein Sack auf die Kissen zurück. Keine Kampferspritze konnte das abgelaufene Herz wieder in Gang setzen.

»Er hat eben noch mit mir gesprochen«, wiederholte die Schwiegermutter immer wieder. »So vergnügt gesprochen . . .«

Sie weigerte sich an den Tod ihres Mannes zu glauben. Sie konnte sich einfach nicht vorstellen, daß er nicht mehr da war. Ihr Bewußtsein nahm den Tod nicht an. Fried, den Arm um ihre Schultern gelegt, konnte es ihr nur gleichtun und fassungsloses Staunen zurückgeben. Sein Kopf zitterte leise, während er murmelte: »Ein schöner, beneidenswerter Tod, Mutter. Ein erfülltes Leben.«

Gemurmelte Phrasen eines Philosophen, dessen Denken zu Staub zerfiel vor dem reglosen Körper, der einmal der Vater gewesen war.

Nein, kein Mensch kann den Tod wirklich begreifen, und wenn er es tut, bedroht ihn der Wahnsinn. Vielleicht sind die Zeremonien des Begräbnisses ein heilsamer Schutz. Denn so versteckt man den Tod; man verdeckt ihn unter einem Berg von Blumen, und die Reden, die den Toten glorifizieren, verleihen ihm ein zweites hektisches und gesteigertes Leben. Man balsamiert ihn ein wie eine Mumie, umgeben von den Ingredienzen des Lebens, die mit dem Tod nichts zu tun haben. Der geliebte Mensch ist nicht gestorben, solange man von ihm spricht, unaufhörlich redet, solange man mit Weinen die Erinnerung wachhält. Oh, wohltätige Narkose der Trauerzeremonien und des augelösten Schmerzes!

Die Beerdigung des Stadtrats war ein prunkvolles gesellschaftliches Ereignis. Der Bürgermeister, die Angehörigen des Magistrats, hohe Regierungsbeamte und Offiziere folgten dem Sarg, der von Riesenkränzen, die mit Schleifen verziert waren, völlig verhüllt war. Hinter ihnen bewegte sich ein langer Zug von Freunden und Mitläufern, als wäre die halbe Stadt aufgebrochen, um den Toten zu ehren. »Wenn der Vater dies sehen könnte«, flüsterte mir Fried zu.

Langsam schwankte der Wald von Zylindern, zwischen denen die Uniformen aufblitzten, durch die lange schnurgerade Allee der Gräberstadt. Eine blasse Herbstsonne war durchgebrochen und hing wie ein unnatürlich großer weißer Mond am Himmel. Nach dem Gebet des Rabbiners trat der Bürgermeister an die offene Gruft und pries den Verstorbenen als das Vorbild deutscher Pflichttreue, der als Stadtrat in der dritten Generation seiner Familie der Heimatstadt gedient hätte.

Fried und ich stützten die Witwe in unserer Mitte, deren Gesicht unter dem Witwenschleier spitz und zusammengeschrumpft war, und die sich in starrer Betäubung aufrecht hielt. Erst als der Sarg in die Erde gesenkt wurde, machte sie eine Bewegung, als wolle sie sich losreißen und ihm nachstürzen.

Zu Hause, als sie den Schleier ablegte, fand sie noch immer keine Tränen. Noch immer konnte sie es nicht glauben, daß ihr Mann nicht durch die Tür treten und sich auf seinen gewohnten Platz setzen würde. Aus ihren Zügen war die mädchenhafte Klarheit verschwunden, sie sah nun aus wie eine alte Frau. Wir baten sie, die Einladung meiner Eltern anzunehmen und mit mir nach Berlin zu reisen. Sie schüttelte den Kopf. »Hier bin ich mit ihm verbunden«, sagte sie leise. »Hier kann ich seine Arbeit in der Wohlfahrt fortsetzen. Nur Arbeit kann mich trösten.«

Fried und ich fuhren noch am selben Tage von verschiedenen Bahnsteigen ab. Er kehrte im Militärzug zur Front zurück, ich saß im D-Zug nach Berlin auf einem Fensterplatz und betrachtete gedankenlos die Telegraphendrähte, die hochschwebten, um scheinbar immer wieder von den Stangen niedergerissen zu werden. Plötzlich fühlte ich, daß mir die Tränen kamen. Die letzte furchtbare Woche, der Überfall des Urlaubers, die Lust des fremden Soldaten, der mein Mann war und mir fremd blieb, die Krankheit des Schwiegervaters, sein Zahlenwahnsinn, der tückische Tod zwischen zwei Bissen, das eingeschrumpfte Gesicht der Witwe, das Grauen der offenen Gruft unter der mondfahlen Sonne – alles weinte ich aus mir heraus. Ich konnte nicht aufhören zu weinen, und herausgeschwemmt aus diesem Brunnen der Tränen tauchte es aus der Tiefe wieder auf: Das Gesicht des Unbekannten, das mich schicksalhaft verfolgte. Für immer war ich diesem Gesicht, diesen schwalbenflügelhaften Augenbrauen, diesem nächtlich blauen Blick, diesem zum singenden Schrei geöffneten Mund verfallen. Nie hatte ich mich so ohnmächtig gefühlt, Gewalten ausgeliefert, denen ich nicht entrinnen konnte. Ich drückte meine nasse Wange an das Fenster; gerade wurden die Drähte wieder hinuntergerissen. Erst als der Zug hielt und die Fahrgäste wechselten, konnte ich mein Weinen ersticken.

In der Berliner Wohnung lief mir jauchzend mein kleiner Sohn entgegen. Aus seinen Augen lachten mich meine eigenen Augen an, groß, strahlend und noch ungetrübt. Ich umschlang das Kind so fest, als wäre es das einzige Wirkliche, an das ich mich halten konnte. In scheinbarer Ruhe nahm ich die Fäden meines Lebens wieder auf. Nach zwei Wochen stellte ich fest, daß ich schwanger war.

4

Die zweite Schwangerschaft erhob mich nicht wie das selige Vorgefühl vor dem ersten Kind. Das neue Wesen drückte mich zu Boden, fesselte mich an das Haus und sog meine Kräfte auf, ein Schmarotzer in meinem Leibe. Mir war sehr übel, und ich erbrach jede Speise, die ich zu mir nahm; vielleicht weil zuviel vom Essen gesprochen wurde und nichts mehr schmeckte.

In diesem dritten Kriegswinter fehlte es wegen der Blockade an den nötigsten Lebensmitteln. Lange Schlangen standen vor den Geschäften, in denen die Attrappen, leere Papier- und Blechhülsen, die Käufer höhnisch an bessere Zeiten erinnerten. Man stand – wie es im Volksmunde hieß – nach Margarine, nach Kartoffeln, und dieses stundenlange Stehen in der Kälte ließ die Menschen auch seelisch erstarren. Der Krampf trieb von den eiskalten Füßen die Erschöpfung bis in das Hirn; man stand, dumpfen Tieren gleich, stumm zusammengepfercht. Es geschah oft, daß die Hinteren in der Reihe nichts mehr erhielten und in den Einholtaschen nur ein paar Kohlrüben nach Hause brachten – »Stacheldraht« genannt, weil sie so schwer im Magen lagen wie Eisen. Sie schmeckten süßlich und faul, und die Marmelade, die man aus ihnen bereitete, wurde auf Brot gestrichen, das kein Brot mehr war, sondern feuchte schwärzliche Kleie. Das schlimmste von allem war, daß man unaufhörlich an Essen dachte, alle Gedanken um das Essen kreisten.

Der Mensch wurde zum Nahrung suchenden Tier, listig und erfinderisch. Mit Rucksäcken fuhr man in die umliegenden Dörfer, um bei den Bauern für Wucherpreise versteckte Eier, Butter und Mehl zu erschleichen. Meist verbargen die Frauen die Lebensmittel unter ihren

Blusen und Röcken, auf der bloßen Haut, denn oft brach die Polizei in die überfüllten Züge ein, in denen nur der Atem der Menschen, schwerer Dampf vor den Mündern, die eiskalten Abteile wärmte. Erbarmungslos wurden die Rucksäcke ausgeschüttet und der Inhalt beschlagnahmt. Die Frauen wehrten sich mit flehentlichen Bitten, mit Weinkrämpfen und Wutschreien, die Männer mit Flüchen und wüsten Schimpfworten, aber gewalttätig wurden sie selten und ballten nur die Fäuste in den leeren Taschen. Noch immer, trotz aller Entbehrungen, schien das Volk zahm und der Obrigkeit gehorsam.

Die Umsicht und Geschicklichkeit meiner Mutter steuerte unseren Haushalt durch die Hungerzeit. Sie hatte rechtzeitig Vorräte eingekauft und stapelte sie in einer Kammer, die wir scherzhaft das »Burgverlies« nannten. Später, als sich das Burgverlies leerte, war meine Mutter unermüdlich im Aufspüren neuer geheimer Quellen, und oft machte sie Ausflüge in entlegene Stadtteile, von wo sie bisweilen mit gefülltem Netz wie von einem glücklichen Fischfang wiederkehrte. Eines Morgens am Frühstückstisch erklärte sie entschieden: »Ich fahre heute nach Frankfurt an der Oder.«

Dies bedeutete eine dreistündige Reise mit dem Schnellzug. Wir waren so überrascht, daß wir alle durcheinander fragten: »Was gibt es in Frankfurt? Ein Musikfest? Eine Ausstellung? Haben wir dort vielleicht eine Tante, die gestorben ist?«

Meine kleine Schwester, die inzwischen zu einer vorlauten Halbwüchsigen herangewachsen war, rief laut dazwischen: »Ich weiß es. Mama fährt hamstern.«

Meine Mutter blickte in heiterer Entschlossenheit von ihrer Tasse auf. »Die Kleine hat es erraten. Ich werde in Frankfurt frisches Gemüse einkaufen. Die Reise wird sich lohnen.«

Mein Vater verzog den Mund zu seinem feinen Lächeln. »Ich möchte unserem Generalquartiermeister doch von diesem Plan abraten«, sagte er und fuhr ernst fort, indem er seine große Hand auf die kleine, sehr weiße gepflegte Hand meiner Mutter legte: »Ich will nicht, daß du fährst. Es ist eine sinnlose Anstrengung. Und wofür?«

»Ich nehme die große Tasche mit«, war die einzige Antwort meiner Mutter.

Sie kam am selben Tag, kurz vor Mitternacht zurück, durchfroren und abgehetzt, mit der spärlichen Beute von einigen Bündeln Mohrrüben. Aber ihre dunklen Augen funkelten triumphierend, als sie die Tasche auspackte und sie schalt, als sie unsere enttäuschten Mienen sah.

»Was habt ihr erwartet? Vielleicht Kaviar oder Gänseleberpastete? Ihr werdet froh sein, einmal etwas anderes zu essen als Stacheldraht.«

Am nächsten Mittag wurden uns die Mohrrüben, eigenhändig von der Mutter zubereitet, wie eine Delikatesse serviert und abgezählt auf die Teller gelegt. Was für Witze mein Vater machte, und wie herzlich wir bei diesem Essen lachten, während wir die ausgesuchtesten französischen Namen für das Menü erfanden: *Soufflé à la carotte, Des légumes à la victoire* (Karottensoufflé und Siegesgemüse). In der Mitte der Schüssel thronte eine Mohrrübe, die meine Schwester als Rapunzelmännchen geschnitten und mit schwarzen Kernaugen versehen hatte, und der mein kleiner Sohn am Ende der Mahlzeit den Kopf abbeißen durfte.

Noch heute kann ich nicht ohne Rührung an dieses Mohrrübenessen zurückdenken. Es lebt in meinem Gedächtnis als eine Idylle, wie ein holländisches Stilleben: Die Tafelrunde einer Familie, die in Sturmzeiten ihre Harmonie bewahrte, weil sie das Schicksal ihrer Umgebung teilte, weil sie selbstverständlich dazugehörte. Später, viel später, als die Juden wie Aussätzige ausgeschlossen wurden, waren die Entbehrungen mit einem anderen bitteren Zusatz versehen, wurden zu einer giftigen Speise.

Aber damals wußte ich noch nicht, daß wir glücklich waren und strebte von diesem »kleinen Glück« fort, wurde von Unterströmungen fortgetrieben. Gewiß pflegte ich mein Kind, schrieb an meiner Streitschrift gegen den Krieg, hörte Vorlesungen, besuchte regelmäßig die Sitzungen der Friedensfreunde. Aber bei all dieser Tätigkeit, während Kopf und Hände beschäftigt waren, ging innerlich etwas anderes in mir vor, als trüge ich schon einen zweiten Menschen in mir, nicht das Kind, sondern ein anderes Selbst, das beobachtete und fühlte.

Es war die Frucht der sonderbaren Begegnung in Breslau mit dem Dichter, eine Verzauberung, die haftete und sich trotz der Ferne vertiefte. Nicht nur verfolgte mich sein Gesicht, nicht nur die Landschaft seiner Bilder, nicht nur – wie eine Melodie, die man unaufhörlich summen muß – Verse seiner Gedichte. Sondern es schien, ich erlebte und sähe nun anders als früher, mit seinen Augen, schärfer, brennender, als stünde er dicht neben mir, wenn ich etwas betrachtete. Ein Häutchen war von meiner Pupille fortgezogen, und ich bemerkte Züge des Lebens, die ich früher nie gesehen hatte. Ich empfand nicht nur die starken Farben, sondern eine ganze Scala von Schattierungen.

Da war der Zeitungsverkäufer an unserer Ecke mit seinem derben Boxergesicht, dessen schiefe hochgezogene Schulter, wenn er sich umdrehte, seine wahre Geschichte erzählte. Da war der gierige Ausdruck einer wartenden Frau vor dem Ladentisch, ihre Hand, die sie wie eine Vogelkralle nach dem Brot ausstreckte. Da waren, ein Zeichen der Zeit, die Kriegsversehrten, die vielen Bettler und Straßenhändler, unzählige Spielarten eines possenreißerischen Elends, das sich zur Schau stellte. Ich sah, wie »er« gesehen hatte, Grauen und Lust des Lebens dicht nebeneinander. Er ging an meiner Seite, er flüsterte in mein Ohr.

Eines Tages sah ich auf dem Kurfürstendamm, elegant angezogen, einen Menschenrumpf in einem Rollstuhl, einen halben Menschen ohne Beine, der von einer jungen, hübschen Pflegerin geschoben wurde. An den teuren Anzug geheftet, blitzte das Eiserne Kreuz Erster Klasse. Früher hätte ich meinen Blick schaudernd abgewandt, jetzt schaute ich wie unter einem Zwang hin und gewahrte hinter dem glattrasierten Gesicht des Krüppels und der verkrampften Maske des Gleichmuts den wilden Lebenshunger. Dieses zerbrochene Stück Mensch wollte leben, klammerte sich an das Leben.

Die Pflegerin hatte von einem Obstwagen Äpfel gekauft. Der Menschenrumpf griff danach und rollte einen Apfel in der Hand wie eine Kugel, mit den Fingern behutsam die Form abtastend. Dann führte er ihn an sein Gesicht, aß aber nicht, sondern atmete nur das Aroma ein.

»Wenn *er* dies sehen könnte«, dachte ich. »*Er* würde diese Geste mit rhythmischen Worten festhalten und sie als schreiende Anklage gegen unsere Welt ertönen lassen.« Dicht schwebte sein Mund vor mir, zum singenden Schrei geöffnet.

Ich bemühte mich, diesen unsichtbaren Begleiter meiner Schritte abzuschütteln, aber vergeblich. Je weiter meine Schwangerschaft fortschritt, desto heftiger wurde mein Schuldgefühl der Treuelosigkeit gegenüber meinem Mann an der Front. Gewiß tauchte »der Andere«

nur als Luftgebilde auf, aber ich war davon umhüllt und umschlossen wie von einer Wolke. Bisweilen hatte ich die qualvolle und zugleich verlockende Vorstellung, das werdende Kind müßte ihm ähnlich sehen und wäre in einem mystischen Sinne auch sein Kind. Dann erschrak ich über diesen Gedanken und versuchte, mich selbst zu strafen, indem ich mir unangenehme häusliche Arbeiten auferlegte. Die Monate surrten vorüber, die Kulissen des Winters wurden gegen die des Frühlings ausgetauscht, wesenloser Hintergrund des Lebens.

An einem eiskalten Märztag überfiel mich die erste Wehe. Die zweite folgte so schnell, daß ich die Klinik meines Vaters vor der Geburt kaum erreichte.

Als das Kind zur Welt kam, sah es niemandem ähnlich. Als ein Säugling der Hungerzeit war es so mager, daß seine Beine wie abgezogene Hasenläufe aussahen und die Knochen durch die Haut hindurchschimmerten. Jahrgang 1918, vom Krieg gestempelt. Es war wieder ein Sohn, und nach jüdischer Tradition gaben wir ihm den Namen des verstorbenen Großvaters, des Stadtrats: Alf.

Zarter Erbe eines alten Geschlechts. Das Kind war so schwach, daß es nicht saugen konnte. Nach wenigen Zügen schlief es an meiner Brust ein, während die Milch über seine wie im Ekel heruntergezogenen Lippen tropfte. Das winzige gerunzelte Gesicht hatte den müden Ausdruck eines Greises. Im Gegensatz zu seinem lebensstrotzenden Bruder hatte er keine Lust zu wachsen und zu leben, als widere ihn die Welt an, in die er hineingeworfen war. Kind des vierten Kriegsjahres, Urlaubskind.

Verstört, voll Schuldgefühl beugte ich mich über das elende Wesen auf meinem Schoß. Wie hauchdünne welke Blumenblätter lagen die gelblichen Lider über den Augen. Es atmete schnell. Ein Zucken verzerrte den Mund, eine Grimasse. Ich schrie plötzlich auf: »Das Kind stirbt!«

Ein herbeigerufener Kinderarzt verordnete eine gute Amme, um den Säugling zu retten. Ich taugte nicht mehr. Das Kind, unfähig kräftig zu saugen, hatte meine Brustwarzen zerbissen, die, aufgerieben und entzündet, bluteten und höllisch schmerzten. Ich weinte vor Kummer, daß ich in meiner Mutterschaft so versagte. War dies vielleicht die Strafe für meine treulosen Träume?

»Das Kind wird nicht mehr mein Kind sein, sondern der Amme gehören. Es wird ihre Eigenschaften mit einsaugen«, klagte ich. Mein Vater lachte mich aus.

»Du bist mit der Flasche großgezogen, mit Kuhmilch. Bist du deshalb eine Kuh geworden, wenn du dich jetzt auch wie ein törichtes Kamel benimmst?«

Ich lachte durch meine Tränen.

Am nächsten Tag brachte meine Schwiegermutter aus einem Dorf bei Breslau eine Amme mit. Es war ein sechzehnjähriges Mädchen, diese uneheliche Mutter, mit flachen Zügen und kleiner platter Nase, das Gesicht breit und bleich wie eine blasse Semmel. Semmelblond waren auch die Zöpfe, die sie unordentlich um den Kopf gesteckt hatte. Ihre großen Füße ohne Strümpfe steckten in ausgetretenen Pantoffeln, ein ausgeblichener Kittel hing lose um den quadratisch gebauten Körper. Sie hieß Bertha, und wir nannten sie die »Dicke Bertha« nach der Riesenkanone des vierten Kriegsjahres.

Meine Mutter und Schwiegermutter führten sie in ein Warenhaus, um sie von Kopf bis Fuß einzukleiden. Sie hatte Angst, den Fahrstuhl zu besteigen. Als sie sich im Spiegel in ihrem neuen Kleid erblickte, lachte sie verlegen und befingerte ungläubig den Stoff. Erst als man ihr das Kind an die Brust legte, ging eine Helligkeit über das dumpfe Gesicht, die stumpfen Augen füllten sich mit mütterlicher Zärtlichkeit. Sie saß sehr still, in pflanzenhafter Geduld und rührte sich nicht, bis sich der winzige Mund festgesogen hatte. Ihre Milch floß über, so daß das schwache Wesen mühelos trinken konnte.

Das Kind würde leben. Ich atmete auf und betrachtete die Lebensspenderin zugleich mit Empfindungen, in denen sich Eifersucht und Beschämung mischten. War ich gezwungen, mir fremde Mutterschaft für mein Kind zu leihen, vielmehr zu kaufen? War es nicht Mißbrauch eines lebenden Menschen, eine Art Sklaverei? Noch schlimmer, beraubte ich nicht ein anderes Kind, ihr Kind, der Mutternahrung, damit meines wuchs und erstarkte?

Es zuckte mir in den Fingern, den Säugling aus ihren Armen zu reißen. Aber ich reichte ihr nur das Windeltuch, während ich sie betrachtete: Die breiten Lippen, leicht geöffnet, die fahlblonde weiche Haarsträhne, die ihr in die Stirn fiel, und wie sie sich während des Nährens seltsam verschönte. Und wieder, nachdem ich wochenlang

Ruhe vor meinem süßen Gespenst, dem Begleiter meiner Gedanken gehabt hatte, stand er neben mir und und flüsterte mir ins Ohr. Ich sah dieses Geschöpf mit seinen Augen, stumpf und tierhaft kauernd, bis plötzlich die Seele heraussprang und alles an ihm aufglänzte.

»Wo ist dein Kind?« fragte ich sie. Sie blickte nicht von meinem Kind auf, das auf ihrem Schoß eingeschlafen war. »Auf dem Dorf. Bei der Mutter«, sagte sie gleichgültig. »Sie hat selber noch ein Kleines an der Brust.« Sie lächelte einfältig. »Wir sind acht Geschwister.«

Das uneheliche Kind war also bei der Großmutter untergebracht, die auch das Kostgeld erhielt, gewiß die beste Lösung. Es beruhigte mein Gewissen, und es gelang mir, die quälenden Vorstellungen zu verscheuchen.

Der Haushalt, durch die Amme und den Säugling überlastet, nahm alle meine Zeit in Anspruch. Die Versorgung der Großstadt wurde täglich spärlicher und schwieriger. Um die Zukost für meine Kinder zu erhalten, verwartete ich lange Vormittage auf Ämtern und drängte mich in Menschenknäueln vor den Läden. Manchmal schien ein leises drohendes Zischen aus diesem Massenleib, der Menschenschlange, zu stoßen, das auch durch meinen Atem ging.

Zuhause, wo zwei Familien ineinandergeschachtelt waren, in überreizter Atmosphäre, gab es Spannungen. In der Küche kam es zu heftigen Zusammenstößen, als die Köchin die Amme des Diebstahls von Lebensmitteln beschuldigte, und ich die laut Greinende in Schutz nahm. Trotzdem betrachtete ich mit Besorgnis das Kind an ihrer Brust, als könnte es mit der Milch auch die Lust zum Stehlen einsaugen. Überall in den gepflegten Wohnräumen fanden sich Spuren der Säuglingswirtschaft, Milchflaschen und Puderdosen, welche die Einfältige vergaß fortzuräumen, und eines Tages warf ihr meine Mutter eine Windel an den Kopf, die auf einem kostbaren Empiresessel gelegen hatte.

Nach einigen Wochen beschloß ich, mit meiner kleinen Familie nach Breslau zurückzukehren, um in der Atmophäre des eigenen Heims Fried zu erwarten, dessen Urlaub dicht bevorstand.

Wieder einmal nahm ich Abschied von Berlin, Abschied vom Kurfürstendamm, dessen Balkone nicht mehr mit rosa und roten Geranien, sondern mit Tomatenstauden bepflanzt waren. Ich sagte den

Freundinnen der Friedensgruppe Lebewohl. Lange ging ich mit Hanna in den verschwiegenen Alleen des Tiergartens auf und ab, unter vollen Bäumen, deren Laub mit uns leise und verschwörerisch raunte. Hannas Gesicht war, fast erdrückt von der Fülle ihrer rotbraunen Haare, noch schmaler und zerbrechlicher geworden. Die Augen, größer und klarer, strahlten einen unerbittlichen Glanz aus. »Der Frieden ist unaufhaltsam«, sagte sie. »Dies ist der letzte Krieg. Unsere Aufklärung dringt in alle Kreise. Das überlegene Lächeln ist verschwunden. Es kann nicht mehr lange dauern.«

Dr. Käte Linden war von ihrer Reise in die Schweiz zurückgekehrt, wo sie an einem ähnlichen runden Tisch mit Kameradinnen aus dem feindlichen Ausland die Statuten der »Internationalen Frauenliga« aufgezeichnet hatte. Auch sie sprach von dem baldigen Ende des Krieges, von der Müdigkeit an allen Fronten. Sie erzählte, seit dem Sturz des Zaren und der Revolution in Rußland gäre es an der deutschen Ostfront, die Disziplin zerbröckele. Man berichtete von Verbrüderungen russischer und deutscher Soldaten, die sich heimlich auf dem schmalen Streifen des Niemandslandes, zwischen den Schützengräben, trafen und nicht nur Zigaretten, sondern auch ihre aufrührerischen Gedanken austauschten. Das russische Volk sei nicht zufrieden mit der Verfassung seiner Republik, es dränge weiter, wolle Frieden.

»Und wann machen wir Revolution?« wurde die Sprecherin von der dunklen Stimme der Malerin Gert unterbrochen. »Auf was warten wir eigentlich noch?«

Wie bei dem früheren Zusammenstoß war sie wieder von ihrem Stuhl aufgesprungen, ihr abgemagertes Gesicht glich noch mehr als früher einem ungeduldigen Pferd. Ihre breiten Nasenlöcher weiteten sich vor Erregung, drohend glommen die schwarzen Augen auf. Hanna versuchte, sie sanft auf den Stuhl niederzudrücken.

»Du weißt selber, Gert«, sagte sie leise und eindringlich, »daß es unser Grundprinzip ist, Gewalt nicht mit Gewalt zu bekämpfen.«

Gert stieß ihre Hand fort. »Zum Teufel mit den Prinzipien. Wir haben lange genug ohnmächtig papiernes Geschwätz gefaselt. Wir müssen uns mit den Linkssozialisten verbinden, die Hungerrevolte, die schon in allen Mägen knurrt und murrt, in eine wirkliche Revolution verwandeln, zu Aktionen übergehen.«

Verworrener Lärm übertönte sie. Käte Linden schlug mit dem silbernen Löffel an die Teetasse. »Ich bitte um Ruhe. Wir als Frauen und Mütter werden diesen Weg blutiger Gewalt nicht beschreiten. Gewalt erzeugt nur wieder Gewalt. Wenn du, Gert, zu anderen Entschlüssen kommst, gehörst du nicht mehr in unsere Gruppe.«

Die Malerin reckte sich auf und lachte höhnisch, daß die Zähne in ihrem breiten Mund blitzten. »Träumt weiter«, rief sie. »Träumt vom ewigen Frieden. Kindliche Gemüter, welche den historischen Augenblick versäumen. Schlaft selig, während wir die Welt verändern.«

Sie stieß den Stuhl zurück, daß er fast umfiel und verließ das Zimmer. Wir alle saßen stumm und verstört. Wieder schlug Käte Linden an die Tasse. Es klang wie eine kleine helle Glocke.

»Wir gehen zur Tagesordnung über«, sagte sie in nüchternem Ton.

Diese ruhige Sicherheit, die Klarheit ihres unbestechlichen Gewissens brachte uns wieder hinter die abgesteckten Grenzen zurück. Einige, die durch die Worte Gerts schwankend geworden waren, blieben der Gruppe doch treu. Aber da war der Riß in unserer kleinen Gemeinschaft, der gleiche Zwist, der überall in der Arbeiterbewegung die Reihen in gemäßigte und revolutionäre Elemente spaltete.

War Bürgerkrieg auch als Krieg zu verdammen? Dies war die Frage, welche die Gemüter aufwühlte. Gert schloß sich der radikalen Partei an. Ich wurde von Zweifeln zerrissen. Ich hatte niemanden, dem ich mich anvertrauen konnte. Frieds Antwort kannte ich im voraus – Ordnung und Mäßigung. Aber was würde *er* sagen, das nächtliche Auge, der zum gellenden aufrührerischen Schrei geöffnete Mund?

Es war gut für mich, daß ich wieder Koffer packte und meine tiefe Unruhe von der Reiseunruhe und dem Rollen der Räder des Zuges übertönt wurde.

Wir saßen im D-Zug nach Breslau. Ich hielt den Zweijährigen fest, der seinen Körper an die Fensterscheibe drückte und mit kleinen Freudenschreien die vorbeifliegenden Bäume und Häuser begrüßte. Auf dem Schoß der Amme schlummerte der Säugling. In der anderen Ecke des Abteils saß ein älterer hoher Offizier mit steifem Gesicht und so steifer Haltung, daß man glaubte, seine Gelenke müßten knarren, falls er sich bewegte. Sein steif gebürsteter Schnurrbart wirkte wie angeklebt und ebenso angeklebt sein spärlicher grauer Scheitel. Mit steifem Arm hielt er die Zeitung etwas von sich ab, seine Züge zogen sich beim Lesen finster zusammen. Mit seiner Schnabelnase sah er einem mürrischen alten Vogel ähnlich. Uns würdigte er keines Blickes.

Der Säugling erwachte und begann zu schreien. Das helle Säuglingsschreien, das in kleinen Stößen kommt und mit jedem neuen Anlauf schriller und zorniger wird. Vergeblich versuchten die Amme und ich das Kind zu beruhigen.

Mit einem Ruck erhob sich der Offizier. Er stellte sich vor das Kind, das er drohend musterte, und brüllte in militärischem Befehlston: »Ruhe!«

Das Kind schrie unbekümmert weiter. Ich wäre fast in Lachen ausgebrochen, erschrak aber vor der gläsernen, kalten Wut seiner Blicke.

Ich nahm das Kind wie schützend in meine Arme. »Es macht keinen Eindruck, wenn Sie einen Säugling anschreien, mein Herr«, sagte ich ruhig. »Er versteht Sie nicht.«

»Ich verlange Ruhe!« antwortete der Offizier in schneidendem Ton. »Warum gibt man Zivilisten überhaupt ein Coupé Erster Klasse? Es sollte für Militärpersonen reserviert sein.«

»Ich werde meinen Platz bestimmt nicht räumen, mein Herr«, erwiderte ich mit kalter Höflichkeit, innerlich vor Empörung zitternd.

»Vogel, großer Vogel«, rief mein kleiner Sohn laut aus der Fensterecke. Der Offizier betrachtete ihn mit Mißfallen, und ich sah noch etwas anderes, Häßliches in seinem Auge funkeln, etwas Verächtliches, das ich damals nicht zu deuten wußte. Es war Rassenhaß, der antisemitische Widerwille des preußischen Junkers gegen die Jüdin.

»Erziehen Sie Ihre Kinder besser«, sagte er, drehte sich scharf auf den Hacken um und verließ das Abteil.

Ich umschlang meinen Sohn, drückte mein verstörtes Gesicht an die weiche Kinderwange.

Der Bahnhof in Breslau glich einem Soldatenlager. Er war von Truppentransporten überschwemmt, die vom Osten in den Westen geworfen wurden, um einen letzten verzweifelten Durchbruch zu versuchen. In Breslau wurden sie umgeladen, abgekämpfte Bataillone, denen man keine Rast gönnte, und deren Lücken man hastig mit neuen Rekruten zustopfte. Sie standen wie im Halbschlaf, übernächtigt, ältere grauhaarige Köpfe neben blutjungen Knabengesichtern.

Sie sangen nicht mehr. Der Dunst von ungewaschenen Körpern strömte von ihnen aus und mit ihm eine stumme Welle von Unzufriedenheit.

»Mumm, Soldaten«, schrie mein kleiner Sohn. Wir hatten Mühe, uns durch die grauen Massen zum Ausgang durchzudrängen.

In meiner hellen, blumengeschmückten Wohnung, in der uns die Schwiegermutter empfing, fühlte ich mich aus dem drohenden Chaos auf eine friedliche Insel versetzt. Besonders das Kinderzimmer mit seiner fröhlichen Tapete und dem Blick auf die unveränderte Bilderbuchlandschaft der kleinen Gärten und roten Dächer war erquickend. Dieses Kinderzimmer, belebt vom Zwitschern der Kinderstimme, dem leisen Glucksen des Säuglings – die Welt schöpferischen, scheinbar zwecklosen Spiels, rein und ungetrübt, war meine Zuflucht. Konnte ich Fried nicht auf seinem kurzen Urlaub auch in dieses Paradies hineinziehen? Ich hatte Angst vor seiner Heimkehr, vor dem fremden Soldaten. Würden sich die verstörten Tage wie vor einem Jahr wiederholen?

Aber nichts wiederholt sich, alles verändert sich unaufhörlich in stetigem reißenden, oft unterirdischem Fluß.

Es war Hochsommer, ein heißer Julinachmittag, als ich Fried in das Kinderzimmer führte, damit er seine beiden Söhne begrüßte. Der Zweijährige, Andreas, versteckte scheu seinen Kopf an meinem Kleid, und Fried, der so vernünftig zu ihm sprach wie zu einem Sechsjährigen, stand verlegen vor seinem eigenen Kind, das er nicht kannte. Wie einen Pumpenschwengel bewegte er seinen Zeigefinger heftig hin und her, der die winzige Hand des Säuglings umschloß.

»Prächtige Burschen! Prächtige Kerle«, sagte er gedankenlos wie ein fremder Besucher, als wir das Kinderzimmer verließen.

Wieder war er der fremde Soldat und doch, anders als das letzte Mal, war sein Hunger nach Umarmung nicht wild, sondern abgestumpft, und die Gesten seiner Zärtlichkeit fast mechanisch. Er war seltsam abwesend, tief beschäftigt mit aufwühlenden Fragen. Zurückgezogen in sein Arbeitszimmer verbarg er sich lange Stunden hinter Büchern, die sich mit politischen und nationalökonomischen Themen befaßten.

Eine geistige Wandlung bei einem Manne ist wie eine quälende Leidenschaft, die ihn von der Frau fortführt in mönchische Einsamkeit. Er saß mit mir am Tisch, und während er sprach, arbeiteten seine Gedanken weiter; er lag neben mir, und sein Geist wanderte, endlose Meilen entrückt. Hatte uns beide das Erlebnis des Krieges isoliert und voneinander entfernt? Konnten wir nicht mehr zueinander finden?

Nur im Hause der Schwiegermutter, an dem runden Teetisch unter der Ahnengalerie, schien mein Fried sein früheres Gleichgewicht, seinen überlegenen Humor zurückzugewinnen. Seine Mutter setzte ihm seine Lieblingsspeisen vor, für die sie sich monatelang die Rationen vom Munde abgespart hatte. Er aß und lachte, mit vollen Wangen kauend, war für die kurze Stunde wieder der begabte, verwöhnte Sohn des Patrizierhauses.

Aber als wir auf die schlecht beleuchtete schwüle Straße hinaustraten, versank er wieder in sein brütendes Schweigen. Ich hängte mich an seinen Arm. »Etwas bedrückt dich, Fried. Sprich dich aus«, bat ich.

Es brach aus ihm heraus: »Ich habe es der Mutter verheimlicht. Der Zusammenbruch an der Front ist unaufhaltsam. Nur noch einige Monate, und alles kracht zusammen. Aber es ist mehr als eine nationale Niederlage«, fügte er leise hinzu. »Es ist ein Zusammenbruch des ganzen Systems. Ihr wißt es noch nicht. Aber draußen wissen wir es alle. Die Front der bürgerlichen Gesellschaft bricht zusammen, sie hat abgewirtschaftet, sie hat sich selbst zum Tode verurteilt. Vielleicht führt der Weg durch das Chaos, die Revolution. Wir müssen hindurch.«

Er sprach unaufhörlich von der Erbitterung der Soldaten, die, unterernährt, mit durchlöchertem Schuhzeug, entschlossen waren, sich in keinen weiteren Kriegswinter mehr hineintreiben zu lassen. Er erzählte von einzelnen Meutereien, von Schüssen in Rücken von Offizieren. Er berichtete, wie er selbst Kameraden mit Mühe von offener Rebellion zurückgehalten hätte, als bei der Beschlagnahmung von Lebensmitteln in einem französischen Dorf alles in die Offiziersküche gewandert wäre, während die Mannschaften leer ausgingen. Er schilderte die nächtlichen geflüsterten Unterhaltungen mit den Kameraden, den verworrenen Aufruhr der Gemüter, der zum blinden Aufstand drängte, und wie er am Ende aus diesen Gesprächen mit dem Zwang der Logik zu der Überzeugung gelangt war, daß diese innerlich faule und ungerechte Welt einer neuen, gerechteren Gesellschaftsordnung weichen müßte.

»Ich werde mich den Sozialisten anschließen«, endete er.

Wir waren in unserer Allee angelangt. Aus den Villengärten schlug uns der starke süßliche Geruch überreifer Blüten entgegen. Warum blühten sie noch? Man durfte sich an ihnen in diesen mörderischen Tagen nicht mehr freuen. »Schlaft selig, während wir die Welt verändern«, hallte mir die dunkle Stimme von Gert im Ohr.

»Ich verstehe dich«, sagte ich bedrückt, als wir vor den Betten der schlafenden Kinder standen. Andreas lag zusammengerollt auf der Seite, heißgeschlafen, wie eine strotzende schöne Frucht. Der Säugling lag auf dem Rücken, hatte die winzigen Fäuste zu beiden Seiten des Kopfes ausgestreckt.

»Er ballt ja die Fäuste«, lächelte Fried. »Auch er ist mit dieser Welt nicht einverstanden. Für diese Kinder, für die nächste Generation müssen wir kämpfen, sie sollen keinen Krieg mehr erleben.«

Ich fühlte mich Fried so nahe wie nie zuvor.

Am nächsten Morgen, als wir am Frühstückstisch saßen, überraschte uns die Schwiegermutter mit ihrem Besuch. In ihrem schwarzen Kleid – sie trug seit dem Tode ihres Mannes stets Schwarz – hatte sie die Würde der Trauer noch nicht abgelegt. Als sie jetzt zu sprechen begann, ähnelte sie mit ihrem schmalen spitzen Gesicht und dem etwas zur Seite geneigten Kopf wieder einem klugen feinen Vogel.

»Ich möchte euch nicht stören, Kinder. Aber die Unruhe hat mich hergetrieben. Ich konnte die Nacht nicht schlafen.«

Fried rückte ihr den Stuhl zurecht. »Was beunruhigt dich, Mutter? Unser Haus? Die hohen Steuern? Die zu große Wohnung? Wir werden alles besprechen. Frühstücke erst einmal mit uns.«

Ich schenkte ihr Tee ein, aber sie schob die Tasse zurück.

»Fried, mein Junge«, sagte sie in dem beschwichtigenden Ton, in dem eine Mutter ihr Kind besänftigt. »Ich weiß, was in dir vorgeht. Glaubst du, du kannst einer Mutter etwas vormachen? Mich brauchst du nicht zu schonen. Gestern abend hast du dich verstellt. Aber ich kenne diese Art Lustigkeit. Genau wie früher, wenn du mit einer schlechten Note übermunter aus der Schule kamst, aber ich habe das kleine verzerrte Gesicht dahinter doch gesehen. Ich weiß, es sieht böse aus für uns. Unser armes Deutschland. Die armen Menschen draußen. Ich weiß, du selbst findest dich nicht mehr zurecht. Du empörst dich. Ach, als du klein warst, haben wir immer gesungen. Der kleine Finger sagt der Mutter alles. Wozu das Versteckspielen? Ich bin keine alte Frau, die man in Watte packen muß.«

Welcher sechste Sinn, welcher unbeirrbare Instinkt befähigte diese Frau, die Gedanken ihres Sohnes von seiner Stirn abzulesen? Und als ob ein Pfropfen von seinem Munde abgesprungen wäre, floß der Redestrom bei ihm über, und mit ihm das Geständnis seiner inneren Wandlung. Wieder riß seine Beredsamkeit kurz ab: »Ich werde mich den wirklichen Vertretern des Volkes, den Sozialisten, anschließen.«

Seine Mutter zuckte zusammen. »Fried, um Gotteswillen, das darfst du nicht tun. Du ruinierst dein Leben.«

Fried strich erregt mit dem Finger über seine Braue. »Warum, Mutter?«

»Du machst dich unmöglich an der Universität. Du stempelst dich zum Vaterlandsfeind. Du zerstörst deine Laufbahn. Was wir so mühsam erreicht haben, das setzt du auf's Spiel; diene der Zukunft als Gelehrter. Das ist dein Leben, nicht die schmutzige Politik.«

Sie hob in einer kleinen flatternden Geste die Hände und ließ sie wieder sinken. »Rehlein«, wandte sie sich an mich. »Hilf mir, deinen Mann von seinem übereilten, wahnwitzigen Schritt zurückzuhalten.«

Aber bevor ich etwas sagen konnte, begann Fried wieder zu sprechen. »Das Leben ist heute von Politik nicht mehr zu trennen. Du hast es selbst ausgesprochen, Mutter. Die rückschrittlichen Kräfte durchdringen alles – Kirche, Schule, Universität.«

Seine Mutter richtete sich gerade auf. Ihr Gesicht wurde gelblich bleich. »Rückschritt, sagst du? Es ist die Erhaltung von allem, was uns teuer ist. Ordnung, Sicherheit, Dienst für das Land. Es ist das, wofür deine Familie in unserer Stadt seit Generationen gearbeitet hat. Ich habe mich heute nacht mit Vater unterhalten. Gut, daß er es nicht erlebt, daß sein Sohn . . .«

Sie stockte, Tränen in der Stimme. Lautlos weinte sie, ohne ihr Gesicht zu verhüllen, ungebückt, gerade aufgerichtet.

Fried legte den Arm um sie: »Mutter, ich will dich nicht kränken.«

»Denke nicht an mich. Denke nur an dich selbst. Bleibe in deiner geistigen Region. Laß dich nicht herunterzerren in diesen gräßlichen Sumpf von Parteienzwist.«

Ihr Gesicht verlor alle Farbe, sie rang mühsam nach Atem. Wir sprangen beide hinzu. Fried setzte ihr ein Glas mit Arzneitropfen an die Lippen. »Dein Herz! Du darfst dich nicht aufregen!«

Sie lächelte ihm zu, das unwiderstehliche listige Lächeln der selbstlosen Güte. »Es ist nichts. Es ist schon vorüber.«

Aus ihrem weiten schwarzen Beutel zog sie ein Glas mit Honig. »Ich habe dir das Rezept für den Kriegskuchen mitgebracht, guter Honigkuchen.« Immer war sie die Gebende und deshalb immer die Überlegene. Sie erhob sich. »Um zehn Uhr habe ich eine Sitzung mit den Damen vom Roten Kreuz in der Hauptküche. Aber ich will noch schnell unsere geliebten Kinder umarmen.«

Mit schnellem jugendlichen Gang eilte sie mir voraus in das Kinderzimmer. Der Ältere, Andreas, lief ihr entgegen und umfaßte mit seinen kleinen dicken Armen ihren Rock. Ich spürte einen leisen Stich der Eifersucht. Schlich sich diese Frau durch die außerordentliche Kunst ihres Herzens überall in mein Leben ein? Beherrschte sie nicht nur meinen Mann, wollte sie auch mein Kind stehlen? Aber ich schämte mich dieser Regung sofort, als ich in ihre von Zärtlichkeit durchleuchteten Züge blickte.

»Versäume die Sitzung. Schone dich!« bat ich sie.

Sie ließ Andreas von ihrem Schoß heruntergleiten. »Ich darf nicht, Rehchen. Es ist Pflicht zu erscheinen.«

Eine unsichtbare Uniform schien ihren Körper zusammenzupressen. Pflicht war für sie, wie für den verstorbenen Stadtrat, das Gerüst des Lebens, das ihr Halt gab. Bevor sie die Tür hinter sich schloß, steckte sie den Kopf noch einmal zu uns herein. »Genießt den kurzen Urlaub zusammen, Kinder!«

Der Umriß ihres Wesens, alle ihre Worte, standen noch im Raum. Fried am Schreibtisch, die Stirn in beide Hände gestützt, bewegte lautlos die Lippen, als führte er die Unterhaltung mit ihr stumm weiter. Er hatte eine kleine Mauer von Büchern um sich aufgestellt, die ich nicht durchbrechen wollte.

Ich wandte mich ab und ging in das Kinderzimmer zurück. Dort baute mein kleiner Sohn einen Turm, den er jauchzend immer wieder umstieß. Ich setzte mich zu ihm und warf mit ihm die Steine um, daß sie auf den Boden polterten. Wie gut es tat, im Spiel zu zerstören.

»Zerstören, was nichts taugt«, dachte ich. »Niederreißen, was schlecht gebaut ist und besser bauen ... Wenn das so einfach wäre.

Aber dazu gehört ungeheurer Mut. Fried hat diese Kraft nicht. Er ist kein Rebell. Er ist der Sohn des Stadtrats und auch seiner Mutter Sohn. Er würde seinem Wesen Gewalt antun. Seine Mutter hat recht. Er würde nur sich selbst zerstören. Wie wird er sich entscheiden?«

Den ganzen Tag lang stand die unausgesprochene schwere Frage zwischen uns. Wir vermieden uns anzusehen, und bei Tisch dozierte er über ein abstraktes Thema, den Vortrag eines Neu-Kantianers. Erst am Abend, unter der Lampe, sagte er mit gesenktem Kopf, indem er seine Handflächen aufmerksam betrachtete:

»Ich werde meinen Anschluß an die Sozialisten vertagen. Es ist verfrüht. Meine Mutter ist nicht nur eine kluge, sondern auch eine weise Frau. Ich könnte im Augenblick niemandem nützen, es würde nur meine eigene Stellung unterhöhlen. Gerade in meiner Stellung an der Universität aber kann ich später in meinen Kreisen Einfluß ausüben. Was ist deine Meinung?«

Ich betrachtete sein Profil, das dem des Stadtrats plötzlich täuschend ähnelte. Es war die gleiche Wange, das runde gutmütige Kinn, die vollen geschwätzigen Lippen, die bei ihm kunstvolle Sätze formten. Nur die Stirn war anders, breit, die Stirn eines Denkers. Er drehte mir den Kopf zu, und nun von vorn sah er wieder aus wie immer.

»Du tust das Vernünftige, Fried«, sagte ich zögernd. »Der andere Weg ist gefährlich. Aber niemand kann dir raten. Das mußt du selbst entscheiden.«

Ich fühlte eine Erleichterung, daß er auf der glatten Bahn blieb, auch für unsere kleine Familie, für die Kinder – und doch war ich enttäuscht. Hatte ich denn etwas anderes von ihm erwartet?

Die Urlaubszeit ging langsam vorüber. Die heißen Julitage dehnten sich lang und hell. Wir berührten das politische Thema nicht mehr. Wie in schweigender Vereinbarung täuschten wir uns für die Ferientage Frieden vor, sogar ein idyllisches Eheglück.

»Kennst du die Philosophie des ›Als ob‹, eine interessante Studie«, sagte er einmal auf dem Wege zur Schwiegermutter. »Eine sehr gelungene Arbeit des Neu-Kantianers Vahinger. Nun, wir beide leben jetzt *›als ob‹*. Es ist vernünftig. Und nicht nur was geschieht ist vernünftig, wie Hegel sagt, sondern was vernünftig ist, geschieht. Für uns existiert der Krieg nicht in diesen Tagen.« Er lachte so laut, daß sich die Passanten nach uns umwandten.

Wir lasen viel zusammen, oft gingen wir in dem kleinen Park unseres Vororts spazieren. Eines Abends, als die untergehende Sonne einen so rötlich-kupfernen Schein auf die Blätter warf, daß sie metallisch aufglänzten, rief ich entzückt: »Sieh doch, welch sonderbares Grün!«

Fried zog die Brauen hoch. »Ich sehe überhaupt kein Grün. Du weißt doch, ich bin farbenblind.«

Ich hatte das vergessen, zurückgedrängt als etwas Unangenehmes. Fried hatte meinen Arm losgelassen. »Warum siehst du mich so entsetzt an? Es ist nicht ansteckend und auch kein Charakterfehler.«

»Gewiß nicht. Aber es ist schade. Es entgeht dir so viel Schönes. Du siehst die Bäume grau.«

»Torheit. Nichts entgeht mir. Im Gegenteil, ich sehe die Formen schärfer, weil ich die Farben nicht sehe.«

Ich schwieg, sonderbar verstört. Diese Farbenblindheit entsprach seinem abstrakten Wesen, das der ursprünglichen Natur fremd war. Er konnte sich nicht freuen an dem, was ich leidenschaftlich liebte – dem Rausch der Farben. Er sah die Welt entfärbt, hatte keine Beziehung zu dem Farbenfeuer des Elementaren, nicht zu Blumen, Bäumen und Tieren. Und vielleicht hing damit auch zusammen, daß er kleine Kinder nicht verstand, weil sie pflanzenhaft, ein Stück Natur sind. Ja, er zeigte sogar seinen eigenen Kindern gegenüber eine auffallende Gleichgültigkeit.

»Du beschäftigst dich überhaupt nicht mit den Kindern. Du gehst fast nie in das Kinderzimmer«, warf ich ihm vor, als wir zu Hause waren.

»Was soll ich mit den sonderbaren Geschöpfen sprechen?« verteidigte er sich. »Sie sind nur kleine hübsche Tierchen. Aber dir zuliebe werde ich mir Mühe geben.«

Er ging nun regelmäßig, pünktlich um eine bestimmte Stunde vormittags, in das Kinderzimmer und versuchte, in etwas täppischer, rührender Lustigkeit mit Alf zu spielen, der den fremden Vater zunächst forschend mit weitaufgerissenen Augen anstarrte. »Wie geht es Schopenhauer?« rief er jedesmal laut an der Türschwelle. Er hatte den Säugling wegen seiner griesgrämig herabgezogenen Mundwinkel nach dem pessimistischen Philosophen benannt.

»Schopenhauer ist heute besonders verstimmt«, stellte er eines

Morgens fest. Das Kind schrie wütend an der Brust der Amme. Ich stellte fest, daß ihre Milch plötzlich versiegt war. Welche körperliche oder seelische Störung hatte diese Stockung verursacht?

»Was ist geschehen, Bertha?« fragte ich besorgt. »Fühlst du dich krank, hast du Ärger gehabt?«

Bertha saß unbeweglich, breitbeinig auf dem niedrigen Ammenstuhl, die Augen niedergeschlagen, das blasse teigartige Gesicht vom Weinen geschwollen. Verstockt antwortete sie nicht, bis sie plötzlich mit einem Ausdruck der Angst wie ein störrisches Tier den Kopf hochwarf. »Entlassen mich gnädige Frau, weil ich keine Milch mehr habe?«

»Aber wer denkt denn an Entlassen, Bertha?« rief ich. »Aber sprich offen zu mir. Hattest du Aufregungen?«

Nach langem Zureden gestand sie ihren Kummer.

»Mein Kind wird nicht lange mehr machen«, sagte sie in mürrischem Ton. »Die Mutter war hier, um das Kostgeld zu holen. Es geht ein.«

»Ja, hat denn das Kind bei der Großmutter keine gute Pflege bekommen?«

Bertha zuckte mit den Schultern, während sie die Händchen meines Kindes streichelte. »Die Mutter sagt, es ist besser so. Was soll das unglückliche Wurm auf der Welt?«

Es wurde allmählich klar, daß die Großmutter wie eine Engelmacherin das lästige Wesen durch Vernachlässigung beseitigen wollte. Das Kind würde zugrunde gehen – und ich war schuld daran, da ich es der natürlichen Mutternahrung und Mutterliebe beraubt hatte, damit mein Kind wuchs und gedieh. Fried und ich tauschten einen entsetzten Blick.

Ich packte seine Hand: »Komm! Wir fahren in das Dorf. Sofort! Wir holen das Kind.«

Eine Viertelstunde später saßen wir im Zug, der langsam durch die flache eintönige Landschaft von Rüben- und Kartoffelfeldern kroch und mit asthmatischem Keuchen an jeder kleinen Station hielt. Diesmal tat das Grün unter einem weißlichen schwülen Himmel meinen Augen nicht wohl; es war so stumpf wie Berthas ausdrucksloses Gesicht, und aus der überhitzten Erde schienen böse giftige Dämpfe zu steigen.

Vom Bahnhof aus mußten wir zu Fuß durch Stoppelfelder gehen, fahlblond wie Berthas Haar, über abgeerntete Äcker, auf denen sich der Sommer erschöpft hatte, und als wir das Dorf erreichten, eine einzige lange Straße, schliefen die Häuser hinter einem Staubschleier in der Mittagshitze.

Unsere Ankunft rührte das Dorf auf, und eine Schar barfüßiger Kinder lief lärmend und staubaufwirbelnd vor uns her, um uns den Weg zu zeigen. Rittersporn und Stockrosen reckten ihre langen Blumenhälse aus den kleinen Vorgärten und hinter den gehäkelten Gardinen bewegten sich neugierige Gesichter.

Berthas Heim war fast das letzte Haus, etwas abgerückt von der Straße, als ob es sich seiner Schäbigkeit schämte, ohne Vorgarten, ein niedriger abgewetzter Kalkwürfel. Ohne Stufe ging es zu ebener Erde durch den einzigen Raum unmittelbar in den hinteren Hof, in dem Hühner im Sand scharrten.

»Das Kind steht draußen«, sagte Berthas Mutter, die eifrig mit der Schürze unsere Stühle abwischte. »In der guten Luft. Sonne ist gut für den Husten. Es hat sich etwas verkühlt. Wollen die Herrschaften etwas trinken?«

Sie setzte sich nicht, sondern strich verlegen um uns herum wie ein schuldbewußter Hund, der Schläge erwartet. Die Frau glich Bertha mit ihren ausgelaugten blassen Wangen und dem fahlblonden Haar wie eine ältere Schwester; nur war sie hager und die Lippen waren dünn und geizig.

»Mein Mann ist nicht zu Haus«, schwatzte sie weiter. »Er arbeitet für Taglohn auf dem Gut. Besser er ist fort. Wenn er von Bertha hört, bekommt er immer die Wut. Er hat sie fast totgeschlagen, als sie sich mit dem rothaarigen Kerl eingelassen hat, einem russischen Kriegsgefangenen. Er war hier zur Landarbeit und ist natürlich ausgerückt, nachdem er Bertha den dicken Bauch gemacht hat.«

Wir unterbrachen ihren Redeschwall: »Wir wollen Berthas Kind sehen.«

Mitten im Hof, in der prallen Sonne und in eine schmierige Decke gewickelt, lag der Säugling in einem zerbrochenen Kinderwagen. Ein roter Haarschopf ließ das häßliche gnomartige Gesicht käseweiß erscheinen. Es greinte, war zu schwach, um zu schreien, wurde von krampfartigen Hustenanfällen geschüttelt. Ich wickelte die Decke auf. Spindeldünne Beine hingen von einem gedunsenen Bauch herunter.

»Das Kind ist sehr krank. Warum haben Sie keinen Arzt gerufen?« fragte Fried streng.

»Ein Arzt? Du lieber Himmel! Was kann ein Arzt schon sagen? Es ist ein Husten. Meine Kinder haben auch gehustet und sind großgeworden. Der Arzt wohnt im nächsten Dorf. Der Arzt kostet Geld. Bitteschön, wenn Sie einen Arzt bringen wollen . . .« Sie plapperte unaufhörlich, ein verlegenes und zugleich freches Lächeln um die dünnen Lippen.

Ich blickte sie scharf an, daß sie verstummte. »Sie haben genug Kostgeld bekommen. Sie haben das Kind schlecht gepflegt. Sie haben es sträflich vernachlässigt.« Ich hob den Säugling aus dem Wagen. »Wir nehmen das Kind mit uns in die Stadt.«

Die Frau kreischte auf. »Das dürfen Sie nicht! Ich bin die Großmutter. Es ist mein Fleisch und Blut. Das Kind gehört Ihnen nicht!« Mit ihren knochigen Armen wollte sie nach dem Kind greifen. Fried stellte sich zwischen uns.

»Ich warne Sie. Die Gerichte könnten sich sonst einmischen.«

Die Frau wich zurück, schlug die Schürze vor das Gesicht und brach in winselndes Geheul aus. Ich nahm das lebende Bündel, dem ein übler Geruch entströmte, fester in meine Arme, und wir gingen durch das Zimmer auf die Dorfstraße, während die Frau uns keifende Schimpfworte nachspie.

Draußen waren wir sofort von einer Menge Neugieriger umringt. Die Volksstimmung war für uns, und eine grauhaarige, reinlich gekleidete Frau sagte laut: »Es geschieht ihr ganz recht. Sie hat dem armen Balg keinen Tropfen Milch mehr gegeben, alles an die Stadtleute verkauft für unverschämtes Geld und auch noch mit Wasser verpanscht.«

Wir entfernten uns mit schnellen Schritten, und im Zuge, das wimmernde Kind auf dem Schoß, seufzte ich: »Was sie getan hat, ist wider die Natur. Sie ist ein Unmensch.«

»Diese Frau ist gar kein Unmensch«, widersprach Fried. »Sie ist ein Opfer der Umstände. Schuld sind Gesellschaft, Dummheit und Aberglaube, künstlich aufrechterhalten von der oberen Kaste. Schuld haben Armut, die vielen Kinder, der schlechte Lohn des Mannes. Schuld sind auch die Städter, die ihr die Milch für Wucherpreise ablisten, für Geld, das nichts taugt. Schuld ist der Krieg.«

»Und schuld sind wir beide«, rief ich verzweifelt. »Wir haben nicht nur Milch sondern auch Bertha, einen lebenden Menschen gekauft – weil wir reich sind. Wir sind die schlimmsten Aussauger mit all unseren edlen Theorien. Wenn dieses Kind stirbt, werde ich mich nie mehr an meinem eigenen Kind freuen können.«

»Du übertreibst«, sagte Fried. »Das System ist schuld, das ein uneheliches Kind nicht staatlich versorgt.«

Er schlug ein Buch auf. Das Kind in meinem Arm wimmerte und hustete.

Zu Hause erwartete uns die Schwiegermutter in der Vorhalle und nahm den Säugling aus meinen Armen.

»Es kommt alles in Ordnung, mein Rehchen«, tröstete sie mich. »Unser guter Freund, der Leiter der Kinderabteilung im Krankenhaus, wird das Kind aufnehmen und verspricht die beste Pflege. Ein Auto ist bestellt. Ich bringe den kleinen Patienten selbst hin.«

»Wie geht es Bertha?« fragte ich erregt. Der muntere und fröhliche Ausdruck in den Augen der Schwiegermutter breitete sich über ihr ganzes Gesicht aus.

»Es ist alles in Ordnung. Bertha hat sich beruhigt. Sie hat wieder Milch, und unser Kleiner hat schon tüchtig getrunken.«

»Bertha soll ihr eigenes Kind nähren«, sagte ich heftig. »Wir wollen es ihr jetzt an die Brust legen. Bertha soll mit in das Krankenhaus fahren.«

Aber die Schwiegermutter hielt mich mit sanfter Gewalt zurück. »Sei vernünftig, mein Herz! Ein kranker Säugling kann nur unter ärztlicher Aufsicht Nahrung zu sich nehmen, und wenn Bertha ihr Kind in diesem Zustand sieht, verliert sie wieder die Milch. Denke auch ein bißchen an deinen Jungen.«

»Sei vernünftig«, wiederholte Fried. »Mutter sorgt schon, daß das Richtige geschieht.«

Auf der Straße hupte das Auto; schon eilte die Schwiegermutter, den Säugling im Arm, die Treppe hinunter. »Vernünftig, vernünftig«, hallte das Echo von den glänzenden Tapeten meines Zimmers. »Vernünftig, vernünftig!« surrte der Motor des fortfahrenden Autos.

Langsam, mit steifen Armen, die sich ohne die lebendige Last leer anfühlten, ging ich in das Kinderzimmer. Bertha saß wieder in der Stellung, in der ich sie verlassen hatte, breitbeinig auf dem niedrigen

Stuhl und nährte meinen Sohn. Ich beugte mich zu ihr. »Dein Kind ist im Krankenhaus. Alles wird getan, um es gesund zu machen.«

Bertha blickte nicht auf, sondern sah zärtlich auf mein Kind, die flachen Züge seltsam verschönt. »Gnädige Frau entlassen mich nicht, ich darf bleiben?«

Ich verstand, daß sie nur mein Kind liebte und ihr das eigene gleichgültig geworden war. Nur die Vorwürfe der Mutter hatten sie erregt, nicht die Sorge um das Kind, das sie längst dem ungewissen Schicksal überlassen hatte. Ihr natürliches Gefühl würde nicht mehr zurückkehren. Der Irrweg, einmal beschritten, führte unaufhaltsam weiter, und das Netz der Schuld hatte sich so zusammengezogen, daß es nicht mehr zu entwirren war. Das Netz, in dem auch ich gefangen war, hineingeboren in meine Kaste mit ihren Konventionen, Halbheiten und Ungerechtigkeiten, das Netz, das man so schwer zerreißen konnte.

»Reh«, rief die Stimme Frieds durch den Korridor. »Komm! Ich will dir etwas zeigen. Die Broschüre ›Als ob‹ ist mit der Post gekommen. Wir werden sie heute abend zusammen lesen.«

»Als ob wir glücklich wären«, dachte ich. »Ich komme, Fried«, rief ich laut.

Berthas Kind wurde geheilt, die schwülen Tage ballten sich zu schweren Gewittern zusammen, die Zeitungen berichteten von Durchbruchversuchen an der Somme, und in den Läden lagen Hemden aus Papierstoff, der als vorzüglicher Ersatz angepriesen wurde. Es gab Ersatzkaffee, Ersatzzucker, Ersatzmilch. »Ersatz« war schließlich alles, auch das Leben selbst, das mühsam das echte Leben nachzuahmen versuchte.

Die Tage, bis Fried seinen Tornister wieder umschnallen mußte, waren gezählt. Er hielt noch einen Vortrag über die Philosophie des »Als ob« im Saal der Humboldtakademie, die nicht nur von Professoren und Wissenschaftlern, sondern auch vom Freundeskreis des Stadtrats besucht wurde. In der ersten Reihe neben mir saß die Schwiegermutter, die, den Kopf geneigt, zuhörte und nach jedem Satz in glücklichem Stolz leicht nickte.

Nach dem Vortrag trat ein junges Mädchen an Fried heran und überreichte ihm einen Zettel mit Fragen. Es hatte eine hohe gewölbte Stirn, hell unter dem hellen Haar, hell und kühl war auch die Stimme, glasklar, als es die Worte, deutlich betont, wie durchsichtige Perlen aneinanderreihte; aber die braunen Augen waren Mädchenaugen, von schüchterner Gefallsucht und leicht verschleiert. Auch das Oval des Gesichtes war von weichem weiblichen Reiz.

Fried blickte das Mädchen flüchtig an, dann überflog er die Fragen und strich sich mit der Daumenspitze über die Stirn.

»Ich fahre morgen an die Front zurück«, sagte er freundlich. »Ich werde Ihnen schriftlich darauf antworten.«

»Wer ist sie?« fragte ich auf dem Heimweg.

»Kläre Rosenstock. Tochter des Wäschefabrikanten. Sie ist eine Philosophiestudentin, die bei mir ein Semester gehört hat. Begabt. Für eine Frau sogar außergewöhnlich logisch.«

»Logischer als ich?«

»Du bist die unlogischste Person, die ich kenne, aber du hast Intuition.«

Wir unterhielten uns heiter und angeregt bis in die späte Nacht über die Verschiedenheit des männlichen und weiblichen Verstandes, als würde nicht am nächsten Morgen der Abschied und die Abfahrt an die Front drohen; und auf dem Bahnhof sagten wir uns so leicht Lebewohl, als würde Fried nur für wenige Tage verreisen. Täuschten wir uns aus gegenseitiger Rücksicht diese Leichtigkeit vor, oder war in uns alles schon unempfindlich und abgestorben?

Ich kehrte allein zurück in das Kinderzimmer, wo ich, eingehüllt in den blumenhaft sauberen Seifengeruch der kindlichen Körper und eingelullt zwischen Märchenbüchern und Kinderliedern, mich vor dem Draußen zu verstecken suchte. Aber es gab kein Verbergen, und einige Tage später stieß ich wieder mit meinem Schicksal zusammen.

Ich stieß mit ihm zusammen auf dem Korridor des Krankenhauses, als ich Berthas Kind besucht hatte, in der weißen und engen Schlucht mit den zahllosen Türen. Er kam mir entgegen in dem gestreiften Schlafanzug des Patienten, der an Sträflingskleidung erinnerte, hager und abgezehrt, so daß sich die hochfliegenden Brauen noch dunkler abzeichneten. Wir blieben voreinander stehen, stumm. Alles geschah wie im Jenseits des Traumes, und ich konnte kein Glied rühren.

Dann fragten wir beide: »Wie kommen Sie hierher?« in demselben Ton freudigen, traumhaften Erschreckens. Armin T. Wegner erzählte, daß er seit einigen Tagen zur ärztlichen Beobachtung im Krankenhaus weilte, da vielleicht eine Operation notwendig sei. Die Ärzte hofften, die Schmerzen wären nur Folgen des Flecktyphus, innerliche Narben.

»Diese Tage sind für mich wie ein Geschenk«, sagte er mit leiser Stimme. »Ich schreibe, ich genieße die Stille. Alles ist gedämpft. Man geht auf Zehenspitzen. So ein Krankenhaus ist trotz aller Leiden eine Insel der Seligen, abgeschnitten von der Wirklichkeit.«

Wieder fühlte ich das Jenseitige, Traumhafte des Geschehens. Ich stehe mit ihm auf einer weißen Insel, umspült von den tiefen Wassern des Vergessens. Wir sind selige Schatten, abgeschieden und wieder auferstanden.

Mit gedämpfter Stimme, leise, um nicht aus dem Traum aufzuwachen, fragte ich: »Ja, ist dies nicht Flucht? Ich flüchte auch in das Reich meiner Kinder. Aber darf man eigentlich vergessen? Nur einen Augenblick? Den Krieg?«

Er sah mich düster an. »Es ist nur eine winzige Pause, die man sich gönnt«, sagte er. »Wie könnte ich vergessen, was ich mit eigenen Augen gesehen habe? Ihnen will ich es gestehen. Ich trage auf meiner Haut Photographien, Dokumente, die ich in meinem Stiefelabsatz über die türkische Grenze geschmuggelt habe. Es sind Aufnahmen der armenischen Opfer, Verhungerter und vor Hunger Wahnsinniger, von den Türken in die Wüste getrieben und zum Hungertod verurteilt. Ich war Augenzeuge der Austreibung. Ich will versuchen, die Aufmerksamkeit des Auswärtigen Amtes auf die barbarische Politik unseres türkischen Bundesgenossen zu lenken. Ich fürchte, man wird taub sein. Dann will ich durch die Presse das öffentliche Gewissen aufrütteln.« Er preßte die Fäuste vor die Augen. »Vergessen. Die Bilder sind in mein Hirn eingestampft. Ich sah eine Mutter, die ihr eigenes Kind in den Fluß warf.«

Im Gespräch gingen wir unaufhörlich den kahlen Korridor auf und ab, mir war nicht bewußt, wie lange. Der Flur war eine unterirdische Schlucht, aus der ich glaubte, nie mehr aufzutauchen. Ich erzählte ihm von der Frauenliga, von Berthas fast verhungertem Kind und meinen Gewissensnöten. Er hörte zerstreut zu, mitten im Satz unterbrach er mich. »Sie haben ein asiatisches Gesicht.«

Ich warf trotzig den Kopf zurück. »Ich weiß, ich sehe jüdisch aus.«

Er betrachtete mich, als ob er sich jede Linie meiner Züge einprägen wollte. »Freuen Sie sich. Ein Gesicht von asiatischer Schönheit. Es ist voll Leben, ein Ringen nach Klarheit, und ein leiser Selbstspott um die Mundwinkel.«

Unwillkürlich legte ich die Hand über meinen Mund.

»Sie könnten einen Schleier tragen wie die orientalische Frau, daß man nur Ihre Augen sieht. Die Juden sprechen mit den Augen. Ich hatte immer eine besondere Zuneigung zu jüdischen Menschen, vielleicht, weil ich den Orient so liebe. Vielleicht ein Erbe. Meine Ahnen väterlicherseits waren Kreuzritter, die nach Palästina zogen. Dies ist mein Wappenring.« Er streifte einen Ring vom Finger und reichte ihn mir. Es war ein Siegelring mit schwarzem Stein, auf dem ein Halbmond von einem Kreuz durchstochen wurde. Der Ring war noch warm von seiner Hand, und als ich ihn berührte, fühlte ich einen leisen Stich durch meinen Leib gehen.

Wir begannen wieder auf und ab zu gehen. »Im Mittelalter hat das unruhige, rastlose Abendland die Erlösung der Seele im Morgenland gesucht. Und heute wiederholt sich das. Das ausgeblutete Europa, das sich selber zerfleischt, erwartet seine Heilung vom Osten. Viele blikken nach Rußland; ich glaube an Indien, an Gandhis Indien der Gewaltlosigkeit.«

Er hob mich auf und trug mich fort auf dem Zauberteppich seiner Worte, ich reiste mit ihm nach Indien; der weiße Korridor glitt wie ein Wolkennebel unter meinen Füßen dahin. Plötzlich zerriß die Wolke. Eine unsanfte Stimme schalt: »Sie ungehorsamer Patient. Sofort zurück in das Zimmer! Ihnen ist Ruhe befohlen.«

Eine junge Krankenschwester, die eine Blumenvase trug, eilte aus einem Krankenzimmer auf uns zu und packte seinen Ärmel mit der liebenswürdigen Herrschsucht der Pflegerin. Armin kreuzte scherzhaft die Arme wie ein orientalischer Diener. »Hören ist gehorchen, o Schwester.«

Im nächsten Augenblick griff er blitzschnell nach den Rosen in der Vase und reichte sie mir. Die verblüffte Schwester zischte in zornigem Flüsterton: »Was fällt Ihnen ein? Die Blumen gehören nicht Ihnen.«

»Nein, sie gehören der Dame, für die ich sie eben gestohlen habe.« Das magere Gesicht nahm den Ausdruck eines spitzbübischen Knaben an.

»Sie sind unausstehlich«, sagte die Schwester, indem sie ihre kugelrunden blauen Augen kokett aufschlug, ». . . unwiderstehlich.«

Ich streckte meine Hand zum Abschied aus. Seine Hand umschloß meine Finger; ich erschrak. Es glich einer leidenschaftlichen Umarmung, als nähme er von meinem Körper Besitz. Er nannte seine Telefonnummer.

»Rufen Sie mich an, wenn Sie nach Berlin kommen. Ich bin für Monate beurlaubt. Ich arbeite in der Redaktion der Zeitschrift *Asien.*«

Ich stand allein auf dem Korridor, die Blumen im Arm, und der Rosenduft mischte sich beängstigend mit dem Karbolgeruch des Krankenhauses. O Schrecken und Entzücken! Lust und Grauen! Langsam ging ich nach Hause, indem ich mir unaufhörlich die Telefonnummer wie eine Zauberformel wiederholte.

Die Begegnung war traumhaft. In der Nacht aber versank ich in einen wirklichen Angsttraum: Ich gehe wieder durch den weißen Korridor des Krankenhauses und suche *ihn* überall. Ich öffne eine Tür nach der anderen. Wildfremde bärtige, verwilderte Gesichter richten sich in den Betten auf. Es sind abgezehrte Hungergestalten, sie drohen mir mit ihren skelettartigen Armen, die sie wie Stöcke schwingen. Ich flüchte zum Ausgang, ich kann ihn nicht finden, ich rase den Korridor auf und ab. Dabei bemerke ich zu meinem Entsetzen, daß ich selbst Krankenhaustracht trage, einen gestreiften Schlafanzug – ich denke deutlich im Traume Strafanzug, nicht Schlafanzug. Ich möchte schreien, aber nur ein heiseres Krächzen kommt aus meiner Kehle. Da sehe ich an meinem zweiten Finger seinen Siegelring mit dem Kreuzritterwappen. Ich halte ihn gegen die Wand, die sich auf wundersame Weise öffnet. Ich befinde mich in einer großen Halle, sie sieht aus wie der Rathaussaal in Breslau, altertümlich getäfelt, mit alten Fahnen geschmückt. Nur stehen überall Krankenbetten wie in einem schnell hergerichteten Lazarett. Eine Schwester kommt mir entgegen mit den Zügen der Schwiegermutter. Ihr Haar unter der Haube ist blond, und ich denke verwundert: »Hat sie sich das Haar gefärbt? Dies paßt doch nicht zu ihr.« Sie faßt meinen Ärmel und sagt mit geheimnisvollem Lächeln: »Komm zu deinem Mann. Er ist verwundet.« Auf einem Bett, sonderbar eingebaut in eine Büchernische, liegt Fried. Seine Stirn ist mit weißen Binden umwickelt. Ich neige mich über ihn. Aber es ist ja gar nicht Fried, es ist der Schwiegervater mit seinen fleischigen herabhängenden Wangen. Er winkt mich mit zappelnden Armen näher heran und dann brüllt er mir ins Ohr: »Die Zahl ist eine Primzahl. Eine Unglückszahl!« Ich taumele zurück. Nebel steigt auf, rosenfarbener und rosenduftender betäubender Nebel. Plötzlich liege ich selbst auf einem Bett, und die Schwiegermutter-Schwester hält eine Äthermaske über mein Gesicht. Ich wehre mich, ich rufe: »Ich will nicht operiert werden! Ich bin gesund, gesund!« Ich werfe mich auf den Boden, und mit dieser Bewegung erwachte ich.

Ich lag zusammengekrümmt, den Kopf unter dem Kissen, nach Atem ringend. Ich träumte diesen Traum noch mehrere Male in verschiedenen Varianten. Aber jedesmal trug ich den gestreiften Schlafanzug und suchte jedesmal verzweifelt einen Ausgang aus dem Labyrinth des Krankenhauses.

Bei Tage aber träumte ich nicht. Ich zwang mich in den nächsten Wochen zu Nüchternheit und strenger Tätigkeit. Ich half wieder in einer der Wohlfahrtsküchen der Schwiegermutter. Ich pflegte und fütterte den Säugling, der allmählich von der Amme entwöhnt wurde, und führte geduldig immer wieder den Löffel an den kleinen Mund, der die Nahrung empört ausspie. Ich lief von Laden zu Laden, um die seltenen Stärkungsmittel für die Kinder zu erbetteln oder gegen teures Geld zu erlisten. Ich schrieb fast täglich an Fried und sandte ihm Auszüge aus staatsphilosophischen Büchern, die ich in der Universitätsbibliothek sorgfältig kopierte.

Ich schrieb auch nach Berlin, an die Eltern, an die Friedensfreunde. Käte Linden ließ mir eine Botschaft zukommen, daß sich die Bewegung aktiviert und an andere Bünde angeschlossen hätte. Draußen an der Front wie drinnen wäre der Boden unterhöhlt, und der Zusammenbruch des morschen Systems stünde bevor. Es klang ein neuer Ton in der Botschaft; ich nahm die Verbindung mit den Kameradinnen eifriger auf. Es war der Draht, der mich mit Berlin und dadurch auch – wenn auch nur in Grenzen – mit *ihm* verband. Der Draht zitterte und tönte von Aufruhr, und mit ihm schwangen auch meine eigenen, mir selber verborgenen aufrührerischen Wünsche – die persönliche Revolution meines eigenen Lebens.

Im Herbst, im Oktober, als sich die Ebereschen unserer Allee rot färbten, und ich aus den Beeren eine Kette für meinen kleinen Sohn machte, erhielt ich die Einladung zu einer geheimen Friedensversammlung in Berlin. Ich entschloß mich, daran teilzunehmen.

5

Der Kurfürstendamm scheint unverändert in diesem Herbst 1918. Die Prachtstraße, die im Novemberregen schwarz glänzt wie ein breiter Strom. Die Straßenbahnwagen rollen vorüber mit ihrem leisen Donner, daß der Kronleuchter in unserem Salon zittert, und oben an ihren Drähten blitzen blaue elektrische Funken auf. Immer noch ist die Luft der Großstadt mit Elektrizität geladen.

Das Leben rollt weiter, die Straßen Berlins rollen und tragen die Menschen mit sich auf den Gleisen ihrer gewohnten Tätigkeit. Kinder laufen zur Schule, indem sie in hüpfendem Gang die Pflastersteine überspringen, Frauen rühren in ihren Kochtöpfen, Männer hasten zur Arbeit; auf den Bänken der halb entlaubten Parks sitzen alte Frauen in der bleichen Herbstsonne, Kinderwagen werden spazierengefahren. Trotz Krieg, Tod draußen, Not drinnen, rollt der Alltag weiter, der Krieg selbst ist zum Alltag geworden, fadenscheinig zwar, – doch das Leben strömt unaufhaltsam mit der Flut des Morgens, der Ebbe des Abends.

So wenigstens schien es dem oberflächlichen Blick des Besuchers wie mir in den ersten Tagen nach meiner Ankunft. Aber bald spürte ich den Druck und die Spannung in der Hauptstadt. Man wartete auf etwas Außergewöhnliches. Geduckt und drohend wartete das Volk, lauernd, zum Sprung gespannt. Hinter zusammengepreßten, verkniffenen Gesichtern gärte die Unzufriedenheit. Man wußte, der Krieg war verloren. Warum lief er sinnlos weiter, eine Zerstörungsmaschine, die man nicht abstellen konnte? Hier und dort gab es Wirbel der Unruhe – vor Lebensmittelläden, deren Scheiben man mit Gewalt eindrückte, um mit glaszerschnittenen, blutenden Händen nach den

Waren zu greifen. Es gab Aufsässigkeit in Fabriken, Meutereien in Kasernen.

Revolution, das Wort rannte durch die ganze Stadt. Man scheute sich nicht mehr, es laut auszusprechen. Je nach den Stadtteilen, die es durchlief, wechselte es Bedeutung und Farbe. In den bürgerlichen Kreisen stand hinter diesem Wort ein völlig anderes Wunschbild als bei den Arbeitern. Dennoch hatte Revolution in jenen erregten Tagen für alle einen gemeinsamen Sinn: Ende des Krieges, Frieden und eine neugeschaffene, besser geordnete Welt.

Denn war nicht das Ende eines Zeitalters gekommen, das sich in Chaos, Verwirrung und grausigen Menschenmorden erschöpft hatte? Dies sollte der letzte Rückfall des Menschen in die Barbarei gewesen sein. Wir standen bewußt vor dem Anbruch einer neuen Epoche; wir wollten die Gesellschaft umgestalten, den Grund umgraben, feste Fundamente gerechter Gesetze aufrichten und ein neues Menschenwesen erschaffen. »Der Mensch« – nicht einem besonderen Volke angehörig – stieg auf an diesem Horizont der Wunschträume, tatkräftig und weise, für den es keine Grenzen zwischen den Völkern mehr gab. Riesengroß schwebte dieses wolkenhafte Menschenantlitz über uns. Es war immer »der Mensch«, den man ansprach, den man beschwor. »Die Liga für Menschenrechte« schrieb ihre Statuten einer utopischen Welt. »Der Mensch ist gut«, rief wie ein Trompetenstoß das Buch eines Dichters. Aufklärung, Vernunft mischte sich mit einem verzückten kindlichen Zukunftsglauben und durchdrang die Kreise einer geistig-revolutionären Elite von Wissenschaftlern, Künstlern und Soziologen.

Es war dieses eigentümliche Nebeneinander von rationaler Gedankenschärfe und wirklichkeitsfremder Schwärmerei, von Paragraphen und Phantastereien, welche die Friedensversammlung kennzeichnete, an der auch unsere Frauengruppe schwesterlich teilnahm. Ein Festsaal des Hotels Esplanade war in einen Kongreßraum verwandelt, wo auf dem Podium die Sprecher mit heftigen Bewegungen ihre Ideen in das Publikum warfen, die ihnen meist durch laute Zurufe wie Bälle zurückgeschlagen wurden. Dann läutete der Vorsitzende, ein kleiner, magerer Mann mit großem Kopf, die schrille Präsidentenglocke und mahnte zur Sachlichkeit. »Bleiben wir bei Erreichbarem«, rief er mit seiner hohen, heiseren Stimme. »Fünf Minuten Redezeit.«

Der Hauptpunkt der Tagesordnung hieß: »Was soll unser Bund fordern, wenn in den nächsten Tagen eine Staatsumwälzung eintritt?« So unbedingt erwartete man die Revolution. Es wurden von verschiedenen Seiten sowohl sinnvolle als auch übertriebene, sogar absurde Vorschläge gemacht und mit so ernster Wichtigkeit vorgetragen, als hätte man schon ausübende Gewalt. Man forderte völlige Abrüstung und eine Weltpolizei, Abschaffung der Todesstrafe und Verwandlung der Zuchthäuser in humane Besserungsanstalten. Frauen verlangten den Schutz der unehelichen Mutter. Man sprach sich nicht nur für eine freie Schule und Universität, sondern für eine Umwandlung des gesamten Bildungsprogramms aus. Aber dies alles wurde im Gegensatz zu dem scharf umrissenen Programm der Arbeiter nur in verschwommenen und verworrenen Linien skizziert.

Unter der Führung des klugen, kühlen Vorsitzenden einigte man sich am Ende auf die allgemeine Forderung: Sofortige Friedensverhandlungen und Ausrufung der Republik.

Als unerwartet früh die Tanzkapelle des Hotels mit ihren Schlaginstrumenten das Podium bestieg, und Frauen in eleganten Abendkleidern in den Saal traten, wurde die Versammlung jäh abgebrochen. Die meisten Gesichter trugen beim Hinausgehen einen abwesenden Ausdruck verzückter Hoffnung.

Im Gedränge an der Tür und im Vestibül blickte ich mich noch einmal um. Vergeblich hatte ich das Gesicht gesucht, das mir seit der Begegnung im Krankenhaus entrückt war. Er war nicht erschienen, obwohl er zu diesem Kreise gehörte.

Vielleicht war er noch nicht wieder in der Stadt. Ich hatte sogleich nach meiner Ankunft in seinem Büro angerufen und erfahren, daß er für einige Tage verreist war. Aus dem Hörrohr, das ich betäubt in der Hand hielt, war ein hohles leeres Sausen gekommen. Auch jetzt tönte um mich hohles leeres Sausen, der Straßenlärm, während ich die abendliche Straße hinuntertrieb. Alles sah aus wie immer, kleine Strudel von Menschen, die quirlend vor den Cafés und Restaurants trieben, die überfüllten Straßenbahnwagen, die wild und schrill klingelten. Ja, war sie denn nicht ein Luftgespinst, diese Revolution, die man so sicher erwartete? Lief nicht alles weiter wie jeden Abend? Hohl und leer, Sausen und Lärm, tote Geschäftigkeit und sinnloser Betrieb? Und immer noch unaufhörliches Morden an der Front.

Zu Hause, auf dem Nachttisch in meinem weißen Mädchenzimmer, fand ich eine Ansichtskarte aus dem Gebirge mit seiner Handschrift. »Die Blätter meiner Bäume werfen Ihnen tausend Grüße zu. Auf Wiedersehen morgen!« Ich fuhr mit der Fingerspitze die Buchstaben entlang, wie man die Linien eines geliebten Gesichtes zärtlich streichelt. Ich legte die Karte auf meine Stirn, ich legte sie auf mein Kopfkissen. Aus meinem Bett wuchs ein Baum und rauschte ...

»Ein neuer Mensch. Eine neue Welt«, dachte ich noch, als ich in den Schlaf glitt.

Auch ich wartete auf das Außergewöhnliche, das unser aller Leben in einem Augenblick von Grund auf verändern würde, und gleichzeitig wartete ich auf *ihn*. Er mußte seit Tagen wieder in der Stadt sein; aber er ließ nichts von sich hören. Gibt es eine ärgere Folter als Warten? Eine tödliche Starre, die Körper und Seele lähmt. Frierende Hitze wie Fieberschauer, Ruhelosigkeit und Lustlosigkeit.

Eines Vormittags saß ich mit offenen, blicklosen Augen vor einem Buch, als wildes Geschrei von der Straße durch die geschlossenen Fenster drang, die unter dem Rollen schwerer Wagen klirrten. Ein heulender Sturm von Stimmen, der an den Häusern rüttelte.

Meine Mutter riß die Fenster auf. Lastwagen mit roten Fahnen, vollgepackt mit Soldaten, schrien durch Lautsprecher die letzte Nachricht: Abdankung des Kaisers! Waffenstillstand! Extrablätter taumelten auf die Straße, die sofort von einer Menschenmenge überflutet wurde. Mehr Wagen sausten vorüber, flackerndes Rot, abgerissenes Geschrei.

Ich umschlang meine Mutter. »Der Krieg ist zu Ende!« Wir hatten Tränen in den Augen.

»Der Krieg ist aus!« Wie eine Salve dröhnte die Botschaft durch die Straße. Frauen weinten, wildfremde Menschen umarmten sich. Schon war ich unten, in der Masse eingekeilt und trieb mit ihr der Innenstadt zu. Am Potsdamer Platz hatten sich bereits Kolonnen von Männern und Frauen gebildet, die geordnet, in soldatischem Schritt, in Richtung des Brandenburger Tores marschierten. Ich marschierte mit, meine Füße hoben sich von selbst, ich fühlte mich mitgetragen von dieser gewaltigen Einheit und in ihr aufgelöst. Nicht einzelne waren neben mir. Es war das Riesenherz der Masse.

Langsam und geordnet gingen sie wie eine Armee; sogar in der Revolution ging dieses Volk mit dem gedrillten schweren Tritt von Soldatenstiefeln. Sie sangen nicht, zuviel hatten sie im Krieg singen müssen. Mit geschlossenen, starren Gesichtern bewegten sie sich wie unter einem unhörbaren, unsichtbaren Befehl.

Ich hob den Blick und mir schien, als galoppierten uns die goldenen Pferde des Siegeswagens auf dem Brandenburger Tor entgegen. Gewiß war es nicht der nationale Sieg, für den das Volk vier Jahre lang geblutet hatte – es war die militärische und politische Niederlage –, es war ein anderer, besserer Sieg, den wir errungen hatten – wie ich in diesem Augenblick glaubte –, den Sieg der Menschheitsidee, eines neuen Europas, einer geläuterten Welt.

Als ich den Blick wieder senkte, sah ich *ihn*, Armin T. Wegner, im selben Zug, aber weit vor mir, ausschreiten. Ich erkannte ihn sofort, den schmalen Kopf, die hohe Gestalt, den verträumten, etwas schlenkernden Gang. Ich rief laut seinen Namen; ich versuchte, aus der Menge auszubrechen, um vorzueilen und ihn einzuholen. Aber wie in einer eisernen Klammer war ich in meiner Reihe gefangen, welche die ganze Breite der Straße sperrte, und nur wenige Meter entfernt, konnte ich ihn doch nicht erreichen. Wieder hatte die Begegnung etwas Traumhaftes und Sehnsüchtig-Qualvolles, ja Schicksalhaftes.

Am Brandenburger Tor teilte sich der Menschenstrom, und während ich mit unter die Linden fortgeschwemmt wurde, war seine Gruppe in Richtung Reichstag abgebogen und entschwand meinem Blick.

Aus allen Seitenstraßen strömten wie Nebenflüsse neue Menschenmassen in die breite Allee Unter den Linden, sodaß die Menge, nun ein strudelnder See, den Fahrdamm ausfüllte. Mit einem Mal gab es einen Ruck, ein heftiges Zerren von der Seite. Einige Soldaten mit roten Armbinden durchbrachen die Linien und jagten hinter einem jungen Offizier her, den sie packten und festhielten. Mit rohen Bewegungen rissen sie ihm die Kokarde von der Mütze, die Achselstücke von den Schultern.

»Du Schwein! Weißt du nicht, wofür deine Klimperstücke heute gut sind? Um darauf zu sch . . .!« Sie warfen die Litze auf das Pflaster und spuckten darauf.

Der Offizier wehrte sich nicht. Ich sah in ein blondes, totenblasses

Jungengesicht, so verzerrt vor Haß und Scham, als hätte man ihm gewaltsam die Kleider, ja die Haut vom Leibe gerissen.

Klatschend schlugen die Soldaten dem Entehrten in das Gesicht, bis sich ein älterer Arbeiter mit wuchtigen Fäusten dazwischen drängte. »Laßt den Kleinen laufen, Kameraden«, sagte er mürrisch. »Der ist ja noch nicht mal hinter den Ohren trocken.«

Mit gutmütigem Grinsen ließen die Soldaten ihre Hände sinken. Der Offizier lief wie ein Hase. Brüllendes Lachen platzte hinter ihm auf.

Ich erschauerte. Zum erstenmal hatte ich in das gewalttätige, von Rache berauschte Antlitz der Revolution geschaut, den in rohem Gelächter aufgerissenen Mund gesehen, einen Wolfsrachen. War dies das ungeschriebene Gesetz der Befreiung? Gewalt gegen Gewalt? Mußte das sein? Gab es keine andere Waffe? Hatte Gert, die Revolutionärin in unserer Frauengruppe, doch recht behalten und uns beschämt, weil wir den anderen, den Handelnden, die schmutzige, notwendige Arbeit der Gewalt überließen?

Links, rechts, rechts, links ... Ich fiel aus dem Gleichschritt. Meine Füße hielten nicht mehr den gleichen Takt mit der vorstoßenden Masse.

Wir näherten uns jetzt dem Schloß, aus dem der Kaiser geflüchtet war. Ein Kordon von Soldaten mit roten Armbinden rief der Menge ein Halt zu und sperrte den Weg. Man hörte dumpfe Schüsse.

»Am Marstall wird noch gekämpft«, durchlief es die Menge, die sich zusammenballte, während sie aus dem gefährlichen Bezirk abgedrängt wurde. Vom Rückstoß der Masse zur Seite geworfen, befand ich mich plötzlich in einer Nebenstraße, in der sich allmählich die Menge in einzelne Gruppen und Paare auflöste. Ich blickte mich um, befand mich allein unter vielen fremden Menschen.

Allein ging ich weiter über eine Brücke des Spreekanals, wo unter mir das Wasser trübe und ölig schillerte. Nun stand ich gegenüber der häßlichen braungelben Halle des Lehrter Bahnhofs. An einer Straßenecke bemerkte ich, scheinbar vergessen, einen Trupp junger, frisch eingekleideter Rekruten in hölzernem Warten, wie Soldaten warten, die zum Transport an die Front kommandiert sind. Ein Soldatenrat sprach sie an: »Geht nach Hause, Jungs. Der Krieg ist aus!«

In die hölzernen Figuren kam Leben. Sie legten die Gewehre über ihre Knie, zerbrachen sie und warfen die Stücke auf das Pflaster. Einige schnallten ihre Koppel ab und warfen Tornister und Mäntel auf die Gewehrhaufen. Dies alles taten sie mit ruhiger Selbstverständlichkeit, ohne besondere Zeichen der Begeisterung. Dann drehten sie sich um, drehten dem Tod, dem Krieg den Rücken und gingen langsam und gemächlich die Seitenstraße hinunter, in ihr neues Leben.

Im überfüllten Stadtbahnzug auf der Heimfahrt, während ich zwischen den Menschen hin und her gestoßen wurde, schaukelten noch die Bilder der letzten Stunden mit. Das Aufgesogensein und wieder Ausgestoßensein in der Masse, das beglückte Marschieren im Zuge und dann der qualvolle Zustand, als ich Armin vor mir erblickte, durch die Menschenmauer getrennt und unerreichbar. Dann das Alleinsein auf der Brücke und endlich die Soldaten, welche ihre Gewehre zerbrachen und ihre von der Last befreiten jungen Rücken. Ich sah in Gedanken Frieds Rücken, seinen guten, etwas unentschiedenen Rücken, der den großen Kopf auf dem kurzen Halse trug.

Ich erschrak, daß ich zum erstenmal an diesem Tage an ihn dachte. »Er wird auch das Koppel abschnallen, die Uniform abwerfen, bald kommt er nach Hause, unsere Ehe beginnt wieder, es ist ja Frieden«, so schwirrte es durch mein fieberndes Bewußtsein.

»Ich muß ihm heute noch schreiben«, sagte ich laut zu mir, als ich in den Kurfürstendamm einbog.

Alle Fenster der elterlichen Wohnung waren festlich erleuchtet. Es waren Gäste gekommen. Ich fand die Eltern und ihre Freunde vor dem aufgestellten Kartentisch; aber sie spielten unaufmerksam und unterhielten sich erregt über die Ereignisse.

Mein Vater lehnte sich mit seinem leisen skeptischen Lächeln in den Stuhl zurück. »Sie glauben wirklich, dies ist eine Revolution? Die Deutschen haben nicht das Talent dazu. Es wird sich nicht viel ändern. Leider.«

Sein Gegenüber, ein bekannter Chirurg mit schwarzen Augenbrauen, die in dem beweglichen Gesicht auf- und niederzuckten, unterbrach ihn: »Leider? Wie können Sie so reden, lieber Kollege? Wir bekommen eine Arbeiterregierung, wie rot, wissen wir heute abend noch nicht. Aber das russische Beispiel ist ansteckend.«

Meine Mutter mischte die Karten mit ihren weißen festen Händen. »Wir sind aber nicht die Russen, die unter dem Zaren ein Sklavenvolk waren. Wir haben Sinn für Ordnung. Ich bin immer Republikanerin und Demokratin gewesen. Aber Extreme, Exzesse in unserem Land ... daran glaube ich einfach nicht.«

»Unsere verehrte Wirtin hat immer recht«, rief ein kleiner älterer Sanitätsrat. »Die Revolution verlief doch so vorschriftsmäßig wie ein Parademarsch.«

Auf die Stuhllehne meines Vaters gelehnt, betrachtete ich verwundert diese gesättigten Bürger, die bei ihren Kartenspielen nicht ahnten, was eigentlich gespielt wurde.

Ich schlüpfte aus dem Salon und begann an dem weißen, kindlichen Schreibtisch in meinem Mädchenzimmer einen Brief an Fried. Ich malte langsam das Datum: »Neunter November 1918 ... Mein Lieber! Wann kommst Du endlich ...«

Ich stockte, ich schrieb den Satz nicht zu Ende, ich zerriß den Brief.

Am nächsten Morgen war unser Frühstückstisch mit Zeitungen aller Richtungen überschwemmt, die mein Vater vom nächsten Kiosk geholt hatte. Alle Blätter, auch die, die noch am Tage zuvor zum Durchhalten bis zum Endsieg gemahnt hatten, marschierten nun mit ihren Riesenbuchstaben in der Parade der erfolgreichen Revolution. REPUBLIK war überall groß gedruckt; hinter WAFFENSTILLSTAND hinkte bei den meisten ein Fragezeichen nach. Der sozialistische *Vorwärts*, rot umrandet, hatte schon den festen, würdigen Ton eines Regierungsblattes angenommen und verkündete, daß die Mehrheitssozialisten gemeinsam mit dem linken Flügel der »Unabhängigen« den Regierungsblock bilden würden.

Unter dem Stoß der Zeitungen, halb versteckt, fand ich eine persönliche Einladung zur Gründungsversammlung des »Rates der geistigen Arbeiter«, der nicht nur die Berufsinteressen von Wissenschaftlern, Künstlern und Schriftstellern vertreten wollte, sondern auch ein revolutionäres geistiges Programm versprach. Auf der langen Liste der Redner erblickte ich den Namen Armin T. Wegner.

Der Beginn dieses Abends ist für mich in undurchsichtigen Qualm gehüllt. In dem überfüllten Saal, stehend an eine Säule gelehnt, durch den dichten Nebel von Zigarettenrauch, sah ich die Redner auf dem Podium nur undeutlich. Ebenso nebelhaft dröhnten auch die Worte pathetisch und verworren an mein Ohr.

Dieser Rat der »Geistigen«, zu dem sich aus allen Lagern Mitläufer und Nutznießer der revolutionären Stimmung drängten, entbehrte eines klaren Ziels. Sozialistische Schlagworte kreuzten sich mit anarchistischen Vorstellungen und den Beteuerungen der absoluten Pazifisten.

Die Redner, von denen manche sich nur selbst theatralisch zur Geltung bringen wollten, widersprachen sich oft, sodaß hintereinander entgegengesetzte Meinungen vorgetragen wurden. Edlen, charaktervollen Köpfen folgten auf dem Podium eitle, beifallsgierige Schwätzer und Wortverdreher. Das Publikum, verwirrt und hin- und hergerissen, beteiligte sich mit lärmenden Zwischenrufen, und die Versammlung drohte, in einen Streit der verschiedenen geistigen Schattierungen auszuarten.

Endlich gelang es dem Vorsitzenden, der schon damals in der Friedensversammlung die Präsidentenglocke erfolgreich geschwungen hatte, diesem nüchternen und unbestechlichen Mann, das Publikum zu beschwichtigen und zur Disziplin zurückzuführen. Nach einer Pause betrat Armin T. Wegner die Rednertribüne und las ein revolutionäres Manifest vor, einen dithyrambischen Aufruf in freien Rhythmen, in dem das klirrende Getöse der Großstadt und der dumpfe Tritt der Masse zu einer aufreißenden Musik zusammenklangen. Von meinem Stehplatz aus konnte ich ihn nicht sehen, auch ging mir der Sinn vieler Worte verloren: Aber ich hörte durch Qualm und Nebel hindurch seine Stimme, den singenden Schrei des Dämons.

Nach der Vorlesung drängte ich mich mit vor Rauch tränenden Augen zum Ausgang. Plötzlich spürte ich, wie sich ein Arm unter den meinen schob. Armin stand neben mir. Von der Menschenwelle wurden wir gemeinsam hinausgetragen. In der Nachtluft atmete ich tief auf. Ich löste meinen Arm und beschleunigte meine Schritte.

»Warum waren Sie alle diese Tage verschollen?« fragte ich.

»Ich war beschäftigt. Glauben Sie mir, ich war besessen von dem Manifest. Ich habe Tag und Nacht daran gearbeitet. Es soll ein Buch revolutionärer Aufrufe werden.« Er lachte leise auf. »Wenn ich schaffe, vergesse ich alles andere. Zürnen Sie mir?«

Wir überschritten den Fahrdamm. Er nahm meine Hand. Ich versuchte, sie ihm zu entziehen.

»Lassen Sie. Ich tue nur, was Sie wollen.«

Entsetzen und Entzücken durchrieselten mich. Hand in Hand, stumm, gingen wir durch die schlafende Straße. Es war eigentlich kein Gehen, es war ein merkwürdiges Traumwandeln ohne Erdenschwere. Alles sah verändert aus, wie auf einem anderen Planeten. Die Pflastersteine, die ein seltsames Glitzern aussprühten, die Laternen wie Riesenkakteen mit ihren hängenden gelben Lichtkelchen und sogar die häßliche Kirche, deren Türme wie die Spitzen einer Kathedrale in den Nachthimmel strebten.

Wir gingen an der Kirche vorbei, aber nicht den Kurfürstendamm hinunter. Unsere Füße fanden mondsüchtig ihren Weg und trugen uns in den Tiergarten, der uns in seinem Halbdunkel aufnahm und verbarg. Ein lauer feuchter Wind wiegte sich in den entblätterten Ästen, daß die Bäume leise seufzten. Befreit von der Frucht und Last des Sommers, hoben sie ihre nackten Zweige dem Wind entgegen, der Regen und reinigende Schauer versprach. Unsere Füße raschelten durch das tote Laub, den süßlichen vermodernden Sommer des vergehenden Jahres. Am Rande der Allee glänzte der Kanal, dessen stilles Wasser, durch den Wind aufgerührt, sanft zu strömen schien. Schweigend gingen wir am Ufer entlang. Oder wurden wir vom Wind getrieben, zogen uns die ziehenden Wolken mit an dem schwarz und silber gefleckten, unruhigen Himmel? Sie wanderten über den Mond, den sie verhüllten und dann für Sekunden wieder entschleierten, so daß es bald taghell, bald finster war. In einem dieser erhellten Augenblicke wandte mir Armin voll sein Gesicht zu.

»Du«, sagte er nur. »Du . . .«

Ich sah seine Augen mit den hochfliegenden Brauen, von düsterem Glanz überströmt. Wieder zog eine Wolke über den Mond, und in ihrem Schatten umschlangen und küßten wir uns. Wie lange wir in dieser Umarmung unter der Wolke standen, weiß ich nicht: Mir schien diese rauschende Finsternis ewig zu währen, und auch dann, als es wieder hell wurde, lösten wir uns nicht voneinander. Licht und Dunkel, Wolke und greller Mond wechselten wie Tag und Nacht. Wir waren auf eine Bank gesunken, und, halb liegend auf dem harten Holz, sah ich sein Gesicht über mir schweben.

Die Kirchturmuhr schlug zweimal. Der dumpfe Gong riß mich wieder in die wirkliche Zeit zurück. »Ich muß nach Hause.«

»Nach Hause? Wo bist du eigentlich zuhause?«

»Ich weiß nicht. Wo die Kinder sind.«

Er ließ mich sofort los. Schweigend gingen wir durch den Park zurück, vorbei an der Kirche, die, entzaubert, wieder häßlich und überladen aussah, den Kurfürstendamm hinunter, den verspätete Autos mit schrillem Krächzen entlangrasten. Mit langen Schritten eilte er mir ein wenig voraus; auch sein abwesender Blick lief vor, in eine unbestimmte Ferne.

Erst vor meiner Haustür wandte er sich mir wieder zu. »Ich bin mit dem Manifest unzufrieden. Ich werde heute nacht noch einmal daran arbeiten. Ich will es Ihnen morgen vorlesen. Kommen Sie mich besuchen! Morgen nachmittag. Ich lebe auch mitten in der Großstadt auf einer Insel. Werden Sie kommen?«

Wieder rührte er mich mit seinem Blick an, der mich so hilflos machte.

»Ich weiß es noch nicht«, sagte ich. Aber ich wußte, daß ich zu ihm gehen mußte.

Es gibt ein Erwachen, bei dem man seine Glieder streckt und spürt, wie man wächst. Man dehnt seinen Körper bis in die Finger- und Zehenspitzen, als wolle man seinen Leib sprengen, seine alte Haut abwerfen wie eine Schlange. Man ist ein anderes Wesen, mit neuen Augen, klar und reingewaschen, so daß man alles wie zum ersten Male erblickt. Man springt aus dem Bett in den Morgen, in das strömende berauschende Wasser des Lebens. Man atmet tief und trinkt mit jedem Atemzug die Seligkeit, am Leben zu sein. Die Haut glänzt, und man fühlt, daß man ganz und gar leuchtet.

So erwachte ich am Morgen nach unserem Liebesgang durch den herbstlichen Park. Ich wußte, was geschehen war. Ich hatte mich umgewandelt, mich zerstört und wieder erschaffen, mich in Stücke zerrissen und mir wieder Atem eingehaucht. Es war der Umsturz meines Seins, gewalttätig, schrecklich und furchtbar, die Revolution meines Schicksals.

Alles, was ich bisher gelebt hatte, fiel zusammen wie das tote trockene Laubwerk des verbrannten, gewesenen Sommers, vergangen und sinnlos. Der reinigende Sturm des Herbstes ergriff und schüttelte mich. Ich streckte mit den Zweigen meine sehnsüchtigen Arme aus, in der Vorahnung eines wilden Blühens. Gedanken an

Recht und Unrecht streiften nicht einmal mein Bewußtsein; auch hatte ich keine Vorstellungen oder Pläne der Zukunft. Ich wußte nur, daß ich in einigen Stunden zu ihm gehen würde, daß ich gehen mußte.

Mechanisch bewegte ich mich, glitt ich die Straße hinunter, kaufte ein, wechselte Geld, das wie Spielmünzen klirrte, und zu Hause, in den schönen Räumen, wischte ich Staub, während die seidig glänzenden Tapeten sich nur wie Pappkulissen zwischen mich und die freie wilde Welt schoben.

Mittags, als wir bei Tisch saßen, erzählte mein Vater, daß revolutionäre Studenten eigenmächtig die Universität geschlossen und den gesamten Lehrkörper vorläufig aufgehoben hätten.

»Jetzt wollen sie sogar die Wissenschaft politisieren«, sagte mein Vater, wobei sich die feinen Fältchen um seine Augen zusammenzogen. »Welch kindischer Unsinn! Sie kommen mir vor wie Schuljungen, die ihre Lehrer absetzen.«

»Dumme Lausbuben«, bekräftigte meine Mutter.

Ich widersprach. »Ich verstehe, was sie wollen. Den Geist revolutionieren. Die Erziehung umformen. Neue Menschen erziehen. Den Menschen, den wir brauchen. Ganz neu anfangen. Ohne Halbheiten.«

»Höre nur deine radikale Tochter! Sie ist auch angesteckt. Hat die roten Revolutionsmasern, Kinderkrankheiten von heute.« Meine Mutter lachte laut auf. Und mit einem scharfen Blick auf meinen Teller fügte sie hinzu: »Und vor lauter Begeisterung ißt sie nichts.«

Das Telefon läutete, schrill und anhaltend. Mein Vater, der erwartete, zu einer Entbindung gerufen zu werden, warf seine Serviette auf den Tisch und erhob sich. Das Dienstmädchen meldete: »Ferngespräch aus Breslau.«

Ich rannte in den Korridor. Leeres Rauschen tönte aus dem Apparat. Dann drang die Stimme der Schwiegermutter hindurch, so laut, als stünde sie dicht neben mir. Diese Stimme, sanft und eindringlich, süß und zäh wie Honig, mit dem rollenden R, das bei großer Erregung bei ihr durchbrach.

»Rehchen, unser Soldat kommt morgen zurück. Er hat ein Telegramm geschickt. Bist du nicht aufgeregt? Morgen ist dein Mann zu Hause. Kannst du mit dem nächsten Zug reisen, um vier Uhr nachmittags? Dann bist du um elf Uhr abends in Breslau.«

Ich antwortete nicht. Es brauste in meinen Ohren.

»Hörst du mich nicht? Verstehst du mich nicht?« forderte die Stimme heftiger, wobei das rollende R in eine höhere Tonlage überging.

»Ja, ich verstehe alles«, schrie ich überlaut in den Apparat. »Fried kommt morgen«, wiederholte ich. »Natürlich reise ich so schnell ich kann. Aber ich weiß nicht, ob ich es bis heute nachmittag schaffe. Morgen früh um sechs Uhr geht auch ein Zug.«

»Wie du meinst, Rehchen. Die Hauptsache ist, du bist rechtzeitig da, um Fried zu empfangen. Ohne dich gibt es keine richtige Heimkehr.«

Ihre Stimme zitterte, und ich sah in Gedanken leicht ihren Kopf nicken. Ich sah Frieds Kopf in nervöser Freude zittern.

»Wie geht es den Kindern?« fragte ich.

»Sie sind beide wohlauf. Unsere Prachtjungen.«

Im Apparat knackte es leise. Die Telefonistin trennte uns: »Ihre Zeit ist abgelaufen.«

»Meine Zeit ist abgelaufen«, dröhnte es in meinen Schläfen, als ich in das Speisezimmer zurückkehrte. Mechanisch schalteten sich sofort die gewohnten Regungen ein, das natürliche Familiengefühl, die selbstverständliche Pflicht, zu meinem Mann in mein Heim zurückzukehren. Ich legte die Serviette in ordentlichen Falten zusammen. »Vielleicht kann ich den Zug um vier noch erreichen«, sagte ich zu den Eltern, während ich in der Phantasie um vier Uhr eine fremde Treppe hinaufstieg, vier Treppen hoch zu einer Balkoninsel, die über der Straße und dem Dunst der Großstadt hing.

Wie aus weiter Ferne hörte ich meine Mutter sagen: »Das ist unmöglich. Vier Uhr auf dem Bahnhof. Warum sollst du dich so abhetzen, Kind? Morgen früh ist noch Zeit genug.«

Der Nachmittag gehörte also noch mir. Er breitete sich funkelnd und endlos vor mir aus, während ich auf dem Boden in meinem Zimmer kauerte und packte. Ich gehörte noch mir, lebte mein neues seltsames Ich, das mir entsprungen war wie ein zweites fremdes Wesen. Als ich das Kleid in den Koffer legte, das ich am Abend zuvor getragen hatte, nahm ich es wieder heraus und drückte mein glühendes Gesicht in seine Falten. Es hatte eine unbestimmte Farbe angenommen in dem Zwielicht der elektrischen Lampe und des trüben Novemberlichts. Es war erst drei Uhr und schon Abend im Zimmer.

Es klopfte. Ein Brief, durch den Eilboten gebracht, wurde mir durch die Türspalte gereicht. Armins Handschrift blickte mich an, kühn, geschwungen wie die Bogen seiner Augenbrauen. Aus dem Umschlag fiel ein Stoß hauchdünner Blätter seidigen Papiers.

»Auf meiner Insel«, stand oben auf dem Bogen. »Meine Seele reist zu Dir durch die Nacht«, begann der Brief in der dunklen Melodie eines Nachtgesanges, und wie Musik ließ ich zuerst die Worte auf mich wirken. »Als die Dunkelheit einen Schleier über Dein Gesicht warf, geliebtes asiatisches Gesicht, wollte ich den Schleier zerreißen, wollte Dich auf den feuchten Rasen niederwerfen und mit der Erde zusammen umarmen. Ich wußte, daß nach allen Irrfahrten und Abenteuern Du die Frau bist, in der mein rastloses Leben gestillt werden kann, in die ich heimkehre und münde . . .«

Ich las, während ich die Lippen bewegte, aufgelöst vor Glück. Dann riß die Musik ab. »Ich darf Deine Ehe nicht stören. Du hast Kinder. Ich habe verzichtet, und wenn Du heute nachmittag zu mir kommst, werde ich nicht ein Haar Deines Hauptes berühren. Dein schwarzes Haar, mit dem ich so gerne spielen möchte. Ich werde Dir meine Bücher, meine Schriften zeigen . . .«

Ich ließ den Brief sinken, einzelne Blätter fielen auf den Teppich. Auch ich ließ mich niederfallen, eine Mondsüchtige, die abstürzt. Ich sah auf die Uhr. Sollte ich versuchen, den Zug nach Breslau noch zu erreichen?

Aber schon war ich auf dem Wege zu ihm, auf der breiten Geschäftsstraße, die fahlrot von der untergehenden Sonne bestrahlt wurde. Ich bog in eine Seitenstraße ein. Vier Treppen hinauf über einen abgewetzten roten Teppichläufer. Ich klingelte an dem blankgeputzten Messingschild einer Pension. Eine ältliche Dame mit spitzen Ellenbogen und spitzem Kinn öffnete mir. Als ich nach Armin fragte, musterte sie mich von oben herab mit verkniffenem Lächeln und führte mich durch ein Durchgangszimmer.

Dann schien sich eine Wand von selbst zu öffnen, als Armin heraustrat und mich begrüßte. In seinem Zimmer fand ich mich in eine andere Welt, ja in einen anderen Erdteil versetzt. Es hatte die Abgeschlossenheit und die leuchtende Farbigkeit eines türkischen Zeltes. Überall lagen und hingen orientalische Teppiche; ein goldbrauner Tierteppich mit Fabeltieren verhängte die Tür. Vor dem

Diwan stand ein türkischer Rauchtisch, auf dem eine Wasserpfeife, kupfergehämmerte Krüge und zwei flache Trinkschalen aus getriebenem Metall bei jeder Bewegung leise klirrten. Armin ergriff diese Schalen und, sie auf der flachen Hand über dem Kopf balancierend, schlug er sie gegeneinander wie einen Klöppel gegen einen Gong. »Sei willkommen wie frisches Wasser dem Durstigen«, rief er. »Mit diesen klingenden Schalen locken die Wasserverkäufer in den Basargassen Stambuls die Käufer an.«

Er führte mich an der Hand durchs Zimmer wie durch eine fremde Landschaft und erklärte mir lebhaft die Geschichte jedes Gegenstandes.

»Hier auf diesem Sattel bin ich durch die Wüste geritten«, sagte er, indem er sich quer auf einen Reitsattel setzte, von dem eine persische Decke mit langen purpurrot und weiß gedrehten Quasten herunterhing. Er zeigte mir einen wuchtigen Steinblock, auf dem seltsame quadratische Buchstaben eingeritzt waren. »Aramäische Schriftzeichen. Diesen Quader habe ich auf einem Trümmerfeld bei Bagdad aufgehoben, ein Baustein aus dem alten Babylon.«

Er nahm von dem Regal über den Büchern einen Totenschädel herunter.

»Dies ist der Schädel eines toten Armeniers, eines der Opfer der Austreibung. Ich habe ihn selber von der Erde aufgelesen, als ich den Spuren des schauerlichen Hungermarsches nachging. Ich will ihn immer vor Augen haben, damit ich niemals die Grausamkeit der Menschen vergesse, gegen die man kämpfen muß.« Seine Augen unter den hochfliegenden Brauen verdunkelten sich und nahmen einen fanatischen Ausdruck an.

Mir fiel auf, daß er alle Erlebnisse auf sich bezog, daß jede Schilderung um sein Ich kreiste. Genoß er denn auch das Leiden und Entsetzen als dramatische Steigerung des Daseins, war er der Künstler, der als Betrachter sich immer selbst zuschaut?

Mein Blick fiel auf eine Radierung, das einzige Bild im Raum. Es stellte einen Reiter dar, dessen vorwärtsjagendes Pferd mit schönem Kopf die hintere Hälfte seines Leibes als abgefressenes Gerippe hinter sich herschleifte. Ihm zur Seite schritt ein junges Weib und ein bis auf die Knochen abgezehrter Knabe.

»Was bedeutet dieses Bild?« fragte ich.

»Diese Radierung eines jungen begabten Franzosen? Der Reiter ist der Krieg. Ihn begleitet die Lustseuche und der Hunger.«

Ich erschauerte. Grauen und Lust – hier waren sie wieder, die Hauptthemen seiner Dichtung und seines Lebens. Gab es nichts anderes, was darin Raum fand und die Dissonanzen auflösen konnte? Noch hatte er mit keinem Wort an unsere Beziehung gerührt, seinen Brief nicht einmal erwähnt. Er reichte mir eine Tasse Tee und zitierte aus dem chinesischen Buch über den Tee die Lobpreisungen der sieben Tassen, die den Teetrinker in eine schwebende rauschhafte Stimmung versetzten. Rotgolden glänzte der Tee in unseren Schalen, leise klirrten die Geräte auf dem Rauchtisch. Ich sah ihn einen Augenblick lang mit Entzücken und zugleich leisem Zweifel an. Spielte er mir auf seiner kleinen Bühne des Zimmers sich selbst in allerlei Masken vor? Hatte er gestern nacht auch nur eine Liebesszene gespielt? Da, während ich die Tasse niedersetzte, strich er mir behutsam über das Haar. Dann umschlang er mich mit wilder Zärtlichkeit, um mich sofort loszulassen. Diesmal spielte er nicht, log sein Auge nicht.

»Ich bin todestraurig«, sagte er. »Aber ich darf dich nicht lieben.«

»Ich fahre morgen früh nach Breslau zu meinem Mann«, antwortete ich tonlos.

Er erhob sich. »Komm, ich will dir noch meine Werkstatt zeigen.«

Er blieb vor einer dreiteiligen Eisenkommode stehen, die wie ein Geldschrank vor Brand und Einbruch geschützt, seine kostbaren Güter, seine Manuskripte bewahrte. Mit Bewunderung sah ich die Stöße geordneter Mappen und Notizbücher.

»Alles Studien«, sagte er, »Tagebücher und Aufzeichnungen. Falls Feuer ausbricht, kann ich den Schrank in drei Teile zerlegen und aus dem brennenden Haus tragen.« Er strich liebkosend über die Bände, als wären sie lebendige Wesen. »Hier sind die Kopien meiner Briefe, unschätzbares Material für den Schriftsteller. Ich schreibe alle meine Briefe mit Durchschlägen.«

Ich zuckte zusammen. Seinen leidenschaftlichen Liebesbrief an mich, auf hauchdünnem Seidenpapier, gab es also auch als Kopie. Sie ruhte in diesem Schrank wie ein getrockneter Schmetterling, war nicht Leben, war künstliche Literatur. War also doch nur alles bunte, schillernde Lüge, Schauspielerei des Gefühls? Er bemerkte meine Verstörtheit.

»Aber alles, was ich schreibe, ist wahr, wirklich empfunden«, beteuerte er. »Glaubst du mir etwa nicht?«

Ich wandte mich ab, wider Willen stiegen Tränen in mir auf. Er drehte mich sanft an den Schultern zu sich herum und küßte mich auf die Augen.

»Spürst du nicht, was in mir vorgeht?« Er sah mich mit großem kindlichem Blick an, blauen großen Jungenaugen, voll ratloser Traurigkeit. Schon hatte ich ihm verziehen.

»Komm auf meine Insel«, bat er.

Wir traten auf den Balkon hinaus, der, weit vorspringend, in der Form eines Bootes über dem Straßennetz hing. Durch die neblige Luft sahen wir die Lichterketten der Bogenlampen flimmern.

»Hat man nicht das Gefühl, auf einem fahrenden Schiff durch den Nebel zu fahren?« fragte ich.

»Ja, wir fahren zusammen über's Meer. Dort die Lichter sind eine neue aufsteigende Küste. Ich denke immer an Reisen. Meine Koffer müssen immer gepackt unter meinem Bett stehen. Ach, wenn du mit mir reisen könntest!«

»Wie gerne«, seufzte ich. »Aber es darf nicht sein.«

»Nein, es darf nicht sein«, wiederholte er zum Abschied, als er mir den Mantel anzog und zuknöpfte, mich in dem Mantel in einer leidenschaftlichen Umarmung umschloß. Benommen ging ich die schäbige Treppe hinunter, ging langsam durch die naßkalten, nebligen Straßen. Die Laternen gaben trübes Licht, man sah keinen Himmel.

Am nächsten Morgen um sechs Uhr, als ich den Zug nach Breslau bestieg, hatte sich der Nebel in rieselnden Regen aufgelöst.

Der Zug war überfüllt mit Soldaten, die heimkehrten: Sie drängten sich in den Abteilen, verstellten die Türen, hockten auf ihren Tornistern im Korridor, die Beine hochgezogen, manche mit schaukelnden Köpfen im Halbschlaf. Schon waren es keine Soldaten mehr, sondern einzelne übermüdete Menschen, die nur nach Hause, zur Ruhe kommen wollten. Sie dachten weder an den verlorenen Krieg, noch an die Revolution, waren losgesprengt von der Masse, den grauen wie roten Kolonnen, seelentaub, unempfindlich, erschöpft bis zur Fühllosigkeit durch vier Jahre mörderischen Trommelfeuers.

Laute Männerstimmen tönten durch das Rasseln des Zuges, als wollten sie ihn schneller vorwärts treiben, in der Ungeduld heimzukommen. Ich fing einzelne Gesprächsfetzen auf.

»Zu Muttern nach Hause. Die Füße unter den Tisch. Für einen Kuchen und heißen Grog wird's noch langen.«

»Ich werde meine Jungen nicht wiedererkennen. Der Älteste soll schon der Mann im Hause sein, schreibt meine Alte.«

»Meine Frau war Straßenbahnschaffnerin. Aber wenn sie glaubt, sie behält die Hosen an, irrt sie sich.«

»Dann ziehst du sie ihr einfach aus, die Hosen.« – Wieherndes Gelächter.

Eine heisere Stimme meldete sich: »Meine Frau ist fremd gegangen. Erst eine Tracht Prügel, dann verzeih ich ihr.«

»Mensch, das erste, was ich zu Hause tue, ist Baden.«

»Ich besaufe mich.«

»Wenn es etwas zu saufen gibt.«

»Ich gehe sofort ins Bett. Drei Tage und Nächte schlafen.«

»Hoffentlich nicht allein.« – Wieder das lachende Gewieher.

»Herrgott, Kinder, ich glaube noch nicht, daß der Dreck aus ist.«

»Faß' deine trocknen Socken an. Dann merkst du, es ist Frieden.«

»Der arme Fritze, am letzten Tag mußte es ihn noch erwischen. Bauchschuß.«

»Ich war dreimal verwundet. Aber ich bin einigermaßen geflickt. Mit dem linken Arm die Frau umarmen kann ich noch.«

»Das Kind wird Linkshänder.« Dröhnendes Gelächter.

Nackte rohe Worte. Die derben natürlichen Sehnsüchte des einzelnen, der nur leben und lieben will. Nichts weiter. Was hatte man aus ihnen gemacht? Ich dachte an die Fahrt damals, als der Offizier meine kleinen Kinder im Militärton angebrüllt hatte, und wie sich der Mißbrauch des Menschen, seine Abwertung zum Automaten, zur gehorsamen Mordmaschine, gerächt hatte.

Eine plötzliche Vorfreude auf die Kinder durchströmte mich. Meine Arme sehnten sich, die kleinen Wesen an mich zu drücken. Aber zugleich, als hätte ich vier Arme statt zwei, fühlte ich eine andere schmerzhafte Sehnsucht nach dem Mann, den ich liebte. War ich so grausam gespalten? War ich von nun an dazu verurteilt, ein zweites, geheimes Leben zu führen?

Ich schloß die Augen. Ich stand neben ihm auf dem Balkon, glitt mit ihm auf dem Schiff durch den Nebel in lockende ferne Länder. Dann fuhr ich hoch. Kreischend, mit stoßendem Ruck hielt der Zug. »Breslau. Aussteigen!«

Mitten im Gewühl auf dem Bahnhof sah ich Frieds breiten Rücken. Ich rief seinen Namen, er drehte sich um und ruderte ungeschickt und heftig auf mich zu. Er trug eine rote Armbinde. In seiner zerdrückten Uniform, die Militärmütze nach hinten geschoben, daß die hohe Stirn sichtbar war, hatte er ein landsknechthaftes Aussehen, das zu seinen weichen Zügen gar nicht paßte. Er drückte mich an sich. Der rauhe Soldatenmantel kratzte leicht meine Wange.

»Ich bin früher angekommen, als ich dachte. Als Soldatenrat kam ich mit dem ersten Transport mit. Sie haben mich einstimmig zum Soldatenrat gewählt.« Seine braunen Hasenaugen lachten. »Was sagst du zu dieser Beförderung? Die Philosophie kann sogar bisweilen zu praktischen Ergebnissen führen. ›Wir wählen dich, weil du so gut reden kannst, ohne Komma und Punkt, sogar in Französisch‹, haben die Kameraden gesagt. Tatsächlich habe ich in Französisch schon Verhandlungen wegen des Austauschs Kriegsgefangener führen müssen.« Sein Gesicht wurde ernst. »Ich werde auch hier sehr verantwortliche Aufgaben haben.«

»Das ist wundervoll, Fried«, sagte ich, während uns die Menschenwalze durch die Sperre hinausschob. »Aber wohin gehen wir?« unterbrach ich, als wir in die Innenstadt einbogen. »Nicht nach Hause, zu den Kindern?«

»Wir gehen zuerst zu Mutter. Sie hat ein Festmahl vorbereitet.«

Es war tatsächlich ein Festessen, das die Schwiegermutter im großen Eßzimmer auftragen ließ. In die smaragdgrünen Römerkelche wurde Wein eingeschenkt. Die Stadträtin hob das Glas: »Auf deine Zukunft, mein Junge!«

Fried sah nachdenklich in die schimmernde Flüssigkeit. »Auf die deutsche Republik!« sagte er.

»Auf den Frieden. Auf unsere Kinder!« rief ich laut.

Wir stießen an. Als die Gläser klirrten, hörte ich in Gedanken den metallischen Klang der Trinkschalen und sah Armin vor mir, wie er sie gegeneinanderschlug. Ich trank schnell, der Wein brannte in meinem Hals.

Fried sprach unaufhörlich von der politischen Gestaltung des neuen Deutschland. Er hätte beschlossen, der gemäßigten Partei der Sozialisten beizutreten. Ich betrachtete ihn forschend von der Seite. War dies noch derselbe Mensch, der abstrakte Wissenschaftler? Hatte er sich nicht verändert, dem Weltlichen und Wirklichen zugewandt? Realer und banaler, ein Parteimensch? Nun strich er sich mit der Daumenspitze über seine Augenbraue, und diese vertraute Geste brachte mir die entfremdeten Züge wieder näher. Nein, er war wohl derselbe, nur ich hatte mich verändert.

Seine Mutter hatte die ganze Zeit leicht nickend, mit liebevollem Blick zugehört. Wir saßen nun an dem runden Tisch unter der Ahnengalerie und tranken Kaffee aus den handbemalten Tassen. Sie blickte zu dem Porträt ihres verstorbenen Mannes auf.

»Wenn der Vater deine glückliche Heimkehr erlebt hätte. Aber er wäre über den Zusammenbruch unseres Landes verzweifelt gewesen.«

»Unsere Niederlage wird einen Sinn haben«, sagte Fried. »Nicht nur für Deutschland. Für Europa. Ein neues Völkerrecht muß entstehen. Dies war der letzte Krieg.«

Die Stadträtin schüttelte den Kopf mit den sorgsam frisierten grauen Löckchen. »Ich kann nicht umlernen, Kinderchen. Ich verspreche mir nichts Gutes von der neuen Zeit. Ich weiß nur, wenn die Menschen sich nicht ändern, wird sich auch die Welt nicht ändern. Durch kein System. Und haben sie sich denn geändert? Sie sind noch roher geworden.«

Mit einer scharfen eckigen Bewegung, die mir fremd war, sah Fried auf seine Uhr. »Ich muß leider fort, zu einer Sitzung der Soldatenräte. Sobald ich mich losmachen kann, komme ich nach Hause.«

Auch ich erhob mich. »Die Kinder warten.«

Die Schwiegermutter nickte. »Gottlob, nun haben sie wieder einen Vater.«

Ich strengte mich an, glücklich auszusehen, während mich aus der Ahnenecke die Wienerin mit ihrem pfauenblauen, tiefausgeschnittenen Kleid spöttisch anlächelte.

Als Fried spätabends zurückkehrte, hatte ich mich an den Rand des breiten Bettes gerollt, meinen Kopf in die Höhle des Kissens hineingebohrt und stellte mich schlafend. Als sein Körper zu mir herübergleiten wollte, krümmte ich mich noch mehr zusammen. »So müde«, murmelte ich.

Wie ein Tier, das sich totstellt, um seinen Verfolgern zu entgehen und dabei die Farbe der Erde und Blätter annimmt, verbarg ich mich, um das Geheimnis meines zweiten Lebens, meine Liebe, zu schützen.

Auch am hellen Tage setzte ich diese Taktik fort; ich stellte mich unbewegt und unerschüttert heiter, lebhaft und geschäftig an der Oberfläche, während ich mich der Stimmung meiner Umgebung anpaßte. Ich sprach viel mit Fried über die Forderungen der Tagespolitik, ich begleitete ihn in die Versammlungen, ich lachte und spielte mit den Kindern, mein Heim schwirrte von Besuchern, neuen politischen Freunden Frieds; das Klappern der Schreibmaschine, in die mir Fried seine Reden diktierte, hörte man oft bis in die späte Nacht. In den Augen meiner Schwiegermutter war ich gewiß eine musterhafte Ehefrau.

Ich gab mich dem drängenden Manne auch hin, ohne besondere Überwindung, mit den auswendig gelernten Gesten der Zärtlichkeit. Aber meine eigene Haut war nur eine Schutzhülle, starr und tot. Tief im Inneren klopfte ein anderes Leben, sehnsüchtig und unruhig. Dies alles geschah ohne ein klares Bewußtsein, ich betrog mich selbst mehr als meinen Mann. Die Verstellung wurde zur zweiten Natur.

Bei der Täuschung half mir, daß Fried in der ersten Zeit von seinen Pflichten als Soldatenrat übermäßig in Anspruch genommen war. Er kam kaum zur Besinnung. Die politische Maschinerie, das laufende Band, drehte ihn von Sitzung zu Sitzung, von Versammlung zu öffentlicher Massenkundgebung. Als Leiter des Demobilisierungsrates empfing er in seinem Büro täglich Scharen von Soldaten, deren Anliegen oft belangloser Art, wie Erstattung von Reisekosten oder die Beschaffung von einem Paar Stiefel, ihm die Tätigkeit eines sozialen Fürsorgebeamten aufdrängten. Er hatte mit Begeisterung begonnen; aber er ermüdete bald, und die zahllosen menschlichen Gesichter verwandelten sich in Aktenstücke, wohlgeordnet auf Regalen. Es war jetzt schon in der Provinzstadt Breslau sichtbar, daß der Umschwung bereits den ersten revolutionären Schwung verloren hatte und in einen bürokratischen Beamtenstaat versickerte, während sich die umstürzlerischen Kräfte neu gruppierten.

Bisweilen, wenn Fried abgehetzt von seinem Büro nach Hause kam, glich sein Profil auffallend dem Gesicht des verstorbenen Schwiegervaters, trug den gelangweilten und ermüdeten Ausdruck des fleißigen Beamten. Er war nicht glücklich dabei. Auch er lebte gegen seine eigentliche Natur, gegen sich selbst, den abstrakten Beobachter, den Philosophen. So lebten wir beide eine Zeitlang dahin, von der Tagesströmung getrieben. Als dann Dezember die erste Winterkälte einsetzte und die Zentralheizung wegen Mangels an Kohle versagte, verbreitete ein Dauerofen in Frieds Arbeitszimmer angenehme Wärme; wir öffneten die Türen zwischen uns und rückten näher zusammen.

6

»Mumm, Mumm!« Die Kinderstimme läuft den Korridor entlang, den trippelnden Schritten voraus. Die Tür wird aufgestoßen, und Andreas, in seinem Wollanzug zum Spaziergang angezogen, stürzt sich auf mich, klettert auf meinen Schoß, reißt an meiner Nase, untersucht meine Uhr; er nimmt mich ganz und gar in Besitz mit seinen kleinen derben Fäusten. Hinter ihm kommt Bertha, den Kleinen auf dem Arm, der mit seinen hellen seidenfeinen Locken wie ein Mädchen aussieht. Er wirft sich mir mit seinem zarten Körper entgegen, ich nehme ihn an mich; er riecht nach frischer Seife, Blumen und Milch.

»Mumm! Singen!« befiehlt Andreas.

»Erst geht ihr mit Bertha spazieren, mein Herz. Dann singen wir.«

»Nein. Jetzt singen!«

Andreas ballt die kleinen Fäuste. Sein rundes Gesicht läuft rot an vor Wut. Seine großen Augen funkeln. Er zittert vor Kraft und Eigenwillen.

»Andreas, willst du deinen kleinen Bruder allein lassen? Du mußt auf ihn aufpassen.«

Das Kind sieht mich unverwandt an, der Mund bleibt mitten im Gebrüll offenstehen, nachdenklich. Hinter seiner schönen gewölbten Stirn regen sich schon Gedanken. Gehorsam läßt es mich los, die Tür schließt sich hinter den Kindern.

Ich beuge mich über die Schreibmaschine. Die Tasten klappern schon im Rhythmus des Kinderliedes, das ich bald singen werde. Aber ein anderer Rhythmus fährt störend dazwischen, ich verschreibe mich, reiße unwillig den Bogen aus der Maschine. Mit flüsternden Lippen, wie ein Gedicht, spreche ich mir den Brief Armins vor, den ich gestern bekommen habe. Ja, er ist wie ein Gedicht in Prosa, mit blauvioletter Schrift auf hauchdünnem Papier, Durchschlagpapier, geschrieben, und doch ist es Wahrheit.

»Immer gehe ich denselben Weg durch den Park; ich lebe mit Deinem Schatten . . .«

Ich habe den Brief zerrissen, ich will ihn in Gedanken nochmal zerreißen, aber ich kann es nicht. Jeder Buchstabe ist wie mit einer glühenden Nadel in mein Bewußtsein tätowiert. Ich lege das Gesicht in meine Hände, krümme mich zusammen, um mich ganz in mich selber zu verkriechen. Ich muß mich totstellen. Da knirscht draußen ein Schlüssel im Schloß. Es ist Fried, nur er öffnet so die Tür, mit einem einzigen sicheren Ruck, er, dem die Wohnung gehört, die Frau gehört.

Er brachte einen Zug frischer Kälte mit in das Zimmer. »Ich komme früher als sonst. Die Sitzung ist abgesagt. Ich fühle mich wie ein Schuljunge auf Ferien.« Er trat hinter mich und umfaßte mich so heftig und ungeschickt, daß der Stuhl nach hinten umkippte.

Ich sprang auf und stieß ihn zurück. »Laß mich«, rief ich. »Ich will nicht. Nein, ich kann nicht. Ich kann nicht mehr!«

Ich brach in Schluchzen aus. Das Wesen, das sich totgestellt hatte, regte sich durch den Schrecken und flüchtete sinnlos. Ich wich zurück, mit dem Rücken zur Wand.

»Was hast du?« fragte Fried mit dem ratlosen Hasenblick, den ich so gut kannte.

»Es ist etwas Entsetzliches geschehen.«

Frieds kleine braune Augen weiteten sich: »Entsetzliches? Die Mutter? Die Kinder?«

»Nicht das. Es ist etwas über mich gekommen, wider meinen Willen. Wie eine Krankheit. Ich liebe einen anderen.«

»Wen?« Er, der Beredte, stotterte. Ich nannte Armins Namen. Mit hängenden Armen, hängendem Kopf stand ich an die Wand gelehnt. Nun war alles zu Ende.

Ein Lachen schreckte mich auf. Fried warf den kurzen Hals zurück und lachte laut und schallend. Er schüttelte sich wie in einem Lachkrampf, während er in den Pausen Armins Namen wiederholte. »Es gibt keine Frau, die sich nicht in diesen schönen Schauspieler auf dem Vortragspodium verliebt. Das ist nicht entsetzlich, mein Reh. Das ist natürlich. Ich gönne dir von Herzen diese Schwärmerei.« Er ließ sich in einen Sessel fallen. »Komm, setze dich zu mir. Beruhige dich!«

Ich betrachtete mit Widerwillen den im Lachen aufgerissenen offenen Mund.

»Es ist etwas anderes als eine Schwärmerei. Du sollst alles wissen.«

Hatte mich sein Lachen gereizt, daß ich ihm weh tun wollte oder war es die Sucht, mich selbst zu bestrafen? Ich erzählte Fried alle Einzelheiten der schicksalhaften Begegnung. Ich schilderte ihm den Gang durch den Tiergarten, den Besuch in Armins Zimmer.

Fried hörte ruhig zu und rieb sich mit der Daumenspitze die Stirn. Seine Augen waren fast geschlossen und blinzelten leicht, als dächte er angestrengt nach. Als ich schwieg, stieß er den Rauch der Zigarette in einem Stoß hinaus, und die Rauchsäule kräuselte sich zwischen uns in der beklemmenden Stille.

»Gewiß klingt das anders als eine Schwärmerei«, sagte er langsam. »Aber es berührt nicht die Mitte unserer Existenz, unseres Zusammenlebens. Eine Ehegemeinschaft wie die unsrige, eine geistige Kameradschaft, kann nicht durch periphere Erlebnisse gestört werden. Denn deine Verliebtheit spielt sich nur an der Peripherie ab; es ist auch Neugier dabei, einmal Ausschau zu halten, was hinter dem Gitter ist. Aber mein gutes Reh, es gibt gar kein Gitter. Mit den wandelnden Formen der Gesellschaft muß sich auch unsere Anschauung von der Ehe wandeln. Eine frühere Gesellschaftsordnung machte den Mann zum Besitzer der Frau. Heute müssen wir, neben anderen Vorstellungen von Eigentum und Besitz auch die Institution der Ehe reformieren. Wir Menschen der neuen Zeit müssen nach neuen Begriffen leben, mit anderen Verstandes- und Gefühlswerten. So sollte Eifersucht als eine atavistische Regung betrachtet werden.«

Er sprach fließend, ohne mich anzusehen, schon nicht mehr an mich allein, sondern an ein unsichtbares Auditorium gewandt. Ich betrachtete ihn verwundert, die hohe Stirn, die sich weiß von dem geröteten Gesicht abhob.

»Liebt er mich nicht mehr«, dachte ich, »daß er mein Geständnis so ruhig aufnimmt? Oder kann ein Mensch seine logische Vernunft so auf die Spitze treiben, daß er sich unempfindlich macht und sich persönlich ausschaltet? Das wäre übermenschlich. Oder ist es unmenschlich?« Ich blickte zu Boden, von Gedanken gepeinigt.

Er sprach jetzt lauter und schneller: »Weder gehörst du mir, noch ich dir, aber wir haben eine Art moralischen Vertrag miteinander abgeschlossen, eine Lebensgemeinschaft, die nicht gestört werden darf. Auch periphere Erlebnisse werden sie nicht stören.«

Er sprach noch immer in die Luft, ohne mich anzublicken, mit der gleichen tönenden Stimme, die er hinter dem Vortragspult gebrauchte. Da bemerkte ich, daß sein Kopf leicht vor Erregung zitterte – wie damals, als er mir den Heiratsantrag machte.

Ein Wirrwarr verschiedener Empfindungen, Beschämung, Mitgefühl, Achtung und Neigung überwältigten mich. Wenn er litt, litt auch ich mit, so stark war die Gewöhnung unseres Zusammenlebens. Durch die Rauchwölkchen ging ich auf ihn zu, setzte mich auf die Lehne seines Sessels und lehnte meinen Kopf an seine Stirn, daß unsere Schläfen sich berührten.

»Du hast recht«, sagte ich leise. »Wir dürfen nichts zwischen uns kommen lassen. Unsere Kinder . . .«

Er rückte ein wenig von mir ab. »Nicht die Kinder sind entscheidend. Es handelt sich um uns beide.«

»Ich verstehe dich vollkommen. Zürnst du mir wirklich nicht?«

Nun blickte er mich an, prüfend und etwas spöttisch wie ein überlegener Lehrer. »Im Grunde ist gar nichts geschehen.«

Ich richtete mich gerade auf der Lehne auf. »Nicht das Letzte. Aber viel ist geschehen.«

»Ein Spaziergang. Und einige schön geschriebene Briefe.«

Nun mußte ich leise lachen. Ich war ihm dankbar. Konnte ich mich ihm nicht anvertrauen wie meinem besten Freund? Er war doch mein allernächster Mensch, der Nachbar meines Lebens.

Er stand auf, schob mich sanft fort und ging an den Schreibtisch. »Briefe habe ich übrigens auch erhalten. Ich kann es mit dir aufnehmen.« Aus einer Schublade brachte er einen Stoß von Briefen hervor. Ich sah auf weißem Leinenpapier eine steile klare Schulmädchenhandschrift.

»Du erinnerst dich an die Studentin bei meinem Vortrag im letzten Urlaub? Sie schrieb mir ins Feld. Es entspann sich ein philosophisches Gespräch, das sich allmählich persönlich vertiefte. Erstaunliche Mischung von klarem Verstand und weiblichem Reiz bei diesem Mädchen.«

Ich sah sie deutlich vor mir, die männlich gewölbte hohe Stirn, hell unter dem hellen Haar, die braunen, etwas verschleierten Augen, die weichen rosigen Ovale der Wangen. Sorgfältig legte Fried die Briefe in die Schublade zurück. »Ich möchte euch miteinander bekannt machen. Vielleicht laden wir sie einmal ein.«

»Gerne«, stimmte ich zu, während ich mir stumm Frieds Satz: »Eifersucht ist eine atavistische Regung« wiederholte. »Vielleicht Sylvester«, sagte ich laut.

Die Tür wurde heftig aufgestoßen, die Kinder, mit vor Kälte roten Wangen, vom Spaziergang zurückgekehrt, überfielen uns stürmisch. Fried schwang den Kleinen in die Luft. »Nun, Schopenhauer, hast du keine pessimistischen Mundwinkel mehr?«

Das Kind, erschreckt von der Höhe, zog die Mundwinkel herunter, war nahe am Weinen. Ich trug ihn schnell ins Nebenzimmer an das Klavier und begann zu singen. Andreas kletterte auf den Stuhl und patschte mit seinen kleinen dicken Händen auf die Tasten.

»Guten Abend, gute Nacht. Mit Rosen bedacht . . .« In dem Kinderliederbuch zeigte das Bild zu dem Schlummergesang von Brahms eine Mutter in einem weiten roten Gewand, die wie ein großer Engel am Bett des Kindes wachte.

»Mumm. Das ist Mumm«, zeigte Andreas und blickte von dem Bild zu mir.

Die Rosendecke wölbte sich über uns. Ich legte die Kinder ins Bett, deckte sie zu. War nicht alles wieder gut?

Ich kehrte an das Klavier zurück und spielte Volkslieder von Brahms: »Das Feuer kann man löschen. Die Liebe nicht vergessen. Das Feuer brennt so sehr. Die Liebe noch viel mehr . . .«

Durch die geöffnete Tür hörte ich, wie Fried die Seiten seines Manuskripts umblätterte.

»Ach, könnte ich bei dir sein«, sang ich. »So wäre mir geholfen aus aller meiner Pein . . .« Nun durfte ich Armin auf seinen Brief antworten, ohne ein schlechtes Gewissen zu haben. Fried trat zu mir an das Klavier. »Du hast mich vorhin verstanden?«

Ich griff mit der Linken nach seiner Hand und drückte sie herzlich, während ich mit der Rechten die Melodie weiterspielte.

»Wir verstehen uns wunderbar, Fried«, sagte ich.

Wir verstanden uns so gut wie nie zuvor in den nächsten verhängnisvollen Wochen. Es gab kein Geheimnis zwischen uns. Wir vertrauten einander die Bezauberung durch einen Fremden, eine Fremde an, und aus dem zwanghaften Bedürfnis heraus, von dem geliebten Menschen zu sprechen, malte jeder dem anderen das Porträt seiner Liebe, dessen Rätsel und Lockung wir gemeinsam zu deuten versuchten.

So schilderte mir Fried Kläre, kristallen und durchsichtig in ihrer Logik und doch von Schüchternheit gehemmt. Er hatte, wie er mir gestand, das Mädchen einige Male von einem Vortrag nach Hause begleitet. Ich versuchte, die widersprechenden Wesenszüge aus ihrer mangelnden Lebenserfahrung, ihrer Mädchenhaftigkeit zu erklären.

»Ja, ja!« rief Fried entzückt. »Du hast es getroffen. Sie hat etwas Mimosenhaftes, Unerwecktes, eigentlich sehr anziehend bei einer geistig ebenbürtigen Frau.«

»Eine Schneejungfrau?« lächelte ich.

»Nein, sie ist kühl, aber nicht kalt.«

»Woher weißt du das?«

Nun lachten wir beide herzlich. »Vielleicht ist Armin kalt?« fragte ich. »Er hat etwas Luziferisches, eine höllische Leidenschaftlichkeit in seinen Dichtungen. Und doch erkaltet er, wenn er sich als Künstler nur mit seinem Werk absondert. Ich kenne ihn eigentlich gar nicht. Höre den letzten Brief!«

Wir hatten uns in unserem sonderbaren Spiel, einem Versteckspiel durch scheinbare Offenheit, so weit verstiegen, daß wir einander sogar die Briefe der geliebten Fremden vorlasen. So widernatürlich dieses Spiel war, es wurde uns zur zwingenden Gewohnheit, auf die wir nicht verzichten konnten. Es verbarg, wie es wirklich mit uns stand, nämlich todernst und gefährlich. Wir sprachen scheinbar die Wahrheit und belogen uns selbst. Dabei kamen wir uns großartig und freigeistig vor, als Vorläufer eines neuen Lebensstils.

»Der Mensch ist gut«, lautete der hinreißende Glaube unserer Generation. Mit dem letzten Krieg war die Barbarei überwunden, Menschlichkeit triumphierte. Eine bessere Zivilisation würde das Zusammenleben der Völker durch Vernunft, nicht mehr durch Gewalt regeln. Auch in den Beziehungen der einzelnen Menschen, wie in der Ehe zwischen Mann und Frau, würde Besitzgier und Hörigkeit überwunden und die Beziehung auf eine andere menschliche Basis gestellt. Die Theorie, daß sofort, unmittelbar, ein anderes Zeitalter anbrach, hatte auch uns ergriffen, und mit Theorien versuchten Fried und ich uns im Chaos unseres Lebens zurechtzufinden. Bisweilen jedoch riß der Boden unter uns auf, und wir erschraken.

Eines Vormittags in der Innenstadt ließ ich mich von dem glasklaren Winterlicht verlocken, zu der Dominsel zu schlendern, wo über den kahlen Baumwipfeln immer noch der Turm in den Himmel stieß und das steinerne Blattwerk am Gesims lebte, unbewegt von der Zeit. Seltsam beruhigt ging ich langsam durch die altertümlichen Gassen. Da bemerkte ich vor mir ein Paar, das ebenso langsam und entrückt dahinschritt. Obwohl sich ihre Schultern kaum berührten, schienen sie miteinander verschlungen. Der Mann sprach eindringlich auf die Frau ein, die den Kopf lauschend zu ihm beugte, ja, sich ihm mit ihrem ganzen Körper zuneigte. In der Haltung der beiden Menschen war etwas so Inniges, eine solche Zusammengehörigkeit, daß ich in Erinnerung an meinen Gang mit Armin erzitterte. Im gleichen Augenblick erkannte ich Fried und Kläre.

Ich bog in eine Nebengasse ein – sie hatten mich nicht gesehen – und lief gejagt kreuz und quer durch das Gewirr der Gassen. Von dem Portal einer Kirche grinste mich eine steinerne Fratze an. Vor Angst, dem Paar in den Weg zu laufen, fand ich den Ausweg nicht und drehte mich im Kreise um den Domturm. Endlich befand ich mich atemlos in einem fremden, ärmlichen Stadtteil. Ein Gefühl völligen Verlorenseins überwältigte mich.

Erst zu Hause, in den gewohnten Räumen, kehrte etwas von meiner Sicherheit zurück. Die Möbel in meinem Zimmer begrüßten mich wie treue Hunde, die ihren Platz nicht verlassen hatten. Wie wohltuend war das Tischdecken, das Klappern der Löffel und Teller, Musik der Gewohnheit, Spieldose des Alltags. Ich gab dem Kleinen von seinem bunten, mit Tieren bemalten Teller zu essen, ich erzählte Andreas ein Märchen. Fried kam verspätet, sein Gesicht glänzte in guter Laune.

»Verzeih. Die Sitzung hat länger gedauert«, log er. Ich schenkte ihm schweigend die Suppe ein.

»Warst du vormittags in der Stadt?« fragte er.

»Ich war zu Hause«, log ich. Ich genoß die sinnlose Lüge. Zum erstenmal stiegen Haßgefühle gegen Fried in mir auf, als ich in seine vor Glück glitzernden Augen blickte.

»Der radikale Flügel verlangt Unmögliches von der Regierung«, hörte ich ihn sagen. »Die Unabhängigen werden austreten müssen. Man kann keine Politik in einem verarmten, besiegten Lande treiben, wenn man alle doktrinären Forderungen der Sozialisierung sofort erfüllen soll. Es wäre unverantwortlich. Ich nenne dies Prophetenpolitik, Politik der Propheten, die jenseits der Realität leben.«

»Politik«, dachte ich. »Ja, ich werde diese gepriesene Politik von nun an auch für uns beide befolgen. Kompromißpolitik. »Lügenpolitik – Prophetenpolitik wäre ein guter Aufsatztitel«, sagte ich laut.

Fried nickte zerstreut und warf seine Serviette auf den Tisch. »Eine entscheidende Krise«, sagte er. »Ich bin gespannt auf die Abendnachrichten.«

Auch ich wartete gespannt auf die Abendpost, auf einen Brief von Armin. Die Zeitungen brachten aufregende Schlagzeilen über den Austritt der radikalen Gruppe aus der Regierung. Mit der Zeitung schwenkte Fried einen Brief durch die Luft.

»Ich habe dir ein Geschenk mitgebracht. Statt Blumen«, sagte er in dem künstlich munteren Ton, in dem er mich so oft anredete. »Ich habe ihn dem Briefträger abgenommen.«

»Das sollst du nicht«, rief ich zornig. »Meine Briefe will ich selbst empfangen.« Ich wollte ihm das Papier aus der Hand reißen, er hielt es scherzhaft von mir ab.

»Weil du unliebenswürdig bist, bekommst du ihn gar nicht. Übrigens liest du ihn mir später doch vor. Darf ich ihn öffnen?«

Wir rangen miteinander, in einer kindischen spaßhaften Balgerei, wie wir sie schon oft aufgeführt hatten. Plötzlich stieß ich einen lauten Schmerzensschrei aus. Frieds Finger preßten meinen Arm, als wollten sie ihn zerbrechen, und ich sah sein Gesicht – völlig verändert, von Haß verzerrt. Auf meinen Aufschrei hin ließ er mich sofort los.

»Habe ich dir weh getan?« Er sah mich ratlos und fast flehend an.

»Nein, es ist nichts, gar nichts«, beruhigte ich ihn. Ich hob den Brief vom Boden auf und ging schnell in mein Zimmer. Dort saß ich lange reglos, ohne Armins Brief zu öffnen. Ich starrte auf die Blumen des Teppichs, die sich wie unter Wasser zitternd bewegten. Auch die Möbel schwankten.

Es ist gewiß, daß die Gedanken der Zeit wie Bazillen in den Geist des einzelnen eindringen, so daß das persönliche Schicksal oft nur ein kleines Spiegelbild des Geschehens in der Welt ist. So geschah es auch bei uns. Während wir auf der winzigen Drehscheibe unseres Schicksals ein gefährliches Experiment unternahmen, spiegelten wir nur das unruhige Suchen draußen wider. Der Versuch, nicht nur eine andere Staatsform, sondern eine neue Gesellschaft zu schaffen, hatte elementare Kräfte entfesselt, die schwer zu bändigen waren.

Es war der Staatsleitung unmöglich, in einem durch den Krieg ausgesogenen Lande das Elend zu bekämpfen, indem sie einfach ihr revolutionäres Programm auf die Wirklichkeit übertrug. Unzufriedene Elemente von rechts und links ballten sich drohend zusammen. Zwar blieben die »Unabhängigen« nach ihrem Austritt aus der Regierung Anhänger der »Prophetenpolitik«, ohnmächtig, zwischen den Parteien zerrieben. Der »Spartakusbund« jedoch, von Liebknecht geführt, der sich nach dem russischen Vorbild einer proletarischen Diktatur richtete, ging zum Angriff über.

Es kam zu heftigen Zusammenstößen, besonders in der Hauptstadt, die im Januar zu einem Bürgerkrieg zwischen den beiden sozialistischen Parteien ausarteten. Es gab blutige Schlägereien in den Versammlungen, Straßenkämpfe, bei denen Arbeiter auf Arbeiter schossen. Einige Tage lang wurde das Zeitungsviertel in Berlin von den Radikalen belagert. Da die Regierung nach dem Motto »Ruhe und Ordnung« ihre Polizeigewalt aufmarschieren ließ und auch aus außenpolitischen Gründen mit den Bürgerlichen paktieren mußte, war die tragische Entzweiung der Arbeiterschaft unvermeidlich.

Diese Ereignisse fanden ihren Widerhall in der Provinz, besonders in Industriestädten wie Breslau, wo die Arbeiterschaft auch in zwei Lager gespalten war. Die große Illusion eines neuen Zeitalters der Gewaltlosigkeit und Brüderlichkeit des »neuen Menschen«, war jäh zerrissen. Schon hatten sich kriegerische Fronten im Volk gebildet. Fried, mit dem konservativen Einschlag von der väterlichen Seite, trat ohne Zögern für die gemäßigte Politik der Regierung ein. Als Mitglied der sozialdemokratischen Partei wurde er in diesen erregten Tagen oft aufgefordert, in Versammlungen über die kritische Lage zu sprechen.

Mir, die ich an die Idee der Gewaltlosigkeit glaubte, erschien dies alles wie eine Trübung der Welt, die sich noch vor wenigen Wochen in klarem Zukunftslicht gezeigt hatte. Mit den Kameradinnen der Frauenliga stand ich außerhalb der Fronten. Der Wunsch nach Befriedung, die Abscheu vor Gewalt hielt uns auf der Seite der Gemäßigten. Dabei war uns klar, wie kläglich die fortschrittlichen Ideen in einer schwächlichen Alltags- und Kompromißpolitik versickerten.

Silvester hatten Fried und ich in einem leichten Rausch uns noch einmal in die menschheitsgläubige Stimmung zurückversetzt. Das erste Friedenssilvester! Das Friedensjahr – Beginn des ewigen Friedens, wie Weihnachtsartikel in den Zeitungen verkündeten –, das Jahr 1919, dessen Doppelprimzahl von der Schwiegermutter glücklich gedeutet wurde im Sinne des verstorbenen Stadtrats. Auch Kläre war zur Silvesterfeier geladen. Sie bewegte sich bescheiden, lieblich und streng zugleich in einem dunkelblauen Kleid, aus dessen viereckigem Ausschnitt sich der Hals sehr zart und weiß abhob.

Der Krieg war vorüber. Wir lebten noch! Wir hatten überlebt! Wir lachten, spielten kindisch um die Mitternachtsstunde mit Knallbonbons, Papiermützen, allerlei Attrappen, Unsinn und ernsten Gefühlen. Kläre wurde von Alfred mit Papierschlangen völlig eingewickelt, »gefesselt«, wie er rief. Als ich, eine goldene Papierkrone auf dem Kopf und auf der Brust heimlich den knisternden Brief Armins, mit dem jungen Mädchen anstieß, hob Fried sein Glas bedeutungsvoll und trank mir zu. »Auf das Wohl unseres Freundes!«

»Ein herrlich gelungenes Fest«, sagte die Schwiegermutter, als sie mich um Mitternacht umarmte. Die Glocken der Kirchen läuteten.

Diese Karnevalsstimmung verflog schnell. Schon in den nächsten Tagen überstürzten sich die beunruhigenden Nachrichten von blutigen Zusammenstößen der Parteien. Fried hatte zugesagt, in einer Arbeitergegend zu sprechen, deren Bevölkerung mit den Radikalen sympathisierte. Ich begleitete ihn in die abgelegene Vorstadt. Es wehte ein schneidender Ostwind. Nach Regengüssen hatte steifer Frost das Pflaster mit Glatteis überzogen, so daß wir uns nur mühsam durch die unbekannten, schlechtbeleuchteten Straßen vorwärtstasteten. Fried ging versunken neben mir, ohne meinen Arm zu nehmen.

Die Hitze des überfüllten Saales schlug uns entgegen, gelb und dunstig von Tabakqualm. Eigentlich war es eine Bierhalle. Die Zuhörer saßen an kleinen Tischen mit gewürfelten Decken, schwere Bierhumpen vor sich. An der Decke hingen noch bunte Papiergirlanden vom Sylvesterball, und die Gerüche einer abgestandenen schalen Lustigkeit lagerten in der Luft. Man hatte zuerst den Eindruck, nicht in eine politische Versammlung, sondern in ein kleinbürgerliches Vereinsfest geraten zu sein. In schlaffer Haltung rekelten sich die Männer, Menschen, die nach schwerer körperlicher Arbeit am Abend ihre Glieder streckten, und unterhielten sich lärmend. Das Getöse der Stimmen verstummte auch nicht sofort, als Fried das Podium betrat.

Er wartete mit verschränkten Armen, in der selbstsicheren Pose des geübten Redners, bis Stille eintrat. Ich folgte seinem suchenden Blick und erblickte Kläre in der ersten Reihe, die ihn mit den Augen grüßte. Dann hörte ich die ersten, mir so bekannten Worte in die Versammlung rollen. Aber schon nach den ersten Sätzen wurde er von Zwischenrufen unterbrochen, höhnischen Anklagen gegen die Regierung, eine sozialistische Regierung, welche die eigenen Genossen unterdrückte.

Die Zwischenrufe prasselten gegen den Redner, zerhackten, zerstückelten seine Sätze, daß er immerzu innehalten mußte. Fried versuchte, lauter zu sprechen, um die Störer zu übertönen. Seine Stimme überschlug sich.

»Hört erst zu, Genossen. In der Diskussion kann jeder zu Wort kommen.«

Wieder kreuzte Fried die Arme und wartete mit überlegenem Lächeln. Aber ich bemerkte, wie sein Kopf leicht vor Erregung zitterte. Dann setzte er von neuem ein, aber man ließ ihn nicht mehr zu Wort kommen. Es war System in der Störung, die vorbereitet war wie ein gut einstudierter Sprechchor. Wie damals beim Revolutionsmarsch in Berlin sah ich die einzelnen zur Masse auswachsen, ein Tier mit vielen Köpfen, und dann schwoll aus den vielen Mündern, im Wutgeschrei und Wutgelächter, ein einziger Riesenmund, ein aufgerissener Rachen, der alles verschlang.

»Ruhe!« brüllten einige Gemäßigte von verschiedenen Tischen. »Wir wollen hören, was er zu sagen hat.«

Stille. Böses Schweigen. Geduckte, lauernde Stille. Fried begann von vorn mit der Einleitung, diesmal leierte er die Worte schnell und ohne Betonung herunter. Wieder zischten Zwischenrufe.

»Erzählst uns nichts Neues. Aufgewärmter Salat! Das ist ein Vornehmer. Professor, schwatze das deinen Studenten vor!«

Der instinktive Haß der Arbeiter gegen den Intellektuellen, den Bürgerlichen, der sich in ihre Reihen gedrängt hatte, entlud sich in beißendem Spott. Ein hagerer Mann, der nach Sprechweise und Aussehen selbst ein Gebildeter war und mit seinem langen Hals einem traurig-griesgrämigen Lama glich, stieg auf seinen Stuhl.

»Das ist derjenige, der über die Philosophie des ›Als ob‹ so gut gesprochen hat. Als ob er ein Sozialist wäre. Als ob die Regierung eine Arbeiterregierung wäre.« Bellendes Gelächter antwortete ihm.

»Hinaus mit den Brüllern! Hinaus das Gesindel. Undiszipliniertes Pack!«

Zwischen den Tischen entstand Bewegung. Einige Gemäßigte waren aufgesprungen und versuchten, die lautesten Schreier aus dem Saale zu drängen. Sie schlugen mit Fäusten zurück. Ein Tisch fiel krachend um, Glas knirschte, und nun sprang die Schlägerei von Tisch zu Tisch. Gegenstände flogen als Wurfgeschosse durch die Luft.

Ich sah Fried starr auf dem Podium stehen; er öffnete dauernd den Mund, um zu sprechen. Es wirkte gespenstisch, da man durch den tosenden Lärm keinen Laut vernahm. Dann fuhr er mit der Hand an die Stirn, etwas hatte ihn am Kopf getroffen. Ich versuchte vergeblich, durch die kämpfenden Menschenknäuel zu ihm vorzudringen. Da erblickte ich durch Rauchschwaden und Getümmel Kläre neben ihm auf der Plattform. Doch im nächsten Augenblick waren sie durch eine Barrikade aufgetürmter Tische, durch Köpfe und wild erhobene Arme meinem Blick entzogen. Eingezwängt in die Masse, glaubte ich erdrückt zu werden.

Polizei brach in den Saal, Uniformierte mit Gummiknüppeln, die nach schwachem Widerstand die Halle leerfegten. Es ging alles so unglaublich schnell, daß ich mich zu meinem Staunen plötzlich neben Fried und Kläre in dem ausgeräumten Saale wiederfand.

»Bist du verletzt?« fragte ich Fried besorgt. Er zuckte mit den Schultern. Sein Gesicht war grünlichbleich. »Eine Beule. Nichts weiter.« Kläre feuchtete ihr Taschentuch mit Eau de Cologne an und betupfte sorgsam seine Stirn.

»Sie sehen krank aus«, sagte sie leise. »Sie dürfen sich solchen Pöbeleien nicht aussetzen.«

Fried nahm Kläre und mich beim Arm; so gingen wir zu dritt schweigend durch die finsteren Straßen. Ich fühlte deutlich, daß sie beide in demselben Rhythmus ausschritten, und ich alleine neben ihnen ging.

»Fühlst du dich besser?« fragte ich Fried zu Hause.

»Danke. Der Kopfschmerz hat etwas nachgelassen.«

Er lag auf dem Sofa in seinem Bücherzimmer, das feuchte Taschentuch von Kläre auf der Stirn. Dann und wann berührte er es mit den Fingern. Mit der weißen Kopfbinde sah er aus wie ein Verwundeter. Er hatte auch die gleiche blutlose Farbe und den abwesenden Ausdruck in den Augen. Eine unsichtbare Verletzung hatte er gewiß davongetragen, eine geistige Niederlage, die ein Mann so schwer verwindet. Er grübelte stumm, griff dann nach einem Buch und verbarg sich dahinter, um nicht sprechen zu müssen. Abgeschlossen durch die schützenden Bücherwände gegen den chaotischen Lärm draußen, hatte er sich in seine Festung der »Absoluten Ideen« zurückgezogen. Noch niemals hatte ich ihn in solcher Verfassung gesehen, ihn, der sonst seine Gedanken mitteilsam hervorsprudelte.

Ich wandte mich zur Tür. »Soll ich dir eine Tasse Tee bringen?«

Er antwortete nicht; aber ich hörte ihn vor sich hinmurmeln: »Sie hat recht.« Ich trat nahe an ihn heran.

»Wer hat recht?«

»Kläre. Ich werde ihrem Rat folgen. Ich werde mich von der Parteipolitik zurückziehen.«

»Du sprichst unter dem Eindruck des heutigen Abends.«

»Nein. Seit Wochen hat mich Kläre gebeten, mich von diesem unwürdigen Demagogenspiel zu befreien. Ich kann vom Lehrstuhl, von einer höheren Plattform, eindringlicher wirken, auch für die politischen Ideen, die ich vertrete.«

»So sagt Kläre«, warf ich ein.

»Ja, Kläre hat dies hellsichtig erkannt, von Anfang an.«

Kläre, immer Kläre. War denn ich, die geistige Helferin, die Ehefrau, schon völlig ausgeschaltet? Meine Meinung war nicht gefragt, als wäre ich überhaupt nicht vorhanden. Was war aus dem Pakt unserer geistigen Kameradschaft geworden?

Mit mühsam beherrschter Stimme sagte ich: »Bist du nicht übereilt? Hast du kein eigenes Urteil? Machst du deine Entschlüsse von der

Auffassung eines jungen Mädchens abhängig, das für dich schwärmt wie ein unreifer Backfisch?«

Fried setzte sich mit einem Ruck auf, daß das Taschentuch von seiner Stirn glitt. Die Beule ließ sein Gesicht etwas schief erscheinen, wie im Zerrspiegel.

»Warum sprichst du so geringschätzig von Kläre? Trotz ihrer Jugend ist Kläre weise. Sie versteht mich besser als ich mich selbst verstehe. Das ist das Wunderbare.« Er hielt inne, als er die Kränkung in meinen verdunkelten Augen bemerkte.

»Dies soll kein Vorwurf gegen dich sein. Aber du hast nicht erkannt, wie niedergedrückt ich in den letzten Wochen war. Ich mußte meiner eigenen Natur Zwang antun. Du hättest mich zurückhalten, mich davor bewahren sollen, mich öffentlich in diesen schreierischen Versammlungen bloßzustellen. Ich kam mir in dieser politischen Zirkusreiterei wie ein Clown vor. Und heute, dieser politische Boxkampf. Entwürdigend!«

Ich umklammerte einen Stuhl. Leblos, lieblos starrten die Bücher mich an. »Wie ungerecht du bist! Ich glaubte, es wäre dir Bedürfnis, dich im neuen Deutschland politisch zu bestätigen. Als du von der Front zurückkamst, als Soldatenrat, warst du stolz und froh . . .«

Fried unterbrach mich mit bitterem Lachen. »Soldatenrat, eine ehrenvolle Aufgabe. Die Arbeit war stumpfsinnig und geisttötend. Wider den Geist leben, das rächt sich. Du weißt eben nicht, was wirklich in mir vorgeht. Es ist nicht deine Schuld . . .« Er blickte zur Seite. »Du warst ja auch in diesen letzten Wochen mit dir selbst beschäftigt.«

Dieser Vorwurf traf ins Herz; ich verstummte.

Fried knüllte Kläres Taschentuch in der Hand zusammen, während er auf und ab lief. »Kläre kennt mich durch alle scheinbaren Verkleidungen hindurch. Wenn ich einen Satz anfange, beendet sie ihn. Gedanken, die ungeformt in mir arbeiten, spricht sie klar und prägnant aus. Es scheint, daß wir mit denselben Schwingungen der gleichen Instrumente fühlen und denken. Wahrscheinlich ist es bei dir und Armin dasselbe.«

»Wahlverwandtschaften«, sagte ich.

»Ja, Wahlverwandtschaften«, wiederholte er.

Später, als ich schlaflos allein in der Dunkelheit lag – Fried arbeitete noch in seinem Zimmer –, sagte ich mir Sätze aus Armins Brief vor.

»Auf meiner Insel lebe ich abseits vom Tageskampf. Und doch war ich die ganze Woche als Nachrichtenerstatter von Zeitungen mitten in den Straßenkämpfen. Wie immer bin ich auf der Seite der Schwächeren und Unzufriedenen. Denn Du mußt wissen, ich bin ein ewiger Rebell. Schon als Knabe habe ich mich gegen die sinnlose Strenge meines Vaters empört, und noch auf der Schule habe ich eine Hymne ›An die göttliche Unzufriedenheit‹ geschrieben. Es war Aufruhr, nicht etwa gegen eine bestimmte Klasse oder Kaste, sondern gegen tyrannische Autorität, wo immer sie auftrat und auch gegen die Dumpfheit und Stumpfheit der Menschen, die ihre Unterdrückung noch lobpreisen. Dabei bin ich mißtrauisch gegen die Masse, ihre Klischees, ihre bequemen Schlagworte, wo der einzelne unterkriechen kann. Ich glaube an den einzelnen und sein persönliches Gewissen, das die Welt umändert. Eigentlich bin ich also Anarchist, und während ich mitten in den Ereignissen lebe, bin ich doch gleichzeitig außerhalb, Gnade und Fluch des Künstlers. Denn dies verurteilt zur letzten Einsamkeit. Oh, mein Liebling, könntest Du diese Einsamkeit mit mir teilen!«

Durch die Schwärze des Zimmers versuchte ich, das Fensterkreuz zu erkennen, das sich schwach abzeichnete, als könnte ich durch den Lichtstreifen schneller in Gedanken zu ihm flüchten. Ich teilte ja schon seine Einsamkeit. Ich war allein wie nie zuvor. Ich rebellierte gegen alle Konventionen. Ich lebte innen und außen zugleich, tief in der Mitte und doch am Rande der Wirklichkeit. Ich erlebte und schaute wie er im Rhythmus des künstlerischen Menschen, und es war gewiß, daß wir beide mit denselben Schwingungen die tönende Welt auffingen. Ich gehörte zu ihm wie Kläre zu Fried. Warum waren wir gefesselt? Der Kameradschaftspakt war längst gebrochen. Auch Frieds Kameradin war ich nicht mehr.

Die Tür öffnete sich. Auf Fußspitzen schlich Fried hinein und zog sich im Dunkeln aus. Ich bewegte mich. »Fried, ich kann nicht schlafen.«

Er schwieg. Das Schweigen erstickte, was ich ihm sagen wollte. Das Bett krachte, als sich sein schwerer Körper hineinwarf. »Ich bin todmüde. Gute Nacht.«

Wir sprachen kein Wort mehr miteinander.

Es gibt ein Schweigen, das mehr verletzt als kränkende Worte. Das Schweigen, das in den nächsten Wochen zwischen uns stand, entfremdete uns mehr, als irgendein Ausbruch von Zorn oder Eifersucht es vermocht hätte. Dieses Schweigen saß mit uns am Tisch, zerschnitt das Tischtuch, wo jeder an seinem Platz in seine Gedanken versponnen saß. Dieses Schweigen ging mit uns zu Bett und legte sich zwischen uns, während jeder auf seiner Seite des Lagers von dem anderen weit fortreiste. In diesem Schweigen lag alles Unausgesprochene, Bittere, das sich Menschen, die in ihrer Ehe versagen, gegenseitig vorwerfen.

Dieses gespenstische Zusammensein konnten auch unsere Kinder nicht lösen, wenn sie mit ihrem hellen Gezwitscher in unsere Zimmer kamen. Auch nicht einmal die politische Unruhe draußen, die wilden Ereignisse, die alle Häuserwände durchdrangen und das persönliche Leben aussogen und wesenlos machten.

Karl Liebknecht und Rosa Luxemburg, die Führer der Kommunisten, waren meuchlings ermordet worden. Es war das Sturmzeichen der entfesselten Gewalt. Der Mord als politisches Mittel, der von einer kleinen Rechtsgruppe gutgeheißen wurde und eine Kette neuer Morde auslöste. Überall im Reich, besonders in Bayern – wo die rote Räterepublik ausgerufen wurde und sich auf dem Land die »Weißen« zu einem Gegenschlag zusammenrotteten – brannte oder schwelte der Bürgerkrieg. Das verelendete Volk war nicht nur gespalten, viele Risse gingen auch durch die Gruppen selbst. So waren die »Weißen«, die Nationalisten, keineswegs einheitlich »weiß«. In ihren Reihen befanden sich zwischen den Enttäuschten und Deklassierten der Herrenkaste, zwischen entlassenen Offizieren, verarmten Großgrundbesitzern und Industriellen, jugendliche Fanatiker, kaum der Schulbank entwachsen, welche die Niederlage des Vaterlandes als bittere Schmach erlebten. In ihrem unreifen Suchen nach einem Ideal in einem sinnlosen bedrückenden Alltag, wurden sie in ihrem verzerrten Ehrgefühl maßlos und bildeten den Kern, aus dem Jahre später die Drachensaat des Nationalsozialismus aufgehen sollte. Noch waren sie eine schwächliche und zersplitterte Gruppe, vorläufig spielte sich der Entscheidungskampf in der politischen Arena zwischen den beiden Arbeiterlagern ab.

In Breslau, wo die Radikalen der Arbeiterschaft eine Minderheit bildeten, kam es nur zu Demonstrationen. Dann wurden die stumpfen grauen Straßen rot von Fahnen, und wie Steinwürfe prallten die Sprechchöre gegen die Fenster der Bürgerhäuser.

Hinter den Gardinen starrten die Bewohner halb neugierig, halb erschreckt auf die vorüberziehenden Massen. Auch Fried und ich standen neben der Schwiegermutter hinter dem großen Eckfenster ihres Salons.

»Was soll nur aus unserem Lande werden?« fragte die Stadträtin, während ihre grauen Löckchen leicht mit ihrem Kopf nickten. Fried breitete die Hände aus, die Handflächen nach innen, und betrachtete aufmerksam seine Fingerspitzen. »Wer weiß es, Mutter, wohin dies treibt«, sagte er tonlos.

Wer wußte schon, wohin es trieb? Ungeheure vulkanische Kräfte waren am Werk und gärten in den Völkern, um sie aufzulösen, zu verschütten und aus der Lava neu zu formen. Wir wußten damals nicht, wohin und wie weit es trieb.

Es trieb unaufhaltsam wie der gewaltige Frühling. Es war dieses Jahr ein unsteter, launischer Februar, der zwischen Kältewellen einzelne Frühlingstage von betörender Milde brachte. In unserem kleinen Garten hingen schon Kätzchen an den Sträuchern. Ich fühlte sie seidig und pelzig zwischen meinen Fingern wie lebendes zartes Tierfell. Die Zweige schimmerten rot, von Knospen geschwollen.

Es geschah an einem solchen Vorfrühlingstag, daß der Brief kam, der alles für mich entschied. Ich hörte ihn mit der Frühpost schwer in den Kasten fallen und zwang mich, vom Frühstückstisch nicht aufzuspringen.

Fried sah mich mit einem eigentümlichen Ausdruck an. In überlegenem, wohlwollendem Ton, wie ein Lehrer zu einem Kinde spricht, sagte er: »Hole dir doch deinen Brief!«

Er war dick wie ein Buch, und ich legte ihn ungeöffnet neben meinen Teller.

»Warum liest du ihn nicht?« fragte Fried mit hochgezogener Stirn über seine Zeitung hinweg.

»Es hat keine Eile«, sagte ich gleichgültig und teilte langsam und umständlich ein Brötchen.

Die leeren Milchflaschen klapperten in meiner Einholtasche, und zwischen ihnen lag Armins verschlossener Brief. Ich lief an den Läden vorüber in den Park. Dort, auf einer leeren Bank, fröstelnd in der Februarsonne, las ich die ersten Zeilen immer wieder und wieder.

»Komme zu mir als meine Frau! Verlasse Fried! Ich weiß, auch er ist an eine andere Frau gebunden.«

Einfache Worte. Kein Gedicht in Prosa. Aber sie brachen mein Leben in der Mitte auf. Gewalttätig, schrecklich kam das Glück wie die Faust des Frühlings, der die Knospen aufsprengt. Ich saß starr auf der Bank, unfähig mich zu rühren wie jemand, der vor Schreck gelähmt ist. Abwesend betrachtete ich die scharfen hellgrünen Spitzen der Narzissenstengel in dem frisch umgeworfenen Beet. Die Erde roch nach Schnee und nach süßlich-fauler Gärung. Licht strömte in die geöffneten Poren. Ich spürte das warme Sonnenlicht auf meinen Augen, während ich heftig fröstelte. Behutsam strich ich mit dem Finger über das Papier und legte den Brief an meine Stirn, um zu prüfen, ob ich wach war. Dann erst las ich weiter: »Wir werden zusammen in viele fremde Länder reisen, aber immer wieder heimkehren in unser Haus, das irgendwo am Rande großer Wälder stehen soll. Das Haus wird mit dem Wald rauschen, von unserer Liebe und unserem Schaffen, und ist beides nicht dieselbe schöpferische Gewalt? Die Türen unseres Hauses werden weit geöffnet sein, daß unsere Freunde aus allen Ländern der Welt bei uns einkehren und sich in unserem Heim begegnen.«

Ich ließ den Brief sinken, auf dem Sonnenflecke spielten. Ich sah ein weißes Haus am Rande schwarzer Wälder. Ich sah Armin und mich auf dem Dach des Hauses stehen und über die Wälder hinwegblikken. Ich las weiter.

»Und deine Kinder! Gib sie mir! Sie sollen auch die meinen sein!«

Bei diesem Satz sprang ich auf und ging ziellos durch die Alleen des Parks.

Die Kinder? Es waren auch Frieds Kinder. Würde er sie mir überlassen? Würde er auf sie verzichten? Waren sie nur mein? Konnte ich sie denn einem fremden Mann geben, wie man ein Möbelstück von einer Wohnung in die andere trägt? Die Kinder! Was würde mit den Kindern geschehen?

Die Milchflaschen klapperten laut in meiner Tasche, als ich wie gejagt aus dem Park lief, durch die stille Kastanienallee in die Hauptstraße, in den Milchladen.

»Bitte zwei Flaschen Vollmilch. Hier ist die Milchkarte.«

Zu Hause nahm ich den Kleinen auf den Schoß und versuchte, ihm die Milch, die er wegstieß, mit dem Löffel einzuflößen. Er war immer noch ein zartes Kind, ein schwieriger Esser.

»Du mußt die Milch ganz austrinken, mein Herz. Willst du nicht stark und groß werden? Nein, Andreas, mit der Milch spielt man nicht.«

Der große Dreijährige hielt mit seinen kleinen dicken Händen die Tasse selbst und drückte das Gesicht tief hinein, daß es sich in der Milch spiegelte.

»In der Tasse Andreas. Guck, Mumm!« Er gurgelte und jauchzte vor Vergnügen.

Ich öffnete die Tür zu Frieds Zimmer, es war leer. Ich erinnerte mich, daß seine Vorlesung an der Universität um elf Uhr begann. Er war früher fortgegangen, gewiß, um Kläre zu treffen, die keinen seiner Vorträge versäumte.

»Verlasse Fried!« flüsterte der Brief in meiner Tasche.

Ich zog die Kinder warm an und ging mit ihnen spazieren, in den Park. Wir saßen auf derselben Bank, die jetzt vom prallen Sonnenlicht durchwärmt war. Die Narzissenspitzen funkelten. Andreas, unersättlich in seiner Fragelust, zeigte auf einen knorrigen Baumstamm.

»Mumm, der Baum hat einen Elefantenfuß. Warum läuft er nicht fort?«

»Ein Baum kann nicht fortlaufen, Liebling, weil er mit der Wurzel in der Erde festgebunden ist.«

»Warum hat er eine Wurzel?«

»Er ißt und trinkt mit der Wurzel.«

Warum, warum? Warum lief ich nicht fort? War ich auch mit Wurzeln hier festgebunden?

»Andreas, tritt nicht auf die jungen Pflanzen!« sagte ich laut.

»Warum?«

»Du trittst auf ihre Köpfchen. Du tust ihnen weh. Sie können nicht wachsen.«

Mit seinen großen strahlenden Augen blickte das Kind mich erschreckt an.

Durfte ich den Kindern weh tun? Würde es ihr Leben zertreten? Würden sie ohne Elternhaus wachsen und gedeihen?

»Gib mir die Kinder. Sie sollen auch die meinen sein«, flüsterte der Brief.

Eine ältere Frau setzte sich neben mich auf die Bank und versuchte, ein Gespräch anzuknüpfen. »Welche schönen Kinder. Der Kleine sieht aus wie ein Mädchen.« Ich erhob mich. Mit einer Hand stieß ich den leichten Kinderwagen, mit der anderen hielt ich Andreas fest. »Bleibe an meiner Hand. Es kommt ein Auto.«

Das Kind, eigenwillig, führte mich über den Fahrdamm an der Stelle, die ihm vertraut war. Es kannte genau den Weg nach Hause. »Noch ist es sein Zuhause«, dachte ich. »Wo werden sie und ich dann zuhause sein?«

»Unser Haus wird am Rande großer Wälder stehen«, flüsterte der Brief.

Der Tag, wie jeder Alltag, zerfiel in lauter Stücke, die ich nicht zusammensetzen konnte. Zwischen Wäschestücken, Zahlen im Wirtschaftsbuch, Telefongesprächen, Klingeln an der Haustür, tauchte flüchtig zu den Mahlzeiten Frieds Gesicht auf und entschwand wieder. Erst spät am Abend, in unserem Schlafzimmer, reichte ich ihm wortlos den Brief. Er hatte schon die Jacke und den Kragen abgelegt, und auf dem Bettrande sitzend, die Ellenbogen auf die Knie gestützt, las er aufmerksam. Seine Miene blieb unbewegt.

»Es überrascht mich nicht«, sagte er ruhig. »Ich habe diesen Antrag schon früher erwartet.«

Ich blickte Fried verständnislos an. Er beugte sich nieder, um sich die Schuhe aufzuknüpfen. »Vor wenigen Wochen habe ich Armin einen Brief geschrieben, in dem ich ihm unsere eigentümliche Lage klar schilderte. Hatte er nicht ein Recht zu wissen, der Vierte in unserem Bunde der Wahlverwandtschaft?«

Mein Atem setzte einen Augenblick aus. »Willst du denn selbst die Scheidung?« fragte ich. Er gab keine Antwort, sondern ging in das Badezimmer. Ich hörte das Wasser rauschen, ein Glas klirren – alltägliche Geräusche, die unter der Drohung der Trennung eine unheimliche Bedeutung annahmen. Das aufgeschlagene Bett, die weißen Laken, unsere Kopfkissen, die nebeneinander lagen, hatten etwas Totenhaftes. Meine Hände waren eiskalt.

Als Fried aus dem Badezimmer kam, klebte sein Haar naß am Kopf und erinnerte mich an ihn als kahlgeschorenen Soldaten. Er strich sich mit dem Daumen heftig über die Braue. »Es ist in der Tat eine ungewöhnliche Situation. Eigentlich hätte Armin bei mir um deine Hand anhalten sollen. Grotesk!«

Plötzlich brach er in ein krampfhaftes Gelächter aus, ebenso maßlos wie damals an jenem Abend, bevor er zum erstenmal an die Front ging. Damals, als er sich mit der Hand gegen die Stirn geschlagen hatte und nach der Melodie eines ordinären Gassenhauers durch das Zimmer galoppiert war. »Ach, Amalia, was hast du durchgemacht, ach, Amalia, wer hätte das gedacht!« Wieder schlug er sich jetzt mit der Hand gegen die Stirn und lachte schallend.

»Fried, Fried«, rief ich flehend. »Höre auf! Du weckst die Kinder!«

Das Lachen brach jäh ab. Seine braunen Hasenaugen irrten traurig und verstört über die Decke des Zimmers. »Ja, ich will die Scheidung. Kläre und ich wollen sie so schnell wie möglich, um zu heiraten.«

Ich versuchte, seinen Blick festzuhalten. »Du sagtest nach meinem Geständnis, Menschen wie wir dürften sich nicht scheiden lassen. Ich erinnere dich an deine eigenen Worte. Periphere Erlebnisse. Die Mitte des Lebens darf nicht gestört werden.«

»Damals dachte ich so. Aber Kläre ist kein peripheres Erlebnis mehr. Damals war sie für mich nur eine Briefgestalt. Inzwischen ist sie für mich ein leibliches Wesen von hinreißendem Zauber geworden.«

Etwas Dunkles glomm in seinen kleinen braunen Augen auf. Er hatte sich im Bett ausgestreckt; jetzt drehte er die Hände mit den Handflächen nach innen und betrachtete nachdenklich seine Fingerspitzen. »Ich gebe mir klare Rechenschaft. Durch dein Geständnis wurde ich zuerst in eine Trotzhaltung getrieben. Ich fühlte mich nicht als Mensch, sondern als Mann durch deine Treulosigkeit oder vielleicht Lieblosigkeit gedemütigt. Ich wollte mir als Mann beweisen, daß ich ein junges Mädchen erobern konnte. Dann entwickelte sich das Gefühl lawinenartig. Jetzt begehre ich sie.«

Ich hatte mich im Bett aufgesetzt. Nun beugte ich den Kopf so tief, daß ich meine Knie berührte. Fried rückte näher zu mir. »Fühlst du denn für Armin nicht das gleiche? Erscheint dir eine Ehe mit ihm nicht als letzte Erfüllung?«

Ich warf den Kopf hoch. »Ja, ja!« rief ich. »Armin und ich sind füreinander geschaffen. Aber wir dürfen es nicht tun, Fried. Denke an die Kinder!«

Fried runzelte die Stirn. »Ich habe an die Kinder gedacht. Sie würden in einer disharmonischen Ehe mehr leiden als durch unsere Trennung.« Er legte den Arm um meine Schulter, und seine Stimme nahm den natürlichen warmen Klang von früher an. »Warum machen wir es uns so schwer? Wir bleiben Freunde. Ja, wir sollten sogar eine Freundschaftsgruppe zu viert bilden. Die Kinder werden einen Teil des Jahres bei dir leben, einige Monate bei Kläre und mir verbringen. Sie werden zwei Elternhäuser haben, zwei Elternpaare, die sie umsorgen. Den Schmutz, die Abscheulichkeiten, die sonst eine Scheidung aufwirbelt, werden wir vermeiden. Wir sind nicht Menschen von gestern mit ihren engen Vorurteilen. Schließlich hat die Revolution auch die Moralbegriffe und die öffentliche Meinung verändert.«

Seine breite gute Hand kam über den Bettrand zu mir herüber und umschloß meine Finger.

Ich erwiderte seinen Händedruck. Der Pakt war erneuert, das Schweigen zwischen uns gebrochen. Wir waren wieder Freunde. Alles erschien mir mit einem Male wunderbar leicht und einfach. Ich fühlte keine Gewissenslast mehr. Ich würde die Kinder in mein Glück mitnehmen, das auch sie tragen würde. Wieder tauchte das weiße Wunschhaus am Rande der Wälder vor mir auf. Ich schreckte auf.

»Aber die Eltern, Fried? Deine Mutter? Was werden sie sagen?«

»Die Eltern wollen nur unser Glück. Wir werden ihnen erklären, wie dieses Glück für alle zu finden ist.«

Am nächsten Morgen schrieben wir einen gemeinsamen Brief nach Berlin, in dem wir den Eltern den Entschluß unserer Scheidung mitteilten. Vierundzwanzig Stunden später – sie hatten den Nachtzug genommen – standen sie mit der Schwiegermutter in unserem Wohnzimmer, um strenges Gericht über uns zu halten und uns als Verbrecher zu verurteilen.

7

Es war tatsächlich ein Gerichtshof, den die Familie mit der Kraft ihrer Autorität und Tradition eingesetzt hatte. Fried und ich saßen als die Angeklagten gegenüber den Älteren, den Anklägern. Eigentlich waren wir wieder Kinder geworden, Verbündete, die sich verstohlen und schuldbewußt zunickten. Unwillkürlich senkten wir die Augen vor der Trauer und dem Zorn, der uns ins Gesicht schlug.

»Seid ihr ganz von Gott verlassen? Seid ihr moralisch irre geworden?« Mein Vater sprach leise, mit ätzender Stimme. Seine Züge waren grau und verfallen, als wäre er um Jahre gealtert. Bis in die gütige gewölbte Stirn und in die Glatze hinein stieg die krankhafte Blässe der Haut. Sein beweglicher Mund, um den meist ein Lächeln spielte, war wie gefroren in dem erstarrten Kinn. Die hellen schmalen Augen, die immer vor Leben funkelten, waren versteinert. Seine Lippen bewegten sich kaum, als er sagte:

»Was ihr tun wollt, ist ein Verbrechen an den Kindern.«

Es war die Starre eines Menschen, der einen geliebten Toten tränenlos betrauert. Die Tote war ich, seine Lieblingstochter, die ihn so schwer enttäuscht hatte, daß er jedes Gefühl für sie abtötete. Aus welchen Urgründen der Vergangenheit stieg bei diesem freigeistigen Menschen jene unerbittliche Starre empor, das strenge Gesetz, das dem Juden verbietet, ein abtrünniges Kind, das dem Glauben entläuft, als tot zu beweinen? Kein Muskel zuckte in seinem Gesicht, als er sich mir zuwandte.

»Wenn du diesen Schritt tust, wenn du dich scheiden läßt, um jenen Menschen zu heiraten, bist du für mich gestorben. Du existierst für mich nicht mehr.«

Ich versank unter diesen Worten, sank in die Kindheit zurück. Wieder war ich das kleine Mädchen, dem der vergötterte Vater die sogenannte »Lebensstrafe« gab. Er sprach eine Woche lang kein Wort mit mir, blickte durch mich hindurch wie durch Luft. Die Entziehung seiner Liebe war für das Kind schlimmer als jede Strafe. Ich schlich wie ein Schatten umher, fühlte mich ausgelöscht, vernichtet. Diese Strafe war nur zweimal angewandt worden, einmal, als ich bei einer Lüge ertappt wurde, das zweitemal, als ich die kleine Schwester aus Eifersucht gestoßen hatte. Roheit und Lüge, sie sollten aus dem Charakter getilgt werden.

»Du existierst nicht mehr für mich!«

Wie damals besaßen die Worte eine lähmende Gewalt. Wie damals hörte ich auch jetzt die dunkle Stimme der Mutter, die sich grollend und doch liebevoll dazwischenwarf. »Genug, du übertreibst. Höre erst einmal, was sie selbst sagt.«

Aber im gleichen Atemzug begann sie selber zu klagen und anzuklagen. Im Gegensatz zu der Blässe des Vaters war das schöne Gesicht der Mutter mit Röte überschwemmt. Ihre leidenschaftliche Natur, ihr südliches Temperament, das so schnell aufflammte, hatte ihr das Blut in die Wangen getrieben. Ihre kleinen weißen Hände lagen geballt auf dem Schoß, ihre Augen standen voller Tränen.

»Was tut ihr den Kindern an? Was tut ihr euch selber an?« rief sie. »Ihr habt ein schönes Heim, eine ehrenvolle Stellung, prachtvolle Kinder, und das wollt ihr aus einer verrückten Laune heraus mutwillig zerstören. Man faßt sich an den Kopf, man kann solche Unvernunft nicht glauben.«

»Die Zeit ist daran schuld«, besänftigte die Schwiegermutter. »Die wahnwitzige Zeit, die alles auflöst. Erst Krieg. Die jahrelange Trennung der jungen Leute. Und jetzt die Revolution mit ihren mißverstandenen, gefährlichen Ideen. Unsere Kinder waren glücklich miteinander. Das kann ich am besten bezeugen.«

Die Schwiegermutter schien in dem Gerichtshof die Rolle des Verteidigers zu übernehmen. Sie war die Beherrschteste von allen. Ihre grauen Löckchen, sorgfältig frisiert und so eng am Kopf anliegend, daß sich kein Härchen bewegte, glichen einer gepuderten Perücke. Ihre zierlichen Züge waren in ihrer Sanftmut glatt geblieben und geordnet wie ihr schwarzes Kleid mit dem weißen Kragen. Nur ihr heftig rollendes R verriet, wie aufgeregt sie war. »Glücklich, so glücklich«, wiederholte sie, während sich ihre hohe Stimme fast überschlug.

Bis jetzt hatten wir, die Angeklagten, stumm vor dem Tribunal der Eltern gesessen. Nun warf Fried seinen schweren Körper so heftig nach vorn, als wollte er aufspringen, zwang sich aber zur Ruhe und ließ sich in den Stuhl zurücksinken.

»Eure Vorwürfe sind ungerecht«, sagte er langsam, als spräche er von einem Katheder herab. »Ich lehne es kategorisch ab, mich wie ein unmündiges Kind beschuldigen zu lassen. Eure Vorurteile gegen eine Scheidung gehören einem vergangenen Zeitalter an. Wir handeln nicht unbeherrscht. Wir haben uns beide nach langer Überlegung zu dem Entschluß durchgerungen, daß eine Scheidung für uns wie für die Kinder die einzige Lösung ist. Mutter hat etwas Wahres ausgesprochen, allerdings mit negativem Vorzeichen. Die Zeit ist schuld. Gewiß die Zeit. Wir leben nicht außerhalb der Zeit. Die Zeit formt uns, während wir sie formen. Umwälzung im Staat und in unserem persönlichen Leben geschieht nicht von außen, nicht aus heiterem oder vielmehr düsterem Himmel herunter. Ein inneres Gesetz hat uns mit der Zeit vorwärtsgestoßen. So haben wir beide uns in den Jahren entwickelt, sind gewachsen, auseinandergewachsen. Jeder von uns hat den Lebenspartner gefunden, der die Ergänzung des eigenen Wesens bedeutet und zu einer Totalität des Lebens führt. Ja, Totalität des Glücks«, schrie er fast, während er mit der Faust auf die Stuhllehne schlug.

Mutter und Schwiegermutter hatten unruhig zugehört; beide versuchten vergeblich, durch Zwischenrufe den Redestrom Frieds zu unterbrechen. Vater saß unbeweglich mit verschränkten Armen. Sein gewohntes ironisches Lächeln spielte um seinen Mund; aber es war ein bitteres aschgraues Lächeln, das Lächeln des Staatsanwalts.

»Ein ausgezeichneter Vortrag, Herr Professor«, sagte er mit eisigem Hohn. »Auf mich macht er nur leider nicht den geringsten Eindruck. Sehr geschickt verdeckst du mit diesen Formulierungen den einfachen Kitzel, den du für ein anderes weibliches Wesen empfindest, und dem du dich willenlos überläßt. So verteidigt sich ein Schwächling und Schwätzer. Dein Verhalten gegenüber den Kindern bleibt unmoralisch, gewissenlos.«

Fried blickte finster auf seine Hände; mein Vater lächelte noch immer das starre, furchtbare Lächeln.

Von Scham fast erdrückt, hatte ich bisher kein Wort herausgebracht. Endlich fand ich meine Stimme wieder, die mir selber fremd klang.

»Wir sind nicht gewissenlos. Es ist Schicksal, das über uns gekommen ist. Ohne Schuld. Unsere Ehe war ein Fehler von Anfang an. Wir passen nicht zusammen. Nun haben wir beide die Menschen gefunden, die zu uns gehören.«

Das Lächeln des Vaters war schneidend wie ein Messer, aber hastig sprach ich weiter. »Ich denke an das Glück der Kinder, ich denke immerzu daran. Vielleicht müssen wir verzichten. Ich weiß aber, es heißt nicht nur auf Glück, es heißt auf das Leben verzichten. Papa, versuche bitte, mich zu verstehen.«

Mein Vater sah durch mich hindurch, als wäre ich Luft. Vom Korridor hörten wir das Getrappel der Kinderfüße. Die lustigen kleinen unruhigen Füße, die dorthin liefen, wohin man sie führte. Sie stürmten herein, der vierjährige Stämmige und der zweijährige Zarte, die Geschenke schwingend, die die Großeltern mitgebracht hatten. Der Besuch war für sie ein Fest.

»Sind sie nicht herrlich, unsere Kinder?« fragte die Schwiegermutter.

Ich fühlte mich in diesem Augenblick verurteilt; meine Kinder waren die Richter. Die kleinen trappelnden Füße hatten mehr Gewicht als alle Anklagen. Sie zertraten meine Sehnsucht, meine Leidenschaft. Sie liefen über mein Herz. »Ich muß verzichten«, dachte ich.

Die Kinder wanderten von Arm zu Arm, von den Großeltern liebkost. Die Gerichtssitzung wurde unterbrochen; eine Pause trat ein.

Aber nach dem Mittagessen, noch mischte sich mit der qualvollen Erinnerung der Geruch des Festessens für die Gäste, ging das Verhör weiter. Am Abend, unter der Ahnenecke bei der Schwiegermutter, blickten nicht nur die Bilder als Ankläger auf uns herab; jede goldgeränderte Tasse, jedes ehrwürdige Möbelstück sprach gegen uns im Namen der Familienwürde. Scheidung mußte auf jeden Fall vermieden werden. Denn nach den Ehrbegriffen der bürgerlichen Kreise haftete der Scheidung etwas Anrüchiges an. Sie roch nach Laster und

Lotterhaftigkeit, und besonders die geschiedene Frau, schuldig oder unschuldig, trug einen Makel und war von der guten Gesellschaft stillschweigend ausgeschlossen.

Nach Tisch hatte mich meine Mutter unter vier Augen im Schlafzimmer zur Rede gestellt. »Hast du wirklich die Dummheit begangen, Fried dein Abenteuer zu erzählen? Dann mußt du dich nicht wundern, wenn dein Mann eigene Wege geht. Wenn so etwas geschieht – und es kommt in den besten Ehen vor –, dann behält man es für sich. Man wird allein damit fertig.«

»Man! Man!« rief ich erbittert. »Ich bin nicht ›man‹. Ich bin ich. Wir leben nicht mehr nach den Konventionen eurer Generation. Wir sind ehrlicher. Außerdem ist es kein Abenteuer. Ich liebe Armin.«

Meine Mutter sah mich kummervoll an. »Armes Kind«, seufzte sie. »Du hast nicht gelernt zu leben. Du wirst dafür schwer bestraft werden. Immer ist es die Frau, die bezahlt.«

»Auch die Frau hat sich verändert, sie ist selbständig, unabhängig«, widersprach ich trotzig.

»Die Zeiten haben sich geändert, nicht die menschliche Natur«, sagte meine Mutter, während sie ihr schweres schwarzes Haar vor dem Spiegel ordnete. Das Blut stieg ihr in den Kopf. »Herrgott, warum bin ich mit einer so törichten Tochter gestraft!«

Fast um Mitternacht, erschöpft und übermüdet, kam der Gerichtshof der Familie zu dem endgültigen Urteil: Bewährungsfrist. Fried und ich sollten uns eine Probezeit auferlegen und ernsthaft versuchen, die schadhafte Ehe zu flicken. Ich versprach es, taumelnd vor Müdigkeit. Man hatte mich überzeugt. Die Waagschale mit der Liebe zu den Kindern wurde schwer, das Gefühl für Armin leicht. Fried nickte nur stumm mit schwerem Kopf.

Am nächsten Morgen fuhren die Eltern mit dem Frühzug nach Berlin zurück. Meine Mutter umarmte mich weinend; ich spähte zu dem grauen Gesicht des Vaters hinüber. Er reichte mir nicht die Hand. Schroff wandte ich mich um und lief in das Kinderzimmer. Dort, über dem kleinen Kinderkissen, das nach Seife und Blüten roch, brach ich schluchzend zusammen.

Die Probezeit war für uns keine Prüfung, sondern ein mörderischer Kampf. Nicht die Mauer des Schweigens trennte uns, nun rangen wir offen miteinander bis zur tödlichen Erschöpfung. Wir waren nicht mehr einig; wir wollten nicht mehr dasselbe. Mein Muttergefühl hatte mich mehr als alle Vernunftgründe zurückgerissen. Ich hatte mich entschlossen, auf Armin zu verzichten und für die Kinder Heim und Familie zu retten. Fried aber wollte nicht mehr zurückfinden. Kläre, unsichtbar, stand neben ihm. Er sah sie täglich und brachte den Hauch ihres Wesens mit, das in allen Winkeln der Zimmer geisterte und mitlebte. Der Buchmensch, in seinen Trieben aufgestachelt, nicht wie die Frau naturhaft den Kindern verhaftet, hatte nur den einzigen Drang, die Fesseln zu zerreißen. Der Mann in dem Menschen war losgebrochen. Meist bis in die späte Nacht hinein stritten wir im Flüsterton, um die Kinder nicht zu wecken, und schauerlicher als Schreien waren die geflüsterten Kränkungen und Beleidigungen, mit denen wir einander verletzten.

Die Luft im Zimmer war krank, die Tapeten giftig von Haß. Unsere Ehe war todkrank. Wenn nämlich eine Ehe, ein Zusammenwachsen von zwei Menschen zu einem Stamm, ein Lebewesen ist, dann kann sie nur unter Qualen sterben. Unser Heim schien von dieser Verwesung durchtränkt, während vor unseren Fenstern der März brauste und die Vögel schrill im Frühlingschor lärmten.

Bisweilen gab es bei dieser seelischen Erkrankung Fieberausbrüche und Tobsuchtsanfälle. Nach solchen Szenen schlug Fried knallend die Haustür hinter sich zu; dann blieb er abends fort, und ich aß allein in meinem Zimmer.

Wie glänzte das Licht kalt auf dem Parkett; die hellen polierten Möbel strahlten die bösen Worte wider, die sie aufgesogen hatten. In solchen Stunden liefen meine Gedanken zu Armin. Ich glaubte, wenn ich angestrengt an ihn dachte, könnte ich ihn durch den drahtlosen Strom meines Wesens erreichen. Aber würde ich ihn noch wiederfinden? Nach dem Familienrat hatte ich ihm einen Abschiedsbrief geschrieben. Es kam keine Antwort, es war zu Ende.

Nun, gegen meinen Willen, streckte ich sehnsüchtig die Arme nach ihm aus. Ich sah ihn vor mir wie damals beim Revolutionsmarsch, durch den Menschenstrom von mir getrennt, die hagere, etwas vorgebeugte Gestalt, seine langen verträumten Schritte, den schmalen Kopf, einsam unter der Menge. Damals konnte ihn mein Ruf nicht erreichen, er wandte sich nicht um. Heute waren wir durch stärkere

Mächte als eine Menschenmasse getrennt. Die zarten trippelnden Füße der Kinder liefen zwischen uns, dröhnender als eine marschierende Armee, die ich nicht durchbrechen konnte. Wieder rief ich angstvoll seinen Namen. Ich rief ihn an, wie ich ihn hellsichtig erschaute, nicht den Menschen von Fleisch und Blut, auf den ich verzichten mußte, sondern die wahre Gestalt seines Wesens. Luzifer, den großen Versucher, der die Welt als schillerndes Abenteuer in seinem Netz fing. Luzifer, der Gut und Böse ohne Unterschied auf seinen Fingern blies, betörende Melodien, so daß die Finsternis als Licht aufsprühte. Und hinter meinen geschlossenen Augen formten sich Verse.

Du hast die Welt mit Licht bedeckt,
Du hast die Welt mit Sonne zugeschüttet,
im Lächeln deines Mundes Tod versteckt,
den Schrei der Sterbenden zum Lied zerrüttet.

Ich weiß nicht, wie lange ich über diesem Gedicht grübelte, in einer magischen Weise ihm verbunden. Als ich endlich aufstand, fiel mein Blick auf ein Zeitungsblatt auf dem Tisch. Die unruhigen Schlagzeilen sprangen mir entgegen: »Revolutionäre Umtriebe in Thüringen. Radikale sammeln sich zu einer Räuberbande unter der Führung eines entlassenen Arbeiters. Plünderungen und Brandstiftungen. Kämpfe mit der Polizei im Walde.«

Zuerst überflog ich die Zeilen nur. Wie die Kranke, abgeschlossen in ihrem Zimmer, nur auf ihr eigenes Leiden starrt, hatte in den letzten Wochen mein persönliches Schicksal die Teilnahme an den Ereignissen draußen überwuchert. Nun aber, während ich las, wurde ich unwillkürlich in den ungeheuren Strudel der Unruhe hineingezogen. Der Friede der Welt war ein Scheinfrieden. Schon stritten sich die siegreichen Länder um die Beute, während in unserem besiegten Land der Bürgerkrieg unterirdisch weiterschwelte. In einzelnen Provinzen flackerten immer von neuem Aufstände der Radikalen auf und wurden von den Regierungstruppen erbarmungslos niedergestampft.

Zwischen Gewaltausbrüchen und stumpfer Müdigkeit des ausgehungerten Volkes schwang das politische Pendel hin und her. Es waren nur noch krampfhafte Zuckungen, die das ausgeblutete Land durchzitterten. Bald würde überall »Ruhe und Ordnung« eintreten. Aber eine Ruhe, die schon jetzt in einzelnen Kreisen von Apathie in wüste Lebensgier, Genußsucht und Tanzwut umschlug, eine Ordnung, die schon in diesen Tagen, noch vor der Inflation, durch die Anarchie von Schiebern und Spekulanten durchbrochen wurde. Unsere Ideen der Menschenverbrüderung, was konnten sie ausrichten? Wie sah das Gesicht des »neuen Menschen« aus?

Ich ballte die Zeitung in meinen ohnmächtigen Händen zu einem Knäuel zusammen, meine Uhr zeigte nach eins; Fried war noch nicht heimgekehrt.

Mit müden Schritten ging ich in das Kinderzimmer. Andreas hatte sich freigestrampelt, die nackten rosigen Beine hochgezogen, und als ich ihn zudeckte, bewegte er im Traum die schwatzhaften Lippen. Der Kleine saugte im Schlaf, zwei zarte Finger im Munde. Wie hilflos sie dalagen, dem Schlaf und den Tücken des nächsten Tages ausgeliefert. Und ich war ihr Schicksal, das über sie bestimmte.

Im Bett hörte ich Frieds schwere Schritte im Korridor. Er trat auf Fußspitzen ein. »Du bist noch wach? Denke dir, sie haben den Räuberhauptmann der Bande in Thüringen gefangen. Ein toller Kerl. Der Mann ist kein Verbrecher. Ein irregeleiteter politischer Fanatiker.«

Fried sprach lebhaft, mit breiten Bewegungen der Hände. »Man hat ihn in Ketten abgeführt. Wie einen Mörder.«

»Wann wird die Gewalt ein Ende haben? Gewalt gegen Gewalt«, seufzte ich. »Gibt es denn keinen anderen Ausweg, keine Verständigung?« Bei diesem letzten Satz hatte ich schon wieder an uns beide gedacht. Fried wandte mir den Rücken zu, daß ich den Ausdruck seines Gesichts nicht sah. »Keine Verständigung!« sagte er mit trockener Stimme. »Und dabei braucht das arme Land nichts nötiger als Ruhe.«

»Wenn auch wir nur zur Ruhe kämen«, dachte ich, vor Übermüdung fiebernd.

Es gab keine Ruhe, weder für das Land, noch für unser persönliches Leben. Da war die kleine Unruhe des Alltags, immer noch die Jagd nach Lebensmitteln, nach Kleidung und festen Schuhen, da in den Schaufenstern nur Papiersohlen und fadenscheinige Ersatzstoffe lagen. Da gab es die zehrende Unruhe des Ehrgeizes bei Fried, gesellschaftliche Pflichten in den Kreisen der Universität, die Anstrengung, nach außen ein heiteres Gesicht zu zeigen. Es gab die stete Unruhe, die uns überall begleitete. Immerzu war eine Peitsche hinter uns her, die uns antrieb und hetzte, und uns doch auf dem gleichen Fleck ließ.

Eines Mittags, als ich in der Innenstadt von Laden zu Laden ging, um Hausschuhe für die Kinder zu finden, streifte mein Blick im Vorübergehen an einer Konzertagentur ein Plakat, das für den Abend eine Vorlesung von Armin T. Wegner ankündigte. Gleichgültig ging ich weiter, da ich erfahren hatte, daß der Vortrag inzwischen abgesagt war. In diesem Augenblick trat Armin aus der Tür des Konzertbüros.

Das Erschrecken war traumhaft. Wie bei früheren Begegnungen nahmen alle Gegenstände eine eigentümliche Traumfarbe an. Die grauen Pflastersteine sprühten Funken in dem scharfen Mittagslicht. Die erstickte Erde unter den Quadern schien sich zu bewegen und kleine Gräser aus ihren Ritzen hochzutreiben. Alles Leblose strömte und rauschte vor Leben. Ich spürte mein Blut durch jeden Finger rieseln.

»Ich bin doch gekommen«, sagte Armin neben mir. Seine Züge nahmen einen jungenhaften, spitzbübischen Ausdruck an. »Du wirst heute abend meinen Vortrag besuchen. Ich lese eine Novelle. Wirst du da sein?«

Ich sprach stockend. »Ich weiß nicht, ob es möglich ist. Ich weiß nicht, ob ich es darf. Vielleicht ist es nicht gut.«

Er strich leise über meinen Handschuh. »Es ist gut, dich wiederzusehen.«

Wir gingen wie auf einer schmalen glitzernden Spur durch die Menschenmenge.

»Wir sollten uns nicht wiedersehen«, sagte ich halblaut. Armin blieb stehen. »Ich habe deinen Verzicht geachtet, deine Beweggründe: Die Kinder. Ich selber habe verzichtet. Aber ich will dich heute abend unter meinen Zuhörern finden. Ich fahre sofort nach dem Vortrag mit dem Nachtzug zurück. Wirst du da sein?«

Er streifte den Handschuh langsam von meiner Hand und liebkoste sie. »Deine Augen sagen: Ja.«

Er wandte sich schnell um und ging die Straße zurück. Ich begann so schnell zu laufen, als stieße mich ein Sturm im Nacken.

In der Wohnung war es sonderbar still. Die Kinder schliefen ihren

Nachmittagsschlaf. Die Vorhänge waren gegen die Sonne zugezogen und ließen ein gelbliches Zwielicht hindurchscheinen. Die Möbel, sorgfältig abgestaubt, standen an ihren gewohnten Plätzen. Auch Fried saß wie immer um diese Zeit vor seinem Schreibtisch, den breiten Rücken beim Schreiben etwas gekrümmt. Es sah aus wie ein Film, der mitten in der Bewegung angehalten wird, und Fried war mitten in der gewohnten Geste steckengeblieben, die sich immer wiederholen würde. »Fried«, rief ich lauter als sonst. »Es ist angerichtet.«

Bei Tisch zeigte er mir eine noch vom Nachdenken gerunzelte Stirn und sprach dabei mit der künstlichen Heiterkeit, die zwischen uns zur Gewohnheit geworden war.

Ich will diese künstliche Heiterkeit durchbrechen, dachte ich.

»Armin ist in der Stadt.«

Frieds lächelnde Augen blieben unbewegt, kleine braune Punkte unter der gefalteten Stirn. »Dies dürfte kein Geheimnis sein, da sein Vortrag überall angekündigt ist. Übrigens hat man dich und ihn schon zusammen auf der Hauptstraße gesehen.«

»Woher weißt du das?«

»Mutter sagte es mir am Telefon.«

Seine Mutter. Ich fühlte ihren Blick wie etwas Körperliches. Überall waren ihre Augen. »Immer sieht sie unserem Leben zu«, dachte ich. Ich hörte wieder ihre hohe, mädchenhafte Stimme wie gestern, als sie mich umarmte. »Ich bin auf deiner Seite, das weißt du doch, Kindchen. Wir beide wollen die Ehe halten, für unsere geliebten Jungen.«

Als ob sie leibhaftig hinter Fried stünde, sprach ich eigentlich über seinen Kopf hinweg zu ihr, in trotzigem Ton: »Ich habe Armin nicht herbeigerufen. Ich traf ihn zufällig.«

»Ich glaube dir. Vergiß nicht, wir leben in einer großen Kleinstadt.«

»Wenn du wünschst, werde ich nicht zu Armins Vortrag gehen.«

»Warum solltest du nicht gehen? Nur vorher, heute nachmittag, werde ich Armin zum Tee in unser Haus bitten.«

Ich legte den Löffel hin. »Warum dieser Einfall? Was hast du ihm zu sagen?«

»Viel, in aller Freundschaft. Ich betrachte ihn als meinen Bundesgenossen, da wir beide dasselbe erstreben, die Scheidung und eine sinnvolle neue Ehe. Eigentlich wollen wir drei dasselbe, nur du sträubst dich gegen eine natürliche Lösung.«

»Ich denke an die Kinder.«

»Nicht an mich. Du hast nie an mich gedacht.«

Ich wollte aufstehen. Fried hielt mich zurück.

»Bitte höre ruhig meinen Vorschlag an. Wir wollten heute nachmittag mit Armin und Kläre zu einer Besprechung zusammenkommen. Ich sehe nicht ein, warum wir vier Menschen, durch das Schicksal miteinander verstrickt, unser Leben nicht gemeinsam entwirren und neu ordnen können. Bist du einverstanden?«

Ich drehte hilflos den Löffel zwischen den Fingern. »Wir vier an einem Tisch! Welche unnatürliche Tafelrunde!«

Fried drehte seine Hände nach innen und betrachtete seine Handflächen. »Viel natürlicher und sinnvoller als das Ehrengericht deiner Eltern. Wir vier, die Beteiligten, entscheiden über unser Leben.«

»Mein Instinkt spricht dagegen.«

»Vorurteil. Es wird auf alle Fälle eine Klärung herbeiführen. Vielleicht überzeugst du uns, daß wir die Ehe aufrechterhalten müssen. Ich verspreche dir, ich füge mich dem Beschluß dieser Viererkonferenz.«

Seine kleinen Augen lächelten noch, aber plötzlich nahmen sie den traurigen Ausdruck verstörter Hasenaugen an – Tieraugen, in die Enge getrieben –, daß die hohe Stirn und der dunkle Blick in dem ratlosen Gesicht zu derselben Düsterkeit verschmolzen.

Ich wurde müde vor diesem Blick. »Mag es sein! Aber hast du nicht heute nachmittag Seminar?«

»Ich werde mich freimachen.«

Freimachen! Es hatte eine schicksalhafte Doppelbedeutung. Ich fühlte mich nicht frei, die kleinen Arme der Kinder hielten mich fest.

Der kleine runde Tisch im Wohnzimmer war für vier gedeckt, mit Tassen aus blauem Glas und tiefblauen Porzellantellern. In der Mitte stand eine Vase mit cremefarbenen Märzbechern. Ich betrachtete bedrückt das Stilleben. Mir war bange vor der Begegnung: Ich hatte Angst vor den ersehnten und gefürchteten Eindringlingen, die das Stilleben unserer Ehe zerstört hatten.

Aber als wir vier uns dann in den Sesseln gegenübersaßen und ich den Tee einschenkte, atmete ich auf. Dies war keine dramatische Viererkonferenz mit heftigen Szenen; die sonderbare Zusammenkunft schien in einer höflichen, harmlosen Teeplauderei zu verlaufen.

Wir sprachen zuerst über Bücher, über Theater, auch über das politische Welttheater. Doch als ich Kläre die Tasse reichte, hörte ich unter ihrem leisen Lachen die Spannung, hinter jedem leichten Wort unserer Unterhaltung eine andere dunkle Bedeutung.

Wir glichen einer Bridgepartie. Jeder saß seinem Partner, dem geliebten Fremdling, gegenüber. Wir mischten noch liebenswürdig die Karten, bereiteten uns vor, jeder dem anderen zuzuspielen, jedes Stichwort gut abzuhören, um die Gegenpartei zu besiegen. Und dann spielten wir wirklich, mit höchsten Einsätzen, mit Leidenschaft. Wir spielten um unser Leben.

Fried begann die Partie. Er deckte seine Karten auf, machte kein Geheimnis aus seinen Absichten. Er rauchte beim Reden und blies leicht die Wangen dabei auf, während er Körper und Hände zur Ruhe zwang. Er sprach für die Scheidung – »die absolute und einzig sinnvolle Lösung«, wie er sich ausdrückte.

«Ist das Dasein sinnlos geworden, so müssen wir ihm einen neuen Sinn geben«, sagte er, während er Kläre unverwandt ansah. Sie spielte ihm zu durch das stumme Spiel ihrer Züge, einer glasklaren, kühlen Entschlossenheit auf der weißen gewölbten Stirn und einem kaum sichtbaren Halblächeln um die Mundwinkel. Aber sie sprach kein Wort.

Nun richtete sich Armin im Sessel auf. Er hatte die Beine lang ausgestreckt, sodaß er fast lag, und sein abwesender, zerstreuter Blick war im Zimmer umhergewandert, von den Vorhängen zur Tapete und den Bildern; jetzt blieb er an den Tassen haften. »Es sind schöne Tassen«, stellte er fest.

Wir alle sahen ihn erstaunt, fast erschreckt an. Hatte er nicht zugehört? Spielte er überhaupt nicht mit?

Aber schon hatte er sich straff aufgesetzt und sich Fried mit einem scharfen Ruck zugewandt. »Ich habe genau zugehört. Ich begreife Ihre Auffassung. Aber ich muß Ihnen widersprechen, obwohl dies gegen meine eigenen Wünsche geht. Ihre Sinngebung des Lebens ist auf Erfüllung und Vollendung aufgebaut. Ich glaube, die Sinngebung des Lebens wird auch durch Leiden und durch die dunklen Kräfte bestimmt, die uns zur Leistung aufstacheln, durch die unerfüllten Sehnsüchte, die so fruchtbar sind. Ich weiß, daß ich meinem Werk zuliebe auf die Vielfältigkeit des Lebens verzichten muß. So scheint es mir sinnvoll, daß wir hier für ein anderes, höheres Prinzip, die Familie, unser persönliches Glück zum Opfer bringen müssen.«

Dies war für mich das Stichwort, auf das hin ich meine Karten ausspielte. »Es sind alles so abstrakte Worte, die ihr Männer gebraucht«, rief ich. »Opfer, Sinngebung. Es ist viel einfacher zu sagen. Hier sind zwei Kinder. Zwei kleine unschuldige Wesen. Sie werden aus ihrem Heim ausgestoßen, verlieren das Elternhaus. Sie werden Waisen, obwohl die Eltern leben. Dürfen wir das tun? Nein, wir haben kein Recht dazu . . .«

Ich hatte mich in leidenschaftliche Erregung gesteigert, nun stockte ich, suchte nach Worten. Da begann Kläre, die bisher geschwiegen hatte, in der winzigen Pause zu sprechen wie die Spielerin, die überraschend mit ihrer Karte in das Spiel eingreift. Sie sprach streng und sanft. Strenge und Sanftmut strömten auch von ihrem schwarzen Kleid aus, das von einem großen, weiß gefalteten Kragen verziert war.

»Ich glaube, wir begehen einen Irrtum, wenn wir, die Generation des Krieges und der Revolution, uns für die nächste Generation vorzeitig opfern wollen. Wir selbst sind ja noch unfertig und müssen uns entwickeln. Warum sollen immer die Menschen im besten Alter sich um der Kinder willen selbst verkrüppeln, ehe sie reifen und beitragen können zum Wohl der größeren Gemeinschaft, der Gesellschaft? Ich glaube auch, um Armin Wegner zu widersprechen, daß Glück und Erfüllung nicht Selbstsucht, sondern schwere Verpflichtung ist. Fried und ich sind uns dieser Verpflichtung bewußt.«

»Ausgezeichnet formuliert!« unterbrach Fried, indem er völlig vergaß, seine Hände im Zaum zu halten und mit der Faust auf den Tisch schlug, daß die Tassen tanzten. Ein Spieler, der einen Trumpf auf den Tisch haut. »Die Ehe ist nicht nur eine Brutanstalt. Etwas ist falsch an dieser Nest-Ideologie. Wir sollten uns nicht die eigenen Federn ausreißen, um die Jungen damit zu bedecken. Wir sind keine Pelikane.«

»Die Kinder brutal aus dem Nest werfen, das ist also deine Absicht«, sagte ich mit vor Zorn nahezu erstickter Stimme.

Während er sprach, hatte Armin die Augen niedergeschlagen; nun, bei meinem Ausbruch, sah er mich an, als wollte er sich jeden Zug von mir einprägen. Er hatte die Lippen schmal zusammengepreßt und schwieg.

Nun brach wieder Kläres Stimme durch, glasklar und deutlich. Sie wandte sich mir zu und blickte zwischendurch zu Fried hinüber.

»Ich bin auch eine Frau, ich verstehe Sie völlig. Aber ich verspreche Ihnen, Ihre Kinder sollen nichts entbehren. Sie werden den Vater nicht verlieren. In den Ferien werden sie in unserem Heim ebensoviel Liebe und Sorgfalt finden, als wären sie hier immer zu Hause.«

Wie kühl und klar sie sprach! Sie saß an diesem Tisch mit einer solchen Sicherheit, als wäre es schon ihr Tisch, als wäre es schon ihr Heim. Bald würde sie hier einziehen. Eigentlich gehörte sie jetzt schon hierher, die Herrin im Hause, und ich war verdrängt. Ich war bei ihr zu Gast, nicht sie bei mir. Ich erkannte hinter ihrer Sanftmut die unerbittliche Härte, hinter ihrer Klarheit den klaren Willen, sich Frieds zu bemächtigen. Ich erkannte meine Feindin. Ich wußte, daß ich die Partie verloren hatte, für die Kinder verloren.

Armin schwieg noch immer. Er betrachtete Kläres Gesicht mit der gleichen Aufmerksamkeit, mit der er vorhin die Vorhänge, Bilder und Tassen angeschaut hatte. Er beobachtete, außerhalb des Spiels. Ich war allein. Die Partie war verspielt: Was noch gesprochen wurde, fügte nichts hinzu.

Kläre erhob sich. Sie drückte mir die Hand. »Ich danke Ihnen. Ich gehe zu einem Vortrag.« Fried sprang hastig auf. »Ich begleite dich.«

Sie waren gegangen. Armin und ich, den unordentlichen Tisch mit den halbgefüllten Tassen zwischen uns, standen einander gegenüber.

»Ich habe Kläres Hände beobachtet«, sagte er. »Kleine begierige Hände, die festhalten und nicht zu der schönen Stirn passen.«

»Was soll ich tun?« fragte ich.

Armin seufzte leise. »Ich muß mich deinen Wünschen fügen. Ich kann nichts mehr tun. Ich reise heute nacht nach Berlin zurück. Aber ich möchte dich nach meinem Vortrag noch einmal sprechen.«

Ich schüttelte den Kopf. »Ich werde zu deinem Vortrag nicht kommen. Ich ertrage es nicht, dir nach dieser Aussprache unter lauter fremden Gesichtern zu begegnen.«

Mechanisch stellte ich die Tassen zusammen. Ich haßte ihre blaue Farbe, den verwüsteten Tisch mit den Speiseresten, die Unordnung meines Lebens. Armin strich mit seiner flachen Hand über meine Augen. Da wurde es dunkel vor mir.

»Komme zum Abschied auf den Bahnhof. Hier kann ich dir nicht Lebewohl sagen.«

»Ich werde es versuchen.«

»Um elf im Wartesaal. Eine Stunde vor Abfahrt des Zuges.«

In der Diele trafen wir die Kinder, die lärmend von ihrem Spaziergang zurückkamen. Der zierliche, anschmiegsame Alf ließ sich von Armin auf den Arm nehmen, aber Andreas versteckte trotzig seine Hand auf dem Rücken. Mit bösen funkelnden Augen sah er den fremden Mann an.

»Er ist eifersüchtig auf mich«, lachte Armin.

Ich lachte nicht. Ich nahm die kleine breite Hand meines Sohnes und umklammerte sie in Schuld und Angst.

Der Wartesaal Zweiter Klasse war überfüllt. Mit der unaufhörlichen Bewegung der Reisenden, die kamen und nach wenigen Minuten aufbrachen, mit den ständig wechselnden Gesichtern an den Tischen, mit Strudeln von Menschen, die sich an den Eingängen stauten, war es ein Raum steter Unrast. Jetzt, in den ersten Friedensmonaten, wurde mehr als je gereist, obwohl in dem besiegten Lande die Züge mit ihrem abgenützten Material viel seltener fuhren. Man jagte nach Lebensmitteln, man besuchte Verwandte und Freunde, man wollte den Ort, das Leben wechseln. Eine heftige Unruhe trieb die unzufriedenen Menschen in die Ferne.

Ich sah Armin sofort an einem Ecktisch. Er schrieb mitten in dem Tumult neben einer Familie mit lärmenden Kindern, so gesammelt und abgesondert, als säße er allein in einem leeren Zimmer. Er blickte erst hoch, als ich ihn an der Schulter berührte. Seine Augen leuchteten auf, er befreite den Stuhl neben sich von seinem Koffer; dann senkte er wieder den Kopf und schrieb weiter.

»Ich bitte dich um einige Sekunden Geduld, bis ich den Satz fertiggeschrieben habe. Sonst wird mir ein wichtiger Gedanke zerrissen.«

Ich wartete still und starr, während die Menschen in ihrer sinnlosen Unruhe um mich quirlten. Mit hoch über den Köpfen erhobenen Tabletts kämpften sich die Kellner durch die Menge. Wohin war ich geraten, neben einen Fremden, der dicht neben mir Tausende von

Meilen entfernt war? Da fühlte ich, wie sich seine Hand über meine legte.

»Nun bin ich fertig. Mein armer Liebling! Welch verrückter Platz, sich zu treffen. Dies paßt für einen Menschen wie mich. Wieviel Zeit meines Lebens habe ich schon in Wartesälen verbracht.«

»Wann geht dein Zug?«

Er blickte auf die große Uhr an der Wand, deren Zeiger jetzt einer Schere glichen, welche uns die letzte Frist miteinander zerschnitt.

»Um zwölf Uhr. Eine Stunde Zeit. Komm, gehen wir hinaus.«

»Noch eine Stunde bis zum Abschied, bis zur Hinrichtung«, dachte ich. »Wo sind wir?« fragte ich laut.

»Gleichgültig. Irgendwo am Rande der Welt. Wir beide allein.«

Die menschenleere, dunkle Vorstadtstraße hinter dem Bahnhof sah wirklich aus, als wäre sie der letzte Ausläufer des Lebens mit den Abfallplätzen hinter niedrigen Zäunen, wo sich das Gerümpel, die abgelebten Dinge der Stadt sammelten.

Ich zwang mich zu sprechen: »Wie war dein Vortrag?«

»Ich habe schlecht gelesen. Das disharmonische Quartett heute nachmittag hat mich verfolgt. Mein Gott, wie unheimlich war alles, dieser Haß unter der Höflichkeit. Und mitten darin die herrlichen Tassen, mit der durchsichtigen Himmelsfarbe das einzig Vollkommene im Chaos.«

Mein Ton war bitter. »Du kannst es wunderbar schildern. Aber ich lebe darin, muß weiter darin leben.«

»Du *mußt* nicht. Zerbrich diese gespenstischen Wände. Komm zu mir! Du bist die einzige Frau, mit der ich mir eine Ehe vorstellen kann. Ich weiß, mit dir zusammen fände ich Ruhe, könnte ich schaffen, was mir vorschwebt. Man sagt mir nach, ich sei ein Frauenverführer, ein dämonischer, ruheloser Mensch, ein Abenteurer. Aber ich verrate dir, das einzige große Abenteuer meines Lebens ist mein Werk. Und dabei kannst du mir helfen.«

»Ich weiß es. Und mein Werk sind die Kinder. Das ist das Entsetzliche. Es ist nicht Pflicht gegen Liebe, es ist Gefühl gegen Gefühl. Ich darf nicht, ich kann nicht.«

Wir gingen an einem Platz vorüber, wo Bretter hoch aufgestapelt waren, und der Geruch des Holzes erinnerte an frisch gefällte Bäume, an eine Lichtung im Walde.

Armin hatte meinen Arm losgelassen. »Ich tue, was du wünscht. Ich schenke dir zum Abschied meine Novelle.«

Als er in die Brusttasche faßte, erblaßte er. »Ich habe mein altes Notizbuch verloren. Vielleicht habe ich es im Hotel vergessen. Wir müssen sofort zurückgehen. Es ist nur wenige Minuten entfernt.«

Im Laufschritt rannten wir durch die engen Straßen. Sein ganzer Körper warf sich nach vorn, sein Gesicht war so verstört, als suchte er ein verlorenes Kind, das er aus Todesgefahr retten mußte. Der Verlust meiner Person hatte nicht diese verzweifelte Angst ausgelöst wie das Fehlen des Notizbuches, eines Teils seines Ichs, seines Werkes.

Das Hotel, in einer stillen Seitenstraße, sah unauffällig und schäbig aus. Er stürzte die Treppe hinauf, während ich im Vestibül zurückblieb. Auf dem Treppenabsatz wandte er sich nach mir um. »Komm bitte mit hinauf, hilf mir, das Buch finden.«

Ich folgte ihm langsam, und als ich vor der offenen Tür seines Zimmers im zweiten Stock stehenblieb, sah ich ihn in der Mitte des Raumes, wie er das wiedergefundene Buch an sich preßte. Sein Gesicht glänzte vor Freude.

»Es ist da«, rief er mir entgegen. »Du kannst nicht ermessen, was dies für mich bedeutet. Es enthält alle die wichtigen Aufzeichnungen für meinen nächsten Roman.«

Ich stand immer noch im Flur vor der offenen Tür. Er faßte mich an der Hand, zog mich sanft ins Zimmer und schloß die Tür. »Verzeih die wilde Jagd. Ruhe dich etwas aus! Was bin ich für ein entsetzlicher Mensch!«

Noch atemlos umfaßte er mein Gesicht mit beiden Händen, hielt es von sich ab, um es liebevoll zu betrachten, und dann, mit unendlicher Zartheit, berührte sein Mund meine Augen.

Die Liebkosung, leicht wie ein Schmetterlingskuß, schloß mir die Lider. Ich öffnete die Augen nicht mehr. Ich sah mich nicht um in dem gleichgültigen, schäbigen Hotelzimmer.

Brust an Brust fühlte ich sein Herz klopfen. Wir standen aneinandergepreßt, leise hin- und herwiegend. Nun drückte er mich sanft nieder. Dann streifte er mir Schuhe und Strümpfe ab, die Schuhe fielen von den Füßen, die nackt auf dem Lager zur Ruhe kamen. Alle Schwere fiel ab, das ganze lastende sinnlose Leben. Und unendlich leicht stieg ich mit ihm auf, höher und höher . . .

Ich öffnete die Augen. Mir gegenüber erblickte ich eine häßliche braune Kommode mit einem Spiegelaufsatz. Auf einer gehäkelten Decke stand ein ausgestopfter Vogel und starrte mich mit seinen toten Glasaugen an. Er lag auf dem Rücken, reglos; sein Arm war noch unter meinem Kopf, seine Augen wanderten suchend an der Decke entlang.

»Ich werde ein Hotel in Ankara schildern, einen zerfallenen Palast, in Pracht und Schmutz. In dem Hof stehen Orangenbäume und Palmen um einen ausgetrockneten, zerbrochenen Springbrunnen. Dort soll das Anfangskapitel spielen.« Während er sprach, wanderten seine Augen weiter über die Decke, als läse er dort die ersten Sätze seines Buches.

Ich knüpfte mir hastig die Schuhe zu. »Es ist spät. Du wirst den Zug versäumen.«

Als wir durch das Vestibül gingen, spürte ich die neugierigen, klebrigen Blicke des Mannes hinter dem Empfangspult in meinem Rücken. Mein Gesicht brannte vor Scham. Auf der Straße, in einem dunklen Torweg, drückte mich Armin an sich. »Komm bald zu mir, für immer!«

Wir trennten uns schnell im Gewühl der Straße.

In meinem Wohnzimmer knipste ich alle Lichter an. Unter der Deckenbeleuchtung glänzten die geflammten Birkenmöbel. Der Teetisch war abgedeckt, in der Mitte stand die Vase mit den cremefarbenen Märzbechern. Aber es roch nach Asche, und neben dem unausgeleerten Aschbecher bemerkte ich einen Zettel mit Frieds großer krauser Handschrift: »Ich kehre nicht mehr zurück. Ich bin zu meiner Mutter gezogen und werde die Scheidung einreichen.«

Ich las die Worte mehrere Male, knüllte den Zettel zusammen und entfaltete ihn wieder, um ihn erneut zu lesen.

»Ich muß schlafen«, dachte ich. »Nur schlafen! Nicht denken!« Bevor ich mich niederlegte, leerte ich den Aschbecher und gab den Blumen frisches Wasser. Aber immer noch roch es nach kalter toter Asche.

Selten hatte der Frühling so geblüht wie in diesem Jahre. Die Rotdornallee war, Wipfel an Wipfel, in brennend rote Sträuße aufgebrochen. Über den Gartenzäunen schüttelten Goldregen und Flieder die abgefallenen Blüten wie buntes Konfetti. Ich konnte mich nicht daran freuen. In diesen Monaten sah ich alles durch einen grauen Schleier. In meinem Zimmer standen die Vasen voll Blumen; doch der Geruch toter grauer Asche hing über dem Heim, das in Auflösung war.

Fried war nicht zurückgekehrt, und ich hatte in die Scheidung eingewilligt. Wir begegneten uns nicht mehr. Durch fremde Mittelspersonen, unsere Rechtsanwälte, verhandelten wir seit Wochen, um die Bedingungen der Trennung in einem Vertrag festzulegen. Es gab langwierige Auseinandersetzungen über finanzielle Fragen und – was den Lebensnerv anrührte – über die Erziehungsrechte für die Kinder, ob sie dem Vater oder der Mutter zugesprochen werden sollten.

Alles, was wir vermeiden wollten, die kleinlichen Widerwärtigkeiten und Gehässigkeiten einer Scheidung, die Schuldfrage, wobei jedes Mittel gewissenlos gebraucht wurde, um den anderen zu belasten, alle die tückischen Feindseligkeiten zwischen den Ehepartnern wurden uns in die Hände gespielt und in Dokumenten festgelegt. Wir waren nicht mehr zwei Menschen, die einmal intimste Erlebnisse geteilt hatten und durch Freundschaft verbunden waren, wir waren überhaupt keine lebenden Personen mehr, wir waren »Parteien«. Spitzfindige Rechtsparagraphen, juristische Haarspaltereien zogen ein dichtes Netz des Hasses um uns, in das auch die anderen Familienmitglieder verstrickt wurden, nicht mein Vater, der starr abseits stand, aber die beiden Mütter, die erbittert an der Seite ihrer Kinder kämpften.

Vor allem ging es um den Besitz der Kinder, die wie die kostbaren Gegenstände der Einrichtung zu wehrlosen Objekten des Streits wurden. Fried, der ziemlich gleichgültig war, hätte sie mir gern großzügig zugestanden; aber die Schwiegermutter, die leidenschaftlich an den Enkelkindern hing, forderte von ihm mit verbissener Zähigkeit, daß er seine Söhne mit vollen Vaterrechten beanspruchte.

»Unsere geliebten Kinder«, sagte sie leise und eindringlich, während ihr Kopf mit den grauen Löckchen unmerklich zitterte. »Es sind unsere Kinder. Sie tragen den Namen unserer geachteten Familie, den Namen der Stadtväter. Sie gehören hierher, in unser Haus, in unsere Stadt, und ich werde dafür sorgen, daß sie nichts, gar nichts entbehren. Unsere herrlichen Jungen.«

Diese sanfte Frau entwickelte ungeahnte Eigenschaften, um dieses Ziel zu erreichen. Mit dem Scharfsinn eines Juristen unterstützte sie die geschickten Winkelzüge von Frieds Rechtsanwalt und suchte

Beweise für meine Schuld, damit mir das Gericht die Kinder entreißen konnte. Ihre listige Güte entfaltete sich zu raffinierter Diplomatie, um in der Stadt die öffentliche Meinung der Gesellschaft gegen mich aufzubringen. Bekannte grüßten mich nicht mehr auf der Straße. Ich wußte, daß die Schuld zwischen Fried und mir gleich verteilt war. Aber ich konnte nicht mit diplomatischen Kniffen und Schlichen antworten. Ich kämpfte einfach mit dem wilden Instinkt des Muttertieres, dem die Jungen geraubt werden sollten.

Allein mit den Kindern in der entseelten Wohnung lebte ich vereinsamt. Das Getrappel der kleinen lustigen Füße lief über mein Herz, das sich zusammenkrampfte. Oft stand ich am offenen Fenster des Kinderzimmers und blickte auf die Bilderbuchlandschaft, die mit gelben Butterblumen besäte Wiese, die roten Dächer, die wie die Pappe eines Spielzeugs zusammenzufallen drohten. Ich lebte unter einer ständigen Folter, von Selbstvorwürfen gepeinigt, die auch die Briefe Armins nicht lindern konnten.

Er hatte mir geschrieben, daß er ungeduldig auf den Vollzug der Scheidung warte und schon jetzt ein Heim für uns suche, in ländlicher Stille, abseits der Großstadt. Aber auch dieses Wunschhaus zerrann für mich in Luft, wenn mich die Rechtsparagraphen tückisch umklammerten. Wenn sie mir die Kinder abschneiden wollten, lebende Glieder meines Körpers.

Jeden Nachmittag spielten die Kinder ahnungslos auf dem Teppich meines Zimmers. Einmal, als die Spieleisenbahn Andreas' entgleiste und der Junge jauchzte, stieß ich einen leisen Schreckensruf aus. Ich schien mit dem Wagen, der unheimlich wuchs, in einen Abgrund zu stürzen. Die Lokomotive lag auf dem Rücken, und ihre Räder kreisten auf der Stelle, sinnlos. Neben mir befahl mein kleiner Sohn: »Zieh sie wieder auf, Mumm!«

Auch das Echo aus der großen Welt war keine Ablenkung und kein Trost. Es wiederholte nur im Großen mein winziges persönliches Schicksal. An Diplomatentischen, mit spitzfindigen Paragraphen, wurde in diesen Monaten der Vertrag von Versailles ausgearbeitet und um die Neuordnung Europas gehandelt und gefeilscht. Die vierzehn Punkte des Präsidenten Wilson, der eine gerechte Lösung suchte, wurden von der eigensüchtigen Machtpolitik anderer Regierungen durchkreuzt und vereitelt.

Inzwischen stieg in Deutschland die Zahl der Arbeitslosen und das Elend wuchs, ein böses Pilzgewebe, das weiterwucherte und dessen Fäden später auch über die Grenzen auf die siegreichen Länder übergriff, in allgemeinem ökonomischen Zerfall und tödlichen Krisen. Der Friede war unterzeichnet, aber es war ein schwindsüchtiger Friede, der den Krankheitskeim künftiger Kriege in sich trug.

Bisweilen machte ich lange, einsame Spaziergänge, bestürzt über das sinnvolle Blühen, die fruchtbare Ordnung in der Pflanzenwelt, während Gewalt und Unordnung die menschlichen Beziehungen regierten.

Eines Nachmittags, als ich von einem solchen Gang nach Hause zurückkehrte, vernahm ich in Frieds Studierzimmer Geräusch und Bewegung. Ich hatte den unbewohnten Raum wochenlang nicht betreten, in dem Frieds Persönlichkeit spukte, wie man das Zimmer eines Verstorbenen meidet. Als ich jetzt die Tür öffnete, sah ich die Schwiegermutter, die ihre kleine Gestalt hochreckte, um aus dem oberen Regal Bücher herauszuziehen. Sie wandte sich mir mit kühler Freundlichkeit zu.

»Fried hat mich gebeten, einige Bücher herauszusuchen, die er dringend für seine Arbeit braucht.«

Ich wollte steif ohne Antwort das Zimmer verlassen, als sie mich zurückrief. »Bitte, sei so lieb und hilf mir. Ich kann die Bücher nicht finden.«

Ihre Züge, von der Nachmittagssonne beschienen, sahen spitz und verfallen aus. Eine schräge Staubsäule stand im Zimmer, durch die ich hindurchschritt, und zwischen den tanzenden Stäubchen schien ich Frieds breiten Rücken vor dem Schreibtisch zu sehen, seine hochgezogenen Schultern und den großen Kopf.

»Welche Bücher sind es?« Ich fand sie sofort, da ich den Platz jedes Buches kannte. Wir bückten uns beide über die schweren Bände, daß unsere Köpfe leicht aneinanderstießen. Die Schwiegermutter blickte auf.

»Du solltest dir bald deine eigenen Bücher heraussuchen und in eine Kiste packen. Es wird nicht lange mehr dauern, bis du die Wohnung verläßt.«

Ich antwortete nicht. Ihre Stimme sank tiefer in Klage und Vorwurf. »Wie grauenhaft ist diese Auflösung. Ich muß die ganze Zeit daran denken, mit welcher Freude ich die Zimmer für euch einrichtete, bevor ihr von der Hochzeitsreise zurückkamt. Mußte dieses Unglück geschehen?«

Ich legte die Bücher genau, Kante auf Kante, aufeinander. »Ich wollte die Scheidung nicht. Fried bestand darauf.«

Das klare Äbtissinnengesicht der älteren Frau verfiel. »Mein Gott, es wäre ja nie dazu gekommen, wenn du deinen Mann nicht von dir fortgetrieben hättest. Wie hat er dich geliebt, nur dich. . .«

Laut und hart sagte ich: »Das siehst du falsch. Fried hatte bereits einen Briefwechsel mit Kläre, als ich ihm meine Neigung zu Armin gestand.«

Ich sah unwillkürlich zu der Schublade des Schreibtischs hinüber, aus der Fried die Briefe genommen hatte. Die flimmernde Staubsäule bewegte sich wie eine Geisterbrücke. Die Worte von damals schwirrten in dem Raum.

Die Schwiegermutter schob heftig das spitze Kinn vor. Wie immer, wenn sie erregt war, rollte sie beim Sprechen das R auf der Zunge.

»Harmlose Briefe ... Übrigens habe ich Kläre besucht und sie gebeten zu verzichten. Vergeblich. Kann ich es dem Mädchen übelnehmen, daß es meinen Sohn über alles liebt? Wenn ihr auch beide schuld seid, du hast es immer an Liebe fehlen lassen.«

Weil ich fühlte, daß sie recht hatte und trotzdem im tiefsten ungerecht war, erfaßte mich ein rasender Zorn.

»Liebe!« brach es aus mir hervor. »Was wußte ich denn davon, als ich in die Ehe ging? Ich hatte nur in Büchern davon gelesen. Und was Fried mir gab, war nur der abstrakte Begriff von Liebe, niemals wirkliches Leben. Verfluchte Gelehrsamkeit! Verfluchte Bücher!«

Ich warf den schweren Band auf den Boden; meine Hände zitterten. »Du nimmst deinen Sohn in Schutz, du verteidigst dein Kind. Ich verstehe das. Aber meine Kinder wirst du mir nicht wegnehmen. Eher bringe ich mich um.«

Ich hatte mich gebückt, um das Buch aufzuheben. Nun ließ ich mich auf den Boden fallen.

»Die Schuld wirft mich um«, dachte ich. »Die Schuld gegenüber den Kindern. Ich bin schuld, ich allein.«

Meine Hände krallten sich in den Teppich. Ich wollte mich eingraben in die Erde; nicht mehr aufstehen, nicht mehr leben müssen!

»Um Gotteswillen, steh auf!« Die Schwiegermutter versuchte, mich mit ihren schwachen Armen hochzuheben. »Beruhige dich! Wir werden uns über die Kinder einigen. Es ist schon genug zerstört. Armes Kind!«

Ich hörte ein stoßendes Aufschluchzen, und als ich mich aufrichtete und in das früher so alterslose, harmonische Antlitz blickte, sah ich, daß es von Kummer durchfurcht war. Wir fielen einander in die Arme, wir weinten beide über die Verwüstung des Heims, über das Vergängliche, den Tod mitten im Leben. Wir brauchten uns nichts mehr zu sagen.

Als wir aus dem Zimmer traten, flimmerte immer noch die Staubsäule in dem verlassenen Raum.

Diese Szene wurde zum Wendepunkt in der Scheidung. Nachgiebig überließen Fried und die Schwiegermutter die Kinder meiner Obhut. Ich erhielt die Erziehungsrechte: Nur mußte ich mich bereit erklären, sie zweimal im Jahre zu langen Besuchen nach Breslau in das väterliche Haus zu schicken. Diese Bedingungen und genaue Fristen wurden in dem Vertrage aufgezeichnet, den wir vor der rechtsgültigen Trennung unterschrieben.

In dem Büro des Rechtsanwalts setzten wir unsere Unterschriften unter das Dokument, um unsere Eigentumsrechte an zwei jungen Menschenleben festzulegen. Sie würden zwischen uns hin- und hergeschoben und ausgeliehen werden, ungefragt, wo sie eigentlich leben wollten. An diesem wolkenlosen Juninachmittag dachten wir nicht daran. Wir empfanden die Lösung voneinander nun als Erlösung. Seltsam standen Frieds und meine Schriftzüge nebeneinander wie vor fünf Jahren auf dem Standesamt bei der Eheschließung. Ich glaubte, einen Sieg errungen zu haben.

Ungefähr um die gleiche Zeit, am 28. Juni, wurde der Versailler Friedensvertrag unterzeichnet. Aus dem Körper des besiegten Landes wurden lebenswichtige Teile herausgeschnitten. Strafe und Schuld wurden zugemessen, Wiedergutmachung auferlegt. Die Westmächte glaubten, nicht nur einen vollen Sieg errungen, sondern ihn auch klug ausgenützt zu haben. Sie waren überzeugt, Frieden und Sicherheit zu pflanzen. Sie wußten nicht, daß eine Drachensaat ausgesät war, die eines Tages aufgehen würde, von Rache genährt.

Man hatte die Landkarte Europas verändert, und dies bedeutete nicht nur, daß die Schulkinder, wenn sie vom Atlas abzeichneten, die Grenzlinien anders ziehen mußten und aus ihren Tuschkästen viel mehr Farben brauchten. So zerfiel die einheitliche Farbe der österreichungarischen Donaumonarchie in viele bunte Flecken. Man hatte mehr verändert als die Karte. Der kleine Menschenfinger hatte, schon zwanzig Jahre vor Erfindung der Atomkraft, durch den Weltkrieg die Erde ein wenig angestoßen, mit dem Nagel die Kruste aufgeritzt, so daß unterirdische vulkanische Kräfte aufgewühlt wurden und in Gärung gerieten.

Völker hatten sich von ihren Ketten befreit; sie entwickelten ihr besonderes Nationalgefühl, und dadurch entstanden neue Reibungen und Streitigkeiten. In Rußland wurde die Menschheit in einem kochenden Kessel geschüttelt, die soziale Ordnung verwandelt. Dabei standen sich auch noch in diesem Sommer Weiße und Rote Armeen in blutigem Bürgerkrieg gegenüber.

Eines war jedenfalls nicht gelungen, trotz aller Umwälzungen. Ein einiges Europa zu schaffen. Die große Völkerfamilie blieb entzweit und zerrissen.

Der Abschluß des Versailler Friedensvertrags wurde in Paris und London wie in New York mit lauten Festen und Volksjubel auf den Straßen gefeiert. Im besiegten Deutschland versuchte das Volk mit einem Gefühl des Unbehagens und der Beschämung, diesen Tag durch schweigende Nichtbeachtung zu übergehen und ihn wie jeden gewöhnlichen Alltag mit Arbeit und Sorgen auszufüllen. Längst hatte sich die Revolution in dem erschöpften Land müdegelaufen, und zwischen Vergnügungssucht und Apathie taumelnd, schoben die matten Menschen den Lastwagen des Lebens weiter.

Ich erinnere mich, daß ich auch an diesem Tage mit Vorbereitungen zum Umzug beschäftigt war. Ich verpackte Bücher, entleerte Schubladen und Schränke. Ich kletterte auf den Boden, wo ich mit staubigen Händen und Spinnweben im Haar aus alten Kisten meine Habe zu bergen suchte. Außer den Möbeln meines Zimmers gehörte mir nichts mehr in diesem Heim, das Kläre beziehen würde, und das ich bald verlassen sollte, um die Wartezeit bis zu meiner neuen Ehe mit Armin im Elternhaus zu verbringen. Meine Mutter hatte nach heftiger Überredung diese Gnadenfrist bei meinem Vater bewirkt, der den

Kopf zur Seite wandte, wenn mein Name fiel, für ihn der Name eines gestorbenen Kindes.

Sie selbst grollte mir noch, in gekränktem Stolz und Zorn; doch ließ sie ihre mütterliche Hand nicht von mir, diese kleine weiße, energische Hand, die so gut anpacken konnte. Einige Tage vor dem Umzug erschien sie, um mir behilflich zu sein. Die Teppiche im Wohnzimmer lagen schon aufgerollt auf dem gelben Parkett, und zwischen ihnen spielten die Kinder – entzückt und erregt über die Veränderung – Schiffsreise, wobei Andreas fröhlich mit der Messingstange der Gardine ruderte.

Meine Mutter, die auch in ihrer blauen Schürze die Bewegungen der großen Dame behielt, blickte kurz zu den Kindern nieder.

»Arme Kinder«, sagte sie. Ihre geschäftigen Hände, die Porzellanteller einwickelten, kamen einen Augenblick lang zur Ruhe.

»Sage mir, auf welchen Tisch wirst du diese Teller stellen? Wo wirst du mit Armin wohnen? Es gibt keine Wohnungen.«

»Das wird sich finden.«

»Nichts findet sich von selbst, liebes Kind.«

Die quälenden Stunden dehnten sich endlos. Das Zimmer wurde immer wüster und leerer. Auf dem Boden lagen Abfälle von Zeitungspapier; wo die Bilder gehangen hatten, erschienen helle Flecke auf der Tapete. In einer Ecke stand der große Koffer, auf den Fried und ich uns vor der Hochzeit in heiterer Laune gesetzt hatten, um ihn zu schließen. In sein offenes Maul stopften wir nur Kleidungsstücke, silberne Bestecke und Bilder. Der Koffer war ein treuer Hund, der mich begleiten würde. Aus vergessenen Schubladen quollen alte Photographien, Andenken, zerrissene Bruchstücke der ersten Jugend. Der grüne Schleier des Nixenkostüms vom Schwindfest.

»Genug für heute«, bat ich erschöpft. »Wir sollten aufhören.« Meine Mutter war unermüdlich. Sie drückte energisch den Deckel des Koffers zu. »Ich will fertig werden.«

Abends setzte ich mich zwischen aufgestapelten Möbeln und Kisten an das Klavier und spielte. Die Töne klangen hohl und schallend. Meine Mutter saß gerade aufgerichtet auf dem Koffer und betrachtete mich aufmerksam.

»Du bist begabt. Du hast Möglichkeiten, dir ein neues Leben aufzubauen. Du brauchst Armin Wegner nicht zu heiraten.«

Ich schlug einen falschen Ton an und begann das Klavierstück noch einmal. »Ich bin entschlossen, ihn zu heiraten.«

»Wir haben schlechte Auskünfte über ihn erhalten.«

Ich spielte weiter. »Ich weiß. Man sagt, er sei ein Abenteurer, ein Frauenverführer. Sein einziges Abenteuer ist sein Werk, und dabei werde ich ihm helfen.«

»Liebt er dich wirklich? Er weiß, daß du einen reichen Vater hast.«

Ich schlug eine Dissonanz an. »Gib dir keine Mühe, Mama, ihn vor mir zu verunglimpfen.«

»Du fürchtest also nicht, daß deine zweite Ehe auch in einer Scheidung enden könnte?«

»Nein. Und wenn ich nur vier Wochen mit ihm glücklich sein dürfte, würde ich das Wagnis auf mich nehmen.«

Ich klappte den Klavierdeckel zu. Meine Mutter seufzte und zuckte mit den Schultern. »Bei deiner Geburt habe ich geweint, weil du ein Mädchen warst, da ich mir in meinem Ehrgeiz einen Sohn wünschte. Hatte ich nicht recht? Wie schwach Frauen sind!«

Sie ging mit ihren energischen Schultern durch den Korridor, mit erhobenem Kopf und elastischem Gang. Sie war kraftvoll und lebensstrotzend, das schwere schwarze Haar von keinem grauen Faden durchzogen. Das Schicksal vermochte ihr Wesen nicht zu beugen, und dennoch konnte sie das Schicksal nicht zwingen. Sie war gewiß die Stärkere von uns beiden, und doch konnte sie mich nicht mehr nach ihrem Willen leiten. Langsam folgte ich ihr in das Schlafzimmer. Sie saß vor dem Toilettentisch und feilte ihre Nägel.

»Mama, glaube mir, diesmal ist es die richtige Wahl.«

Sie blickte mich prüfend an. »Du siehst todmüde aus.«

Nun wurde ich unter ihren mütterlichen Augen wieder zu dem schwachen kleinen Kind. Ihr Blick füllte sich mit dunkler Zärtlichkeit. Liebevoll deckte sie mich zu, und ihr schönes südliches Gesicht neigte sich über mich wie in den Kindertagen. »Schlafe gut. Sorge dich nicht. Du weißt, daß ich immer für dich da bin.«

Es war meine letzte Nacht in dem Breslauer Heim.

Ich stehe in der Mitte des Wohnzimmers, das wie ein Schiffsladeraum aussieht, mit zugeschlagenen Kisten, aufeinandergetürmten Möbeln und verschnürten Teppichrollen. Der Möbelwagen wartet auf der

Straße. Die Träger, schwere Männer, heben die Möbel auf ihre gewaltigen Schultern, um sie die Treppe hinunterzutragen. Einer hat mit spielender Leichtigkeit den Notenschrank auf seinen Rücken genommen.

Wehrt sich der Schrank nicht? Stöhnt er nicht auf, aus dem Boden herausgerissen, in dem er Wurzeln geschlagen hat? Hat er nicht wie die Sessel, der runde Tisch unser Leben – das von Fried und mir – eingesogen, um es wieder auszuströmen, mit dem unhörbaren Atmen und Flüstern, das von einem bewohnten Raum ausgeht? Haben sie nicht alle eine Seele bekommen, die Gegenstände unseres Tages, und wird nicht in dem ausgeleerten Zimmer auch mein Körper entseelt zurückbleiben wie der Leib einer Toten?

Ich möchte aufschreien in ungeheurer Angst und mich den Männern in den Weg werfen; aber ich stehe auf demselben Fleck wie gelähmt, während ein Stück nach dem anderen hinausgeschleppt wird. Ich höre ein Hämmern; man nagelt eine Kiste zu, einen Sarg.

Nun kommen vier Männer zusammen, die derbe Gurte in den Händen tragen und nähern sich dem Flügel, um ihn aufzuheben. Das Instrument rührt sich nicht von der Stelle. In ihm summen die Kinderlieder, die ich mit den Kleinen sang, und es dröhnen in ihm die Sonaten von Beethoven. Die Männer feuern sich mit lauten Zurufen an, die klingen wie die unartikulierten Laute von Schiffsleuten vor der Abfahrt des Dampfers.

»Hei! Ho uff!« Sie krümmen ihre Schultern; mit ihren schweren Leibern bilden sie einen einzigen Körper, einen Kran, und stemmen sich mit brutaler Kraft gegen das widerspenstige Instrument. Langsam, ganz langsam legt sich das schwarze Zauberwesen auf die Seite, ein unförmiges Bein hilflos in die Luft gestreckt.

Ich möchte aufschreien: »Sie tragen die Musik aus dem Zimmer!« Doch schon ist der Flügel draußen auf dem Flur, und nun höre ich nur noch die Schimpfworte der Männer, die unter der Last ächzen.

Der Raum ist völlig leer; nur der Abfall liegt auf dem Boden. Nun ist die Reihe an mir, die Treppe hinunterzugehen. Was hier von mir zurückbleibt, wird nur ein Schatten sein, die Erinnerung an eine Gestorbene. Da entdecke ich ein Bild, mit der Vorderseite gegen die Wand gestellt, das man vergessen hat. Ich wende es um und betrachte die parkähnliche Landschaft des französischen Malers.

Es hat alle Schattierungen von Grün – von dem weißlichen Grün der Birken, dem Goldgrün der Buchen und dem Schwarzgrün der Tannen – die zu einer Symphonie des Sommers zusammenklingen. Fast kann man das Gras riechen, den scharfen würzigen Geruch der frischen Halme. Wie das Kind im Märchen, das von dem Traumgeist in ein Bild hineingehoben wird und in seiner Landschaft zu gehen beginnt, tauche ich mit allen meinen Sinnen in das Bild hinein, bis das brausende Grün über mir zusammenschlägt. An dem Rande des waldartigen Parks schimmert ein heller Fleck, etwas Weißes, vielleicht ein Haus, auf das ich zugehe. Und aus dem leeren Zimmer schreite ich die Treppe hinunter und steige hinauf in mein zweites Leben.

8

Wir wandern durch die herbstlichen Wälder zu unserem Haus am See. Ich bemühe mich, mit Armin Schritt zu halten, der mit seinem langen Gang immer etwas vorläuft. Das trockene Laub raschelt unter unseren Füßen. Ein leiser Wind wispert in den rostfarbenen starren Blättern.

Es ist unsere Hochzeitsreise zu Fuß. Nur drei Stunden Marsch von der kleinen märkischen Stadt, in der wir am Tage zuvor standesamtlich getraut worden sind, bis zu unserem Heim in einem abgelegenen Dorf, das in einer Waldlichtung auf uns wartet.

Eine Hochzeitsreise ohne Auto und Eisenbahn. Eine Hochzeit ohne Orgel, ohne Kranz und Schleier und ohne Gäste; als einzige Zeugen der Zeremonie das Wirtshausehepaar des ländlichen Gasthauses, in dem wir unser Hochzeitsmahl zu zweit einnahmen. Über der Flasche Wein, die wir nicht austrinken konnten, lächelten wir uns etwas beklommen zu. Durch die niedrigen Fenster blickten wir auf den Marktplatz hinaus, der im rieselnden Novemberregen verlassen und menschenleer dalag.

Fröstelnd stiegen wir den engen ungeheizten Treppenflur hinauf. In der kahlen Stube prasselte ein eiserner Ofen, und der Feuerschein spielte auf den weißgekalkten Wänden und den Betten, auf denen die Kissen bäurisch hochgetürmt lagen.

Am nächsten Morgen brach die Sonne durch den trüben Himmel. Der Herbstwald funkelte in den roten und goldenen Farben eines Paradiesvogels, der sein Gefieder spreizt. Die Buchenblätter warfen scharlachrot das Licht zurück; von den Eichen hingen die Blätter in Goldbronze erstarrt. Ein unaufhörliches Sausen ging über die Wipfel.

Armin legte den Kopf zurück und lauschte. »Habe ich dir zuviel versprochen? Habe ich nicht recht getan, unser Heim weit weg von der Stadt, am Rande dieser nordischen Urwälder zu wählen? Du hast dich zuerst gesträubt. Du bereust es jetzt, nicht wahr?«

Ich machte kleine schnelle Schritte, um ihn einzuholen. Unsere Finger verschlangen sich. »Gewiß nicht. Ich fürchtete nur, wir wären in dem Dorf zu sehr abgeschnitten. Es gibt keine Eisenbahn, nicht einmal einen Autobus.«

Armin lachte. »Das ist ja gerade das Gute. Keine Ablenkung. Wir werden arbeiten müssen, daß die Köpfe rauchen. Wir beide, mein Liebling. Übrigens gibt es Pferdewagen.«

Der Weg stieg jetzt einen Hügel hinauf. Wir überquerten eine abgeholzte Lichtung mit mächtigen Baumstümpfen. Am Rande war ein schmächtiges Birkengehölz stehengeblieben, und hinter den weißen Stämmen tauchten wir in einen dichten düsteren Tannenwald.

»Der weiße Wald und der schwarze Wald dicht nebeneinander«, rief ich. »Der Wald des Lebens und der Wald des Todes.«

Armin hatte mich neben sich auf einen Baumstumpf gezogen, um zu rasten. Sein Blick wanderte von den weißen zu den schwarzen Bäumen.

»Der Wald des Lebens und der Wald des Todes«, wiederholte er. »Es klingt wie ein Märchen. Wir müssen aber sieben Wälder durchwandern, um uns zu finden und erlöst zu werden: Den weißen Wald der Kindheit, den grünen der Jugend, den blutroten Wald des Krieges, den gelben Wald des Neides und der Ruhmsucht, den blauen Wald des Wahns, und den schwarzen Wald des Todes. Dann endlich öffnet sich nach allen Prüfungen im Dickicht der See, und dort empfängt uns das Haus, in dem wir geborgen sind vor allen Schrecken.« Er sprang auf.

»Komm, ich bin ungeduldig. Nur noch eine dreiviertel Stunde, und wir sind zu Hause.«

Zu Hause. Wo war ich zu Hause? Mein Elternhaus war mir entfremdet, seitdem mein Vater mich verstoßen hatte. Dort hatte ich die letzten Monate in qualvoller Spannung zugebracht, das unbewegliche Gesicht des Vaters mir gegenüber am Tisch, der kein einziges Wort an mich richtete. Das Zuhause in Breslau war für mich schon in die Erde versunken.

Und mein neues Zuhause – durch den Herbstwald sah ich es auf mich zukommen, das weiße Haus mit dem tief heruntergezogenen Dach, wie eine Knabenmütze in die helle Stirn gezogen. Ich sah die blauen Fensterrahmen und ringsum – gegen Morgen und Abend – die offenen Balkons, so daß von allen Seiten Bäume und Himmel hineinschauten. Ein Haus, in das sich Armin, wie er sagte, auf den ersten Blick verliebt hatte, so daß er nicht ruhte, bis auch ich es liebgewann. Der Kaufpreis war günstig, da das Haus so abseits lag, in einem Holzfällerdorf, das nur für kurze Monate seine Sommervillen und wenige Pensionen öffnete. Unser Haus, dem wir erst eine Seele einhauchen mußten.

Wie ging es sich leicht auf dem weichen Waldboden! Leicht erschien mir in diesem Augenblick das Einleben mit Armin in abseitiger Stille. Und dann, in einigen Wochen, wenn wir das Haus wohnlich gemacht hatten, würden auch die Kinder einziehen, die ich in der Obhut meiner Mutter zurückgelassen hatte.

Neben mir hörte ich Armin sagen: »Die Bücherwände in meinem Zimmer sollen bis zur Decke reichen, und der Raum wird gegliedert durch die Ofenecke mit der breiten Ofenbank. Ich werde meinen Schreibtisch und die Stühle rostbraun streichen, ungefähr in der Farbe des Buchenlaubs. Und dein Zimmer, das du mitbringst, wird völlig anders aussehen als in Breslau.«

Mit kindlicher Freude richtete er in Gedanken das Haus ein und stellte die Möbel auf. Es war ein mir noch unbekannter Armin mit zupackenden, geschickten Händen, und ich sah ihn forschend von der Seite an.

»Du hättest Innenarchitekt werden sollen.«

»Das war auch einmal mein Wunsch. Es ist einer meiner vielen Berufe. Ich habe dir schon erzählt, daß ich als Achtzehnjähriger Landwirt werden wollte, und einige Monate auf einem großen Gut gelernt habe. Ich habe noch genug davon behalten, um den verwilderten Garten zu zähmen.«

»Unser Garten! Wie ich mich darauf freue!«

»Ich werde Obstbäume pflanzen.«

»Vergiß nicht die Himbeeren und Erdbeeren.«

»Naschmaul! – Der Zaun soll von einer Rosenhecke verdeckt werden.«

»Überall Rosen!« rief ich. »Gelbe Rosen sollen am Hause heraufklettern . . .«

»Nein, die Sorte ist nicht geeignet. Man muß die kleinen festen, roten nehmen.«

»Gibt es nicht auch gelbe, die ranken?«

»Das verstehst du nicht«, sagte er eigenwillig. »Ich habe schon die richtige Sorte bestellt.«

»Ohne mich zu fragen. Das ist nicht recht.«

Wir hätten fast begonnen zu streiten, da öffnete sich überraschend vor uns in der Tiefe der Waldmulde der See. Zwischen den dunklen Wimpern der Wälder schlug er sein großes silbernes Auge auf.

»Unser See«, sagte Armin.

Wir verstummten in glücklichem Schauen. Langsam stiegen wir hinab zu dem leuchtenden Wasser, das nun, als wir näher kamen, die Form eines langgestreckten Fisches annahm, der sich an beiden Enden verjüngt. Ja, der See war ein lebendes Wesen, das sich unruhevoll bewegte und spielerisch um sich schlug. Dicht am Ufer sahen wir zu, wie die kleinen rastlosen Wellen gegeneinanderstießen und der Schaum wie Fischschuppen glitzerte. Bäume neigten sich mit schlangenähnlichen Windungen fast liegend über das Wasser. Kein Menschenlaut war hörbar. Nur Blätterraunen und das glucksende Lachen der Wellen. Auch wir standen verzaubert, ohne uns zu rühren.

Endlich griff Armin meine Hand. »Es wird früh dunkel. Komm!«

Es dämmerte schon, als wir nach kurzem Anstieg das Haus erreichten.

Es stand mit der Front seitlich zur Straße, als hätte es sein Gesicht abgewandt, und unter dem heruntergezogenen Dach sahen die blauen Fensterrahmen im Abendlicht fast schwarz aus. Kein Fenster war erhellt. Das Haus bot uns kein Willkommen. So betrachteten wir verstohlen wie Eindringlinge den Eingang unter einer gewölbten Steinlaube.

»Über dem Bogen der Pforte will ich einen Spruch anbringen«, sagte Armin, der mühsam den Schlüssel in dem verrosteten Schloß drehte.

Feuchte Kälte schlug uns entgegen, in der Mitte des leeren Raumes, der mein Wohnzimmer werden sollte, stand eine Kufe mit nassem

Lehm; in der Ecke war das Fundament eines Kachelofens aufgerichtet, daneben lag ein Stoß flaschengrüner Kacheln. Armin schlug mit der Hand gegen die Ofenplatte. »Wie unzuverlässig die Handwerker sind. Sie hatten versprochen, den Ofen vor unserer Ankunft fertig zu bauen.«

Ich war an der Tür stehengeblieben. Die Kälte drang durch meine Kleider bis auf die Haut. »Wie eiskalt es ist, kälter als draußen.«

Armin hob prüfend eine Kachel gegen das dämmrige Licht. »Eine schöne Farbe. Keine Angst, Liebling. Wir werden nicht erfrieren.«

Ich blickte mich hilflos um. »Wo steckt eigentlich der dienstbare Geist? Wo ist Frieda?«

Wir hatten in Berlin ein Mädchen gemietet, das einige Tage vor unserem Einzug das Haus reinigen sollte.

»Frieda!« rief ich laut durch den finsteren Flur.

Über dem Treppengeländer erschien nun, von einer flackernden Kerze beleuchtet, ein blau-aufgedunsenes Gesicht unter schwarzen strähnigen Haaren. Eine ältliche Stimme, von Ärger geschwollen, krächzte uns entgegen.

»Guten Abend, die Herrschaften! Ich wollte nur sagen, daß ich keine Minute länger in diesem verfluchten Haus bleibe. In diesem gottlosen Nest, wo sich die Füchse gute Nacht sagen. Hier lebt man hinter dem Mond. Kein Wasser! Kein Licht! Das nennt sich herrschaftliches Haus. Gestern bin ich die Treppe hinuntergestürzt. Ich verlange sofort meinen Lohn. Ich gehe. Suchen Sie sich eine Dumme, die Ihnen Ihren Dreck forträumt.«

Das Krächzen wurde zum Kreischen einer wütenden Krähe, das wir vergeblich zu unterbrechen suchten. Es überschrie meine schüchterne Bitte, daß sie nur noch einen Tag bleiben möge. Das verbeulte Gesicht, von Bosheit noch stärker geschwollen, blickte uns hexenhaft an. Ihre Hand schloß sich wie eine Vogelkralle um das Geld. Die Haustür schlug krachend hinter ihr zu.

»Gottlob, wir sind sie los«, lachte Armin.

»Aber wir sind ohne Hilfe«, wandte ich ein.

»Wir werden uns selbst helfen. Ich suche eine Lampe.«

Ich blieb allein in dem völlig finsteren Flur, mich mit den Händen blind vorwärts tastend. »Armin, Armin, wo bist du?« rief ich verzweifelt.

Endlich tauchte ein kleiner trüber Mond auf, eine verrußte Petroleumlampe, die Armin triumphierend vor sich her trug. Er stieß die Tür zu einem Eckzimmer auf, in dem wie in einer Rumpelkammer Bettpfosten, Matratzen, Kissen und einige Möbelstücke zusammengedrängt waren. Klobige Holzstücke lagen neben einem eisernen Ofen.

Armin stellte die Lampe auf einen Stuhl. »Hier werden wir heute nacht schlafen. Mach Feuer, Liebling. Ich hole inzwischen einen Eimer Wasser von der Pumpe draußen.«

»Ich verstehe nicht, Feuer zu machen. Ich habe es nie in meinem Leben getan.«

»Willst du sagen, daß du im Leben völlig hilflos bist?«

»Woher sollte ich es können?« rief ich den Tränen nahe. »Als Großstädterin habe ich immer mit Zentralheizung und elektrischem Licht gelebt.«

»Man hat dich maßlos verwöhnt.«

Nun stürzten die Tränen aus mir heraus. »Du hast keine Geduld. Du verlangst Unmögliches!«

Armins Züge nahmen den Ausdruck eines verlegenen Knaben an. Er bedeckte mein tränennasses Gesicht mit kleinen flinken Küssen.

»Ich wollte dich nicht kränken. Mein Liebling, hast du nicht gewünscht, mich auf allen meinen Abenteuern zu begleiten? Nun, dies ist unser erstes großes Abenteuer. Ich werde dein Lehrmeister sein. Komm, versuche es einmal mit diesem eisernen Ungeheuer.«

Ich lachte durch meine Tränen und kniete beschämt vor dem Ofen nieder. Aber meine ungeübten Finger konnten das Holz nicht anfachen. Immer wieder erlosch die Flamme. Da legte Armin kunstgerecht schmale Reisigstäbchen übereinander; mit gespitzten Lippen blies er in das Feuer, schön wie ein Waldgott blies er auf einer unsichtbaren Flöte – und die Glut prasselte hoch. Glut erhellte das Zimmer und hüllte uns in rote Wärme, während das Holz leise zu singen begann.

Wir kauerten beide auf dem Boden nebeneinander. Nun umschlang mich Armin mit beiden Armen. »Unser erstes Feuer, das Feuer des Heims«, murmelte er halblaut. Mit sanfter Gewalt streckte er mich nieder, und mitten zwischen dem Gerümpel, auf der nackten Diele liebten wir uns. Der Feuerschein tanzte auf den kahlen Wänden und streichelte unsere Körper.

Ich vergaß alles, die Lehmkufe in dem leeren, eisigen Zimmer, die Pumpe im Hof, die rußige Petroleumlampe, alle Unbequemlichkeiten und die Abgeschiedenheit in den einsamen Wäldern. So begann unser Leben in dem neuen Hause.

In der Nacht fiel der Frost ein. Die nasse Erde überzog sich mit einer glasdünnen Eisschicht, und als am nächsten Morgen in der Frühe der schwere Möbelwagen zu unserem Hause anstieg, strauchelten die Pferde, und der Kutscher fluchte laut. Über das Glatteis schleppten keuchend und fluchend die Träger unseren Hausrat, von Armin angeführt, der oft seine schmalen Schultern gegen Möbel stützte, um sie vor Bruch zu schützen. Verwundert sah ich die Verwandlung seines Wesens in einen technisch geschulten, umsichtigen Mann, der zu befehlen verstand. Dennoch verriet sich dabei seine besondere Natur. Auch bei dieser Tätigkeit war er wie bei seinem geistigen Schaffen von einer Besessenheit angetrieben, die ihn bis zur Erschöpfung in Atem hielt. Unbarmherzig schleuderte er dabei alles zur Seite, was ihn störte.

»Nein, nein! Nicht jetzt! Keine Zeit dafür«, rief er unmutig, als ich ihm einen Brief reichte. »Wasser, hole mir Wasser!« rief er mir im nächsten Augenblick vom Treppenabsatz aus zu, wohin er sich, drei Stufen überspringend, schwere Teppiche über die Schultern geworfen, hinaufgeschwungen hatte. Eifrig lief ich mit dem Eimer in den bereiften Garten und begann zu pumpen. Aber der Schwengel bewegte sich nicht, obwohl ich mich mit meinem ganzen Leibe in lächerlicher Ohnmacht daran klammerte. Kein Tropfen rann aus dem eisernen Maul. Wie ich die Pumpe haßte, das störrische Tier, das mir nicht gehorchte. Schon stand Armin atemlos neben mir. »Kannst du keine Pumpe bewegen?«

»Die ekelhafte Pumpe will nicht gehen.«

»Unsinn. Gestern ging sie vortrefflich.«

Nach heftiger Anstrengung stellte Armin fest, daß die Pumpe eingefroren war.

Mit kindischer Genugtuung warf ich den Kopf hoch. »Siehst du, ich hatte recht.«

Meine Worte erreichten Armin nicht mehr, der über die Straße eilte und meinem Blick entschwand. Wie angefroren stand ich in dem frostigen Garten, der unter dem Rauhreif glitzerte. »Ohne Wasser in dem gottverlassenen Nest«, klang in mir das mißtönende Krächzen des alten Mädchens nach. Ich bewegte meine roten frierenden Finger. Da sah ich Armin über die Straße zurückkommen, an seiner Seite ein Mann, der ihn an Länge überragte, ein Mensch lang wie eine Eisenstange, auf die ein kleiner Kopf wie ein Knopf aufgesetzt war.

»Herr Thiele, unser Schmied«, stellte Armin ihn vor. »Herr Thiele versteht alles. Er ist auch Klempner und Schlosser.«

Ich streckte die Hand zur Begrüßung aus; langsam und mißtrauisch kam die Hand des Mannes mir entgegen. Auch der Blick war zurückgezogen, als er »Guten Morgen« sagte. Es schien ihn Anstrengung zu kosten, die schweren Lippen zu bewegen. Er beugte sich über die Pumpe, beklopfte sie aufmerksam wie ein Pferd, dessen Hufe er beschlug. So langsam seine Sprache war, so schnell arbeiteten seine Hände. In Kurzer Zeit hatte er im Freien ein Feuer angefacht, daß die Vereisung auftaute, und nun bewegten sich die langen Arme regelmäßig wie Pumpenschwengel auf und nieder. Das gestaute Wasser gurgelte und sprudelte heftig aus der Öffnung. Auch die breiten Lippen des Schmieds, sein flaches verschlossenes Gesicht tauten ein wenig auf.

»In Ordnung«, murmelte er. »Kommt alles in Ordnung.«

Nun hatten wir Wasser, aber zu Ordnung und Ruhe kamen wir noch lange Wochen nicht in dem Hause, von dem die Handwerker Besitz genommen hatten. In den leeren, eisigen Zimmern klatschte der Ofenbauer den nassen Lehm auf die Kacheln, die allmählich zu Öfen emporwuchsen. Überallhin wurden die Lehmspuren geschleppt: in den Flur, über die Treppe, bis in das oberste Stockwerk. Sie klebten an den Möbeln, an unseren Kleidern und Gesichtern. Alles roch nach feuchtem Lehm. Ja, mir schien eines Tages, als schmecke sogar die Suppe danach, die ich mit verbissener Mühe auf dem altmodischen Holzherd bereitet hatte.

Vor hilfloser Verzweiflung fiel ich oft in hektische Lustigkeit, wenn der Stubenmaler, Herr Brummel, auf der obersten Sprosse der Leiter stehend, uns allerlei tolle Geschichten über die Dorfbewohner erzählte, während er uns seinen breiten roten Nacken zuwandte und mit kühnen Pinselstrichen Blumenranken auf die Wand malte. Ein Zugereister aus Süddeutschland, der zufällig auf einer Wanderung durch eine Heirat in dieser nördlichen Gegend steckengeblieben war, hielt er sich für etwas Feineres als die Einheimischen, für einen verkannten Künstler. Er hatte einmal Kunstmaler werden wollen. Träge, mit einem Zug zum Wohlleben, machte sich seine Enttäuschung in behaglicher Geschwätzigkeit und Aufschneiderei Luft. Meist kam er schon am frühen Morgen angeheitert zur Arbeit, daß die kleinen grauen Augen in dem roten Gesicht verdächtig glitzerten.

»Grüß euch Gott, allesamt«, rief er dann laut in seinem bayerischen Dialekt, betrachtete die Blumengirlande prüfend wie ein Gemälde mit einem zugekniffenen Auge und streckte dramatisch den Pinsel aus.

»Glaubt's etwa, die sagen Guten Morgen hier im Ort? Die haben alle einen Besen verschluckt. Dabei sind stille Wasser tief . . .«

Der Pinsel bewegte sich mit großem Schwung. »Die Muffigsten mit dem zugeklebten Maul sind die Schlimmsten. Lauter Laster, lange und kurze. Da schauen's einmal unsere Witwe hinter dem Ladentisch an, kurze Beine wie Stummel von einem Dackel, drei Männer hat sie überlebt – drei Männer unter die Erde gebracht. Geht das mit rechten Dingen zu? Verhext hat sie die Männer.«

Er legte den Pinsel hin, drehte sich breitbeinig auf der Leiter um und blinzelte Armin mit listigen Augen an.

Er zog eine Bierflasche aus der Tasche und nahm einen langen Schluck. »Ne kleine Pause einlegen. Ne kleine Morgenstärkung.«

Armin nickte ihm mit diplomatischem Lächeln zu. »Ich hoffe, Meister, Sie werden heute fertig.«

»Fertig, Herr Doktor. Das ist ein großes Wort. Fertig werden wir Künstler nie. Heute gewiß nicht.«

»Sie haben es versprochen, Herr Brummel.«

»Dann habe ich mich versprochen.« Er lachte schallend, daß die Leiter leicht schwankte. »Der Brummel macht es schon richtig. Er legt Ihnen ein Kunstwerk hin. Solche Farben kann nur der Brummel mischen. Blumen, saftig, daß man sie pflücken möchte, daran riechen. Meine letzte Landschaft zuhause müssen Sie sich ansehen . . .« Das Gurgeln in der Flasche erstickte seine Worte.

Wir schlossen die Tür hinter ihm, stiegen hinauf in Armins Zimmer, um die Bücherkisten auszupacken. Kauernd zwischen Bergen von Büchern, sagte ich: »Ich fürchte, unser Genie ist so angetrunken, daß er von der Leiter fallen wird.«

»Nein schlimmer, er wird die Girlande windschief malen.«

Ich brach in krampfhaftes Gelächter aus. Die Verdächtigung der Witwe als Hexe hatte mir einen leisen Schauder eingejagt. Ich sah sie deutlich vor mir, wie sie sich mit ihren kurzen Stummelbeinen wie ein wunderliches Tier blitzschnell im Laden bewegte. An welchen verwunschenen Ort war ich verschlagen worden!

»Reich mir die Nägel«, unterbrach Armin meine Gedanken, noch von der Leiter, von wo aus er die Bücherregale kunstgerecht befestigte. Er befahl, und ich gehorchte ihm schweigend wie immer, dem großen Zauberer, der mich in diese entlegene Gegend verschleppt hatte. Die Gespenster des eisigen Hauses flohen vor ihm aus allen Winkeln, während er sein Zimmer baute – mit Bücherwänden, die bis an die Decke reichten. Aber bisweilen rief er alle Gespenster wieder herbei und scharte sie um sich, wenn das Zwielicht des Novemberabends durch die unverhängten Fenster kroch.

»Wie ich diesen schaurigen Nebel liebe«, rief er. »Spürst du, wie er in unser Haus dringt? Es riecht nach dem See. Wassergeister!«

Ich verbarg mein Gesicht an seiner Schulter. »Es ist unheimlich. Auch die Menschen hier sind mir unheimlich.«

Armin reckte seine langen Arme. »Morgen machen wir Gardinen und Vorhänge an. Dann sperren wir die Dämmerung aus, die Finsternis. Dann wird es dir heimlich im Hause sein. Und die Fenster haben keine wimperlosen Augen mehr.«

Ich blickte zum Fenster, hinter dem ein kahler Zweig mit zwei dürren verstümmelten Fingern im Winde hin- und herschlug. Ich fror. »Es zieht eisig durch die Ritzen. Wärme mich«, bat ich.

Zwischen den Büchern auf dem Fußboden schlug Armin einen Teppich um mich und hüllte mich darin ein. Sein schmaler Körper deckte mich mit Liebkosungen zu. Ich schloß die Augen, sah nichts mehr in blinder Freude, als seine Stirn sich sanft in meine Augenhöhlen drückte. Wie fremd er mir war, und wie ich ihn gerade wegen dieser Fremdheit liebte!

Am nächsten Tag sprang ich mutig aus dem warmen Bett in die schneidende Luft. Aber wie jeden Tag versank ich in dem chaotischen Alltag. Ich versagte vollständig bei dem Aufhängen der Gardinen. Gedemütigt drehte ich in meinen blaugefrorenen kleinen Händen

Stoffe und Stangen hin und her, bis Armin sie mir mit verächtlichem Schulterzucken abnahm und entwirrte. Da war besonders eine Wolkengardine aus meinem früheren Wohnzimmer, die, in Volants gerafft, wie ein Wasserfall von Spitzen wirkte und die sich in meinen Fingern zu einem tückischen Wust zerknüllte. Der Stoff kratzte meine erstarrte Haut. Wo war oben, wo unten, wo der Anfang, das Ende, wo links, wo rechts?

»Es sind keine Wolkengardinen, es sind Teufelsgardinen«, rief ich Armin zu Hilfe.

Ungeduldig riß er mir die Gardine aus der Hand. »Es ist sträflich, so ungeschickt zu sein.«

»Ich habe es nie gelernt«, entschuldigte ich mich. Keine Antwort, nur ein leises Pfeifen von der Leiter. Nach einigen Minuten hing die Gardine wolkenhaft, in edlen Falten vor dem Fenster. Armin drehte sich triumphierend um. »Habe ich je gelernt, Gardinen aufzuhängen? Armes Kind! Du wußtest nicht, daß die Wolken an Strippen hängen.«

Er lachte halb verächtlich, halb mitleidig. Ich versuchte, mitzulachen, Tränen der Wut im Halse würgend, während ich stumm wie ein Handlanger die Schrauben hinaufreichte. Meine Arme, jedes Glied meines Körpers schmerzte vor Übermüdung. Nein, nicht nur der Körper, jeder Seelennerv, jede Empfindung tat höllisch weh aus Überanstrengung, weil mein Wesen sich krampfhaft bemühte, sich dem Fremden anzugleichen. War ich denn wirklich aus den Wolken auf die Erde gefallen?

Versagte ich schon am Anfang meiner Ehe, unfähig, mich anzupassen? Dabei wollte ich nichts anderes, als meine alte Haut mit meinem früheren Leben abwerfen, so daß mir neue Augen und Hände wuchsen. Warum war es denn so schwer, viel schwerer noch als die Verpflanzung von Berlin nach Breslau?

Ich war in dieses Walddorf wie in einen fernen Erdteil verschlagen, zu Menschen, die mit den gleichen Lauten eine völlig andere Sprache sprachen, die ich nicht verstand. Menschen, die von der Erde lebten, von dem spröden Waldboden, zähe, karge Seelen, schweigsam und sparsam mit Gefühlen. Verwurzelt und zugleich verholzt und verhärtet, daß Leben durch die Rinde kaum mehr hindurchdrang.

Ich fühlte mich hier wildfremd. Ich war in der überfeinerten Luft einer geistig-bürgerlichen Schicht aufgewachsen. Als ich Armin begegnete, brach der Grund meines Wesens auf. Ich fühlte mich ihm verwandt, näher als meinen Blutsverwandten. Und nun entdeckte ich in dieser Umgebung sogar in ihm das Fremde, Harte und Kühle, das mich eisig anhauchte. War es vielleicht, wie ich mir nur unwillig in dunklen Sekunden eingestehen wollte, die Verschiedenheit unseres Blutes, die andere Rasse, weil die Temperatur meines jüdischen Wesens südlicher und heißer war?

Ich streckte Armin auf der Leiter meine schmerzenden Arme entgegen, um ihm die Schrauben für die Gardine zu reichen. Ich suchte nach einem weichen Zug, der die aufmerksame Starre seiner Züge zerbrechen sollte ... ich flehte um einen liebevollen Blick.

»Hängt die Gardine gerade?« fragte er, den Rücken mir zugekehrt.

»Sie hängt, wie eine Wolke hängen kann.«

»Wir werden bald Gäste in diesem Zimmer empfangen können.«

»Gäste«, rief ich erschreckt. »Doch nicht etwa den General?«

»Du weißt, der General hat sich selbst bei uns eingeladen.«

Der General, der sich im Kriege durch einen Sieg im Osten ausgezeichnet hatte, war der einzige Städter, der sein Landhaus auch im Winter offenhielt. Früher einmal hatte seine Familie große Ländereien, Jagd- und Fischrechte in dieser Gegend besessen. Sein Großvater hatte als Gutsherr wie ein kleiner Fürst über die Dorfbewohner regiert. Verarmt, gezwungen, Grund und Boden zu verkaufen, hielt die Familie die steife Würde der märkischen Junker aufrecht. An dem Namen blieb der alte Glanz haften, erneuert durch die militärischen Triumphe des Generals.

Nun, nach Niederlage und Revolution, hatte sich der enttäuschte ältere Mann in den Waldwinkel seiner Jugend zurückgezogen. Hier fühlte er sich immer noch als der Herr. Hier hatte er sein Gefolge, seine guten Leute unter den Förstern, Kleinbauern und Handwerkern, die ihn blind bewunderten. Aber sogar die Waldarbeiter, die seit Jahren der Arbeiterpartei angehörten, die eigentlichen Sieger im neuen Deutschland über seine Klasse und Kaste, zuckten immer noch ehrerbietig bei seinem Anblick zusammen; unwillkürlich beugten sich die Rücken, wenn der General vorüberging und sie mit wohlwollendem Nicken grüßte.

Vor einigen Tagen hatten wir als Neuankömmlinge einen Besuch in seinem Haus gemacht. Das Haus an der Hauptstraße, einstöckig und langgestreckt, war von beiden Seiten von hohen Pappeln überragt, die an diesem Abend im kalten Winde knarrten. Die Wirtschafterin, die uns öffnete, erinnerte an die Oberin eines Krankenhauses, mit ihrem verblichenen freundlichen Gesicht unter dem weißen Scheitel, der großen runden Brosche auf der gestärkten Schürze.

»Ich werde Sie bei Exzellenz anmelden.«

»Herein, herein!« rief von drinnen eine ungeduldige Stimme.

Von dem Schreibtisch im Erker erhob sich ein kleiner stämmiger Mann, kam mit schnellen Schritten Armin entgegen und schüttelte ihm kräftig die Hand.

»Seien Sie willkommen! Willkommen in unserem Waldschloß!«

Armin grüßte mit steifem Lächeln zurück. Es war das höfliche, glatte Lächeln eines Offiziers vor seinem General. Ein Armin, den ich nicht kannte.

»Darf ich Sie meiner Frau vorstellen?«

Der General schlug die Hacken zusammen. »Sehr erfreut, Gnädigste.«

Ein scharfer Blick schoß unter den buschigen Augenbrauen zu mir herüber. Er reichte mir nicht die Hand.

»Ich bitte Sie, den Tee mit mir einzunehmen. Oder besser, wir trinken zu Ihrer Begrüßung ein Glas Wein zusammen. Ich habe noch einen vortrefflichen Jahrgang in meinem Weinkeller. Die Flasche wollen wir köpfen.«

»Sehr liebenswürdig, Herr General.« War dies wirklich Armins Stimme?

»Sie trinken doch gern, auch am Tage, wie? Ein deutscher Mann trinkt immer gern einen guten Tropfen – auch zur Teestunde.«

Er lachte laut, mit weit offenem Munde, daß sich die sehr weißen, starken Zähne entblößten. »Ein Raubtiergebiß«, dachte ich. Aber nun, mit geschlossenen Lippen, mit dem steif gebürsteten Schnurrbart, den scharfen hellen Augen und der kleinen Nase unter dem runden Schädel sah er eher aus wie ein gutmütiger, neugieriger Seehund. Das Gespräch zwischen den beiden Männern lief an mir vorüber.

»Ich habe auf meinen Reisen paradiesische Landschaften gesehen«, sagte Armin. »Aber dieser Waldsee ist in seiner Art der schönste Fleck der Erde.«

Der General richtete sich kerzengerade in seinem Stuhl auf. »Und es hat den Vorzug, Deutschland zu sein. Ein Stück Deutschland, noch unberührt, das sie nicht verhunzen können, unsere lieben Feinde von außen und innen.« Er kniff seine Augen zusammen; aus den schmalen Schlitzen sprühte Haß.

»Er sieht doch aus wie eine große gefährliche Katze vor dem Sprung«, dachte ich. Da öffneten sich die Augen wieder, funkelnd und genießerisch. Eine Flasche Wein wurde auf den Tisch gestellt. Der Hausherr schenkte ein, in smaragdfarbene Römerkelche, die den Wein goldgrün schillern ließen. Er hob das Glas. »Drei Toaste. Auf das Vaterland! Auf unser Dorf! Und auf Ihr persönliches Wohl! Prost!«

Wir stießen an. Der General kostete den Wein auf der Zunge, lehnte sich zurück und schlug die Beine übereinander. »Ich behaupte, hier ist ein Stück unentdecktes Deutschland. Es gibt hier versteckte Landschaften, zu denen man nur auf Wasserwegen gelangen kann. Urwald. Ich kann Ihnen einige Stellen verraten.«

Armin neigte sich gespannt vor. »Ich wäre Ihnen zu Dank verpflichtet. Ich plane eine solche Wasserfahrt im Sommer mit meiner Frau.«

Wieder schoß ein prüfender Blick zu mir herüber. »Hoffentlich nicht zu anstrengend für die gnädige Frau. Haben Sie sich hier schon eingelebt?« richtete er überraschend das Wort an mich wie an einen einfachen Soldaten während der Parade.

Wider Willen stieg mir das Blut in den Kopf. »Es ist nicht ganz leicht. Aber wenn erst die Öfen brennen, wenn das Haus warm ist ... Es ist ein schönes Heim ...«

Er unterbrach mich: »Haben Sie schon bei Oberförsters Besuch gemacht?«

»Noch nicht. Wir wollten in den nächsten Tagen vorsprechen.«

»Schade. Bestellen Sie Frau Oberförster einen Gruß von mir. Sie möchte Ihnen täglich Milch von ihren Kühen geben und außerdem alle guten Ratschläge und Einmachrezepte. Eine tüchtige Frau. Gehen Sie sobald wie möglich.«

Es klang wie ein Befehl. Wieder wandte er sich mit einem Ruck des Kopfes von mir ab und Armin zu.

»Es gibt hier Naturphänomene. Haben Sie schon von der ›Zärtlichen Buche‹ gehört?«

»Die zärtliche Buche. Das klingt phantastisch.«

»Der Volksmund findet phantastische Namen. Diese zärtliche Buche ist ein Prachtexemplar ihrer Art, die ein ebensolches Prachtexemplar einer Kiefer mit ihren Ästen umklammert. Keiner der Bäume hat dabei Schaden erlitten, sie gedeihen gut.«

»Wo steht dieses Naturwunder?« fragte Armin.

»Einige Minuten von hier. Ich sage Ihnen den kürzesten Weg.«

Er beschrieb den Weg mit so klarer Genauigkeit, als ob er eine Landkarte zeichnete. »Wenn Sie neugierig sind, können Sie jetzt hingehen. Der Mond scheint.«

Dies war für uns der Wink zum Aufbruch. Wir verabschiedeten uns. Wieder schlug er vor mir die Hacken zusammen, reichte mir nicht die Hand.

»Wenn Ihr Haus fertig ist, werde ich mir das Vergnügen machen, es anzusehen«, sagte er, indem er uns hinausbegleitete. Im Garten knarrten leise die Pappeln wie wachsame Hunde.

Schweigend bogen wir in einen schmalen überwachsenen Pfad ein. Das Unterholz war so dicht, daß Tannennadeln mein Gesicht ritzten. Mondlicht sickerte durch das Netz der Baumwipfel.

»Wohin gehst du?« fragte ich Armin.

»Zur zärtlichen Buche. Über diesen Pfad schneiden wir den Weg ab.« Er griff meinen Arm, als ich über eine Wurzel stolperte. »Wie hat dir der alte Knabe gefallen? Ich fand ihn liebenswert.«

»Liebenswert, dieser Jaguar?« rief ich empört. »Er sieht aus wie ein bösartiger Jaguar, wenn er lacht. Ich mag ihn nicht. Jedes Wort, jede Geste verrät den rückschrittlichen Junker. Hast du gehört, wie er die Feinde von außen und innen erwähnte? Nun, ich freue mich, zu diesen Feinden von innen zu gehören. Er ist gewiß mein Feind. Ich verstehe deine Sympathie nicht.«

Armin blieb stehen und ließ meinen Arm los. »Wie kann man nur so dogmatisch sein. Gewiß bekämpfe ich wie du die politischen Anschauungen des Generals. Aber als Nachbarn und Menschen kann ich ihn schätzen. Er ist mir sogar vertraut wie ein Mitglied meiner eigenen Familie. Du weißt, daß ich aus den gleichen preußischen konservativen Kreisen stamme, daß die Brüder meines Vaters hohe Offiziere waren. Ich wurde Rebell gegen meine Familie, von der Mutter unterstützt, aber gegen den eigenen Vater. Dennoch, die

Normen, die Kultur, der Lebensstil dieser Menschen ist mir heute noch verwandt und lieb.«

Ich lief so hastig weiter, daß ich beinahe fiel. »Welche guten Formen hat der General? Er ist hochmütig, er hat schlechte Manieren. Die ganze Zeit hat er sich über mich hinweg nur mit dir unterhalten.«

Armin lachte leise. »Er war verlegen. Der böse Jaguar war schüchtern. Du bist ihm nämlich ebenso fremd wie er dir. Aber ich habe seine Blicke aufgefangen, die deutlich sagten: ›Welche schöne Jüdin!‹«

»Jüdin! Da hast du es, du sprichst es selbst aus. Er ist Antisemit.«

»Selbstverständlich. Jeder aus dieser Kaste wird mit den gleichen Vorurteilen großgezogen. Sie können nichts dafür. Habe ich dir schon erzählt, daß mich mein Vater, als ich mich in der Schule jüdischen Klassenkameraden anschloß, fragte: ›Du gehst zu diesen Leuten? Du läßt dich von ihnen sogar zu Tisch laden? Wie kannst du dich erkenntlich zeigen? An meinem Tisch möchte ich sie nicht übermäßig gerne sehen.‹ Und mein Vater, ein hoher Regierungsbeamter, war noch ein Gemäßigter. Vorurteile, mit der Muttermilch eingesogen ...«

Nun blieb ich stehen, mit zitternden Gliedern. Mitten im Buschwerk, im Gestrüpp, war ich verloren, allein. Zwischen Armin und mir brach die Erde in einem Riß auf. Ich stieß seine Hand zurück.

»Was hast du? Du bist überempfindlich. Der Ausspruch meines Vaters hat dich entsetzt? Aber ich bin nicht mein Vater. Ich habe mich gegen ihn empört, und ich habe ihn in mir selbst getilgt. Meine besten Freunde sind Juden. Ich liebe dich besonders, weil du Jüdin bist, es ist ein Reiz mehr.«

Ich legte meine Fingerspitzen zögernd in seine Hand. Allmählich wurde die Erde wieder fest unter meinen Füßen, und doch ging ich schwankend weiter, verstört, sprachlos.

Da öffnete sich der Pfad zu einer Waldlichtung, weiß im Mondlicht, und wir erblickten am Rande die zärtliche Buche. Sie streckte drei Paare von Ästen aus, um wie in einer Klammer den wuchtigen Stamm einer Kiefer zu umfassen. Ihre winterkahle Krone berührte das schwarze buschige Haupt des Nadelbaumes. Diese Umschlingung des Pflanzenwesens drückte eine menschliche Geste, die leidenschaftliche Umarmung einer Liebenden aus. Mit den drei Armpaaren erinnerte die Buche sogar an eine Göttin, die sich dem Geliebten dreifach entgegenwirft.

Wir standen andächtig still. Dann sagte Armin leise: »Bäume verschiedener Wurzeln, verschiedener Rassen, und sie lieben sich. Sollte dies nicht auch für uns beide gelten?«

Wir umschlangen uns. »Ich habe leider nur zwei Arme, nicht sechs«, lachte ich unter Tränen.

Doch die seltsame Abstoßung und Anziehung zwischen uns wiederholte sich. Immer wieder brach zwischen uns erschreckende Fremdheit aus, bisweilen aus unwesentlichen winzigen Anlässen. Plötzlich war mir der Schwung seiner Hand, die einen Stock pfeifend durch die Luft sausen ließ, verwirrend fremd, sein Gang, der mir immer etwas vorauseilte, abweisend, einsam bis zur Feindseligkeit. Solche Stimmungen verflogen, lösten sich schnell auf. Ich wollte sie vergessen, versenken – nur manchmal hinterließen sie einen feinen Riß.

Damals, nach unserem ersten Gang zum Fischerhaus, blieb etwas haften wie die Spitze eines Angelhakens, obwohl ich das Gemüt bald wieder davon befreite. Denn nach jeder Entzweiung und Versöhnung wurde meine Liebe zu ihm stärker.

»Wir wollen uns Fische zum Abendbrot holen«, hatte Armin vorgeschlagen. »Du sollst auch die Bekanntschaft des Fischermeisters machen.«

Der Fischermeister, der vom General die Pacht der Fischereirechte übernommen hatte, wohnte in dem einzigen Haus am See. Wir folgten dem schmalen Pfad, der sich unmittelbar am Ufer entlangschlängelte. Kleine Wellen schlugen über die Steine und Baumwurzeln, die unter dem klaren Wasser goldbraun schimmerten. Bäume streckten sich liegend weit über den Rand des Sees, als wollten sie trinken. Der glänzende, bewegte See spielte mit der Erde, warf sich über sie und zog sich launisch zurück.

Auch wir spielten. Armin warf Steine flach über das Wasser, daß sie aufsetzten und wieder hochschnellten; ich wagte, auf der Brücke eines Stammes zu balancieren, der in den See ragte.

Dann verließ der Pfad überraschend den See, stieg eine Anhöhe hinauf zu einer breiten Fahrstraße, die sich langsam wieder senkte. Nun erblickten wir unter uns in der kreisrunden Bucht das Fischerhaus, weiß mit rotem Dach, ein fleckiger Pilz, der einsam aus dem Waldboden wuchs.

Die Straße war noch schlammig vom letzten Regen, gefurcht, von Radspuren zerfahren. Es war mühsam, auszuschreiten. Da ließ uns ein Ächzen, dicht vor unseren Füßen, innehalten. Quer über dem Weg lag ein gestürzter Mensch auf dem Rücken, der verzweifelte Anstrengungen machte, sich hochzurichten. Ein unförmiger, sackartiger Körper, der sich in der braunen Wolljacke kaum von dem schmutzigen Erdboden abhob. Heller war das gelbliche rissige Gesicht des alten Mannes, der wild mit den Händen zappelte und verworrene Laute ausstieß: »Uff, uff!«

Wir hoben ihn vorsichtig auf und stützten ihn.

»Haben Sie sich verletzt?« fragte Armin.

Der Alte stampfte mit jedem Bein in den dick umwickelten Strümpfen auf den Boden, bis er fest stand. Dann schüttelte er uns ab. »Alles heil. Nur kann ich nicht so leicht wieder hoch. Die Beine wollen nicht mehr.«

Ich reichte ihm den Stock, den er mit seinen von Gicht verkrümmten, wurzelgleichen Fingern ergriff. Er drehte den mageren Hals. »Verfluchtes Vieh«, schrie er. »Die Kuh ist in den Wald gelaufen. Ich weide nämlich die Kuh vom Fischer.« Wieder schüttelte er unsere Hände ab. »Danke. Ich kann allein weiter.« Er bewegte sich erstaunlich schnell vorwärts, indem er sich mit Hilfe des Stocks immer ein Stück weiterschleuderte. Es sah so komisch aus, daß wir unwillkürlich in Lachen ausbrachen. »Wie ein Känguruh«, rief Armin. »Wie ein dreibeiniges Waldtier.«

Ich unterdrückte mein Lachen. »Pfui, wir spotten über den Ärmsten.«

Armin hörte mich schon nicht mehr. Er war zum Fischerhaus vorausgeeilt und winkte mir von dort lebhaft zu, ihm den Wiesenhang abwärts bis zum See zu folgen.

Wir fanden den Fischermeister bei den Booten. Er stand breitbeinig mit seinen Gummistiefeln im Wasser und schüttete aus den Netzen die zappelnde Fischbeute in den Wasserkasten. Hoch spritzte das Wasser auf; einige Fische, die daneben auf die nassen Bretter gefallen waren, schlugen wild mit den Schwänzen um sich.

Der Fischer unterbrach die Arbeit nicht, als er uns mit einem kurzen Blick begrüßte. Alles war breit und wuchtig an ihm, seine Schultern, die kurzfingrigen Hände. Nur in dem breiten Gesicht saßen schmale dunkle Augen, die flink hin- und herliefen und zu der behäbigen Kraft nicht recht paßten.

»Gutes Wetter zum Fischen?« frage Armin.

Der Fischer zuckte mit den Schultern. »Könnte besser sein. Zu wenig Regen.«

Armin nahm wie gewöhnlich im Umgang mit den einfachen Leuten ihre kurze Sprechweise an. »Uns genügt der Regen. Wir haben genug von dem nassen, kalten Winter. Wir freuen uns auf den Frühling.«

Der Fischer stieß ein kurzes, hustenartiges Lachen aus. »Frühling! Der Winter hat ja noch gar nicht begonnen. Sie haben Glück mit dem milden Dezember. Warten Sie, bis die Januarstürme kommen. Dann kennen Sie unseren See nicht wieder. Wirft Wellen wie ein Meer.«

»Bei solchen Stürmen fischen Sie gewiß nicht?«

»Bei jedem Wetter. Meine Boote sind fest gebaut. Nur nicht zwischen Weihnachten und Neujahr.«

In Armins Zügen blitzte Neugier auf. »Warum nicht um diese Zeit?«

Der Fischer schleuderte eine Ladung kleinerer Fische in den Wasserkasten. »Es gibt einen Aberglauben. Zwischen Weihnachten und Neujahr soll die Arbeit ruhen. Wenn sich in diesen Tagen ein Fischer hinauswagt, steigt der rote Hahn aus dem See, schlägt mit den Flügeln und kräht. Dann sinkt das Boot, und der Fischer ertrinkt.«

Armins Augen weiteten sich. »Wie seltsam. Ein roter Hahn! Haben Sie ihn schon einmal gesehen?«

Der Fischer schüttelte den Kopf. »Ich? Ach wo, ich glaube nicht an den alten Zauber. Ich bin nicht so altmodisch wie die Leute am Ort. Ich habe nicht umsonst im Dreck, im Schützengraben gelegen. Ich glaube auch nicht mehr an den König und Preußen.« Er warf Armin einen verschmitzten Blick zu. »Ich bin für die Republik.«

»Also fahren Sie doch zwischen Weihnachten und Neujahr hinaus?«

»Das ist etwas anderes. Man fischt nicht um diese Zeit. Das ist Gewohnheit.«

»Dann müssen wir uns beeilen und noch viel Fische im Dezember essen«, sagte ich.

Der Fischer griff mit der Hand einen langen Hecht aus dem Kasten und schlug ihm mit einem Holzstück über den Kopf. Die hervorquellenden Augen erstarrten, das schnappende Maul stand still. Doch der tote Fisch sah noch bösartig aus, als ich ihn in meine Tasche legte, und er begann wieder zu zucken.

Der Fischer schloß den Fischkasten und wandte sich zum Gehen.

Armin blieb dicht an seiner Seite. »Ich möchte gerne wissen ... sagen Sie, hat irgend jemand aus dem Ort den roten Hahn aus dem See aufsteigen sehen?«

Der Fischer runzelte die Stirn. »Ich wüßte nicht ... kann sein. Mein Vater sagt, er hat ihn einmal gesehen. Bei Gewitter am zweiten Weihnachtstag. Feuerrote Federn. Groß wie ein Truthahn. Fragen Sie den Alten doch selber! Er muß in der Nähe des Hauses sein. Er hütet meine Kuh.«

»Ihr Vater! Der Hirte ist Ihr Vater?« rief ich. »Wir sind ihm begegnet. Er war auf den Rücken gefallen. Wir haben ihn aufgehoben.«

Wieder stieß der Fischermeister sein hustenartiges Lachen aus. »Er fällt immer auf den Rücken. Wie ein Mistkäfer. Und dann hebt ihn irgendeiner immer wieder auf.«

Die Wintersonne warf schon ihre schrägen Strahlen über den See, als wir den Uferpfad erreichten. Wir stemmten uns gegen den scharfen Wind. Ich bemühte mich, mit Armin Schritt zu halten. »Was sagst du zu diesem Mann, der sich fortschrittlich nennt? Er nützt seinen alten Vater aus. Ist es nicht roh, unnatürlich?«

Armin gab keine Antwort, war mit seinen Gedanken beschäftigt.

»Wie grob die Menschen hier sind.«

»Verzeih, ich habe nicht gehört. Ich versuchte, mir den roten Hahn vorzustellen. Ein phantastisches Fabeltier.«

Ich wiederholte meine Worte. Nun wandte mir Armin den Kopf zu. »Ich finde es nicht roh. Warum soll sich der Alte nicht nützlich machen? Auf dem Lande ist man nicht sentimental und wehleidig.«

»Aber den alten Vater, der kaum stehen kann, in den Wald zur Arbeit zu treiben.«

»Ich finde, du übertreibst. Aber wenn es sich um Familie handelt, übertreibt *ihr* immer. Es ist ein Kult bei euch. Lächerlich übersteigert. Die heilige Familie.«

Da war es wieder, das Wildfremde. Wieder riß die Erde zwischen uns auf. Er sagte: »ihr«, und die Undeutlichkeit der Anrede machte die Kränkung noch verächtlicher.

»Und *ihr*?« rief ich außer mir. »Wie sieht bei euch das Familienleben aus? Dein Vater hat dich mit Schlägen erzogen. Du hast deinen Vater gehaßt.«

»Laß meinen Vater aus dem Spiel«, erwiderte Armin kalt. »Er meinte es gut auf seine Weise. Verdirb nicht den schönen Spaziergang. Dieser rote Hahn beschäftigt mich.«

Er blickte auf den See hinaus, wo der rote Widerschein der untergehenden Sonne auf den Wellen schaukelte, als erblicke er dort den blutroten Kamm des roten Hahnes.

»Nimm zurück, was du gegen meine Familie gesagt hast.«

»Ich denke nicht daran.«

»Du bist selbst gefühllos. In deinen Dichtungen heuchelst du nur Gefühle.«

»Schweig!« schrie Armin mit furchtbarer Stimme. Er schlug mit seinem Stock gegen einen Baum, daß er in der Mitte zerbrach. Verwundert betrachtete er die beiden Stücke und warf sie fort. Wir sprachen kein Wort mehr miteinander. Und nachdem wir das Haus betreten hatten, ging jeder in sein Zimmer.

Ich kauerte in einem Sessel, die Glieder eng angezogen. Eiskalter Frost stieg mir bis in die Brust. Ich hörte nicht, wie Armin lautlos die Tür öffnete. Auf seinen weichen Hausschuhen näherte er sich und ließ sich auf Knien neben meinem Stuhl nieder. Stumm legte er sein Gesicht an meine Wange.

Endlich sagte er leise: »Es ist entsetzlich. Wenn wir streiten, fällt das Haus ein. Alles zerfällt. Verzeih mir. Ich habe gedankenlos gesprochen.«

Die Starre war noch nicht von mir, Armins Stimme kam aus weiter Ferne. »Wir sind beide durch den Umzug überreizt und übermüdet. Wenn das Haus fertig ist, wird es besser sein.« Er nahm meinen Kopf in seine Hände und drehte ihn zu sich. »Sieh mich an!« Ich erblickte unter seinen hartgemeißelten Zügen wie unter einem zitternden Wasserspiegel ein anderes kleines flehendes und hilfloses Jungengesicht. Die Starre löste sich. Die Liebe rauschte zurück, und das Leben begann wieder zu strömen.

Wir vermischten uns, wir gingen ineinander ein diese Nacht, wurden ein einziges Wesen. Getröstet schlief ich ein. Dann fuhr ein wilder Traum in meinen Schlaf.

Ich saß mit meinen Kindern auf einer Bank im Park in Breslau, und wir warfen den Spatzen auf dem Kiesweg Brotkrumen zu. Ein Vogel näherte sich mir besonders zutraulich und pickte mir aus der Hand. Jedesmal gab es einen leisen schmerzhaften Stich. Aber ich achtete nicht darauf, froh, die Zahmheit des Tieres zu fühlen, das mich aus seinen kreisrunden Augen sonderbar anblickte. Als meine Hand leer war, legte der Vogel den Kopf auf die Seite und plusterte sich böse auf. Sein Gefieder veränderte die Farbe, spielte ins Rötliche. Ein Kamm wuchs ihm aus dem Schopfe.

»Es ist der rote Hahn«, dachte ich erschreckt. Er schlug mit den Flügeln und schwoll riesenhaft und drohend vor mir an, als ob er mir ins Gesicht springen wollte. Feuerrot stieß er ein heiseres Krähen aus. In tödlicher Angst streckte ich abwehrend meine Hände aus. In dieser Bewegung erwachte ich. Wo befand ich mich? Allmählich tauchten die Umrisse des Zimmers aus dem grauen Licht. Draußen krähte ein Hahn. Ein neuer Morgen war angebrochen.

»Wenn das Haus fertig ist, wird alles besser sein«, hatte mich Armin getröstet. »Wenn das Haus fertig ist, kommt der Tod«, sagt ein türkisches Sprichwort.

Wann wurde unser Haus fertig? Um mit Herrn Brummel zu sprechen, eigentlich niemals. Denn, solange wir darin wohnten, in all den Jahren, bastelten wir daran herum, um es zu verschönern. Erst Gas, dann elektrisches Licht verdrängten allmählich die trüben Petroleumlampen. Ein elektrischer Motor pumpte das Wasser hoch, das in Küche und Zimmern in breite Becken sprudelte. Die Diele des Kinderzimmers wurde blau gestrichen, neue Tapeten wurden über die Wände gespannt. Im Garten war ein ständiger Kampf gegen das Unkraut; im zweiten Sommer war der Rasen wie grüner Samt; die roten Kletterrosen an der Terrasse wölbten sich zu einem blühenden Dach. In späteren Jahren blätterten die Tapeten ab, der Garten verwilderte wieder, an den Wänden gab es Sprünge und Risse.

Das Haus wuchs; es entfaltete sich und alterte mit uns. Es verwandelte sich, als wir uns veränderten und wurde niemals fertig – so, wie wir niemals mit dem Leben und uns selbst fertig wurden.

Dennoch gab es bald nach unserem Einzug ein Fertigwerden: Als das Haus zum erstenmal zu atmen begann. Als sich eines Abends auf wunderbare Weise plötzlich alle seine einzelnen Teile zusammenfügten zu einem persönlichen Wesen. Als es *unser* Haus wurde, und das leise Knacken in den Wänden dem tiefen Seufzer der Zufriedenheit glich, mit dem es endlich zur Ruhe kam.

Dies geschah an einem eisigen Abend im Januar. Draußen drückte die Kälte gegen das Haus; der See war zugefroren. Wir hatten den ganzen Tag Bücher in die Regale geordnet. Nun breitete Armin zum erstenmal die Teppiche aus. Wir ließen die Hände sinken und betrachteten unser Werk. Der Raum – unfaßbar! – war fertig, er war vollendet. Bis zur Decke von Büchern umschlossen, glühte er in sanften und tiefen Farben. Er sperrte Kälte und Finsternis aus und umschloß uns wie eine bunte Muschel. Im Ofen prasselten Holzscheite, aber es schien, daß die Glut von dem Rot und Blau der warmen Teppiche aufstieg.

Wir saßen auf der Ofenbank dicht nebeneinander und lauschten auf das Knistern des Feuers. Und dann hörten wir draußen ein Brüllen, das Brüllen eines wilden Tieres.

»Was ist das?« fragte ich. »Ist es der Sturm?«

»O nein, das ist der See, der gefangene gefrorene See. Das Eis brüllt.«

»Wie seltsam. Und höre den Sturm. Er stampft wie ein Elefant um das Haus.«

Wir legten unsere Köpfe aneinander. Ausgesperrt war die Wildnis, die Urstimmen und all das Unheimliche und Böse. Das Jaguarauge des Generals, die Stummelfüße der Hexe, der rote Hahn ... Es war gut, im Hause geborgen zu sein.

Nach einer Weile erhob sich Armin, setzte sich an den Schreibtisch und begann zu schreiben, das erste Mal nach den Monaten der Unruhe. Ich trat neben ihn, und als er den Kopf hob, um mir zuzulächeln, sah ich in der Tiefe seiner Augen die blauen Funken aufglimmen, das schöpferische Feuer.

»Geh schlafen, Liebling«, sagte er. »Ich werde bis in die Nacht arbeiten.«

Im Nebenzimmer, dem schmalen Schlafraum, ließ ich die Tür offen, und die Fäden seiner Gedanken, die er spann, liefen bis an mein Bett, in meinen Schlummer. Das Haus summte; es hatte eine Seele bekommen.

Von diesem Abend an lernte ich einen anderen Armin kennen, vielleicht den einzig wirklichen unter seinen vielen Gesichtern. Er lebte so heftig mit den Gestalten seines Buches, daß die Gegenwart zur Schattenwelt für ihn wurde, in der er am Tage wie sein eigener Schatten umherging. Er war abwesend, weit fort, während seine Hände im Hause tätig waren – abwesend bei den Mahlzeiten, wenn über den Teller hinweg seine Augen starr in eine unbestimmte Ferne blickten, abwesend bei unseren Spaziergängen, wenn er in sich versunken eigentlich nicht ging, sondern mit träumerischem Gang dahintrieb.

Erst am Abend wachte er auf, wenn er sich am Schreibtisch über die Blätter beugte, wenn die Dunkelheit die harten Gegenstände auslöschte, und die goldenen Fäden der Lampe ihr Spinnennetz um ihn zogen. Die Feder lief über das Papier, ein zuckendes lebendes Wesen. Der Künstler schuf; er zog die Fäden der fremden Schicksale zusammen, bis er im Kunstwerk ein neues Gewebe gesponnen hatte, sinnvoller als das verworrene Knäuel des wirklichen Lebens.

Er arbeitete ständig bis tief in die Nacht und schlief lange in den hellen Tag hinein. Oft, wenn er sich gegen Mittag erhob, war ich schon müde von den vielen häuslichen Beschäftigungen. Denn ich stand früh auf, war frisch am Vormittag, ein Morgenmensch, und es schien, der so unterschiedliche Rhythmus unseres Tagesablaufs, ein verschiedener Rhythmus auch des Bluts und der Charaktere, müßte uns immer mehr voneinander entfernen. Dennoch kam ich ihm so nahe wie niemals in diesen schöpferischen Wochen. Jeden Abend las er mir aus dem Buch vor, und aus der aufmerksamen Zuhörerin wurde ich bald zur Helferin seines Werks. Ich mühte mich mit ihm, die Sätze zu feilen, lange Perioden zu kürzen – dicht zu machen, zu »dichten«, wie er sagte – und die Worte zu schleifen und zu polieren, bis jedes abgerundet glänzte. Es glich einem gemeinsamen Musizieren.

»Höre, klingt es?« fragte er.

»Es klingt beinahe gut«, antwortete ich. »Stelle die letzten Worte um. Ja, jetzt ist der Satz vollkommen!«

Ich vergaß über diesen fruchtbaren Stunden meine eigenen dichterischen Pläne, ich schob sie hinaus. Ich hatte ja noch viel Zeit, die Zeit strömte langsam ... ich war noch jung.

In diesen Wochen lebten wir in zwei Jahreszeiten, in zwei Klima-Zonen. Im Buche war Sommer, der heiße staubige Sommer in den Gassen Konstantinopels. In unserer Wirklichkeit war es Februar, und die Eisschollen auf dem See zerbrachen und splitterten gegeneinander. Es hörte sich an wie klirrendes Glas. An den offenen Wasserstellen, mitten im See, sammelten sich hunderte von wilden Seevögeln, die mit schrillen Stimmen schrien. Sie schrien nach dem Frühling, nach der wärmenden Sonne.

In den Mittagsstunden brach die Sonne durch die blaßblauen Wolken, aber nachts trieb der Frost immer wieder die lauen Winde zurück. Ich wärmte meine steifen Finger am Ofen, während Armin von dem türkischen Bettler vorlas, der spärlichen Schatten an der grellen gleißenden Mauer suchte.

»Ist die Schilderung plastisch?« fragte er.

»O sehr«, antwortete ich. »Mir ist ganz heiß geworden.«

Das Bettuch war eiskalt, als wir uns niederlegten und uns aneinander wärmten.

Endlich, im März, taute die hartgefrorene Erde auf. Im Garten steckten wir Beete ab, pflanzten Bohnen und setzten Schoten, und wenn Armin von der einen Seite und ich von der anderen, Fuß vor Fuß, mit gebückten Rücken in der Mitte der Erdfurche zusammentrafen, richteten wir uns auf und küßten uns. Da bemerkte ich, daß er stehenblieb, um die kleinen Saatkügelchen in seiner Hand zu betrachten.

»Wie eine Erbse!« rief er entzückt. »Jetzt habe ich endlich den Ausdruck, nach dem ich eine Woche lang verzweifelt gesucht habe. »Der Kinderkopf war glatt und rund wie eine Erbse.« Immer noch starrte er hingerissen auf die Erbsenkügelchen, als wären sie aus Gold gemacht. »Gestern nacht habe ich die Novelle beendet. Ich darf mir einen freien Nachmittag gönnen. Wie wäre es mit einem langen Spaziergang?«

Wir waren schon viel in der Umgebung umhergestreift und hatten alle die Plätze landschaftlicher Schönheit aufgesucht, denen der Volksmund wie der »zärtlichen Buche« eigentümliche Namen verliehen hatte. Wir waren zum »Mutterblick« hinaufgestiegen, einer Anhöhe im Rücken des Dorfes, von wo aus der Blick – liebevoll wie das Auge einer Mutter – die Häuser der Ortschaft umfing, die sich wie spielende Kinder abseits der Straße zerstreuten. Wir kletterten den steilen »Fenchelberg« hinauf, eine Waldkuppe mit Riesenkiefern, von wo aus man den ganzen See wie von einem hohen Mastkorb überblickte. Dort roch es nach Fenchel, nach Harz und Kiefernnadeln, nach wilden würzigen Kräutern. Und wenn man rief, scholl ein langgezogenes Echo zurück, eine faunhaft lockende Stimme über den Wipfeln.

Ein anderes Mal hatten wir uns durch dichtes dorniges Gestrüpp bis zum »Verlorenen Sohn« durchgeschlagen. Mit zerrissenen Kleidern und blutigen Händen waren wir zu der verwunschenen Waldwiese gelangt, die unter weichem Moos einen gefährlichen Sumpf verbarg. Alle diese Plätze zogen uns immer wieder an, heute aber wollten wir neue Wege entdecken.

Wir gingen bis zur Südspitze des Sees und tauchten dann in den hochstämmigen Buchenwald ein. Es war derselbe Weg, den wir nach unserer Hochzeit durch das rostrote Herbstlaub gewandert waren. Jetzt waren die Bäume kahl, aber schimmerten schon von Knospen, die unter den braunen Seidenhäutchen ihre glänzenden grünen Spitzen hinausstreckten. Die Luft schmeckte nach frischem süßen Wasser. Wir bogen in einen engen Holzfällerpfad ein.

Nach einer Weile öffnete sich der Wald zu hellen, langgestreckten Wiesen, die harmonisch in ein ovales Tal zusammenflossen. Das zarte Grün des jungen Grases, das gedämpfte Märzlicht, die schwebende, erwartungsvolle Stille gaben dem Platz etwas Unirdisches. Armin atmete tief. »Hier bin ich schon einmal gewesen, nicht in Wirklichkeit, im Traum.«

Ich fuhr mit der Hand über das Gras. »Seltsam. Mir geht es ebenso. Ich habe diese Landschaft schon einmal gesehen, vielleicht auf einem Bild, vielleicht im Traum.«

Armin legte sich zurück, die Augen halb geschlossen. »Das Gefilde der Seligen. So wollen wir es nennen. Hier möchte man nie wieder fortgehen.«

Wir blieben lange, in der wunschlosen, seligen Ruhe, die aus dieser Erde aufstieg.

Armin war der erste, der sich aufrichtete. »Das Paradies. Aber leider dürfen Menschen nicht darin verweilen. Eben dachte ich, ist es nicht Unrecht, uns so vor der Welt zurückzuziehen, die im Chaos lebt?«

Ich widersprach ihm. »Wir sind nicht müßig. Wir schaffen.«

Armins Stirn und Augen verdunkelten sich. »Und doch ist es eine Flucht. Flucht zurück in den Garten des Paradieses aus der Hölle der Erde, die wir zu einer menschlichen Stätte machen sollen. Darf ich vergessen, was ich an Schrecken und Greueln im Kriege sah?«

»Du schreibst darüber. Du bist der Chronist, der es festhält als Warnung.«

Er hatte sich erhoben und war mit seinen langen Schritten schon am Waldesrande.

»Nein, nein«, rief ich. »Glück ist nicht Sünde. Glücklichsein ist schwer. Glück ist ein unaufhörlicher Kampf ums Glück.«

»Für uns selbst, aber nicht für die Menschheit.«

Der kahle Wald spannte sich über uns; ein großer Himmel blickte durch die Stämme. Fern sahen wir das Aufblitzen des Sees.

»Denk an unsere sieben Wälder«, bat ich. Ich spürte, daß der Dämon der Unrast ihn wieder ergriffen hatte.

»Ein schönes Märchen ... Ich habe dir noch nicht gesagt, daß ich morgen nach Berlin fahren muß. Eine Gruppe von Friedensfreunden will einen internationalen Bund der Kriegsdienstgegner gründen. Absolute Kriegsdienstverweigerung. Aufruf an das Gewissen jedes einzelnen. Man will mich dabeihaben.«

Ich faßte seine Hand. »Selbstverständlich mußt du mittun. Gewiß wird unsere Frauenliga auch vertreten sein. Ich fahre mit dir.«

Armin schüttelte den Kopf. »Leider, mein Liebling, können wir das Haus nicht unbewacht lassen. Ich bitte dich, diesmal dazubleiben.«

»Hier allein bleiben? In dem einsamen Haus?« Ich erschauerte.

»Ich werde versuchen, morgen abend mit dem letzten Zug zurückzukommen.«

»Kein Wagen wird dich zu so später Stunde abholen.«

»Dann gehe ich die drei Stunden zu Fuß durch den Wald.«

»Das ist gefährlich.«

»Kein wildes Tier wird mich fressen. Sieh nicht so verstört aus. Sei vernünftig, mein Herz. Das nächste Mal richten wir es anders ein.«

Wir hatten den See erreicht. Wie damals blieben wir stehen, von seinem Leuchten wie von einem großen Auge getroffen. Wie damals blickten wir uns zärtlich an. Und doch war alles schon anders als in der allerersten Erwartung. Auch das Glück verändert sich, es altert schnell. War Glück wirklich Sünde, die bestraft werden mußte?

9

Am nächsten Morgen vor Sonnenaufgang reiste Armin ab. Ich ging allein durch das leere Haus. Ich rückte die Möbel, polierte sie blank. Das tote Holz dankte mir nicht. Ich versuchte, Tagebuch zu schreiben; meine Gedanken entliefen. Hatte denn Armin mit dem Leben des Hauses auch meine Seele fortgetragen?

Am Nachmittag hielt ich es nicht länger aus. Ich lief in den Wald; auch die Bäume sprachen nicht zu mir. Auf der Suche nach einem menschlichen Gesicht trat ich in das Haus des Oberförsters ein. Die Frau Förster war in der Küche. Ihre großen rauhen Hände rührten einen Kuchenteig. Sie war eine Frau von mächtigem Wuchs. Das breite rötliche Gesicht der Vierzigjährigen zeigte schon verschwommene Züge. Unter der Schürze sah der Körper unförmig aus, das dunkelblonde Haar war von der Stirne zurückgenommen und in einen festen Knoten gedreht. Aber als sie mir mit ihren mehligen Händen zuwinkte, sah ich Schalkhaftigkeit und verlorene Jugendlust in ihren graublauen Augen aufglimmen.

»Ich bin gerade beim Kuchenbacken. Sie haben Glück. Die Plätzchen sind schon fertig. Sie müssen sie zum Kaffee versuchen.«

Sie band ihre Schürze ab und führte mich in die einzige »gute Stube« des Hauses, wo an der Wand neben Hirschgeweihen eine große Photographie ihres Mannes in Uniform und ihr Brautbild hingen. Trotz der starren Haltung sah man unter dem steifen Schleier die gesunde Schönheit eines lebensstrotzenden Mädchens und unter dem gezwungenen Lächeln verborgenen Übermut.

Beim Kaffeetrinken sprachen wir über Rezepte und die Kunst des Einmachens. Sie zeigte mir ihre Vorratskammer, hochgefüllt mit Gläsern, in denen Blaubeeren und Himbeeren, rote und blauschwarze Perlen, glänzten. Ich fühlte mein praktisches Unvermögen, beschämt vor dieser meisterlichen Hauswirtschaft.

»Dies würde auch Armin bewundern«, sagte ich unwillkürlich. »Leider ist er verreist. Sonst wäre er mitgekommen.«

Die Försterfrau klopfte mir ermutigend auf den Rücken. »Sie sind eine Strohwitwe. Allein im Haus. Nun, an das Alleinsein müssen wir Frauen uns gewöhnen. Ich bin auch mit einem Strick an das Haus gebunden, und mein Mann kommt oft erst spätabends aus dem Forst zurück. Mein Junge, der ist mehr draußen als drinnen. Das muß wohl so sein, wenn er einmal ein guter Förster werden will.«

Sie erzählte mir, daß ihr zwölfjähriger Sohn den Beruf seines Vaters und seiner Vorfahren gewählt hatte. Wie einfach und geordnet war dieses Leben, das sich in vorgeschriebenen Linien bewegte. Immer wieder sagte sie: »Mein Mann, mein Sohn«, mit dem Gefühl des selbstverständlichen Besitzes. Diese Menschen gehörten zu ihr, jeder hatte seinen bestimmten, unverrückbaren Platz. Seelische Schwierigkeiten waren nicht ärger als Schwierigkeiten eines geregelten Haushalts. Es gab für alles Rezepte. Das Leben mußte geraten, wenn man sie befolgte.

Nachdenklich schlenderte ich heimwärts, an den Obstgärten der Försterei vorüber, in denen die ausladenden Apfelbäume in gehorsamen Reihen standen. Zu Hause ging ich in Armins Zimmer; überall hatte er seine Spuren zurückgelassen, ein aufgeschlagenes Buch, einen unter das Sofa geschleuderten einzelnen Hausschuh, einen Zettel mit Notizen, zu einem Papierbällchen zerknüllt. Ich setzte mich in den Sessel vor seinem Schreibtisch und legte die Hände auf die Lehnen, wie er es oft tat, wenn er nachdachte.

Da fiel mein Blick auf den dreiteiligen Eisenschrank, der schon in Armins Berliner Wohnung meine Neugier erregt hatte. Feuerfest gebaut wie ein Geldschrank, barg er Armins kostbarstes Gut, seine Manuskripte und Skizzenbücher. Immer war er sorgfältig verschlossen. Nun bemerkte ich zu meiner Verwunderung, daß der Schlüssel steckte. In der Eile des Aufbruchs hatte Armin vergessen, ihn abzuziehen. Magnetisch angezogen, öffnete ich die schwere Schranktür.

Im obersten Fach lagen Stöße der schwarzgebundenen Notizbücher. Im zweiten Fach sah ich Mappen in verschiedenen Farben; ich zog eine heraus und erblickte auf dem Deckel in großen schöngemalten Buchstaben einen Frauennamen. Ein Blick genügte, um zu erkennen, daß dies ein Briefwechsel war. Liebesbriefe, sorgfältig aufbewahrt in der Werkstatt des Dichters. Nach dem Datum geordnet die Originalbriefe der Frau und die Durchschläge des Absenders. Mappe für Mappe trug einen anderen Frauennamen – auch den meinen sah ich, auf einem orangegelben Umschlag malerisch aufgezeichnet.

Ich sah mich scheu um, wie auf niederer Tat ertappt. Das Haus war totenstill. Etwas warnte mich, an die Geheimnisse der Vergangenheit zu rühren, aber ich konnte nicht widerstehen und begann zu lesen.

Gespenstisch tauchten hinter den Schriftzügen die Gesichter der früheren Geliebten auf. Manche waren mir nicht unbekannt, da Armin mir von ihnen erzählt hatte. Das klar geschnittene Helle einer Studentin, hinter einem Vorhang düsterer Haare, das Leidenschaftliche einer verheirateten Frau. Blutjunge, Blühende und schon Verblühte, sie alle glichen einander im Stammeln des Gefühls; nur der Mann war immer ein anderer, der in vielfältigster Gestalt erschien und in immer wechselnder Tonart antwortete. Auch meine eigenen Briefe las ich wieder, und Armins Stimme erklang von neuem, lokkend und unwiderstehlich. Wer war dieser Mensch? Ein großer Liebender? Oder nur ein großer Spieler? Wen hatte er von all diesen Frauen geliebt? Sie alle oder vielleicht keine?

Mir schwindelte, aber ich las weiter. Ich hatte nun einmal diese verbotene Tür geöffnet wie die Frau Blaubarts, die die abgeschlagenen Köpfe ihrer Vorgängerinnen entdeckte. Nur – so schien es mir – unter den Toten der Vergangenheit lag ich auch schon aufgebahrt. Ich stieß meine eigenen Briefe zurück und griff nach einer anderen Mappe. Ein mir völlig unbekannter Name sprang mir entgegen, und aus dem Umschlag fiel ein Bild heraus, ein anderer Totenkopf, wie ich mit bitterer Genugtuung dachte. Es war ein seltsames Gesicht. Unter einer schmalen Kinderstirne wissende, lasterhafte Augen, Wangen von kindlich-lieblicher Rundung und ein zynischer Mund. Ich schlug die letzte Seite auf, wollte das Ende wissen, nicht den Anfang.

»Ich warte auf Dich in meinem großen weißen Bett. Meine Fingerspitzen, meine Zehen, jedes Fleckchen Haut wartet auf Dich. Du wirst mich erlösen ...« Der Brief offenbarte die gleiche Mischung von Unschuld und Laster. Große kindliche Buchstaben, halbwüchsige

Schwärmerei und Anbetung der geliebten Person, und dann – dazwischengestreut – gemeine Ausdrücke, der Dirnensprache entnommen, eine früh verderbte, angefaulte Sinnlichkeit. Immer war die Rede von dem weißen großen Bett, das das kleine Zimmer fast ganz ausfüllte.

Ich blätterte eine Seite zurück. Armins Brief an dieses Mädchen enthüllte eine krankhafte Seelenstimmung, in der Lust und Mitleid und Grauen gespeist wurde, eine Sucht, sich fallen zu lassen und zugleich den Beichtvater und Erzieher zu spielen. Durch den Spalt der verbotenen Tür blickte ich erschreckt auf das entstellte Bildnis der Liebe. Als dann zufällig mein Blick auf das Datum des Briefes traf, verschwammen die Buchstaben in schwarze Flecke. Es war dasselbe Datum, unter dem mir Armin kurz vor unserer Hochzeit den zärtlichsten Brief gesandt hatte.

Die Stille im Zimmer sauste. Mir wurde rot vor Augen. Wer war er, dieser Lügenmund, dieses Doppelgesicht, dieser Mensch, der so viel Zungen hat, daß die eine nicht weiß, was die andere spricht! Wer war er, der Geliebte und Gehaßte, der Nächste und Fernste? Fremd und unheimlich war er mir wie der rote Hahn, der mir nun auf der Brust saß und mir das Herz zerhackte.

Da hörte ich die Haustür gehen, die Treppe krachte unter den Sprüngen Armins, der immer Stufen übersprang. Er stand im Zimmer, den Mantel mit Schlamm bespritzt, Haar und Gesicht feucht von Regen.

»Ich habe mich verlaufen und bin fast im Sumpf versunken. Aber ich wollte heute nacht wieder zu Hause sein. Bei dir.«

Ich wich stumm vor seiner Umarmung zurück.

»Was hast du da um Gotteswillen?« Er riß die Mappen an sich. »Schämst du dich nicht? Pfui! Abscheulich! Fremde Briefe zu lesen!«

Ich hatte die beiden verhängnisvollen Briefe aus dem Umschlag genommen und reichte sie ihm. »Derselbe Tag. Fast dieselbe Stunde. Lügenworte an mich. Und an die andere.«

Armin glättete sorgfältig die Briefe. »Was fällt dir ein, sie aus den Mappen zu nehmen? Es ist wertvolles Material für meine Arbeit.«

Erst als ich aufblickte, erschrak er vor meinem verstörten Ausdruck. »Ich werde dir alles erklären. Die Briefe lügen nicht. Sie sind beide wahr. Das eine hat mit dem anderen nichts zu tun.«

»Spare deinen Atem. Ich kann dir kein Wort mehr glauben.«

»Willst du mir nicht ruhig zuhören?«

»Das ist sinnlos. Sinnlos ist alles, was zwischen uns ist.«

Armin stampfte mit dem Fuß auf. »Willst du mich aus dem Hause jagen? Ich gehe jetzt, mitten in der Nacht. Ich komme nicht zurück.«

Als ich reglos blieb, stürzte er die Treppe hinunter, und ich hörte die Haustür zuknallen. Es klang wie ein Schuß, und davon getroffen, spürte ich, wie etwas in mir zerriß. »Er wird zurückkommen«, dachte ich und lauschte.

Nur die Stille klopfte. Die stummen Wände senkten sich und drückten gegen mich. Ich lief aus dem Zimmer, als würde das Haus hinter mir einstürzen, hinaus in das Freie, in die Dunkelheit. Es war pechfinster, die Sterne von Wolken verhüllt. Ein feiner Sprühregen rieselte. Ich tastete mich vorwärts, meine Füße versuchten, den Weg zum See zu finden, zu der Bank, auf der wir oft gerastet hatten.

»Armin!« Ich schrie leise auf. Seine lange Gestalt tauchte wie ein Schwimmer aus der schwarzen flutenden Nacht. Ich fiel beinahe, er hielt mich fest, und Tränen- und Regentropfen auf unseren erschöpften Gesichtern flossen zusammen, als wir uns umschlangen.

Zu Hause erzählte mir Armin die Geschichte des Mädchens. »Eines Abends, nach einem Vortrag, kam ein Backfisch zu mir in das Künstlerzimmer und bat mich um ein Autogramm. Mit ihrem Pagenkopf, dem Bubikragen, einem Kleid kurz bis an die Knie, war sie das halbwüchsige Schulmädchen, das einer Schwärmerei nachläuft. Ich beachtete sie kaum; aber es war mir unmöglich, sie abzuschütteln, als sie dann auf der Straße wie ein Hündchen neben mir herlief. Sie log mir vor, daß sie gegen den Willen ihrer Eltern heimlich meinen Vortragsabend besucht hätte. Geschmeichelt ließ ich mich täuschen, eine ganze Woche lang, während sie mir fast täglich an den Straßenekken auflauerte und mit der schwärmerischen Verliebtheit einer Schülerin meinen Ermahnungen zuhörte. Denn ich versuchte, sie zu ernsthafter Lektüre anzuregen, lieh ihr sogar Bücher.

Eines Nachmittags bat sie mich, zu ihren Eltern in die Wohnung hinaufzukommen. ›Ich habe ihnen alles gebeichtet, und sie sind Ihnen dankbar für Ihren guten Einfluß‹, sagte sie. Ich gab ihrer Bitte nach, geschmeichelt und zugleich neugierig, ihre Familie kennenzulernen. Mein Erstaunen war grenzenlos, als sie mich durch eine düstere

Wohnung in ein kleines Hinterzimmer führte, das fast ganz von einem großen weißen Bett ausgefüllt war.

›Wer wohnt hier?‹ fragte ich.

Sie setzte sich auf das Bett. ›Ich. Ich allein. Es gibt keine Eltern. Ich habe sie erfunden, um dich kennenzulernen.‹

Die Art, wie sie sagte: ›Es gibt keine Eltern‹, hatte etwas Höhnisches und Herausforderndes. Es hatte wirklich niemals Eltern für sie gegeben. Sie war, wie sie erzählte, das uneheliche Kind eines Dienstmädchens, das sich nie um sie kümmerte und wurde vom frühesten Säuglingsalter in sozialen Heimen großgezogen. Die unpersönliche, unzärtliche Behandlung in diesen Instituten erweckte in ihr einen krankhaften Hunger, geliebt zu werden und zugleich Haßgefühle gegen die Gesellschaft. Der Groll gegen den unbekannten Vater, nach dem sie sich mehr sehnte als nach der Mutter, löste schon in dem Kinde Rachegefühle gegen den Mann überhaupt aus. Bereits die Zwölfjährige gab sich Phantasien hin, wie sie sich an den Männern rächen würde. Sie würde sie anlocken, sie sich gefügig machen, sie ausnützen und dann fortwerfen. Sie würde niemals die Verlassene sein wie die Mutter, sondern die Überlegene. Oft betrachtete sie sich vor dem Spiegel, ihren noch unentwickelten schmalen Körper, ungeduldig, eine Frau zu werden.

Nur einmal, als sie vierzehn Jahre alt war, löste sich ihr verkrampftes Gemüt unter dem gütigen Lächeln eines Lehrers, der einen Aufsatz von ihr lobte. ›Es war der erste Mensch, der mich beachtete und herzliche Worte zu mir sprach‹, erzählte sie. Ihre Verehrung für den Lehrer steigerte sich bald in maßlose Verliebtheit. Sie verfolgte den verheirateten Mann mit Liebesbriefen und Besuchen in seiner Wohnung; ja, sie prahlte sogar vor den Mitschülerinnen, daß er sie in der Klasse bevorzugte, weil er sie heimlich liebte. Um einen Skandal zu vermeiden, verschloß der Lehrer vor ihr seine Tür. Diese Abweisung ließ alle Zärtlichkeit in ihr verdorren und schleuderte sie völlig aus dem Kreis der menschlichen Gemeinschaft. Sie brach aus dem Heim aus und lebte in wilder Prostitution. Oft fand sie einen reichen Beschützer, der sie aushielt, den sie aber bald mit höhnischem Spott fortjagte.

›Die Männer winselten vor meiner Türe wie die Hunde‹, sagte sie mit häßlichem Lachen. Man griff sie auf der Straße auf und brachte die Halbwüchsige in Fürsorgeerziehung. Erst vor Wochen war sie aus einer Besserungsanstalt entlassen. Sie war siebzehn Jahre alt.

Zufällig sah sie von mir ein Bild in einer Zeitschrift, das sie an den Lehrer erinnerte. Sie beschloß, mich kennenzulernen, überzeugt, daß ich der einzige Mensch wäre, der sie – ich führe ihre eigenen überspannten Worte an – ›vom Bösen erlösen könne‹.

Sie hatte den Kopf unter das Kopfkissen gesteckt. Ich saß neben ihr auf dem Bettrand wie bei einem kranken mißhandelten Kind, das ich gesundpflegen sollte. Ein Heilender mit dem berauschenden Gefühl der Macht über den Kranken. Ein Beichtvater, der Absolution erteilte.

Es war dasselbe Machtgefühl, das ich bei der Formung meiner erdichteten Gestalten empfand. Sie war meine Kreatur wie jene, die nach meinem Willen lebten. Ich gestehe, dies war die Versuchung, der ich erlag, nicht dem Weib in diesem Kinde, das mich viel später verführte.

Zuerst schien sich das Mädchen unter meinem Einfluß wirklich zu wandeln; aber sehr bald, wie der Quartalsäufer, sank es periodisch wieder in seine frühere Lebensweise zurück. Ich fand fremde Männer in ihrem weißen großen Bett, ich traf sie sinnlos betrunken in üblen Lokalen. Und meine Ohnmacht, gemischt mit einer sonderbaren Eifersucht auf die anderen Männer, ließ mich ihr verfallen. Nun bekam sie Macht über mich, unsere Rollen wurden vertauscht. Es gab Augenblicke, wo ich mich vor ihr erniedrigte, ein winselnder Hund vor ihrer Tür. Ich verabscheute sie und konnte mich nicht losreißen. Es war eine Krankheit der Seele, keine Liebe.

Damals kannte ich dich schon, aber du warst mir unerreichbar, verheiratet, in einer fernen Stadt. Dann, als du mir zusagtest, meine Frau zu werden, zerrann das Erlebnis in einen unterirdischen und quälenden Spuk. Dennoch konnte ich mich nicht sofort von ihr lösen. Vielleicht war es die Lust, mich durch diese Selbsterniedrigung selbst zu peinigen und zu bestrafen. Noch etwas Bedrohliches hinderte mich. Sie hatte sich inzwischen einem neuen Laster ergeben und betäubte sich mit Rauschgiften. Wenn ich sie plötzlich verließe, hätte sie das Gift zur Hand, Selbstmord zu begehen. Deshalb schrieb ich ihr am gleichen Tage wie dir einen Brief, und indem ich schrieb, zogen mich die eigenen Worte in den Strudel zurück. An demselben Tage ging ich zu ihr ...«

Ich legte meine Hand auf seinen Mund. »Sprich nicht weiter! Ich will nicht mehr wissen. Mir graut vor dieser Frau. Wir wollen sie begraben und nie wieder ihren Namen nennen.«

»Sie ist längst begraben.« Armin legte die Mappen sorgfältig in den Eisenschrank zurück und verschloß ihn. Eingesargt in dem Blaubartschrank.

Nachdenklich trommelte er mit den Fingern auf die Eisenplatte. »Eines Tages werde ich doch ein Buch aus dieser Geschichte machen.«

Auch ich schloß eine Tür in meinem Innern. Ich verschloß das Mißtrauen, die Zerrbilder der Lüge, die mir sein Gesicht entstellt hatten. Ich verschloß den Zweifel.

»Sage noch einmal: Ich liebe nur dich«, bat ich ihn vor dem Einschlafen.

»Ich liebe nur dich«, murmelte er schlaftrunken.

Der Mensch will mit aller Gewalt glücklich sein. Er strengt sich an, in diesen Zustand zu gelangen. Es ist eine mühevolle und ruhelose Arbeit, die niemals ein Ende hat. Und er ist sich nicht bewußt, daß er gerade dabei mitten durch das Glück hindurchgeht wie durch eine Sonnensäule, die er nicht bemerkt.

So quälten auch wir uns um Glück. Wir stritten und versöhnten uns – »wir zankten uns zusammen«, wie Armin einmal nach einem stürmischen Streit sagte. Neben der Tagesmühe rangen wir um den vollkommenen harmonischen Augenblick und wußten nicht, daß wir dabei mitten durch das Glück trieben.

Es war das Aufbrechen der Buchenblätter in lauter hellgrüne Fächer, es waren im Ruderboot am Abend die Regentropfen, die langsam von den eingezogenen Riemen in den beglänzten See tropften. Es war auch das frische Schwarzbrot auf dem Teller, die weiß- und rotwangigen lustigen Radieschen, die ersten aus unserem Garten. Es war der tiefe Schlaf nach der Müdigkeit, und es war sogar auf der flachen Hand der schmutzige Geldschein, auf dem eine lächerlich hohe Zahl stand, die nichts taugte. Es war die Sorge, die dazugehörte und die der Gärstoff war, um das Glück aufgehen zu lassen. Die Sorge um das nackte Dasein, die uns zu gemeinsamer Tätigkeit antrieb und uns stärker verband als alle Freuden. Damals zerrten die Geldsorgen an uns wie an den meisten Menschen in Deutschland.

Inflation! Der Teufel selbst hatte sie sich ausgedacht und brüllte vor Lachen, wenn er seine Milliarden- und Billionenscheine unter die gierige Menge warf. Die Entwertung des Geldes und die angeschwollenen Kosten aller Waren verursachten in jedem Haushalt einen verzweifelten Wirbel. Kaum war der mühsam erworbene Verdienst eingegangen, so beeilte man sich, die wertlosen Geldscheine so schnell wie möglich auszugeben. Hatte die Butter noch am Morgen einige Millionen gekostet, so stieg ihr Preis in der nächsten halben Stunde gewiß um das Doppelte. Aber bald wollte niemand das Geld überhaupt gegen kostbare Ware eintauschen, die künstlich zurückgehalten wurde, so daß die Läden sich leerten wie in der Kriegszeit. Nur durch die Hintertüre, auf Schleichwegen, mit einem heimlichen Aufschlag von Millionen, konnte man das Notwendigste erhandeln.

Vermögen lösten sich in Luft auf, an der Börse stiegen die ausländischen Papiere turmhoch, die Schiebergeschäfte blühten, und fast jeder versuchte, in diesem wilden Lotteriespiel mitzusetzen. Sogar die Schuljungen spekulierten und hatten zwischen ihren Heften Packen von Banknoten. In der Großstadt lebten die Gewissenlosen nicht nur in den Tag, sondern in die nächste halbe Stunde hinein. Die meisten Arbeiter und Angestellten waren Bettler mit Millionen in der Tasche.

Der Vorschuß, den Armin für sein Buch erhalten hatte und der für ein halbes Jahr reichen sollte, hatte nur noch die Kaufkraft von zwei Monaten und drohte, zu einem Nichts zusammenzuschrumpfen. Sogleich nach Empfang des Geldes lief ich in den Dorfladen, um Lebensmittel zu kaufen.

Die Inhaberin mit den Stummelfüßen, von der die Leute sagten, sie sei eine Hexe, saß mit einem Strickstrumpf vor ihren leeren Fächern und blickte nicht auf.

»Ist die Margerine gekommen?« fragte ich.

Die Frau setzte eine süßsäuerliche Miene auf; Triumph klang in ihrer Stimme, als sie hinwarf: »Es gibt nichts, überhaupt nichts!«

Nun hatte sie die Macht, ihre Kunden von oben herab und unfreundlich zu behandeln, um sich für die üble Nachrede zu rächen.

»Wer weiß, wieviel Waren sie unter ihrem Bett versteckt hat, um sie in der nächsten Stadt zu Wucherpreisen zu verkaufen«, dachte ich. Ich betrachtete ihren langen schwarzen Rock, der ihren Körper bis zu den Knöcheln verdeckte.

»Vielleicht hat sie unter dem Rock etwas verborgen. Warum trägt sie im Mai einen dunklen Winterrock? Die Leute sagen, sie hat einen brennenden Fuchsschwanz darunter. Abscheulich, dieser Aberglauben. Und doch sieht sie hexenhaft aus.« – Die Gedanken liefen mir davon.

»Bitte, sehen Sie noch einmal nach«, bat ich. Ihr Mund verzog sich zu einem häßlichen Kniff, das ganze Gesicht war verkniffen. »Wenn ich einmal sage, es gibt nichts, sollte es genügen.«

Wieviel Schadenfreude sie in den Strumpf strickte. Ihre Kleider waren von Haß durchtränkt.

Armin kam mir auf der Straße entgegen. »Nichts«, erwiderte ich auf seinen fragenden Blick. Er versuchte mich zu trösten.

»Es geht uns noch besser als den Leuten in der Stadt. Wir bekommen Milch aus der Försterei und Fische aus dem See.«

»Aber es gibt nichts anderes, kein Krümchen Butter.«

»Komm, wir radeln in das nächste Dorf zu den Bauern«, schlug Armin vor.

Rucksäcke auf dem Rücken, glitten wir auf unseren Rädern über den schmalen Waldsteig. Der Boden war glatt von Moos und Fichtennadeln, so daß die Räder rutschten; oft sprang mein Rad hoch über Baumwurzeln, die sich über den Weg streckten. Über uns wölbte sich ein goldgrünes Blätterdach, das von schwirrenden und singenden Vögeln leise bewegt wurde. Unaufhörlicher Jubel! Für kurze Zeit fühlten wir uns den traurigen Menschenverwirrungen entrückt. Von der Musik des Waldes, der singenden Luft gezogen, sausten wir dahin.

Da erschienen die ersten Häuser an der einzigen staubigen Straße des Dorfes. Es waren alles die gleichen weißgekalkten, schmucklosen Kästen. Obwohl die Bauern in dieser Ortschaft reich waren, wohnten sie ärmlich. Ein Haus auf dem Marktplatz fiel uns durch einen alten schmiedeeisernen Türklopfer auf, in der Form eines Hundekopfes. Es war uns als Eigentum des wohlhabendsten Mannes im Dorf bezeichnet worden. Wir schlugen gegen die Tür, die sich nur einen Spalt öffnete. »Wer da?« brummte eine mißtrauische Stimme.

»Wir kommen aus dem Dorf am See.«

»Keine verdammten Stadtmäuse?« Die Tür öffnete sich. Ein alter hagerer Bauer stand auf der Schwelle. Die Adern lagen wie Stricke auf seinem Hals. »Stadtleute, natürlich. Was wollt ihr? Vielleicht auch Butter wie alle, die hier vorbeikommen?«

»Wir wollen zuerst einen freundlichen guten Tag wünschen«, sagte Armin.

»Wir wollen nichts geschenkt haben«, fügte ich schnell hinzu. »Wir zahlen einen hohen Preis.«

Der Bauer nahm einen Geldschein zwischen seine Finger, hielt ihn gegen das Licht und grinste. »Das möchtet ihr wohl. Gegen Butter das Dreckpapier. Damit wischt euch den Hintern. Für etwas anderes taugt das nicht.« Er wollte die Tür zuschlagen.

»Halt«, rief ich. »Ich habe etwas mitgebracht.« Aus dem Rucksack zog ich ein Stück festen Wäschestoff.

Der Bauer hielt den Stoff wie vorher das Geld gegen das Licht. Seine Augen blinzelten listig. »Wartet!« Er verschwand im Hause und kehrte bald mit einem Säckchen Mehl und einigen Paketen Butter zurück. »Die Regierung will unsere Butter beschlagnahmen. Hat sich was! Wir sind nicht die Dummen, die immer den Rücken hinhalten. Papier können wir nicht fressen. Sie können wiederkommen, junge Frau, wenn Sie etwas Vernünftiges mitbringen.« Sein mageres Gesicht ähnelte dem Hundekopf an der Tür.

»Würden Sie den Türklopfer verkaufen?« fragte Armin.

Der Bauer kniff ein Auge zu. »Das haben mich schon viele gefragt. Also muß an dem Ding etwas dran sein. Vielleicht gegen eine gute Milchkuh. Habt ihr eine?« Er prustete vor Lachen. Die Tür schloß sich. Der Hundekopf mit seinem offenen Maul lachte uns aus.

Uns war das Lachen vergangen. Als wir langsam durch den Wald fuhren, wurden wir nicht mehr von dem Vogelsingen magisch gezogen. Das Mehl und die Butter in unseren Rucksäcken lasteten schwer, und das Papiergeld wog zu wenig und hatte sich in Schmutz aufgelöst.

»Wovon werden wir leben?« fragte Armin.

Ich hatte den ganzen Weg darüber nachgegrübelt. Zum erstenmal in meinem Leben packte mich die Geldangst, ein würgendes Gefühl, das den Atem behinderte.

»In kurzer Zeit kommen deine Kinder. Vielleicht sollten sie länger bei deinen Eltern bleiben.«

»O nein, nur das nicht. Sie werden mir entfremdet.«

Die schweren Wochen des Einlebens hatten die Sehnsucht nach den Kindern zurückgedrängt. Nun brach sie übermächtig hervor. Die Last wurde dadurch verdoppelt. Wir hatten für eine Familie zu sorgen.

Armins Rad bäumte sich wie ein Pferd. In Gedanken versunken, hatte er nicht auf den Weg geachtet. Er stürzte, fiel aber geschickt auf seine Hände.

»Hast du dich verletzt?«

»Nein.« Er streckte sich unter einem Baum aus, die Hände unter dem Kopf verschränkt und starrte in das zitternde Blätterspiel. »Wie vollkommen diese Bewegung ist. Weil sie zwecklos ist. Glücklicher Baum!« Seine Lippen waren in einer scharfen Linie zusammengepreßt. »Es gibt nur einen Ausweg. Ich muß Fronarbeit tun.«

»Wie meinst du das?«

»Schreiben für den Tag, für die Stunde. Artikel für ausländische Zeitungen. Ich muß in ausländischer Währung verdienen. Das bedeutet, daß ich die Arbeit an meinem Buch unterbrechen muß.«

»Könntest du nicht beides tun?«

»Unmöglich. Das Werk fordert eiserne Anspannung, den ganzen Menschen. Die Kunst duldet keine Nebengötter.«

»Ich werde dir helfen. Wenn wir schnell einige Artikel beenden, wirst du wieder frei sein für dein Buch.«

An demselben Abend begannen wir unsere Zusammenarbeit. Er diktierte mir die Artikel unmittelbar in die Maschine, während er mit langen Schritten im Zimmer auf und ab ging. Manchmal beendete ich den Satz, den er begonnen hatte. Das rhythmische Stakkato spornte uns an, die Tasten stiegen und fielen wie die Tastatur eines Klaviers, auf dem wir zusammen musizierten. Denn auch diese Schilderungen für den Tag wurden poliert und geschliffen, auch sie waren Splitter seiner Kunst.

Wir schrieben bis tief in die Nacht. Während alle Häuser im Dorfe schliefen, leuchtete allein unser Fenster. Erhitzt und erschöpft traten wir bisweilen auf den Balkon hinaus. Die Kühle des nächtlichen Waldes stieg zu uns hinauf, und wir ahnten den unergründlichen See. Dann fühlten wir schwindelnd, wie wir mit dem Sternenschimmel durch die dunkle Unendlichkeit kreisten.

In diesen Wochen waren wir glücklich. Wir wußten es nicht. Armin klagte über die Unterbrechung des Buches, war unzufrieden mit sich und von rastloser Ungeduld gepeitscht. Ich klagte über seine Klagen und die häuslichen Nöte der Zeit. Nur, als uns der erste ausländische Geldschein erreichte, tanzten wir närrisch durch das Haus und glaubten, daß wir die ganze Welt damit kaufen könnten.

»Ich kaufe ein Segelboot«, sagte Armin, der im Augenblick sogar sein Buch vergaß.

»Ich kaufe ein schwarzes Abendkleid«, kündigte ich an und vergaß, daß ich in einem Dorfe lebte.

Das Geld wurde verwandt, um die Speisekammer mit Vorräten zu füllen und das Kinderzimmer zu streichen. Denn nun kamen die Kinder wirklich; wir mußten vernünftig wie Erwachsene handeln. Unsere stürmischen Flitterwochen waren beendet.

Die Kinder erhielten ein Zimmer im Erdgeschoß, so daß sie in der Frühe oft durch das Fenster in den Garten sprangen. Ich lebte nun in zwei Stockwerken, bald oben mit Armin, der wieder an seinem Buch arbeitete, bald unten mit den Kindern, die Treppe hinauf- und hinabeilend.

Armin war freundlich zu den Kindern des fremden Mannes, aber zu einer Familie wuchsen wir nicht zusammen, da er von seiner Arbeit umsponnen wie ein Einsiedler inmitten der häuslichen Gemeinschaft lebte und oft nur zu den Mahlzeiten oder einsamen Spaziergängen sein Zimmer verließ. Mein Tag gehörte den Kindern, mein Abend dem Manne, zwei Schichten des Daseins, die einander kaum berührten.

In den beiden Stockwerken gab es Traumwelten, oben Armins Jenseitswelt der Kunst, unten die mystische Phantasiewelt der Kinder. Ich sehnte mich danach, meine eigenen Träume zu gestalten; doch war ich damals gezwungen, für die Wirklichkeit zu sorgen, mit Hilfe eines jungen Landmädchens, das viel Geschirr zerschlug, den Haushalt zu führen. Die Treppe war die feste Brücke zwischen den Spielwelten der Menschen, die ich liebte und die nicht gestört werden durften.

Die Kinder stürzten sich mit kleinen Freudenschreien in die ländliche Freiheit. Sie wußten sich zuerst nicht zu lassen vor Übermut, rollten wie junge Hunde auf dem Grase, zertrampelten Blüten und brachen Äste ab, wenn sie auf Bäume kletterten. Am ersten Tage stürzte der dreijährige Alf die Treppe der Terrasse hinunter und schlug sich einen Zahn aus. Die Tränen, mit Schmutz verklebt, trockneten bald, und die beiden kleinen Jungen gewöhnten sich an die neue Umgebung; sie wurden Entdecker, die auf ihre Weise unbekanntes Gebiet erforschten. Andreas, der Ältere, beobachtete genau und fragte unaufhörlich nach Gründen. Oft stand er lange auf einem Fleck, um einen Käfer zu betrachten. Alf, der kleinere, ein elbisches Wesen mit wilden Locken, schmalen Gliedern, die affenhaft springen konnten, mit verschmitzten Zügen, mädchenhaft zierlich und doch Knabe, lebte noch im Mythos der ersten Kinderjahre. Ihm erschien alles in der Natur in lebendiger Tiergestalt.

»Mumm«, rief er am See, als er die Spiegelung der Blätter im Wasser sah. »Die grünen Frösche hüpfen im Wasser.« – »Die Blumen sind böse, nicht wahr?« sagte er, als er in einem Garten rot- und gelbgefleckte Tulpen sah. »Tiger. Blumentiger.«

Immer war er noch ein zartes Kind, ein schlechter Esser.

»Du bekommst den Apfel nur, wenn du aufgegessen hast«, drohte ich einmal bei Tisch.

»Aber der Apfel soll neben dem Teller warten. Er sieht zu, wie ich esse, mit einem Auge.«

Wer konnte diesem Kind böse sein? Mit seinen Schelmereien und seiner Liebenswürdigkeit gewann er die Zuneigung aller, auch fremder Menschen.

Andreas war nicht liebenswürdig. Er hatte schon mit seinen fünf Jahren einen ausgeprägten Charakter. Ausdauernd und zäh hielt er fest an dem, was er einmal liebte und war mißtrauisch gegen neue Gesichter. Mit seinen stämmigen Jungenbeinen lief er energisch auf sein Ziel los. Die großen funkelnden Augen weiteten sich noch, wenn er zornig oder erregt war. Er vergaß weder das Gute noch das Böse. Wie die meisten Erwachsenen unterschätzten wir die Fassungsgabe des Kindes und gaben oft törichte Antworten auf seine sinnvollen Fragen.

»Mumm, warum geht die Sonne fort?«

»Die Sonne ist müde und will schlafen gehen.«

»Dann will ich sie mit einer Zwecke festmachen«, erwiderte er trotzig.

»Aber nein, mein Liebling.«

»Aber du kannst für immer fortlaufen. Du bist von Breslau fortgelaufen!«

Ich erschrak. Aus seinem Kinderblick sprach ernster Vorwurf. Hatte man in Breslau sein Gemüt vergiftet? Ich versuchte, ihn zu beruhigen. »Ich gehe nie von dir und Alf fort.«

»Warum bist du nicht bei Vater?« fragte er hartnäckig weiter.

»Vater hat Kläre lieb, und ich habe Armin lieb.« Mühsam versuchte ich dem Kinde die Trennung seiner Eltern verständlich zu machen. Ich stammelte wie die Schuldige vor ihrem Ankläger. Dann machte der Weg eine Biegung, ein Schmetterling zog das Kind an, es lief ihm nach, um ihn zu haschen. Als er zurückkehrte, stand die gleiche vorwurfsvolle Frage in seinen Augen.

»Ich will dir eine Geschichte von dem Schmetterling erzählen.«

»Nein, nicht von dem Schmetterling. Von Breslau. Von Vater und Kläre.«

»Nach dem Abendbrot, mein Liebling.«

In den nächsten Tagen versuchte ich, mit doppelter Zärtlichkeit dem Kinde den Vater zu ersetzen. Ich strengte mich an, ihn vergessen zu lassen, selbst zu vergessen. Der Sommer half mir dabei, der jeden Tag eine neue Überraschung brachte. Goldgelbe Pfefferlinge auf dem Fenchelberg, die ersten Walderdbeeren hinter dem Mutterblick, und eines Nachmittags fanden wir einen Igel, den wir im Taschentuch nach Hause trugen, um ihn zu unserem Hausigel zu machen, und der sich zu unserer Belustigung in einem hohen Waschkrug versteckte.

Inzwischen war der Ort aus seinem Winterschlaf erwacht. Die Sommervillen hatten ihre Fenster geöffnet. Staub wurde aus Betten und Kissen geklopft, in den Gärten flatterte Wäsche. Doch bewegten sich die Unterhosen und Strümpfe viel lebhafter und lustiger als ihre Besitzer, die sich zu unserer Enttäuschung als ältliche, langweilige Ehepaare erwiesen, meist pensionierte Beamte. Sie gingen immer nur die gleichen ausgetretenen Wege am See entlang. Bisweilen zog ein Schwarm singender Jugend vorüber, Wandergruppen, die ihre Zelte im Wald aufschlugen. Dann kamen Wochenendgäste, die sich abseits hielten, verstohlene Liebespärchen oder Sonderlinge, die das Abgelegene suchten und sich in dem einzigen Gasthaus des Dorfes einrichteten.

Der neue Wirt, ein Mann mit rundem, roten Fleischergesicht, dessen breiter Mund aussah, als ob er immer lachte, war mit uns zur gleichen Zeit gekommen. Er war ein Bauer gewesen, hatte seinen schlechten Boden und die ärmliche Wirtschaft verkauft, um das Gasthaus zu erwerben und versprach sich von Bierfesten, Tanzereien und Sommerbetrieb große Reichtümer. Herr Dittmann hatte nur Mobiliar für einen einzigen Raum mitgebracht, und seine Verteilung unter den Gästen gab zu den drolligsten Vorkommnissen Anlaß. Kam ein neuer Gast, wurde seinem Vorgänger heimlich ein Teil der Möbel aus dem Zimmer getragen. Man erzählte sich, daß eines Tages ein von einem Spaziergang zurückgekehrter Sommergast nur das Bett und auf dem Boden seine Waschschüssel vorgefunden habe. Einem anderen war des Nachts, als er schlief, sein Kissen unter dem Kopf fortgezogen worden, um eine ältere Dame damit zu beglücken, die der Wirt für zahlungskräftiger hielt.

So sah die Hochsaison in unserem Waldwinkel aus. Wir zogen uns noch mehr in uns selbst zurück. Die Fremden berührten unsere Einsamkeit nicht, wir lebten unser abseitiges, starkes Leben weiter. Unsere Beziehungen zu General und Oberförster blieben oberflächlich; nur mit einigen Waldarbeitern und Handwerkern – dem Schmied, dem Malermeister, dem Fischer – hatten wir Freundschaft geschlossen.

In diesem ersten Sommer wurde unsere schöpferische Stille jedoch bedroht. Wir wurden verfemt, in Acht und Bann getan. Durch völlige Isolierung wollte man uns zum Verlassen des Ortes zwingen. Unser Feind war der General. An einem wolkenlosen Julitag eröffnete er den Feldzug gegen uns.

Er kam uns auf der Dorfstraße entgegen. Sein Schnurrbart sträubte sich an den Spitzen, seine Augen waren halb zugekniffen. Mehr als je ähnelte er einer großen Katze vor dem Sprung. Wie eine Pistole hielt er uns eine Broschüre vor das Gesicht, die wir sofort als eine pazifistische Streitschrift Armins erkannten.

»Ich gestatte mir eine Frage. Sind Sie der Verfasser dieses Machwerks?«

»Gewiß. Ich habe ja mit meinem vollen Namen gezeichnet.«

»Soso. Gut zu wissen. Ich ahnte nicht, was für einen Mitbürger wir in unserer Mitte haben.«

Armin glättete sorgfältig die Zeitschrift. »Meine Schriften sind nicht unbekannt, ebensowenig wie meine politische Gesinnung. Politische Meinungsverschiedenheiten, Herr General, brauchen gute gesellschaftliche Beziehungen nicht zu stören ...«

Der General schnitt ihm das Wort ab. »Schweigen Sie. Einen solchen Mitbürger werden wir in unserer Mitte nicht dulden. Maulwürfe, die unser Vaterland unterwühlen, gibt es genug. Hier ist der Boden noch gesund. Wir werden solches Unwesen ausrotten.«

Ehe Armin erwidern konnte, hatte uns der General mit einer scharfen Wendung den Rücken zugekehrt und entfernte sich mit kurzen militärischen Schritten.

Armin brach in lautes Gelächter aus, während er die Schrift wie eine Fahne durch die Luft schwang. »Köstlich. Wie auf dem Paradeplatz. Du hast recht. Er sah aus wie ein gereizter Jaguar.«

»Er kann uns gefährlich werden.«

»Unsinn. Was kann er uns tun? Er wird uns nicht mehr grüßen. Wir werden es mit Gleichmut ertragen. Und doch habe ich den alten Knaben immer noch gern.«

Als ich wie gewöhnlich am nächsten Morgen in der Försterei die Milch holen wollte, gab mir die Frau Oberförster die leere Kanne mit verlegener Miene zurück. Sie könne mir leider vorläufig keine Milch geben, da ihre Kühe trockenstünden. Sie wandte ihr breites Gesicht und ihre guten graublauen Augen zur Seite, um mich nicht ansehen zu müssen. Die Waschfrau des Ortes, eine alte Witwe, verweigerte mir die Eier, die ich sonst täglich von ihr erhielt. Unverhohlen zeigte mir die Ladenbesitzerin ihre Schadenfreude, als sie mir ein schwarzverbranntes Brot über den Tisch reichte. Überall spürten wir die Kralle des Generals, der die Bevölkerung gegen uns aufhetzte, um uns auszuhungern.

Ich war verzweifelt; wie sollte ich ohne Milch und Eier die Kinder ernähren? Armin warf den Kopf zurück und lachte. »Wir machen uns unabhängig.«

An demselben Tage brachte er mir einige Hühner aus dem nächsten Dorf, und am Ende der Woche eine lebende Ziege. Aber ich verstand nichts von der Hühnerzucht und noch weniger von Tierpflege. Die Hühner, denen wir romantische Namen wie Kleopatra und Salome gaben, scharrten die Blumenbeete auf und verlegten die

Eier an den verstecktesten Plätzen des Gartens, was die Kinder als ein immer neues Ostereiersuchen belustigte. Die Ziege stieß mich heftig vor den Bauch, als ich sie melken wollte; ich überließ diese Tätigkeit dem Dorfmädchen; aber die Kinder weigerten sich, die scharf schmekkende Ziegenmilch zu trinken. Sie spannten die Ziege vor einen alten Kinderwagen, den sie bockig umwarf, um vor dem nächsten Baum stehenzubleiben und ihn kahl zu fressen. Wir hätten unsere Niederlagen mit Humor ertragen, hätte nicht die Haltung des Generals, der verbreitete, wir wären Verräter und im Solde des Auslandes, eine allgemeine Feindseligkeit gegen uns hervorgerufen.

»Man will uns das Leben unmöglich machen«, klagte ich. »Man will uns vertreiben. Können wir denn hier bleiben, bei solcher Hetze?«

In Armins Züge trat ein eigensinniger Ausdruck. »Was redest du? Ich werde nie, niemals diesen Ort verlassen.«

Wir beschlossen, einen Gegenangriff zu unternehmen. Wir suchten unsere Freunde auf, den Schmied, den Malermeister und den Fischer, und veranlaßten sie, die Verleumdungen zu zerstreuen. Sie halfen uns. Bald war das Dorf in zwei Lager gespalten: Eine Partei für uns, eine für den General. Allmählich wuchs die Zahl unserer Anhänger, und die abergläubische Unterwürfigkeit unter den Willen des früheren Gutsherrn wurde durch den neuen selbständigen Bürgergeist durchbrochen. An den rohen Holztischen im Gasthaus, wo die Holzfäller und Handwerker ihre Bierkrüge krachend niedersetzten, wurde die Figur des Generals wie ein aufgeblasener Drachen aus den Wolken geholt. Er wurde zum Symbol der alten Junkerherrschaft, die Unheil über das Land gebracht hatte.

So behaupteten wir uns in dem Kampf, ohne zu ahnen, daß dies nur ein Vorspiel der Ereignisse war, die uns ein Jahrzehnt später zum Verhängnis werden sollten. Aber damals triumphierten wir. Der rote Hahn war aus dem See aufgestiegen und hatte gekräht; wir hatten ihn verjagt, daß er wieder in der Tiefe untertauchte.

»Ich möchte für ein paar Tage keine Menschen sehen«, sagte Armin. »Wir wollen eine Wasserfahrt mit Boot und Zelt unternehmen.«

Wir packten Zelt, Schlafsäcke, Vorräte, Thermosflaschen, Karbidlampen, Klapptisch und Stühle wie für eine Expedition. Unser Ruderboot war übervoll beladen.

Die Kinder winkten uns Lebewohl, als wir am nächsten Vormittag aufbrachen.

Ich ruderte und legte mich kräftig in die Riemen. Wenn ich mich vorbeugte, verneigte ich mich vor den Bäumen des Ufers; wenn ich mich zurücklegte, sank der Himmel in meinen Blick. Es glich der rhythmischen Bewegung eines Beters und war ebenso beglückend in der völligen Auflösung in der Natur. Wir glitten lautlos dahin. Das gläserne Klingen der Wassertropfen, die von den Rudern sprühten, war der einzige Laut in der ungeheuren Stille.

Dann verengte sich der See. Von der schmalen Südspitze führte eine Furt in den Kanal, der in den nächsten See mündete. Rudern war nicht mehr möglich. Das Wasser war so seicht, daß wir, im Boote stehend, uns mit den Rudern vorwärts stießen. Über uns schlugen die Zweige der Bäume zusammen, ein dichtes dunkelgrünes Netz wie im Dschungel. Nun stockte das Boot, war im Schlamm festgefahren.

»Können wir überhaupt durchkommen?« fragte ich zweifelnd.

»Wir müssen hindurch«, erwiderte Armin. »Es gibt nur diese Furt. Und wenn wir das Boot auf den Schultern tragen müssen.«

Er knotete einige Stricke zusammen; wir stiegen an Land und schleppten das Boot mühselig vom Ufer aus weiter, indem wir uns die Seile um die Schultern schlangen. Armin strahlte; er freute sich über das Hindernis, ein großer Junge, der das Abenteuer begrüßt. »Hoi, hoi«, sang er laut, während ich stumm keuchte.

Endlich berührte das Boot wieder tiefes Wasser, und überraschend öffnete sich der Kanal nach wenigen Windungen zu einem kleinen Waldsee. Der See war über und über mit Seerosen bedeckt, goldgelben Blüten, über denen Libellen ihre flirrenden Kreise zogen. Bald umgaben sie schwirrend unser Boot, das, wie es schien, von den bläulich schimmernden Libellen gezogen wurde. Ein Gefühl der Traumhaftigkeit überwältigte uns. Auch hier war ein Gefilde der Seligen, und wir waren der Menschenwelt entronnen.

Hier schlugen wir unser Zelt auf. Nachts, vor unserem Moskitonetz surrten die Mücken, summte das geheimnisvolle Leben der Waldtiere. In dieser Nacht empfing ich unser Kind, das Kind des Libellensees, das mich so stark mit dieser Erde verband. Nein, auch ich wollte unsere Waldheimat niemals verlassen.

Als Armin unsere Tochter zum erstenmal erblickte, umfaßte er behutsam den winzigen kleinen Finger des Säuglings, der mit seinen Rillen und dem rosigen Fingernagel so vollendet geformt war.

»Ihr Finger ähnelt dem Finger meiner verstorbenen Mutter«, sagte er verwundert.

Man sah schon am ersten Tage, daß sich in dem Kinde unsere verschiedenen Rassen glücklich gemischt hatten. Der längliche Kopf war mit einer Fülle seidiger schwarzer Haare bedeckt, gegen die die Bläue der Augen abstach. Das Gesicht war noch verquollen, aber der kleine Finger, beweglich und energisch, war fertig. Dieser kleine Finger hielt Armin in den kommenden Jahren fest; er war der Zauberstab, der seine Unruhe zähmte und ihn aus Entfernungen und Entfremdungen immer wieder zurückführte.

Er liebte in der Tochter das Wunsch- und Spiegelbild seines Wesens in weiblicher Gestalt. Er bewunderte ihre langen schmalen Glieder, die den seinen glichen, aber er freute sich auch an ihrem unbändigen Lachen, weil es meine natürliche Heiterkeit fortsetzte.

Sibylle war dunkel und hell zugleich, nordisch und südlich, ein Kind von eigenartigem Reiz, das mit den älteren Brüdern in glücklicher Freiheit in dem Hause am Walde aufwuchs.

Waren wir fern, auf Reisen in fremden Ländern, so verschmolzen das Haus und die Kinder zu der einzigen Vorstellung der Heimat, nach der wir uns sehnten. Wir reisten viel in den nächsten Jahren. Wir durchstreiften Europa, ein scheinbar befriedetes Europa, unter dessen Oberfläche Unzufriedenheit gärte.

Armin fuhr meist im Auftrage des Verlages, um Bücher zu schreiben. Ich begleitete ihn, schrieb auch Berichte für Zeitungen, und so verschieden unsere Augen die Eindrücke empfingen, nahm ich allmählich manches von der Art seines Sehens an.

Armin war ein Künstler des Reisens. Sein Blick stieß falkengleich auf Bilder und Szenen, oft winzige Einzelheiten, welche die eigentümliche Luft und Farbe des Landes ausstrahlten. In versteckten Seitenstraßen, in unscheinbaren Cafés und Gasthäusern spürte er Menschen auf, die ihm ihr Leben in belanglosen Gesprächen enthüllten. Seinem Schauen war das Kleinste bedeutsam, und es wurden die Häuser für ihn durchsichtig. Reisen war für ihn noch mehr als Entdekkung seines Ichs, und auf der Jagd durch die Welt jagte er eigentlich seinem eigenen Wesen nach.

Dennoch weiß ich heute, daß wir uns damals trotz aller äußeren und inneren Unruhe nicht bewegten. Wir verharrten still in unserem Leben, während die fremde Welt wie ein Film bunter Schatten an uns vorbeiglitt. Immer wieder kehrten wir heim.

Nach einem heißen Frühling in Spanien fuhren wir im Juni 1926 in die grüne Kühle unserer Wälder zurück. Der holpernde Pferdewagen, der uns vom Bahnhof abgeholt hatte, fuhr gemächlich den stillen Waldweg entlang, und wir dachten beide an die lauten Schellen, die an den rotgezäumten Geschirren der spanischen Maultiere klingelten. Über uns ließ ein Pirol in einer Buche seinen langgezogenen melodischen Ruf erschallen. Wir blickten uns lächelnd an und erinnerten uns an den Vogelmarkt in Barcelona, an die tropischen schreienden Farben und das Kreischen der Papageien, die gegen die engen Gitterstäbe hackten.

»Hast du den Schal gut aufbewahrt?« fragte Armin.

Der herrliche schwarzseidene Schal mit den langen Fransen, den wir einer Zigeunerin in einem Tanzcafé in Granada abgekauft hatten ... In der Erinnerung lachte ich leise auf.

»Warum lachst du?«

»Ich dachte an das Tanzcafé und daran, wie du der Zigeunerin nach spanischer Sitte nach ihrem Tanz deinen Hut auf die Bühne warfst.«

»Du siehst selber aus wie eine Zigeunerin, wenn du den Schal trägst.«

»Wie eine Zigeunerin? Dann doch eher wie eine Spanierin. Meine Vorfahren mütterlicherseits waren ja spanische Juden.«

»Man könnte sagen, die Spanierinnen sehen aus wie Jüdinnen. Kein Wunder, viele haben jüdisches Blut. Die Marrannen haben sich mit aristokratischen Familien Südspaniens gemischt. Du weißt, ich habe darüber in meinem Buch geschrieben.«

Armin strich leise über meine Wange. »Du könntest dort zu Hause sein.«

»Und doch fühlte ich mich dort nicht heimisch. Ich hatte immer Heimweh nach den Regenwolken und dem Geruch von Walderde. Ob sie sich sehr verändert hat?«

»Wer denn?«

»Unsere Tochter. Noch zehn Minuten. Ich kann es kaum erwarten, die Kinder wiederzusehen.«

Sie liefen uns alle drei entgegen, voran Alf in wildem Galopp, dann kam Andreas in behäbigem Trab, die dreijährige Sibylle an der Hand, die sich mit Gewalt losreißen wollte und dahinter, in weitem Abstand wie ein flatternder Vogel, bewegte sich das ältere Fräulein – Grete Berger, meine frühere Erzieherin, der wir die Kinder während unserer Abwesenheit anvertraut hatten.

»Mumm, Väterchen«, schrie Alf, der sich atemlos in meine Arme warf. Sibylle, die sich inzwischen von dem älteren Bruder befreit hatte, rollte wie ein Ball vorwärts und fiel vor die langen Beine des Vaters, die sie heftig umklammerte. Andreas näherte sich langsam und begrüßte uns würdig wie ein Erwachsener. Seine großen Augen funkelten.

»Die Kinder sehen prächtig aus. Ich danke dir für deine Mühe«, sagte ich zu Grete Berger, als wir um den schöngedeckten Kaffeetisch auf der Terrasse saßen.

Grete seufzte leise und strich sich mit zwei Fingern ihr rötlich gefärbtes Haar von der Schläfe zurück, eine Angewohnheit, über die sich Armin heimlich lustig machte. »Es sind alle drei liebe, sehr gute Kinder. Aber was sie sich manchmal ausdenken! Gestern hat Alf die Kleine an einem Wäscheseil vom Dach des Hauses heruntergelassen. Die Nachbarn haben geschrien vor Angst. Mein Herz hat stillgestanden.« Gretes melancholische Nase schien sich noch zu verlängern.

»Ich habe nur Feuerwehr gespielt«, verteidigte sich Alf, »und Sibylle aus den Flammen gerettet. War es nicht wundervoll, Bille?«

Sibylle nickte und schnalzte mit der Zunge: »Fein!«

Andreas schob nachdenklich die Oberlippe vor. »Es war eine richtige Feuerprobe. Wenn das Haus wirklich einmal brennt, wissen wir jetzt Bescheid.«

Wir lachten herzlich. Mit uns lachten die klirrenden Tassen, die festen roten Kletterrosen, die vertrauten Möbel, das ganze Haus, das uns willkommen hieß. Mit den Kindern gingen wir durch den Garten, wo die Robinien ihre weißen Dolden schüttelten und sich die großen roten Mohnblumen öffneten. Als Sibylle nicht zu Bett gehen wollte, setzte Armin sie auf seinen Fuß und trug sie so in ihr Zimmer. »Reiten. Reiten!« jauchzte das Kind, das sich auf dem Stiefel eines Riesen in die Luft gehoben fühlte. Später saßen wir beide auf den Betten der Jungen, um ihnen gute Nacht zu wünschen.

»Bitte, Mumm, singe das Rosenlied!« bat Alf.

»Guten Abend, gute Nacht, mit Rosen bedacht«, sang ich, und mir schien, die kleinen roten Rosen um unsere Terrasse hielten Wache über unseren Schlaf und den Frieden des Hauses, in dem ich mich geborgen fühlte.

Es war in der Mitte der Nacht, als ich, durch ein Geräusch aus dem Schlaf geschreckt, in Armins Zimmer trat. Er saß am Schreibtisch und blätterte in seiner Mappe. Der Blaubartschrank stand offen.

»Du schläfst noch nicht?«

Armin sah mich mit den Augen eines aufgestörten Schlafwandlers an.

»Ich kann nicht schlafen. Ich bereite meinen neuen Roman vor.«

Ich trat näher. Auf dem Deckel der Mappe entzifferte ich die großen schwarzen Buchstaben eines Namens.

»Dein neuer Roman? Du hast mir nichts davon gesagt.«

»Ich bin glücklich, daß ich keine Reiseberichte mehr schreiben muß. Ein Roman über Magda. Über meine Begegnung mit ihr. Ich wollte schon immer ein Buch aus ihr machen.«

Ich spürte, wie mein Körper unter dem dünnen Morgenrock vor Kälte zitterte. Armin fuhr fort, mit dem Rotstift Sätze zu unterstreichen.

»Der Verleger hat mich um einen kurzen Roman gebeten. Der Stoff ist dafür geeignet.«

Ich legte meine Hand auf die Mappe. »Nein, o nein. Nur das nicht! Gibt es keinen anderen Stoff als dieses abscheuliche Geschöpf?«

»Das abscheuliche Geschöpf wird sich in eine interessante Romanfigur verwandeln.«

»Ich bitte dich, rühre die Vergangenheit nicht auf. Laß die Tote ruhen!«

»Sie ist nicht tot. Nichts ist tot, was man einmal durchlebt hat.«

»Umso schlimmer. Du darfst nicht über sie schreiben.«

»Ich darf nicht? Wer kann es mir verwehren?«

»Ich ertrage das nicht. Diese Frau . . . selbst in deiner Einbildung wird sie unsere Ehe stören. Sie wird uns beide unglücklich machen.«

Armin warf den Bleistift hin und sprang auf. »Welche unsinnige Laune! Ich kann darauf keine Rücksicht nehmen.«

Ich zitterte heftiger unter einem Schüttelfrost von Hitze und Kälte.

»Du frierst. Geh schlafen! Morgen wirst du alles in anderem Lichte sehen.«

»Ich habe dich gewarnt.«

Die Tür schloß sich zwischen uns, eine andere, unsichtbare Tür fiel zwischen uns zu.

10

Gegen Roheit, Gewalt gibt es eine Gegenwehr. Böse Worte kann man zurückschleudern. Aber welche Waffe gibt es gegen Gleichgültigkeit? Gegen einen Menschen, der sich verbirgt, seelisch verschwindet, während er in deiner nächsten Nähe atmet? Man schlägt in die Luft, in die Leere.

Schon immer, wenn Armin an einem Werke schuf, war er abwesend. Diesmal war es unheimlich. Wir lebten nicht zu zweit. Eine Dritte lebte mit uns in dem Hause. Magda, die er aus dem Schattendasein wieder heraufbeschwor, und der er von neuem verfallen wollte und mußte, um sie als Erscheinung im Buch festzuhalten. Ihre kindlichen Augen, ihr lasterhafter Mund, der Geruch ihrer Haare und ihres Körpers, der Dunst ihres Bettes überschwemmte den Dichter, der sich in seine eigene Gestalt von neuem verliebte. Es war eine Totenbeschwörung, und er lebte mit dem Gespenst, dessen Wangen sich mit blutvoller Haut überzogen, dessen Lippen liebkosen konnten.

Bisweilen hörte ich durch die Tür, wenn er sich selbst seine Sätze vorlas, einen veränderten Ton, der ihre Stimme nachahmte. Dann war sie wirklich in seinem Zimmer, dicht hinter seinem Stuhl, um ihren Atem in seinen Nacken zu blasen.

Wenn er sich zu uns an den Tisch setzte, schweigsam, in Gedanken verloren, hing noch der Hauch der fremden Frau an ihm, und er war ein Gast an der eigenen Tafel. Manchmal sah er ihr ähnlich; durch die eigentümliche Verwandlung des Dichters in sein Geschöpf war er in sie hineingeschlüpft, in ihre Gestalt verhext.

Er hatte kaum Zeit für mich. Ich lebte fast ausschließlich im unteren Stockwerk mit den Kindern. Er vermißte mich nicht, solange er am

Schreibtisch saß, und hielt es für selbstverständlich, daß ich kam, sobald er mich brauchte. Wenn ich die Treppe zu ihm hinaufstieg, atmete ich schwer. Steile Stufen zu einem Zauberturm, in dem er mit seiner Schattenfrau lebte.

Inzwischen war der Sommerregen gekommen, nach dem ich mich in dem glühenden Spanien so gesehnt hatte. Aber es waren keine Wolken zwischen hohen Wipfeln, der Himmel war ein einziges graues Tuch, das die Landschaft verhüllte. Es regnete wochenlang, Tage und Nächte, ohne aufzuhören. Die Wände wurden feucht und naßkalt, und eines Tages regnete es durch die Decke in ein Zimmer. Ich trat bei Armin ein. »Es regnet durch. In das Kinderzimmer. Was soll ich tun?«

Er blickte von seiner Arbeit nicht auf. »Störe mich jetzt nicht!«

»Ich muß dich aber stören. Der Fußboden schwimmt.«

»Zum Teufel, laß mich wenigstens den Satz zu ende schreiben!« Er las sich mit halblauter Stimme den Text vor, murmelte vor sich hin, das beschwörende Murmeln, das ich inzwischen hassen gelernt hatte. Ich stand steif an der Tür, in unerträglicher Spannung.

»Armin«, rief ich ihn leise an.

Er preßte die Fäuste gegen die Ohren. »Du hast mich unterbrochen. Nun muß ich von vorn anfangen.«

Ich schlug mit der Hand auf das Manuskript. »Genug. Das ganze Haus kann ersaufen, wir alle können zugrundegehen, wenn es sich bei dir um einen Satz, eine schöne Phrase handelt.«

Armin stand auf. »Du konntest nicht zwei Minuten warten. Du hast mir die Arbeit des ganzen Tages zerstört.«

Er eilte vor mir die Treppe hinunter, in das überschwemmte Zimmer, wo es unaufhörlich von der Decke tropfte und sich schon kleine Pfützen auf dem Fußboden gebildet hatten.

Die Kinder waren beglückt über das Außergewöhnliche. Andreas betrachtete aufmerksam das Aufprallen der Tropfen im Eimer. Alf stand verzückt, den Kopf in den Nacken gelegt, um mit offenem Munde den Regen aufzufangen, und Sibylle versuchte, ihre Puppe in der Pfütze zu baden. Ich führte die Kinder in ein trockenes Zimmer.

Stumm, mit zusammengepreßten Lippen, betrachtete Armin den feuchten Fleck an der Decke. »Wir müssen den Balkon zudecken. Hilf mir dabei!« sagte er kurz.

Wir schleppten zusammen schwere Holzplanken aus dem Keller

auf den Balkon und legten sie auf die undichten Stellen. Wie immer bewunderte ich Armins Umsicht und Geschicklichkeit, unsere Hände berührten sich flüchtig.

Als wir in sein Arbeitszimmer zurückkehrten, sagte er düster: »Der Tag ist für mich verloren. Hättest du mich wenigstens den Satz zuende schreiben lassen. Früher hast du Verständnis für meine Arbeit gehabt und mir sogar geholfen. Jetzt hinderst du mich nur.«

»Ich kann dir bei diesem Buch nicht helfen. Ich hasse Magda.«

»Aber das ist lächerlich. Eine verrückte, kindische Eifersucht auf eine Romangestalt, auf Papier und Tinte.«

»Sie ist nicht Papier und Tinte. Sie lebt. Sie ist immer zwischen uns. Du lebst mit ihr in einer Erinnerung, die stärker ist als die Gegenwart. Du stehst mit ihr auf, du gehst mit ihr schlafen. Sie ißt an unserem Tisch, sie liegt in unserem Bett. Ich bin für dich ausgelöscht.«

Armin blickte an mir vorbei in die graue Landschaft hinaus. »Du sagst ›sie‹. Im Grunde ist es meine Arbeit, auf die du eifersüchtig bist wie jede kleine Frau, die das Werk ihres Mannes mit Argwohn betrachtet, weil es ihn von ihrer Weiblichkeit ablenkt. Von dir hätte ich eine solche Haltung nie erwartet. Du hast mich enttäuscht. Ich glaubte, mich mit einer selbständigen Persönlichkeit zu verbinden, die selber schafft. Warum schreibst du nicht mehr? Bist du zu einer Kleinbürgerin geworden? Lebst du nur durch mein Leben wie eine Rankenpflanze? Das wäre schlimm und würde das Ende meiner Liebe bedeuten.«

Ich fand keine Antwort. Draußen rauschte der Regen.

Armin zog mich an sich. »Sieh nicht so traurig aus, Liebling. Versuche mich zu verstehen. Laß diese kleinliche, unwürdige Eifersucht.«

Langsam ging ich die Treppe hinunter.

Am Nachmittag hörte der Regen auf; die warme Erde dampfte. Dunstschwaden stiegen aus dem durchweichten Boden. Mitten in der Nacht brach von neuem ein Gewitter los. Rote Blitze zuckten durch mein Zimmer. Stieg der rote Hahn aus dem aufgewühlten See und hackte den Himmel auf? In dem langhallenden Donner hörte ich aus der Ferne ein klagendes Krähen.

Da fühlte ich neben mir Armins Körper, der sich an mich drückte.

»Wir wollen gut zueinander sein«, bat er.

Ich erwiderte seine Liebkosungen. Als er sich dann umwandte, glaubte ich zu ahnen, wie er sich von mir entfernte und auf der anderen Seite den Schatten seiner Träume umarmte. Mir schien, der Regen strömte in das Zimmer, das Dach des Hauses wäre geborsten, und wir beide lägen unter offenem Himmel, der Willkür der Elemente preisgegeben. Wo war die Geborgenheit, an die ich bei meiner Heimkehr geglaubt hatte? Ich war allein. Armin seufzte im Schlaf. Der Regen trommelte. Ich weinte, und alle Zimmer weinten.

Bald darauf reiste Armin für einige Tage nach Berlin, um, wie er sagte, mit dem Verleger über sein neues Buch zu verhandeln. Ich konnte mich des Verdachtes nicht erwehren, daß er Magda aufsuchen wollte. Quälende Bilder, wie sie nur die Eifersucht hervorrufen kann, begleiteten mich überall. Ich schämte mich ihrer und versuchte, sie zu verscheuchen. Aber was ist Eifersucht? Ist sie wirklich nur kleinliche Besitzgier, die den Geliebten gefangenhalten möchte? Oder ist sie nicht Angst, ihn zu verlieren? Todesangst? Ebenso stark wie die Furcht vor dem Tode, dem Nichts? War nicht schon einmal ein Mensch im Leben für mich gestorben? War ich nicht für meinen Vater eine Gestorbene?

War nicht dieser Tod mitten im Leben ebenso schauerlich wie der wirkliche Tod? Ebenso streifte er das Fleisch vom Körper, den Liebesglanz, den Strahlenreiz des Geliebten in den Augen des Liebenden, und ebenso vernichtete er das eigentümliche einmalige Wesen, das sich in Gleichgültigkeit auflöste. War ich denn noch dieselbe Frau, die einmal mit Fried gelebt hatte? War ich nicht damals zerfallen und begraben, um auf wunderbare Weise zu einem zweiten Leben mit Armin wieder aufzuerstehen? Sollte sich dieser grauenhafte Vorgang wiederholen?

Ich entsann mich der Abbildung eines mittelalterlichen Totentanzes, auf der die Trauernden auf dem Friedhof in orgiastischen Liebestänzen den Tod zu narren suchten. Eine alte Legende, die ich kürzlich gelesen hatte, fiel mir wieder ein. Die seltsame Geschichte von drei jungen Burschen, die während der Pestzeit betrunken in einer Herberge den Tod herausforderten und miteinander eine Wette abschlossen, wer von ihnen dem Tod am besten ein Schnippchen schlagen konnte.

Ich sah sie alle drei deutlich vor mir. Sie sprangen in meiner Phantasie aus dem Rahmen der Erzählung heraus – der Arzt, der Dichter und der Dritte, der Liebende, der im Totentanz die junge Witwe vom Grabe ihres Ehemannes in seine Arme riß. Die Vision stieß mich mit Gewalt vorwärts, drückte mir die Feder in die Hand. Ich saß über den Tisch gebeugt und schrieb die erste Szene meines Dramas *Die Wette mit dem Tod* nieder.

Das, was Armin von mir gefordert hatte, war geschehen. Meine schöpferischen Kräfte waren zurückgekehrt, und ich war mir selbst wiedergegeben. So reinigte ich mich von den Leidenschaften: Ich ließ sie in meine Gestalten hineinströmen – so erlöste ich mich von der Eifersucht. Ich war Liebender und Geliebte zugleich, Mann und Frau, die den Kampf gegen den sinnlosen Tod aufnahmen und Unsterblichkeit in der Liebe ertrotzen wollten. Ich schrieb ohne Aufhören und bemerkte nicht, daß sich der Himmel vor meinem Fenster in blasser Bläue aufgeklärt hatte und der Rasen in hellen Tropfen glitzerte.

Als Armin nach einigen Tagen zurückkehrte, fand er mich am Schreibtisch. Seine lange Gestalt durchschritt die unsichtbaren Figuren der Szene, die mich gerade umringten; der mittelalterliche Marktplatz, zu dem sich mein Zimmer geweitet hatte, zog sich unter seinem Schritt wieder zum Teppich zusammen. »Ich schreibe an einem Drama.«

»Das begrüße ich. So liebe ich meine Frau. So liebe ich dich viel mehr.«

Dabei kippte er meinen Stuhl nach hinten, daß ich in der Luft schaukelte und umarmte meine Schultern. Er hatte diesen Schultern Namen gegeben.

»Henriette, Sophie«, sagte er lustig, indem er sie durch den Stoff des Kleides hindurch küßte. »Wie habe ich euch vermißt. Komm nach oben, in mein Zimmer«, drängte er ungeduldig.

»Und wenn ich den Satz erst zuende schreiben muß?« antwortete ich spöttisch. Wieder schaukelte der Stuhl, die Feder entfiel mir.

Oben brach das Licht in feinen Strahlen durch die geschlossenen Vorhänge und rieselte über unsere Körper. Mit halbgeschlossenen Augen betrachtete ich die Lichtflecken an der Wand, die sich wie unruhige zuckende Hände bewegten. Armin hatte die Hand unter meinen Kopf gelegt.

»Ich muß dir gestehen, ich habe Magda gesehen. Ich mußte sie aufsuchen, weil ich einige Tagebücher von ihr für die Arbeit brauchte. Aber sie hat mich abgestoßen, sie hat jeden Reiz für mich verloren. Bist du froh?«

»Natürlich.«

Aber es war nicht natürlich. Ich empfand keine Genugtuung oder Freude. Die einsamen Tage des Schaffens hatten mich entrückt. Alles schien wieder gut zwischen uns, und doch war eine Veränderung mit uns vorgegangen. Jeder von uns hatte den geheimen Garten seines Lebens entdeckt, in den er sich vor dem anderen zurückzog, und obwohl wir uns immer wieder in Liebe und Arbeit trafen, hatte jeder sein Versteck, das der andere nicht betreten konnte. Zugleich erwachte in uns beiden ein Hunger nach neuen Menschen, nach anderer Gesellschaft.

In diesem Sommer luden wir oft Gäste in unser Haus, meist Schriftsteller und Künstler, die das geistige Fieber und die Unrast der großen Stadt in die Stille unserer Wälder brachten. Oft blieben sie über das Wochenende, und dann unternahmen wir abendliche Bootsfahrten und lagerten nachts am Ufer um flackerndes Feuer, in heftige Gespräche über Kunst und Politik verstrickt. Denn die Kunst dieser Jahre war zeitgebunden und mit der Gestaltung der gärenden Welt verknüpft. Bisweilen las Armin Gedichte vor, auch Lieder wurden in unserem Kreise gesungen, die den schlafenden See aufrührten. Und manchmal, in einem leichten Rausch der Julinacht, tanzten wir auf dem Waldboden. Als der Sommer zu seiner Höhe anstieg, dem Fest entgegen, das jährlich mit einem Kinderfest und einem Lampionzug begangen wurde, luden wir eine Anzahl von Gästen ein.

Die stille Waldwiese war zu einem ländlichen Jahrmarkt aufgeputzt. Unsere städtischen Besucher, ein Journalist mit seiner Frau und ein Maler mit seiner Freundin, einer Kunstgewerblerin, stießen Rufe des Entzückens aus, als hätte sich vor ihnen der Vorhang zu einer dörflichen Opernszene gehoben. In knalligem Bunt flatterten die Papiergirlanden, bunt von Naschzeug und Spielzeug quollen die Buden über, und das Grün des Grases war über und über mit den bunten Tupfen der festlichen Kleider besät. In der Sonne blitzten die Blasinstrumente der kleinen Kapelle, die unaufhörlich ihre Tanzweisen schmetterten.

Die Dorfkinder, die Jungen mit steif geplätteten Blusen, die Mädchen mit großen farbigen Schleifen an den Zöpfen, tummelten sich mit den Kindern der Sommergäste. Ich entdeckte Alf mitten im Gedränge der Wettspiele; geschickt wie ein Hase hüpfte er in seinem Sack und hinter ihm rollte Sibylle, eine lange giftgrüne Zuckerstange zwischen den Zähnen. Nur Andreas stand abseits und beobachtete das Treiben.

Plötzlich verstummte das fröhliche Summen der Menge. Am Rande des Festplatzes wichen die Menschen in einer Art Spalier zurück, und der General erschien mit seinem Gefolge, einigen jungen Leuten, die aussahen wie Offiziere in Zivil, dem Oberförster und seiner Frau, den Forstassistenten und einigen seiner getreuen Handwerker. Er nickte nach allen Seiten, und die Kapelle schwenkte von der Operettenmelodie in einen Militärmarsch hinüber.

Unwillkürlich standen die Leute steif wie bei der Parade. Ein dröhnender Schlußakkord, ein Tusch! Wollte der General eine Rede halten? Aber er winkte nur leutselig mit der Hand zu den Bläsern hinauf und ging weiter. Mit starrem Blick schritt er langsam an unserer Gruppe vorüber, so dicht, daß er Armin fast streifte. Da begann die Kapelle wieder zu spielen, eine derbe Polka, bei der die Menge in neue Bewegung geriet und der Schwarm fröhlicher Stimmen summte.

Erst bei sinkender Sonne löste sich der Tumult auf; die Gesellschaft zerstreute sich, um sich bei Anbruch der Dunkelheit am See, zum Lampionzug der Kinder, wieder zu sammeln. Unsere Gäste rannten in ausgelassener Stimmung durch den dämmernden Wald. Die Kunstgewerblerin stolperte über eine Wurzel, fiel ungeschickt und verstauchte sich den Knöchel. Da sie sich von dem Fest nicht ausschließen wollte, setzten wir sie in einen Leiterwagen, dem sich die Jungen und der Maler vorspannten. Das Mädchen, um den körperlichen Schmerz zu verbeißen, zwang sich zu übermütiger Laune. »Hüh, alle meine drei Pferde«, rief es und schwenkte als Peitsche einen Zweig, an den es sein rotgewürfeltes Halstuch geknüpft hatte. Der Maler und die Jungen setzten sich in lustigen Galopp und überholten den General, der den Kopf schroff zur Seite wandte.

Als wir dann am See unsere Kinder mit ihren glühenden Lampions in den Zug einreihten, trat der Fischermeister an uns heran und flüsterte Armin etwas in das Ohr. Armin lachte schallend auf.

»Wißt ihr, was der General verbreitet?« fragte er. »Wir stören das Fest durch politische Propaganda. Wir fahren überall mit einer roten Fahne herum. Das Halstuch unserer Freundin. Ist es nicht lächerlich?«

Der Journalist schob seine Brille zurecht; die kleinen Fältchen um die klugen Augen traten schärfer hervor, und er sagte mit scharfer Betonung: »Ich finde es nicht gerade lächerlich, daß sich der General hier öffentlich in Szene setzt, Parade abhält und sogar Verleumdungen gegen seine Mitbürger ausstreut.«

Armin schlug dem Freund auf die Schulter. »Du übertreibst, mein Guter. Ich gönne dem alten Gockelhahn, sich etwas aufzuplustern. Was hat der Alte sonst vom Leben? Am besten beachtet man ihn gar nicht.«

»Auf alle Fälle wollen wir uns den schönen Abend nicht verderben lassen«, meinte der Maler und kniff leicht ein Auge zu, wie um ein Bild besser zu betrachten. Denn inzwischen schwankte der Kinderzug mit den flackernden Lampions schon den Hügel hinauf. Unter dem goldenen Schein der Papierlaternen glänzten die Gesichter der Kinder selbst wie Lampions. Alf nickte uns triumphierend zu. An der Spitze, hinter der Musikkapelle, warf er seine dünnen Beine im Marschtempo hoch. Sibylles schwarzer Pagenkopf tauchte neben den strohblonden Zöpfen eines Dorfkindes auf. Sie hielt verzückt ihren kleinen Mond von sich ab. Andreas ging am Ende des Zuges zwischen den größeren Kindern; seine aufmerksamen, vor Spannung funkelnden Augen waren auf seinen großen Lampion gerichtet, der das Aussehen eines länglichen Kürbisses hatte.

Wir Erwachsenen blieben zurück; allmählich wurden die hellen Gesichter der Kinder von der Dunkelheit aufgesogen. Nur die Lichter wanderten, eine glühende Schlange, die sich langsam emporwand und dann auf dem Gipfel des Hügels wie ein Feuervogel in der Luft flatterte. Der gedämpfte Schall der Musik und das zitternde Lichterspiel hatten etwas Geisterhaftes, wir verstummten.

Nun kroch die Lichterschlange den Hügel hinunter; sie streckte sich, ihr glühender Kopf löste sich von ihrem Leibe. Die Musik wurde lauter, wir unterschieden schon die Gesichter der Bläser, ihre vollen Backen. Sie hielten. Lärmend liefen die Kinder aus dem Zuge zu ihren Eltern. Alf und Sibylle rannten uns mit ihren leuchtenden Kugeln entgegen. Aber wo war Andreas?

Da erblickte ich den Jungen, wie er sich auf einem Seitenweg eilig in Richtung unseres Hauses entfernte. Von seiner Hand hing am Stock ein verkohlter Papierfetzen, der ausgebrannte Lampion. Mit ein paar Schritten holte Armin ihn ein. Wir umringten das Kind, das verzerrt lächelte. »Es ist gar nichts. Der Lampion ist verbrannt. Ich gehe nach Hause.«

»Wie ist es geschehen?«

»Jemand hat mir in das Licht geblasen. Einfach so, von hinten.«

»Wer hat es getan?«

»Ich habe ihn nicht gesehen. Es ging zu schnell. Als ich mich umdrehte, war er verschwunden. Und dann ... ich weiß nicht wie, brannte der Lampion lichterloh. Ich habe gelöscht. Macht nichts. Der dreckige Lampion.«

Der Junge riß sich los und lief fort. Wir und die Gäste folgten bestürzt.

»Das ist die Hand des Generals. Seine kleinen Söldlinge«, sagte ich.

»Kann sein, kann auch nicht sein. Wenn ich es beweisen könnte. Vielleicht nur ein dummer Jungenstreich«, widersprach Armin.

»Brauchst du noch einen Beweis?« fragte der Journalist.

Zu Hause fanden wir Andreas unter der Bettdecke versteckt, die er sich über den Kopf gezogen hatte. Die Decke zitterte, der Junge schluchzte.

Ich streichelte seine Stirn unter dem Laken und versuchte sanft, das Tuch fortzuziehen. »Wir schenken dir einen schöneren Lampion, mein Liebling«, tröstete ich.

Der Junge riß sich die Decke vom Kopf und setzte sich mit einem Ruck auf. Seine Knabenfäuste waren geballt und so eng an den Leib gepreßt, daß die Ellenbogen zitterten.

»Ich will hier nicht bleiben. Ich will fort. Ich will hier nicht mehr in die Schule gehen. Ich will nach Breslau zu Vater und Großmutter.«

Ich wich zurück, wie von einem Faustschlag getroffen. Wußte ich so wenig von meinem eigenen Kind? Entbehrte er so sehr den Vater und das großelterliche Haus in der grauen Stadt? Empfing er denn nicht alle Liebe von mir und Armins brüderliche Herzlichkeit? Armins Stimme hatte auch jetzt diesen frischen Ton des großen Bruders.

»Sprich keinen Unsinn, mein Junge. Nimm dich etwas zusammen. Du bist doch kein Heulbaby.«

Andreas drehte sich schroff um und verbarg den Kopf in den Kissen.

Ich bot den verlegenen Gästen im Wohnzimmer Likör an. Zwischen den kleinen brennenden Schlucken versuchten sie, den peinlichen Vorfall ins Lächerliche zu ziehen. »Man muß die Sache mit Humor nehmen.« – »Was ist denn geschehen? Zerstörung eines Lampions. Prost. Möge der General nur solche politischen Siege feiern.«

»Auf Ihr Wohl!« Ich stürzte das Getränk hinunter, um das Gift von Andreas' Worten fortzuspülen. Mein Hals brannte wie Feuer.

Armin, den Kopf gegen den Sessel gelehnt, die langen Beine übergeschlagen, trank mit gespitzten Lippen und schnalzte laut mit der Zunge. Er ahmte den General bei unserem ersten Besuche mit so vollendeter Schauspielkunst nach, daß alle Beifall klatschten.

Ich ging in das Jungenzimmer zurück und setzte mich zu Andreas auf den Bettrand. Noch immer hatte er den Kopf unter dem Kissen versteckt.

»Sieh mich an, sage mir die Wahrheit«, bat ich. »Warum gehst du hier ungern in die Schule?«

Andreas schleuderte das Kissen fort. »Weil es stinkend langweilig ist. Und die Kinder ärgern mich oft. Mich mit ihnen herumzuhauen, ist mir zu albern. Manche sprechen auch häßlich über euch.«

»So? Was sagen sie denn?«

»Ach, allerhand dummes Zeug. Ihr seid Stadtpflanzen und arbeitet hier überhaupt nicht. Ihr gehört eigentlich nicht her.«

»Welcher Unsinn! Wasch dir dein Gesicht und steh auf«, befahl ich. »Das Feuerwerk beginnt bald.«

Im Wohnzimmer erzählte der Maler von seiner Reise nach Finnland.

»Eine ähnliche Landschaft wie hier. Aber hier ist es heller, lieblicher. Hier möchte ich einmal einen Sommer malen.«

»Ich zeige Ihnen die Gefilde der Seligen, eine Waldwiese«, sagte Armin.

»Ein Paradies für Künstler«, nickte die Kunstgewerblerin.

Der Journalist hielt nachdenklich sein Likörglas gegen das Licht. »Ein Paradies, gewiß. Aber ein gefährliches Paradies, in dem die wilden Tiere ihre Krallen und Zähne schon entdeckt haben.«

Die Anwesenden verstummten. Etwas Drohendes lauerte in der

Stille. Dann fingen alle an, schnell durcheinanderzusprechen. Da zuckte der Blitz der ersten Rakete auf und erleuchtete grell das Zimmer. Wir eilten mit den Gästen in das Freie, wo aus dem Himmel ein Bündel von Sternen niederprasselte. Sofort schoß ein neuer Lichtstrahl hoch, gekrümmt wie ein Riesenbogen, der von der Erde bis zum Himmel griff. Die Luft knatterte. Ein Funkenregen in allen Farben ging nieder. Prächtiges Gewitter, das die Menschen zum Spiel entzündeten!

Hinter uns jauchzten die Kinder; auch Andreas war aus seinem Schmollwinkel hervorgekrochen und starrte mit aufgerissenen Augen in die goldenen kreisenden Räder. Armin hatte meine Hand gefaßt, ich erwiderte seinen Händedruck.

War es nicht weise, alles Störende für den Augenblick zu verscheuchen? Wir hoben unsere Blicke zu den künstlichen Sternen und stießen mit den Gästen an. Das Sommerfest des Jahres war beendet, der Sommer mit Fackeln, Raketenschüssen und Festgetöse feierlich begraben. Nun würde der Herbst kommen mit den Kartoffelfeuern, den Spinnfäden zwischen den Bäumen, mit den brüllenden Brunftschreien der Hirsche in den frostigen Nächten. Der Herbst, den ich so liebte. Unser von Wärme und Lampenlicht durchglühtes Haus, das uns behütete! Aber konnte es uns beschützen vor dem Feindseligen, Unheimlichen, das draußen umherschlich, das Böse, das tückisch aus dem Hinterhalt den Lampion meines Sohnes in Brand gesetzt hatte? Das von hinten unversehens ansprang wie ein wildes Tier. Der rote Hahn, der aus dem dunstigen See stieg und krähte.

Der grelle Kreis der Lampe warf Tierschatten an die Wand, als ich unseren Gästen spät die Treppe zu ihren Schlafzimmern hinaufleuchtete.

Am nächsten Morgen in aller Frühe reisten sie ab. Das Haus war still, zu still.

Gewiß lief eine geheimnisvolle Linie von diesem Vorfall des Sommerfestes zu dem nebligen Novembermorgen vier Monate später, als wir nach Berlin übersiedelten. Wir preßten uns mit den Kindern in den hochbepackten Wagen, die Füße zwischen Koffern und Bettzeug eingeklemmt. Armin, die langen Beine angezogen, streckte trotzig sein Kinn vor. »Nur drei kurze Wintermonate. Im Februar bin ich wieder zurück. Ich würde auch jetzt keinen Tag fortgehen, wenn ich nicht für die Studien des neuen Buches die Bibliothek brauchte.«

Ich antwortete nicht. Fröstelnd drückte ich den warmen Körper von Sibylle auf meinem Schoß an mich. Der Pelzkragen ihres Mantels streichelte mich wie eine zärtliche Katze. Unter den langen schwarzen Wimpern schlug sie die Augen zu mir auf, die blauen Augen von Armin, die vor Neugier und Abenteuerlust glänzten. Wie naßkalt es war! Ich streifte den Jungen die wollenen Mützen über; aus der Berührung mit ihren Haaren floß Wärme in meine eiskalten Hände. Es war gut so; die Stadt war notwendig für die Kinder, die eine höhere Schule besuchen sollten.

Ich hatte gedrängt, um der Kinder willen, in die Stadt zu übersiedeln, und Armin hatte nach heftigem Scheinwiderstand gern nachgegeben. Denn auch er brauchte die Stadt, sehnte sich nach dem Umgang gleichgesinnter Freunde. Auch er wollte sich der vereisenden Isolierung entziehen, die in den Wintermonaten unser einsames Haus einfror.

Ich sah schon die flammenden Lichtzeichen Berlins aufblitzen, die Lichter der Bühnen, vielleicht würde mein Stück aufgeführt werden. Ich wußte, die Monate in der Stadt würden sich zu Jahren dehnen; unser Leben lief schon in eine andere Richtung.

Der Wagen machte eine scharfe Biegung, daß wir gegeneinander geschleudert wurden. Armin hatte den Kopf nach dem Hause zurückgewandt. Durch den milchigen Nebel sahen wir verschleiert das tief heruntergezogene Dach, die geschlossenen Fensterläden, die leere Terrasse. Unsere Blicke berührten sich. Ein Gefühl des Verlustes und trauriger Vorahnung krampfte mir plötzlich die Brust zusammen.

»Bevor die Kätzchen blühen, sind wir zurück«, sagte Armin.

Ja gewiß, wir würden wiederkehren in allen Ferien und Jahreszeiten zu dem Haus in den Wäldern, daß immer unser einziges Heim blieb. Und doch war etwas für immer beendet; etwas war mit den Fensterläden zugeschlagen, das nicht mehr da sein würde. Die schweren glücklichen Jahre miteinander, die bitteren Eifersüchte, der Liebesstreit und die Süße der Versöhnung. Der Triumph, wenn eine neue Blume aufging, die erste Frucht des Gartens reifte. Das Raunen und Knistern des Ofens an den Winterabenden, wenn wir uns die Hände an den Kacheln wärmten, nebeneinander auf der schmalen Ofenbank wie Liebesleute, so jung und erwartungsvoll. Es würde nicht mehr dasselbe sein.

Armin hatte den Kopf nach vorn gewandt. Die Köpfe der Pferde nickten, das Haus war verschwunden.

Es war ein festes Heim, das wir in Berlin suchten. Lange Monate trieb uns die bittere Wohnungsnot von einer zeitweiligen Behausung in die andere. Eine Zeitlang lebten wir mit den drei Kindern in zwei engen möblierten Hinterzimmern am Bülowbogen, wo die Hochbahnbrücke die Straße überspannte. Dort versickerte der Großstadtlärm in grauen ärmlichen Seitenstraßen und kam doch nie zur Ruhe. Unmittelbar an unseren Fenstern vorüber klirrte die Hochbahn. Jedesmal schien sich die Brücke unter der Last aufzubäumen, die Eisenpfähle donnerten. Armin, der sich die Ohren gegen den Lärm zugestopft hatte und in dem engen Raum wie ein eingesperrtes Tier auf und ab lief, stieß immerzu an die fremden Möbel.

»Wie soll ich hier meine Gedanken sammeln«, stöhnte er. Es wurde ihm zur Gewohnheit, die Wohnung am Morgen zu verlassen, um in der Bibliothek zu arbeiten und erst spät am Abend zurückzukehren.

Trotz der scharfen Winterluft riß ich oft am Tage die Fenster auf, um den dumpfen abgestandenen Geruch zu vertreiben, der in den Räumen haftete. Dann stiegen aus dem schachtähnlichen Hof andere peinliche Dünste hoch, von Essen und Abfall, die Menschengerüche der vielen Bewohner des Hauses, die, eng zusammengepreßt, doch gleichgültig nebeneinander lebten.

Das Haus war schrill und rastlos. Schon in der Frühe rasselten unzählige Wecker, und bald darauf eilten die Angestellten und kleinen Beamten mit vom Schlaf noch zerknüllten Gesichtern auf die Straße. Sie rannten, fast immer etwas zu spät, immer in Hast. Kleinbürger, die an der Grenze des Proletariats die Langsameren und Untüchtigeren überholen wollten.

Die Straße dröhnte und rollte; sie hörte nie auf, sich zu bewegen, eine Rolltreppe, die nie abgestellt wurde. In den Nachmittagsstunden war sie von Kinderscharen belagert, die Murmeln spielten oder über die mit Kreide bemalten Pflastersteine hüpften, in einem Spiel, das sie »Himmel und Hölle« nannten.

Am Abend, nach Anbruch der Dunkelheit, trafen sich unter dem

Brückenbogen Liebespaare. Oft standen dort auch Straßenmädchen mit hohen Gummistiefeln, die dicht an den Vorübergehenden entlangstrichen. Manche, in ihren Mänteln aus gelbem Katzenfell, glichen den herrenlosen Katzen, die nachts auf der Straße ihre Liebesschreie ausstießen. Die Straße schlief niemals und ließ uns nicht schlafen. Fast jede Nacht wurden wir durch das Gröhlen von Betrunkenen in der nahen Kneipe aufgeschreckt.

Dann erkrankten die Kinder und konnten sich nicht erholen. Der schweren Grippe folgte eine ansteckende Krankheit nach der anderen, die enge Wohnung war in eine einzige Krankenstube verwandelt.

»Die Wohnung ist ungesund. Wir müssen hier heraus«, klagte ich, als Armin spätabends die Haustür aufschloß. Seine Augen sahen im Halbdunkel des Korridors an mir vorbei, abwesend, noch von den Bildern seines Buches erfüllt. Dann zuckte er zusammen. »Was sagst du? Das Fieber bei Sibylle ist wieder gestiegen?«

»Das Fieber geht nicht herunter. Dieses Haus ist ein Herd von Krankheiten. Wir müssen eine andere Wohnung finden.«

Armin sah mich mit traurigem Vorwurf an. »Das ist die Großstadt. Es wird überall dasselbe sein. Ich wußte, warum ich unser Haus in den Wäldern nicht verlassen wollte.«

Er beugte sich zärtlich über Sibylle. Ihre fiebrigen Augen glänzten wie blaue Steine.

Am nächsten Tage erkrankte auch Armin an heftigen Magenkrämpfen. Überanstrengung, das unregelmäßige Essen in billigen Speisehäusern hatten sein Leiden verursacht. Immer wieder stand er von seinem Lager auf, um einige Sätze niederzuschreiben. Er hatte sich die Wärmflasche über einem buntgewürfelten Kissen mit einer Schnur um den Leib befestigt und wanderte so von einem Zimmer in das andere. Die Kinder in ihren Krankenbetten lachten bei seinem Anblick schallend auf, aber Armin lachte nicht.

»Ruhe!« brüllte er. Nun klirrte die Hochbahn vorüber. Er hieb sich mit den Fäusten gegen die Schläfen. »Stille. Ich halte es nicht aus. In dieser Hölle bleibe ich nicht!«

Wir zogen um. Wir fanden in dem abgelegenen Vorort Südende eine möblierte Wohnung, die wir mit der Wirtin, einer Beamtenwitwe, teilen mußten. Wir übernahmen mit ihrer aufdringlichen Gesellschaft auch ihre imitierten Rokokomöbel und zahllosen Nippes, die wir nicht von ihrem Platz bewegen durften. Sie paßten zu den weißblond gefärbten Haaren der alternden Frau, ihrer länglichen Kaninchennase, der gezierten, etwas weinerlichen Stimme. Beschränkt an Raum, stellte ich in diesen »Salon« zwei Klappbetten für die Jungen und einen mit Wachstuch bezogenen Tisch, der bald mit Tintenflecken übersät war, und der mir auch als Schreibtisch diente. Zugleich war er Spieltisch für Sibylle, die in einer engen Mädchenkammer schlief. Armin hatte sich in unserem Schlafzimmer eine stille Arbeitsecke vor dem Fenster eingerichtet, mit dem Blick auf die kahlen Bäume des Stadtparks.

Wir atmeten auf. Nach der Hölle des Bülowbogens war dies eine Idylle.

»Ich liebe Kinder«, hatte die kinderlose Wirtin in süßlichem Tone gesagt. »Natürlich gut erzogen. Aber wie könnten Ihre Kinder anders sein. Bei so kultivierten Menschen ...«

Oft klopfte sie an Armins Tür, um ihn aus geringfügigen Anlässen in lange Gespräche zu verwickeln, wobei sie ihre wasserhellen, leicht geröteten Augen kokett zu ihm aufschlug. Ich hörte die hohe Tonleiter ihres Kicherns bis in das Vorderzimmer, wo ich den Jungen bei den Schularbeiten half. Sie hatten mit der Gegend auch die Schule gewechselt, und Alf, noch zerstreuter als früher, war in der Klasse zurückgeblieben.

Eine Idylle zwischen Nippsachen. Sie kam zu einem plötzlichen Ende, als die Jungen bei einer Balgerei eine Porzellanfigur, ein wertloses Hündchen, von der Konsole herunterfegten. Es zerbrach in unheilbare Stücke. Weinend, ohne zu klopfen, stürzte die Wirtin mit den Scherben in Armins Zimmer.

»Mein Prachtstück. Das beste Stück der Sammlung«, schluchzte sie.

Armin versuchte vergeblich, sie zu besänftigen. »Wir werden Ihnen den Verlust ersetzen.«

»Unmöglich. Es hat auch einen Gefühlswert. Ein Hochzeitsgeschenk. Es ist unersetzlich.«

Sie verlangte einen phantastischen Preis, den wir ablehnten. Mehrere Male am Tage belästigte sie Armin.

»Bitte, stören Sie mich nicht jeden Augenblick.«

Die weinerliche Stimme überschlug sich. »Ich störe Sie? Ich darf wohl mein eigenes Zimmer nicht mehr betreten?«

»Es ist mein Arbeitsraum. Sie rauben mir meine Zeit.«

Das blasse Gesicht war fleckig vor Wut, auch die Spitze der Nase lief rot an. Die Frau, in ihrer weiblichen Eitelkeit getroffen, verlor die Besinnung.

»Wie, ich beraube Sie? Wer hat wen beraubt? Kostbarkeiten zerschlagen und nicht bezahlen! Sie Zigeunergesellschaft. Künstlerpack! Hinaus aus meinem Heim!«

Von handfesten Männern ließ sie am Nachmittag unsere Koffer gewaltsam aus der Wohnung räumen. Wir standen mit den Kindern obdachlos auf der Straße. Keuchend schleppten wir die schweren Gepäckstücke zu der nächsten Autobushaltestelle.

»Wohin fahren wir?« fragte Alf gespannt.

»Frage nicht so dumm!« sagte Andreas. »Zum Hades, in die Unterwelt. Da gibt es Wohnungen.« Ein unkindlicher, spöttischer Zug zog seine Mundwinkel herunter. Armin hatte sich erschöpft auf einem Koffer niedergelassen.

»Wohin? Ich weiß nicht wohin. Fahren wir zu unserem Haus in den Wäldern zurück.« In seinem kindischen Trotz gegen die Widerwärtigkeiten, die sein Werk hinderten, war er ebenso untätig wie meine kleinen Söhne.

Ich überquerte die Straße zur Telefonzelle; unwillkürlich drehten meine Finger die vertrauten Zahlen des Telefons im Elternhause. Die Stimme der Mutter packte mich wie in den Kinderjahren, mit ihrer leidenschaftlichen Fürsorge, ihrer heftigen Ungeduld.

»Was heißt das . . . du stehst mit deiner Familie auf der Straße? Das kann auch nur dir passieren!« Liebevoll und vorwurfsvoll schnitt sie meine Erklärungen kurz ab. »Keine langen Worte. Kommt sofort mit den Kindern zu uns!«

Die festen kleinen Hände meiner Mutter hatten schon begonnen, ein Zimmer für die Kinder einzurichten, als wir zum Kurfürstendamm kamen. Diese energischen Hände, die es jedesmal verstanden, die Schwierigkeiten zu entwirren, in die ich mich verwickelte. Diese weißen gepflegten Hände, die den Vater unmerklich führten, hatten sogar seine starre Haltung zu unserer Ehe gelockert. Schon vor längerer Zeit war eine Art Versöhnung zustandegekommen. Armin wurde am Familientisch aufgenommen, und wenn auch der ältere

Mann den unwillkommenen Schwiegersohn wie einen Fremden mit dem steifen Sie und dem Nachnamen anredete, entwickelte sich doch eine Beziehung von Interesse und Achtung.

Jetzt begrüßte uns der Vater mit heiterem Spott. »Eigentlich, Herr Wegner, hätten Sie bei der Wohnungsnot Ihr türkisches Zelt mitbringen sollen. Allerdings mit Zentralheizung.«

»Laß die Witze«, unterbrach die Mutter. »Wir werden selbstverständlich die Kinder so lange aufnehmen, bis ihr eine Wohnung gefunden habt. Ihr beide müßt euch ein anderes Quartier suchen.«

Meine »kleine« Schwester, die mir längst über den Kopf gewachsen war, hörte der Unterhaltung mit dem unbeteiligten und amüsierten Ausdruck ihrer Generation zu. Der große Altersunterschied zwischen uns war noch größer als den Jahren entsprechend, da ihr Jahrgang – in Kriegs- und Inflationszeit aufgewachsen – eine skeptische, fast zynische Haltung gegenüber der Welt einnahm. Sie hatte die Gewohnheit, ihren Kopf nach hinten zu werfen, daß die Haare flogen, als wollte sie damit alle törichten Illusionen abschütteln. Als Buchbinderin hatte sie sich ein Zimmer der Wohnung als Werkstatt eingerichtet und lebte wie eine Junggesellin im Elternhaus. Sie hatte Freunde, mit denen sie abends ausging; eine Verlobung hatte sie gelöst. Sie lebte schön und schnell. Lebensgierig genoß sie den Augenblick und drängte ein Erlebnis oft in einem einzigen Abend zusammen, und doch wartete auch ihre Jugend unter der sorgfältigen Schminke auf etwas Besonderes. Nun sagte sie mit ihrer tiefen Stimme, die viel älter war als sie:

»Wenn ihr nichts findet, könnt ihr in meiner Werkstatt schlafen. Es riecht allerdings nach Leim.«

Armin schien aus seiner starren Apathie zu erwachen. »Ich danke dir, Lilli. Aber keine Sorge. Ich kann immer in meiner früheren Pension unterkommen. Ich schlage meine Luftmatratze auf. Am besten gehen wir sofort.«

Auf der Straße sauste Armin mit langen Schritten voran; er summte laut. Die Aussicht, wie ein Tramp auf dem Boden zu schlafen, hatte ihn in heiterste Stimmung versetzt. Wir bogen im Sturmschritt um die Ecken.

In der Pension fanden wir durch Zufall das Zimmer frei, in dem er vor der Ehe gewohnt hatte und wo ich ihn, noch an Fried gebunden, an dem nebligen Nachmittag besucht hatte: Seine »Insel«, auf die er mich damals gelockt hatte. Nun sah der Raum aus wie jedes Pensionszimmer, kahl und lieblos. Ich schloß die Augen, und es füllte sich mit der Magie jener versunkenen Stunde. Ich sah in Gedanken die Stühle von den farbigen Teppichen verhüllt, den Rauchtisch, auf dem die Trinkschalen leise klirrten. Ich sah Armin, wie er spielerisch die Schalen gegeneinanderschlug, um mich wie ein orientalischer Wasserverkäufer zu begrüßen. »Willkommen wie frisches Wasser dem Durstigen!«

Ich packte Kamm und Bürste aus. »Armin«, rief ich leise. Er hatte mir den Rücken zugewandt und ordnete auf dem Tisch seine Manuskripte.

Wie das Zimmer an jenem Nachmittag nach fremden Ländern geduftet hatte, nach Reisen und Abenteuer, nach den weißen verbotenen Städten Asiens! Und heute – was war davon nach sieben Jahren zurückgeblieben? War mein Herz ebenso leer wie dieses entzauberte, ausgeräumte Zimmer? War ich ernüchtert, nachdem ich das große Abenteuer erprobt hatte? War nach der Reise von sieben Jahren der Mund nur mit Staub gefüllt, die Glieder schwer von Müdigkeit? Nein, o nein!!

Ich betrachtete Armin, der in seine Papiere vertieft war, von der Seite – die schmale Wange, das tiefliegende Auge. Wie gut kannte ich jede Linie dieses Gesichts, jede Bewegung seines Körpers.

Ich kannte das heftige Hochschnellen der langen Arme und Niederschlagen, wenn er seinen Willen nicht durchsetzte, die maßlosen Ausbrüche des Zorns, wenn man seine Arbeit störte. Ich kannte ihn, wenn er versunken die Ellenbogen auf den Tisch stützte, den Kopf in der Höhle der Hände verborgen, so daß niemand – auch ich nicht – Zugang zu ihm hatte. Und dann die Verwandlungen vor Fremden. Die Schauspielerei mit Gesten und Gebärden vor anderen und sich selbst. Wie oft hatte ich ihn beobachtet, wenn er sich in eine edle Rolle hineinlebte, an die er schließlich selbst glaubte.

Aber ich kannte auch den anderen Armin, den großen Jungen, der mit seinen geschickten Fingern ein Zelt errichtete oder ein Segelboot auftakelte. Der die Indianerspiele seiner Knabenjahre noch einmal durchlebte. Und ich kannte noch einen dritten, Alterslosen, in ihm, den pedantischen Beamten, der seine Papiere sorgfältig Ecke auf Ecke legte. Kannte ich ihn nicht viel zu gut?

Als ob meine Gedanken ihn getroffen hätten, wandte er sich schroff um.

»Der Straßenlärm ist gedämpft. Hier werde ich vielleicht arbeiten können.«

»Ich! Ich! Niemals wir«, dachte ich.

Er sah mich an. »Was hast du? Warum siehst du mich so sonderbar an.«

»Nichts. Gar nichts.«

»Das ist nicht wahr. Sage mir, woran du gedacht hast.«

»Ich dachte daran, daß wir so schnell wie möglich eine feste Wohnung finden müssen.«

Mit einem Sprung war er bei mir und faßte mich an den Schultern.

»Du kannst dich nicht verstellen. Woran hast du gedacht?«

»Ich dachte an meinen Besuch in diesem Zimmer vor sieben Jahren.«

Die Erinnerung glomm in seinem Auge auf. Ein Leuchten breitete sich über seine Stirn aus; die Brauen flogen hoch wie Schwalbenflügel.

»Ach du!«

»Du« . . . zum erstenmal nach langer Zeit wieder »du«, nicht »ich«!

Er breitete seine Arme aus, und ich ging in diese Umarmung hinein wie vor sieben Jahren. Ich vergaß alles. Die einzelnen Züge flossen zusammen zu dem einzigen, einmaligen Gesicht, das ich niemals aufhören konnte zu lieben. Er rührte mich an, überall, und jedes Fleckchen meines Körpers, das er berührte, gab Funken und geriet in Feuer.

Später traten wir auf den Balkon hinaus, der weit vorspringend in der Form eines Bootes über dem Straßennetz hing. Wie damals an jenem Nachmittag hatten wir das Gefühl, uns auf einem fahrenden Schiff zu befinden. Wie damals sahen wir die Lichterkette der Bogenlampen wie eine ferne Küste schimmern.

Er strich leise über meine Hand. »Wir werden noch viele Reisen unternehmen.«

Nein, die sieben Jahre waren nur sieben Sekunden gewesen. Unsere gemeinsame Fahrt war nicht zu ende, noch waren wir unterwegs.

11

Zunächst reisten wir auf unserer Wohnungssuche durch ganz Berlin. Wir suchten verzweifelt und vergeblich. Wir fuhren, auf der Jagd nach einem Heim, durch alle die verschiedenen Städte, die allmählich zu der Großstadt zusammengewachsen waren, und die so verschieden waren wie entfernte Provinzen. Ja, sogar die Menschen sahen in jedem Stadtteil anders aus und hatten ihren ausgeprägten Charakter.

Eines Nachmittags stiegen wir am Zoologischen Garten aus der Untergrundbahn in das peitschende Licht der Tauentzienstraße. Lichtbuchstaben kletterten wie betrunken an den Fassaden der Häuser auf und ab. Vor der Uhr am Stadtbahnhof, mitten im Gewühl, warteten wie immer Menschen aufeinander. Eine Sekunde dachte ich an meine Begegnung mit Richard vor dieser Uhr ... War das vor hundert Jahren gewesen? Die Erinnerung zuckte auf und erlosch.

»Nur noch eine Adresse«, bat ich Armin. »Es ist nicht weit von hier.«

Armin blieb stehen. »Keinen Schritt weiter. Du kannst mit den Kindern in Berlin bleiben. Ich fahre in die Wälder zurück.«

»Es sind nur fünf Stationen. Am Kaiserdamm.«

»Kaiserdamm. Die Autostraße nach den Havelseen. Meinetwegen. Der letzte Versuch.«

Wieder wurden wir mit dem Menschenstrom unter die Erde gezogen und rasten im dunklen Tunnel westwärts. Als wir ausstiegen, befanden wir uns auf einer schneeweiß glänzenden breiten Straße. Weiß war auch das hohe Mietshaus, und als wir in dem schmalen Fahrstuhl in den vierten Stock hinauffuhren, hatte ich mit dem Gefühl des Schwebens im Ungewissen plötzlich die Empfindung: »Hier bin ich schon einmal gewesen. Das habe ich genauso geträumt.«

Hatte ich vielleicht auch den schrillen Ton der Klingel geträumt? Die kleine Diele, die beiden Vorderzimmer mit dem Blick auf die kerzengerade, ins Unendliche führende Straße? Und war ich nicht schon früher einmal durch das schiefwinklige Durchgangszimmer gegangen, das die Wohnung in zwei Teile zerschnitt, und zu der Küche und den Hinterzimmern führte?

Eine Stunde später schlossen wir im Büro des Anwalts den Mietvertrag, der uns zu einer hohen Anzahlung als Schlüsselgeld verpflichtete. Noch im selben Monat zogen wir ein, und jeden Abend klapperten die flinken Füße der Kinder durch das Durchgangszimmer, um uns gute Nacht zu sagen.

Dieses Durchgangszimmer war wie die Treppe im Haus in den Wäldern, die Brücke zwischen Armins Welt und dem Bereich der Kinder. Ich lief zwischen beiden hin und her. Zugleich war es unser Eßzimmer, der Treffpunkt der Familie, wo wir uns alle um den Mittagstisch versammelten. Hier wurden Geburtstagsfeste gefeiert und Gesellschaften gegeben. Und hier, in eine Ecke gedrückt, stand mein Flügel, an dem ich bisweilen abends mit den Kindern Lieder sang, wenn auch immer seltener, je länger wir hier wohnten. Denn wir hatten immer weniger Zeit. Immer waren wir gehetzt, in Eile, niemals wurden wir fertig mit dem Programm des Tages, der überfüllt war. War es die Unruhe der großen Stadt, die uns peitschte? War es das Tempo von Berlin, vielleicht das Tempo der Zeit, das uns mitriß?

Nie hatten wir Zeit, der Wohnung eine Seele einzuhauchen wie unserem Haus in den Wäldern. Wir waren in das Zeitalter der Geschwindigkeit eingetreten, mit seinem Arbeitsrhythmus und seiner Schnellebigkeit, in die Zeit des laufenden Maschinenbandes, der Massenproduktion, der Autorennen und der Geschwindigkeitsrekorde. Ein Fieber, das auch den Blutkreislauf unseres Lebens hochtrieb bis zur Siedehitze, das uns zu äußerster Leistung anspornte, zum Wettbewerb im Stadion des Erfolges.

Die Geräusche unserer Straße, des Kaiserdamms, die gedämpft bis in unser viertes Stockwerk heraufdrangen, spielten die Begleitmusik. Musik der Schnelligkeit. Oft, im Sommer bei offenen Fenstern, hörten wir den tiefen summenden Ton der Autos, die an dieser Stelle den Gang größter Geschwindigkeit einschalteten, um auf der breiten Bahn loszurasen. Die ungeheure Lust der Schnelligkeit packte auch uns, wenn die eleganten Wagen in ununterbrochener Kette vorbeisausten zu den Sportfesten im Stadion, zu den Grunewaldrennen oder zu den flimmernden Chausseen, welche die Wälder zerschnitten.

An manchen Sonntagen rollten die drei Kinder und ich auf unseren Fahrrädern in das Freie. Dann wurden wir selber in immer größere Schnelligkeit vorwärtsgerissen, daß die Luft durch unsere Haare pfiff. Oft löste Sibylle, das mutigste der drei Kinder, ihre beiden Hände vom Lenkrad und flog den Abhang hinunter, während sie laut vor Entzücken jauchzte.

Um in den Ferien und bisweilen am Wochenende unser Haus »In den Wäldern« schneller zu erreichen, kaufte Armin ein Motorrad mit Beiwagen. Es war elfenbeinfarben, mit feuerroten Ledersitzen, und erregte überall Aufsehen, wenn es sich vollbeladen – Sibylle auf meinem Schoß, die Jungen auf dem Rücksitz – durch den Straßenverkehr Berlins schlängelte. Armin war ein sicherer und geschickter Fahrer. »Ich fahre nicht, es fährt von selber«, sagte er und klopfte auf die Lenkstange, wie man ein gutes Tier auf den Rücken klopft. »Es ist so flink und geschmeidig wie ein Fuchs.«

»Weißer Fuchs« blieb der Name des Motorrades, das uns lieb wie ein treuer Hund wurde. In demselben Jahr kaufte Armin ein Segelboot und ein neues Zelt. Mit dem Erfolg seiner Bücher, mit unseren Rundfunkvorträgen und Zeitungsartikeln, strömte Geld in unsere Hände. Es verwandelte sich im Tempo der Zeit für die Kinder und mich schnell in gute Kleidung und in viele leichte Dinge der Schönheit und des Luxus, angeboten in den blitzenden Schaufenstern Berlins. Denn damals, Mitte der Zwanziger Jahre, gab es volle Läden. In den Auslagen der großen Kaufhäuser fielen die seidenen Stoffe in Wasserfällen von Farben, jedes Schaufenster war ein Gemälde, vor dem man stehenblieb. Deutschland hatte sich wirtschaftlich erholt. Über unsicherem Grunde war ein neuer Reichtum hochgeschossen; die Tätigkeit der Industrie war angekurbelt. Es wurde fieberhaft produziert und fieberhaft genossen.

Auch die Freude wurde wirtschaftlich ausgebeutet und wie eine Maschine angetrieben. Die Vergnügungsindustrie hatte sich der Instinkte der Massen bemächtigt. Sie trommelte mit ihren Jazzkapellen und Tanzorchestern in großen wie in kleinen Cafés. Die Tanzwut ergriff die übermüdeten Körper und peitschte sie mit dem Schlagzeug der exotischen Rhythmen auf. In riesigen überfüllten Speisehäusern konnte man am laufenden Band essen und tanzen. Das Vergnügen war mechanisiert, der Mensch zuckte rhythmisch im Tanz wie eine Maschine.

Aber sogar die geistig verfeinerten Genüsse der Musik, des Theaters, der Kunst und Literatur wurden in den Motor Industrialisierung hineingepreßt und in Geschäft verwandelt. Berlin war der große Markt, auf dem die Erregungen der Seele, in Kunst destilliert, gehandelt wurden; auch Armin und ich wurden unwillkürlich in den Betrieb hineingezogen. Oft mußten wir schnell liefern, von heute auf morgen, Artikel und Vorträge auf Bestellung, die hoch bezahlt wurden.

Die Flucht in die Stille unserer Wälder gelang nur für kurze Zeit im Jahr. Wir waren Berlin verfallen, seiner elektrischen Spannung, dem Echo des Publikums und den Tribünen, auf denen wir sichtbar standen. Armins Name hatte einen besonderen Klang erhalten. Er konnte sich den Forderungen der Buch- und Zeitungsverleger nicht entziehen, die ihn oft zu reizvollen Aufgaben anspornten. Sogar die Vorträge, die er in verschiedenen Provinzstädten auf Einladung der Friedensfreunde hielt, wurden zu persönlichen Triumphen.

Auch mein Name war bekannt geworden. Als mir Armin das türkische Puppentheater gezeigt hatte, das er aus der Türkei mitgebracht hatte, betrachtete ich voll Staunen diese fremdartigen und so ausdrucksvoll bemalten Figuren, besonders auffallend zwei männliche Gestalten und eine junge Frau. Unwillkürlich hatte ich gesagt, mit diesen Figuren als Hauptpersonen könne man eine Komödie schreiben.

Armin hatte gelacht: »Das ist nicht so einfach. Ich habe dieses Schattenspiel in seiner ursprünglichen Form in der Türkei gesehen. Es ist Volkskunst im wahrsten Sinne. Diese Schattenfiguren sind eigentlich keine Schatten mehr, aus flachem steifem Kamelpergament geschnitten. Die Gestalten werden durch Stäbchen bewegt. Zwei Volkstypen mit ihren Späßen tauchen immer wieder auf. Karagös, der Schelm mit seinen Witzen und sein grober, doch gutmütiger Freund Hadschiwat sind die Hauptgestalten dieser Aufführungen.«

»Wir könnten ein neues Spiel daraus machen«, hatte ich erwidert, »von Liebe und Eifersucht, in volkstümlicher Prägung und doch europäisch, ein Spiel von Liebe und Eifersucht.«

So war unsere Zusammenarbeit für das Schattenspiel *Wasif und Akif* entstanden, die Geschichte von der Frau mit ihren zwei Ehemännern.

Nachdem es fertig war, spielten wir es oft unseren Kindern und Freunden vor. Dann wurde das Stück auf einer wirklichen Bühne aufgeführt, mit Anni Mewes, Leonard Steckel, Paul Bildt und Paul Henckels im Theater am Kurfürstendamm. Es erhielt viel Beifall und wurde ein großer Erfolg in der Öffentlichkeit.

Mein Stück *Die Wette mit dem Tod* wurde als Festspiel auf dem mittelalterlichen Marktplatz einer Provinzstadt aufgeführt. Vor den gotischen Spitzbogen des alten Rathauses nahmen die Gestalten meiner Phantasie Fleisch und Blut an; sie lebten, lebten das Schicksal zu ende, das ich ihnen vorgeschrieben hatte. Das Bewußtsein dieser schöpferischen Nacht berauschte mich mehr als der Beifall der klatschenden Hände.

Dann, als ich in der Tiefe des Zuschauerraums das weiße Gesicht der Masse erblickte, das mir zuwinkte, packte mich leichter Schwindel. Die Bühne schwankte unter mir wie das Deck eines fahrenden Schiffes. Ja, wir beide waren weit gereist . . .

Dies waren die Jahre des Ehrgeizes und des Erfolges. Doch warum, wenn ich sie heute aus meinem Gedächtnis hervorhole, erscheinen sie mir trotz aller Fülle leer, trotz aller Buntheit blaß? Ist es deshalb, weil sich in der Tiefenschicht unseres Lebens nichts rührte, trotz unserer Geschäftigkeit, des Applauses und des Wirbels immer neuer Gesichter?

Glücklich waren wir nicht; denn der Ehrgeiz ist ein Hunger, der nie gestillt wird. Je mehr man bekommt, desto gieriger wird man. Allmählich kann Ehrgeiz zum Laster werden; man kann ohne Wirkung nicht mehr leben, und in lichten Augenblicken spürt man einen schalen und bitteren Geschmack.

Wir durchblätterten die Zeitungen, um das Lob unserer Namen, die Porträts unserer Gesichter zu finden. Wir schnitten sie aus und klebten sie auf – Eitelkeiten, die wir wie Schmetterlinge sammelten und aufspießten. Bisweilen war Armin von Unzufriedenheit bedrängt. »Wann werde ich meinen großen Roman schreiben?« seufzte er. »Ich verzettele meine Kräfte in Tagesarbeit. Noch diese Serie von Radiovorträgen, und dann ziehe ich mich zurück . . .« Aber die Versuchungen schneller Wirkung und hoher Honorare waren zu groß; das laufende Band des Erfolges ließ uns nicht mehr los.

Mitten im Trubel und Tumult unseres Lebens und doch jenseits wuchsen in den hinteren Räumen die Kinder auf. Die Jungen hatten ihr eigenes Zimmer, in dem sich neben den Schulbüchern und Heften die Spielsachen verschiedener Altersstufen ausbreiteten, Stahlbaukästen und Brettspiele, verdrängt von ernsteren Dingen. Es war kein Kinderzimmer mehr. Hier vollzog sich das geheimnisvolle Wachstum, das sie dem Kindesalter entrückte. Das runde Gesicht von Andreas hatte sich mit seinem Körper gestreckt. Es war hager und verschlossen; um die beweglichen Mundwinkel zuckte es oft spöttisch und hinter der gewölbten Stirne arbeitete es. Die feinen, mädchenhaften Züge von Alf hatten sich vergröbert. Noch war er kindlich verspielt; aber er hatte Anfälle von Launenhaftigkeit und seine Zerstreutheit hatte zugenommen. Er war ein schlechter Schüler; oft konnte er über seinen Schularbeiten lange untätig in die Luft starren.

Denn hier hatte man noch Zeit, im Gegensatz zu uns Erwachsenen unendlich viel Zeit zum Grübeln und Phantasieren. Hier gab es noch die Unbedingtheit und Unbestechlichkeit der Gedanken, wie sie der halbwüchsige Andreas dachte. Mit kritischen Blicken betrachtete er unsere Welt der Hast und Unruhe. Er hatte sich vorgenommen, sein Leben anders und fester zu formen. Kam er von den Ferien aus Breslau zurück, die er unter dem Einfluß der väterlichen Familie und besonders der Mutter von Fried verbrachte, steigerte sich sein innerer Widerstand zur Feindseligkeit. Die Tradition der Ahnengalerie, das Leben der festen Formen und festen Begriffe sprachen sein Gemüt an. Ich fühlte, daß er mir heimlich die Schuld gab, ihn des Vaters und der natürlichen Wurzeln beraubt zu haben. Nur wenn er krank war, nahm er meine mütterliche Liebe an.

Alf, stärker an mich gebunden, war der Muttersohn geblieben. Er war das zarteste und zärtlichste meiner drei Kinder. Sibylle, die ich noch manchmal auf den Schoß nahm, entzog sich oft ungeduldig meinen Armen. Sie war Armins Tochter mit seinem Eigenwillen und dem gleichen Drang zur Unabhängigkeit. Sie war ungeduldig, schnell heranzuwachsen. In allem wollte sie es den großen Brüdern gleichtun. Immer stürmte sie aus ihrer Kinderstube nebenan in das Knabenzimmer, um an den Beschäftigungen der Jungen teilzunehmen und spielte dabei mit weiblicher Schlauheit die Gunst des einen gegen den anderen aus. Wenn sie sehr störte, verbündeten sich die Jungen gegen sie und wiesen sie aus dem Raum; dann wehrte sie sich und legte sich flach auf den Boden, bis Andreas sie mit Gewalt heraustrug.

Eines Tages dringt ihr lautes Weinen bis zu uns nach vorn. Ich finde das Kind in eine Ecke gedrückt; die schwarzen Fransen fallen zerzaust in die eigensinnige Stirn. Sie schlägt mit den kleinen wütenden Fäusten auf die Brüder ein, die sie in den Winkel gedrängt haben und einen Schlager brüllen.

»Warum denn weinen, wenn man auseinander geht, wenn an der nächsten Ecke schon ein anderer steht.« – »Geh in dein Zimmer, in die nächste schöne Ecke, mein Schatz«, singt Alf in den höchsten Falsettönen.

Ich trete dazwischen. »Ihr sollt die Kleine nicht ärgern; was hat sie euch getan?«

»Sie ärgert mich«, sagt Andreas trocken. »Sie läßt mich nicht lesen.«

»Sie bringt meine Sammlung durcheinander, die Zigarettenbilder«, beklagt sich Alf.

Da steht Armin in der Tür. Das Singen wie Weinen verstummt. Er hebt Sibylle auf seine Schultern und trägt sie nach vorn in sein Zimmer.

»Komm, mein Schwarzkopf«, murmelt er sanft. »Du kannst dir Bilder bei mir anschauen.«

Dann liegen Vater und Tochter nebeneinander auf dem Teppich und betrachten bunte Abbildungen in einer Zeitschrift. Armin hat seine Arbeit unterbrochen. Sibylle ist der einzige Mensch, der ihn stören darf.

»Wie ähnlich sie sich sind«, denke ich. »Der gleiche Körperbau. Die gleichen langen dünnen Beine, derselbe schmale Kopf.« Sie beachten mich nicht, sind in die Bilder vertieft. Sie reisen zusammen nach Afrika.

»Noch ein paar Jahre, dann nehme ich dich mit auf eine große Reise«, verspricht Armin dem Kind. Ich fühle den leisen Stich der Eifersucht.

»Er liebt sie viel mehr als mich. Er liebt in ihr sein Spiegelbild, sich selbst.«

Ich gehe in das Durchgangszimmer, schlage den Klavierdeckel auf, und in der vernachlässigten Ecke der Muße und Musik spiele ich mit etwas steifen Fingern eine Etüde von Chopin, die ich als junges Mädchen geübt hatte. Aber die Gedanken kreisen dabei zwischen Armins Raum und dem Jungenzimmer hin und her.

Wie deutlich diese Szene in meinem Gedächtnis haftet. Sonst sind gerade diese Erfolgsjahre in Berlin in meiner Erinnerung verblaßt, vergilbt wie die alten Zeitungsausschnitte und Photographien. Da gibt es eine Photographie, auf der unsere Köpfe, im Profil nebeneinander, eine sonderbare Verwandtschaft der Linien zeigen wie Bruder und Schwester. Es sind jedoch nicht die Züge, die sich ähneln, es ist der Ausdruck jener Zeit – gespannt, auf dem Sprung, von der Jagd nach dem Erfolg gezeichnet. Es erschien damals in einer angesehenen Zeitschrift mit der Unterschrift: Das Dichterehepaar. Wie eine köstliche Marke klebten wir es in unsere Bildersammlung, in den Ruhm verliebt. Wenn ich es heute betrachte, erscheinen mir unsere Gesichter so fern wie die gestorbener Personen. Sie leben nicht mehr.

So ist alles in der Mappe jener Jahrgänge verschwommen, undeutlich; nur einzelne Bilder heben sich grell ab, überbelichtet und verzerrt, als wären sie mit Blitzlicht aufgenommen. Und immer noch höre ich den schrillen Ton des Telefons in meinem inneren Ohr, das Läuten, das uns ständig unterbrach, Gespräche zerriß und neue Bindungen anknüpfte. Das Telefon, durch das fremde Menschen bei uns einbrachen.

Eine unbekannte Frauenstimme: »Ist Armin bitte zu sprechen?«

»Er ist nicht im Hause. Wer spricht bitte?«

»Es ist nicht wichtig. Ich läute noch einmal an.«

Im Telefon knackt es leise. Die Stimme ist fort. Ich gehe an den gedeckten Eßtisch zurück, wo schon die Kinder auf ihren Plätzen sitzen und auf Armin warten. Vergeblich versuche ich mir das Gesicht vorzustellen, das zu der fremden Stimme paßt, die jung und blond klang. Es wird eine der unbekannten Leserinnen oder Radiohörerinnen sein, eine aus dem Gefolge, das sich an den Triumphwagen eines bekannten Künstlers hängt.

»Mumm, ich muß voressen«, unterbricht Alf meine Grübeleien. »Ich komme zu spät zur Nachhilfestunde.«

»Noch fünf Minuten Geduld. Dann fangen wir an.« Warum hat sie nicht ihren Namen genannt? In ohnmächtigem Zorn blicke ich auf den leeren Platz von Armin. Jeden Mittag wiederholt sich das gleiche. Er kann nicht pünktlich sein. Ist es eine späte unbewußte Rache für die Strenge seines Vaters, der ihn schlug, wenn er sich verspätete, oder richtet es sich als Protest gegen den Familienzwang überhaupt, gegen mich?

Ich schenke die Suppe ein. Über dem Teller gehen die blauen Augen von Sibylle auf, die mich gespannt beobachten. »Mumm, warum machst du ein so böses Gesicht?«

»Ich bin überhaupt nicht böse. Eßt Kinder!«

Der leere Stuhl sieht uns zu; er beherrscht die kleine Tafelrunde, das Gespräch stockt. In Gedanken spreche ich zu dem Stuhl, vorwurfsvoll, bis zur Verzweiflung gereizt: »Niemals bist du anwesend. Ein Gast am eigenen Tisch!«

Als Armin endlich im Mantel eintritt, dringt die scharfe kalte Winterluft mit ihm in die Wohnung. Weißer Rauch steht vor seinem Mund. Er ist atemlos, als wäre er schnell gelaufen.

Zwischen hastigen Bissen erzählt er: »Bei der Illustrierten bin ich so lange aufgehalten worden. Sie haben eine Artikelserie mit Bildern bei mir bestellt. Über Stambul.«

Er schiebt den Teller zurück. Die Augen wandern zerstreut über das Tischtuch. »Wasser bitte!« Er stürzt den Trunk hinunter. Wie ein Läufer, der im Stehen seinen Durst löscht.

Ich versuche, seine Unruhe zu dämpfen. »Du hast die Artikel fertig liegen. Es kann dich nicht viel Zeit kosten.«

»Nur deshalb habe ich es angenommen. Das Honorar ist hoch. Aber die Zusammenstellung der Bilder und die Streichungen sind Mühe genug.«

»Vielleicht kann ich dir helfen.«

»Leider kannst du mir bei technischen Arbeiten gar nicht helfen. Wie ich neben den anderen Aufträgen fertig werden soll, weiß ich nicht. Ich muß die Nacht durcharbeiten.«

Ich spüre das stechende Licht der Lampe auf meinen Augenlidern, das nachts durch die Türspalte dringt, wenn er arbeitet und den Schlaf verscheucht.

»Du darfst nicht übertreiben. Du wirst dich noch krank machen.«

Er hebt die Arme hoch und schlägt sie in zorniger Verzweiflung wieder nieder. »Was kann ich anderes tun?« Ein Vorwurf schwingt mit, unausgesprochene Worte, die ich deutlich höre. »Muß ich nicht für die Familie arbeiten?«

Seine Hand hat den Teller getroffen, er klirrt, der ganze Tisch ist durch die heftige Bewegung erschüttert und schaukelt. Mit gespannten Bewegungen folgen die Kinder dem Kreiseln des Tellers. Sibylle kichert: »Der Teller tanzt.«

Armin blickt auf. Erst jetzt kommt ihm die Anwesenheit der Kinder zum Bewußtsein. Er fährt streichelnd über den kurzgeschorenen Kopf von Alf.

»Nun, ihr Distelköpfe! Was habt ihr zu erzählen?« Er springt auf. »Wartet. Ich habe euch etwas mitgebracht. Von einem Straßenhändler. Das war eine Type!«

Er wirft einige Pergamentlappen auf den Tisch, die aufgeblasen die Formen quietschender Tiere annehmen und beginnt, mit täuschender Mimik den Straßenhändler nachzuahmen. Der Mittagstisch ist aufgelöst und wird zur improvisierten Bühne. Die Wangen aufgeblasen, die Blastiere zwischen den Lippen, gurgeln und kreischen die Kinder vor Lachen. Sie liegen mit den Ellenbogen über dem Tisch, zwischen Tellern und Gläsern. Alles ist im Augenblick vergessen: der Nachtisch und die Arbeit, Hetze und Unrast. Wir spielen alle mit. Sogar Andreas vergißt seine spöttische Überlegenheit und prustet und bläst mit rundem Kindergesicht. Wieder ist Armin der ältere große Bruder, der Spielgefährte, wenn ihn die Laune packt.

Dann wirft Armin das Spielzeug hin. Der große Bruder verwandelt sich wieder zu dem grüblerischen Einsiedler, der zufällig inmitten einer Familie lebt.

»Niemand soll mich stören!«

Da läutet das Telefon. Die blonde Stimme, denke ich. Mit zwei Sprüngen ist Armin im Korridor. Das Telefon darf uns immer stören. Über den Apparat rufen die Stimmen der Außenwelt, die Stimmen des Erfolges, der Überraschungen, der Verlockungen.

»Wer war es?« frage ich, als er zurückkehrt, den Mund leicht geöffnet, mit einem leichten gelockerten Ausdruck.

»Gabriele. Du kennst sie nicht. Eine Buchbinderin. Eigentlich eine Künstlerin, die auch Einbände entwirft. Sie wird für mein neues Buch den Einband zeichnen.«

»Vielleicht kenne ich sie doch.«

»Nein, ich habe sie erst vor einer Woche kennengelernt. Aber sei beruhigt, sie ist nur eine Kreatur.«

»Kreaturen« nannten wir damals die Bekannten, die uns völlig ergeben, zu allen möglichen Dienstleistungen bereit waren, ein Tribut, den wir in jener Periode des Erfolgs als selbstverständlich hinnahmen. Auch ich hatte »Kreaturen«, über die ich verfügte. Und auch ich hatte Menschen, die mir, nicht ihm, gehörten. Auch zu mir drangen die Rufe durch das Telefon. Auch für mich war die kreisrunde Öffnung des Apparates der Eingang zu einem Tunnel, aus dem man als ein anderes Wesen, dem Alltag entrückt, in einer veränderten Landschaft wieder auftauchte. Oft lauschte ich gespannt auf diese Klingelzeichen wie auf ein Signal zur Abfahrt in das Unbekannte.

Das Telefon läutet, ich sause durch den Korridor.

Diesmal erkenne ich die hohe leise Stimme sofort, stelle mir die blassen zierlichen Züge, die rotbraunen Locken vor, zu der die eisklare Stimme mit der Logik eines Advokaten nicht paßt. Meine Freundin Hanna, Sekretärin der Frauenliga für Frieden und Freiheit, schilt mich aus wie ein Schulmädchen. Bilde ich mir ein, daß die Stimme heute leise Risse von Müdigkeit hat? Genau wie das feine Gesicht, das spitz und altjüngferlich geworden ist?

»Warum bist du zur vorigen Sitzung nicht erschienen?«

»Sei mir nicht böse, ich hatte keine Zeit.«

»Das ist keine Entschuldigung.«

»Die drei Kinder . . .«

»Drei Gründe mehr, um für den Frieden etwas zu tun. Morgen abend bereiten wir die internationale Konferenz vor.«

»Ich verspreche zu kommen.«

Es ist immer noch derselbe Versammlungsort der innersten Gruppe. In dem stillen Vorort steht noch derselbe runde altmodische Teetisch, an dem Käte Linden, die blonden Zöpfe schlicht um den Kopf gelegt, präsidiert und hartnäckig mit den gleichen Worten die These des unbedingten Friedens verkündet. Obwohl doch dieser Glaube in allen Schichten des Volkes längst bröckelt. Obwohl in diesen Jahren internationale Verständigung durch internationale Abrechnung ersetzt wird, die niemals aufgeht. Obwohl Deutschland, das seine Schuld nicht bezahlt hat, sie weiterschleppt mit dem schwelenden

Haß des Schuldners gegen seine Gläubiger. Obwohl unter dem neuen Aufbau der Boden klafft und die Verelendung und Arbeitslosigkeit zunimmt. Obwohl der Haß in nationalen Revolten und Putschen ausbricht, die wie Eiterbeulen mühsam ausgedrückt werden, während der Volkskörper krank bleibt. Obwohl die internationale Politik immer mehr ein Handelsgeschäft wird, und die nationale Ehre ein sonderbares Gemisch aus gekränktem Stolz, Heimatliebe und den Zinszahlen von Eisen- und Kohlengruben. Obwohl sich Männer guten Willens an internationalen Verhandlungstischen treffen, und, weil die Handelsbilanz nie aufgeht, mit leeren Händen und Taschen zu den ungeduldigen Wählern zurückkehren, deren Ungeduld in kriegerische Stimmung umschlägt.

Trotz alledem wird Käte Linden mit den gleichen Worten ihre kleine Faust auf den runden Tisch niederschmettern und mit ihren blauen blitzenden Augen die Liga der Mütter in der ganzen Welt aufrufen.

Sind diese Worte genug? Sind Worte überhaupt stark genug, um etwas zu verhindern? Können sie der Zeit widerstehen und dem reißenden Tier im Menschen, das Krieg will?

Sind wir vielleicht stehengeblieben mit unserer abstrakten Forderung nach ewigem Frieden, während sich die Welt weitergedreht hat, oder sind wir weit voraus im Vortrupp der Menschheit, während die Welt rückwärts kreist?

Was soll ich glauben? Ich wage nicht zu zweifeln und habe keine Zeit nachzudenken. Auch Armin, der immer weniger Zeit findet, für die Friedenssache zu sprechen, verschweigt diese quälenden Gedanken. Er schiebt sie beiseite wie die Tageszeitungen, die sein künstlerisches Werk stören.

Was geschieht mit uns?

Das Telefon klingelt. Manchmal läutet es wie ein Glöckchen, manchmal kreischt es wie ein Papagei. Es lockt und es stört; es schlägt wie ein Wecker an, und doch weckt es uns nicht auf, die wir in diesen Jahren des Erfolges, übertätig im Getriebe, nur auf der Stelle treten und in einer Art Halbschlaf verharren. Die Höhe des Lebens, die eine Niederung ist.

Eines Tages brach bei mir die Tanzlust aus, eine Form der Selbstbetäubung, die meinen Körper heftig bewegte, um den Geist in angenehmen Dämmerschlaf zu versenken. Ich hatte immer gerne getanzt. Nun aber klopften die Rhythmen der Jazzmelodien in meinem Blut. Oft ging ich abends aus, um auf der beleuchteten Tanzfläche eines Cafés auf und ab zu gleiten wie über einen gefrorenen See. Dieser Zustand, eine Art Fieber, dauerte nur wenige Wochen und erlosch so plötzlich, wie er entstanden war.

Es begann auf einem Pressefest. Ich sah Armin mit einem blutjungen blonden Mädchen tanzen, das mit seinem knabenhaft geschnittenen Haar einem hochaufgeschossenen Jungen glich. Dies war nicht etwa Gabriele, die »Kreatur«, die Buchbinderin, die mich – schwarze Fransen dicht in die Stirn gezogen – an einen Seidenpinscher erinnerte und Armin einen traurigen Hundeblick nachsandte. Die Siebzehnjährige wurde von ihrer Mutter, einer Offizierswitwe und Gutsbesitzerin, auf ihren ersten Ball begleitet. Sie gehörte zu dem Kreis des kleinen Landadels, zu dem Armin durch seine väterliche Herkunft eine natürliche Zuneigung empfand.

Er stellte mir das Mädchen vor; wie fremd es mir war, mein Widerpart, hell und hart, mit langen Gliedern. Aus Trotz und Eifersucht und um meine Macht als Frau zu erproben, stürzte ich mich in das Gewühl. Der weite Rock meines schwarzen Stilkleides flog beim Tanzen auf wie ein Fächer. Mein Tänzer, ein junger bekannter Schauspieler, hielt mich fest. »Nicht fortfliegen, meine Schöne. Nicht fortlaufen! Ich führe. Sie gehorchen.«

Meine Füße bewegten sich von selbst im Takt, ich konnte nicht aufhören zu tanzen.

An einem der nächsten Abende trafen wir uns auf einer Tanzterrasse des Westens. Die Tanzdiele war ein Viereck aus Glasplatten, besonders erhellt und weit entfernt von den Tischen, die im Schatten ihrer kleinen Lampen matt schimmerten. Das Oberlicht wechselte seine Farben mit den Tänzen. War es grün, hatte man die Empfindung, sich unter Wasser zu bewegen; wurde es rot, schritt man durch Feuer, und für einen Augenblick während des Tango erschien mir das Gesicht meines Partners leidenschaftlich schön mit den spanischen dichten Augenbrauen. Dann, bei blauem Licht, rührten wir uns kaum, wiegten uns nur leise auf den Fußspitzen und summten die Melodie mit: »Valencia«, der Schlager dieser Tage, an allen Straßenecken gepfiffen und gesungen, der zahllosen Menschen eine heiße südliche Sonne, wunschlosen Müßiggang und Liebeslust vorgaukelte.

Wie gut war es, nicht zu denken, sich vom Schlagzeug treiben zu lassen wie ein Kreisel; wie sonderbar leicht war mir die Erde.

Ich war dabei nicht in meinen Tänzer verliebt, zu dem ich kaum sprach, sondern in seinen Tanzschatten, der mich umkreiste und in süßes Vergessen lullte. Ein Gefühl der Schuld hatte ich nicht, da auch Armin in diesen Wochen oft allein ausging.

Am Tage erfüllte ich meine Pflichten, umsorgte die Kinder und half Armin bei den Korrekturen; aber der Schlager »Valencia« umsummte mich unaufhörlich, und die Füße bewegten sich zwischen Küche und Zimmern im Takt des Tanzes. Es war gefährlich wie Rauschgift; dann, nach kurzen Wochen trat mit einem Schock die Heilung ein.

Es war eine Februarnacht, mit lauen feuchten Winden, die schon nach Frühling rochen. Der Schauspieler und ich schlenderten langsam durch die nächtlichen Straßen, der Asphalt der Straßen war noch die Tanzdiele, die leicht schwankte; mein Begleiter summte leise. Wir blieben auf einer Eisenbahnbrücke stehen, unter der sich ein Netz von Schienen nach allen Richtungen verzweigte, und dort, mit blitzschneller Bewegung, umschlang er mich, drückte mich gegen das Eisengeländer und versuchte mich zu küssen. Ich stieß ihn zurück.

»Warum? Warum verweigern Sie sich mir? Ich verstehe Sie nicht.«

»Ich liebe meinen Mann, nur ihn. Ich will ihn nicht betrügen.«

»Aber Sie haben ihn ja schon betrogen. Mit jedem Tanz. Wenn Mann und Frau zusammen tanzen wie wir, so können wir auch . . .«

Ich gab ihm einen Schlag, daß ihm sein grauer breitkrempiger Hut vom Kopf fiel und, von einem Windstoß ergriffen, von der Brücke auf die Schienen hinunterwehte.

Er hatte mich sofort losgelassen und starrte dem Hut nach.

»Mein Hut, mein Gott, so einen Hut bekomme ich nicht mehr. Der Hut eines spanischen Granden, und er stand mir so gut.«

Ich betrachtete seinen entblößten Kopf, den er schief zur Seite legte, die schwarzen dichten Brauen, die vor Wut zuckten, das weiße leere Gesicht, von Eitelkeit geschwollen. Er war in diesem Augenblick so abgeschminkt, so entlarvt, daß ich ihn nur lächerlich fand. Der süßliche Schlager »Valencia« war mit dem Hut fortgeblasen.

Ich beugte mich über das Brückengeländer, unter dem eben ein Zug dröhnte und wünschte Armin an meine Seite, damit wir gemeinsam den glitzernden Strängen der Schienen nachblicken konnten, die irgendwohin in das Unbekannte führten. Mit der Sehnsucht stieg ein Angstgefühl in mir auf, etwas Drohendes. Hatten wir uns vielleicht verloren? Hatte ich in den letzten Wochen das Beste meines Lebens vertanzt und vertan? Ich verließ den Schauspieler, der sich immer noch mit schiefem Kopf über das Geländer neigte und eilte nach Hause.

Armin saß vor einem weißen leeren Bogen und sah mit dem blinden, angestrengten Blick der Versenkung in die Luft. Ich trat hinter seinen Stuhl und berührte mit den Fingerspitzen seine Schläfen. Er wandte sich nicht um.

»Es geht nicht heute abend. Es geht überhaupt nicht.«

»Mach eine Pause. Laß uns zusammen in das Haus in den Wäldern fahren. Nur du und ich, ohne die Kinder.«

»Wie stellst du dir das vor? Ich habe keine Zeit ...« Er stand auf und reckte die eingeschlafenen Glieder. »Ja, wie siehst du denn aus? Ist dir etwas zugestoßen?«

Ich fühlte, daß meine Oberlippe zitterte. Dann erzählte ich ihm die Szene auf der Brücke. Armin lachte schallend und spielte sie sofort nach, indem er sich mit schiefem Kopf über den Stuhl wie über ein Brückengeländer lehnte.

»Mein Hut, mein Gott, mein Hut!«

Wir krümmten uns beide vor Lachen. Dann zerrte ich mir die Haare tief in die Stirn und versuchte, einen demütigen Hundeblick nachzuahmen. »Wer ist das? Rate ...«

»Die Kreatur Gabriele. Ausgezeichnet!«

»Aber sie kann ich leider nicht nachspielen. Ich bin nicht knochig genug dafür. Den blonden Pagenkopf! Den Zwitter! Den ausgelaugten Hermaphroditen!«

»Meinst du etwa das kleine blonde Mädchen, mit dem ich auf dem Pressefest tanzte? Diese harmlose Spielerei.« Er zog mich neben sich in eine Sitznische unter den Büchern, wo wir bei der tief heruntergezogenen Decke wie in einer Kajüte saßen. »Ach laß doch diese törichte Eifersucht. Wenn du wüßtest, war für andere Gedanken durch meinen Kopf rollen, und daß sie mich nicht schlafen lassen.«

»Was läßt dich nicht schlafen?«

Wie oft erschien in dem harten Männergesicht ein zweites kindliches Gesicht mit ratlosen suchenden Jungenaugen.

»Nachts, wenn ich wach liege und Zeit habe nachzudenken, sage ich mir, daß mein Leben sinnlos geworden ist. Nicht nur, daß die Schreiberei für den Tag meine Phantasie allmählich ermattet, nicht nur, daß die Jagd nach dem Geldverdienen eine Mühle ist, in der man selbst mitgemahlen und mitgerädert wird. Das wäre Grund genug zur Verzweiflung. Aber es ist noch etwas anderes. Ich zweifle an allem, an das ich früher glaubte – Fortschritt, Frieden, soziale Gerechtigkeit. Nichts hat sich eigentlich geändert, und vielleicht kann sich nichts ändern in der menschlichen Natur. Der Krieg ist vergessen. Die damals Kinder waren, haben genau die gleichen falschen Vorstellungen von Heldentum, und sie werden die neuen Schlachtopfer des nächsten Krieges sein. Er wird allerdings fortschrittlich sein. Ein chemischer Krieg, ein Giftgaskrieg. Auch unsere Industrie produziert eifrig Gasmasken. Da sieh, wie weit wir es gebracht haben.«

Er warf mir eine Broschüre hin, welcher die Einladung zu einer Friedenskonferenz beigefügt war, und die die Drohung des nächsten Krieges mit seinen besonderen Schrecken des Gasangriffs schilderte. Giftgase mit den Spielzeugnamen wie Gelbkreuz und Blaukreuz, die in langsam qualvollem Tod die Lunge zersetzten. Als Titelblatt war ein Mann abgebildet, der einem vorsintflutlichen Rüsseltier ähnelte.

Armin hob die Arme und schlug sie nieder, lahme Flügel des verzweifelten Menschen, der in seinem Flug abgestürzt war. »Der Mensch fällt in die Urzeit zurück. Können wir noch mit Vernunft dagegen ankämpfen? Ich sehe immer mehr, die Menschen wollen keine Vernunft. Sie sind von ganz anderen Kräften beherrscht. Mit der Lust an der Gefahr wächst die Lust zur Zerstörung. Der Todesreiz, das Spiel am Abgrund wie beim Bergsteigen – kenne ich es nicht selbst? –, und dicht daneben lockt das Machtgefühl – wenn alles erlaubt ist, auch das Töten. Die politischen Morde an Erzberger und Rathenau waren nur kleine Vorspiele, wie die nationalen Putsche nur Vorübungen. Ganz Europa ist wieder vom Nationalismus durchzogen, von unterirdischen Pilzfäden; denn die nationalistische Unvernunft der Siegervölker treibt unseren Pilz nationaler Rache hoch. Ach, ich fürchte, es wird alles überwuchern und ersticken.«

Ich legte meine Hand auf seine, die sich ausstreckte und zusammenballte. »Du siehst zu schwarz. Wir, die Gegenkräfte, die Friedenskämpfer, sind auch noch da.«

Armin zog seine Hand fort. »Was können wir, die Gewaltlosen, die Friedensfreunde bieten, um jene Urkräfte abzulenken? Fußballkämpfe und Wettrennen genügen nicht. Schöne Reden gewiß nicht. Ich trete aus der Friedensgruppe aus. Ich fahre nicht zu der Konferenz.«

»Das ist ein Irrweg«, rief ich. »Wir haben das Rechte erkannt; wir müssen Geduld haben. Was ist die Zeit einer Generation?« Ich versuchte, meine eigenen Zweifel niederzuschreien; aber die Luft war schwer, als wäre sie schon mit giftigen Dämpfen durchsetzt.

»Im vorigen Krieg«, sagte Armin, »habe ich einmal im Lazarett einen Gasvergifteten gepflegt. Er hustete sich in blutigen Stücken seine Lunge heraus. Was sollen wir tun? Wir flüchten in Wälder, in Bücher, in eine Stratosphäre des Geistes, feige und erbärmlich. Aber war *sollen* wir tun?«

Ich erschrak vor Armins Ausdruck. Er hatte sich oft mit der Kunst des Spielers in eine Verzweiflung hineingesteigert, die er unbewußt genoß. Diesmal spielte er nicht. Seine blicklosen Augen, die geballten Fäuste, die über den Muskeln des Kinns überstraff gespannte Haut, sie zeigten die furchtbare Krise, wenn alles, an das man glaubt, sich in Nichts auflöst. Ich hatte dies schon einmal bei Fried erlebt, als er im Kriege seine geistige Haut wechselte. Bei Armin zerschnitt es die Lebensader und machte ihn unfruchtbar, daß er nicht mehr schaffen konnte. Mein Blick streifte den leeren weißen Bogen auf dem Schreibtisch.

Vielleicht sind nur Männer fähig, sich einem solchen Abgrund zu nähern. Frauen werden von den tausendfältigen Dingen des Tages festgehalten; sie schließen die Augen, während ihre Füße am Abgrund weiterlaufen.

Vielleicht half mir dieser weibliche Instinkt, Armin zu ermutigen. Wir mußten an die Kräfte des Guten glauben, um atmen zu können. Also glaubte ich weiter. Ich mußte Armin aus der gefährlichen Stimmung herausreißen, also täuschte ich mir Stärke vor, die ich gar nicht besaß.

»Nach der Konferenz wollen wir ein paar Tage wandern, durch die mecklenburgischen Wälder.«

Armins blicklose Augen blitzten auf; das Leben strömte in sie zurück. »Mit unserem weißen Fuchs. Die alten schönen Städte besuchen! Du kennst sie noch nicht.«

Wir drückten uns dicht aneinander in der Büchernische wie in einer Kajüte, während unser Haus mit der unruhigen Erde durch das Weltall raste, und wilde Winde und giftige Luftströme vorübersausten. Draußen. Wir saßen drinnen. Wir glaubten, geschützt.

Wir drängten uns dichter aneinander, so eng, daß unsere Körper zusammenwuchsen. Das Telefon klingelte, es schrie unaufhörlich. Wir antworteten nicht.

Nein, es genügte nicht, sich in Wäldern und hinter Büchern zu verbergen. Es half auch nicht, das Unheimliche, das heraufstieg, mit Namen zu nennen. Die Reden auf der internationalen Friedenskonferenz, die in verschiedenen Sprachen einen einheitlichen Willen beteuerten, konnten das Gefühl der Ohnmacht nur verstärken. Weder die heftigen Gesten der jungen Französin, die mit ihrem länglichen Gesicht unter den glühenden Augen einer Jeanne d'Arc glich, konnten uns ermutigen, noch vermochte uns der englische Kriegsdienstverweigerer mit seiner Ruhe und der kristallenen Heiterkeit eines Apostels, neue Zuversicht einzuflößen. Denn alle konnten nicht mehr aufhalten, was unterirdisch gesammelt aus den Sümpfen in giftigen Dämpfen heraufquoll.

Auf unserer Wanderung durch die Wälder sahen wir das Zeichen des Hasses in viele Bäume eingeschnitten, das Hakenkreuz der Nationalsozialisten. Es stand für nationale Rache und Rassenhaß. Schon hatte es viele Dörfer des Landes erobert. Aber auch in der Stadt verbreitete es sich mit rasender Geschwindigkeit. Wenn bei festlichen Anlässen geflaggt wurde, erschien es überraschend in den Quartieren der Stadt, wo man es niemals vermutet hätte, und wenn die Fahnen im Winde flatterten, krümmte sich das Zeichen wie eine böse Natter.

Eines Tages wurde unsere Fahne in den Farben der Republik – Schwarz-Rot-Gold –, die wir vom Balkon aus hinausgehängt hatten, von den Bewohnern des oberen Stockwerks böswillig mit Tinte begossen. Wir kannten diesen Nachbarn kaum, einen Geschäftsreisenden, den wir bisher für unpolitisch und harmlos gehalten hatten. Später erfuhren wir, daß er als aktiver Offizier nach dem Vertrag von

Versailles aus der Armee entlassen, sich schon vor Jahren einem Freikorps und dann den Nationalsozialisten angeschlossen hatte.

Der schwarze Tintenfleck auf der Fahne der Republik war nur ein Symptom der allgemeinen Beschmutzung und Verleumdung, des zügellosen Parteienhasses. Täglich kam es bei Versammlungen zu blutigen Schlägereien; die radikalen Gruppen links und rechts erhielten Zulauf durch die Arbeitslosen und durch die Masse der Unzufriedenen, der Deklassierten des Bürgertums. Die rote geballte Faust der Kommunisten schlug sich am ausgestreckten Arm der Faschisten blutig, der nicht nur schlug, sondern schoß und tödlich verwundete.

Nein, es war nicht mehr möglich, die Augen vor der Wirklichkeit zu schließen. Wenn wir es versuchten, dann vernahm das Ohr sogar durch die geschlossenen Fenster den Marschtritt auf unserer Paradestraße, dem Kaiserdamm, die knallenden Tritte der Lederstiefel, wenn die Kolonnen der Braunhemden zu ihren Sportspielen, verkappten Militärübungen, zogen. Wir hörten auch die Kommandorufe, nicht knapp und scharf wie der frühere preußisch soldatische Anruf. Es war ein völlig neuer Ton, gellend und schreiend, es war die Nachahmung der Stimme Hitlers, die sich überall hörbar machte, auch durch das Radio. Man machte sich lustig, man lachte sie aus.

»Der lächerliche Idiot, der armselige Narr, er kann nichts als brüllen«, sagte Armin und drehte das Radio ab. Dann führte er den Kindern und mir eine täuschende Parodie der Hitlerrede vor. »Der deutsche Bauherr«, schrie er, indem er das R rollte, den Hals verdrehte und Speichel aus dem Munde spritzte. Die Kinder kreischten vor Vergnügen, wir alle krümmten uns vor Lachen. Und doch war es kein gutes, kein befreiendes Lachen. Die Hitlerstimme schwoll an, wurde lauter und gellender im Lande.

Wir schlossen nicht nur die Augen, wir versiegelten auch die Ohren. Wir stellten uns blind und taub. Wir hörten einfach nicht hin, überhörten die Stimme des heulenden Fanatikers. Besonders überhörten die kultivierten Juden des Landes, zu denen auch der Kreis meiner Eltern gehörte, die Drohungen, die gegen sie selbst ausgestoßen wurden. Die Vertilgung und völlige Vernichtung der Juden als Fremdkörper aus dem deutschen Volk. Aber noch war Hitler nicht an der Macht, und sein Programm war so maßlos, daß man es nicht ernstnahm. Man zuckte mit den Schultern, man machte Witze, erzählte

Anekdoten und setzte ein ironisches Lächeln auf, die Schutzmaske des jüdischen Menschen.

Armin schob den Antisemitismus Hitlers mit einer Handbewegung zur Seite. »Wahrscheinlich hat ihn ein Jude in Wien einmal schlecht behandelt. Ich höre mir diesen Wahnsinn überhaupt nicht mehr an. Ich lese keine Zeitung mehr.«

Nicht hinhören! Den Kopf in die Achselhöhlen stecken wie schlafende Vögel. Dennoch war es vergeblich, sich in Wäldern und hinter Büchern zu verbergen. Man mußte weit fortreisen, um jene Stimme nicht zu hören. Vielleicht ergriff Armin deshalb so schnell das Angebot seines Verlages, ein Reisebuch über Palästina und Ägypten zu schreiben. Dies bedeutete für ihn den Sprung in eine entlegene Welt, die man als Betrachter wie ein Bilderbuch aufblättern konnte, ohne daß es die Wirklichkeit des eigenen Lebens berührte.

»Nach Palästina«, wiederholte ich, indem ich das Wort langsam auf der Zunge kostete. »Dort bin ich ja schon einmal gewesen, vor zweitausend Jahren. Ich will das Land mit dir besuchen. Nimm mich mit auf die Reise!«

Armin hielt gerade ein Fotonegativ gegen das Licht und betrachtete es mit gespannter Aufmerksamkeit. Beiläufig sagte er: »Dich mitnehmen? Ich zweifle sehr, ob ich es einrichten kann. Die Einnahmen reichen nicht für uns beide. Auch werde ich drei Monate fortbleiben.«

Ich ließ mich nicht beirren, ich war entschlossen mitzufahren. »Ich werde auch schreiben und Geld verdienen. Und ich werde manches sehen und hören, das du nicht siehst. Es wird eine Hilfe für dich sein.«

Armin hatte das Negativ niedergelegt und strich mir mit der flachen Hand über die Augen. »Mein asiatisches Gesicht. Vielleicht ist es ein guter Gedanke. Laß mich überlegen.«

Wir sprachen einige Tage nicht darüber. Eines Nachmittags erschien Armin außer Atem, zwei Stoffballen über die Schultern geworfen, hinter ihm ein Träger, der schwere Kisten in die Wohnung schleppte.

»Eine tropische Zeltausrüstung«, erklärte er. »Eine Sportfirma hat sie mir zur Verfügung gestellt. Ich beabsichtige, am Ufer des Jordan und in der Wüste Sinai zu zelten. Willst du wirklich mitfahren? Die Reise wird sehr anstrengend sein.«

»Das Zelten schreckt mich nicht. Meine Vorfahren sind auch mit

Zelten von Ägypten nach Palästina gewandert. Sie haben allerdings vierzig Jahre dazu gebraucht.«

»Wir machen die Reise in der umgekehrten Richtung, von Palästina nach Ägypten. Und unser weißer Fuchs, der hoffentlich keine Panne hat, dürfte nicht länger als sechs Stunden brauchen, um die Wüste Sinai zu durchqueren.«

»*Wir*, also wir beide reisen!« rief ich triumphierend wie ein Kind, das seinen Willen durchgesetzt hat.

Inzwischen umtanzten meine Kinder aufgeregt die Kisten. Sie genossen die Vorbereitungen zu unserer Reise, als wäre sie eine gefährliche Expedition, das erste Kapitel eines Abenteuerromans. Sogar Andreas vergaß die kritische Haltung des Halbwüchsigen und half mit Alf, die Kisten auszupacken und das Zelt zur Probe zusammenzusetzen. Da lehnte es nun mit seinen leichten graugrünen Stoffwänden in sonderbarer Weise am Klavier im Durchgangszimmer. Sibylle, einen Tropenhelm aufgestülpt, der ihr über die Augen bis zum Kinn rutschte, rollte sich in einem Schlafsack auf dem Boden. Wir bastelten und schraubten; es war ein herrliches Indianerspiel für uns alle. Erst sehr spät nahmen wir zwischen Zeltstäben, Kochgeschirren, Feldflaschen und Moskitonetzen unser Abendbrot kauernd auf dem Teppich ein.

»Wie die Beduinen«, sagte Alf, der sich mit untergeschlagenen Beinen in die Wüste versetzte. »Wenn euch diese Wilden nun überfallen? Nehmt ihr Gewehre mit?«

»Rede nicht so dumm«, verwies ihn Andreas. »Beduinen sind keine Wilden, sie sind ein edles, gastliches Volk. Unser Vorfahre Abraham war auch ein Beduine.« Wie die Gestalt Abrahams, der in seinem Zelt die Engel bewirtete, aus den Tiefen der Kindererinnerung heraufstieg ... Ich hörte halb hin, als Armin sagte: »Der beste Schutz ist, ohne Waffen durch die Wüste zu reisen. Übrigens werden ›diese Wilden‹ freundlich sein, wenn sie hören, daß wir Deutsche sind. Sie achten die Deutschen.«

Nachts wurde ich durch Klopfen und Hämmern in Armins Zimmer geweckt.

»Was tust du? Es ist mitten in der Nacht.« Ich sprang aus dem Bett und drückte die Klinke nieder. Die Tür war verschlossen.

»Schlaf weiter«, rief Armin unwillig. »Störe mich nicht. Morgen gibt es eine Überraschung für dich.«

Ermüdet gab ich nach. Als ich am nächsten Morgen erwachte, rieb ich mir die Augen. Vor meinem Bett stand ein aufgetakeltes Faltboot mit orangerotem Segel. Hatte ich einen Fiebertraum, eine Halluzination? Ich berührte es vorsichtig, die kühle glatte Gummihülle. Noch schlaftrunken setzte sich Armin an den Rand meines Bettes. »Ich habe es allein aufgebaut. Ist es nicht eine Schönheit? Darin werden wir zusammen den Jordan hinunterfahren.«

Er streichelte die hellen Holzstäbe, den schmalen Kiel, das flammende Segel. Das Boot hatte eine kleine Fahne am Wimpel, ein Dreieck, grün und rot, eine unpolitische Farbe. Die Farbe kindlichen Abenteuers und leichtsinniger Reiselust. Ja, dies war das Traumboot, das uns aus der drückenden Wirklichkeit forttragen würde mit seinem sonnenfarbenen Segel in das biblische Traumland. Wir setzten uns beide in unseren Schlafanzügen in das Boot, und während Armin leicht und spielerisch das kleine Ruder bewegte, sang ich den alten Kinderreim: »Wir fahren nach Jerusalem.«

Gab es eine leichtere Flucht? Wie wenig ahnte ich in jenen Augenblicken, daß ich auf dieser Fahrt nur in eine grellere Wirklichkeit getrieben wurde, zu mir selbst zurück, meinem innersten Schicksal entgegen.

12

Nie werde ich vergessen, wie wir aus Jaffa kommend, dem Gewühl, kreischendem Lärm und buntem Schmutz eines orientalischen Hafens, nach wenigen Minuten in eine weiße moderne Straße des jüdischen Tel Aviv einfuhren. Als wäre man mit einem einzigen Schritt von Asien nach Europa zurück, vom Mittelalter in die Neuzeit getreten.

Das Land Palästina war damals für den Reisenden kein Traumland der Bibel mehr. Es war ein verwirrendes Gebilde, aus den verschiedensten Flecken und Fetzen zusammengesetzt, die dicht und feindlich aneinanderstießen. In den langsamen, ruhe- und würdevollen Gang der arabischen Welt war die Unruhe der jüdischen Pioniere wie ein Keil eingebrochen, die mit ihren neuzeitlichen Methoden den vernachlässigten Boden dem Sumpf und der Wüste entrissen. Mit der fanatischen Liebe zur Urheimat, getrieben von dem messianischen Gefühl der Erlösung, arbeiteten sie bis zur Erschöpfung und hatten doch noch Kraft, an den Abenden im Kreistanz der Horra bis zur Erschöpfung zu tanzen und zu singen. Die Erde schien zu beben unter den stampfenden Füßen der Tanzenden und aufzuwachen durch die Gesänge, in denen die klagend sehnsüchtigen Melodien des ostjüdischen Ghettos in eine andere Tonart, in Trotz und rasende Freude umschlugen.

In nächster Nachbarschaft der jungen jüdischen Siedlungen kauerten die arabischen Dörfer, mit den flachen Würfeln ihrer Häuser, grauen Steinquadern, aus der harten, kahlen Steinlandschaft natürlich gewachsen. Langsam zogen arabische Hirten vorüber, um ihre Tiere wie seit Jahrhunderten an derselben Quelle zu tränken. Die

Araberinnen, deren lange Gewänder im Staube schleiften, schritten wie die Gestalten der Antike einher, schwere Wasserkrüge auf dem Kopf. Sie setzten ihre Füße mit der Sicherheit und Anmut von Gazellen.

So wurde der Reisende unaufhörlich zwischen widerstreitenden Eindrücken hin und her geworfen. Er spürte den drohenden Gegensatz zwischen den beiden Völkern, der sich schon mehrere Male in blutigen Unruhen entladen hatte.

Auch Armin, der hellsichtig durch Menschen und Landschaft hindurchschaute, schilderte in seinem Buch Palästina als das Land der tausend Widersprüche, als die schmale Brücke, auf der der Primitive aufgeschreckt dem Menschen der Neuzeit begegnet, der baute und zugleich den Zauber der ehrwürdigen Schönheit zerstören mußte. Als Betrachter von außen, versuchte er beiden Seiten gerecht zu werden. Er lauschte entzückt der eintönigen arabischen Musik, die aus der großartigen Monotonie der Landschaft stieg. Und er ließ sich von der fanatischen Horra hinreißen. Er bewunderte die aufopfernde Kraft der Pioniere, die ihre Körper fast zerbrachen, wenn sie den widerspenstigen Boden entsteinten.

»Nirgends habe ich solche Juden gesehen«, sagte er staunend. »Ich wußte nicht, daß es überhaupt solche Juden gibt.«

Ich zuckte zusammen. Lag in diesem Lob nicht eine versteckte Geringschätzung? Ich war gereizt, überempfindlich. Ich sah nicht mit Armins Augen, dem Blick des Betrachters. Auch war ich nicht gerecht. Ich war drinnen, nicht draußen. Das Land meiner Urväter kam mir entgegen, sauste auf mich zu. Nicht ich besuchte Palästina, Palästina suchte mich heim. Als ob ich hierher und nirgendwo anders hingehörte. Aus der Verschüttung brach es bei mir hervor, das jüdische Empfinden, das ich vergessen hatte. Ich entdeckte nicht ein fremdes Land, ich entdeckte mich.

Doch zugleich wehrte ich mich in panischer Angst und Verstörtheit dagegen. Ich klammerte mich fest an das Vertraute, Heimatliche. Armins Zuhause war auch mein Zuhause, unser Heim in den nordischen Wäldern, der feuchte Blättergeruch nach dem Sommerregen, der blasse Himmel mit den ziehenden Wolken. Wo ich die Bäume unserer Umgebung liebte wie lebende Tiere, weil ich sie so gut kannte. Wo ich die Wege blind im Dunkel fand. Und wo das Rauschen der

Landschaft widerklang in den Lauten der Sprache, die auch meine einzige Sprache war. Dort war ich zu Hause, und dorthin gehörte ich, zu ihm, mit dem ich verflochten war wie die zärtliche Buche mit der Kiefer. Und dennoch zog mich Palästina so gewaltig an, als könnte ich mich nie mehr davon lösen.

Dieser Zwiespalt verließ mich nicht während der Reisewochen, er lief mit mir mit, als wir im weißen Fuchs das Land von Süden nach Norden durchquerten. Die Eindrücke auf dieser Reise wechselten, doch das dumpfe Bewußtsein des Schicksalhaften blieb. Es begleitete mich überall.

Deshalb hafteten auch die Erlebnisse der Palästinafahrt am stärksten in meiner Erinnerung, wenn dieser Zwiespalt offen aufbrach. Noch heute brennen sie wie damals, das ungewohnte brennende Licht, unendlicher Himmel!

Dieses gleißende Licht überschwemmte Tel Aviv, als wir am Purimfest von einem flachen Dach aus dem Karnevalstreiben zusahen. Die Stadt war in Freudentaumel aufgelöst. Terrassen und Dächer barsten fast vor Zuschauern, die weißen flimmernden Straßen waren bunt von Menschen, die sich in ausgelassener Laune durch das Gewühl drängten. Scharen verkleideter Kinder lärmten vorüber und ließen ihre Knarren rasseln, mit denen man den bösen Haman verhöhnte. Stimmen, schrill vor Entzücken, riefen nach der Königin Esther. Sollte sie nicht sogleich im Triumphzug erscheinen, hier, auf den funkelnd neuen Straßen Tel Avivs, der freien jüdischen Stadt?

Das uralte Märchen der Bibel, durch die Jahrhunderte der jüdischen Verbannung immer wieder gespielt, wurde in diesen Augenblicken zur Wirklichkeit. Vergangenheit und jüngste Gegenwart fielen zusammen. Denn wiederholte es sich nicht immer wieder im jüdischen Schicksal – Verfolgung und wundersame Errettung –, und diesmal wie niemals zuvor bei der Heimkehr der Juden nach Palästina?

»Königin Esther!! Sie kommt! Platz für die Königin!« schrie die von Licht und Freude trunkene Menge. Und da war sie leibhaftig: An der Spitze des Festzuges stand sie in dem blumengeschmückten Wagen. Schwarze Zöpfe hingen um das schmale bräunliche Gesicht, dessen Haut wie blasses Gold leuchtete. Die tiefschwarzen Augen, starr und glänzend, blickten geradeaus. Sie hielt sich kerzengerade, auch den zierlichen Kopf unter dem schweren Goldschmuck, der mehr einer Haube als einer Krone glich. Mit der Würde einer Fürstin trug sie das weißseidene Gewand, das mit blauen und goldenen orientalischen Stickereien bedeckt war.

Dann sprang plötzlich ein Lachen über ihre Züge, die Statue kam in Bewegung, die Zähne blitzten, die Augen funkelten, als sie nickte und grüßte. Sie hatte jemanden unter den Zuschauern erkannt, und unter der würdevollen Maske enthüllte sich das blutjunge, kindliche Antlitz eines orientalischen Mädchens.

»Sie ist wunderbar echt«, hörte ich neben mir Armin sagen.

»Warum sollte sie nicht echt sein?« antwortete ihm eine blonde beleibte Frau in Jiddisch. »Eine kleine Jemenitin. Gerade aus Afrika angekommen. Ich kenne sie; sie kann nicht lesen und schreiben, das älteste von zehn Kindern. Mütter und Töchter ernähren sich durch ihre Stickereien. Eine schöne, gerechte Sache, daß man gerade sie zur Königin Esther gewählt hat.«

»Ja, die Jemeniten sind unsere verborgenen Könige«, unterbrach sie ein älterer Mann mit klugen, scharfen Zügen, der sich uns als Arzt aus Wien vorgestellt hatte, und der vor zwei Jahren, von der zionistischen Idee getrieben, eingewandert war. »Ich wollte das Stimmen der Instrumente hören, bevor das Konzert beginnt«, hatte er uns gesagt. »Deshalb bin ich gekommen und habe eine gute Praxis in Wien aufgegeben.« Ein seltsamer Glanz kam in seine wachen Augen. »Ja, diese Jemeniten, verachtet und unterdrückt im arabischen Jemen, hier kommen sie bettelarm und als Analphabeten an. Und dort sind sie Aristokraten geblieben, die unvermischtesten Juden der Welt. Sie haben den Orient niemals verlassen, sie haben etwas von der Urfarbe und den Ursitten der biblischen Zeit bewahrt. Nicht wie wir, europäische Juden, abgeblaßt, verbildet und von fremden Kulturen überdeckt und übertüncht, auf die wir noch stolz sind ... Nun, sehen Sie einmal, welches Gefolge unsere Königin Esther hat; so sahen gewiß einmal unsere Ahnen aus.«

Hinter dem Wagen tanzten bärtige jemenitische Männer in hemdartigen Kaftanen. Sie warfen ihre Hände in die Luft, während ihre Körper in wilder Bewegung vorwärtsgerissen wurden. Der Tanz glich einem Gebot in seiner Ekstase. Ihnen folgten mit lautem Händeklatschen und Zungentrillern junge und alte Frauen, deren Perlengehänge an den farbigen Kopftüchern leise schaukelten.

»Das muß ich aus nächster Nähe aufnehmen«, rief Armin und eilte mit seinem photographischen Apparat die Treppe hinunter. Ich sah seine lange Gestalt auf der Straße, wie er geschickt durch das Menschenspalier schlüpfte und sich zu dem jemenitischen Wagen vordrängte. Ich folgte ihm, aber er war an der Spitze des Zuges schon so weit voraus, daß ich ihn nicht mehr einholen konnte. So geriet ich in die nächste singende Gruppe der Siedler hinein, Burschen und Mädchen in blauen Blusen und kurzen Hosen und Röcken, die braungebrannte Beine freiließen. Über ihren Schultern trugen sie blumenbekränzte Hacken und Schaufeln, die Symbole der Arbeit. Einige hielten aus Pappe geformte Gebilde in ihren Händen wie Schiffe und hohe Häuser, welche die Aufgaben der Zukunft, Schiffahrt und Industrie andeuteten. Andere trugen Transparente mit hebräischen Inschriften, deren Buchstaben auch vor Freude zu taumeln schienen. Denn die jungen Menschen marschierten nicht, sondern bewegten sich in einer Art Tanzschritt vorwärts.

Plötzlich befand ich mich mitten in ihrer Kette, welche die ganze Breite der Straße überspannte. Ich spürte einen Arm auf meiner Schulter, und mitgerissen bewegten sich meine Füße von selbst in dem gleichen jauchzenden Rhythmus.

Ich vergaß mich völlig; es war, als ob ein anderes Ich, das zu ihnen gehörte, mich weiterstieß und mit ihnen das Fest feierte, das gestern, heute und immer geschah. Allmählich wurde das tanzende Schreiten immer wilder und leidenschaftlicher. Wir flogen dahin, ohne den harten Asphalt unter den Sohlen zu spüren. Die weiße Straße und das grelle Licht verschmolzen in siedender Helligkeit. Ich schloß die Augen und tanzte blind weiter. So wie früher im Siegeszug Miriams meine Ahnen zum Dröhnen der Pauken und Zymbeln getanzt hatten und später das Volk im Festrausch des Purim. Ich tanzte und lebte mit ihnen; ich war heimgekehrt. Die tausend Jahre Verbannung hatte ich nur geträumt.

Wie lange dieser somnambule Zustand bei mir dauerte, weiß ich nicht, vielleicht nur wenige Minuten. Als ich die Augen öffnete und zum Bewußtsein der Umgebung zurückkehrte, war der Zug zum Stillstand gekommen und löste sich auf. Wir befanden uns auf einem freien Platz mit Tribünen, von denen aus zu gleicher Zeit verschiedene Ansprachen gehalten wurden. Die hebräischen Laute waren mir wildfremd; ich verstand kein Wort. Mitten in der Menge wurde ich hin- und hergeschoben, einsam im Getriebe. Nun erst blickte ich mich nach Armin um und konnte ihn nirgends finden. Vielleicht war er in unser Hotel gegangen, um die Filme zu wechseln.

Mit Mühe entwand ich mich dem Getümmel und irrte lange durch stillere Seitenstraßen. Es waren ungepflasterte Wege, auf denen man tief in weißem Seesand versank; am Rande standen einzelne halbfertige Gerüste von Häusern. Ich blickte mich um, da ich vollends den Weg verloren hatte. Stöße von Meerwind wirbelten den losen Sand auf und bliesen ihn durch die offenen Fensterhöhlen der Bauten.

Am Ende der Straße war nur Himmel, es schien das Ende der Welt oder war es der Anfang? Von dort ertönte das Rauschen des Meeres, das man nur ahnte, eine dumpfe Urstimme. Hier, fühlte man, begann das Leben ganz von vorn, noch einmal aus dem Urschlamm, aus der Schöpfung. Ich dachte an den Ausspruch des Arztes: »Ich möchte dabei sein, bevor die Symphonie beginnt, wenn die Instrumente gestimmt werden.« Mich ergriff das gleiche Verlangen, dabeizusein, wenn sich die Gerippe dieser Häuser mit Stein überzogen und mit Leben füllten. Der Sand vor den Gerüsten würde sich in blühende Gärten verwandeln. Hier geisterten lauter Gespenster der Zukunft.

Unversehens war ich in meinen Träumereien in eine belebtere Straße geraten. Ein Kind, bunt maskiert, wies mir den Weg, und bald stand ich vor unserem Hotel.

Eigentlich war es kein Hotel, sondern ein Privathaus, dessen Besitzer an den Festtagen ihre eigenen Räume vermieteten. Ich fragte nach Armin. Er war kurze Zeit dagewesen und wieder fortgegangen. In unserem Zimmer überzog gerade die Wirtin die altmodischen Holzbetten, die sie gewiß aus ihrem polnischen Städtchen mitgebracht hatte, und die gar nicht zu dem kahlen Raum und den harten, weißgetünchten Wänden paßten. Auch die Frau war in ihrem Aussehen ebenso unausgeglichen, mit breiten Hüften und flacher Brust; in dem gutmütigen Gesicht saßen kleine unruhige Augen, neugierig und unsicher.

»Ihr Mann war hier«, sagte sie auf Deutsch, durch das der jiddische

Akzent hindurchklang. »Ein schöner Mann. Ein freundlicher Mann.« – Sie blinzelte, wie um mich genauer zu betrachten. »Nicht wahr, er ist kein Jude?«

Die Frage traf mich wie ein unerwarteter Überfall. In ihrem Ton klang etwas Feindseliges, eine versteckte Anklage.

»Warum glauben Sie, daß er kein Jude ist?«

»Nun, das spürt man; das sieht man auf den ersten Blick. Die blauen Augen ...«

»Haben Sie nicht auch helles Haar und blaue Augen?«

»Das tut nichts. Blaue Augen und blaue Augen sind nicht dasselbe. Das sind ganz andere Augen bei ihm. Es ist der Blick. Und wie er spricht und geht und sich bewegt. Ein schöner Mann. Ein interessanter Mann. Aber ein Goy. Sie müssen wissen, wir in Polen kannten einen Goy von weitem, wie eine Maus die Katze riecht.«

»Und wenn er schon ein Goy ist«, erwiderte ich heftig. »Was ist dabei? Ist ein Goy nicht auch ein Mensch wie wir?«

»Ein Mensch gewiß. Aber manchmal auch nicht. Man kann nie wissen. Er kann sich verändern im Nu. Von einem sanften Lamm in ein reißendes Tier. Bei einem Pogrom in unserem Städtchen haben Goyim mitgeholfen, die wir als gute Menschen gekannt hatten. Man ist niemals sicher. Wenn bei uns eine Jüdin einen Goy geheiratet hat, war sie nicht mehr die unsrige.« Sie unterbrach sich und schlug sich leicht mit der Hand auf den Mund. »Aber was schwatze ich da! Ich will Sie nicht beleidigen. Ihr Mann ist sicher anders.« Sie wandte mir den Rücken zu, um das Kissen zu beziehen. Ich fühlte, wie mein ganzer Körper brannte. Der Schweiß brach auf meiner Stirn aus. Es war unerträglich heiß im Zimmer.

Die Wirtin hatte die Unterlippe vorgeschoben. »Nehmen Sie mir nicht übel, was ich sagte. Wir haben in Polen gelitten.«

Wortlos ging ich aus dem Zimmer. Durch den Luftzug schlug die Tür krachend hinter mir zu. Auf der Treppe hörte ich schon den Lärm der Festfreude, Jauchzen, Singen und dazwischen das mißtönende Rasseln der Knarren. Noch vor wenigen Minuten hatte ich im Zuge mitgetanzt, mich zugehörig gefühlt, und nun war ich ausgestoßen. Von wem? Von diesem kleinbürgerlichen Gesicht, dem Gesicht des Vorurteils, das ich überall haßte, hier wie zu Hause in Deutschland. Aber war ich dort zu Hause? Ich war Deutsche, die Frau eines Deutschen und zugleich Jüdin. Nie hatte ich meine Abstammung verleugnet. Konnte ich nicht beides sein wie früher? Oder war ich nur dem Namen nach Jüdin, hatte mein Judentum vergessen? Vergessen in den kühlen grünen Wäldern, wo es sich so leicht atmete?

Langsam ging ich Stufe für Stufe hinunter, scheu vor der lauten und grellen Straße. Ich war Deutsche. In geheimnisvoller Verwandlung hatte mein Blut Armins Blut aufgenommen und war verändert. Ich stolperte fast. »Mein rechter Fuß ist jüdisch, mein linker deutsch«, dachte ich verstört. Da kam mir Armin entgegen.

»Wo warst du die ganze Zeit? Ich habe dich überall gesucht.«

»Ich habe dich auch gesucht. Ich hatte den Weg verloren.«

»Mir sind herrliche Aufnahmen gelungen. Komm, ich will mit einigen jemenitischen Juden sprechen.«

Er zog mich fort auf die Straße, durch den Wirbel von Licht und Lärm. Meine Augen tränten.

»Was ist mit deinen Augen?«

»Das starke Licht blendet mich.«

»Aber du weinst ja!«

Ich weinte wirklich. In Ratlosigkeit und Verwirrung. Wir traten in einen offenen Hauseingang und setzten uns auf die Steintreppe. Der Luftzug strich kühlend wie rieselndes Wasser über mein heißes, von Tränen geschwollenes Gesicht.

»Sprich endlich! Was ist geschehen?«

Ich erzählte Armin das Gespräch mit der Wirtin. Er zuckte mit den Schultern.

»Und deshalb weinst du? Ein so törichtes Gerede kann Eindruck auf dich machen?«

»Gewiß, sie ist beschränkt. Und doch hat sie etwas Wahres gesagt. Eine Jüdin, die einen Nichtjuden heiratet, schneidet sich ab von den ihrigen, von der jüdischen Gemeinschaft, auch wenn sie sich nicht taufen läßt.«

»Natürlich, wie eine Französin, die einen Engländer heiratet.«

»Nein, nicht so. Ich habe ja kein Land verlassen. Mein Land ist Deutschland. Deshalb hörte ich nicht auf, Jüdin zu sein. Aber gerade hier, in Palästina, gelte ich nicht mehr als Jüdin. Nicht nur in den Augen der Frau. Für alle bin ich hier eine Fremde. Das schmerzt mich. Denn ich weiß, daß was hier geschieht, diese Rückkehr, Heimkehr, mich auch angeht. Ich möchte dabeisein, dazugehören. Ich möchte nicht nur mitfeiern, ich möchte mittun, mithelfen . . .«

Während ich sprach, lief ein junges Paar an uns vorüber die Treppe hinauf. Der Mann und das Mädchen trugen die gleichen langen blauen Arbeitshosen und als Kostümierung bunte Kittel darüber. Auf die Köpfe hatten sie Papiermützen gestülpt. Die Art, wie sie Hand in Hand die Treppe hinaufsprangen, verriet eine vertraute, fast geschwisterliche Zärtlichkeit. Es waren Arbeitskameraden und Liebende. Armin sah ihnen aufmerksam nach; es schien, er hatte mir gar nicht zugehört. Ich machte eine unwillige Bewegung, um aufzustehen; Armin hielt mich zurück.

»Ich habe dich sehr gut verstanden. Du mußt dich eben entscheiden, mein Liebling, wohin und zu wem du gehörst, zu ihnen oder zu mir. Eine blaue Arbeitshose, wie das Mädchen sie trug, stände dir sicher gut; nur wird sie bald nicht mehr blau sein, sondern fleckig von der schweren Arbeit in einer Siedlung. Oder möchtest du in Tel Aviv bleiben und in einer Bude Sodawasser verkaufen? Vielleicht willst du wirklich hierbleiben. Ich bewundere auch, was die Juden hier begonnen haben.«

Er hatte halb scherzhaft gesprochen, und doch lag etwas Finsteres, Drohendes hinter den spaßhaften Worten. Ich konnte nur seinen Namen aussprechen, um mich daran festzuhalten. »Armin! O nein, nein! Armin!«

»Dein Taschentuch!« Liebevoll wischte mir Armin das Gesicht ab und küßte dabei die Tränen- und Schmutzflecken. »Mein armer Liebling, mein asiatisches Gesicht. Wie gut ich dich verstehe!«

Dann liefen wir auf die Straße, uns fest an den Händen haltend, mitten durch das Gewühl, durch den Wirbel von Licht und Lärm. Meine Augen tränten nicht mehr. »Wann brechen wir morgen auf?« fragte ich.

Mitten in der Nacht wurden wir durch eine Gruppe von Feiernden geweckt, durch Gesang und Gelächter.

Armin hielt sich ärgerlich die Ohren zu. »Dieses Volk übertreibt alles, auch die Freude. Aber eines haben die Juden hier gelernt außer Arbeiten.«

»Was haben sie gelernt?« fragte ich schläfrig.

»Sie haben lachen gelernt.«

»Er sagt: ›die Juden‹«, dachte ich, »wie er sagt: ›die Türken‹, ›die Armenier‹. Ich sage nicht: ›Die Juden.‹ Ich sage: ›Wir . . .‹« Ich konnte nicht mehr einschlafen.

Am nächsten Morgen verließen wir Tel Aviv; kaum verschwamm das Weichbild der Stadt, da fuhren wir über eine unsichtbare Grenze in arabisches Gebiet ein. Leeres Land, Distelland, jetzt, Anfang März, von bunten Blumen wuchernd, an den Rändern von mannshohen Kakteensträuchern umsäumt. Das Land stieg in sanften Wellen an, die Luft schmeckte süß nach wildem Honig. Ich atmete auf, mit dem Gefühl, einer Gefahr entronnen zu sein.

Aus der Grabeskirche in Jerusalem schrieb Armin an Sibylle:

»Mein Kind! Meine kleine Jüdin! In diesen Tagen wirst Du zum ersten Mal zur Schule gehen. Früher oder später wird es auch Dir geschehen, daß Du der Feindschaft begegnest. Trage den Haß wie einen Adel! Und wenn die blauen Augen Deines Vaters in Dir gegen das schwarze Haar Deiner Mutter aufstehen, so denke daran, daß Du eine doppelte Ehre zu verteidigen hast: Die Ehre des Deutschen und die Ehre des Juden! (. . .) Ringe darum, aber vergiß nie dabei, daß der Jude der Welt durch zwei Jahrtausende bewiesen hat, daß ein Volk von allen am längsten auf dieser Erde lebt, dessen höchstes Vorbild nicht der Held, sondern der Heilige war!«

Die Eindrücke in den nächsten Wochen waren so gegensätzlich – wir wechselten in dem Mosaik Palästina immerzu von jüdischen in arabische Orte hinüber –, daß ich den seelischen Riß kaum spürte. Es blieb nur der dumpfe Druck eines betäubenden Schmerzes, überall, wo wir rasteten, in der Holzbaracke einer jüdischen Siedlung, in unserem Zelt, in der schäbigen Eleganz eines Hotels in Haifa oder in dem zerbröckelten Innenhof eines arabischen Gasthauses, wo wir neben einem plätschernden Springbrunnen die scharf gewürzten Speisen verzehrten. Nur einmal brach die innere Wunde wieder bei mir auf, fast am Ende der Reise.

Ich war mit Absicht allein in einer jüdischen Siedlung im Jordantal zurückgeblieben, während Armin eine antike Ausgrabungsstätte in Transjordanien besuchte. Ich hatte mit Vorbedacht gerade diesen Platz in einem tropischen Kessel unter dem Meeresspiegel gewählt, weil dort eine Gruppe junger deutscher Juden siedelte. Da ich ihre

Sprache verstand, mir ihre Herkunft vertraut war, hatte ich gehofft, tiefer in das Wesen dieser Pioniere einzudringen, die freiwillig wohlhabende und kultivierte Elternhäuser in Deutschland verlassen hatten, um den jüdischen Boden in Palästina zu erwecken. Ich wollte dieses Rätselhafte ergründen, den ungeheuren Zwang, der diese Besessenen aus ihrem verwöhnten Leben, aus der Fülle einer geistigen Erbschaft Europas in diesen asiatischen Winkel, in die Mühsal schwerer körperlicher Arbeit getrieben hatte. Von der grünen Kühle in die höllische Hitze. Von Überfluß in Dürre!

Aber ich wurde enttäuscht, sie hielten mich fern. Nie hatte ich mich einsamer gefühlt, von einer undurchdringlichen Schicht der Isolierung umgeben. Man sprach höflich zu dem ausländischen Gast, der jüdischen Frau eines deutschen Journalisten, man führte sie durch die Felder und Ställe, man zeigte ihr die Kolben der ersten jungen Bananen, die mit Gewalt ihre Hülle sprengten –, aber man verschloß vor ihr das persönliche Leben wie vor einem lästigen Eindringling. An dem langen ungedeckten Tisch in der Eßhalle saß ich stumm und taub, da auch meine Nachbarn, deren Muttersprache die meine war, sich hebräisch unterhielten und nur die notwendigsten Worte in Deutsch an mich richteten.

Eines Abends – man hatte mir einen kleinen Raum alleine zugewiesen –, als die Holzwände die Hitze des Tages wie Feuer zurückstrahlten, wurde ich von Durst gepeinigt. Ich klopfte an die Tür meiner Nachbarin. Die junge Frau lag mit geschlossenen Augen angezogen auf dem Bett. Das lange magere Gesicht Heikes war von Erschöpfung ausgehöhlt; unter dem dünnen Kleiderstoff wölbte sich der hohe Leib. Ich hatte erfahren, daß sie vor kurzem ihr erstes Kind an Malaria verloren hatte, sich aber, selbst geschwächt, trotzdem weigerte, während ihrer zweiten Schwangerschaft den ungesunden Ort zu verlassen.

Als sie die Augen öffnete, wurden die schlaffen Züge durch den hellen, sehr geraden Blick mit Jugend überspült; nun sah sie ebenso alt aus, wie sie war: zwanzig Jahre. Sie richtete sich halb auf.

»Wasser ist im Tonkrug um die Ecke. Heute ist Wüstenwind, Chamein. Man muß an solchen Tagen viel trinken.«

Das Wasser schmeckte lau und etwas salzig. Heike lächelte nachsichtig. »Haben Sie keine Sorge! Es ist abgekocht. Setzen Sie sich.«

Ich sah mich vergeblich nach einem Stuhl um und bemerkte nur einen niedrigen Hocker, der gleichzeitig als Tisch diente und auf dem in einem Blechbecher rote Anemonen standen. Es war die einzige Farbe in dem Raum, der einer schmucklosen Zelle glich. Zögernd blieb ich an der Tür stehen.

»Ich möchte Sie nicht stören. Wo ist Ihr Mann?«

»Er ist auf einer Sitzung. Ich sollte auch dabei sein. Aber ich habe Fieber.« Sie blickte an mir vorbei. »Es ist ein guter Platz. Man darf ihn nicht verlassen. Wir haben Wasser und herrlichen Boden.«

»Denken Sie nicht an das Kind?«

»Meinen Sie das Kind, das gestorben ist? Damals war der gleiche Chamsin wie heute. Der kleine Körper verbrannte vor Hitze. Ich konnte das Kind nicht kühlen.«

Ihr Gesicht verfiel und alterte bei der Erinnerung. Die Backenknochen sprangen scharf hervor, als sie die Lippen zusammenpreßte. »Es wäre nicht geschehen, wenn damals schon unser Steinhaus gestanden hätte. Diesmal wird es fertig sein. Mein Kind und die drei anderen Säuglinge, die wir erwarten, werden in dem neuen Haus geschützt sein. Die Kinder werden leben und gesund bleiben. Der Platz wird gesund sein; wir werden ihn malariafrei machen. Nein, ich will den Ort keinen Tag verlassen. Aber das ist schwer für Sie zu verstehen.«

»Warum ist es so schwer für mich zu verstehen?« fragte ich schüchtern. »Warum trauen Sie mir nicht zu, Heike, den Sinn Ihres Tuns zu begreifen? Warum überhaupt seid ihr alle so . . . so eigentümlich zu mir, so abweisend, als wäre ich eine Fremde? Ist es deshalb, weil ich einen Nichtjuden geheiratet habe? Betrachten Sie mich deshalb als eine Abtrünnige? Ich bin immer Jüdin geblieben. Setzen Sie den mittelalterlichen Ghettostandpunkt ein, der mich ausstößt und für tot erklärt? Sagen Sie mir die Wahrheit.«

Ich stand immer noch an der Tür; in der Hitze spürte ich, wie Hände und Füße anschwollen und mein Körper wie von glühenden Nadelspitzen prickelte.

»Setzen Sie sich«, sagte Heike. »Und bitte, regen Sie sich nicht auf! Bei heißem Wind ist man besonders erregbar.«

Sie wies auf den Bettrand, ich setzte mich neben sie. Mitleidig und nachsichtig blickte sie mich an, die Zwanzigjährige, als wäre sie die Ältere und Erfahrene.

»Wir verurteilen Sie nicht. Es ist Ihre Privatsache, daß Sie eine Mischehe eingegangen sind. Sie haben gewählt. Nur müssen Sie verstehen, daß Sie durch diese Wahl unsere Gemeinschaft verlassen haben. Sie gehören nicht mehr zu uns.«

»Auch meine Sympathie für das Werk in Palästina wird nicht angenommen?«

»Wir brauchen Sympathie in der Welt; aber noch mehr brauchen wir Juden, die hierher kommen, um mit uns zu leben und das Land aufzubauen.« Ihre Stimme wurde leiser und eindringlicher. »Haben Sie Kinder?«

»Drei Kinder.«

»Und wie erziehen Sie Ihre Kinder? Ich meine, wohin, in welche Richtung?«

Ich suchte einen Augenblick lang bestürzt nach einer Antwort. »Ich erziehe sie zu Menschen. Zu gerechter Menschlichkeit.«

»Zu Menschen! Ist das nicht etwas Blasses, Blutloses? Sie geben damit zu, daß Ihre Kinder keine Beziehung mehr zu ihrem jüdischen Ursprung haben, keinen jüdischen Lebensinhalt mehr. Sehen Sie, es kann auch nicht anders sein bei Kindern einer Mischehe. Sie wurzeln selbstverständlich dort, wo sie aufwachsen. Sie wollen ganz sicher sein, nicht halb. Das ist natürlich. Aber deshalb sind Sie auch für uns verloren.«

»Verloren!« Das Wort klang unheilvoll, nach Rastlosigkeit und Umherirren. Nach verlorenem Weg im Dunkeln.

»Wir verstehen einander nicht«, sagte ich schroff. »Menschlichkeit ist für mich nichts Blutloses, und ich lehne einen neuen engen Nationalismus ab, auch wenn er jüdisch ist.«

Ich wollte aufstehen, aber Heike hielt meine Hand fest. »Gehen Sie noch nicht! Gehen Sie nicht so! Ich weiß, ich habe grausame Dinge gesagt. Wir sind alle starrköpfig und einseitig. Wir müssen es sein. Aber Sie haben recht mit Ihrem Vorwurf. Wir haben uns unfreundlich und ungastlich gegen Sie betragen. Verzeihen Sie!«

Sie hob die roten Blüten aus dem Blechbecher. »Nehmen Sie die Blumen in Ihr Zimmer! Bitte!«

Es war mehr als eine Geste, als sie behutsam die Blumen wie etwas Lebendes in meine Hände legte. Vor der heißen, harten Holzwand meines Zimmers strömten die Blumen Frische und Kühle aus. »Armin würde sie mit den gleichen Augen betrachten«, dachte ich getröstet. »In zwei Tagen kommt er zurück. Nein, ich bin nicht verloren.«

Ich erzählte Armin nichts von dem Gespräch mit Heike; nur in mir selbst ging es weiter, indem ich die Unterhaltung in Gedanken fortsetzte. Oft bewegten sich dabei unbewußt meine Lippen, meine Stirn legte sich in Falten, noch mit dem Leben der Siedlung verknüpft, von der wir uns entfernten.

Ich saß am Steuer unseres Faltbootes; wir fuhren den Jordan stromaufwärts, getrieben von unserem kleinen Seitenbordmotor, der wie eine tickende Uhr die brütende heiße Stille durchschnitt. Bisweilen verengte sich der Wasserpfad, von beiden Seiten drängten die Bambusstauden und die Schlinggewächse in den Fluß, der in seinem Lauf stockte und über seichtem Grund als stiller Teich ausruhte. Hier war das Wasser bräunlich trübe und undurchsichtig, schwer von Pflanzen.

»An was denkst du?« rief Armin unwillig, der den Motor bediente. »Paß auf das Steuer auf! Wo sind nur deine Gedanken!«

Ich zog am Steuer, und bei der winzigen Bewegung brach der Schweiß auf meinem Körper aus. »Ich begreife nicht, wie die Siedler bei solchen Temperaturen arbeiten.«

Aber Armin kehrte nicht in Gedanken mit mir um, ging nicht zurück zur Siedlung. Er war in die Betrachtung der Landschaft vertieft. Seine Augen sogen jede Einzelheit am Ufer ein. Das flammende Goldgelb eines Mimosenstrauches, mitten zwischen Dorngestrüpp, dessen Spitzen in weißen winzigen Blüten ausbrachen. Das wirre Netz von Schlingpflanzen, die am Boden wie grüne Schlangen krochen und die breiten Teller von Blättern, neben denen Trompetenblüten ihre gierigen Stempel ausstreckten.

»So habe ich mir den Jordan nicht vorgestellt. In unserer illustrierten Bibel habe ich als Kind eine Abbildung des heiligen Stromes gesehen. Dort war er ein idyllischer klarer Fluß zwischen sanften Wiesen. In Wirklichkeit ist er ein tropischer Wildling. Übrigens müssen wir in einer halben Stunde an der Taufstelle des Johannes sein.«

Die Taufstelle war das Ziel unserer Fahrt. Obwohl nicht mehr fromm, suchte Armin in Palästina überall die religiösen Erinnerungsbilder seiner Kindheit auf, die christlichen heiligen Plätze, die das Gemüt des Knaben mit Andacht erfüllt hatten. Ich konnte diese

Erinnerungen mit ihm nicht teilen; die religiösen Vorstellungen meiner Kindheit kreisten um andere Orte. In Jerusalem, auf dem Tempelplatz, hatte ich wie eine Fata Morgana die schimmernden Säulen des Salomonischen Tempels aufragen sehen; von dort führte mich Armin in wenigen Minuten in die Grabeskirche. Dort im Vorhof legte er seine Hand auf die sonnenwarme Mauer, über die vielen kleinen Kreuze, die von den Kreuzrittern in den Stein eingeritzt worden waren. »Vielleicht war einer meiner Vorfahren hier«, sagte er, »und vielleicht hat er auch wie ich eine Jüdin geraubt.«

Ich blickte wie gebannt auf den Siegelring mit dem Kreuzritterwappen an seinem Finger, auf das Kreuz, das den Halbmond durchbohrte. Da geschah der Aufprall, das Boot war in dem seichten Wasser auf einen Stein aufgestoßen. Armin hielt den Motor an. Der scharfe Stein hatte die Gummiwand leicht zerschnitten.

»Wir müssen landen. Ich werde versuchen das Boot zu flicken.«

Wir wateten knietief durch den schwarzen Schlamm an das Ufer, wo Armin mit geschickten Fingern den Schaden ausbesserte. Ich hatte inzwischen ein Feuer angefacht und bereitete unsere Mahlzeit. Der Rauch der Flammen vertrieb die Stechmücken, die sich uns auf Gesicht und Hände setzten. Aufgescheucht flogen Schwärme von Störchen über den Fluß. Da tauchte an der nächsten Uferböschung der Kopf eines dunkelhäutigen Mannes auf, der sein Netz mit weiter, schwingender Bewegung in den Strom warf; sein langes Haar war in mehrere kleine Zöpfe geflochten, in den Ohren trug er goldene Ringe. Als wir uns näherten, lachte er mit breitem Gebiß und legte zum Gruß die Hand an die Stirn.

»Er gehört zu einem besonderen Beduinenstamm«, sagte Armin. »Wo sind wir? Doch nicht mehr in Palästina! Irgendwo im Urwald eines unentdeckten Landes, und eben sind wir einem Urbewohner begegnet.«

Ja, wir waren weit entrückt ... dem bösen Zischen des Hakenkreuzes in Deutschland ebenso entronnen wie dem Zwiespalt meines jüdischen Ursprungs in Palästina. Nicht mehr entfremdet durch die verschiedenen Erinnerungsbilder unserer Kindheit, waren wir beide uns ebenbürtig, beide Fremde hier, europäische Reisende im wilden Asien, in dem schmalen Boot des Abenteuers. Ich warf einen Stein in den Jordan, als schleuderte ich die ganze Last und Qual meiner Seele in den Strom. Ein Wasservogel mit der lachsrosa Brust eines Flamingo flatterte auf – der Vogel des Vergessens in dem verzauberten Dickicht.

Dieses Gefühl der Befreiung verstärkte sich, als wir mit unserem Motorrad durch die weglose Wüste nach Ägypten fuhren. Palästina war hinter uns versunken, versunken menschliche Siedlungen. Nur der Sand glitzerte, Säulen von Sand erhoben sich und zerfielen. Als der Wind wuchs, wurde der Sand zu gelbgrauem Nebel, der jede Sicht verhüllte. Wir hatten die Richtung verloren, stundenlang fuhren wir im Kreise, von Sandwirbeln gepeitscht. Sand in den Augen, in der Nase und auf der Zunge. Wir riefen laut, Sand erstickte unsere Stimmen. Unser Wasservorrat ging zur Neige. Die Durstangst dörrte unsere Kehlen aus und hockte auf unserer Brust.

Wir entdeckten die schwarzen Zelte eines Beduinenlagers erst, als wir unmittelbar davorstanden. Der Scheich, ein hochgewachsener bärtiger Mann, begrüßte uns mit fürstlicher Würde und führte uns in sein Zelt. Die jüngste seiner Frauen, an der nackten Brust einen Säugling, das Gesicht von Ketten schwerer Goldmünzen verdeckt, reichte uns kauernd in kleinen Schalen Kaffee. Armin und ich wechselten einen Blick. Wir empfanden das gleiche. Wir waren tausend Jahre zurückgeglitten, aus unserer eigenen Welt herausgefallen. Nachts in unserem Zelt, neben dem Beduinenlager, wurden wir wieder zu den ersten Menschen, zu Adam und Eva, die sich umarmten – ohne Sünde, weil ohne Wissen.

Am nächsten Morgen brachte uns ein Beduine auf den richtigen Weg. Er legte zum Abschiedsgruß die Hand an Stirn und Brust. »*Saide.* Euer Tag sei gesegnet! Möge Euer Tag süß sein wie Milch.«

»In zwei Stunden sind wir in Ägypten«, sagte Armin. »Freust du dich?«

Ja, ich freute mich; denn über Ägypten führte der Weg nach Hause.

13

Anfang Mai waren wir wieder zu Hause. Was heißt das, zuhause sein? Es ist das besondere Aufwachen in dem eigenen Bett, wenn das halbgeöffnete Auge die vertrauten Dinge im Raum wiederfindet. Es sind die Geräusche des Morgens, die sich immer wiederholen, die leichten Schritte der Kinder im Korridor, die zur Schule aufbrechen, das behutsame Schließen der Haustür, das leise Klappern der Teller, wenn der Frühstückstisch gedeckt wird.

Alles ist, wie es gestern war und morgen sein wird. Es ist die harte Kruste der frischen Semmeln, in die man hineinbeißt, das Aroma des Kaffees, es sind die besonderen Tassen und Löffel, die guten Morgen wünschen. Der Tag beginnt, wie er gestern begann. Es ist das Ritual des alltäglichen Lebens im Heim, das so fest steht wie eine vorgeschriebene Zeremonie. Es ist dieses »Zuhause«, das dem Leben Sicherheit und Geborgenheit verleiht.

Aber »Zuhause« ist man nicht nur in den vier Wänden. Wenn ich auf die Straße trete, gehört die nächste Nachbarschaft zu meinem Zuhause. Es ist »meine« Straßenecke vor dem Blumengeschäft, wo ich in Betrachtung verweile, es ist »meine« Haltestelle, an der mich beim Warten allerhand Träumereien forttragen, es ist »mein« Zeitungsstand, und es ist »mein« Laden, in dem ich kaufe und dessen Inhaberin, eine beleibte grauhaarige Frau, nie vergißt, mir Zuckerzeug für die Kinder mitzugeben. Gegenüber ist der kleine Park mit »unserer« Bank, wo Sibylle ihre Spielgefährten trifft, es ist »mein« Friseur, »mein« Seifengeschäft, »meine« Untergrundbahn mit den Plakaten, die ich auswendig kenne.

Die nächsten Jahre waren für Armin und mich holpriges Auf und

Ab, von Ehrgeiz und Sorgen erfüllt. Die Kinder erkrankten an Scharlach, Alf mußte die Schule wechseln, die Ausgaben stiegen, die Bücher brachten ehrenvolle Kritiken ein, aber zu geringen Verdienst. Und dann, an einem strahlenden Julitag, fiel mein Vater im Zimmer tot um. Ich sah das wehmütige, ironische Lächeln, das auf der gelben Maske des Totenantlitzes stehengeblieben war, als wollte er in seiner weisen Art zur Ergebung in das Schicksal mahnen. Auch seine Hände, Arzthände mit den starken Fingerkuppen, sprachen noch zu uns.

»Die guten Hände«, wiederholte meine Mutter immer wieder. »Die guten starken treuen Hände«. Sie berührte sie und zuckte zurück. »So kalt, so eiskalt!«

Der heiße Sommer erkaltete an diesem Tag, die Julisonne wurde schwarz, meine Kindheit und Jugend, das kindliche Gefühl der Geborgenheit wurden mit dem Vater begraben. Das Leben hörte auf; ich vernahm nur sinnlose Geräusche, als ich mit Armin von der Beerdigung zurückkehrte. Aber als wir die Haustür öffneten – und mir schien, in diesen kurzen Stunden wäre ich Jahre fort gewesen –, waren es die Dinge des Heims, die ihr Recht forderten und mich zwangen, das Leben fortzusetzen. Der Tisch, der für die Kinder gedeckt werden mußte, das rinnende Wasser, das für Sibylle in die Badewanne lief, Alfs ungeordnete Schulmappe, der Staub, der von Armins Büchern gewischt werden mußte. Das Zuhause war das Gespinst, in das ich mich mit meiner Trauer einspann, um lebend wieder daraus hervorzukriechen. Als einige Monate später die Nationalsozialisten die Regierung übernahmen, war es das Zuhause, das mich vor der Verzweiflung schützte, der Lebensstoff, der den Lebenswillen täglich erneuerte.

Dieses Zuhause wurde am 1. April 1933 zertrümmert. Der Tag begann wie jeder andere; nur auf dem Frühstückstisch stach die Überschrift der Zeitung in das Auge: »Boykott der jüdischen Geschäfte.« Es rührte nur an die Netzhaut und drang nicht in das Bewußtsein. Längst hatte die Regierung Judenhetze angedroht, aber immer noch weigerten wir uns, an die Verwirklichung zu glauben. Ich reichte Armin die Zeitung über den Tisch, er schob sie mit einer verächtlichen Geste zur Seite. »Wann beginnen die Osterferien?« fragte er.

»In vierzehn Tagen.«

»Vielleicht fahre ich ein paar Tage früher in unser Haus in den Wäldern. Du kommst mit den Kindern nach.«

»Du willst jetzt fortfahren?«

»Jetzt? Warum nicht jetzt?«

Das Telefon rief, die Stimme meiner Mutter klang verändert, farblos.

»Geh heute auf keinen Fall auf die Straße!« Sie hängte ein, bevor ich etwas erwidern konnte.

Ein unwiderstehlicher Zwang schob mich die Treppe hinunter. Es war dieselbe Straße, »meine« Straße. Sie glitzerte im scharfen Frühlingslicht; doch sie war fast leer. Nur wenige Fußgänger gingen eilig vorüber, mit gesenktem Kopf, ohne sich umzublicken. Dort war »mein« Blumengeschäft an der Straßenecke; wie gestern schimmerten gelbe und weiße Narzissen hinter der Glasscheibe.

Daneben, »mein« Parfümerieladen – ich blieb stehen. Quer über das Schaufenster war mit grellroten Buchstaben geschrieben: »Jüdisches Geschäft«. Vor dem Eingang stand ein Wachposten in brauner Uniform, die Hakenkreuzbinde am Arm. Ich zwang mich weiterzugehen, geradewegs auf das Geschäft zu. Nun erschütterte tierisches Gebrüll die ängstliche Stille der Straße. Offene Lastwagen, bepackt mit Nazis, rollten vorüber. Sie schrien im Chor, es waren keine menschenähnlichen Laute, es war das kurze Bellen wütender Hunde. Ich sah einen laut lachen, er fletschte die Zähne. Wagen hinter Wagen, aus denen die losgelassene Meute bellte. Erst allmählich verstand ich die Worte. »Juda verrecke, im eigenen Drecke! Wenn Judenblut vom Messer spritzt . . .«

Die Schrift über dem Geschäft glänzte wie frisches Blut.

Ich stand dicht vor dem Laden und legte die Hand auf die Türklinke. Ein breiter Lederstiefel vertrat mir den Eingang. »Können Sie nicht lesen? Es ist verboten, bei Juden zu kaufen.«

Ich blickte in das Gesicht eines blutjungen Burschen; die Wangen waren noch kindlich gerundet, die kreisrunden, sehr hellen Augen mit den sandblonden Wimpern flimmerten unsicher.

»Lassen Sie mich hinein. Ich bin selbst Jüdin.«

Ich hörte meine eigene Stimme dröhnen, als würde sie von den Häuserwänden zurückgeworfen. Es dröhnte: Jüdin!

Eine Sekunde lang starrte mich der Wachtposten verwirrt an; er wurde rot bis in die kindliche Stirn, die großen jungenhaften Ohren. In der nächsten Sekunde nahm er straffe Haltung an. Sein Gesicht wurde ausdruckslos, er vermenschte sich. Der Lederstiefel gab den Weg frei; ich trat ein.

Hinter dem Ladentisch stand der Besitzer mit seinem grauen, sorgfältig gescheitelten Haar; auch der Anzug mit dem steifgestärkten Hemd, der graublau getüpfelten Krawatte war tadellos. Nur das Gesicht, das ich sonst glatt und rosig kannte, ein unjüdisches Gesicht, mit seiner kleinen Nase und kleinen gleichmäßigen Zügen, war heute zerknüllt wie ein Lappen. Er rückte seine Krawatte zurecht. »Was darf ich Ihnen geben, gnädige Frau?«

»Toilettenseife.«

»Die gleiche wie immer?«

»Ja, die französische.«

»Die französische?« wiederholte er langsam. Als hätte ich etwas Verbotenes gesagt, blickte er scheu nach der Glastür, hinter welcher der Rücken des Wachtpostens sichtbar war. Er packte die Seife ein, die Hände glitten aus, als er den Bindfaden knotete. Dann warf er sich fast über den Ladentisch und flüsterte.

»Was geschieht mit uns, um Gotteswillen? Ich verstehe es nicht. Ich bin ein ehrlicher Kaufmann. Als Deutscher habe ich meine Pflicht getan. Ich war im Kriege an der Front. Und nun werde ich behandelt wie ein Aussätziger.«

Ich sah, wie er von ratlosem Entsetzen geschüttelt wurde. Unter den Augen erschienen rötliche Flecke, als hätte ihn eine Faust getroffen. Noch hatte er keine körperliche Mißhandlung erduldet, und doch sah er aus wie ein Gelynchter. Die seelische Folter hatte ihn zerbrochen. Mit zitternden Händen fingerte er an der Krawatte. Das Geld klingelte in der Kasse.

»Meine erste und sicher letzte Einnahme heute. Ich bin ruiniert. Ich kann mich umbringen ... Sie vergessen Ihr Paket, gnädige Frau.«

Ich war auf der Straße, die unter mir schwankte; die Füße gingen von selbst den täglichen Weg. Je mehr ich mich dem belebten Geschäftsviertel näherte, desto häufiger wurden die Warnungszeichen über jüdischen Läden. Die grellen Riesenbuchstaben hatten etwas Possenreißerisches, wie Inschriften über Jahrmarktbuden. Sie lockten und reizten die Menge näherzukommen, zu staunen und zu starren.

An der Ecke Wilmersdorfer Straße hatten sich vor einem eleganten Wäschegeschäft viele Gaffer angesammelt; sie drängten sich dicht vor den Auslagen und tasteten mit den Blicken die feinen Wäschestücke ab.

Besonders wurden die begehrlichen Augen durch eine blonde Schaufensterpuppe in einem rotseidenen Schlafrock angezogen, die ihnen ihr maskenhaftes Lächeln entgegenhielt.

»Der Jude hat sich eine arische Puppe zugelegt«, kreischte eine hohe Frauenstimme. »Unverschämtheit!«

»Eine blonde Mutter«, antwortete eine Männerstimme. »Er liebt eben die Blonden.«

Lachen platzte auf, die Münder waren weit aufgerissen vor Vergnügen.

»Seht die gepfefferten Preise.« – »Er hat uns lange genug das Geld aus der Tasche gezogen.« – »Anständige Geschäftsleute kommen da gar nicht mit.« – »Juden, Juden, Juden, die ganze Straße beklebt.« – »Habe gar nicht gewußt, daß es soviel von der Sorte gibt. Daß sie sich überall dazwischen geklemmt haben.« – »Nun ist aber Schluß mit ihnen.« – »Schluß, jawohl, Kurzschluß.«

Die Puppe lächelte unverändert. Das Rot des Schlafrocks stach in die vor Gier entzündeten Augen und wurde rote Wut. Die Menge stieß mit den Ellenbogen immer dichter an die Glasscheibe. Mitten zwischen der durchsichtigen Seidenwäsche wurde die Puppe zum Symbol hemmungslosen Genusses, aller verbotenen Freuden, die man sich nicht leisten konnte.

Zwischen den Fratzen bemerkte ich zu meinem Erstaunen auch mir vertraute nachbarliche Gesichter, denen ich schon irgendwo begegnet war. Kleine Geschäftsleute, Angestellte, die mir vielleicht einmal über einen Ladentisch hinweg freundlich zugenickt hatten. Ich erblickte den mir wohlbekannten Zigarettenverkäufer, der seinen Kiosk an der Ecke verlassen hatte, um sich unter die Menge zu mischen. Ein dicker Mann mit lustigen zwinkernden Augen, der gerne die neuesten Witze erzählte. Jetzt waren seine Lippen wie die eines bösartigen Pferdes hochgezogen, die Augen glasig. Was geschah mit diesen Menschen? Welcher teuflische Zauber verwandelte sie aus gutmütigen harmlosen Wesen in rasende Tiere?

Immer noch lächelte die Puppe. »Schlagt der blonden Judensau die

Nase ein!« Glas klirrte, ein Stein hatte das Schaufenster zerschmettert. Einen Augenblick lang standen die Gaffer erstarrt. Dann, wie auf unsichtbaren Befehl, flogen mehr Steine durch die Luft. Der verstümmelte Kopf der Puppe, auf dem das Lächeln als Grimasse stehengeblieben war, löste sich vom Rumpf und fiel zu Boden. Durch die gähnende Öffnung des Schaufensters drängte die Menge, um zu plündern. Hände wühlten und scharrten zwischen der Seidenwäsche. Niemand zeigte sich im Laden.

»Polizei!« rief es von der anderen Seite der Straße. Dort hatten sich einige Passanten gesammelt, die mit halblautem Murren ihr Mißfallen über die Vorgänge äußerten. Doch keiner wagte es, den entfesselten Pöbel zurückzuhalten. Nun riefen sie nach der Polizei, die nicht erschien.

»Schande!« rief laut ein Arbeiter, der mit seinem Fahrrad die Straße überquerte. Alle blickten dem Rufer erschrocken nach. Angst dämpfte die Stimmen zum Flüsterton, schnürte die Kehlen zusammen. Gerüchte über nächtliche Verhaftungen und Mißhandlungen von Juden und »Politischen« summten in den Ohren. Kalte klebrige Angst brach wie ein Aussatz auf den Gesichtern aus. Sogar das Flüstern verstummte.

Erst jetzt, in diesem grauenhaften Schweigen wurde ich mir der Gefahr bewußt. Warum erkannte man mich nicht als Jüdin? Dann würde mein Kopf die Zielscheibe der Steine von der anderen Seite der Straße sein. Gewiß sah ich anders aus, meine Augen waren anders geschnitten, meine Nase war leicht gebogen.

»Ja, ich bin anders als ihr!« wollte ich herausschreien. »Ganz anders.«

Die Erkenntnis ging wie ein jäher schneidender Schmerz durch meinen Körper. »Anders! Fremd!« Aber nicht geringer, nicht minderwertiger! Warum erkannten sie mich nicht? Sie mußten es mir doch ansehen, nicht meinem Äußeren allein, sondern dem besonderen Ausdruck, der sich seit heute auf meine Züge gelegt hatte. Der ohnmächtige Zorn der Erniedrigten, die sich nicht wehren konnte und diese Erniedrigung zugleich wie ein Ehrenzeichen eingebrannt trug. Das Zeichen der Gezeichneten, die sich auserwählt fühlten, weil sie anders waren, anders fühlten und dachten. Das jüdische Gesicht der Jahrhunderte, das ich verloren hatte und das mir wieder von neuem wie ein Stempel aufgedrückt war.

Neues Splittern und Krachen von Glasscheiben schnitt durch die Luft. Eben jetzt war der große Weltkrieg ausgebrochen, nur wußte es niemand. Fielen nicht schon die Häuser ein unter dem Steinregen, dem von Menschen geschaffenen Erdbeben, unbarmherziger als Naturgewalten?

Nun mischten sich die Lustschreie der Zerstörung in das Klirren des Glases. Von panischem Schrecken erfaßt, drängten die Umstehenden in eine Seitenstraße.

»Sonderbar, daß die Autobusse fahren, daß Menschen weitergehen, daß unser Haus noch steht«, dachte ich, als ich unsere Wohnung wieder erreichte. »Sonderbar, daß ich die Möbel unverändert im Zimmer wiederfinde, daß der Eßtisch gedeckt ist wie jeden Tag.«

Wir nahmen unsere gewohnten Plätze an der runden Tafel ein. Wie immer griff Alf hastig nach dem Wasserkrug, um sein Glas zu füllen, Sibylle ließ ihre langen Beine schlenkern, und wie immer ermahnte ich sie stillzusitzen. Andreas saß wie gewöhnlich nachdenklich mit niedergeschlagenen Augen, und Armin ließ den zerstreuten Blick an der Decke wandern. Die Gewohnheiten einer Familie, die sich so tief einprägen, daß sie mit dem Leben verwachsen. Es waren die gleichen Bewegungen, und doch geschahen sie heute automatisch wie im Halbschlaf, der uns noch einige Augenblicke dumpf vor dem Erwachen schützte. Dann, als ich wie täglich die Suppe ausschenkte, zog Sibylle den Teller zurück. »Ich mag nicht essen.«

Armin fuhr aus seiner Träumerei auf. »Warum nicht?« fragte er scharf.

»Ich kann nicht essen. Ich bin nicht hungrig.«

»Du wirst essen«, befahl Armin. »Wir werden uns von den Launen eines Verrückten nicht die Mahlzeit zerstören lassen.«

»Es zerstört mehr als unsere Mahlzeit«, sagte ich leise. »Ich habe genug gesehen . . .« Ich begann, das Abscheuliche zu schildern, Armin unterbrach mich.

»Ich bitte dich, nicht jetzt! Nicht bei Tisch. Das Beste ist, es mit Nichtachtung zu übergehen. Eßt eure Suppe!« rief er heftig.

Andreas saß mit gekreuzten Armen, ohne die Suppe anzurühren; Alf ahmte seine Haltung nach, und Sibylle stieß den gefüllten Teller so schroff zurück, daß die Flüssigkeit auf das Tischtuch lief und einen häßlichen Fleck verursachte.

»Macht kein Theater!« schrie Armin. »Wenn einige tolle Hunde die Straße verunreinigen, gehe ich auf die andere Seite und sehe nicht hin.«

»Auf die andere Seite gehst du . . . auch du«, stammelte ich außer mir. Ja, ich war außerhalb meines Selbst, hatte die Grenzen meines Bewußtseins überschritten, war von rasendem Zorn fortgeschwemmt. Ich überlegte nicht mehr, was ich sagte.

»Auf der anderen Seite, an der Ecke Wilmersdorfer Straße, standen auch unsere Freunde und taten nichts. Das ist das Entsetzliche, daß niemand den Mut findet, sich dem Verbrechen entgegenzustellen. Aber du fühlst nicht das gleiche; es berührt nicht deine eigene Haut. Es trifft dich nicht so wie mich. Wenn du selbst Jude wärst . . .«

Armin erbleichte. »Schweig. Ich werde dir und den Kindern nachher erklären, warum ich meinen Gleichmut bewahre und nicht irgend etwas Sinnloses tue.«

Düster starrte er auf den Fleck auf dem Tischtuch, der inzwischen die Form eines Insekts mit langen Beinen angenommen hatte.

»Wer weiß, was unserem Griechischlehrer passieren wird«, sagte Andreas, die Augen auf den Teller niedergeschlagen. »Heute früh kommt er in die Klasse, drei schwere Packen Bücher unter den Achseln, damit er den Arm nicht zum Hitlergruß zu heben braucht. Dann schmeißt er die Bücher auf das Pult, das es kracht und brüllt, daß alle es im Flur hören müssen. ›Guten Morgen, Jungen.‹ Ein feiner Kerl. Er wird sicher entlassen.«

»Unser Direktor ist nicht so mutig«, erzählte Alf, der eine Privatschule besuchte. »Er schmeichelt den Nazis wie den Juden, weil er keine Schüler verlieren will und weil wir viel mehr Juden sind als Christen. Heute hat er förmlich gefleht und gebettelt: ›Liebe Kinder, jetzt ist kein Zeichenunterricht. Legt die Zettel fort. Wir wollen doch alle etwas lernen, nicht wahr?‹ Wir haben nämlich die ganze Zeit unter dem Tisch Karikaturen gezeichnet. Die beiden Nazis jüdische Gesichter, und unsere Freunde, Werner und Heinz, keine Juden, haben sie als Tierfratzen porträtiert.« Er brachte einige zerknitterte Zettel aus seiner Hosentasche hervor. Armin ergriff sie hastig, warf einen schnellen Blick darauf, wobei er den Mund vor Ekel verzog, und zerriss sie.

Wir schwiegen und betrachteten den Fleck auf dem Tischtuch, und dann erhob sich die hohe singende Stimme von Sibylle. »Meine

Freundin Ilse hat Mut, großen Mut sogar. Die Geschichtslehrerin hat gesagt, die Juden sind daran schuld, daß wir den Krieg verloren haben, und keine soll sich mehr neben jüdische oder halbjüdische Kinder setzen. Meine Freundin Ilse hat sich in der nächsten Stunde doch wieder neben mich gesetzt, sie ist mit mir nach Hause gegangen wie immer, und morgen wird sie es auch tun. Aber ich gehe morgen nicht mehr hin, nie mehr gehe ich in die Schule . . .« Indem sie beide Fäuste vor ihre Augen preßte, wie sie es als kleines Kind beim Weinen getan hatte, brach Sibylle in stoßhaftes Schluchzen aus. Dann rannte sie aus dem Zimmer.

Armin war aufgesprungen, er ballte die Fäuste. Wie ähnlich sie den Fäusten seiner Tochter waren . . . »Empörend. Morgen gehe ich zu der Direktorin und beschwere mich.« Er ging Sibylle nach; die Jungen und ich blieben zurück an dem traurigen Eßtisch, vor den erkalteten Speisen. Keiner von uns aß, keiner sprach ein Wort. Der Fleck hatte sich noch vergrößert, ein bösartiges Insekt, das das Tischtuch zerfraß.

Nachher im Kinderzimmer beugte ich mich über Sibylle, die sich auf das Bett geworfen hatte. Vergeblich versuchte Armin, ihr die Fäuste vom tränenüberströmten Gesicht zu ziehen.

»Wenn du nicht aufhörst, muß ich auch weinen«, sagte er ratlos. Das half. Das Kind hob den Kopf. Die schwarzen nassen Wimpern waren verklebt und glänzten feucht wie lange Staubfäden. Das schwimmende Blau des Auges öffnete sich langsam wie eine Blüte. Sie sah uns an mit dem grenzenlos vertrauenden Blick, mit dem Kinder ihre Eltern um einen Orakelspruch bitten, um die Wahrheit, um die Lösung der dunklen Rätsel, die sie bedrücken.

»Mumm, Väterchen, warum hassen sie die Juden?«

Ich schwieg bestürzt. Wer konnte diese Frage beantworten? Woher stieg dieser abgründige Haß auf? Was war in dem jüdischen Wesen, daß es immer wieder diesen Haß erregte, der seine Natur unter tausend verschiedenen Vorwänden verschleierte?

Armin strich über Sibylles Haar. »Die Juden sind den anderen in vielem überlegen. Sie sind klüger und denken schneller, sie sind gefährlich im Wettbewerb. Man möchte sie deshalb ausschalten. Der Haß ist versteckter Neid. Viele Juden sind auch moralisch überlegen. Man haßt aber die Gerechten, weil sie einen die eigene Unvollkommenheit fühlen lassen. Verstehst du, Sibylle?«

Das Kind tat einen kleinen schluchzenden Atemzug. »Also, weil sie besser sind, Väterchen?«

Ich wußte, die Antwort war nur eine halbe, eine Viertelwahrheit. Sie konnte besänftigen und betäuben, aber sie gab keinen Trost und zeigte keinen Ausweg. Ich wußte, daß ich selbst diese Frage mit mir herumschleppen, daß sie mich Tag und Nacht peinigen würde.

»Du bist die Tochter eines Deutschen und einer Jüdin«, sprach Armin weiter. »Auf beides sollst du stolz sein und es nie ableugnen.«

Sibylle nickte so heftig, daß ihr die Haare ins Gesicht fielen.

»Und morgen gehe ich zu deiner Direktorin. Ich weiß, sie ist keine Nazi. Sie wird die Lehrerin verwarnen.«

Wieder sah das Kind den Vater mit grenzenlos vertrauendem Blick an. Er vermochte alles, er würde auch ihre verstörte Welt wieder einrenken.

»Ich zweifle, daß du Sibylle schützen kannst«, sagte ich zu Armin in seinem Arbeitszimmer. »Auch die Direktorin ist heute machtlos gegen das Böse. Vielleicht müssen wir die Kinder aus der Schule nehmen.«

»Hast du jedes Maß verloren?« rief Armin. »Sibylle aus der Schule nehmen! Weißt du, was das heißt?«

»Ich weiß es genau. Sie retten.«

»Retten! Wovor? Es heißt, sie von dem Leben der Jugend absperren, von dem natürlichen Leben! Ich denke nicht daran nachzugeben, einen Schritt zurückzuweichen. Wer ist nun mut- und tatenlos, du oder ich?«

»Ich will aber nicht, daß mein Kind als Paria behandelt wird. Gebrandmarkt. Entwürdigt vor den Mitschülern.«

»Sie ist auch mein Kind. Ich werde sie lehren, daß niemand entwürdigt werden kann, der sich seiner eigenen Würde bewußt ist.«

Es klang schön und tröstlich, was er sagte, wie ein Satz aus einem Buch weiser Sprüche. Aber es war keine Antwort auf das Ungeheuerliche, das geschah. Wieder sah ich vor mir das zerknüllte, von Ohnmacht und Erniedrigung verunstaltete Gesicht des Kaufmanns, hörte die bellenden Schmähworte, erblickte die fletschenden Zähne der lachenden Bestie, die man auf uns hetzte.

Wohin gehörte ich? Ich hatte kein Zuhause mehr. Mir war nicht bewußt, daß ich laut gedacht hatte.

»Ich habe kein Zuhause mehr. Ich bin heimatlos. Ich und die Kinder.«

Armin packte meinen Arm. »Was redest du da? Du bist meine Frau, die Frau eines Deutschen. Du gehörst hierher, wie ich hierher gehöre.«

»Nur als Frau eines Deutschen? Nicht als Jüdin? Dann will ich diesem Volk nicht mehr angehören.«

Armin hob seine langen Arme hoch und schlug sie heftig nieder. »Nun beleidigst du mich. Die Nazis und das deutsche Volk sind nicht dasselbe.«

Ich verstummte. Hinter geschlossenen Augen sah ich über den Bücherwänden rote Streifen gespannt mit den Schmähworten, jeder Stuhl war beklebt mit den teuflischen Buchstaben.

Armin drückte mich eng an sich, in Liebe und Zorn, daß es mir weh tat. Wir standen so nahe, Brust an Brust, auf derselben Blume des Teppichs, und doch war zwischen uns ein klaffender Spalt aufgebrochen. Unter meinen Füßen ringelte sich das Muster des Teppichs als Hakenkreuzschlange, die mich in den Fuß biß.

»Mein Ärmstes«, hörte ich Armin sagen. Er hatte Mitleid, aber ich wollte, daß er litt, nicht mitlitt. Er verstand mich weniger als der gleichgültige Kaufmann, der genau fühlte wie ich. Von der Straße tönte das Rasseln der Lastwagen und aus den Lautsprechern das Geheul wütender Stimmen zu uns hoch. Armin schloß das Fenster.

»Vergeblich«, dachte ich. »Niemals kannst du Türen und Fenster unseres Hauses verschließen. Sie sind eingedrungen, die Dämonen, auch durch geschlossene Scheiben. Sie haben unser Heim auch ohne Steine zertrümmert. Das Heim, das die einzige Heimat ist.«

»Leg dich jetzt hin! Gönn dir und mir Ruhe. Laß die Dinge eine Weile ruhen«, bat Armin. »Wie kann ich sonst schaffen?«

Ich öffnete die Augen und sah das mir so nahe Gesicht verstört und ratlos. Auch ich hatte Mitleid. Ich hob die Hand, um ihm über die Stirn zu streichen, die Hand war schwer wie ein totes Gewicht.

Als Armin sich spätabends zu mir an den Bettrand setzte, um mir gute Nacht zu sagen, meinte er heiter: »Trotz aller Störung komme ich mit dem Kapitel gut voran.« In mir wirbelten noch die Bilder des Tages. Mein Blick irrte im Zimmer hin und her und fand keinen Punkt, um zu rasten.

»Wohin starrst du? Du siehst krank aus. Du machst dich absichtlich krank.«

»Ich kann hier nicht atmen.«

»In vierzehn Tagen sind wir in unseren Wäldern am See. Dort sind wir weit fort.«

»Nicht weit genug, Armin.«

»Vielleicht reisen wir im Sommer ins Ausland.«

»Nicht reisen. Auswandern.«

Das Wort war gefallen wie ein Beil. Armin zuckte zusammen. »Ich wandere nicht aus. Niemals verlasse ich Deutschland. Niemals, das sollst du wissen.« Sein Gesicht war versteinert, eiskalt. »Außer Landes sein heißt elend sein. Willst du dich und mich elend machen?«

»Sind wir nicht elend hier?«

»Ich kann mit dir nicht sprechen. Du bist seelisch krank. Wohin auswandern übrigens?«

»Vielleicht nach Frankreich.«

»Vielleicht gar nach Spanien oder Portugal. Welcher Wahnwitz! Wie könnte ich als deutscher Schriftsteller irgendwo anders leben als in Deutschland! Welche Selbstzerstörung. Es wäre Selbstmord.«

Wußte ich das nicht? Auch mich packte Todesangst bei dem Gedanken der Auswanderung wie vor einem Auslöschen des Ich. Ich bohrte meinen Kopf in das Kissen, ich krümmte mich, als könnte ich mich an mein Bett festklammern, um nicht in die völlige Leere abzustürzen. »Auswandern und sterben«, dachte ich. Ich biß in die Kissen, um nicht aufzuschreien. Dann kamen die Tränen, und wie Sibylle bedeckte ich mein Gesicht mit den Händen. Armin strich mir das Kissen glatt wie einem kranken Kinde.

»Gute Nacht. Schlafe jetzt. Morgen wirst du alles anders ansehen.«

In dieser Nacht träumte ich lebhaft. Ich fuhr mit Armin auf dem Motorrad durch eine dürre Landschaft, die der Wüste Sinai glich. Es war vor Sonnenuntergang. Ein staubiges gelbes Licht breitete sich über der Wüste aus. Armin fuhr mit rasender Geschwindigkeit. »Wir müssen noch vor Dunkelheit die Oase erreichen«, sagte er. Dann wurde die Straße durch ein breites Wadi, ein ausgetrocknetes Flußbett versperrt; es war mit Steingeröll angefüllt, unter den Steinen hörten wir das Rauschen eines unsichtbaren Stromes; knirschend rieben sich die Steine aneinander.

Wir stiegen aus, um einen Übergang zu suchen. Ich hörte Armin, der große Steinblöcke fortschleppte, vor Anstrengung keuchen. »Unmöglich«, rief er. »Wir müssen umkehren.« Schon wollte er das Motorrad wenden, als ich ihm in den Arm fiel. »Ich weiß, wie wir hinüber kommen«, sagte ich. Ich ergriff das Steuerrad, stieg aus und ging mit dem Steuerrad in beiden Händen vor dem Gefährt hinüber durch das Wadi, wobei sich meine Füße schmerzhaft an den spitzen Steinen stießen. Hin und wieder blickte ich mich um und sah, wie das Motorrad schwankend folgte. Inzwischen hatte sich heißer Wind erhoben und blies Sandwolken vor sich her. Meine Augen tränten von den Sandkörnern. Sandnebel verhüllte die Sicht, und als ich mich wieder umwandte, konnte ich das Motorrad und Armin nicht mehr erblikken. Ich rief seinen Namen, nur das Sausen des Sandsturmes tönte zurück. Ich stieß einen Schrei aus, der mich weckte. Es war mitten in der Nacht, und undeutlich konnte ich die Umrisse meines Zimmers erkennen.

»Ein Traum. Gottlob, nur ein Traum!« Meine Augen tränten, und meine Hände lagen geballt und verkrampft auf der Bettdecke, als umklammerten sie noch immer das Steuerrad.

Am nächsten Morgen erschien auch die Wirklichkeit des Boykotttages wie ein wüster Traum. Die Schilder waren von den jüdischen Läden verschwunden, keine Lautsprecher auf ratternden Wagen erschütterten die Luft. Die Straße hatte ihr gewohntes Aussehen angenommen und die Menschen gingen zur Arbeit, als wäre nichts geschehen. Vielleicht war alles nur künstlicher Spuk gewesen, um zu erschrecken und einzuschüchtern. Einige Zeitungen hatten sich sogar scharf gegen die Radauszenen und Plündereien ausgesprochen. Solche Szenen wären des deutschen Volkes unwürdig, das in gesetzlicher Form seine Art zu wahren und zu schützen wisse. Der Himmel hatte ein zartes Blau, die laue Luft streichelte die Gesichter, die sich langsam wieder glätteten. Von Mund zu Mund liefen tröstliche und törichte Worte. »Es wird nichts so heiß gegessen, wie es gekocht wird.«

Ja, es gab unter den Entwürdigten viele, die sich an diesem Morgen der wahnwitzigen Hoffnung hingaben, das Leben wie früher fortsetzen zu können. Man stellte sich tot wie ein Käfer, wenn der zermalmende Stiefel eine Sekunde zögert. Man glaubt weiterkriechen zu können, und man will weiterkriechen, notfalls mit zerfetzten Flügeldecken. Armselige Kreatur, die sich an ihrer winzigen Erdkrume festklammert.

Sogar die Hellsichtigen, Juden wie Nichtjuden, ließen sich damals täuschen. An den Straßenecken wurden Frühlingssträuße angeboten, auf den Märkten lachten die Büschel frischer Gemüse, in den Schaufenstern lockten die ersten Sommerkleider, und auf jeder blankgeputzten Türklinke blitzte das Frühlingslicht. Es war ja nicht möglich, ganz und gar undenkbar, inmitten eines so sauberen und geordneten, so fleißigen und ruhigen Volkes, daß sich so etwas wiederholte. Das waren Auswüchse einer Revolution ... hier blieben die Gedanken stecken und entliefen mit den Federwolken an dem sanften blaßblauen Aprilhimmel. Es war zwei Wochen vor dem Osterfest.

Als Armin von der Besprechung mit der Schuldirektorin nach Hause kam, warf er mir in übermütiger Laune einen kleinen, von Tropfen glitzernden Veilchenstrauß zu. »Ich bin sehr froh, sehr beruhigt nach diesem Gespräch«, sagte er. »Die Direktorin ist eine prächtige Frau. Es geschah keineswegs mit ihrem Wissen, und es ist gegen ihre Absicht, überhaupt einen Unterschied zwischen arischen und nichtarischen Schülerinnen zu machen. Sie will sich auch dagegen wehren, daß Rassenlehre als Unterrichtsfach in ihrer Schule eingeführt wird.«

Bei dem Wort »arisch« in Armins Munde, das er so selbstverständlich gebrauchte, war ich zusammengezuckt.

»Sie kannte auch deinen verstorbenen Vater«, erzählte er weiter, »und schätzte ihn sehr. ›Die Enkelin eines so ausgezeichneten Mannes ist mir immer willkommen‹, hat sie mir versichert.«

Das Gesicht meines Vaters blickte einen Augenblick lang über Armins Schulter: Es hatte die Augen leicht zugekniffen und nickte mir mit seinem spöttisch wehmütigen Lächeln zu.

»Ich habe dann erwähnt, daß Sibylle auch auf ihre väterliche Familie stolz sein kann, hohe preußische Beamte und Offiziere, und daß ihr Stammbaum übrigens den strengsten arischen Ansprüchen genügen dürfte.«

»Armin«, rief ich entsetzt, »warum sprichst du dieses verfluchte Wort ›arisch‹ überhaupt aus und rühmst dich dessen noch vor der Direktorin? Dieser Begriff eines Wahnsinnigen, der für uns niemals existiert hat, und den du verlacht hast ... Bist du auch von dem Giftstoff angesteckt?«

Armins Lippen wurden schmal. »Du weißt genau, wie ich darüber denke. Wenn ich es in diesem Gespräch und diesem Zusammenhang für ratsam hielt, es zu erwähnen, dann zum Wohl von Sibylle.«

Ich starrte ihn wortlos an. War dies nicht ein Wildfremder? Etwas Unheimliches stieg zwischen uns auf, etwas Gespenstisches. In uns erhoben sich die Schatten der Vorfahren und maßen einander feindselig, die Urväter meiner Väter mit ihrem spöttischen und hartnäckigen Lächeln gegen drohende Fäuste. Ich starrte auf den Ring an seinem Finger, das Kreuz, das den Halbmond durchbohrte; dann hörte ich ihn wie aus weiter Ferne sagen:

»Ich kann beruhigt fortfahren, vorfahren in unser Haus in den Wäldern. Halte den Kopf hoch! In zwei Wochen kommst du mit den Kindern nach. Ich muß mich beeilen, um den Zug zu erreichen.«

Er ging in sein Zimmer, wo ich ihn beim Ordnen von Papieren rascheln und rumoren hörte. Er fuhr, und diesmal versuchte ich nicht, ihn zurückzuhalten. Und dennoch, hätte ich ihn beschworen zu bleiben, hätte er mich in diesen entscheidenden Tagen nicht allein gelassen, wäre die Linie unseres Schicksals vielleicht anders verlaufen.

So war ich allein dem Schock der Judengesetze ausgeliefert, die das Pogrom einleiteten.

Im sanften Licht der Tischlampe lese ich die Abendzeitung. Immer wieder lese ich dieselben großen schwarzen Sätze. Jüdische Rechtsanwälte dürfen Deutsche nicht mehr vor Gericht vertreten, jüdische Ärzte keine Deutschen mehr heilen, jüdische Schauspieler nicht auftreten, jüdische Schriftsteller in keinem deutschen Verlag veröffentlichen. Ich lege die Zeitung hin, die Worte rollen auf einer schwarzen sausenden Platte, es sind immer dieselben. Vor meinen Augen sind schwarze Flecke; ich krieche in mich zusammen, den Kopf auf den Knien. Ich darf nie mehr in meiner Muttersprache schreiben, die Musik der geliebten Sprache nie mehr formen. Ich bin stumm, man hat mir die Zunge ausgerissen. Ich fange von vorn an zu lesen: »Ausgeschaltet aus dem wirtschaftlichen und kulturellen Leben Deutschlands ... die Gesetze treten in Kraft ... Judengesetze, ich lese groß JUDENgesetze. Das Wort JUDEN ist so groß wie eine riesige schwarze Krähe. Das ist Tod, fühle ich. Das ist Vernichtung.

Wen ruft man in Todesnot? Wohin läuft man? Zur Mutter. An diesem Abend ging ich zu meiner Mutter. Auf den nächtlichen Straßen schrie der Lautsprecher mit der Stimme des Dämons aus jedem Fenster; ich lief wie gejagt, ich entrann der Stimme nicht, sie war überall mit tausend Köpfen und tausend Zungen. Ich hatte keine Zunge mehr, man hatte sie mir herausgeschnitten; ich war stumm, verstümmelt.

Meine Mutter saß an dem runden Tisch im Biedermeierzimmer, das schon im Haus der Urgroßeltern in Worms gestanden hatte. Ein echt deutsches Zimmer, bis auf die Schleifen an den schneeweißen Mullgardinen, die Glasvitrine und, über dem geblümten steifen Sofa, die Scherenschnitte, die die Silhouetten der Urgroßeltern zeigten.

Meine Schwester war abwesend; in diesen kritischen Tagen war sie viel unterwegs, um sich mit ihren nichtjüdischen Freunden zu treffen, wie um sich zu bestätigen, daß sich eigentlich innerlich nichts geändert hatte. Sie wollte nicht wahrhaben, daß auch ihre Welt des schönen Handwerks für sie zerrissen war, daß ihre Bucheinbände nicht mehr wert waren als Fetzen. Zu Hause hielt sie es nicht lange aus, und wie sie glaubte, unkenntlich unter der Maske der eleganten Kleidung, der sorgfältigen Schminke, bewegte sie sich mit erhobenem Kopf und mit ihren langen schwingenden Schritten durch das vertraute Straßengedränge.

Meine Mutter ging in diesen Tagen nicht aus dem Hause. Sie fühlte sich am sichersten in ihren gepflegten Räumen. Als ich kam, fand ich an dem Biedermeiertisch einen Gast, dem meine Mutter Tee einschenkte. Es war ein befreundeter Arzt unserer Familie, der nach dem Tod meines Vaters die Klinik leitete. Das Privatkrankenhaus war in den Besitz meiner Mutter übergegangen, und in den letzten Jahren hatte die tätige Frau die Wirtschaftsführung übernommen. Jeden Morgen zu früher Stunde stand sie in weißer Schwesternschürze, das schwarze glänzende Haar unter einer Haube, in der Küche des Krankenhauses. Sie besorgte den Einkauf, beaufsichtigte das Personal. Sie war zu einer Organisatorin großen Stils geboren, man unterwarf sich gern ihrer Autorität, da sie zu befehlen verstand.

Nun streckte sie ihre kleinen weißen festen Hände nach mir aus. »Gut, daß du kommst, Kind. Wenn das dein Vater erlebt hätte! Wir beraten eben, was zu tun ist.«

Wie sah dies meiner Mutter ähnlich! Immer noch mußte sie handeln, eingreifen in das Geschick, sogar bei Katastrophen wollte sie zupacken und die Elemente bändigen. Der Arzt schob die Tasse zurück. Sein feines langes Gesicht schien noch länger als sonst, es trug den gleichen ratlosen Ausdruck wie das des Kaufmanns am Boykottage.

»Wir können gar nichts tun, meine Liebe«, sagte er. »Sie werden gezwungen sein, die Klinik zu verkaufen, und ich werde auswandern.«

»Und wenn man an einen Nichtjuden verpachtet?«

»Sie verstehen die Zeit nicht, liebe Frau Professor. Es gibt keine Verträge mehr für uns Juden, kein Recht. Es gibt nur eines: Fortgehen, so schnell man kann. Das ist das einzige, was uns bleibt.«

Abwesend zerkrümelte er den Kuchen auf dem Teller. Ich bemerkte, daß seine Hände, die wohlgeformten Hände des Chirurgen, weiß und blutlos aussahen, ohnmächtig, wie erfroren. Sie waren zur Nutzlosigkeit verurteilt, als hätte man sie amputiert. Mein Blick glitt zu meiner Mutter hinüber, und ich erschrak, als ich sah, daß auch ihre Hände leise zitterten, als sie den Tee einschenkte. Sogar die festen, selbstbewußten Hände waren gelähmt.

»Wohin auswandern, um Gottes willen? In welches Land? Vielleicht in die Schweiz, weil man dort deutsch spricht.«

»Die Schweiz ist zu nahe«, sagte der Arzt. »Nach Amerika. Vielleicht Südamerika.«

So wie wir saßen an diesem Abend Tausende verstörter Menschen vor Landkarten, liefen mit dem Finger darauf spazieren und planten ihre Auswanderung. Man hat sie noch als glücklich gepriesen, daß sie flüchten konnten; man hat diese erste Phase der Judenverfolgung als milde bezeichnet im Vergleich zu dem, was später kam, der Vertilgung von Millionen Juden wie Ungeziefer in den Gasöfen der Lager. Dennoch hatte schon damals die Zerstörung begonnen. Menschen wurden seelisch verstümmelt. Ärzte wurden der Hände beraubt, Verteidiger der Zunge, Schriftsteller der Stimme. Ihr Selbstbewußtsein war zerstört, sie schleppten sich weiter mit dem gebrochenen Rückgrat der Entwürdigten. Die blieben, verkümmerten; die flüchteten, heimatlos, ausgetrieben, waren selbst mit Geld in der Tasche unwillkommene Gäste an den Tischen fremder Kulturen. Sie glichen

Bettlern, die ohne Scham ihre gräßlichen Wunden, ihre Stümpfe zur Schau trugen und nur Mitleid erregten. Ja, damals, ohne einen Blutstropfen zu verlieren, wurden die Juden Deutschlands tödlich verletzt, getroffen in der Mitte ihres Lebens, unfruchtbar gemacht.

»Nimm ein Stück Kuchen«, sagte meine Mutter. »Ich habe ihn selber gebacken.«

»Vielleicht machst du eine Konditorei in der Schweiz auf«, versuchte ich zu scherzen.

»Und du?« fragte sie besorgt. »Was wird aus euch und den Kindern?«

»Armin will nicht auswandern.«

»Aber die Kinder. Die Kinder müssen hinaus. Alle drei.«

»Alle drei«, wiederholte ich mechanisch.

»Für die Erziehung der Kinder ist die Schweiz ein gutes Land«, sagte der Arzt.

Plötzlich hörte ich Heikes Stimme, die Stimme der Pionierin, leise und eindringlich; ich sehe ihre fieberglänzenden Augen auf dem schmalen Lager in der heißen Holzbaracke der palästinensischen Siedlung: »Und wie erziehen Sie Ihre Kinder? Ich meine, wohin, in welche Richtung?«

»Zu Menschen, zur Menschlichkeit«, hatte ich geantwortet.

»Ist das nicht etwas Blasses, Blutloses in unserer Zeit?« höre ich Heike widersprechen. »Ihre Kinder haben keine Beziehung mehr zu ihrem jüdischen Ursprung.« – Ihre Augen leuchten im Fieber. – »Kinder wollen ganz sein, nicht halb!«

»Die Schweiz ist ein gutes und glückliches Land«, sagt der Arzt.

»Aber das Leben ist dort sehr teuer«, sagt meine Mutter.

»Ganz sein, nicht halb«, flüstert Heike.

Ich verabschiede mich. »Ganz sein, nicht halb«, hallen meine Schritte auf dem Pflaster.

Lange stehe ich vor den Betten der schlafenden Kinder. Andreas liegt auf dem Rücken. Er hat die Stirn leicht gerunzelt, die Lippen sind vorgeschoben und bewegen sich leicht. Er sieht aus, als wäre auch der Schlaf eine anstrengende Arbeit. Alf liegt zusammengerollt auf dem Bauch und gibt sich genußsüchtig dem Schlaf hin: er sieht so kindlich aus. Wieder hat er zwei Finger im Munde und saugt daran, der große aufgeschossene Junge, eine Angewohnheit, die er immer noch nicht abgelegt hat. Sibylle schläft, den Arm unter dem Kopf, die langen Beine angezogen, genau wie Armin im Schlafe liegt. Ihre langen schwarzen Wimpern werfen Schatten auf die Wangen. Als ich sie zudecke, dreht sie sich mit einem kleinen Seufzer auf die andere Seite.

»Ganz sein, nicht halb«, denke ich wieder. »Wie kann ich euch ganz machen, wie kann ich euch davor behüten, mit halber zerstückelter Seele weiterzuleben?« Steht Armin nicht hinter mir? Was antwortet er? Armin ist weit fort. Vor dem Einschlafen spüre ich die Leere im Nebenzimmer, Leere und Stille. Ich strecke mich lang aus, als wollte ich im Schlafe wachsen.

In den nächsten Tagen der Panik ließ ich die Kinder nicht aus den Augen. Man hörte von Entlassungen jüdischer Angestellter aus öffentlichen Betrieben, aus Regierungsämtern und Banken, von der Absetzung jüdischer Professoren und Lehrer. Schon drängten sich die Arbeitslosen hilfesuchend unter das Schutzdach jüdischer Organisationen; es war der Beginn eines künstlichen jüdischen Ghettos, abgesperrt von dem natürlichen Leben des Landes. Noch gingen die Kinder zur Schule, aber wir wußten, daß sie schon jetzt nicht mehr hingehörten und in kurzer Frist die Anstalten verlassen mußten.

Andreas sprach kaum darüber. Er zuckte mit den Schultern und lächelte das Lächeln meines Vaters, spöttisch und weise, das Lächeln eines alten Mannes. Er vergrub sich in Bücher, in philosophische Werke, wobei er sich, systematisch, wie er alles tat, täglich eine bestimmte Seitenzahl als Lektüre auferlegte. Seine großen strahlenden Augen waren meist niedergeschlagen; oft schloß er sich in sein Zimmer ein.

»Wie denkst du dir deine Zukunft?« fragte ich ihn einmal. Er hob den Blick, seine Augen funkelten. »Ich denke darüber nach. Ich weiß es noch nicht. Erst, wenn ich mich entschlossen habe, werde ich darüber sprechen.«

Wie anders war Alf, der mit dem Gedanken der Auswanderung spielte wie mit einem Reiseabenteuer. Jeden Tag war es ein anderes Land und ein anderer Beruf, die er wählte. Aber jedesmal versprach er sich davon Erfolg und Reichtum.

»Ich werde Filmregisseur«, sagte er. »Nicht in Hollywood, das wäre banal. Ich will mit einem Pariser Studio nach Algier gehen.«

»Sehr interessant, Alf. Aber hast du heute deine französischen Vokabeln gelernt? Dort spricht man französisch.«

»Ach, dort lerne ich es spielend.«

Sibylle war schweigsam. Sonst immer in Bewegung und springlebendig, konnte sie jetzt lange müßig stillsitzen oder sinnlose Figuren auf ein Papier kritzeln.

»Warum gehst du nicht in den Park spielen?« fragte ich sie. Sie schüttelte den Kopf. »Komm, wir gehen zusammen.«

Wir setzten uns auf »unsere« Bank auf einer kleinen Anhöhe, wo der frische Rasen sanft zum Lietzensee abfiel. Überall steckten Krokusse, golden und violett, ihre Finger aus dem Gras. Die Frühlingsluft hatte viele Spaziergänger herausgelockt; die Rufe der spielenden Kinder tönten lauter als sonst, tönten wie helle Trompetenstöße.

Gegen ihre Gewohnheit blieb Sibylle neben mir auf der Bank.

»Warum suchst du deine Freundinnen nicht auf?« Zögernd entfernte sie sich einige Schritte. Da sah ich das geisteskranke Kind auf sie zukommen. Es war ein vielleicht achtjähriges gutgekleidetes Mädchen, das wir oft mitleidig beobachtet hatten. Unter dem schönen blonden Haar starrten wässrige Augen, der schiefgezogene Mund lächelte, während es Unverständliches vor sich hinmurmelte und sich im Zickzack, ohne Richtung vorwärtsbewegte. Nun aber ging das Kind mit ausgestrecktem Zeigefinger auf Sibylle zu und stotterte: »Du, du, Ju-Ju-Jude!«

Sibylle wich entsetzt zurück. Das Stammeln der Schwachsinnigen wurde immer wütender, Speichel floß ihr aus dem Munde bei der Anstrengung das Schimpfwort zu formen: »Ju-Ju-Jude!«

Ich packte Sibylle bei der Hand und führte sie aus dem Park nach Hause. In ihrem Zimmer begann sie laut zu lachen. »War es nicht entsetzlich komisch, Mumm, wie sie versuchte, Jude auszusprechen?« Sie ahmte die Stotternde nach. Dann schlug das Lachen in Schluchzen um. Sibylle legte den Kopf auf den Tisch.

Ich nahm sie auf den Schoß wie ein kleines Kind. »Weine nicht, mein Herz. Morgen fahren wir fort. In unser Haus in den Wäldern. Zu Väterchen. Du brauchst nicht mehr in die Schule zu gehen. Auch die Brüder nicht.«

Mein Entschluß war gefaßt. Ich packte die Sachen für die Kinder. Am nächsten Morgen reisten wir mit dem Frühzug auf das Land.

14

Immer noch umarmte die zärtliche Buche die Kiefer. Mit sechs liebenden Armen hielt sie den fremden Baum umschlungen, immer noch mischte sich ihr lockiges Laub, jetzt goldgrün, mit dem schwarzen Nadelhaar des ernsten Geliebten. Das helle Sausen des Windes in den Buchenblättern tönte dunkler in dem Brausen der Kiefer. Beide Bäume wiegten sich in einem ovalen Bogen, und diese Bewegung war vollkommen.

Armin und ich schwangen mit dieser Bewegung mit, in dem helldunklen Einklang des Windes. Wir hatten uns unter der zärtlichen Buche gelagert; es war unser erster Gang nach meiner Ankunft. Zwischen den hohen Stämmen sahen wir das silberne Blitzen des Sees, das ferne Leuchten erfüllte uns beide mit ahnungsvoller Freude.

Ich hatte den Kopf an den Stamm gelehnt. Eine tiefe Ruhe, wie aus der Erde selbst, stieg in mir auf. »Vielleicht gibt es doch Unzerstörbares«, dachte ich, »das der teuflischen Umwelt trotzt. Hier mit den Bäumen und dem reinen See könnte man vielleicht weiterleben.«

Hatte Armin mir schweigend seinen Gedanken übertragen, ehe er ihn aussprach? »Wir könnten hierher übersiedeln, für immer«, sagte er. »Der Stadt den Rücken kehren und diesen Abscheulichkeiten einer tollwütig gewordenen Regierung. Ich als Schriftsteller bin unabhängig in meiner Arbeit, ich schaffe sogar leichter hier.«

Mit einem Ruck hatte ich mich aufgerichtet. Der ruhevolle Strom der Erde war unterbrochen. »Ich habe vorhin dasselbe gedacht. Aber die Kinder! Was geschieht mit den Kindern?«

»Sie werden hier mit uns leben. Hast du mir nicht gesagt, daß sie die Schule verlassen müssen? Wir können sie selbst unterrichten.«

»Das stellst du dir zu leicht vor. Wir haben weder die Kenntnisse noch die Fähigkeiten, die Kinder zu unterrichten, und was sie brauchen, ist noch etwas anderes . . .«

»Warum nicht? Auch Tolstoi hat seine Kinder unterrichtet.«

Schon sah er sich in der Rolle des Dichters und Weltverbesserers, zurückgezogen auf seinem Landsitz. Sonst hatte mich diese naive Selbstbespiegelung belustigt, jetzt beunruhigte sie mich.

»Armin, wir haben keine Wahl. So schwer der Entschluß ist, die Kinder müssen wir ins Ausland schicken. Hier haben sie keine Zukunft und auch keine Gegenwart mehr.«

Armin sprang auf: »Beginnst du wieder mit deinen unmöglichen Vorschlägen? Ausland! Auswanderung! Niemals, höre, niemals. Jedenfalls Sibylle bleibt hier. Sie ist ebenso deutsch wie jüdisch.«

Da war er wieder, der Zwiespalt, der zwischen uns den Boden aufriß. In tönenden Wellen brauste der Wind, der See blitzte ahnungsvoll. Immer noch umarmte die Buche die Kiefer. Ich erhob mich mit schwachen Knien, und jetzt erst erblickte ich das Hakenkreuz, in die Rinde des Baumes eingeschnitten, an den ich mich wie an einen Freund gelehnt hatte.

»Da siehst du. Es gibt auch hier keinen Frieden. Sie verfolgen uns bis hierher. Sie zerstören auch den Wald.«

Armin berührte das Hakenkreuz. »Es war einmal ein Sonnenzeichen. Diese Irrgeleiteten haben es gestohlen. Sieh es in seiner ursprünglichen Bedeutung, als Lichtzeichen, an!«

»Nein«, rief ich. »Es steht für Finsternis und Haß, für alles, was uns erniedrigt. Auch der Wald stößt mich aus als Jüdin. Ich gehöre nicht mehr in diese Landschaft.«

Armin stampfte mit dem Fuß auf. »Verrücktheit. Kümmere dich so wenig darum wie der Baum. Er wächst und blüht weiter.« Er ging voraus, in weitem Abstand folgte ich. Jeder Baum schien das höhnische Zeichen zu tragen. Böser verhetzter Wald. Wald des Wahns!

Nun blieb Armin stehen. »Auch du könntest hier schaffen, du wirst für das Ausland schreiben. Aber ich flehe dich an, vertage diese Gespräche über Auswanderung. Vergälle uns die Ferien nicht, hemme nicht meine Arbeitslust. Endlich habe ich hier wieder meine Gedanken gesammelt . . .« Er streckte die Hand aus und zog mich zu sich heran. »Versprich mir, mein Liebes, – horch, ein Pirol.«

Der Vogel über uns ließ seine vier Töne erschallen, die melodisch mit einer Kadenz abfielen. Es war ein Satz, der mit einer Frage begann und in Harmonie endete. Vollkommen wie die Bewegung der Bäume.

Wir lauschten beide, durch den Pirol versöhnt.

Ich bemühte mich, in den nächsten Tagen die Illusion vorzutäuschen, wir könnten das alte Leben weiterführen. Eine Pause! Eine Gnaden- und Galgenfrist. Mochte es sein! Die Kinder und wir schwammen und ruderten; die noch kühlen Wasser, durchsichtig wie Glas, umspülten uns. Wir landeten in verschwiegenen dunkelgrünen Buchten, wir wateten durch Blumenwiesen. Sibylle flocht Kränze, die Jungen sammelten allerlei Getier, Käfer und Schmetterlinge. Wir fanden die ersten Walderdbeeren, rochen und schmeckten den Wald. Alf und Sibylle suchten ihre alten Verstecke wieder auf, Andreas seinen Leseplatz in der Krone einer Platane. Es gab sogar Gelegenheit zum Lachen. Meine Haushaltshilfe, die Frau eines Waldarbeiters, verwechselte in drolliger Weise die Werkzeuge. Mit einer silbernen Tischbürste fegte sie den Teppich und wollte in einem Nachtstuhl Obst aufkochen. Sibylle konnte nicht aufhören zu lachen.

»Hast du Lachkraut eingenommen?« fragten sie die Brüder, vom Lachen angesteckt. Ja, es war alles wie früher und doch anders. Wir gingen noch in dem Paradies spazieren, aus dem wir schon ausgestoßen waren. Dabei geschah in den Ferientagen gar nichts Besonderes. Lag die Veränderung an den Menschen des Ortes? Die meisten gingen mit kurzem, steifem Kopfnicken an uns vorüber; manche unserer früheren Freunde, wie der Schmied und der Malermeister Brummel, grüßten mit betonter Freundlichkeit. Sie drückten uns die Hand und blickten uns teilnehmend an, als wollten sie ihr Beileid zu einem Trauerfall ausdrücken. Sie murmelten sogar etwas von Ungerechtigkeit, brachen dann aber verlegen und eilig das Gespräch ab. Dieses wohlwollende Mitleid war ärger zu ertragen als die feindselige Kälte unserer Feinde. Wir hörten, daß der General alle, die von ihm abhängig waren, zum Eintritt in die Partei gezwungen hatte. Er war ein mächtiger Mann bei der neuen Regierung. Zur Zeit war er abwesend, in politisch-militärischem Auftrag unterwegs.

»Er kann jeden Tag zurückkommen«, flüsterte der Malermeister, indem er sich vorsichtig nach allen Seiten umblickte.

Eines Nachmittags gingen Armin und ich zum Fischerhaus. Wie oft waren wir diesen Weg am Ufer mit beschwingtem Sinn gegangen, wo die Bäume sich so tief über das Wasser neigten. Dort hatten wir das erstemal von dem roten Hahn gehört, der aus den Fluten stieg, wenn der See in Aufruhr war und Unheil ankündigte. Mir schien sein blutroter Kamm auf den bewegten Wellen zu tanzen; als ich näher kam, sah ich, es war nur die rote Boje eines Segelboots.

Wir fanden den Fischer mit seinen Gummistiefeln breitbeinig im Wasser stehen, wie er aus dem Netz Fische in den Bootskasten schüttete. Einige Fische fielen daneben und schlugen in Todesnot mit ihren Leibern gegen die nassen Holzplanken. Der Fischer öffnete kaum die breiten Lippen, als er uns mürrisch guten Tag sagte. Mit abgewandtem Gesicht warf er den zappelnden Hecht in meine Tasche. Auch uns stockte der Gruß im Munde.

Als wir schon auf dem Rückweg waren, kam er uns auf seinen lautlosen Gummistiefeln nachgelaufen.

»Dort konnte ich nicht sprechen«, sagte er, und sein Mund sah plötzlich einem Fischmaul ähnlich, das nach Atem rang. »Überall wird man belauert. Ja, der Ort ist verhunzt. Auch ich bin verhunzt. Ich mußte der Partei beitreten. Hätte ich mich geweigert, hätte mir der General die Pacht genommen, und was dann? Das wäre schlimmer als ertrinken. Hier hat schon mein Urgroßvater gefischt, ich konnte den Platz nicht verlassen. Warum sind Sie überhaupt hierhergekommen? Das ist kein guter Ort mehr für Sie und Ihre Frau.«

»Wir sind vom General nicht abhängig«, sagte Armin. »Wir sind freie Menschen.«

»Freie Menschen, hm . . . Auf alle Fälle seien Sie vorsichtig. Ein großer Fisch frißt die kleinen.«

»Ich habe keine Angst. Aber für Sie ist es wohl besser, wenn wir nicht mehr kommen.« Armin gab ihm die Hand zum Abschied.

»Warum hast du ihm die Hand gegeben?« rief ich empört.

»Er ist auch ein Opfer«, sagte Armin.

»Ich verstehe dich nicht. Du bemitleidest ihn noch. Hat er sich nicht auf die Seite der Bösen geschlagen? Der Feigling!«

Armin zuckte mit den Schultern. »Aber unter welcher Drohung. Wer weiß, wie du an seiner Stelle handeln würdest . . . Wenn du die Wahl hättest«, setzte er hinzu.

»Du hast recht«, sagte ich langsam. »Als Jüdin habe ich keine Wahl.«

»Aber *du* hast die Wahl zu handeln«, dachte ich, »und das ist der Unterschied zwischen uns beiden.« In diesem Augenblick wurde mir zu meinem Entsetzen klar, daß Armin und ich ein verschiedenes Schicksal hatten.

Der schwere Fisch in meiner Tasche bäumte sich in Todesnot und schlug gegen meine Beine. Über uns lärmten die Vögel, der Pirol rief unermüdlich seine vier Töne; aber diesmal klang es wie Spott und Hohn.

Der Gang zum Fischerhaus hatte eine so unheimliche Bedeutung, daß ich alles, was nun kam, leichter ertrug. Ich war darauf vorbereitet, auf die tückischen Quälereien, die hinterlistigen Feindseligkeiten, mit denen die Verfolgung gegen uns einsetzte. Man beschmierte unsere Gartenpforte mit Teer, man warf Kartoffelschalen über den Zaun. Die Ladenbesitzerin mit den Stummelfüßen verkaufte mir ranzige Butter.

Eines Morgens fand ich in meiner Wäsche auf der Leine bösartige Schnitte. Ich glaubte zu wissen, wer die Täterin war, eine Witwe, der ich die Arbeit entzogen hatte, weil sie schlecht wusch, und die sich nun sicher genug fühlte, ihre Rache an mir auszukosten.

Ich trug die Wäsche zu Armin. »Laß uns fortfahren«, bat ich, indem ich das weiße verschandelte Leinen vor ihm ausbreitete. Er unterbrach sein Schreiben nicht.

»Gesindel! – Nein, wir fahren nicht fort. Dadurch würden wir nur unsere Schwäche zeigen. Nun gerade nicht.« Er verzog den Mund wie ein eigensinniger Knabe und schrieb weiter.

Die Kinder verbargen ihre Empfindungen; sie waren sehr still geworden und hielten sich meist im Garten auf.

Meine Aufwartefrau kündigte mir: »Die Leute von der Partei haben mir gedroht, wenn ich noch einmal in Ihr Haus komme, lauern sie mir auf und schlagen mich. Bei Juden soll man nicht arbeiten, sagen sie. Aber Sie sind doch gar nicht wie eine Jüdin. Sie sind gut, . . . ach ja, ich bekomme noch zwei Mark.«

»Sei froh, daß du die Schlampe los bist«, sagte Armin, »die Kinder und ich werden dir im Haushalt helfen.«

Am Nachmittag trafen wir den General auf der breiten Allee, die zum See führte. Er hielt sich so gerade, daß er sich fast nach hinten bog. Haar und Schnurrbart waren steif gebürstet. Er blickte an uns vorbei, in seinen Augen sah ich Haß aufglimmen. Mehr als je glich er einem Raubtier vor dem Sprung.

Als wir in der Abenddämmerung von unserem Spaziergang zurückkehrten, sahen wir ein Transparent über die Dorfstraße gespannt.

»Ist es die Ankündigung zum Kinderfest?« fragte ich Armin.

»Gemeinheit!« sagte er leise. »Abgrund von Gemeinheit!«

»Was steht dort?« fragte ich.

»Ich sage es dir zu Hause.«

»Nein, jetzt sofort!«

»Dort steht: Juden sind unerwünscht. Wir packen noch heute abend; wir fahren morgen früh.«

»Wohin?«

»Zurück nach Berlin.«

»Ist dort nicht dasselbe?«

»Dort werden wir weitersprechen. Nicht jetzt! Nicht hier!«

Wir gingen mit starren erhobenen Gesichtern unter dem Transparent hindurch. Einzelne Vorübergehende liefen eilig, fast geduckt weiter. Unser Haus mit seinem erhellten Fenster kam uns entgegen, es schwebte freundlich auf uns zu. Über dem Eingang hing die lose Weinranke wie eine unordentliche Locke.

Am nächsten Morgen, vor Sonnenaufgang, brachen wir auf. Die Landschaft war in ein blaugraues Licht getaucht; auch der Wald stand in diesem geisterhaften Blau. So hatte ich ihn noch nie gesehen. »Von unseren sieben Wäldern«, dachte ich, »ist dies der blaue Wald des Wahns. Am Tage wird er sich in den schwarzen Wald des Todes verwandeln. Denn es ist Tod, es ist das Verlöschen! Nie werde ich diese Wege wieder betreten. Nie wieder das Haus mit der Rosenterrasse, nie wieder das zischende Singen der Gräser im Mittagswind, nie wieder der Geschmack der Walderdbeeren auf der Zunge, nie wieder das kühle Wasser des Sees auf der sonnenwarmen Haut, nie wieder die Najadenbucht, die zärtliche Buche, der Mutterblick und die Gefilde der Seligen – nie, nie wieder!«

»Wenn ich aus dem Ausland als reicher Mann zurückkomme«, höre ich Alfs hohe Stimme, »werde ich unser Haus wieder kaufen.« Andreas lachte kurz und spöttisch auf. Sibylle suchte flehend die Augen ihres Vaters, als könnte er im letzten Augenblick das Schicksal wenden. Aber Armin, das Notizbuch auf den Knien, schrieb im schaukelnden Wagen. Ich begriff, daß er der einzige von uns war, der nicht Abschied nahm.

Zuhause in Berlin ging Armin in sein Zimmer und verschloß die Tür. »Störe mich nicht, ich schreibe.« So blieb er den ganzen Tag, nachts sah ich Licht in seinem Zimmer. Er schrieb. Am späten Morgen legte er sich erschöpft nieder und sagte zu mir: »Ich habe an Hitler geschrieben.«

»Um Gotteswillen«, flüsterte ich. Er legte die Hand auf meinen Mund.

»Ich werde ihn auch abschicken.« Dann las er mir den Brief vor.

»Herr Reichskanzler! In ihrer Bekanntgabe vom 29. März dieses Jahres hat die Staatsregierung die Acht über die Geschäftshäuser aller jüdischen Bürger verhängt. Beleidigende Inschriften: ›Betrüger!‹ – ›Nicht kaufen!‹ – ›Den Juden der Tod!‹, gemalte Wegweiser: ›Nach Jerusalem‹ leuchteten an den Spiegelscheiben, Männer mit Knüppeln und Faustbüchsen hielten vor den Türen der Läden Wache, und zehn Stunden hat man die Hauptstadt zum Schauplatz der Belustigung der Massen gemacht. Dann, zufrieden mit dem Eindruck dieser höhnischen Maßregel, hob man das Verbot des Handels wieder auf, und die Straßen zeigten ihr gewohntes Bild. Aber ist, was nun folgte, nicht schlimmer? Jüdische Richter, Staatsanwälte und Ärzte werden aus ihren wohlverdienten Ämtern gestoßen, man sperrt ihren Söhnen und Töchtern die Schulen, treibt die Hochschullehrer von der Kanzel und schickt sie auf Urlaub; eine Gnadenfrist, die niemandem zweifelhaft sein kann, beraubt die Leiter von Schauspielhäusern, Schauspieler und Sänger ihrer Bühnen, die Herausgeber von Zeitungen ihrer Blätter, stellt ganze Handbücher über jüdische Dichter und Schriftsteller zusammen, um unter ihnen die Wächter der sittlichen Ordnung des Tages zur Stummheit zu verurteilen, und statt in seinen Geschäften trifft man das Judentum dort, wo seine für die Gemeinschaft edelsten Werte ruhen, im Geist.«

Armin fuhr dann mit dem Vorlesen fort: »Herr Reichskanzler, es geht nicht um das Schicksal unserer jüdischen Brüder allein, es geht um das Schicksal Deutschlands! Im Namen des Volkes, für das zu sprechen ich nicht weniger Recht habe als die Pflicht, wie jeder, der aus seinem Blut hervorging, als ein Deutscher, dem die Gabe der

Rede nicht geschenkt wurde, um sich durch Schweigen zum Mitschuldigen zu machen, wenn sein Herz sich vor Entrüstung zusammenzieht, wende ich mich an Sie: Gebieten Sie diesem Treiben Einhalt! Das Judentum hat die babylonische Gefangenschaft, die Knechtschaft in Ägypten, die spanischen Ketzergerichte, die Drangsal der Kreuzzüge und sechzehnhundert Judenverfolgungen in Rußland überdauert. Mit jener Zähigkeit, die dieses Volk alt werden ließ, werden die Juden auch diese Gefahr überstehen – die Schmach und das Unglück aber, die Deutschland dadurch zuteil wurden, werden für lange Zeit nicht vergessen sein! Denn wen muß einmal der Schlag treffen, den man jetzt gegen die Juden führt, wen anders als uns selbst? Wenn Juden deutsche Art empfangen, unseren Reichtum gemehrt haben, so muß, wenn man ihr Dasein zerstört, diese Tat auch notwendig deutsche Güter vernichten. Die Geschichte lehrt uns, daß Länder, die Juden aus ihren Grenzen verjagten, dies stets durch Armut büßen mußten, daß sie der Verelendung und Mißachtung anheimfielen.«

(Armin war der einzige deutsche Schriftsteller, der um diese Zeit, als ein Widerspruch noch Sinn haben konnte, seine Stimme gegen die Schändung der Ehre Deutschlands erhob, um die Ehre des deutschen Schrifttums zu retten. Erst nach dem Zusammenbruch des Dritten Reiches wurde dieses Schreiben an Hitler vom 11. April 1933 veröffentlicht.)

Die nächsten Monate in Berlin führten wir ein Leben von der Hand in den Mund. Alles war vorläufig. Vorläufig durfte Andreas das Gymnasium besuchen, obwohl man täglich die Absetzung des freisinnigen Direktors und damit die Ausweisung der jüdischen Schüler erwartete. Alf und Sibylle lernten schon in jüdischen Schulen – vorläufig, bis es mit der Auswanderung so weit war. Meine Mutter und Schwester waren nach einem kurzen Aufenthalt in der Schweiz nach Berlin zurückgekehrt, wo sie ihren Umzug in eine kleinere Wohnung vorbereiteten.

Armin wohnte nicht bei uns in der Stadt. Er hatte sein Zelt an einem der Havelseen aufgeschlagen, um dort ungestört sein Buch zu beenden; eigentlich hatte er drei Zelte aufgebaut, eine ganze Zeltwohnung, das Küchenzelt mit Kochgeschirren, das Schlafzelt mit Klappbett und das viereckige Bücherzelt, das die für seine Arbeit notwendigen Bände enthielt. Eine Notlösung, eine vorläufige Trennung, die jedes Wochenende durch meinen Besuch bei ihm unterbrochen wurde. Oft übernachtete ich bei ihm im Zelt.

Es waren seltsame Begegnungen, nicht wie das Wiedersehen von Eheleuten, sondern vielmehr wie die spärlichen und heimlichen Zusammenkünfte von Liebenden, deren Beziehungen schon gezwungen und erkaltet sind.

»Vorläufig müssen wir so leben«, sagte Armin, als wir uns im Zelt nebeneinander ausstreckten. »Die Atmosphäre der abscheulichen, politisch verseuchten Stadt würde meine Arbeit unmöglich machen. Wenn ich mein Buch beendet habe, reisen wir zusammen ins Ausland.«

»Für immer?« fragte ich.

Armin wandte sich schroff auf die andere Seite. »Warum fragst du immer das gleiche?«

In der Woche war ich allein meinen Gedanken ausgeliefert. Jeden Morgen stand ich mit einem neuen Plan auf, um ihn am Abend wieder zu verwerfen. Alles, was ich angriff, zerrann mir zwischen den Fingern. Versuchte ich zu schreiben, lösten sich die Worte auf dem Papier in Nichts, das Papier, das ich zerknüllte, in Schmutz und Abfall auf. Jede Minute war nur geborgt in diesem vorläufigen Leben, das geliehene Leben eines Menschen, der seinen Bankrott noch nicht offen erklärt hat und hochstaplerisch von Tag zu Tag verschiebt.

Mechanisch erfülle ich die Pflichten des Alltags, mache die notwendigen Gänge. Mein Haar hat an Glanz verloren, vielleicht bürste ich es weniger. Es ist mir gleichgültig, daß ich ein neues helles Kleid trage. Der Frühling gleitet in den Sommer hinüber, ohne daß ich es spüre. Auch mein Gang ist anders; ich gehe ziellos mit schlenkernden Schritten, in Grübeleien versunken, den Kaiserdamm hinunter. Die Straße sieht sommerlich heiter aus; doch ich kenne die Fenster, hinter denen die Heime schon kahl liegen wie Stoppelfelder im Herbst, ausgeräumt, und die Bewohner fortgezogen sind – jüdische Heime.

Mein Blick, der zerstreut an den Häusern entlangwandert, trifft zufällig ein Plakat, das Zerrbild eines Juden aus der »Stürmer«-Zeitung. Das Gesicht ist ekelerregend, ein weicher Schwamm, fettig, die gekrümmte Nase berührt fast die wulstigen Lippen, die an den Mund eines Neandertalmenschen erinnern. Kein Gesicht, eine scheußliche Fratze. Eine Frau mit einer Einholtasche hat sich neben mich gestellt, neugierig schielt sie zu mir herüber.

»Das ist nicht zu ertragen«, denke ich. »Das ist der Pranger, der Schandpfahl.« Das jüdische Gesicht verunstaltet, verunglimpft! Aber gibt es denn überhaupt ein jüdisches Gesicht?

»Ja«, höre ich deutlich jemanden antworten. »Das jüdische Gesicht, das wir aus unserem wirklichen Wesen formen, in Würde, in Selbstachtung und das sich von den anderen unterscheidet.« Wer redet zu mir? Ich erschrecke. Ich bin es selbst, die laut gesprochen hat, mitten auf der Straße. Eine geheimnisvolle fremde Stimme bricht aus mir hervor, und neben der Fratze, an der sonnenbeschienenen Hauswand, sehe ich groß Heikes Gesicht, schmal, edel, ausgehöhlt von Fieber und Arbeit. Sie sieht mich forschend an.

»Ja, nur im eigenen Land können wir unsere Würde wiedererlangen«, sagen die fieberglänzenden Augen. Ich stehe noch immer auf demselben Pflasterstein; es ist nicht mein Stein, nicht meine Straße, und ich sehne mich danach, vor rohen ungemeißelten Steinen zu stehen, die mir gehören, sie mit den Händen fortzutragen und darunter die Erde aufzubrechen, die meine Erde ist, und dort vielleicht Wasser rieseln zu hören, das mein Wasser ist, und das aus der Tiefe bricht, durch meinen Schweiß erlöst. Als ich weitergehe, sind meine Schritte fest und schnell. Ich weiß, wohin ich gehe.

An diesem Tage noch stellte ich meine Arbeitskraft der zionistischen Organisation zur Verfügung. Man gelangte von einer stillen Seitenstraße des Kurfürstendamms in die Büroräume, die vor wütender Energie schwirrten. Es glich einem Hauptquartier im Kriege. Das Kommen und Gehen von Besuchern auf den überfüllten Korridoren, das Rasseln der Schreibmaschinen, die Eile der Sekretäre, die mit Papieren treppauf und treppab liefen, das unaufhörliche Klingeln von Telefonen, alles machte den Eindruck fieberhafter Tätigkeit unweit einer Kriegsfront, wo der Stab sinnvolle Pläne ausarbeitete.

Ich wurde von einem Vorzimmer mit fünf klappernden Schreibmaschinen in einen schmalen Raum geführt, der fast nur von einem Schreibtisch ausgefüllt war. Der Mann hinter dem Schreibtisch betrachtete mich aufmerksam aus seinen tiefliegenden Augen, während seine dichten buschigen Augenbrauen lebhaft auf und ab gingen.

»Wir kennen Sie. Sie waren in Palästina und haben einige gute Artikel darüber geschrieben. Aber Sie waren niemals Zionistin.«

»Ist das so wichtig? Ich bin Jüdin und möchte helfen, die Zerstörung *hier* in Aufbau *dort* zu verwandeln.«

Die Augen des Mannes blitzten auf und schienen dabei ihre Farbe zu wechseln, heller zu werden. »Gut, wir werden es versuchen. Sie fangen morgen an. Stellen Sie es sich noch schwerer vor, als es ist.«

»Ich weiß.«

»Sie wissen gar nichts. Sie müssen viel lesen. Und lernen! Jüdische Geschichte. Vor allem aber müssen Sie jetzt unsere Juden studieren, ihre krampfhafte Anpassung und ihren unfreien Geist. Nach der Emanzipation haben sich die Juden beglückt in eine freiwillige geistige Hörigkeit fremder Kulturen begeben, um ihre Eigenart völlig zu vergessen. Es ist eine Art Ägypten, das sich wiederholt. Und nun kommen auch die blutigen Peitschenhiebe. Ja, ein anderes Ägypten vor dem Auszug der Kinder Israels.« Wieder wechselten seine Augen die Farbe und sahen fast schwarz aus. »Übrigens, wenn Sie Geld sammeln, bitten Sie nicht! Fordern Sie! Wir sammeln kein Geld. Wir sammeln Seelen.«

Am nächsten Morgen begann meine Arbeit, die darin bestand, Mitglieder zu werben und Geldsummen für die Ansiedlung von Pionieren in Palästina aufzubringen. Den ganzen Tag war ich unterwegs, rollte in Untergrundbahnen, Autobussen von einem Ende Berlins zum anderen, um in den verschiedenen Stadtteilen Juden aufzusuchen. Ich betrat die Luxusvilla eines Bankiers im Grunewald, der mir fünf Minuten gewährte, um im Stehen auf dem Scheck eine große Summe zu zeichnen.

»Danken Sie mir nicht«, sagte er förmlich. »Ich wandere nach Brasilien aus, und ich gebe lieber das Geld, das ich zurücklassen muß, für jüdische Zwecke, als daß ich es dieser Regierung in den Rachen schleudere.«

»Wie wenig dieser Geldmensch der jüdischen Karikatur des ›Stürmers‹ ähnelt«, dachte ich. Mit seiner weißen Mähne und seinem römischen Kopf glich er einem Staatsmann, die Bewegungen seines mageren straffen Körpers waren sparsam und anmutig. Er war als Mäzen bekannt, als Sammler moderner Gemälde, und seine Hauskonzerte in dem ovalen weißgoldenen Musiksaal der Villa waren in Berlin ein künstlerisches Ereignis. Was konnte er nun von alledem mitnehmen?

»Nein, meine Gnädige«, wehrte er ab, als ich ihm über Palästina berichten wollte. »Leider habe ich keine Minute Zeit. Morgen früh geht mein Flugzeug.« Eines seiner Augenlider zuckte, mit der Höflichkeit eines Fürsten geleitete er mich zur Tür.

Eine Stunde später fuhr ich im öligen Aufzug einer Fabrik im Norden in das oberste Stockwerk, wo ich auf dem Speicher zwischen riesigen Papierrollen den Direktor fand, der sich mit seinem Partner dorthin zurückgezogen hatte, um unbelauscht von seinen Angestellten sprechen zu können. Zwischen Anweisungen und Telefongesprächen wandte er mir flüchtig sein blutloses Gesicht zu, mit den vor Sorge herabhängenden Wangen und entzündeten Augen.

»Kommen Sie bitte wieder«, verabschiedete er mich. »Morgen, nein übermorgen, nein besser nächste Woche. Aber wer weiß, was dann sein wird«, seufzte er.

Ich wartete vor den Kleiderständern eines Konfektionsgeschäfts lange auf den Besitzer. Ich wartete geduldig in vielen bürgerlichen Wohnzimmern von Anwälten und Ärzten, wo ich trotz der gediegenen Einrichtungen die Empfindung hatte, mich immer in demselben Wartesaal einer Bahnhofshalle zu befinden und das Pfeifen der abgehenden Züge zu hören. Bisweilen wurde ich mit brennendem Interesse empfangen, als brächte ich ein Rettungssignal; oft wurde ich mit dem gereizten Ton der Verzweiflung abgewiesen.

Ich drang in diese fremden Wohnungen ein, deckte die Dächer ab über diesen Schicksalen, die sich alle glichen. Denn überall fand ich das gleiche: Heimlosigkeit und Gehetzheit, die ahasverischen Züge des vertriebenen Juden unserer Zeit. Zur ewigen Wanderschaft verurteilt, ob er im Leiterwagen, zu Fuß auf der Flucht oder im Schlafwagen des Express, in der Luxuskabine eines Überseedampfers oder im Flugzeug ein neues Asyl zu erreichen suchte. Kein Buch, keine Schrift zionistischer Propheten entlarvte mir so deutlich die jüdische Not wie jene Besuche. Nichts konnte mich mehr davon überzeugen, daß wir uns ein eigenes Vaterland bauen mußten.

Wenn ich abends von diesen Gängen zurückkehrte, waren meine Füße geschwollen, mein Körper tödlich erschöpft. Vollgesogen mit all dem Elend, war auch mein Gemüt krank von der Not, die mir wie eine schmerzhafte Geschwulst anhaftete und meine ganze Aufmerksamkeit in Anspruch nahm. Erst allmählich, am Abendbrottisch zwischen meinen Kindern, löste sich diese Überspannung, ging in sanfte Müdigkeit über.

Vielleicht weil dieses Bedürfnis nach Ruhe oder vielmehr Schmerzfreiheit so stark war, ließ ich mich am Wochenende bei Armin wieder in das natürliche Leben zurückgleiten. Ich vertauschte sofort das Kleid mit einem Luftanzug, und wir badeten beide in Wasser und Sonne. Aber im Grunde lebten wir damals schon in zwei völlig verschiedenen Welten, und oft, wenn ich zu ihm hinausfuhr, kam es mir vor, als reiste ich zur Erholung in ein anderes Land oder eigentlich nach Deutschland zurück, das ich schon verlassen hatte.

Immer, wenn ich Armin vor seinem Zeltlager unter den hohen Kiefernstämmen begrüßte, verbarg ich zuerst mein Gesicht an seiner Schulter, als könnte er dort die Spuren meiner Erlebnisse entdecken und sich davor entsetzen. Denn auch ich wollte wie er die Täuschung aufrechterhalten, daß wir noch vereint waren. Es war eine stillschweigende Vereinbarung zwischen uns, Gespräche über die Judenfrage zu vermeiden. Als ich ihm das erstemal von meiner Werbetätigkeit für Palästina berichtete, sagte er kurz: »Das ist sehr schön und richtig, was du tust. Du weißt ja, wie sehr ich die Pioniere in Palästina achte.« Dann glitt er ohne Übergang in ein anderes Thema hinüber. Dabei wuchs die Entfremdung zwischen uns, und wir entfernten uns immer schneller voneinander.

Häufig geschah es, daß ich die Last der Eindrücke am Wochenende nicht mehr abwerfen konnte. So verfolgte mich das schrille hohe Weinen der Frau, das ich bei einem Besuch schon auf dem Treppenflur hörte. Es waren Klagetöne in solcher Höhe – eigentlich wie ein Ton, der für das menschliche Gehör unzugänglich war, am Rande des Jenseits oder Wahnsinns. Die Pflegerin, die die Tür öffnete, erklärte, daß die Frau am Morgen die Nachricht von der Staatspolizei erhalten hätte, die Urne mit der Asche ihres Mannes vom Konzentrationslager abzuholen. Nun säße sie, die Urne auf dem Schoß, die ihr niemand abnehmen durfte, seit Stunden unbeweglich; erst jetzt hätte sie das hohe schrille Weinen begonnen, und man fürchte um ihren Verstand.

Als ich am nächsten Sonnabend mit Armin an einem Nachbarzelt vorbeiging, hörten wir von einer Grammophonplatte das Violinkonzert von Beethoven. Da vernahm ich den gleichen hohen Ton, zu dem sich die Stimme der Geige in Spiralen hinaufschwang, dasselbe fast Unerträgliche, Maßlose, am Rande des Jenseits oder Wahnsinns – nur hier in himmlischem Jubel statt Grauen.

»Mein Gott, wie kann beides in der Welt zugleich sein«, dachte ich. Ich konnte mich nicht länger beherrschen. »Hörst du, es ähnelt der Stimme des Wahnsinns.«

Armin blieb stehen. »Was sprichst du da? Ich verstehe dich nicht.«

»Wie könntest du auch verstehen! Du hast es ja nicht gehört, das Weinen der Frau, als sie die Asche ihres Mannes auf dem Schoß hielt, alles, was sie im Konzentrationslager von ihm übriggelassen haben. Du willst ja nicht hören, du verstopfst dir die Ohren. Ein Volk von Mördern ist es, ich kann nicht länger unter ihnen atmen.«

Armin zog mich schnell in unser Zelt und ließ die Zeltwand zufallen. Das starke Sonnenlicht zuckte in Lichtflecken über die Leinwand und über sein fahlgewordenes Gesicht, das in der Beleuchtung fleckig und gelblich aussah. Er kauerte sich nieder und stützte seinen Kopf mit den Händen.

»Das ist Geisteskrankheit. Die Mörder sind krank, wahnsinnig. Es ist eine furchtbare Erkrankung, die bei uns ausgebrochen ist.« Durch seine Finger blickte er zu mir auf. »Aber du sollst nicht das ganze Volk anklagen.«

»Sind sie nicht alle mitschuldig?«

»Nein. Sie wissen nichts davon. Außerdem leben auch sie in Todesangst. Ich fürchte, diese panische Angst kann noch in Massenwahn umschlagen.«

»Du verteidigst sie noch.«

»Ich bemitleide es sogar, mein armes unglückliches Volk.«

Ich sah starr auf seinen schmalen Kopf, die langen Glieder. »Ich bin erstaunt über deine Sympathien.«

»Entstelle nicht meine Haltung. Es ist begreiflich, daß du nicht mehr gerecht sein kannst. Auch du bist von Haß und Rache verwirrt.«

»Rache wäre natürlich. Aber selbst in einem Racheakt würden die Juden niemals so kaltblütige, bestialische Grausamkeiten begehen wie ... wie deine ›Volksgenossen‹.«

»So, das glaubst du. Und ich sage dir, jedes Volk, genügend aufgestachelt, ist zu allem fähig. Auch die Juden. Lies nach im Alten Testament, wie sie ihre Feinde ausrotteten. Aber ihr meint, ihr seid besser. Das ist euer verfluchter jüdischer Hochmut!«

Ich versuchte, mit beiden Händen auf ihn einzuschlagen; er hielt meine Handgelenke fest und preßte sie zusammen, dann ließ er mich los. Ich hob die Zeltwand.

»Ich bleibe nicht bei dir. Ich verlasse dich und Deutschland.«

Er riß mich so heftig an den Schultern zurück, daß wir beide auf den Zeltboden fielen. »Um Gotteswillen, auch wir beide sind wahnsinnig!« Nun schlug er sich selbst, trommelte mit den Fäusten gegen seine Brust, schlug mit der Stirn auf die Erde. »Du kannst mich nicht verlassen, du wirst mich nicht verlassen!«

Wir weinten nun beide, aber unsere Tränen vermischten sich nicht wie damals bei dem Streit um Magda und flossen in Zärtlichkeit zusammen; jetzt blieben wir in unserem Kummer allein, dicht nebeneinander auf dem Zeltboden, ohne uns zu berühren. Trotz der Sommerwärme gingen Kälteschauer über meinen Rücken.

Er stand auf, bereitete Tee auf dem Spirituskocher und brachte mir das heiße Getränk. »Verzeih mir«, sagte er. »Auch du hast mich beleidigt ... durch die Beschimpfung meines Volkes ...«

»Dein Gott ist nicht mein Gott, mein Volk ist nicht dein Volk«, dachte ich. »Und das habe ich nie gewußt.«

»Wir haben beide keine Schuld«, sagte ich laut.

»Bitte bleib«, bat er. »Bleib über Nacht.«

»Wir müssen noch Trinkwasser holen«, sagte ich nur. Ich blieb, unfähig, mich von der Stelle zu bewegen.

Gegen Abend gingen wir von unserem Waldhügel in die Zeltstadt hinunter. Dort stand Zelt an Zelt, wo Arbeiterfamilien ihren Sommerurlaub verbrachten. Es fiel auf, mit welcher Ordnungsliebe und Sauberkeit diese Feriensiedlung angelegt war. Man hatte Kieswege aufgeschüttet, vor den Zelten Blumenbeete abgesteckt; deutliche Inschriften bezeichneten die Pfade und Richtung, meist humoristische Namen, wobei sich der erfindungsreiche Witz der Berliner auslebte. Da stand »Zum Tanzpalast« an dem Bierausschank einer Bretterbude, vor der hin und wieder im Freien getanzt wurde. Der Weg zur Toilette hieß »Zum Opernhaus«, weil auf diesem Orte oft Schlager gesungen und geträllert wurden. Man gelangte »Zum Struwwelpeter«, wo man sich die Haare schneiden lassen konnte, vorüber an der »Frommen Helene«, einem Kiosk für Süßigkeiten und dem Zigarettenstand der »Lustigen Junggesellen«. Das kreisrunde Rondell, der Mittelpunkt der Zeltstadt, hieß »Potsdamer Platz« und war mit spaßhaften Verkehrsvorschriften behängt wie »Nur anrempeln, wenn die Dame hübsch ist« – »Niemals eilen, du kommst immer zu früh« – »Nicht abspringen, bevor Verabredung fest« und ähnlichen scherzhaften Anweisungen.

Jetzt am Abend saßen Männer und Frauen in ihren Liegestühlen neben den Klapptischen, die mit bunten Decken geschmückt waren. Einige bastelten, um ihr Zelt zu verschönern, andere begossen ihre Blumen. Welche Idylle! Welche liebevolle Sorgfalt in der Pflege der Blumen und sogar der toten Dinge! Wir seltsam, daß diese liebenswerten Züge in demselben Volke wohnten, das in seiner Grausamkeit maßlos sein konnte. »Blut und Blümchen«, hat einmal ein geistreicher Künstler des Epigramms diesen Widerspruch des Volkscharakters benannt.

»Wollen wir zum Tanzpalast, etwas trinken, oder mußt du erst zum Opernhaus?« fragte Armin lachend. Auch ich lachte; aber unser Lachen vermischte sich ebensowenig wie vorhin unser Kummer. Hatte ich nicht das herzhafte, harmlose Lachen in den letzten Wochen verlernt? Ich wußte, daß ich zu den Menschen hier in ihrer Fröhlichkeit nicht mehr gehörte.

Als wir dann in der Dunkelheit im Zelt nebeneinanderlagen, wehte mit dem nächtlichen Sommerwind Gesang zu uns herüber. Es waren Volkslieder, von der Gitarre begleitet, die wir oft selbst in unseren Wäldern oder im Boot auf dem See gesungen hatten, und sie waren beladen mit dem Duft vergangener Sommernächte. »Nicht mehr meine Lieder«, dachte ich.

»Ade nun zur Guten Nacht, jetzt wird der Schluß gemacht«, hörte ich die Stimmen im Zweiklang. Die wilde Süßigkeit des Abschiednehmens, die Wanderlust und das geheimnisvolle Rauschen des Nachtwindes strömte in dem unsäglichen Lebensgefühl von Jugend zusammen.

Armin richtete sich auf. »Komm, wir wollen zu den Sängern gehen!«

»Es tut mir leid, ich bin zu müde. Aber wenn du gern gehen möchtest, geh allein.«

»Zürnst du mir nicht mehr?«

»Gewiß nicht.«

»Ade nun zur Guten Nacht ... und ich muß scheiden ...« Lauter trieb der Wind das Lied zu uns herüber. »Erinnerst du dich, Armin, wie wir es beim Kinderfest auf dem Wasser gesungen haben, im mit Lampions geschmückten Boot?«

Ich öffnete die Augen, das Lager neben mir war leer. Armin hatte leise das Zelt verlassen.

Wie immer, wenn ich am Sonntagabend von Armins Zeltlager in unsere Stadtwohnung zurückkehrte, schaltete sich mein Wesen um. So, als würde leichte Musik im Radio plötzlich unterbrochen, und es folgt jene Stille, die etwas Beklemmendes hat. Ich bemerkte Licht in Armins Zimmer und riß die Tür auf. Zu meinem Staunen sah ich Andreas zwischen hohen Stapeln von Büchern, die er neben sich aufgetürmt hatte, auf dem Teppich kauern.

»Was tust du da, um Himmelswillen? Du solltest längst schlafen.«

Andreas runzelte seine hohe glatte Stirn. »Ich entferne die politisch gefährlichen Bücher. Man hat uns vor Haussuchungen gewarnt. Gestern hat man nach einem solchen Besuch der Gestapo den Vater meines Freundes verhaftet.«

Ich bückte mich, um meinen Schrecken zu verbergen und hob einen schweren Band auf. Es waren Kants philosophische Schriften.

»Aber Kant, liebes Kind, gehört wohl nicht zu den verbotenen Büchern?« Ich wollte das Buch in das Fach zurückstellen, da nahm Andreas es mir aus der Hand und warf es auf den Boden.

»Du hast keine Ahnung, Mumm. Dieser Band enthält unter anderem auch die Abhandlung über den ewigen Frieden. Bei dem Vater meines Freundes haben sie auch dieses Buch beschlagnahmt. Das Wort ›Frieden‹ irgendwo in der Bibliothek genügt, um den Besitzer zum Staatsverbrecher zu stempeln. Gewiß suchen sie jetzt Immanuel Kant, um ihn zu verhaften. Vielleicht finden sie irgendeinen Herrn Kant.« Sein Mund zuckte mit dem überlegenen, spöttischen Lächeln meines Vaters.

Wie schützend stellte ich mich vor die Bücherwand. »Was wird Armin sagen, wenn wir Bücher vernichten, ohne ihn zu fragen? Er hat mir versichert, er hätte alles Gefährliche beiseite geschafft.«

Andreas stieß mit dem Fuß gegen die Bücher auf dem Teppich. »Sehr ungründlich. Ich habe eben in der hinteren Reihe einen Haufen alter verstaubter Friedensschriften gefunden.«

Die grauen schmalen Bände wogen zentnerschwer in meiner Hand. »Du hast recht. Wir müssen sie verbrennen. Sofort. Aber wie?«

Andreas blieb ruhig. »Verbrennen fällt auf. Wir werden sie in kleine Fetzen zerreißen und die Papierschnitzel in der Toilette herunterspülen.«

»Was für eine Arbeit!«

Wir zerrissen bis tief in die Nacht hinein die Seiten der Bücher. Bisweilen riß ich ein Wort wie »Kultur« oder »Menschlichkeit« durch, mir teure ewige Worte, die ich nun aus Angst um das nackte Leben der Familie verraten mußte. Die verstümmelten Buchstaben flatterten und wanden sich wie im Todeskampf. Dann schlossen wir uns in der Toilette ein und ertränkten die Worte im Abfluß, im Wasserstrudel des Beckens. Wir vernichteten auch Schulhefte von Andreas und Alf. Wir zogen und zogen, das Wasser rauschte unaufhörlich.

»Ich kann nicht mehr«, seufzte ich mit schmerzendem Rücken. »Einen Augenblick Pause.«

»Wir haben die Ruhr«, sagte Andreas und brach in krampfhaftes Lachen aus. »Still, um Gotteswillen. Wenn das Mädchen aufwacht und uns hört.«

»Verlaß dich auf Frieda«, widersprach Andreas. »Sie ist es, die uns gewarnt hat. Ihr Schwager ist in der Partei. Sie haßt die Nazis.«

»Du redest kindisch, Andreas. Man kann heute niemandem vertrauen.« Ich blickte zu Andreas hoch. Er war größer als ich, er war mir über den Kopf gewachsen. Nein, es war auch nichts Kindliches mehr an ihm, nichts Jungenhaftes; die letzten Monate hatten ihn zum Mann gemacht.

»Hör gut zu, Mumm«, sagte er langsam, jede Silbe betonend, so daß mich seine lehrerhafte Art plötzlich an seinen Vater, an Fried erinnerte. »Ich muß dir etwas Entscheidendes mitteilen.«

»Sprich schneller. Was ist es?« fragte ich ungeduldig.

»Ich habe schon vor längerer Zeit beschlossen, nach Palästina auszuwandern. Jetzt, nach der Warnung, warte ich keinen Tag länger mit der Vorbereitung. Übermorgen gehe ich mit meiner Jugendgruppe auf eine Lehrfarm, um mich landwirtschaftlich auszubilden.«

In der Überraschung zerriß ich den steifen Pappdeckel eines Buches. »Aber nach den Ferien mußt du in das Gymnasium zurückgehen. Dein letztes Quartal vor dem Abiturium.«

»Es gibt kein ›Aber‹. Nach den Ferien darf kein Jude in die Schule zurückkehren.«

»Ich bestehe darauf, daß du dein Abiturium machst«, sagte ich heftig. »Wir werden dir die Möglichkeit dazu im Ausland geben. Vielleicht in England. Oder, falls du es vorziehst, kannst du zu deinem Vater nach Paris gehen, der dort als emigrierter Professor gut aufgenommen wurde.«

Andreas zuckte mit den Schultern. »Überflüssiger Ballast und Zeitverlust! Das brauche ich für meine Pionierarbeit in Palästina nicht.«

Bestürzt suchte ich nach einer Entgegnung. Ich mußte kämpfen, gegen ihn, um ihn vor sich selbst zu schützen. Für das persönliche Glück meines Kindes, für seinen Ehrgeiz, für seine Laufbahn, die bei seiner außergewöhnlichen Begabung so viel versprach. Hatte ich nicht in den schlaflosen Nächten der letzten Wochen alles sorgfältig für ihn geplant, und nun, mit seiner Neigung für das Absolute, wollte er sich selbst aufgeben.

»Andreas«, sagte ich sanft. »Auch ich wünsche, daß du nach Palästina gehst, aber nicht als einfacher und ungebildeter Landarbeiter. Du wolltest Chemie studieren. Auch Wissenschaftler werden in Palästina gebraucht. Du kannst dort besseres leisten . . .«

Andreas unterbrach mich. »Gib dir keine Mühe, Mumm. Es ist umsonst. Keine Halbheiten mehr. Du solltest es eigentlich wissen. Wir können unser früheres intellektuelles bürgerliches Leben nicht nach Palästina hinübernehmen. Dies wäre zu bequem. Wenn wir den Boden umbrechen, muß es auch der Umbruch unseres ganzen Lebens sein.«

Hinter seinem Kopf sah ich Heikes fieberglänzende Augen aufleuchten. »Ganz, nicht halb«, hörte ich sie sagen.

»Man braucht Arbeiter für den ungebrochenen, unerlösten Boden im Lande«, sagte Andreas. »Man braucht nicht nur tüchtige Arme, sondern die ganzen Menschen, Körper und Geist. Ich werde nicht weiter Altgriechisch lernen, sondern Alt- und Neuhebräisch, was ja dasselbe ist«, fügte er mit lehrerhaftem Tone hinzu.

»Dies also ist mein Sohn«, dachte ich. »Dieser junge Mann mit den hageren Wangen, die schon mit leichtem Flaum bedeckt sind, mit dem unerbittlichen strengen Mund, dem stoischen Kinn, den vor Lebenswillen funkelnden Augen. So könnte ein Mönch aussehen, der sein Gelübde gerade abgelegt hat.« Ich ahnte hilflos, daß er seine Persönlichkeit zum Opfer brachte. Für immer. Für ihn gab es kein Zurück. Kein Ausweichen, kein Abbiegen. Er würde mehr entsagen als den bürgerlichen Bequemlichkeiten, mehr als seine Gesundheit auf das Spiel setzen bei schwerer Arbeit in glühendem Klima. Er würde sich selbst vergewaltigen, auf die Stillung des geistigen Hungers verzichten, auf die besondere Arbeit, zu der ihn seine Begabung drängte.

»Du willst also Bauer werden, Andreas?«

»Ja, Bauer. Jüdischer Bauer. Es ist besser als jüdischer fortgejagter Professor in der Verbannung.«

Wieder zuckte sein Mund in flüchtigem Lächeln. »Komm, Mumm, beeilen wir uns mit dem Zerreißen der Bücher. Ich muß morgen früh aufstehen. Bald wird mein Tag immer um vier Uhr früh beginnen.«

Der Abschied von Andreas war kurz. Er bog schnell den Kopf zur Seite, als ich ihn küßte. »Ich gehe ja morgen noch nicht ins Ausland. Das Lehrgut ist nicht weit, nur drei Stunden Bahnfahrt von Berlin.«

Doch für mich war es weit; es ist immer unendlich weit, wenn ein Kind die Mutter verläßt, entwachsen sich losreißt, um sein eigenes Leben zu beginnen. Es ist eine Wiederholung der schmerzhaften Geburt, und die Nabelschnur wird zum zweitenmal durchschnitten. Diesmal war es mit Unheil beladen. Ich wußte, es war der Beginn der Zerstreuung der Familie, die sich nie mehr vollzählig um den Tisch versammeln sollte. Zwei Plätze waren nun an dem runden Eßtisch verwaist. Andreas und Armin abwesend.

Wie wir alle die Lücke von Andreas spürten! Das leere Bett, die vielen Dinge, die er in seinem Zimmer hinterlassen hatte, seine Steinsammlung, die buntgezeichneten Landkarten mit besonderen Diagrammen an der Wand, ja sogar die Tintenflecke auf dem abgewetzten Tisch. Die Kinder vermißten den großen Bruder, auch die Eigenschaften, mit denen er sie geärgert hatte, seine erzieherische, etwas pedantische Art; sie vermißten die Streitigkeiten und Balgereien ebenso wie seinen Witz. Ich entbehrte seine spöttischen klugen

Worte und das Nachdenkliche, das hinter seiner hohen Stirne arbeitete, seine Ruhe, seine Sammlung.

Ich entbehrte mehr als einen Sohn – einen Freund.

Armin fehlte mir auf ganz andere Weise. Immerzu spukte seine Gestalt neben mir, seine düsteren Augenbrauen, die hochflogen, wenn er etwas betrachtete, seine langen ungeduldigen Schritte im Korridor, die herrischen Hände, die zu streicheln verstanden und die Stimme, erregt, voll ewigen Widerspruchs. Die ganze Unruhe dieses Menschen, sein schöpferisches Wachsein war es, das mir fehlte, als wäre eine Feder des Gegengewichts aus meinem Leben herausgenommen, daß das Uhrwerk zu langsam ging. Ich lebte mit seinem Schatten, der mir näher war als der wirkliche Armin, den ich jedes Wochenende besuchte. Es war ähnlich wie in der Frühzeit unserer verbotenen Liebe, als er so weit entfernt von mir lebte; nur diesmal war meine Sehnsucht mit Groll und Bitterkeit durchtränkt, weil er mich allein gelassen hatte oder vielleicht mich gezwungen hatte, *ihn* allein zu lassen. Ein Schatten, den ich im leeren Zimmer umarmte.

Gewiß wurde ich getrieben von der Judennot und war besessen von Palästina; aber oft, unterwegs, in der Untergrundbahn oder mitten im Straßenlärm ertappte ich mich dabei, wie ich lange Gespräche mit ihm führte, bisweilen Streitgespräche, die sich liebevoll auflösten. Dann fühlte ich ihn unmittelbar neben mir, daß er meine Schulter streifte. Fast eine körperliche Liebkosung.

An einem Vormittag, von Besuch zu Besuch hastend, bei meiner täglichen Werbearbeit, überschritt ich die Jannowitzbrücke, unter der sich ein Netz von Schienen verzweigte. Die Eisenstränge glitzerten in der Sonne wie helle Flüsse. Wie oft hatten Armin und ich auf solchen Eisenbahnbrücken verweilt, angezogen von der Lockung der Linien, die in eine unbekannte Ferne liefen. Unwillkürlich verlangsamte ich meine Schritte. Der Hauch eines fahrenden Zuges kräuselte sich in der dunstigen Luft. Da hörte ich dicht hinter mir Armins Stimme, die meinen Namen rief, mehrere Male. Ich wandte mich um und starrte nur in das flache Gesicht eines Unbekannten. Eine Halluzination – und doch, es hatte wie ein Hilferuf geklungen. War Armin in Not? Rief er mich zu sich? Eine unbestimmte Angst ließ mich mitten auf der Brücke stehenbleiben. Jedoch der Menschenstrom stieß mich vorwärts, – ich rollte wie auf Schienen meine vorgeschriebenen Wege ab.

Am Nachmittag dieses Tages erfuhr ich, daß Armin von der Gestapo verhaftet worden war.

»Ihr Mann ist schwer erkrankt«, sagte eine namenlose Stimme am Telefon. »Er ist im Sanatorium.«

Dies waren die Stichworte für Gefangennahme und Konzentrationslager.

»Wo ist er, wo?« schrie ich in den Apparat hinein. Der Sprecher hatte aufgehängt.

Ich lief wie eine Sinnlose aus dem Hause, um ihn zu suchen. Sinnlos lief ich von einer Polizeistelle zur anderen, um vielleicht zu erfahren, in welches Lager man ihn gebracht hatte. Die Beamten wiesen mich mürrisch zurück, manche senkten verlegen die Blicke, so daß mich nur die blanken Uniformknöpfe wie tote Augen anstarrten. Sinnlos lief ich durch die Straßen, von grauenhafter Angst gejagt, als dürfte ich keinen Augenblick stehenbleiben. Dabei sprangen meine Gedanken von Namen zu Namen, zu Freunden, die vielleicht helfen konnten. Um zu telefonieren, raste ich wieder nach Hause, während ich dachte: »Ich bin schuld. Ich hätte zu ihm hinaus in das Zelt ziehen sollen. Ihn keinen Augenblick verlassen. Über ihn wachen.« Aber war ich nicht dort draußen jenseits der Grenze gewesen, in Feindesland? Und war nicht sogar in der freien Luft des Waldes und in dem türlosen Zelt zwischen ihm und mir eine Wand heruntergegangen? Ich schluckte bittere Lauge und Salz hinunter; jetzt erst spürte ich, daß mir die Tränen hinunterliefen.

Als ich das Zimmer betrat, sah ich vor dem Fenster den Rücken eines fremden Mannes. »Gestapo«, dachte ich. »Man wird auch mich verhaften. Vielleicht ist es gut so.«

Ich wurde ruhig. Ergebung in ein Schicksal, das uns beide traf, verscheuchte Angst und Schuld. Aber es war mir nicht vergönnt, das gleiche Schicksal wie Armin zu erleiden – sogar unsere Leiden liefen auseinander wie die Schienenstränge unter der Brücke.

Als sich der Mann am Fenster umwandte, erkannte ich sofort meinen Irrtum. Es war kein Knecht der Henker, es war ein Freund, Herbert, ein Bewohner des Zeltlagers; ein junger arbeitsloser Mechaniker, der seine Stellung in der Fabrik verloren hatte, weil er der herrschenden Partei nicht beitreten wollte. Seine Haare waren wie eine helle Bürste über der guten gewölbten Stirn hochgekämmt; aber außer den steifen Haaren war alles locker an ihm, was ihn sofort als Gegner der Nazis und unseren Kameraden kennzeichnete. Locker war auch sein Anzug, eine Wandervogeltracht mit kurzen Hosen und der blaßblau ausgewaschenen Leinenjacke, gegen die seine Augen tiefblau abstachen. Locker waren die hängenden Arme und der schwingende Gang, als er nun auf mich zukam und meine Hand schüttelte.

»Ich war es vorhin am Telefon. Ich habe eingehängt, weil ich glaubte, das Gespräch würde abgehört. Ihr Mann ist im Lager Oranienburg. Heute vormittag haben sie ihn geholt.« Er schüttelte noch immer meine Hand hin und her wie einen Pumpenschwengel, und es war sonderbar, wieviel Trost und Mut er mir dadurch einflößte. »Nicht verzweifeln, junge Frau! Wir werden ihn schon wieder herausbekommen.«

»Was soll ich tun?« fragte ich. »Darf ich ihm Essen und Sachen schicken? Darf ich ihn besuchen?«

Herbert ließ meine Hand los und holte einen winzig zusammengefalteten Zettel aus seiner Bluse. »Ihr Mann hat mir Namen und Adresse eines arischen Anwalts aufgeschrieben. Sie sollen ihn aufsuchen.«

Bei dem Worte »arisch« war ich unwillkürlich zusammengezuckt. Es berührte die rohe Haut meiner Wunde. Herbert sah mich betroffen an.

»Habe ich etwas Dummes gesagt? Ach so . . . arisch – der Lieblingsausdruck der Nazis, der hocharischen Ärsche . . .«, er schlug sich auf den Mund. »Verzeihen Sie meine kräftige Sprache, bei dem Zeltleben verwildert man. Übrigens vergesse ich immer, daß Sie Jüdin sind. Sie sehen überhaupt nicht jüdisch aus.«

Er musterte mich mit seinen blitzblauen Augen und zeigte lachend seine kräftigen weißen Zähne. Gewiß wollte er mir Freundschaftliches sagen, etwas Schmeichelhaftes über mein Aussehen, das nicht jüdisch war, nichtahnend, daß er gerade damit mein jüdisches Selbstgefühl verletzte. Nichtahnend, daß er damit sein eigenes, ihm unbewußtes uraltes Vorurteil gegen Juden verriet, das seit Jahrhunderten im Volke festsaß. Er konnte nichts dafür. Wohlmeinend und gedankenlos stieß er gegen die offene Wunde. Diesmal zuckte ich nicht. Ich sah nur wie durch eine scharfe Lupe, die mir alles erhellte und zugleich entstellte, jedes Härchen seiner hellen Wimpern, den offenen blauen Blick des prächtigen Kameraden, und daß die teuflische Zeit mich auch ihm, wie den Allerbesten im Lande, entfremden mußte.

»Man muß praktisch sein«, hörte ich ihn sagen. »Ein jüdischer Anwalt kann heute nichts mehr ausrichten. Er kann Ihrem Mann sogar schaden.«

»Schaden ... Sie haben recht«, wiederholte ich tonlos und erschrak. »Auch ich als jüdische Frau kann ihm schaden«, dachte ich. »Sie werden ihn als Juden behandeln.« Der überhohe Klageton der Frau mit der Asche ihres Mannes auf dem Schoß, ging schneidend durch mich hindurch. Meine Beine zitterten. Erst jetzt bemerkte ich, daß der Besucher und ich immer noch in der Mitte des Zimmers standen.

»Bitte setzen Sie sich«, sagte ich mühsam. »Es ist so gut von Ihnen, mir die Botschaft selbst zu bringen. Ich danke Ihnen.«

»Nichts zu danken! Und was die Sachen im Zelt anlangt ... ich passe schon darauf auf, bis Sie den ganzen Krempel abholen.«

Er setzte sich nicht. Es war gefährlich, in unserer Wohnung zu verweilen. Wieder schüttelte er heftig meine Hand und preßte den winzigen Zettel hinein.

Ich stand allein, das Papier in den Fingern, die noch warm von der anderen Hand waren. Die einzige Wärme des Lebens, die ich unter den Kälteschauern spürte, die mich überliefen. Was würden sie Armin antun? Nur er war noch da, nur die Angst um ihn, riesengroß, und mit dieser Todesangst nahm ich ihn wieder ganz in mir auf, nahm ihn in mich hinein mit der alterslosen, grenzenlosen Liebe, daß er in mich einging und ein Stück von mir wurde, weder nahe noch ferne, sondern ein Teil von mir, Fleisch von meinem Fleisch und Seele von meiner Seele.

Ich trat den Weg zum Rechtsanwalt an. Es war einer der unzähligen Wege, die wie im Irrgarten immerzu im Kreise liefen. Das Labyrinth der Verzweiflung.

Es gab keinen Ausweg, weder für ihn noch für mich. Auch ich war gefangen, mit einer unsichtbaren Kette an Armin festgeschmiedet. Seitdem ich ihn im Lager besucht hatte, war das Grauen, das an ihm haftete, auch auf mich übergegangen. In der Baracke, wo ich ihn über einen kahlen Tisch hinweg zehn Minuten lang sprechen durfte, roch es nach gescheuertem Holz und Angstschweiß. Dicht neben uns stand der Wachtposten, jedes Wort belauernd. Ich versuchte, meinen Schrecken über das Aussehen meines Mannes zu verbergen. Armins Haut hatte eine grünliche Leichenfarbe angenommen; aber schlimmer noch, seine Augen waren erbleicht. Sie waren stumpf, hatten den gebrochenen Ausdruck eines mißhandelten Tieres. Das Furchtbarste war das verzerrte Lächeln in diesem Totengesicht, als er sagte: »Es geht mir gut, sehr gut. Es geht mir wirklich ausgezeichnet.«

Wir hatten vor einiger Zeit einen Code für den Fall verabredet, daß er verhaftet würde. Wenn der Zustand erträglich wäre, sollte er äußern: »Es geht mir leidlich.« Wäre seine Lage jedoch schlimm, sollte er das Gegenteil sagen: »Es geht mir sehr gut.«

»Sehr gut. Ausgezeichnet«, wiederholte Armin immer wieder. Der Wachtposten, aufmerksam geworden, rückte noch näher.

»Ich freue mich, daß es dir gut geht«, antwortete ich mit gefrorenen Lippen. »Ich habe dir Wäsche und Lebensmittel gebracht. Der Anwalt«, log ich, »hat Hoffnung, dich bald frei zu bekommen.«

Noch vor einer Stunde hatte der Anwalt mir seine Zweifel ausgesprochen, ob er Armins Fall übernehmen könne.

»Was ist dir geschehen?« fragte ich mit den Augen. »Brauchst du noch eine Decke?« fragte ich laut.

»Die Zeit ist um«, knurrte der Wachtposten. Armin sprang sofort auf. In diesem Aufspringen war eine so namenlose Furcht wie die Angst eines abgerichteten, mit glühenden Eisen gezähmten Tieres.

»Mein Gott, was haben sie ihm getan?« dachte ich, als er sich über den Tisch beugte, um mich zu küssen, und sich mit diesem Kuß wie ein Verzweifelter vor dem letzten Abschied an mich klammerte. »Was haben sie aus ihm gemacht?« dachte ich, während die Furcht auch in meinen Nacken sprang und ich, vorüber an den Stacheldrähten, dem Tor entronnen, auf der Straße zu laufen begann.

Erst viel später erfuhr ich, wie die Folterknechte es fertiggebracht hatten, einen so unabhängigen, freien Geist wie den Armins zu brechen. Sie hatten ihn eine völlig finstere Kellertreppe hinuntergestoßen und ihm zugezischt: »Jetzt wirst du erschossen.« Sie hatten ihn mit dem Bewußtsein, hingerichtet zu werden, eine Viertelstunde – für ihn war es eine Ewigkeit – in dem schwarzen Keller alleingelassen, bevor sie zurückkehrten, um ihn blutig zu schlagen. Und dabei hatten sie gebrüllt: »Ein Intellektueller. Der riskiert nur 'ne Lippe in Büchern, sonst scheißt er sich ein!« Dabei hatten sie Sätze aus seinen Schriften für den Frieden zitiert und bei jedem Satz stärker zugeschlagen. »Stell dich nicht an«, gröhlten sie, »Muttersöhnchen! Hast du nie Prügel von deinem Vater bezogen?«

Oh, sie waren auch Meister der seelischen Folter. Sie entrissen einem Menschen seine Persönlichkeit und sein Selbstvertrauen, als ob sie seine Eingeweide herausrissen und ließen ihn als leere Hülle zurück, die sie dann mit ihrem Willen und ihren Schlagworten neu aufbliesen. Dies war das Geheimnis so vieler Übertritte sozialistischer Arbeiter zu ihren Quälern. Armin würde, davon war ich überzeugt, nie ihre Irrlehre annehmen können; doch war er schon nicht mehr derselbe Armin, der trotzige Freiheitssucher, der Empörer, der sogar den Mut zu der letzten Einsamkeit seiner Gedanken hatte. Der ewige Rebell, der Zwang nicht einmal von seiner eigenen Gemeinschaft ertrug. Ich sah sein entfärbtes Gesicht immer vor mir, die weißen erbleichten Augen, und ich fühlte, wie meine eigene Haut von tödlicher Blässe überzogen wurde.

»Das ist nicht auszuhalten«, dachte ich, wieder auf dem Weg zum Rechtsanwalt, diesem verhaßten täglichen Gang, der mir besondere Demütigungen bereitete. Der Anwalt, Hauptmann der Reserve, seiner Herkunft nach ein Konservativer, hatte sich der herrschenden Partei gleichgeschaltet. Seine Beziehungen zu einflußreichen Parteileuten waren es hauptsächlich, die ihn als Verteidiger politischer Häftlinge empfahlen. Ein eiskalter Rechner, ein Paragraphenmensch, schätzte er Armins Fall nach dem Verdienst ein, den er ihm bringen konnte. Bisher hatte er gezögert, vielleicht weil Armin ihm zu belastet war, und er für seinen eigenen Ruf fürchtete, vielleicht auch nur, um eine noch größere Summe herauszupressen.

Wie immer ließ er mich eine Stunde lang im Vorzimmer warten. Wie gut kannte ich sie schon, diese raffinierte Folter des Wartens in den Vorzimmern der Mächtigen, die langsam die Nervenkraft zermürbte. In diesem Raum mit gelben Plüschsesseln fühlte ich mich wie im Warteraum des Zahnarztes, mit dem leise bohrenden Schmerz und der feigen Bangigkeit, deren man sich schämt. Ich blätterte eine Bilderzeitschrift durch, von deren Titelblatt sich der ausgestreckte Arm des »Führers« in die Unendlichkeit zu verlängern schien.

Als der Anwalt endlich die Tür öffnete, bemerkte ich, daß er noch hagerer und farbloser aussah als sonst. Sein grauer Anzug hatte den Schnitt einer enganliegenden Uniform. Sein Zwicker wurde durch ein dünnes schwarzes Band festgehalten. Er erinnerte mich an einen gefürchteten Mathematiklehrer meiner Schule, der sorgfältig jede Antwort mit einem R = Richtig oder F = Falsch in sein Notizbuch eintrug.

»Nehmen Sie Platz, bitte!« Es klang wie der Beginn eines Verhörs. Er beugte sich über das Aktenstück, beharrlich vermeidend, mich anzublicken.

»Ich zweifle, ob ich mich für Ihren Fall einsetzen kann. Sie behaupten zwar, Ihr Mann wäre durch die Bösartigkeit der Mieter seines Landhauses denunziert worden, weil sie die Miete nicht zahlen wollten. Sie hätten die Bibliothek durchstöbert und eine Friedensschrift gefunden, die sie der Gestapo einsandten. Tatsache aber ist, daß Ihr Mann der Mitbegründer einer radikalen Friedensgruppe in Deutschland war und die ganzen Jahre hindurch internationale Beziehungen gepflegt hat.«

»Das war damals nicht verboten«, wandte ich ein. »In der letzten Zeit, draußen im Zeltlager, hat sich mein Mann nur mit literarischen Arbeiten beschäftigt. Überhaupt ist er kein politischer Mensch«, fügte ich hinzu, selbst erstaunt, daß ich eigentlich die Wahrheit aussprach. »Er ist Künstler, begeistert für Ideen, ein Träumer, Dichter – jenseits der Tagespolitik, jenseits unserer Zeit.«

Der Anwalt winkte ab, mit genau der gleichen Bewegung wie der Lehrer mir damals befohlen hatte, mich nach einer mangelhaften Antwort zu setzen.

»Ich kenne die Bücher Ihres Mannes, und ich schätze sie. Ein Mann, der die deutsche Sprache meistert. Aber der Inhalt war immer anrüchig. Wenn er umlernen könnte ... Man könnte ihn sogar brauchen, und in diesem Falle ...« Er klappte den Aktendeckel zu und hob den Kopf, indem er über mich hinweg an die Wand blickte. »Nehmen Sie zur Kenntnis, gnädige Frau«, sagte er mit eisiger Höflichkeit, »es gibt noch eine Tatsache, die erschwerend ist. Er hat eine jüdische Frau.«

Ich schwieg, als hätte ein Stein meinen Mund getroffen.

»Es würde die Lage Ihres Mannes bedeutend erleichtern, wenn er sich scheiden ließe. Soll ich es ihm vorschlagen?«

Nun überstürzten sich meine Worte. »Mein Mann wird eine solche Zumutung ablehnen. Wir haben ein Kind, eine Tochter.«

»Ihr Mann wird für das Kind kaum sorgen können, wenn er die nächsten Jahre im Konzentrationslager verbringt.«

Ich hatte mich erhoben. Der Haß gegen den Grauen, Farblosen überwältigte mich. Ich mußte mich beherrschen, um ihm nicht in das Gesicht zu schlagen.

Auch er war aufgestanden. Mit der gleichen eisigen Höflichkeit fuhr er fort: »Der neue Paragraph gibt jedem Arier das Recht, sich von seiner jüdischen Frau scheiden zu lassen, auch ohne ihre Einwilligung. Dennoch wäre Ihre Zustimmung erwünscht, und deshalb überlasse ich es Ihnen, gnädige Frau, diesen Vorschlag ruhig und gründlich zu überlegen. Es wäre ein Mittel, Ihren Mann aus dem Lager zu befreien. Ich würde dann auch eher die Verantwortung tragen können, diesen Fall zu übernehmen.«

Ich bewegte kaum den Kopf zum Gruß, als ich mich zur Tür wandte, die er mit einer tadellosen kleinen Verbeugung hinter mir schloß.

Auf der Straße, die im Licht des Hochsommers schimmerte, starrte mir alles feindlich entgegen. Die Laternen und die eingegitterten Platanen streckten ihre unendlich verlängerten Arme nach mir aus, um mich zu packen. Scheidung! Nur weil ich Jüdin war! Ich betrachtete ein spielendes Kind in ärmlichen Kleidern und beneidete es, weil die Straße ihm gehörte und die Luft seiner Heimat es umschloß.

Wenn ich nur sofort zu Armin eilen und ihn mit der vertrauten Liebkosung – meine Wange dicht an die Höhle seines geschlossenen Auges gedrückt – fragen könnte: »Was sollen wir tun? Sollen wir uns scheiden lassen, voneinander scheiden?«

Aber er war unerreichbar. Zwischen uns war der Stacheldraht gespannt. Ein ganzer Monat müßte vergehen, bevor mir ein zweiter Besuch im Lager gestattet war.

Wie die Luft in den sanft niedergleitenden Strahlen des späten Nachmittags schillerte. Auch die Luft war für ihn durch Gitterstäbe zerschnitten. In meiner Not flüsterte ich seinen Namen, so wie ich damals den meinen auf der Brücke vernommen hatte, um ihn zu rufen. Wieder und wieder. Die Leute blickten sich nach mir um, als wäre ich geistesgestört.

Unbewußt hatten mich meine Schritte den gewohnten Weg zu dem Palästinabüro geführt. Ich trat ein, begierig, freien Atem zu schöpfen und mich unter den meinen zu fühlen – ungehaßt, zugehörig, im Spiegel wohlwollender Blicke. Schon die rasselnden Schreibmaschinen hießen mich willkommen, mit ihrer tätigen Musik, und auf der abgewetzten Treppe hatte ich die Empfindung, entronnen und außer Landes zu sein, auf exterritorialem Gebiet, in der Gesandtschaft eines neuen Vaterlandes, das mich aufnahm.

Ich betrat den kleinen Raum des Abteilungsleiters, der mir damals meine Arbeit zugewiesen hatte. Er hob seine buschigen Brauen, seine tiefliegenden Augen, die ihre Farbe mit der Stimmung wechselten, prüften mich aufmerksam von neuem. Wie immer waren seine Fragen schnell, auf das Wesentliche gerichtet.

»Besteht Hoffnung, Ihren Mann aus dem Lager freizubekommen?«

Ich antwortete kurz, wie ich es in der Zusammenarbeit mit ihm gewöhnt war. »Bis jetzt sind alle Versuche mißglückt.«

Seine Augen erhellten sich. »Bisweilen, wenn jemand nach Palästina auswandert und Geld zurückläßt, gelingt es uns, seine Entlassung aus dem Lager durchzusetzen. Leider ist Ihr Mann nicht einer der Unsrigen.«

Der Ausspruch traf mich. Ich verstummte so hilflos wie im Büro des Anwalts. Ich hörte den unausgesprochenen Satz: »Auch du, die du einen Fremden geheiratet hast, kannst nie ganz die Unsrige sein. Halb, nicht ganz«, hallte die Stimme Heikes von ferne.

»Hören Sie zu!« vernahm ich wieder den ungeduldigen Ton, mit dem er oft Anordnungen erteilte. »Wenn Ihr Mann sich entschließen könnte, mit Ihnen und den Kindern nach Palästina auszuwandern, würden wir ihm helfen.«

»Er wollte bisher Deutschland nicht verlassen.«

»Schade. Wenn er seine Meinung ändern sollte, lassen Sie es mich wissen. Nehmen Sie ein paar Tage Urlaub, wenn Sie wollen.«

Wieder stand ich auf der Straße. Nein, das Haus in meinem Rücken war nicht die Gesandtschaft meines neuen Vaterlandes. Ich würde heimatlos bleiben. Ich stand zwischen den Grenzen. Noch an Armins Leben geknüpft, durch ihn noch mit der deutschen Erde verbunden, hing ich doch schon lose in der Luft, ein abgerissener Zweig, der vergeblich Wurzeln suchte. Eigentlich gehörte ich nirgends mehr hin – anders als mein Sohn Andreas, der sich auf seine neue Heimat vorbereitete. Ich hatte weder Vergangenheit noch Zukunft; ich war nur dem Augenblick ausgeliefert, und der war voll Drohungen und Todesgefahr.

Am Schreibtisch in Armins Zimmer, wie um seine Gestalt zu beschwören, schrieb ich an den Anwalt, daß ich mich mit der Scheidung einverstanden erklärte, falls sie die Befreiung meines Mannes bewirken könnte. Dann ging ich aus dem verlassenen Raum mit den vielen Bücherlücken durch mein schweigsames Wohnzimmer nach hinten; ich schaute eine Weile in das verwaiste Zimmer meiner Söhne hinein. Auch Alf weilte nicht mehr bei mir. Ich hatte ihn zu seiner Großmutter nach Breslau geschickt, weil sie ihn dank ihrer früheren Beziehungen in einer photographischen Fachschule unterbringen konnte. Leise drückte ich die Klinke zu Sibylles Zimmer nieder. Der Raum war leer; wahrscheinlich befand sie sich in dem Nachmittagsklub ihrer jüdischen Schule. Ich war allein.

Die Auflösung der Familie war vollzogen. An dem runden Eßtisch saß mir nur noch meine zehnjährige Tochter gegenüber. Sie schlenkerte nicht mehr mit den langen Beinen. Unter den runden Kinderwangen zeichneten sich, blaß und ernst, schon die feinen Linien des jungen Mädchens ab. Bisweilen blickten mich aus ihrem Gesicht Armins Augen an, mit der vorwurfsvollen Frage an das Leben, die ich nicht beantworten konnte. »Warum haben sie Väterchen verhaftet? Wann kommt er wieder?«

Auch ich fragte unaufhörlich, während ich für den Umzug packte: »Was geschieht mit uns? Wohin treiben wir?«

Wir mußten die Wohnung aufgeben, da wir die Miete nicht mehr bezahlen konnten und in eine jüdische Pension ziehen. Wie immer half mir meine Mutter; immer noch hatte sie, tätig und tapfer, ihre festen, weißen gepflegten Hände und ihren kerzengeraden, schnellen Gang. Sie half mir auch diesmal, wie von Kindheit an, mein äußeres Leben zu ordnen; aber die innere Unordnung konnte sie nicht heilen, und ich mußte Armin gegen ihre Vorwürfe verteidigen.

Wir standen vor dem Wäscheschrank und packten wie vor Jahren in Breslau schweres Leinen in den schäbigen Riesenkoffer, der wie ein treuer Hund geduldig in der Ecke stand, um mich auch diesmal in die veränderte Umgebung zu begleiten.

»Armin hat sich seine Lage selbst zuzuschreiben«, sagte meine Mutter. »Er hat immer nur an sich, nie an seine Familie gedacht. Warum ist er nicht längst mit dir und den Kindern ausgewandert?«

Wie oft hatte ich in meinen heimlichen Gedanken Armin den Vorwurf gemacht. Aber ich wollte diese Beschuldigungen nicht aus anderem Munde hören.

»Du verstehst ihn nicht. Sein Instrument ist die deutsche Sprache. Er fühlt sich an Deutschland gebunden. Er leidet am meisten. Wir dürfen jetzt nur daran denken, ihn aus der Hölle herauszuholen.«

Meine Mutter verpackte sorgfältig das Silber. »Der Anwalt verlangt Unsummen.«

»Er hat Einfluß. Sein letztes Schreiben klingt hoffnungsvoll. Lies!«

Ich reichte meiner Mutter einen Brief des Anwalts, in dem er nach einem Besuch bei Armin im Lager die Zuversicht aussprach, ihn freizubekommen. Armin hätte die Scheidung vorläufig abgelehnt, man würde zuerst alle anderen Mittel der Verteidigung anwenden; für den Notfall müßte man sich die Scheidung allerdings vorbehalten.

Ich legte das Wäschestück hin, das ich in der Hand hielt. Das »man« klang unbestimmt, gesichtslos. Stand Armin dahinter?

Meine Mutter faltete den Brief und legte ihn mit einer schroffen Bewegung fort wie etwas Endgültiges, Erledigtes.

»Du wirst die silbernen Bestecke in der Pension nicht gebrauchen.« Das Seidenpapier knisterte. »Vielleicht wird die Scheidung unvermeidlich sein.«

Das Wort »Scheidung« schwebte im Raum, ließ sich wie Staub auf jedem Gegenstand nieder. Worte, einmal ausgesprochen, haben eine dämonische Kraft weiterzuwirken. Das Wort keimte in mir. Allein, in unbewachten Stunden, schlaflos, versuchte ich mir mein Leben nach der Scheidung von Armin vorzustellen. Ich würde mit den Kindern nach Palästina auswandern, dem würdelosen Dasein einer Geächteten entrinnen, einer Pariaexistenz. Ich wäre nicht mehr zerrissen und halb. Ich wäre frei für ein ganzes Leben in meiner Urheimat Palästina. Ich hörte in meinem inneren Ohr die jauchzenden Gesänge der Pioniere, die stampfenden Schritte der Horra, des Kreistanzes, unter denen die erweckte Erde zitterte. Wohin führte mich das verhängnisvolle Wort Scheidung?

Nachts starrten meine Augen in das Dunkel; ich hatte das Gefühl, in meinem Bett durch einen finsteren Tunnel zu gleiten und angstvoll auf das offene Lichttor zu warten. Von Armin geschieden? Das Leben wäre verfinstert, es wäre zu Ende. Der Verlust dieses Menschen wäre Tod mitten im Leben.

»Aber wir haben uns ja schon verloren«, grübelte ich weiter. »War nicht längst etwas abgestorben in uns, während der letzten Monate des Grauens? Waren wir nicht im Grunde schon geschieden ohne Gesetz, von Tisch und Bett und von unseren heimlichsten Gedanken? Hatten wir nicht in verschiedenen Regionen gelebt, er in der Zeltstadt, unter offenem Himmel, und ich in den jüdischen Straßen der Verfemten? Hatte er nicht sein deutsches Schicksal, an dem er litt und ich mein besonderes jüdisches Schicksal, die sich nicht berührten und durch Grenzen getrennt waren wie feindliche Länder?«

Eine Lichtöffnung erschien am Ende des Tunnels, es war der Fensterrahmen, der sich im Morgengrauen undeutlich abzeichnete. Ich stürzte mich aus dem Bett wie aus einem fahrenden Zuge. Nein, ich wollte, ich durfte nicht weiterfahren, ich mußte hierbleiben. Nie durfte ich Armin verlassen, der hinter Stacheldraht verkam. Wir hatten einmal den Glauben an eine Bruderschaft der Menschen gemeinsam besessen, jetzt hatten wir denselben Feind.

15

Ich stürzte mich in den neuen Tag; ich war immer unterwegs, immer auf den Füßen, es war gefährlich stillzusitzen und nachzudenken.

Wie ich hasteten meine jüdischen Schicksalsgefährten in unaufhörlicher Tätigkeit. Sie schleppten ihre Habe von einer Wohnung in die andere oder liefen von Büro zu Büro, um ihre Auswanderungspapiere zu ordnen. Die im Lande blieben, liefen in Kreisen, die sich immer mehr verengten und erstickend zusammenzogen. Ich wurde mit ihnen in ein unsichtbares Ghetto getrieben, in einen immer enger umzingelten Kreis, wie gehetzte Tiere auf einer Treibjagd, bei der alle Lücken geschlossen wurden. Noch gab es nicht wie später Gesetze, die bestimmte Wohngegenden vorschrieben; aber unwillkürlich drängten sich die verängstigten Menschen dichter zusammen. Die Verarmung zwang viele, ihre Wohnungen aufzugeben oder sie mit anderen jüdischen Familien zu teilen. Schlimmer war noch die geistige Verarmung, da sie von dem kulturellen deutschen Leben ausgestoßen waren, und so versuchten sie, den leeren Rahmen mit jüdischen Inhalten zu füllen. Ein jüdischer Kulturbund entstand, mit Vorträgen, Konzerten und Theateraufführungen, tapfer in seinem unverwüstlichen Lebenstrotz und in seiner Absonderung dennoch ein geistiges Ghetto. Viele deutsche Juden begannen, um nicht der Verzweiflung oder der Apathie zu verfallen, sich in ihrem zerstückelten und geplünderten Leben einzurichten und sich abzufinden, ohne zu ahnen, daß unter ihnen der Abgrund lauerte. Immer gespenstischer wurde dieses jüdische Leben auf den vertrauten Plätzen und Straßen, die von den triumphierenden Massenzügen eines veränderten Deutschlands klirrten. Wir bewegten uns wie Schatten unseres früheren Lebens.

Wie hätte ich Armin die gespenstische Luft schildern können, die ich atmete? Meine Briefe an ihn durften nur die knappsten Tatsachen enthalten, um ihn nicht zu belasten und von ihm, der keine Schreiberlaubnis hatte, erhielt ich kein Lebenszeichen. Das Schweigen breitete sich zwischen uns aus wie ein Nebel grauenhafter Ahnungen und Ängste. Wie lebte er? Was geschah ihm? Ich wartete in Bangigkeit auf den Termin meines nächsten Besuches im Lager, sehnte mich nach dem Wiedersehen und fürchtete es zugleich.

Diese zweite Begegnung hinter Stacheldraht sollte mir erspart bleiben. Wenige Tage vor dem Termin nahm ich einen graufarbenen Umschlag mit einer fremden Überschrift aus dem Briefkasten. Der Poststempel zeigte den Namen einer entlegenen Stadt. Als ich den Umschlag aufriß, flatterte ein hauchdünner Bogen von Armins Schreibblock zu Boden. Ich erkannte die Handschrift, blaß und undeutlich mit Bleistift geschrieben wie die erbleichten Züge des geliebten Gesichts. Ich überflog die Zeilen, las gierig, und dann langsam, wieder und immer wieder. Der Brief lautete:

»Mein geliebtes unbändiges Herz! Ich gebe diese Zeilen einem entlassenen Kameraden mit, der den Mut hat, sie unter seiner Stiefelsohle herauszuschmuggeln. Es geht mir leidlich. (Ich atmete tief. Leidlich hieß in unserem Code: Besser.) Daß ich hier bin, in dieser Unterwelt, ist kein Zufall. Unbewußt habe ich es selber gewollt, und mein Schicksal hat dieses Geschehen magnetisch angezogen. Denn das Schicksal kommt nicht von außen, wir tragen es innen. Die Neugier des Künstlers will sogar bewußt den Tod erleben, und so bedauere ich nicht, durch diese Täler der Hölle zu wandern, von den Schreien und Qualen der Verdammten umgeben. Ich weiß, wer lebend aus diesen Tiefen auftaucht, wird für immer erstarrt sein oder ungeheure neue Kräfte spüren. – Und ich will wieder auftauchen. Ich bin es meinem Werk und Dir und dem Kinde schuldig, mit heilen Sinnen zurückzukehren.

Der Anwalt hat mir Hoffnung auf baldige Befreiung gemacht. Aber ich werde abschwören müssen, was die meisten tun, ohne darüber nachzudenken. Ich würde mich selber verachten, wenn ich noch den Glauben hätte, wofür ich verhaftet bin. An die Bruderschaft aller Menschen auf der Erde. Aber hatte ich diesen Glauben unter Qualen nicht schon verloren, als ich noch frei war?

Das ist das Schwerste zu ertragen. Wenn ich wüßte, wofür ich litte, gäbe mir der Sinn des Leidens die Kraft auszuharren. So kann ich nicht mehr an den Segen von Gruppen oder Parteien denken, sondern nur an das Gewissen des einzelnen. So kann ich nicht einmal meine Peiniger und Wärter genügend hassen: es ist ja mein Vater, der mich schlägt, meine Brüder, die mich verkauft und in diese Grube geworfen haben wie die Brüder von Josef, und Josef hat auch seinen Halbbrüdern verziehen.

Ja, ich will wieder auftauchen aus dieser Grube und bald. Ich werde alles versuchen, die Scheidung zu vermeiden. Sollte aber kein anderer Ausweg sein, mein Herz, so bitte ich Dich, dies nur als leere Formalität zu betrachten, eine ›Scheinscheidung‹, die für uns ungültig ist. Eine solche Scheidung würde uns nicht voneinander freimachen oder lösen; im Gegenteil, sie sollte uns stärker binden, weil wir aus freiem Willen uns wieder vereinen würden.

Nie werde ich vergessen, daß Du Deiner Familie zum Trotz mir gefolgt bist, dem unsteten, rastlosen Wanderer, und daß Du ihm durch Dein heiteres, klares Wesen die Ruhe und die Heimstatt geschenkt hast, die er für sein Schaffen brauchte. In den letzten Monaten hast Du Dich leider selber auf Wanderschaft begeben und Dich dabei von mir entfernt. Flüchte nicht. Es kommt nicht darauf an, den äußeren Ort zu wechseln. Bleibe Deinem Wesen und deshalb auch mir treu, ruhe in Dir selber, was auch von außen geschieht. Dann werden wir beide zusammen unverletzlich sein.

Küsse unser Kind, Deinen Schwarzkopf und meine blauen Augen! Der Deine. Nachschrift: Rat des Anwalts: Besuche mich nicht und schreibe mir auch vorläufig nicht!«

Ich las den Brief wieder und wieder, leise und dann mit halblauter Stimme. Jedesmal klang er anders und war von anderer Bedeutung erfüllt. Ich sah wie durch einen Schleier die vertrauten Züge, sie enthüllten und verhüllten sich wieder. Ich war zugleich von Sehnsucht, grenzenlosem Mitleid und Aufruhr bewegt. Die Stelle über Josef und seine Brüder erregte mich maßlos. Wie konnte er daran denken, seinen Quälern, diesen Unmenschen zu verzeihen, welche Grausamkeit zu einem Prinzip ihrer Lehre machten? War eine versöhnliche Haltung überhaupt natürlich? Warum nannte er sie seine Brüder? Nur weil sie Söhne desselben Volkes waren?

Ich spürte einen hohl klingenden Ton unter seinen Worten, mit denen er versuchte, die äußerliche Abschwörung vor sich selbst zu rechtfertigen. Welche seelischen Foltern hatte man angewandt, um ihn gefügig zu machen?

Als ich daran dachte, wurde meine Empörung wieder von Angst und Mitleid verdrängt. Wieder verhüllten und enthüllten sich seine Züge durch einen Schleier.

Seine Worte über die Scheidung klangen geheimnisvoll. Indem sie mich zum Bleiben ermahnten, schienen sie vor der Wirklichkeit, meinem jüdischen Schicksal, zu entfliehen und mir auszuweichen. Scheinscheidung! Was sollte das bedeuten? Würden wir weiter zusammenleben oder in getrennten Wohnungen? Diese Frage hatte er gar nicht berührt.

Ich las den Brief noch einmal. Wie schön die Worte klangen. Zu schön! Ich betrachtete den hauchdünnen, am Rande gezackten Bogen seines Schreibblocks, der seine Briefe in Durchschlägen kopierte, Material für die Werkstatt des Künstlers. Ich dachte an den verbotenen Blaubartschrank, den ich in den ersten Wochen unserer Ehe geöffnet hatte, um seine Briefe an Magda zu entdecken, unter demselben Datum geschrieben wie die Liebesbriefe an mich. Damals war ich von dem Doppelgesichtigen und Zweideutigen eines Charakters erschreckt, der sich in allen seinen Erlebnissen spiegelte. Und sogar jetzt, in seiner verzweifelten Lage, wirkte der Dichter und Schauspieler in ihm, und er baute sich ein kleines Podium auf, auf dem er sich selber eine Rolle vorspielte. Wie Dante durchstreifte er die Gefilde der Hölle! Aber er durchlebte diese Steigerung in Wahrheit. Die Linie zwischen Selbstbetrug und Aufrichtigkeit war völlig verwischt. Es gibt eine zweite Wahrheit, die der Künstler erfindet.

So spürte ich, daß seine Liebe zu mir echt war. Ich hörte sie durch alle Schein- und Zwischentöne hindurch. Durch die Wolken von Worten erblickte ich klar sein flehendes und leidendes Antlitz. Armin, Armin, du bist es ja, du! *Du* hatte er gesagt, nur diese Silbe, als wir uns zum erstenmal auf der Bank im Park umschlangen. Da fiel mein Blick auf die Nachschrift: »Schreibe mir nicht! Besuche mich nicht!« Und erst jetzt, in diesem trockenen Satz, begriff ich ganz seine furchtbare Not. Ich legte das Papier auf meine Stirn und Wangen, wie ich es mit seinen ersten Briefen getan hatte.

Ich gehorchte der Weisung; ich schrieb ihm nicht mehr, und auch ich hörte lange Wochen nichts von ihm. Das Schweigen breitete sich zwischen uns aus, undurchdringlicher Nebel.

Den Brief trug ich mit mir, versteckt auf der Haut. Am Umzugstage faltete ich ihn zu einem winzigen Papierstück zusammen und verbarg ihn in einem Schmuckkasten, den ich in den großen Koffer versenkte. Der Koffer wurde mit allen anderen Möbeln auf einen Speicher gebracht, da wir in der Pension möblierte Zimmer bezogen. Anders als vor Jahren, bei der Auflösung des Heims in Breslau, blieb ich ungerührt. Denn die toten Dinge bedeuteten mir nichts mehr; sie waren längst entseelt, nachdem ich die Heimat verloren hatte, meiner eigenen Sprache beraubt war, die Familie aufgelöst, mein Mann in Haft. Wieder, wie vor Jahren, erschienen die krassen Farbflecke der Tapete unter den abgenommenen Bildern, wieder schleppten rohe Hände das Klavier hinaus, dessen gespielte Musik in dem leeren Raum noch geisterte. Ich war ertaubt für die Musik der vergangenen Jahre. Und was war Besitz, wenn man sich selbst nicht mehr besaß?

Nur von dem runden Eßzimmertisch wollte ich mich nicht trennen; ich nahm ihn mit in unsere unpersönlichen Zimmer, vielleicht in der abergläubischen Hoffnung, ich könnte an ihm wieder die zerstreute Familie versammeln.

Noch einmal – es schien mir wie ein Gnadengeschenk – saßen am letzten Sonntag vor dem Umzug Andreas und Alf an diesem Tisch, die beide für einige Urlaubstage nach Berlin gekommen waren, um ihre Sachen zu packen. Noch einmal war es eine Tischrunde der Geschwister, bevor ihre Wege für immer auseinanderliefen. Sie saßen auf ihren alten Plätzen – Sibylle neben dem leeren Stuhl von Armin.

Beide Söhne hatten sich in den wenigen Wochen ihrer Abwesenheit zu Erwachsenen entwickelt, waren der Mutter entwachsen. Schon jetzt hatten ihre Berufe, noch in der ersten Ausbildung, ihnen ihren eigentümlichen Stempel aufgeprägt. Die ausdrucksvollen Hände von Andreas, rot und aufgesprungen durch die Landarbeit, waren Arbeiterhände geworden. Der kräftige Hals unter der offenen blauen Hemdbluse und die von der Luft gebräunte Haut stachen seltsam von der hohen weißen Stirn ab. Sein Gang war sicherer und fester, der Schritt des Menschen, der Erde unter seinen Füßen spürt. Alfs Züge dagegen waren noch feiner, zerbrechlicher geworden als früher. Er trug Schlips und Kragen. Das Quecksilbrig-Leichte seines Wesens, die spielerische Anmut, lief von seinem beobachtenden Blick bis in die feinen Fingerspitzen, wenn er eine photographische Aufnahme machte. Er hatte immer das Schöne geliebt und wollte es in seinem Kasten auffangen. Trotz aller Schrecken war ihm die Welt ein Bilderbuch geblieben, das er durchblättern wollte. Er war auch heute trotz Abschieds in heiterer Laune. Überhaupt, mit den Lieblingsspeisen der Kinder und Wein auf dem Tisch, wurde die allgemeine Stimmung immer aufgeräumter und ausgelassener. Vielleicht lag in dieser Lustigkeit ein Trotz, ein Auftrumpfen ihres Lebenswillens gegen die zerstörenden Kräfte. Beide Jungen, in Gedanken schon in ihren zukünftigen Heimatländern – Andreas in Palästina und Alf in Amerika – überboten sich in der Schilderung ihrer Pläne, was zu scharfen Neckereien Anlaß gab.

Alf eröffnete das Duell der Brüder. Er zog seine feine Nase kraus. »Meine Nase verrät mir, was es zum Nachtisch gibt, Mumm. Aber dicht daneben«, er warf einen Seitenblick auf Andreas, »wittere ich Stallgeruch.«

Andreas zuckte mit den Schultern. »Sehr gesund, der Kuhdung. Ich kann dir die chemische Formel sagen. Übrigens, eine Kuh zu melken ist viel schwerer als einen photographischen Apparat einzustellen. Die Kuh hält nämlich nicht still.«

»Und warum erziehst du nicht die Kühe so gut wie deine Geschwister?« fragte Alf.

»Meine Geschwister sind schwer zu erziehen. Eine Kuh weiß wenigstens, wo das gute Gras wächst und findet ihren richtigen Boden.«

Alf füllte seinen Teller noch einmal. »Pah, ich ziehe einen schönen Rasen in meinem Landhaus in Kalifornien dem mageren Gras in dem öden Palästina vor. Mir genügt es, wenn mein Bruder Bauer wird.«

»Du bist klug«, sagte Andreas mit seinem spöttischen, überlegenen Lächeln. »Wenn du später wieder als Jude aus deinem Gastlande hinausgeworfen wirst, kannst du wenigstens deine Kinder zum Onkel nach Palästina schicken.«

Nun lachte Alf laut. »Zunächst einmal werde ich einen großen Scheck für Palästina zeichnen, wenn mich ein Delegierter im Büro meiner Filmgesellschaft besucht. Und vielleicht besuche ich dich selber einmal in Palästina, im Flugzeug, um einen Film aufzunehmen.«

Dies alles war eine spaßhafte Balgerei mit Worten und kindische Prahlerei, und doch verbarg sich darunter der bittere Gegensatz von zwei jungen Juden, die einen Ausweg aus ihrer Heimatlosigkeit suchten. Ich blickte von einem zum anderen. Dies waren beide meine Kinder, mir gleich nahe und geliebt, und einander ferner als Fremde.

Alf stieß Sibylle an. »Sibylle kommt mit mir nach Amerika, nicht wahr?«

»Unsinn«, sagte Andreas. »Sibylle ist Jüdin. Sie gehört nach Palästina.«

»Sie ist Halbjüdin«, sagte Alf. »Wohin willst du?«

Das Kind hatte bisher stumm zugehört, den abwesenden und zugleich gespannten Ausdruck in den blauen Augen, den ich so gut von Armin kannte.

»Ich warte bis Väterchen herauskommt«, sagte sie. »Und dann machen wir im Motorrad eine Reise durch die Welt und sehen uns alle Länder an! Wo es uns am besten gefällt, bleiben wir.«

Mit einer komischen Bewegung schlug Andreas die Hände über dem Kopf zusammen. »Du willst also den modernen Zigeunerwagen anspannen und in der Welt herumkutschieren. Vielleicht richtest du auch noch einen Affen ab und gehst mit dem Teller sammeln. Ich habe eine hoffnungslose Zigeunerfamilie. Alf und du habt vergessen, daß die Grenzen für uns Juden vernagelt sind. Hast du einmal was von Visa gehört? Wir brauchen eine Heimat, wo wir nicht geduldet, sondern zu Recht leben.«

»Väterchen kommt überall durch«, sagte Sibylle, und auf der kindlichen Stirn erschien eine trotzige Falte, während sie auf Armins leeren Stuhl blickte. Unwillkürlich wurden unsere Blicke dorthin gezogen; sein Schatten war im Raum und beherrschte uns alle. Andreas biß sich auf die Lippe. Alf legte den Löffel hin. Wir saßen beklommen in dem Bewußtsein, daß wir es uns schmecken ließen, während er im Lager hungerte. Sibylle hatte ihre Hand auf die Lehne des Stuhls gelegt und streichelte sie. »Väterchen ist kein Zigeuner«, sagte sie. »Er ist Deutscher. Und ich bin Deutsche und Jüdin.«

Um das drückende Schweigen zu unterbrechen, hob ich die Tafel auf. Da bemerkte ich, daß Andreas leicht hinkte.

»Hast du etwas an deinem Fuß?« fragte ich besorgt.

»Es ist nichts«, wehrte er ab. »Eine Kuh hat mich auf den Fuß getreten. Meine Schuld. Ich habe nicht aufgepaßt. Ich habe beim Melken lesen wollen und den Hintern der Kuh als Buchständer benutzt. Ich komme so wenig zum Lesen; ich muß Hebräisch lernen und jüdische Geschichte studieren.«

Nun brachen Alf und Sibylle in ein unbändiges Gelächter aus. Die Vorstellung unseres Bücherwurms, des Gelehrten und Pioniers, wie er gleichzeitig beim Melken las und ihn die Kuh gekränkt mit einem Fußtritt aufstörte, war überwältigend komisch. Auch ich wurde von dem Gelächter mitgerissen, und sogar Andreas stimmte gutmütig ein, in heiterer Selbstverspottung. Wie erlöst kehrten die Geschwister in die scherzhafte leichte Stimmung zurück. Sie konnten nicht anders, es war die Fröhlichkeit der Jugend, die unverwüstlich durchbrach.

Am nächsten Morgen reisten meine Söhne an ihre Lehrplätze zurück, Alf nach Breslau in die Fachschule, Andreas auf das Lehrgut, und am selben Tage wurde der runde Familientisch auf den Möbelwagen geladen.

Erst viel später, rückblickend, betrachtete ich die spaßhafte Unterhaltung meiner drei Kinder in einem anderen Lichte. Unter den lustigen Neckereien zeichneten sich schon deutlich die Schicksalslinien ihrer Zukunft ab. Aber an dem Umzugstage hörte ich nur das Echo ihres jungen Lachens in den leeren Räumen. Ich war noch einmal die Treppe hinaufgestiegen und hob in Armins Zimmer einen bunten Lappen auf, der vergessen auf dem Boden lag. Es war die zerfetzte kleine Fahne des Klepperbootes, mit dem wir in Palästina den Jordan stromauf gefahren waren.

Die jüdische Pension, die Sibylle und mich aufnahm, lag im Bereich des unsichtbaren Ghettos. Sie befand sich zwar in einer vornehmen Seitenstraße des Berliner Westens, in einer ehemals eleganten Wohnung von fünfzehn Zimmern, die nun für die Pensionsgäste als Einzelräume aufgeteilt waren. Aber die Bewohner schlichen als Gespenster ihres früheren Lebens umher. Meist waren es alte alleinstehende Damen, die ihre Heime aufgelöst hatten und sich nun mit Bridgespiel und gutem Essen betäubten. Es gab auch einige Ehepaare mit Kindern, welche die Provinzstädte verlassen hatten, weil es angeblich in Berlin für Juden »besser« war, weil man dort leichter untertauchen und sich unsichtbar machen konnte. Einige Gäste standen kurz vor ihrer Auswanderung, und ihre einzige Tätigkeit bestand darin, nach den nötigen Papieren von Behörde zu Behörde zu jagen.

Wenn wir an dem langen Tisch saßen, der noch mit edlem Leinen gedeckt war und wo auf feinem Geschirr wohlschmeckende Speisen serviert wurden, war es ein Gespenstertisch. Besonders die alten Damen, schön frisiert, mit gepflegten Fingernägeln, glichen Puppen aus einem Wachsfigurenkabinett, die immer die gleichen Worte herunterrappelten.

Diese alten Damen wußten nicht, daß sie eigentlich gar nicht mehr lebten, daß sie sich in ihrem Scheindasein nur ihre Vergangenheit vorspielten. Glücklicherweise ahnten sie nicht, daß dieser vermeintlich sichere Schlupfwinkel nur eine Todesfalle war, aus der sie die Hitlerschergen später gewaltsam verschleppen würden, um sie dann wie nutzlosen Kehricht in die Vernichtungsöfen zu schaufeln. Doch schon damals, trotz fließendem heißen Wasser in dem grün gekachelten Baderaum, trotz der gepflegten Küche, trotz aller äußeren Bequemlichkeiten zeigte das Leben in der Pension alle Zeichen des Zerfalls und eine Vorahnung der Schrecken, da die Bewohner in ständiger Angst vor dem Morgen lebten.

Warum nur hatte ich gerade dort für Sibylle und mich die Wohnung gewählt? Vielleicht weil sie in unmittelbarer Nähe meines Arbeitsplatzes, des Palästinabüros lag, vielleicht auch aus Gleichgültigkeit, weil ich insgeheim wußte, daß dies nur ein vorübergehender Aufenthalt vor der Auswanderung sein konnte; es war mir gleichgültig, wo wir überhaupt wohnten. Ich war fast nie zu Hause, immer unterwegs auf meinen Werbefahrten für Palästina; abends kehrte ich stumpf vor Müdigkeit zurück. Sibylle war ebenfalls den ganzen Tag abwesend, in der jüdischen Tagesschule, wo sie auch ihre Mahlzeiten einnahm. Wir beide warteten gespannt auf etwas, auf die große Veränderung. Wenn Armin aus dem Lager zurückkehrte, würde die Entscheidung fallen. Dann, – so hoffte ich, würde auch er bereit sein, dem Land den Rücken zu kehren und mit uns auszuwandern. Ich hatte vom Rechtsanwalt ein Schreiben erhalten, das seine baldige Befreiung versprach. Ein Vetter väterlicherseits, ein hoher Beamter, der Mitglied der herrschenden Partei war, hatte versprochen, sich für ihn einzusetzen. »Die Scheidung«, so schrieb der Anwalt, wäre deshalb als »Verteidigungsmaßnahme« ausgeschaltet.

Ja, ich wartete auf Armins Rückkehr wie auf eine Erlösung aus dem gespenstischen Ghetto. Nach den qualvollen Erlebnissen der Haft würde er mich besser verstehen, unsere Schicksale würden wieder zusammenfließen. Die drohende Scheinscheidung war vermieden, und indem ich das verhängnisvolle Wort aus meinen Gedanken verbannte, suchte ich eine gemeinsame Zukunft für uns beide auszuspinnen. Warum sollte Armin nicht mit uns nach Palästina auswandern, wo er willkommen wäre? Ein Land an der Schwelle von Europa und Asien, das auch ihm, dem Nichtjuden, ein Asyl bieten würde und dem Dichter des Orients eine Fülle von Anregungen. Ich steigerte mich in diese Hoffnung hinein; Palästina reiste mir entgegen, kam immer näher auf mich zu, und mitten in den Straßen Berlins, unter dem Druck der Verfolgung, fühlte ich den wilden Wind des leeren Landes, das rauschende Licht auf meinen Schläfen, als atmete ich schon den Luftzug der Freiheit. In den Zusammenkünften der zionistischen Gruppen erkannte ich auf der Filmleinwand die fanatischen Gesichter der Pioniere wieder, wie sie sich erschöpft und glücklich über die freie Erde beugten. Wir sangen hebräische Lieder, die uns weit fort in eine verschollene und wiederentdeckte Heimatwelt entführten. Die Gitter des unsichtbaren Ghettos öffneten sich; ein stolzes Selbstbewußtsein wuchs in uns, das an die uralte Geschichte unserer Ahnen, an die Bibel als unser Geschichtsbuch anknüpfte, und ich trug dieses Geheimnisvolle in mir verborgen wie ein keimendes Wesen, das ich zur Welt bringen mußte, mein neues Ich in einem neuen Leben.

Ich hatte begonnen, Hebräisch zu lernen. Abends saß ich vor den quadratischen Buchstaben wie ein kleines Kind, welches das Alphabet in Bilderform erlernt. Der Buchstabe Beth war wie ein Haus geformt, das neue Haus, in das wir einziehen würden. Das Heh sah aus wie ein breites Tor, das sich vor mir auftat, aus Erniedrigung zu Würde und Freiheit.

Armins Tor öffnete sich erst im Spätherbst. Eine Woche nach dem Jahrestag der deutschen Revolution, jetzt vergessen und verfemt, der zugleich unser Hochzeitstag war. Ich traf ihn auf der kleinen Station eines abgelegenen Bergstädtchens, wo er sich nach der Entlassung erholen sollte. Wie bei der Begegnung im Lager erschrak ich vor seinem Aussehen. Er war verändert. Zwar war seine Hautfarbe nicht so leichenblaß, aber die Augen, übergroß in dem mageren Gesicht, hatten etwas Starres, Totenhaftes. Das Grauen war in ihnen stehengeblieben. Er war nicht mehr derselbe Mensch.

Er umarmte mich heftig, und doch war es keine Umarmung lebender, liebender Arme, nur die Geste der Liebe; er murmelte zärtliche Worte, und doch hatten sich die blutleeren Lippen kaum bewegt. Die Starre löste sich auch nicht, als wir im Zimmer des bescheidenen Gasthauses allein waren. Der Raum war naßkalt. Der runde Eisenofen, in dem ein Feuer prasselte, erinnerte mich an unsere erste Nacht im Haus »In den Wäldern«, als Armin den Ofen anfachte und wir uns aneinander auf dem nackten Fußboden erwärmten. Heute wurden wir nicht warm. Armin zitterte vor Kälte, er hatte sich in Kleidern auf das Bett geworfen. Seine Hand hing schlaff über den Bettrand, ich streichelte sie leise, aber die Hand blieb tot.

»Bitte, frage mich nichts über die Erlebnisse im Lager«, sagte er. »Ich kann und will nicht darüber sprechen.«

»Das sollst du auch nicht. Du sollst nicht daran denken. Dich nur erholen.«

»Ich brauche keine Erholung. Ich brauche meine Arbeit.«

»Nur eine Woche!«

»Zu lange. Aber erzähle du! Wie geht es unserem Schwarzkopf?«

Ich begann, von Sibylle zu erzählen. Er hatte die Augen geschlossen, so daß ich nicht wußte, ob er zuhörte. Die Lider zuckten hin und wieder, die Augen öffneten sich vorsichtig einen winzigen Spalt, wie um zu spähen und schlossen sich wieder.

»Lösche das Licht aus«, bat er. Und dann sagte er leise im Dunkeln: »Das war der Augenblick im Lager, nach dem ich mich gesehnt habe. Wenn das Licht in der Baracke ausging, konnte ich nachdenken und brauchte keine Angst zu haben, daß mein Gesicht meine geheimen Gedanken verriet. Manchmal weckten sie uns, um jemand herauszuholen . . .«

»Und dann?« fragte ich.

»Frage mich nicht!« sagte er. Starr lag er neben mir, umstellt von den furchtbaren Bildern wie von einer Mauer. Ich blickte in den Schein des lebenden Feuers im Ofen, um eine Furcht zu bannen, die namenlos war.

Mitten in der Nacht wachte ich auf, es war Licht im Zimmer. Ich sah

Armin, wie er in gebückter Haltung über einem Stiefel kauerte und unter der Sohle einige dünne Papierbogen herausholte. Er schreckte auf, als ich mich aufrichtete.

»Was tust du?«

»Ich habe meine Tagebuchaufzeichnungen unter der Schuhsohle versteckt und so herausgeschmuggelt. Hätte man mich entdeckt, hätte es mich das Leben gekostet.«

Ich verstand mit Mühe, was er sagte, so leise flüsterte er. Ich bückte mich neben ihm über die Sohle des Schuhs. »Wo wirst du sie jetzt verbergen?«

»Sprich leiser. Wieder im Schuh. Es ist ein gutes Versteck, wenn man sonst vorsichtig ist. Die Aufzeichnungen sind für mich unersetzlich. Ich werde daraus ein Buch machen.«

»Darf ich sie lesen?« Ich hatte unwillkürlich die Hand ausgestreckt, zuckte aber zurück, als ich die Schrift sah, verstellt und winzig, fast unleserlich. Armin schüttelte den Kopf und legte den Finger an den Mund, während er das Papier wieder in den Schuh versenkte.

»Willst du das Buch bald schreiben?«

»Das weiß ich nicht.«

Nie hatte er bisher seine schöpferischen Pläne vor mir verborgen, nun verschloß er sich auch vor mir. Wir lagen schweigend im Dunkel nebeneinander, jeder mit der Last seiner eigenen Gedanken. Als Fried vor Jahren aus dem Kriege zu mir zurückkehrte, war er mir und sich selbst auch entfremdet, aber er war doch kein Gespenst seines Ich, er war ein Mensch aus Fleisch und Blut. Armin, der nun aus der Unterwelt zu den Lebenden wieder aufstieg, trug den Hauch eines düsteren Jenseits. Er kam aus einer Tiefe, die kein menschliches Auge ungestraft erblickte, vor dem Medusenhaupt des Grauens war er erstarrt und undurchdringlich geworden.

Auch am Tage vermieden wir jedes Gespräch über das Lager; wir gingen spazieren durch den grauen rieselnden Herbstregen. Dann, eines Nachmittags, in einer Höhle im Wald, in der wir vor einem heftigen Schauer Schutz suchten, brach es aus ihm heraus, ein Bekenntnis der Schrecken. Es war wie ein Blutsturz. Er sprach hastig, mit Pausen, die ihn zu ersticken drohten, als ob jemand schmerzhaft Stücke der Lunge ausstoßen müßte. Ich hielt die Hände gegen meine Ohren gepreßt, obwohl er flüsterte.

»Genug, Armin«, bat ich. »Ich kann es nicht mehr anhören . . .«, da vernahm ich das Wort »Juden«, die Hände fielen mir herunter.

»Die Juden«, hörte ich ihn flüstern, »hatten neben den Mißhandlungen noch Spott und Hohn zu ertragen. Es gab zwei Juden, Unpolitische, die man im Lager besonders quälte. Nur, weil sie Juden waren, aber auch, weil sie sich bei der Arbeit körperlich ungeschickt und hilflos anstellten. Einer war Anwalt, der andere Geschichtsprofessor. Beide, kleine Männer von zartem Körperwuchs und mit feinen durchgeistigten Köpfen; beide waren kurzsichtig. Man nahm ihnen die Brillen fort, stellte sie im Hof wie in einer Arena einander gegenüber, gab jedem einen schweren Stock in die Hand und befahl ihnen, sich gegenseitig zu schlagen. Natürlich weigerten sie sich zuerst. Aber hinter jedem stand ein Uniformierter mit einer Peitsche, der sie grausam schlug, wenn sie sich nicht schlugen. Ringsum im Kreise saß die Horde der Landsknechte und hinter ihnen die Häftlinge als Zuschauer. Mit unflätigen Ausdrücken spornte man die Elenden an, bis sie schließlich halbblind und halbwahnsinnig von den Mißhandlungen und schon blutig, aufeinander losschlugen. Dann kreischte und wieherte man vor Vergnügen, man klatschte sich auf die Knie und johlte – und was das Gräßlichste war, viele Gefangene lachten mit, einfach aus Angst. Glaube mir, ich habe nicht gelacht. Ich bin nachher zum Direktor des Lagers gegangen, der mir wohlgesonnen war, und habe gegen diesen grausigen Zirkus Beschwerde erhoben. Weißt du, was er mir geantwortet hat?« Wieder die Pause und das Würgen an den nächsten Worten. »Der Direktor blickte mich kalt an. ›Wagen Sie es nicht noch einmal‹, sagte er, ›sich für einen Juden einzusetzen. Das kann Ihnen schlecht bekommen. Ich will es diesmal nicht gehört haben. Aber ich warne Sie. Sie setzen Ihre Entlassung aufs Spiel‹.«

Armin brach ab und lauschte. Wir hörten nur den Regen rauschen. Die Tropfen schlugen mit sanftem gläsernen Ton auf die Blätter. Ein Vogel zirpte und verstummte. Kein Menschenlaut. Keine wilden reißenden Menschentiere, vor denen sich das gejagte Menschenwild verkriechen mußte. Ich konnte lange nicht sprechen vor Erregung. Endlich sagte ich, und zu meinem Erstaunen hörte ich mich selbst flüstern.

»Begreifst du nun, daß die Juden dieses Land verlassen müssen?«

Armin hob den Kopf. »Gewiß. Wenn ich Jude wäre, würde ich auch auswandern.«

»Ich bin Jüdin.«

»Aber du bist auch meine Frau. Dein Platz ist bei mir. Und dein Platz ist in Deutschland, mitten in dem anderen Deutschland, das hiergeblieben ist und mit mir leidet. Hier muß man ausharren und überleben. Um des guten Deutschlands willen. Und das Böse? Gibt es etwa nur Böses? Komme ihm ganz nahe, und dann weißt du, zwischen den Entarteten gibt es Verführte, die nicht wissen, was sie tun.« Er hatte sich erhoben und war in das Freie getreten, daß der Regen sein Gesicht überströmte.

»Überlege einmal! Würdest du einen Bruder verlassen, der mißraten ist? Er gehört immer noch zur Familie. Mein eigener Bruder hat mich geschlagen, in ihm, so furchtbar es sein mag, ist auch mein Blut, in ihm bin auch ich.« Er flüsterte, aber es war wie ein Schreien mit verzerrtem Mund, mit rasendem Auf- und Abwerfen der Arme. »Nein, ich verlasse Deutschland nicht.«

Auch ich war aus der Höhle getreten, und wir gingen stumm nebeneinander. »Er ist krank«, dachte ich. »Der Aufenthalt im Lager hat ihn seelisch krank gemacht. Es ist vergeblich, ihm jetzt zu widersprechen. Das ist nicht nur die Hartnäckigkeit von früher, mit der er sich gegen die Auswanderung wehrte. Da ist noch etwas anderes, Unheimliches, das aus ihm spricht.«

»Der Regen hat aufgehört«, sagte ich laut. Die Wolken hingen so tief, daß sie in grauen Schleiern zwischen den Bäumen wogten. Der neblige Himmel wurde durch einen schmalen roten Streifen aufgerissen; die Sonne ging unter. Armin lief so schnell, daß ich Mühe hatte, mit ihm Schritt zu halten.

»Man wird unter einer Tarnkappe leben müssen«, sagte er leise. »Niemand wird wissen, was ich eigentlich denke. Man wird sich unsichtbar machen.«

Es war das erste Mal, daß er die sagenhafte Tarnkappe erwähnte, die ihren Träger allen Blicken entzog. Es bedeutete Verstellung bei ständig drohender Gefahr. Oh, wie ich bald diese Tarnkappe hassen sollte, die ihn auch vor mir undurchsichtig machte.

Plötzlich blieb er stehen. »Sieh dich um: An was erinnert dich dieser Weg?« Die hohen Baumstämme nahmen vertraute Gestalt an. Hinter diesen Kiefern ahnte man das Schimmern eines Sees.

»Es ist der Waldweg von unserer zärtlichen Buche.«

»Ja, und bei der nächsten Biegung könnte unser Haus auftauchen«, rief Armin zum erstenmal laut und mit seiner natürlichen Stimme.

»Unser Haus«, dachte ich. »Es ist in die Erde versunken für immer.«

Bei der nächsten Biegung erschienen die fremden Häuser des Ortes. Ein junges Paar, in schwarzen, von Nässe glitzernden Regenmänteln, kam uns entgegen. Feriengäste aus demselben Gasthaus auf der Hochzeitsreise. Armin grüßte; sein Gesicht überzog sich mit starrer Höflichkeit.

Im Hotelzimmer sagte er mit abgewandten Augen. »Ich fühle mich nicht wohl hier. Wir wollen nach Hause fahren.«

Mit dem nächsten Zug fuhren wir nach Berlin, und Armin bezog neben mir ein Zimmer in der jüdischen Pension, das am Ende des langen Korridors auf den stillen Hinterhof hinausging.

»Eine ruhige Einzelzelle. Gut zum Arbeiten«, sagte er, als ich ihn in den unpersönlichen Raum führte, den ich versucht hatte, mit ein paar türkischen Decken und einem Teppich aus seinem früheren Arbeitsraum wohnlicher zu machen.

Schweigend stellte er seine Bücher auf und blätterte in den Papieren eines halbfertigen Manuskripts. Er stützte den Kopf in die Hände; schon zog er sich zurück in sein Werk wie die Schnecke in die schützende Schale.

Erst als Sibylle gegen Abend zurückkehrte und zu ihm hineinstürzte, legte er die Blätter fort. Das Kind und er hielten sich in einer Umarmung umschlungen, als wollten sie sich nie wieder loslassen. Er überschüttete sie mit allen Kosenamen. »Mein Schwarzkopf, meine Kletterpflanze . . . du bist ja gewachsen, mächtig in die Höhe geklettert . . .« Nun hielt er sie mit seinem langen Arm von sich ab, um sie erstaunt zu betrachten. »Ein Mädchen. Kein Kind mehr.«

»Ich bin auch in eine höhere Klasse versetzt, Väterchen«, erzählte Sibylle.

»Gefällt es dir in der neuen Schule?« fragte sie der Vater. Da bemerkte er an ihrer dünnen Halskette einen silbernen Anhänger in der Form des Davidsterns.

»Was trägst du da?«

»Kennst du ihn nicht? Den jüdischen Davidstern. Die deutschen Mädchen tragen kleine Hakenkreuze um den Hals, aber unser Davidstern ist viel älter und schöner.«

Armin und ich wechselten einen langen Blick über den Kopf des Kindes hinweg.

»Wir lernen in der Schule auch hebräische Lieder«, schwatzte Sibylle weiter. »Soll ich dir eins vorsingen?«

»Später, mein Liebling. Aber hast du auch nicht die schönen deutschen Lieder vergessen, die du mit deiner Mutter am Klavier gesungen hast?«

Sibylle schüttelte den Kopf. »Wir Juden singen keine deutschen Lieder. Wir dürfen es nicht, aber wir wollen es auch gar nicht mehr.«

Armins Züge verzogen sich wie bei einem leisen körperlichen Schmerz.

»Das ist töricht von dir, mein Herz. Die deutschen Lieder bleiben immer schön, auch wenn die Nazis in ihrer Beschränktheit sagen, sie gehören nur ihnen. Es sind auch deine Lieder.«

Sibylle schob trotzig ihr Kinn vor. »Nein, Väterchen, nicht mehr.«

Armin schlug mit der Faust auf den Tisch: »Welche Verbohrtheit!« Und dann, als Sibylle erschrocken zurückwich, strich er ihr über das Haar und sagte in sanftem Ton: »Wir werden uns ein anderes Mal auf einem Spaziergang länger darüber unterhalten. Jetzt geh, dir vor Tisch die Hände waschen.«

Als Sibylle draußen war, wandte sich Armin zu mir, blaß vor Zorn.

»Du hast meine Abwesenheit benützt, um unser Kind völlig einseitig jüdisch und deutschfeindlich zu erziehen.«

»Gib nicht mir die Schuld«, verteidigte ich mich kalt, »sondern den Nazigesetzen. Mit deinem Einverständnis habe ich sie in die jüdische Schule gegeben. Oder sollte sie auf dem Judenplatz in der deutschen Schule sitzen? In diesem Lande gilt sie als Jüdin. Sie hat keine Wahl.«

Armin schloß und öffnete seine Hände in verzweifelter Erregung. »Ich werde mein Kind nicht in jüdischem Haß erziehen lassen, um auf den Haß der Nazis zu antworten, nicht in jüdischem Chauvinismus, den ich ebenso ablehne, wie den deutschen. Du selbst lebst in einem Wahn . . .«

Ich legte meine Hand auf seine Lippen. »Bitte, bitte, laß wenigstens das Kind in Ruhe. Wir wollen es nicht zwischen uns hin- und herreißen. Ist es nicht genug, daß wir beide uns nicht mehr verstehen können?«

Ein Zug tödlicher Müdigkeit legte sich auf Armins Züge. »Mag es sein. Ich bin hilflos. Mag die Sintflut über uns alle hereinbrechen. Ich werde mitten in der Flut arbeiten. Das einzige, was mir bleibt.«

Die Tischglocke, heiser wie die Stimme der alten Damen, rief zum Abendbrot. Sibylle hing am Arm ihres Vaters, als wir uns an die lange Tafel setzten, die gespenstische Tafelrunde des unsichtbaren Ghettos. Armin unter der Tarnkappe grüßte lächelnd und höflich.

Damals verstand ich nicht, wie sehr er litt, und auch er blieb für mein besonderes Leiden unempfindlich. Wir lebten in den nächsten Wochen Tür an Tür einander unendlich fern, jeder wie in einer abgeschlossenen Zelle, Gefangene unserer verschiedenen Schicksale. Armin arbeitete daran, einen halbfertigen Roman zu beenden, der in den Wirren der neutürkischen Revolution, zur Zeit Abdul Hamids spielte. So lebte er, in den Ghettomauern der Pension, noch hinter seiner besonderen Mauer, in einer anderen Zeit. Während ich gehetzt im Berlin Hitlers durch die Straßen lief, mit dem Elend der Judennot auf meinen Schultern, wanderte Armin durch die Straßen Konstantinopels am Ende des vorigen Jahrhunderts.

Einmal, zu später Abendstunde hielt er mich zurück. »Ich will dir vorlesen, was ich heute geschrieben habe. Ich glaube, die Deutung des Charakters von Abdul Hamid ist mir gelungen. Dieser Despot war ebenso ein vom kranken Wahn Besessener wie Hitler, machthungrig, größenwahnsinnig. All das entsprang der Angst, einer panischen Lebensangst . . .« Er begann zu lesen. Plastisch traten die Gestalten hervor, die Luft Konstantinopels lebte, gewürzt mit den Gerüchen des Orients. Es war ein Kunstwerk. Doch ich war nicht wie früher berührt. Was ging mich heute das Schicksal dieser Figuren im Buch an, wenn wir jetzt, heute, litten und um unser nacktes Leben liefen? Armin klappte das Manuskript zu.

»Du warst nicht mehr aufmerksam.«

»Ich habe genau zugehört. Es ist sehr gut geschrieben. Welches Verständnis zeigst du für die Leiden der Unterdrückten in jener Zeit! Warum siehst du an unserer Wirklichkeit vorüber, an unserer jüdischen Not?«

Armin ordnete sorgfältig die Bleistifte auf dem Tisch. »Ich sehe diese Not nur zu gut. Aber anders als du. Ich laufe nicht wie du sinnlos umher, um mit einem kleinen Eimer eine elementare Flut auszuschöpfen. Ich warte, bis die Flut sich verläuft.«

»Oder bis deine Frau und dein Kind in ihr ertrinken. Denkst du denn gar nicht an deine Familie?«

»Du sprichst von Familie? Habe ich denn noch eine Frau, die an meinem Leben teilnimmt? Sie ist eine Propagandamaschine geworden, aber keine Frau mehr. Immer abwesend, immer unterwegs. Und mein Kind, in seiner jüdischen Schule wird es mir entfremdet, es singt hebräische Lieder, die ich nicht verstehe. Ach, laßt mich doch, laßt mich . . .«

»Was soll ich denn tun?« rief ich verzweifelt. »Soll ich meinem unglücklichen Volk nicht helfen? Wir könnten zusammen nach Palästina gehen. Auf unserer Reise hast du die jüdischen Pioniere bewundert, hast über Land und Menschen mit Sympathie geschrieben. Man wird dich dort mit offenen Armen aufnehmen.«

Armin hieb mit dem Arm durch die Luft. »Genug. Ich verlasse Deutschland nicht. Hast du mich noch immer nicht verstanden? Deutschland verläßt mich nicht. Wo ich auch sein werde, trage ich es mit mir, an meinen Fußsohlen. Freunde mögen mich verlassen, du magst mich verlassen – ja, eigentlich hast du mich schon verlassen . . .«

»Wie, ich hätte dich verlassen?« rief ich außer mir. »Ich bin verlassen, bin ganz allein.«

Ohne uns gute Nacht zu wünschen, gingen wir abends schlafen; es war eine böse Nacht für uns. Wir sagten uns flüchtig guten Morgen am Frühstückstisch; aber es gab keine guten Tage mehr. Das Rad des alltäglichen Lebens drehte sich auf der Stelle, in demselben Kreislauf, und es schien fast, daß auch wir uns, wie die alten Damen der Pension, in diesem unnatürlichen Leben einrichteten. Dann, Ende Dezember gab es einen kleinen Stoß, das Rad rollte in eine andere Richtung.

Alf schrieb, daß er als Jude die deutsche Fachschule von heute auf morgen verlassen müsse. Die Auswanderung war geboten, und ich entschloß mich, diesen Sohn nach England zu bringen, damit er dort seine Ausbildung als Photograph fortsetzte.

»Ich werde euch begleiten«, erklärte Armin, als ich schon packte. »Wir werden Weihnachten und Neujahr bei unseren Freunden in London verleben.«

Ich war so überrascht, daß ich nur nickte. Ich verbarg mein Gesicht, indem ich mich über den Koffer beugte, damit er nicht den Schimmer der Hoffnung in meinen Augen bemerkte. War dies endlich die Flucht? Das Durchbrechen der Mauern? War in Armin heimlich eine Wandlung vor sich gegangen? War er reif für die Auswanderung? Wäre er erst nur einmal jenseits der Grenze, in Freiheit, würde er alles anders ansehen, seine Starre würde sich lösen, seine Tarnkappe zerreißen.

»Packe nur unseren kleinen Koffer, nur das Nötigste«, zerschnitten Armins Worte meine Phantasien. »Kurz nach Neujahr muß ich zurück sein.«

16

Die drei Wochen in England sind in meiner Erinnerung in einen dichten Nebel gehüllt, aus dem nur einige Ereignisse in scharfen Umrissen auftauchen.

Wir bewegten uns fast die ganze Zeit durch Nebelwände, die sich in den Wintermonaten auf diese Insel niedersenken. Durch den feinen silbergrauen Nebel, der nach Meer und Tang riecht und hinter dem die Sonne bisweilen wie ein großer blasser Mond erscheint. Durch den Schleier, hinter dem die Fassaden der Häuser, die Türme und Brücken die Gestalt von Phantomen annehmen. Dann verloren wir uns einige Tage in dem braunen Nebel Londons, erbsenbraun, mit Ruß und Rauch der Kamine gemischt, der in der Kehle als Husten steckenbleibt und bei dem jeder Verkehr auf den Straßen stockt. Nebel, überall Nebel, der uns einhüllte und schläfrig einlullte.

Ich sehe mich mit Alf die überfüllte, neblige Oxfordstreet hinuntergleiten – man gleitet im Nebel –, wo am Vormittag die Laternen brannten und die weihnachtlichen Läden gelblich glitzerten.

Wir schwimmen mitten im Menschenstrom und sehen durch den Nebel die hohen roten Autobusse wie Schiffe schwanken. Ihr warnendes Tuten hat den gedämpften Laut des Nebelhorns. Ich spüre, wie Alf mich am Ärmel zupft, um vor jeder zweiten Auslage stehenzubleiben, neugierig und sehhungrig.

»Mumm, das sind fabelhafte Geschäfte. London gefällt mir besser als Berlin. Ich freue mich, hier zu leben.«

Ich nehme ihn bei der Hand und versuche, ihn weiterzuziehen, den großen Jungen, mein Kind, das ich glaube, aus der Gefahr gerettet zu haben, wie die gehetzte Katze ihr Junges im Maul fortschleppt.

»Komm, wir haben nicht soviel Zeit. Hier in der Straße habe ich einige gute Adressen und Empfehlungen. Vielleicht nimmt man dich als Lehrling. Du weißt, die Fachschule ist zu teuer für uns.«

Wir klettern viele Treppen, wir fahren in altmodischen rasselnden Aufzügen hinauf in die obersten Stockwerke der photographischen Ateliers – und werden immer wieder mit dem gleichen höflichen »Nein« hinausgeleitet.

»Wir bedauern, wir brauchen keinen Lehrling. Wir haben nicht einmal genug Lehrstellen für unsere Leute. Der junge Mann ist Ausländer, nicht wahr? *Refugee* aus Deutschland? Er hat keine Arbeitserlaubnis.«

»Er will nicht verdienen. Nur lernen!«

»Das Home Office ist sehr streng, gnädige Frau.« Ein mitleidiger Blick, eine höfliche Geste der Verabschiedung.

Dann sind wir wieder auf der nebligen Straße, die gelb in dem künstlichen Licht schimmert, wir gleiten mit müderen Schritten, während sich der Nebel um uns zusammenzieht. Aus einem Touristen ist mein Sohn in einer Stunde zu einem Emigranten geworden, der wie ein Hausierer an die Türen klopft und um Arbeit bittet, das Recht zu arbeiten, das Kostbarste, was es gibt.

Wie oft sollten wir das Wort *Refugee,* Flüchtling, in den nächsten Tagen noch zu hören bekommen, mit dem Klang des Mitleids oder der Bestürzung, manchmal voll Mißtrauen, sehr oft mit dem Tonfall aufrichtiger und tatkräftiger Hilfe – und dennoch stets mit der herablassenden Güte der Sicheren, Wohlhabenden, die bei dem Bittsteller mit Dankgefühlen unterdrückten Haß erregt.

Alfs Augen blicken nicht mehr sehhungrig, sondern ratlos durch den Nebel, sein feines Gesicht ist spitz geworden vor Müdigkeit. »Ich verstehe nicht, Mumm«, stammelt er. Erschöpft landen wir in einer Teestube, wo wir in einer holzgetäfelten Nische aufleben, das köstliche Aroma des englischen Tees unsere Lebensgeister erfrischt.

»Es ist ein liebenswertes Land«, sagt Alf, »und die Menschen gefallen mir. Du wirst sehen, Mumm, ich setze mich hier durch.«

»Wäre es nicht doch besser, du gingst mit Andreas nach Palästina? Dort bist du zu Hause. Hast ein Recht auf Arbeit.«

Alf schiebt die Tasse zurück. »Nein. Kann ich mich in Palästina in meinem Beruf vervollkommnen? Kann ich dort Filmregisseur werden? Ich bin nicht fähig, mich aufzuopfern wie Andreas. Ich bin ehrgeizig. Und warum soll ich nicht Engländer werden?«

»Du bleibst doch immer Jude, mein Junge«, entschlüpft es mir fast; doch dann schlucke ich diese Bemerkung mit dem heißen Tee hinunter. Warum soll ich ihn vorzeitig entmutigen? Er hat sich sofort in dieses Land verliebt wie in eine Frau. Vielleicht gelingt ihm der Aufstieg.

»Ich werde hier zu Hause sein«, sagt die ungebrochene junge Stimme, als ob ihr nichts widerstehen könnte. Der Sechzehnjährige legt sich zurück und winkt der Kellnerin. »Ich lade dich ein, Mumm. Mit meinem Taschengeld. – Noch zwei Stück Kuchen, bitte! – Bald werde ich ohne Akzent Englisch sprechen.« Mit kindlichem Entzücken fährt er die Rolltreppe der Untergrundstation Piccadilly Circus hinunter.

Mühsam finden wir im Nebel das kleine Haus unseres Gastgebers im Vorort, da in der Villenstraße jedes Haus dem anderen wie ein Zwilling gleicht. Wir können keine Nummer erkennen und auch nicht die blaugestrichene Haustür, die dieses Haus von den anderen unterscheidet.

»Hier ist es«, ruft Alf. »Das fünfte Haus von der Seitenstraße.« Tastend finden wir den Klopfer. Wir treten ein und – wie sehr unterscheidet sich dieses Haus nun innen von seinen Nachbarn. Nicht etwa in den Räumen; da ist die gleiche schmale Diele, dieselbe enge wachsgebohnerte Treppe zum oberen Stockwerk. Es sind auch die üblichen englischen Möbel, die mit geblümten Cotton bezogenen tiefen Sessel vor dem Kamin, – nein, es ist die einzigartige Atmosphäre dieses Heims, das ein Treffpunkt von Menschen aus allen Ländern, aller Zungen und Rassen ist, ein Zufluchtsort all derer, die für den Frieden kämpfen. Es ist das Heim unseres englischen Friedensfreundes Ronald, der uns drei gastlich aufgenommen hat.

Im weiten Halbkreis von Menschen um den Kamin sitzt unser Gastgeber, die Beine lang ausgestreckt, die Pfeife im Munde. Im Schein des flackernden Feuers erscheint sein knochiges Gesicht mit dem großen Mund, die vorstehenden Zähne über dem rötlichen Spitzbart in weicheren Umrissen, und man sieht das Besondere in diesem Gesicht aufglänzen, den Ausdruck einer stillen vollendeten Heiterkeit, die von ihm als Mittelpunkt auf alle Anwesenden ausstrahlt. Dabei schweigt er, hört nur zu. Er unterbricht den jungen schwarzhaarigen Mann nicht, der mit wilden Gesten zu der Gruppe redet, ein spanischer Kriegsdienstgegner, der auf abenteuerliche Weise aus dem Gefängnis geflüchtet ist. Er legt nur leicht die Hand auf seinen Arm, um dem holländischen Kameraden das Wort zu erteilen, einem blonden breiten Mann, der in seiner langsamen zähen Art über die Friedensarbeit in seinem Lande berichtet.

Neben ihm auf der Kante des Sessels sitzt eine junge, elegant gekleidete Frau, bereit, jeden Augenblick erregt aufzuspringen, die Vertreterin der französischen Frauenliga. Und dahinter, tiefer im Schatten, erblicke ich Armin, wie er seinem Nachbarn, einem Inder, etwas zuflüstert. Auch auf ihm liegt der Abglanz harmonischer Heiterkeit, er hat ein unbekümmertes entspanntes Lächeln, wie ich es lange nicht mehr bei ihm gesehen habe. Der Kreis rückt auseinander, um Alf und mich aufzunehmen; auch mich überkommt eine tiefe Ruhe. In diesem kleinen Raum *ist* Frieden, Frieden unter Menschen und Völkern, in dieser winzigen Zelle, wie es in der Welt sein sollte. Ein Holzscheit fällt mit einem leise knisternden Laut in sich zusammen. Draußen hinter den geschlossenen Vorhängen kriecht der Nebel.

Da nimmt Ronald die Pfeife aus dem Munde und nickt Armin zu.

»Nun wird unser Kamerad aus Deutschland über die Zustände im Konzentrationslager berichten. Er hat dort fünf Monate verbracht.«

Armin zuckt zusammen, seine Haut spannt sich über seinen Zügen. Die Tarnkappe.

»Verzeiht, liebe Freunde! Aber ich kann heute noch nicht darüber sprechen. Es ist mir unmöglich. Ich hoffe, später.«

Ronald hebt nur flüchtig die Hand, um den lauten Widerspruch der anderen zum Schweigen zu bringen. »Wir verstehen völlig«, sagt er ruhig. »Unser Freund aus Indien wird sprechen. Bitte!«

Er nimmt die Pfeife wieder in den Mund, ruhig und bedächtig. Kein Muskel in diesem so englischen, in Selbstbeherrschung geübten Gesicht verrät Erstaunen. Armin senkt den Blick auf seine Fußspitzen; ich denke an die Nacht, als er, gerade aus dem Lager entlassen, aus der Höhle seines Stiefels die Aufzeichnungen hervorholte. Ich spüre einen leisen Kälteschauer im Rücken und rücke näher an das Feuer, in das Ronald einen neuen Holzscheit wirft.

Eine Viertelstunde später sitzen wir alle um den gedeckten Tisch, während Ronalds Frau, mit ihrem mädchenhaften Gesicht unter dem grauen Haar, Schüsseln mit belegten Broten anbietet, und einige junge Leute aufspringen, um ihr beim Servieren und Ausschenken des Tees zu helfen. Verschiedene Sprachen schwirren nun durcheinander, in dieser internationalen kleinen Tafelrunde, jener zwanglosen Konferenz der Wenigen am runden Tisch, welche die Erforschung und Erlösung der ganzen Erde plant. Einer einheitlichen Welt für den Frieden. Ja, diese paar Menschen sind Forscher vor dem Aufbruch ihrer gefährlichen Expedition in das Niemandsland zwischen und über den Grenzen, an das die meisten nicht glauben, dessen Existenz man leugnet.

Spät am Abend, als die anderen Gäste gegangen sind, bleiben Armin und ich mit unserem Gastgeber noch vor dem niedergebrannten Feuer.

»Du solltest längere Zeit in England bleiben«, sagt Ronald. »Du bedarfst völliger Ruhe.«

Armin stochert in den roten verglimmenden Scheiten. »Das ist leider unmöglich. Meine Arbeit am Schreibtisch wartet auf mich.«

Ronald zieht heftiger an seiner Pfeife. »Du kannst auch hier arbeiten. In Deutschland bist du in ständiger Gefahr. Für unsere Sache kannst du jetzt im Auslande mehr tun. Du würdest ein Buch über deine Erlebnisse im Lager leicht in England veröffentlichen können. Ich begreife, daß du nicht sprechen kannst, aber du kannst schreiben.«

Armin läßt ihn nicht weitersprechen. Er wirft den Feuerhaken hin und steht auf. »Das kann ich eben nicht. Ich kann das Buch über das Lager noch nicht schreiben. Es ist in mir völlig ungeklärt. Und dann könnte ich es nicht so schreiben, wie man es hier erwartet. Es würde gegen ganz Deutschland, nicht nur gegen Nazideutschland Haß erregen. Das will ich nicht.«

Ronald sieht in das Feuer. »Du irrst dich, lieber Freund«, sagt er mit seiner ruhigen, fast schläfrigen Stimme. »Es gibt zwei Deutschland.«

Armin geht im Zimmer auf und ab. »Ihr habt ein schönes Wort: *Right or wrong, my country*. Es ist ein Fluch, wenn man sein eigenes Vaterland verdammen mußt. Du wirst überrascht sein, daß ich dieses Wort Vaterland gerade jetzt für mich entdeckt habe – vielleicht, weil ich es zu verlieren fürchte. Ich gebrauche das Wort, das so ungeheuerlich von den Nazis mißbraucht wird.«

Er spricht lauter, seine Stimme überschlägt sich, und er beginnt zu husten. Das Starre in seinen Zügen zerbricht, und darunter erscheint die Verstörtheit eines hilflosen Knaben.

Er schlägt mit der Hand gegen die Brust. »Stoßt mich aus! Ich weiß, ich gehöre nicht mehr zu euch. Ich fühle mich wie ein Betrüger in eurem Kreise. Ich kann nicht mehr an einen unbestimmten Frieden glauben, an die angeborene Güte der Menschen.«

Ronald hat die Pfeife niedergelegt, das einzige Zeichen innerer Bewegtheit. Die ruhige Heiterkeit ist nicht von seinem Ausdruck gewichen.

»Mein lieber Armin, ich begreife, daß du jetzt den Menschen im Zerrbild siehst. Kein Wunder nach Monaten der Folter. Aber die Wahrheit ist unzerstörbar. Wirf sie ins Feuer, sie schmilzt nicht. Ich selbst spreche gegen jenes England, das Indien ausgebeutet hat, und ich liebe mein Vater- oder Mutterland doch. Du sagst, du glaubst nicht mehr an das Gute im Menschen – weil der Mensch einem Rückfall in Barbarei erlegen ist. Was bedeutet eine winzige Zeitspanne im Vergleich zu den ungeheuren Zeiträumen, die nötig waren, einen Affenmenschen zum Menschen zu entwickeln? Wir leben in der Steinzeit. Es wird vielleicht noch einen Weltkrieg geben, und vielleicht noch einen dritten. Müssen wir, weil noch Chaos ist, die erste Stunde nach Erschaffung der Welt, aufhören, für eine sinnvolle, geordnete Welt zu arbeiten? Wir sind die Pioniere einer Epoche nach vielleicht unvorstellbarer Zeit.«

»Du magst recht haben. Zu beweisen ist es nicht. Man muß daran glauben. Und ich glaube nicht mehr. Wir leben für heute und morgen«, schreit Armin, von einem neuen Hustenanfall geschüttelt. »Oh, dieser Nebel«, klagte er plötzlich. »Ich bin erkältet. – Und was sollen wir denn tun? Was können wir tun?«

Ich hatte die ganze Zeit kein Wort gesprochen, tief im Sessel versunken. Nun sieht Ronald mich aufmerksam an. »Was sagt deine Frau dazu?«

Armin lacht bitter auf. »Auch sie hat ihr Vaterland entdeckt. Palästina. Sie will, daß wir nach Palästina auswandern.«

Ich setze mich gerade auf. »Können wir Juden in Deutschland weiteratmen? Was sollen wir denn tun?« frage ich verzweifelt. Ich sehe Ronald an, als frage ich ihn wie ein Kind seinen Vater.

Einen Augenblick, nur eine Sekunde lang, sehe ich die Heiterkeit aus Ronalds Augen verschwinden, sie sind überströmt von Traurigkeit, von Mitleid, von Ohnmacht, helfen zu wollen. In der nächsten Sekunde ist sein Blick wieder fest, auf das Allernächste gerichtet. Er klopft seine Pfeife aus. Dann tritt er zwischen uns und legt seine Arme um unsere Schultern. »Was ihr tun sollt? Ich sage mit dem einfältigen Dick in *David Copperfield*: Ein heißes Bad nehmen und lange schlafen. Ihr müßt zur Ruhe kommen. Morgen bringt euch Margaret das Frühstück ans Bett.«

Er begleitet uns in unser Schlafzimmer, prüft die Wärmflaschen in den Betten und verläßt uns mit einem heiteren Gutenacht.

»Wenn alle Menschen wären wie er«, seufzt Armin.

»Dann gäbe es keinen Krieg«, beende ich seinen Satz. Die guten Gedanken, die in diesem Hause umgehen, schläfern uns ein.

Am nächsten Morgen hat sich der Nebel gehoben. Die Rasen in den Gärten schimmern wie goldgrüne Seen, die Luft ist lind und feucht wie an einem Vorfrühlingstag. Armin und ich schlendern über die sanften Wiesen der Parks.

»Wäre es nicht möglich, hier zu leben?« frage ich Armin. »Wir könnten in England unser Heim aufschlagen, Sibylle hier in die Schule geben. Wenn du dich entschließen könntest, würde ich den Plan einer Auswanderung nach Palästina aufgeben.«

Armin läßt meinen Arm los. »Ich kann mich nicht entscheiden«, sagt er gequält. »Laß mir Zeit!«

Der Weihnachtsabend wurde in Ronalds Haus nach englischer Sitte so lustig gefeiert wie Silvester. Es roch nach Backwerk. Alf hatte eine Schürze umgebunden, um in der Küche zu helfen. Die Fenster und der Kronleuchter waren mit Zweigen besteckt, an denen unter den stacheligen, dunkelgrünen Blättern die roten Beeren lachten. Wir aßen Truthahn und Plumpudding; wir öffneten Knallbonbons, setzten Papiermützen auf, packten ungeheure Pakete aus, die zu winzigen Scherzartikeln zusammenschrumpften. Wir spielten, Ronald in unserer Mitte, kindliche Gesellschaftsspiele. »Gibt es so etwas noch?« dachten wir. »Eine so harmlose, vergnügte Fröhlichkeit, in der das englische Volk Meister ist?« Armin und ich taten bei allen Spielen in dem Bewußtsein mit, daß es vom Schicksal geschenkte Stunden waren.

Während der Feiertage schien Ronald absichtlich eine ernste Unterhaltung mit uns zu vermeiden; wir sprachen mit den englischen Gästen über das Wetter. Es hatte wieder zu rieseln begonnen, nun senkte sich der Nebel, diesmal dicht und bräunlich wie ein schwerer Vorhang.

An einem Vormittag ging ich trotz des Nebels aus, um etwas zu besorgen. Nun wenige Minuten von dem Hause entfernt, konnte ich nicht mehr zurückfinden. Braune Nacht umgab mich, ich setzte einen Fuß vorsichtig auf und fiel; ich konnte die Stufe des Bürgersteigs nicht erkennen. Wie eine Blinde streckte ich die Arme aus; Panik ergriff mich. Da stieß ich gegen einen menschlichen Körper. Es war Armin, der mich gesucht hatte. Wir hielten uns aneinander und tasteten uns vorwärts.

»Welch teuflisches Klima«, sagte er. »Und in diesem Lande soll ich leben.«

»Der Sommer ist schön.«

»Vielleicht kommen wir im Sommer wieder. Ich fahre morgen nach Berlin zurück. Du mußt natürlich bleiben, bis du Alf untergebracht hast.« Er hustete, der Nebel erstickte seine Worte.

»Fahre nicht zurück. Man kann dich wieder verhaften.«

Wir stolperten vorwärts. »Hier ist das Haus«, rief Armin. »Puh, ich habe den Mund voll Nebel.«

Es war nicht das Klima, das Armin zurücktrieb; es war Heimweh. Er wollte und konnte nicht als Emigrant leben. Ich folgte ihm wenige Tage später, nachdem ich für Alf doch noch eine Lehrstelle gefunden hatte. Ich nahm Abschied von dem Haus mit der blauen Tür, von Ronald, dem heiteren heiligen Menschen und dem Nebelland, unter dem das grüne Paradies des nächsten Sommers schlummerte. Ich fuhr mit bösen Vorgefühlen. Das letzte, was ich durch den Nebel auf dem Bahnsteig erblickte, war Alf, der sich bemühte, seine Stirn in männliche Falten zu legen, um nicht in Schluchzen auszubrechen. Er lief noch ein Stück neben dem schon fahrenden Zug her.

»Auf Wiedersehen, im Sommer, Mumm . . .« Dabei legte er den Kopf etwas zur Seite, der nicht flügge Vogel, der vorzeitig aus dem Nest geworfen war.

»Schreib oft!« rief ich aus dem Fenster. Ich ahnte nicht, daß ich diesen Sohn erst zehn Jahre später wiedersehen sollte.

Konnte man sich nach diesem Ausflug in die Freiheit wieder an das gespenstische Ghetto gewöhnen? Die unsichtbare Mauer hatte sich noch dichter geschlossen. Es gab Zeichen der Veränderung; aber als ich auf dem Olivaer Platz die erste gelbgestrichene Bank mit der Aufschrift »Nur für Juden« sah, biß ich mir in die Hand, um den Schrei der Empörung zu unterdrücken.

Die alten Damen in der Pension spielten immer noch leidenschaftlich Karten, als hinge ihr Schicksal davon ab, während die Auswanderung jüdischer Familien die Form einer Massenflucht annahm. Sibylle lernte in der Schule jüdische Feste feiern; sie brachte zum Neujahrsfest der Bäume, das in Palästina nach dem Regen als Pflanzungsfest der Kinder begangen wird, südliche Früchte nach Hause.

»Riech mal, Mumm«, sagte sie, indem sie mir eine große süße Zitrone vor die Nase hielt. »Das duftet nach Palästina.« Ich lächelte in der Erinnerung. Der Geruch Palästinas auf unserer Reise war in mir haftengeblieben, ein Gemisch von Staub, Orangenblüten und anderen unvorstellbaren Gerüchen. Wie ich mich jetzt danach sehnte! Sibylle erzählte weiter. Schon jetzt im Januar sprach das Kind, um sich in der allgemeinen Bedrückung auf etwas freuen zu dürfen, von dem nächsten Fest, von Purim im März. »Wir werden zu Purim ein Theaterstück aufführen, und ich werde die Hauptrolle spielen, die Königin Esther. Hörst du nicht zu, Väterchen?«

Armin nickte zerstreut. »Königin Esther? Purim? Aber das ist doch noch lange hin. Erst im Frühjahr. Zu Ostern. Wo werden wir diesmal Ostereier verstecken, mein Liebling?«

Ich dachte an das Purimfest in den freien Straßen Tel Avivs. »Deine Feste sind nicht mehr meine Feste«, dachte ich verstört.

Armin hockte den ganzen Tag am Schreibtisch. Von England war er unmittelbar zu seinem Buch, in die Türkei Abdul Hamids zurückgekehrt. Erst gegen Abend, bei Dunkelheit, ging er aus, lief bei jedem Wetter, in beißender Kälte im Sturmschritt durch die Straßen, die Hände in den Manteltaschen, den Blick nach innen gerichtet. Bei Tisch unter der Tarnkappe starrer Höflichkeit war er einsilbig und aß hastig, um oft vor dem letzten Gang die Tafel mit einer Ausrede zu verlassen.

Eines Abends nach seinem Spaziergang kam er spät in mein Zimmer. Ich hatte mich nach anstrengender Arbeit, der Werbetätigkeit für

Palästina, die ich wieder aufgenommen hatte, schon niedergelegt. Armin setzte sich zu mir auf den Bettrand. Die Streifen seines Schlafanzugs sahen wie Gitterstäbe aus.

»Versuche, mich zu verstehen«, sagte er leise. »Ich kann in dieser Behausung von Mumien nicht länger bleiben. Es ist mir unmöglich, in der Pension zu arbeiten. Ich muß ausziehen.«

Ich setzte mich auf, hellwach. »Ich verstehe dich. Wollen wir eine kleine neue Wohnung suchen?«

Armin dämpfte die Stimme zum Flüstern. »Das steht außer Frage. Du weißt, wir haben dazu kein Geld. Du bist die einzige, die jetzt verdient. Ich verdiene gar nichts, da ich in keiner Zeitung oder Zeitschrift veröffentlichen darf. Ich bin kein Mitglied der Schrifttumskammer.« Er stockte.

Das Schweigen war schwer von unausgesprochenen Worten. Ich wußte, einer der Gründe der Nichtaufnahme war ich, die jüdische Ehefrau. Ich schreckte auf, als er sagte: »Ich habe ein kleines möbliertes Zimmer in der Nachbarschaft gemietet. Es kostet fast gar nichts, es ist in der Wohnung meines Freundes Hans. Du kennst den jungen Maler, er hat es mir angeboten. Du und Sibylle, ihr bleibt am besten hier in eurer Ordnung und Bequemlichkeit. Ich werde euch täglich besuchen.«

Wieder Schweigen. Ich legte mich in die Kissen zurück, nicht mehr wach, todmüde. »Du mußt tun, was du für notwendig hältst«, sagte ich matt.

Nein, ich widersprach nicht, ich empfand auch gar nichts in diesem Augenblick, so wie ein Schuß den Getroffenen nur wie ein leiser Schlag berührt und erst viel später der Schmerz losbricht. Ich war nach all diesen verzweifelten Monaten zu müde, um weiterzukämpfen.

»Es ist nur vorläufig. Später nehmen wir eine Wohnung«, hörte ich Armin schon im Halbschlaf flüstern.

Wir hatten uns in unserem fadenscheinigen Leben mit den anderen eingerichtet. Es schien leicht, uns auch an diesen neuen Zustand zu gewöhnen. Armin kam meist gegen Abend in die Pension, wenn Sibylle aus der Schule zurückkehrte, um beim Abendbrot, das wir in unserem Zimmer einnahmen, eine Stunde Familienleben zu genießen. Das Kind nahm das Unnatürliche unserer Trennung natürlich auf, schon abgehärtet durch die Zeit und auch, weil wir ihr den

Wegzug des Vaters als vorübergehende Notlösung darstellten. Genauso belogen wir uns. Nie waren wir so höflich zueinander gewesen, wir stritten nicht mehr wie früher, und bisweilen dachte ich fast sehnsüchtig an unsere »Szenen«, die heftigen Ausbrüche zurück, als wir uns, nach Armins Worten, wieder »zusammenzankten« und leidenschaftlich versöhnten.

Wir trafen uns hin und wieder in stillen Seitenstraßen oder in den winterlichen Alleen des Tiergartens. Wir lebten nicht mehr zusammen, wir waren nicht mehr Mann und Frau; aber diese Begegnungen hatten zuweilen den Reiz der Heimlichkeit wie die ersten verschwiegenen Zusammenkünfte von Liebenden. Und manchmal versuchte Armin in einem Anfall von Zärtlichkeit meine Hand in dem wollenen Handschuh zu streicheln, die ich ihm nicht entzog. Es war unwirklich, unnatürlich wie ein scheinbares Wohlbefinden bei schwerster Krankheit. Es waren ja nur unsere eigenen Gespenster der Vergangenheit, die miteinander spazierengingen. Und dann eines Tages erwachte ich aus der Betäubung.

Es war ein milder Vormittag im Februar. Wir hatten uns im Tiergarten getroffen und befanden uns zufällig auf dem Weg am Kanal, auf dem wir uns vor Jahren zum erstenmal umarmt hatten. Die Pfade waren an den Rändern noch mit Schnee bedeckt, die Bänke trugen hohe Kissen von Schnee; jetzt in der Mittagssonne taute der Schnee von den Bäumen, und die Sträucher hingen voll glitzernder Tropfen. Armin blieb vor einer Bank stehen.

»Ist es diese Bank, auf der wir uns damals ausstreckten? Erinnerst du dich?«

»Es ist dieselbe Bank. Ich erinnere mich. Es war Mond, und es gab schwarze ziehende Wolken.«

Armin fegte den Schnee von der Bank. »Erinnerst du dich auch an das, was ich in dieser Nacht sagte? Damals hätte ich alles mit dir tun können. Aber ich sagte: ›Ich tue nur, was Sie wollen.‹ Weil ich wußte, du wolltest nichts als unsere Liebe. – Warum siehst du mich so sonderbar an?«

Er trocknete die Ecke der Bank mit seinem Taschentuch und zog mich zu sich. »Komm, setz dich zu mir.«

Ich befreite meine Hand. Ich sah eine andere Bank, an der ich täglich vorüberging. Eine gelbe Bank.

»Nein«, sagte ich hart. »Diese Bank ist nicht gelb gestrichen. Es ist keine Judenbank. Ich darf mich nicht auf sie setzen.«

Armin schlug mit der Faust auf die Bank. »Du hast eine Kunst, uns jeden Augenblick zu verderben. Geradezu eine selbstquälerische Lust, dich und mich an das Abscheuliche zu erinnern.«

Auf dem Kanal zog ein Lastkahn vorüber; auf dem sonnigen Deck saß eine junge Frau und strickte, neben ihr ein kleines Kind und ein weißer kläffender Hund.

»Verzeih«, sagte ich. »Aber ich beneide diese Menschen auf dem Kahn. Sie haben ein Heim, eine Heimat.«

Armin hob eine Schulter und ließ sie wieder fallen, eine Angewohnheit, die er seit seiner Lagerhaft angenommen hatte.

»Warum kannst du nicht wenigstens eine Stunde die qualvollen Gedanken abwerfen? Stell dir lieber vor, wir treffen uns hier wie in schönen Zeiten, ein heimliches Liebespaar.«

»Ach, hör auf, uns etwas vorzuspielen. Es ist keine Zeit für Bühne. Wir sind kein Liebespaar mehr, nicht einmal ein Ehepaar . . .«

Armin stieß seine Hände in die Manteltaschen. »Warum nicht? Weil wir vorläufig in getrennten Wohnungen leben?«

»Vorläufig? Bis wann?« fragte ich scharf.

»Bis ich mein Buch beendet habe und wieder verdiene. Du bist undankbar. Andere Paare in unserer Lage, in einer Mischehe, haben es viel schwerer als wir.«

»Viele sind ausgewandert«, warf ich ein.

»Meist dann, wenn der Mann Jude und die Frau Deutsche ist. Gewöhnlich folgt die Frau dem Manne. Aber in unserem Falle, wenn der Mann Deutschland nicht verlassen kann . . .?«

»Nicht verlassen *will*!«

»Unterbrich mich nicht. Nicht verlassen *kann*, gibt es Frauen, die ihren Männern das Unvermeidliche leichter machen. Denke an unseren Freund Fritz, den Regisseur. Man hat ihn gezwungen, sich von seiner jüdischen Frau scheiden zu lassen. Die Arbeit am Theater aufzugeben, hieße für ihn, sich selbst aufzugeben. Die Scheidung ist für ihn eine Formalität. Heimlich besucht er Frau und Kind.«

»Fast wie bei uns«, sagte ich spöttisch. Während ich es aussprach, erkannte ich, wie unwürdig unsere Ehe geworden war. Die jüdische Frau in einem Winkel, im Ghetto, hin und wieder besucht.

»Sieh mich an. Willst du auch die Scheidung? Bist du aus diesem Grunde fortgegangen?«

»Unsinn! Ich denke gar nicht an Scheidung. Ich habe sie nie gewollt und will sie auch heute nicht.«

»Aber, ich will sie, Armin. Ich bitte dich, gib mir die Scheidung!«

»Niemals. Auch wenn wir sie beide wollten, können wir uns doch nicht voneinander lösen.«

Er entfernte sich mit langen Schritten, und ich sah in der Stellung seiner Schultern den Trotz und Zorn des verzweifelten Menschen. Dann kehrte er um. Er sah um Jahre gealtert und verfallen aus. Diesmal warf er sich nicht auf den Boden wie damals im Zelt, als ich von Scheidung sprach. Er weinte mit offenen, aufgerissenen Augen. Er spielte nicht mehr.

»Ich will alles tun, um dein Leben erträglich zu machen«, sagte er. »Ich bin bereit, in diesem Sommer für Monate mit dir und dem Kind ins Ausland zu gehen, vielleicht nach Südfrankreich oder Italien.«

»Für immer?«

»Natürlich nicht für immer!«

Es war zu spät; ich konnte ihm nicht mehr auf halbem Wege entgegenkommen. Ich konnte nicht mehr mitleiden, sein Leben mitleben und mich dabei auslöschen. Ich hatte die Grenze überschritten, die, schon jenseits der Verzweiflung, das Gefühl tötet. Ich antwortete nicht. Ich wußte, daß Worte uns nicht mehr aus dem Labyrinth herausführten. Ich mußte handeln, vielleicht hinter seinem Rücken. In dieser Stunde hatte ich mich entschlossen, ihn zu verlassen. Ich mußte den Zauberkreis sprengen, der um uns beide gezogen war. Sonst würde ich in dem Ghetto Deutschland, in diesem Irrgarten, verstellt von Haß und Wahn mit meinem Kinde zugrundegehen.

Aufmerksam betrachtete ich einen Tautropfen an einem Zweig, der sich ausdehnte wie eine längliche Träne und langsam löste.

»Es sind Briefe für dich angekommen«, sagte ich, um das Thema zu wechseln.

Wir verließen schnell den Tiergarten und fuhren in verschiedene Richtungen.

»Auf heute abend«, sagte ich. Nun hatte auch ich begonnen, unter einer Tarnkappe meine wahren Gefühle zu verbergen.

Aber verbargen wir uns nicht alle voreinander? Auch meine Mutter, die sich selbst vorspiegelte, ihr gewohntes Leben weiterzuführen, meine Schwester, die mit quirliger Lebendigkeit und Geselligkeit aufbegehrte?

Eines Abends traf ich sie in ihrem Zimmer, wie sie sich vor dem Spiegel umkleidete.

»Du gehst aus?« fragte ich.

Sie wandte sich nicht um. »Ich gehe ins Konzert. Ich bin verabredet. Mit Heinz.«

Heinz war ihr Freund, ein junger nichtjüdischer Architekt, der ihr in unverbindlicher Art den Hof machte.

»Aber ist es nicht gefährlich, sich mit ihm sehen zu lassen?«

»Ach Unsinn. Ich bin kein Angsthase.«

»Gefährlich für ihn, meine ich, sich mit einer Jüdin zu zeigen.«

»Er lacht darüber und ich auch. Wir lassen uns von diesen Idioten nicht unser Leben vorschreiben.« Sie stampfte mit dem Fuß auf wie ein trotziges Kind. »Nein, nein, hundertmal nein! Sie können von Rassenschande faseln. Zwischen uns ändert sich nichts.«

»Aber was soll werden? Hier könnt ihr nicht heiraten. Will er auswandern?«

»Vielleicht. Es ist noch unbestimmt. Wir können vorläufig nicht weiter denken als bis morgen.« Mit heftigen Bewegungen zog sie den seidenen Schal um ihr Gesicht. Ohne mich anzusehen, sagte sie: »Du bist töricht, daß du dein ganzes Leben umwirfst, daß du auswandern willst. Bleib da, wo dein Mann bleibt. Krieche unter. Warte ab!«

»Aber haben wir hier denn Wurzeln?«

»Wurzeln! Ich brauche keine Wurzeln. Ich kann eine Rankpflanze sein, wenn ich liebe. Ich brauche nur ein bißchen Glück.«

Und plötzlich liefen ihr die Tränen über die sorgfältig gepuderten Wangen. Sie verbarg ihr Gesicht hinter dem Taschentuch. Dann lief sie aus dem Zimmer.

Sie lief vor sich selbst davon.

Im Februar gab es einen Rückfall in Frost und Kälte. Auch an die Tür unserer Pension hämmerten Nazis in Uniform, um für die »Winterhilfe« zu sammeln. In ihrer Bitte lag versteckte Drohung. Erschreckt gaben die Juden große Summen; unter dem Druck der Erpressung hatten viele jüdische Fabriken und Großgeschäfte ihre Betriebe für einen

Spottpreis verkaufen müssen. In der Beratungsstelle des Palästina-Amts drängten sich hunderte von Auswanderern. Auch ich plante meine Auswanderung nach Palästina oder vielmehr Einwanderung – nannte man sie nicht Hebräisch *Alijah*, was Aufstieg bedeutete. Aufsteigen in das heilige Land und Aufsteigen in Freiheit und Würde, während man hier immer tiefer in Erniedrigung versank. Aber ich zögerte noch; ich dachte an Sibylle; freiwillig würde sich ihr Vater nicht von ihr trennen.

Eines Morgens lag neben meinem Frühstücksteller ein amtliches Schreiben mit dem Stempel des Polizeipräsidiums, eine persönliche Vorladung. Ich schluckte mit Mühe den Bissen im Munde hinunter; gewiß, es war keine Verhaftung der Gestapo; aber man hatte von vielen gehört, die, auf das Polizeipräsidium geladen, nicht mehr nach Hause zurückkehrten, im Gefängnis ohne Untersuchung auf unbestimmte Zeit festgehalten wurden. Um neun Uhr sollte ich im Zimmer 117 erscheinen; es war zehn Minuten vor acht. Ich lief den schnellsten Weg, durch das Zickzack kleiner Nebenstraßen zu Armins Wohnung, um ihn zu warnen. Ausnahmsweise war er früh fortgegangen, niemand wußte wohin. Ich telefonierte mit meiner Mutter und vertraute Sibylle ihrer Obhut für den Fall an, daß ich nicht von der Polizei zurückkehrte.

»Um Gotteswillen, Kind! Soll ich nicht mit dir kommen?« Die schöne klangvolle Stimme meiner Mutter war brüchig, ihre festen kleinen Hände konnten mir nicht mehr helfen.

In der überfüllten Untergrundbahn, an den Lederhaltegriffen hin- und herschwankend, überlegte ich, was ich zu meiner Verteidigung vorbringen sollte. Aber ich wußte ja nicht, wessen man mich anklagte. Genügte nicht die Tatsache, daß ich Jüdin war? War es nicht Verbrechen im Dritten Reich, als Jüdin geboren zu sein?

Als ich das Ziegelgebäude am Alexanderplatz betrat, das einer häßlichen Schule glich, und auf der Treppe den gleichen Geruch von Seife und ungelüfteten Kleidern roch wie auf Schultreppen, war mir zumute wie vor einem Examen. Ich mußte dieses Examen bestehen, denn es ging um das Leben. Durchfallen hieß Gefängnis oder Schlimmeres. Durchkommen hieß, frei diese Treppen wieder hinuntergehen zu können.

Ich wartete im kahlen Korridor des dritten Stocks auf einer Bank neben einem jungen Mann und starrte auf die Nummer 117 der geschlossenen Tür. Der Mann mit der blassen Hautfarbe eines Büroarbeiters drehte mit der rechten Hand unaufhörlich den Mittelfinger der Linken, als wollte er ihn abdrehen. Bisweilen warf er einen scheuen Blick auf den Fahrstuhl am Ende des Korridors. »Wissen Sie, wohin der Fahrstuhl führt?« wisperte er, ohne mich anzusehen. »In den Keller hinunter, in die Gefängnisräume . . .«

Die Tür öffnete sich zu einem schmalen Spalt. »Der Nächste«, schnarrte es von innen. Der junge Mann, der sich an seinem eigenen Finger festklammerte, schob sich durch die Tür.

Ich wartete allein, unendlich lange, wie mir schien. Wie vor dem Examen hatte ich alles vergessen, was ich wissen sollte. Mein Kopf war leer, meine Hände waren kalt und gefühllos, und ich legte sie auf die Holzlehne der Bank, um sie zu fühlen. Ich sah auf die Uhr; es waren erst zwei Minuten vergangen. Ich sah zum Fahrstuhl und glaubte, in eine bodenlose Tiefe zu stürzen. Ich starrte auf die Nummer 117, die Sieben nahm die Gestalt eines Hakenkreuzes an, einer Schlange, und wie ein gelähmter Vogel starrte ich auf ihren offenen Rachen, der mich in sich hineinzog. Ich wollte aufstehen und konnte doch kein Glied rühren.

Da öffnete sich die Tür. Der junge Mann taumelte heraus. Sein Gesicht hatte die grünliche Farbe der Verwesung, und er taumelte den Korridor hinunter. »Nächster!« schnarrte es von innen.

Es war ein Bürozimmer wie jedes andere. Hinter einem Bürotisch saß ein kurzer Mann in Zivil mit den vorstehenden Zähnen eines Nagetiers. An der Längsseite des Tisches war eine Frau von unbestimmtem Alter über Akten gebeugt. Ihr glanzloses Haar war scharf von der Stirn zurückgerissen und zu einem festen Knoten zusammengedreht. Sie glich einer altjüngferlichen Lehrerin. Vielleicht eine weibliche Gestapobeamtin, vielleicht die Gefängniswärterin.

»Name? Wohnung?« schnarrte es. Diese Fragen konnte ich beantworten. Zuerst versprach ich mich, nannte die Adresse unserer früheren Wohnung. Der Beamte klopfte mit den Knöcheln auf die Tischplatte.

»Sie wissen nicht einmal, wo Sie wohnen.« Dann warf er sich plötzlich nach vorn und zischte mich an: »Sie waren vor kurzem in England. Dort haben Sie Greuelpropaganda getrieben.«

Ich antwortete ruhig: »Keineswegs. Der einzige Zweck meiner Reise war, meinen Sohn ins Ausland zu bringen, damit er sich beruflich weiterbilden kann.«

Der Mann lächelte; eigentlich fletschte er beim Lächeln die Zähne. Nun sah er aus wie eine magere, bösartige Ratte.

»Und bei dieser Gelegenheit haben Sie Greuelmärchen über Deutschland erzählt.«

Ich wurde immer ruhiger. »Verzeihen Sie, wäre dies nicht sehr unklug gewesen, da ich zurückkehrte, um meine Auswanderung zu betreiben? Ich habe nur ein Interesse, meine Auswanderung.«

»Soso, wohin denn?«

»Nach Palästina. Sie wissen doch selbst, daß zwischen Deutschland und Palästina Abmachungen bestehen, ein erlaubter Geldtransfer durch Warenexport für auswandernde Juden. Auch ich will mein Vermögen nach den gesetzlichen Abgaben transferieren.« Nun wurde ich immer kühner. Ich zog ein Propagandaheft für Palästina aus meiner Handtasche. »Ich arbeite mit Erlaubnis als Propagandistin für Palästina. Darf ich Ihnen vielleicht einmal ein paar Bilder dieses Landes zeigen?« Ich stellte mich absichtlich dumm, naiv, ich hörte nicht auf zu sprechen. Verblüfft musterte mich der kleine Mann, seine Augen gingen blitzschnell hin und her. Die altjüngferliche Beamtin blickte überrascht von den Akten auf, ihre großen grauen Augen durchschauten mich.

Der Beamte nahm das Palästinaheft, durchblätterte es und warf es dann verächtlich zur Seite. »Reden Sie sich nicht heraus!« schnarrte er. »Sie sind die Frau des Schriftstellers Armin Wegner, ihn haben Sie nach England begleitet. Er war in Haft und ist ebenfalls der Greuelpropaganda verdächtig.«

Ich bohrte die Nägel in meine Handfläche. Wie konnte ich Armin entlasten? Die Frau beobachtete mich, ihre Augen funkelten. Ich spürte schon ihre Finger an meinem Hals, an meinem Körper, wie sie mich entkleideten, untersuchten. Ich wußte, ich mußte diese Frau entwaffnen, um freizukommen. Sie war gefährlicher als der Mann.

Nie hatte ich schauspielern können, aber nun spielte ich mit allen Künsten der Verstellung die Rolle der dummen verlassenen Frau.

»Armin Wegner ist nicht mehr mein Mann. Er läßt sich von mir scheiden, weil ich Jüdin bin. Wir wohnen getrennt.«

Gespannt hörte die Frau zu. »Vielleicht ist es auch besser für mich. Mein Mann war nie ein Familienvater, nie ein Verdiener. Aber glauben Sie mir, er ist völlig harmlos, ein unpolitischer Mensch. Er ist nur ein Träumer, ein Dichter, für eine bürgerliche Ehe nicht geeignet.« Wie frech ich log und, in der Verzweiflung, wie geschickt. Denn wenn ich paradoxerweise auch die äußerliche Wahrheit sprach, die innere Wahrheit sah völlig anders aus. Obwohl ich scheinbar gegen Armin aussagte, fühlte ich mich ihm in diesen Augenblicken verbunden, und das schon abgetötete Gefühl begann sich wieder in mir zu regen.

Nun warf ich einen verständnisheischenden Blick zu der Frau hinüber. »Sie können meine Lage vielleicht begreifen. Ich stehe als Frau allein da und habe nur einen Wunsch, mit meinem Kind auszuwandern.«

Die Beamtin verzog ihre schmalen Lippen zu der Grimasse eines Lächelns. Etwas wie Triumph breitete sich auf den Zügen der unbefriedigten, reizlosen Frau aus, und nun nickte sie. Tatsächlich, sie nickte mir zu und gab dem Beamten einen stummen Wink, als wäre sie die Vorgesetzte, die zu entscheiden hatte. Der Mann mit dem Rattengesicht lehnte sich zurück.

»Wir werden Ihre Angaben nachprüfen. Sie sind entlassen. Bis auf weiteres.«

Ich taumelte wie der junge Mann durch den Korridor, die Treppe hinunter. Ich spürte Übelkeit, und meine Knie knickten ein, als ich auf den belebten Alexanderplatz hinaustrat.

Im nächsten Augenblick stürzte ich irgendwo eine Tasse Kaffee hinunter. Ich hatte das Examen bestanden, ich war frei; der kleine Vogel war nicht in den Rachen der Schlange hineingezogen worden; er hatte in diesem ungleichen Wettkampf gewonnen.

Hatte ich nicht überhaupt gewonnen? Hatte ich nicht ohne Absicht, durch den Zwang dieses Verhörs, meinen Willen durchgesetzt? Die Auswanderung der gesamten Familie? Denn nun konnte auch Armin sich nicht mehr weigern, da wir, um der Gefahr einer neuen Verhaftung zu entgehen, so schnell wie möglich das Land verlassen mußten. Armin hatte laut aufgelacht, als ich ihm die Unterredung auf der Polizei Wort für Wort erzählte: aber beim Lachen hatten sich seine Augen vor Schreck geweitet. Noch am selben Abend, am Tisch meiner Mutter, mit Kursbüchern, Schiffs- und Fluglinien vor uns ausgebreitet, legten wir den Plan unserer Ausreise fest. Sibylle und ich sollten als Auswanderer nach Palästina vorfahren. Armin, um den Schein der Trennung vor den Behörden zu wahren, sollte als Tourist um einen Ferienurlaub in Italien ersuchen, da dieses Land durch den politischen Anschluß an Deutschland der Regierung als unverdächtig galt. Auf diesem Umwege sollte er später nach Palästina nachkommen, um sich mit uns wieder zu vereinen. Andreas würde in einem halben Jahr, nach der Ausbildung, mit seiner Gruppe in Palästina landen – und Alf? Ich hoffte, auch er würde sich entschließen, Palästina als Heimat zu wählen. In Gedanken baute ich den runden Familientisch wieder auf, an dem wir uns alle versammeln würden.

Wie oft täuscht eine tödliche Krankheit, schon in der Agonie, noch einmal Besserung vor! An diesem Abend glaubten Armin und ich noch einmal an die Genesung unserer Ehe. An der Seite meiner praktischen Mutter erteilte Armin vernünftige Ratschläge über Gepäck und Zoll, er fand Zuganschlüsse im Kursbuch. Noch sehe ich das krasse Blau eines Mittelmeerprospektes vor mir, über den wir unsere Köpfe beugen wie über die Tusche einer kindlichen Malerei.

Auf dem Nachhauseweg sagte Armin heiter, daß er beabsichtige, auf einem langsamen Frachtdampfer nach Italien zu fahren, der in verschiedenen Häfen anlegen würde. Er erzählte mir von seiner ersten Fahrt in den Süden, als er sich in Neapel einige Tage als Hafenarbeiter verdungen hatte, um sich die Reise nach Rom zu verdienen.

Heimlich blickte ich ihn von der Seite an. War dies nicht der gleiche Armin, in den ich mich verliebt hatte und den ich immer lieben würde? Der Sehhungrige, der wandernde Künstler, unterwegs nach tausend Zielen . . ., und dann fiel es wie ein Stein auf mich. Auch diese Ausreise war für ihn nur ein Abenteuer. Er wanderte nicht mit uns aus, er reiste nur fort.

Zum Glück hatten wir in den nächsten Wochen keine Zeit für lange Gespräche. Es ging alles so unheimlich schnell, daß wir gar nicht zur Besinnung kamen. Ich lief von einer Behörde zur anderen, um unsere Papiere, Pässe und Visa zu erlangen. Dazwischen suchten wir Kaufhäuser auf, denn Sibylle und ich mußten uns für Jahre mit Kleidungsstücken ausstatten, da sonst das Geld, in Deutschland zwangsweise zurückgelassen, verloren wäre. So entstand die groteske Lage, daß wir, beraubt und verarmt, uns wie vor einer Luxusreise um die Welt einkleideten. Wie vor meiner ersten Hochzeit füllten wir wieder den großen Koffer mit Wäsche und Silber, mit Winter- und Sommerkleidung bis zum Rande. Wieder würde er uns wie ein alter treuer Hund auf diese Schicksalsfahrt begleiten.

Eines Morgens, während ich einige Wäschestücke in den Koffer legte, bat mich Armin, ein Romanmanuskript von ihm und die Lageraufzeichnungen, in das Futter von Kleidungsstücken eingenäht, nach Palästina mitzunehmen. »Dich werden sie nicht durchsuchen«, sagte er. »Und von Palästina schickst du mir das Romanmanuskript nach Italien.«

»Warum soll ich es nach Italien schicken?« fragte ich. »Du wirst doch bald bei uns sein.«

»Ich weiß nicht, wie bald. Vielleicht bleibe ich auch den Sommer über in Italien. Gute Freunde in Sorrent haben mich eingeladen. Es soll ein idealer Platz zum Arbeiten sein.«

Verwirrt nahm ich einige Wäschestücke hoch. Ich packte wieder aus, ohne es zu bemerken. Die Vorstellung, daß wir im nächsten Sommer in getrennten Ländern lebten wie jetzt in getrennten Wohnungen – nur unerreichbar füreinander –, erfüllte mich mit bangen Vorahnungen.

»Wann gedenkst du, nach Palästina zu kommen?«

»Im Spätherbst gewiß. Ende Oktober vielleicht. Den Winter und das Frühjahr verbringen wir in Palästina und gehen dann im kommenden Sommer wieder nach Italien.«

Ich zerknüllte das Wäschestück in meinen Händen. »Aber wir können doch nicht immerzu in der Welt umherreisen. Wir gehen nicht als Touristen nach Palästina. Ich jedenfalls gehe für immer dorthin, ich muß die Sprache lernen, mich in der neuen Heimat einleben.«

Armin hatte sich auf den Koffer gesetzt und betrachtete seine Schuhspitzen.

»Immer. Immer! Warum nicht gleich für die Ewigkeit?! Warum stellst du schon wieder diese ungerechte Forderung an mich, die ich nicht erfüllen kann? Alles oder Nichts! Gib es doch endlich auf, mit diesen bedingungslosen Geboten an mich und auch an die Welt heranzutreten. Alles oder Nichts. Das Absolute. Du bist darin wie dein Vater, und vielleicht ist dies ein sehr jüdischer Zug. Wunderbar im Munde von Propheten. Aber dem Leben feindlich. Vergiß auch nicht, daß ich die palästinensischen Menschen hochschätze, Palästina aber niemals meine Heimat werden kann. Dort will ich gern längere Zeit mit dir leben, aber nicht für immer. Deutschland bleibt meine Heimat.«

Wortlos nahm ich ihm die Manuskripte aus der Hand und verbarg sie, indem ich sie vorläufig in einen Pelzmantel hüllte. Der Kampf würde also nach der Auswanderung zwischen uns weitergehen oder war er schon zu Ende? Dabei mußten wir uns bis zum Ende belügen, denn wie sollten wir sonst noch einen Schritt tun, unsere Hände rühren? Ich packte weiter.

Inzwischen entfaltete sich der Frühling, der zögernde nordische Frühling, von dem ich nun Abschied nahm. Langsam öffneten sich die kleinen klebrigen Knospen an den Sträuchern des Parks, durch den ich einen Umweg machte, um die gelben Judenbänke zu vermeiden. Es war Ende März, als Sibylle und ich reisefertig waren. Anfang April würden wir uns in Triest einschiffen. Die Zehnjährige war freudig erregt. Sie war Armins Tochter. Für sie war die Auswanderung ein Abenteuer, und ihre Begeisterung für das jüdische Land, unter dem Einfluß der Schule, war kindlich und wirklichkeitsfremd. Sie träumte von einer Wüstenfahrt mit Armin im Motorrad und sah sich als Gast der Beduinen auf einem weißen Reitkamel, wenn ihr Armin von dem Wettrennen der Kamele erzählte. Andreas, der über das Wochenende zu Besuch kam, verspottete sie: »Wir fahren nicht zu einem Maskenball, meine Goldene«, sagte er. »Wir werden graue und dreckige Arbeitshosen tragen und uns die Hände beschmutzen, auch du in deinem Kinderdorf.«

»Das weiß ich alles«, sagte Sibylle. »Und doch werde ich dort reiten lernen, nicht auf Kamelen, auf schönen Pferden. Wie die ersten jüdischen Wächter. Ich weiß es ebensogut wie du.«

Ungefähr eine Woche vor unserer Abfahrt ging ich zu Armins Wohnung im vierten Stock hinauf, um seine Unterschrift unter ein wichtiges Steuerdokument abzuholen. Ich fand ihn im Bett, bleich mit zerzaustem Haar.

»Bist du krank?«

»Nein, nur Migräne. Ich habe bis spät in die Nacht meine Papiere geordnet; dann hatte ich einen entsetzlichen Traum. Ich fuhr auf unserem Motorrad mit Sibylle die Straße entlang – es war wie die Straße zu unserem Landhaus –, als uns plötzlich ein riesiger Lastwagen mit einem Klavier, einem großen schwarzen Flügel darauf, in den Weg kam. Seltsam, das ausgestreckte Klavier hatte die Form der Landkarte Palästinas. Eine schauerlich dröhnende Musik klang daraus hervor, und gleichzeitig sah es aus wie ein großer schwarzer Sarg. Wie, Palästina ein Sarg? Es gab einen furchtbaren Zusammenprall. In der rasenden Fahrt und vom Anblick des drohenden Sarges gebannt, verlor ich die Herrschaft über das Motorrad. Der Beiwagen mit Sibylle schlug hart gegen das Klavier, und als ich mich halb gelähmt wieder erhob, hielt ich unser scheinbar lebloses Kind ohnmächtig und blutüberströmt in den Armen. Darüber erwachte ich voller Entsetzen. Ich habe Angst, Sibylle in Palästina zu wissen. Ich möchte sie nicht mit dir fahren lassen.«

Heute frage ich mich, wieweit er in diesem Traum hellseherisch die arabischen Unruhen vorausschaute, die bald nach unserer Einwanderung losbrachen. Oder sah er vielleicht in seiner Vision die tödliche Gefahr für Sibylle, als sie einige Jahre später in Typhusdelirien, schon auf der Grenze zum Jenseits, nach dem Vater rief, und nur durch ein Wunder dem Leben wiedergegeben wurde? Oder erblickte er das, was Jahre später geschah, den jüdischen Freiheitskrieg –, Menschen, mit Blut bedeckt, die schauerliche Musik des Krieges, nur daß er nicht sah, daß aus dem dunklen Sarg sich ein neues Volk, ein neues Land lebendig erhob, Israel. Oder war dieser Traum die Vorahnung des zweiten großen Weltkrieges?

Damals dachte ich nur, daß er mir Sibylle entreißen könnte und drängte gewaltsam jede Regung der Furcht zurück.

»Sibylle ist jetzt bei mir am sichersten aufgehoben«, beteuerte ich. »Ich bitte dich, sei nicht abergläubisch. Ich weiß genau, warum du diesen Traum von dem Klavier geträumt hast. Gestern haben wir von unserem Flügel gesprochen. Ein Käufer hat sich gemeldet. Ich bin eigentlich entschlossen, ihn zu verkaufen. Wann werde ich wieder in Muße spielen können?«

»Ja, verkaufe ihn«, sagte Armin. »Verkaufe alle Möbel. Wir können nur mit leicht beweglicher Fracht auswandern.«

»Du hast recht. Es wäre nur Ballast für den Neubeginn«, sagte ich, froh, mit ihm übereinzustimmen und erleichtert, daß ich ihn von dem Traum abgelenkt hatte.

Ja, Besitz war mir gleichgültig geworden; ich empfand nichts, als die verkauften Möbel diesmal vom Speicher von fremden Händen fortgeschleppt wurden. In Palästina würde ich mir einfache neue Möbel kaufen, dem heißen Klima, den weißgekalkten Räumen angepaßt, mit leichten wehenden Vorhängen, mit wenigen bunten orientalischen Decken. Alles sollte einfach sein, aber neu – wie ich mich selber völlig verwandeln und erneuern wollte.

»Erneuere dich!« heißt ein jüdisches Gebot zu Pessach, dem Fest des Auszugs der Kinder Israel aus Ägypten, und fromme Juden kleiden sich zu diesem Fest von Kopf bis Fuß neu ein als Symbol der errungenen Freiheit. Zu Pessach würden Sibylle und ich schon auf dem Schiff sein, auf freiem Meer.

Zu Armin sprach ich nicht darüber; er hatte sich von seinem türkischen Rauchtisch und den Teppichen nicht getrennt und wollte sie nach Italien mitnehmen.

In den allerletzten Tagen vor unserer Abfahrt waren Armin und ich gut zueinander. So nachgiebig und liebevoll wie niemals, so wie man vor dem Erlöschen einem Kranken alles von den Augen abliest, und wir wußten beide, ohne es auszusprechen, daß die Tage unseres Zusammenlebens gezählt waren. Daß unser gemeinsames Leben zu einem Ende gekommen war, und das *Wir*, jenes Doppelwesen, in der Ehe zusammengewachsen, im Sterben lag.

Als der große Koffer und die schweren Gepäckstücke am Tage vor der Abreise geholt waren, fuhren wir noch einmal hinaus an die Havel und lagerten in einem Birkenwald, der rötlich von den aufbrechenden Knospen schimmerte.

»Der weiße Wald«, sagte ich, »der erste Wald unserer sieben Wälder, der Wald der Kindheit und Unschuld. Durch welchen Wald wandern wir nun?«

»Wir haben ja schon den letzten schwarzen Wald des Todes hinter uns gelassen«, erwiderte Armin. »Nun werden wir ohne Wald und ohne Schatten leben. Ich in Süditalien und du in Palästina.«

»In Palästina pflanzen wir neue Wälder«, sagte ich mit einem Anflug von Trotz.

Armin lächelte wehmütig, mit der Geduld, mit der man ein Kind anlächelt.

»Ich wünsche, ihr möget dort viele Bäume pflanzen und niemand euch dabei stören. Bewahre mir nur unser Weinstöckchen, unser Kind, damit es gerade wächst.«

Wie abgeklärt wir sprachen, wie weise wir geworden waren – wie alte Leute, obwohl wir noch jung waren. Aber waren wir nicht doch schon alt in unserem Leben?

Der Schnellzug nach München verließ um Mitternacht Berlin. Sibylle und ich hatten Schlafwagenplätze; Armin stieg in unser Abteil, um unser Gepäck zu ordnen. Sibylle war schon auf das obere Bett geklettert, fröhlich und aufgeregt vor dem Abenteuer. Dann legte Armin ein kleines Kissen auf mein Bett. Es war weich, mit blaugrauer Seide bezogen, eines der Schlafkissen aus seinem Zelt.

Wir umarmten uns, als wollten wir noch einmal zusammenwachsen. Dann riß uns der Pfiff der Lokomotive auseinander. Er sprang aus dem Zug.

»Gute Reise! Lebewohl, meine Gute!« Und zu Sibylle: »Auf Wiedersehen! Halte dich tapfer! Paß gut auf deine Mutter auf!«

Ich lehnte mich aus dem Fenster; auf dem Bahnsteig sah ich das Gesicht meiner Mutter, rot und geschwollen von Leid und daneben und doch unendlich fern, Armin, still, ohne Bewegung, versteinert.

Es gab einen Stoß, der Bahnsteig wich zurück, Straßen und Häuser entliefen. Berlin, die ganzen vergangenen Jahre rasten rückwärts – und auch er, der geliebte Mensch. Ich preßte meinen Mund gegen das kleine Kissen, um das Schluchzen zu unterdrücken. Das Kissen war noch etwas Lebendiges von ihm, sein Kopf hatte darauf gelegen. Es würde mich begleiten, überallhin wie der treue alte Koffer. Aber er selbst war mir entglitten, für immer.

Draußen blitzten die Lichter der Vororte auf, Licht und Finsternis wechselten so schnell wie bei einem Gewitter, dann Nacht, Dunkel, durch das der Zug brauste.

Ich hörte über mir Sibylle tief atmen; ich konnte nicht schlafen. Ich war allein wie nie. Morgen um diese Zeit würde ich die Grenze überschreiten, der Erniedrigung und Verfolgung entrinnen; ich würde in das Land der Urväter zurückkehren, heimkehren, zu mir selbst heimfinden. Aber allein, einsam!

Ich kroch auf dem Bett zum Fenster, und auf den Knien kauernd, starrte ich hinaus. Es war nun schwaches Mondlicht, und ich sah die glitzernden Drähte, wie sie sich hoben und senkten, fast im Himmel, niedergerissen wurden und wieder hochklommen. Fallen und Steigen, Aufsteigen in die neue Heimat, Aufklimmen in ein neues Dasein. Ich fühlte mich getröstet.

So fuhr ich in mein drittes Leben.

Einwanderer

Wir tragen von fremden Ländern die Spuren,
Ins Antlitz geschnitten mit schmerzhaftem Schnitt.
Vertrieben von zärtlich geliebten Fluren,
Schleppen wir auf dem Rücken verlassene Länder mit.

Noch immer begleitet von hellen Wolken und Winden,
Das Rauschen nördlicher Wälder im südlichen Blut,
Durchwandern wir seufzend die Wüste,
um endlich die Heimat zu finden.
Doch hinter geschlossenen Lidern der Glanz
der Erinnerung ruht.

Es wandern mit uns kleine Gärten,
Geruch der blühenden Bäume,
Auf hellgrünen Blättern das Lichter- und Schattenspiel,
Am Abendhimmel erscheint das Trugbild
verlorener Räume,
Und Schatten von großen Städten verdunkeln
das flimmernde Ziel.

Und als schon von ferne die Küste Asiens erblaute,
Erdröhnte Europas Musik in unserem verwilderten Haupt.
Und als wir uns neigten und grüßten,
entstürzten uns heimliche Laute
Vom Mutterlande geliehen, das uns für immer geraubt.

So tragen wir über eignem Gesicht zu viel fremde Gesichter,
Und schmerzhaft festgewachsen ist unsere zweite Haut.
Unsere Seele entzündete lange für Fremde
die festlichen Lichter.
Am Leid fremder Völker ist unsere Seele ergraut.

Genug dieser knechtlichen Qual! Ein Stern
wird uns führen.
Nicht immer von neuem vertrieben wie fliehender Wüstensand.
Die müden Füße werden die eigene Erde berühren.
Und neu verjüngt entsteigen wir groß
dem gelobten Land.

Epilog

Wieder blicke ich aus dem Fenster eines fahrenden Zuges. Nackte braunrote Hügel schwingen unter einem Himmel in brennendem dunklem Blau. Das Jüdäische Bergland, am Ende des Sommers, hat wieder seine Urformen angenommen. Verkrustet, mit ihren Schründen und ausgedörrten Flußbetten, knochenhart, wartet die Erde geduldig. Sie wartet auf Regen.

Regen! Vielleicht wird uns der erste Frühregen sogar bei dem Fest in der Siedlung von Andreas überraschen, zu dem ich aus Jerusalem als Gast aufgebrochen bin.

»Es sollte besser nicht regnen«, denke ich. Es würde die Festaufführung unter freiem Himmel stören, welche die Siedler für das fünfzehnjährige Jubiläum ihres Dorfes vorbereitet haben. Aber bei diesem Wunsch taucht unwillkürlich die spöttisch heitere Miene meines Sohnes Andreas auf, mit der er die Regenscheu der städtischen Besucherin belächelt. Ich sehe ihn deutlich vor mir, wie er mit halbgeschlossenen Augen das Gesicht prüfend zu dem blendenden Himmel aufhebt und die Richtung des Windes wittert, ob er den ersehnten Regen bringt. Ein vortrefflicher Landwirt ist er geworden, mein großer Junge Andreas, der nun schon selbst ein reifer Mann und Vater ist und doch immer mein Kind bleibt. Ja, er hat noch dieselbe nachdenkliche Stirn, dieselben vor Wißbegierde und Lebenskraft funkelnden Augen, nur daß sie von scharfen Fältchen umgeben sind, welche die heiße Arbeit unter gleißender Sonne eingegerbt hat. So wie sie auch sein weiches Gemüt hart gerbte. Mühsal von fünfzehn Pionierjahren!

In wasserloser Einöde der Ebene Jisreel aus Disteln und Dorngestrüpp begann vor fünfzehn Jahren Andreas' Gruppe die Erde aufzureißen. Dort, wo jetzt Getreidefelder, Wein- und Obstgärten, Pflanzungen immergrün unter den Wassersprengern und der Lichtflut zittern und den dreihundert Seelen der Siedlung Heimstatt und fruchtbares Leben zurückschenken. Erst fünfzehn Jahre alt ist das Dorf mit seinen weißen Häusern und Blumengärten, dem Park und der Schule, schön hochgeschossen wie ein Jüngling und doch noch halbwüchsig, weil neue Pläne in die künftigen Tage drängen und immer die hellen Gespenster der Zukunft dort geistern. Fünfzehn Jahre altes Dorf, mit dem Andreas wuchs und reifte; denn er und die Siedlung sind eins, sie sind zusammengewachsen und unzertrennlich.

»Und genau fünfzehn Jahre«, sinne ich, während ich leise mit dem fahrenden Zug schaukele, »bin auch ich mit in diesem Lande. Nur, daß ich nicht wie mein Sohn ruhige Reife erlangt habe. Nein, obwohl soviel älter an Jahren, bin ich hier unfertiger und jünger als er. Nur fünfzehn Jahre, in schwankender Entwicklung. Wohl spreche ich die Sprache, aber ist es nicht noch immer ein Stammeln? Noch immer bin ich halb, nicht ganz in der neuen Heimat, wie mir Heike liebevoll vorwerfen würde. Denn es war eine Täuschung, daß ich glaubte, mein vergangenes Leben ganz abwerfen zu können. Ich schleppe es mit mir, mit seinen Landschaften und Menschen, die ich liebte, die in mir eingegangen sind, für immer verästelt in dem Geflecht meiner Lebensadern. Immer noch kreisen sie im Strom meines Blutes, und besonders ist es Armin, der mich unsichtbar begleitet, und auch jetzt in dem fahrenden Zuge sitzt er neben mir.«

»Fünfzehn Jahre«, höre ich ihn sagen. »Was bedeuten denn, du Kind, fünfzehn Jahre hier, vielleicht fünfzehn Sekunden, da du doch das Wesentliche deines Daseins, die Liebesjahre, das Schaffensglück, unsere gemeinsamen Jahre in den nordischen Wäldern verbracht hast.«

Ich antworte ihm, wie damals, heftig und trotzig. »Nein, mein Lieber, fünfzehn Jahre in diesem Lande gelten wie fünfzig Jahre, so zum Bersten erfüllt sind sie mit Spannung und Tätigkeit, mit Gefahren und Erschütterungen. Sogar mein brüchiges Leben wurde mit in diesen Feuerofen hineingeworfen und wie eine Tonscherbe neu gebrannt. Es ist eine schlecht geratene Scherbe, ich weiß wohl, doch sie hat mitgebrannt.«

Hatte ich nicht in diesen fünfzehn Jahren zahllose Berufe? War ich nicht Kinderpflegerin, Küchenhilfe, Abwäscherin, Fremdenführerin und Lehrerin? Bin ich nicht auf den Säcken von hochbeladenen Lastautos zu dem Pottaschewerk am Toten Meer hinuntergefahren, um die Kinder ihrer Arbeiter zu unterrichten? Dort, in der Höllenhitze, in den Eingeweiden der Erde 400 Meter unter dem Meeresspiegel in der unmenschlichen Landschaft von Mondkratern, wo ich sah, wie Siedler den Boden entsalzten, entgifteten und in dem vom Wüstenwind gepeitschten Sande Bäume pflanzten.

Hört mir Armin zu? Bewegt er die geschlossenen Lippen leise, fliegen seine Augenbrauen hoch?

»Habe ich nicht mehrere Male den Tod überlistet?« sage ich zu ihm. »Als ich im Sommer der Typhusepidemie unser Kind, unsere Sibylle, schon im Fiebernebel, am Abgrund, in das Leben zurückreißen durfte? Weil das Leben hier trotz Erschöpfung und Müdigkeit so stark, so heftig war, daß sie weiterleben wollte.

War ich nicht bei der Belagerung von Jerusalem im Schicksalsjahr 1948 mit eingeschlossen, um mithungern, mitdursten zu dürfen? Zerplatzte nicht die Bombe haarscharf neben unseren Köpfen, als ich mit meinen Hausgenossen aus der Zisterne das spärlich zugemessene Wasser in den Eimer füllte? Sah ich nicht täglich, wie Leichen auf Wagen geladen wurden, Frauen, Greise und Kinder, von Bombensplittern auf der Straße getroffen? Habe ich nicht mitgejubelt, als zu Pessach über die aus Felsgestein und Geröll notdürftig gehauene Notstraße todesmutige junge Männer in ihren Panzerwagen Speisen in das hungernde Jerusalem hinaufbrachten? Habe ich nicht das Wunder miterlebt, wie aus einer Herde zerstreuter und entwürdigter Juden hier ein Volk wurde, und dieses Volk nach zweitausend Jahren durch eigene Kraft seinen Staat wiedererlangte? Was bedeutet da mein persönliches zerstückeltes drittes Leben? Kommt es überhaupt auf mich an? Fünfzehn Jahre, und ich habe zweitausend Jahre darauf gewartet und wurde nach zweitausend Jahren miterlöst?«

»Doch, es kommt auf dich an«, höre ich Armin in seltsam singendem Ton sagen. »Auf dich allein. Verstecke dich nicht hinter dem ›Volk‹. Das ist zu einfach, zu bequem. Gewiß, Volk ist mehr als ein großes Wort, liebe ich denn nicht mein eigenes Volk, selbst wenn es in der Schreckenszeit zum Verbrecher wurde? Aber diese kostbare Schale wird hohl, wenn der einzelne sich nicht selbst prüft, sein Gewissen und damit das Gewissen des Volks. Ja, ich bin nach einem Irrweg zu meinem alten Glauben zurückgekehrt. Und was sind zweitausend Jahre im Wachstum der Menschheit?«

Ist dies wirklich Armins Stimme voll verborgener Traurigkeit oder klingt sie nicht ähnlich wie Ronalds gelassene Stimme? Ronald, der englische Friedensfreund, auch einer der Begleiter der Vergangenheit, der mich nie verläßt. Aber nun wird das singende Flüstern aus der Tiefe verschlungen von dem stärkeren Rasseln des Zuges, der auf der Höhe des Bergkamms seine Geschwindigkeit beschleunigt. Durch das Fenster gewahre ich ziehende Wolken, die ihre dunklen Schatten sanft auf die kahlen Abhänge legen wie Engelschwingen.

»Dort, dort, sehen Sie, ein neuer Punkt!«

Ich blicke zur Seite. Mein Nachbar, ein älterer Mann mit graumeliertem Spitzbart und hochgebuckelter Stirn, die in eine Glatze übergeht, hat sich aufgerichtet und streckt den Arm aus.

»Wie er meinem Vater ähnelt«, denke ich erschreckt. »Er hat sogar seine Hände. Vielleicht ist er auch Arzt.«

»Dieser Punkt heißt ›Zora‹, fährt der Mann mit dem Spitzbart fort. »Ein biblischer Ort, wo der Mutter des Helden Simson seine Geburt von einem Engel geweissagt wurde. So heißt es, im dreizehnten Kapitel der Richter: ›Es war aber ein Mann zu Zora von einem Geschlecht der Daniter, mit Namen Manoah; und sein Weib war unfruchtbar und gebar nicht. Und der Engel des Herrn erschien dem Weibe und sprach zu ihr: Siehe, du bist unfruchtbar und gebierst nicht, aber du wirst schwanger werden und einen Sohn gebären, dem kein Schermesser soll aufs Haupt kommen. Denn der Knabe wird ein Geweihter Gottes sein vom Mutterleibe an, und er wird anfangen, Israel zu erlösen aus der Philister Hand . . .‹«

Während der Sprecher die Bibelstelle zitiert, ist er an das Fenster getreten, und die Mitreisenden sind aufmerksam geworden. Die beiden modisch gekleideten Frauen, die sich in rumänischer Sprache unterhalten, neben ihnen ein junger Mann mit kurz gestutztem Schnurrbart, der wie ein Student aussieht und eine amerikanische Detektivgeschichte liest. Ihnen gegenüber, das blutjunge Paar aus der Siedlung, das sich, ohne Bruder und Schwester zu sein, geschwisterlich ähnelt. Beide in ihren gestickten Feiertagsblusen, der Junge mit seinem krausen Haarschopf, das Mädchen, dessen widerspenstiges

Haar aus den geflochtenen Zöpfen herausspringt. Beide mit dem gleichen unbekümmerten, selbstsicheren Ausdruck, im Lande geborene Jugend, auch sie folgen dem ausgestreckten Zeigefinger des Sprechers. Und sogar der hagere Mann mit den Schläfenlocken, der in eine Ecke gedrückt, mit halbgeschlossenen Augen, abwesend für seine Umwelt ist, hebt den Blick und späht aus dem Fenster.

»Dort sehen Sie Zora!«

Auf eine Hügelkuppe, oberhalb der Straße, hat sich die junge Siedlung gesetzt. Mit ihren wachsgelben Holzkästen, den grünen Flecken ihrer Saatfelder erscheint sie wie ein farbiger Tupfen inmitten der braunen Steinöde, um bei der nächsten Biegung des Zuges zu verschwinden.

»Nicht weit davon liegt Schtaol«, fährt der Mann mit seinem Spitzbart fort. »Auch von Neueinwanderern besiedelt. Zwischen Zora und Schtaol spielt die Geschichte Simsons. So heißt es in der Bibel: ›Der Geist des Herrn fing an, ihn zu treiben zwischen Zora und Schtaol . . .‹ Ja, Simson war ein Getriebener, getrieben vom Geist und auch getrieben vom Fleisch.«

»Nein, er ist kein Arzt«, denke ich. »Der Mann mit dem Spitzbart, der meinem Vater ähnelt. Er wird Lehrer sein, gewöhnt an ein Publikum.«

Aber das Publikum unseres Abteils hört schon nicht mehr zu; alle Reisenden haben sich wieder in ihre so abgegrenzte und gegensätzliche Welt zurückgezogen, die Städterinnen, der Student, das Paar aus der Siedlung, der Fromme, die so verschiedenen Bürger des neuen Staates. Ich bin die einzige Zuhörerin, weil ich die hohe gebuckelte Stirn des Sprechers betrachte, die mich an meinen Vater erinnert.

»Sie sind Lehrer?« frage ich.

»Nein, ich bin Regierungsbeamter. In Europa war ich Archäologe und bin auch hier in der archäologischen Gesellschaft. Nicht wichtig! Wichtig ist, daß Simson Züge unseres Nationalcharakters verkörpert. Getrieben vom Geist wie die Propheten und getrieben vom Fleisch, mit dem Hang zum Wohlleben und der Versuchung, das Fremde zu lieben. Dalila, das Weib, das Fremde, das ihn zerstörte. Durch die Jahrhunderte wirkt der verhängnisvolle Kampf zwischen Geist und Materie in der Seele des jüdischen Volkes.«

»Auch ich habe das Fremde geliebt«, denke ich, »Armin, und damit mein Schicksal. Wie seltsam wiederholt sich in dem Einzelnen die Geschichte des Volkes! Muß ich auf diese Weise in meinem dritten Leben immer wieder an meine beiden vergangenen Leben erinnert werden?«

Ich wende mich ab von der väterlichen Stirn und betrachte hohe Zypressen auf einem spärlich bewaldeten Hügel. Nein, dies ist kein nordischer Wald, kein veränderlich buntes Herbstlaub, nicht die sieben Wälder. Streng geschnitten, ernste Wächter, stehen die Zypressen einsam auf den Höhen, und die Wolken, Fittiche von Engeln, wandern langsam mit. Man entrinnt ihnen nicht.

Der Zug hält mit einem Ruck. Eine Station, ohne daß ein Ort sichtbar wird.

»In der Nähe ist ein Lager von Einwanderern«, sagt der Mann mit dem Spitzbart.

Drängend und stoßend, mit lautem Kreischen füllen orientalische Familien die Korridore und Abteile des Zuges. Mit Koffern und Bündeln, kleine schreiende Kinder an sich gepreßt, kleben sie so dicht aneinander wie Bienenschwärme und übertönen mit ihrem schrillen Lärm das Rattern der Räder. Auch in unseren Wagen drängen sie, Asien und Afrika mitten in unser buntscheckiges Europa hinein.

Da sind breitlippige Gesichter aus Marokko, schmale dunkelhäutige Köpfe aus Jemen; da ist das Mienen- und Gebärdenspiel aus Irak und Iran, welches ebenso heftig und ausdrucksvoll ist wie die überschnellen, lauten Worte. Frauen, mit ihren Säuglingen an der Brust, haben sich auf den Boden gekauert, wie sie es im Schatten der Mauern in ihren orientalischen Gassen gewöhnt waren. Goldene, feinziselierte Ohrringe stechen von der ärmlichen zusammengestoppelten Kleidung ab. Bunte Tuchfetzen, zu Zipfeln gedreht oder als breite Teller gefaltet, dienen als Kopftücher, die nicht zu den billigen europäischen Blusen und Jacken passen. Bei manchen blicken unter modischen Röcken in sonderbarer Weise Pumphosen hervor, an den Knöcheln eng zugebunden. Die Männer haben meist die orientalische Kleidung abgelegt; gegen ihre farblosen Arbeitsanzüge erscheint das Fremde der Züge noch ausgeprägter. Vom Gang des Zuges, wo man um Plätze streitet, tönt durchdringendes Geschrei.

»Ist dies wirklich dein Volk?« höre ich Armin flüstern. »Bist du diesen Menschen verwandt? Was hast du Gemeinsames mit ihnen, wenn sie auch Juden sind? Gehörst du nicht viel mehr zu mir als zu ihnen?«

Armins Stimme stößt mich leise an, sie stößt gegen mein Herz, lähmt mir Zunge und Lippen. Mühsam suche ich nach einer Antwort.

»Nein, sie sind nicht *mein* Volk, noch nicht. Sowie ja auch ich hier noch halb, nicht ganz bin. Aber ihre Urenkel und meine Urenkel werden ein Volk sein. Denke an das Märchen von Allerleirauh! Dem armen Mädchen, das sich aus lauter bunten Lumpen ein Kleid nähte, strahlte ihr Gewand in einer einzigen Farbe, in hellem Golde. So wird es auch später sein mit meinem aus Fetzen und Flicken zusammengesetzten Volk.«

»Volk! Volk! Immer nur Volk!« flüsterte es zurück, und diesmal ist es Ronalds Stimme. »Genügt es denn, um die zerrissene Menschheit zu erlösen? Aus ihren Fetzen ein einziges helles Gewand zu machen? Weißt du denn nicht, daß ihr wie alle Völker nur Glieder der kranken frierenden Menschheit seid, in den Fieberschauern des kalten Krieges?«

Nun verstumme ich. Ratlos wandert mein Blick zu dem Fenster; aber die Aussicht ist versperrt durch ein dichtes Menschenknäuel. Da preßt sich das Gewicht eines Körpers gegen mich; eine junge irakische Mutter, den Säugling im Arm, hat sich neben mich gezwängt. Nun legt sie das greinende Kind auf meinen Schoß, um in ihrem Bündel Brotfladen und eine Flasche Milch hervorzusuchen. Das Kind hört plötzlich auf zu weinen; es blickt mich mit seinen großen Augen staunend an, deren Farbe schwarzen Stiefmütterchen gleicht. Die Mutter und ich lächeln uns zu; wir verstehen uns ohne Sprache.

»Die Liga der Mütter«, flüstere ich. »Sie lebt noch, Ronald. Sie lebt immer wieder. Die Hoffnung ist nicht begraben.«

In die Massen im Gang kommt wilde Bewegung. Mit papageihaftem Geschrei drängen sie zum Ausgang. Der Zug hält in Ludd, dem Flughafen und der Umsteigestation für die Autobusse. Auch unser Abteil hat sich geleert; die irakische Mutter ist ausgestiegen. Hinter dem freigewordenen Fenster betrachte ich die veränderte Landschaft, die wassergrüne Ebene des Scharon, übersät mit den vielen, im scharfen Licht blitzenden Dörfern. Die stacheligen Hände der Kaktushecken breiten sich schützend vor den Orangengärten aus. Ein Geruch von Mimosen stäubt mit der weichen heißen Luft in den fahrenden Zug hinein. Nun wird der Blick des Reisenden von niedrigen Wohnhäusern zu einem langgestreckten Gebäude mit zahllosen Glasfenstern hingezogen, hinter ihm dehnen sich Reihen von hohen Stahlgerüsten.

»Ein neues Industrieviertel. Hier ist eine Stadt geplant«, höre ich den Studenten sagen. Hat der Archäologe etwas hinzuzufügen? Aber der Mann mit dem Spitzbart, der meinem Vater so ähnelt, hat den Zug schon verlassen. Erst jetzt vermisse ich ihn. Ein Gefühl des Verwaistseins überfällt mich: Ich bin allein in dem Menschengewimmel des Zuges. Wo sind meine Nächsten? Außer Andreas ist keiner im Lande. Meine beiden anderen Kinder, Mutter und Schwester entrückt in andere Länder.

Um ihre Nähe zu beschwören, nehme ich den Stoß von Briefen aus der Tasche. Dürre raschelnde Blätter sind solche Briefe, aus denen die Farbe der Gegenwart gepreßt ist. Jedes Wort kenne ich auswendig; ich will versuchen, auch das Ungeschriebene zu entziffern.

Ich entfalte zuerst den Brief meiner Mutter, mit den ordentlich aufgeklebten amerikanischen Marken. Die Handschrift ist klar und deutlich wie früher, mit starkem Druck. Nach ihrer Flucht und Rettung aus Hitlerdeutschland ist ihr Leben wieder fest geworden, mit ihren festen kleinen Händen hat sie sich mitten im Strudel von New York ihr behagliches Biedermeierzimmer wieder aufgebaut.

»Ich sende Dir Pfefferkuchen, liebes Kind, die ich zufällig in einem kleinen Geschäft fand, und die genau so schmecken wie früher bei uns . . .«

Und ich lese die ungeschriebenen Worte: »Und doch schmeckt eigentlich nichts wie früher, alles ist fremd und anders für uns, in diesem fabelhaften Land des Überflusses. Ich habe mich damit abgefunden.«

Am Rande des Briefes steht ein flüchtiger Gruß meiner Schwester in ihrer feinen Schrift, bei der sich die Buchstaben wie schöne Blüten ineinanderranken. Sagte sie nicht einmal, daß sie es vorzöge, als Ranke zu leben, gleichgültig wo, nur angeschmiegt an den Mann, den sie liebt? Nun, sie lebt das Leben einer behüteten Ranke, wenn auch nicht an der Seite des Freundes aus Deutschland, sondern einem wohlhabenden amerikanischen Kaufmann verbunden.

»Wir leben in einem Wirbel von Geschäftigkeit und Geselligkeit«, schreibt sie. »Ich komme gar nicht zum Nachdenken.« Ungeschrieben geht es weiter: »Ich will nicht nachdenken. Es tut weh zurückzudenken.«

Nun knistert Alfs Brief in meiner Hand. Wie lange ist er gereist von Australien. Was in dem Brief steht, ist heute schon gar nicht mehr wahr. Hastig taumeln die Worte in der schrägen großen Schrift vorwärts.

»Ich hoffe bald mehr zu verdienen, dann werde ich ein Haus kaufen, es muß so schöne Veranden haben wie unser Haus in den Wäldern. Ich lade dich heute schon ein, mich zu besuchen.«

Wunschträume. Wie vor fünfzehn Jahren, als er davon träumte, Filmregisseur zu werden. Das Ungeschriebene springt mir entgegen: »Ich möchte endlich zur Ruhe kommen, nach dem erbitterten Lebenskampf, in einem festen eigenen Haus. Ich sehne mich nach der Kindheit zurück.«

Ich greife den nächsten Brief, aus dem Photographien herausflattern. Ach, diese Bilder, auch sie sind wie die Briefe nur entfärbtes und gebleichtes Leben. Auf einem Bild ist ein kleines Haus im englischen Stil, kein Wunschhaus. Auf der Treppe steht eine junge lachende Frau neben einem schmalen großen Mann, und eine Stufe höher ein vierjähriger Junge, der mit wichtiger und verschmitzter Miene über die Köpfe der Eltern hinwegblickt.

Ist dies wirklich Sibylle, meine Tochter? Äußerlich gewiß, mit dem dunklen Haar und den hellen Augen, nördlich und südlich gemischt, und doch sieht sie nur Armin ähnlich, der in ihr der Stärkere war und mich besiegt hat. Sibylle, die als Frau eines englischen Ingenieurs ein nordisches Vaterland gefunden hat, fern vom palästinensischen Mutterland. Immer schreibt sie liebevoll, immer heiter, immer verschweigt sie jede Sorge. Als ich das Bild noch einmal betrachte, sehe ich in ihrem Lachen den eigensinnigen Lebenstrotz. Es ist sehr einfach, das Ungeschriebene zu entziffern.

»Ich werde meine Ehe besser hüten als du und Vater. Mit beiden Händen will ich das Glück festhalten.«

Ich streichle über das tote Papier. Der ferne Sohn, die entrissene Tochter, was tun sie in diesem Augenblick? Wie wenig weiß ich von ihnen!

Hinter dem Fenster des fahrenden Zuges wechseln Eukalyptushaine mit dünenhaften Sandhügeln, hinter denen man die Nähe des Meeres spürt, das anzieht und fortlockt. Ich blättere in Armins Brief, zwischen den seidendünnen Blättern des Durchschlagpapiers, um die Worte wiederzufinden: »Versuche, noch in diesem Herbst nach Europa zu kommen. Ich fahre in die Schweiz zu einer Vortragsreise. Auf dem Weg zu Sibylle könntest du mich in Italien treffen.«

Es lockt und es zieht. Europa wiedersehen! Armin wiedersehen! Wie vor sechs Jahren, als das Schiff nach England für eine kurze Stunde in dem italienischen Hafen hielt. Durch den durchsichtigen Briefbogen erscheint wieder das Café auf dem offenen Marktplatz, wo wir uns über die kahle Marmorplatte des Tisches hinweg verwundert betrachteten. Voll Staunen, daß die Jahre der Trennung zerfielen, als hätten wir uns nach einem Streit von kurzen Minuten auf einer gemeinsamen Reise wiedergetroffen. Um uns wogte der Korso schlendernder Spaziergänger. Wir beachteten sie nicht. Wir blickten uns an mit derselben stummen Frage: Warum mußten wir uns trennen? Wer war schuld von uns beiden? Oder war keiner schuldig? Nur das Schicksal, der Wahn einer kranken Welt, an der auch wir erkrankten. Die Seuche des Hasses, die alle ergriff. Das Verbrechen seines Volkes an meinem Volk, bei dem wir beide Opfer waren? Warum waren wir nicht stärker als das Schicksal gewesen? Warum hatten wir keine Geduld miteinander? Waren wir also doch schuld, weil unsere Liebe zu schwach war, dem Fluch der Zeit zu widerstehen? Oder überwältigte uns das Böse der Zeit wie eine Naturgewalt?

Wir sprachen über die vergangenen Jahre, und die Zeit zerfiel. Wo befanden wir uns? Auf dem Marktplatz einer süditalienischen Stadt, feierlich und geschlossen wie ein altertümlicher Saal? Mitten im Abendkorso fremdländischer Menschen? Auch der Raum zerfiel. Wir waren im Niemandsland, wo es keine Völker, keine Grenzen mehr gab, auf einer schwebenden Insel, die jener Terrasse glich, die hoch über den Häusern der Großstadt hing und von der aus wir zusammen unsere Wunschfahrt antraten.

Da heulte die Sirene des Schiffs und mahnte zur Rückkehr. Wir nahmen Abschied an der Falltreppe des Dampfers.

»Gnädige Frau, Ihren Paß bitte!« – »Ihren Paß, mein Herr. So, Sie sind nicht Passagier.«

Wir schreckten auf aus der Illusion der flüchtigen Stunde. Sein Paß und mein Paß war nicht der gleiche. Wir lebten in verschiedenen Ländern, in verschiedenen Erdteilen. Wir lebten in der Welt der Grenzen.

Ich stecke die Briefe in die Tasche. Der Zug nähert sich Haifa. Die Schienen laufen dicht am Meer entlang, das blaugrün glitzert mit kleinen springenden Schaumwellen. Die Schornsteine der Überseedampfer winken vom Hafen. Soll ich diesen Herbst wieder ein Schiff besteigen? Zurück nach Europa! Zurück in die Landschaft verlorener Jahre?

Die Briefe in meiner Tasche knistern. Sie flüstern neben mir, als ich den Zug verlasse und auch noch im Autobus, der mich in die Ebene Jisreel zu meinem Sohn Andreas führt.

Bald aber werden sie übertönt von hebräischen Lauten, überlaut und schnell, mit der besonderen Klangfarbe der Jugend im Lande. Ihre Sprache, anders als die ihrer Eltern, der Einwanderer, hat einen eigentümlichen metallischen Klang. Es ist eine Schulklasse von Jungen und Mädchen, übermütige Ausflügler. Nun bricht das Stimmengewirr in Gesang aus, so lebensvoll und marschfröhlich, als wollte es das Gefährt zu schnellerem Tempo anspornen.

Wir fahren durch die Provinz der Gemeinschaftssiedlungen, welche die Pioniere dem Urgestrüpp abtrotzten. Schwarzbraune Äcker, frisch aufgepflügt neben bewässerten grünen Feldern bilden ein riesenhaftes Mosaik von Hell und Dunkel. Hier beginnt Andreas' wirkliche Heimat. Ich bin ungeduldig, seine Familie zu umarmen.

Es ist schon nach Sonnenuntergang, als wir in die Dorfstraße der Siedlung einfahren. Auf den Autobus springen in wilder Freude Kinder auf. Ich spüre kleine feste Hände um meinen Hals. Große funkelnde Augen blitzen mich an. Andreas' Augen. Seine vierjährige Tochter heißt mich willkommen.

»Wo sind die Eltern? Wo ist der Bruder?« frage ich.

»Alle auf dem Festplatz. Komm! Ich spiele auch mit.«

Die kleine energische Faust der Vierjährigen führt mich auf die Festwiese, die taghell erleuchtet ist. Auf der Bühne probt der Chor; Andreas und seine Frau, mitten im Singen, winken mir zu. Als mir Andreas' elfjähriger Sohn auf der Wiese entgegenläuft, glaube ich, Alf wiederzusehen, den anmutigen Kopf, die feinen Züge; doch als er vor mir steht, verblaßt die Ähnlichkeit. Der Junge hat den festen Blick, die kräftigen selbstsicheren Bewegungen der im Lande Geborenen. Wie in den Kindern das Frühere wiederkehrt und sich doch etwas ganz Neues bildet, so neu wie die Klangfarbe der Sprache.

Später am Abend, bei der Aufführung, zu der sich hunderte von Gästen aus allen Teilen des Landes versammeln, höre ich ihn wieder, diesen berauschenden neuen Ton der jungen Generation.

Auf der Bühne stehen im Halbkreis fünfzehn Kinder, verschieden in Alter und Größe wie junge Bäume verschiedener Jahrgänge. Jedes Kind steht für eines der fünfzehn Jahre der Siedlung. Jedes wird von seinem Geburtsjahr oder dem der kleinen Geschwister erzählen, so daß durch den kindlichen Mund das Wachstum der fünfzehn Pionierjahre wiederersteht. In der Mitte des Kreises verkündet die Sprecherin, eine Dreizehnjährige, der die braunen offenen Haare lockig auf die Schultern fallen:

»Fünfzehn Jahre! Schicksalsjahre der Familie, für die Gemeinschaft, für Israel und für alle Völker.«

Nun tritt ein größeres Mädchen aus dem Kreis; das rundliche Gesicht versucht, seine natürliche Lustigkeit unter einer feierlichen Miene zu verbergen.

»Ich bin das erste Kind der Siedlung«, beginnt es. »An einem stürmischen Wintertag 1938 kehrten Mutter und ich, das Neugeborene, aus dem Krankenhaus heim. Der Wagen war mit einer Plane bedeckt, vier Maultiere zogen ihn auf einem Weg, der kein Weg war, sondern tiefer Schlamm, und zwei bewaffnete Wächter ritten an der Seite. Schon von weitem konnte der Späher auf dem Wachtturm den Wagen erkennen. Der Stacheldraht wurde geöffnet, und zwischen Mauer und Turm versammelten sich die Siedler, um das erste Kind zu begrüßen. Es war ein Jahr der Unruhen, das erste Lebensjahr in der Siedlung.«

Die Zuhörer klatschen; ein Knabe springt aus dem Kreis und erzählt von Wassermangel und der ersten Schafherde. Das nächste Kind berichtet von Brand und mühseligem Wiederaufbau. Durch die kindlichen Stimmen mit ihrer unbezwinglichen Heiterkeit spricht trotzdem der entschlossene Ernst der Pionierjahre. Sie sprechen von Typhus und Dürre; doch zugleich vernehmen wir das Blöken der Herde, das Rasseln der Traktoren und das leise zischende Singen des hohen Getreides im rastlosen Wind.

Andreas' Sohn tritt ohne Schüchternheit aus der Reihe: »1941. Viele Kinder wurden in diesem Jahre geboren. Aber es gab immer noch kein Wasser, keine Landstraße, keinen Baum und kein Steinhaus. Mein Vater arbeitete damals auf vier Plätzen zugleich, im Kuhstall, im Hühnerhof, beim Futteranbau . . .«

Schallendes Gelächter vom Publikum unterbricht ihn. Andreas' fanatische Arbeitswut ist bei den Kameraden Anlaß zu gutmütigem Spott, in den sich Liebe und Bewunderung mischen.

»Der große Tag ist gekommen«, ruft Oded, ein hellblonder Junge. »Mein Vater hat aufgehört, Wasser zu fahren. Sechs Jahre fuhr Vater Tag für Tag das Lastauto mit den beiden Wassertanks vom Tal auf unseren Hügel, zehn Kilometer weit. Von jetzt an begann das Wasser durch Röhren zu strömen und bewässerte die Grünfelder, Baum und Weinstock.«

Mit dem Reigen der sprechenden Kinder zieht lebendige Geschichte vorüber. Der Zweite Weltkrieg, die Massenflucht der Vertriebenen und Verfolgten, gehetzte Juden, die in heimlichen Booten in Palästina landeten; die Entscheidung der UNO, Palästina zu teilen, der jüdisch-arabische Krieg, die Staatsgründung Israels.

Andreas' Tochter, feuerrot vor Stolz und Verlegenheit, sagt ihren Spruch, während die großen Augen funkeln. »Der Staat und ich sind in demselben Jahr geboren. Hier im Dorfe bin ich die erste Bürgerin.«

»Wir haben die erste Weinlese gehalten!«

»Wir haben die Landstraße eingeweiht.«

»Wir haben ein neues Schulhaus errichtet.«

»In diesem letzten Jahr haben wir bei der Quelle einen Staudamm gebaut.«

Die Stimmen der Kinder fallen und steigen in schönem Klang. Nun strömen sie zusammen im Schlußchor, helle Tropfen in rieselndes Wasser.

»Fünfzehn Jahre. Hier ist unser Haus und unsere Heimat!«

»Wann wird die ganze Welt für alle Heimat sein, ohne Haß, ohne Grenzen?« höre ich Armins Stimme neben mir flüstern.

»Wir können nicht warten«, flüstere ich zurück. »Wir müssen bei uns beginnen, jeder an seinem Platz.«

Am nächsten Morgen zeigt mir Andreas in dem verlassenen Nachbardorf die Quelle und den neu errichteten Staudamm, in welchem sich der Regen im Winter zu einem See sammeln wird. Andreas füllt einen Becher mit Quellwasser.

»Du solltest das Wasser kosten. Dann wollte ich dich fragen, kannst du für die nächsten Monate zu uns kommen, einen Lehrer für Englisch vertreten?«

Auf meiner Zunge liegen die Worte: »Ich wollte in diesem Herbst nach Europa reisen.« Aber ich sage laut: »Natürlich komme ich. Ich gehöre doch hierher.«

Andreas reicht mir den Becher. Ich denke daran, wie Heike mir in ihrer fieberheißen Barracke das laue Wasser anbot. Ich höre, wie sie sagt: »Ganz sein, nicht halb.« Das Wasser schmeckte salzig. Ich erinnere mich, wie ich später, auf dem Pflaster der Berliner Straße, verfemt und verachtet als Jüdin, mich danach sehnte, das Wasser der eigenen Erde zu trinken.

Ich nehme einen tiefen Schluck aus dem Becher. Das Wasser schmeckt kühl und frisch. Es ist gutes Wasser. Wasser des Lebens.

Nachwort

In der Grabrede für die am 3. 2. 1990 verstorbene Lola Landau sagte Andreas Marck, ihr Sohn: »Bis etwa zu ihrem siebzigsten Lebensjahr schaute meine Mutter nie zurück, dachte wenig an die Vergangenheit, lebte ganz im Heute und Morgen.« Andreas Marck erinnerte daran, daß nach der Einwanderung 1936 in Palästina Existenzkampf und Sprachbarriere das Schaffen Lola Landaus beeinträchtigten, fügte dann aber hinzu: »Doch schrieb sie manches, zum Beispiel die Biographie ihres Freundes Pessach Chewroni, eines Talmudschülers und Mathematikers; acht Jahre nach Chewronis Tod kam sie 1972 in hebräischer Übersetzung heraus.« Und weiter: »Mit dem Zurücktreten der täglichen wirtschaftlichen Sorgen strömte ihr Schaffen wieder stärker, sie begann über sich selbst zu schreiben und vor allem zu dichten.« Über ihr literarisches Schaffen heißt es im Nachruf: »Sie hatte das Glück, daß in Deutschland erst ein Gedichtband erschien (1969), dem noch drei Bände mit Erzählungen, Lyrik und Autobiographischem folgten (bis 1980). Erst schrieb man über sie als Frau von Armin T. Wegner, später über sie selbst, interviewte sie, filmte sie für TV-Sendungen, es gab ein Echo von Lesern.«

Im Sommer 1987 las ich ihre gerade veröffentlichte Autobiographie ›Vor dem Vergessen‹ zum ersten Mal, war begeistert und schrieb der mir bis dahin unbekannten Autorin einen Brief. Sie antwortete, bedankte sich und erkundigte sich dann nach mir: ». . . nun möchte ich Sie gern persönlich fragen, was Ihr Beruf ist: Sind Sie Journalist, sind Sie Schriftsteller, sind Sie politisch tätig?« Außerdem: »Ich hoffe, daß Sie bald einmal Israel besuchen werden, Sie und Ihre Frau, so daß wir in persönlichen Kontakt kommen.«

Dies war symptomatisch für sie, denn noch in ihrem 95. Lebensjahr und bis zu ihrem Tode war Lola Landau unglaublich weltoffen, an Menschen und neuen Begegnungen interessiert, wollte Brücken zwischen Völkern und Kulturen schlagen, Erinnerung pflegen und Hoffnung stiften.

Im Dezember 1987 flog ich nach Israel, um sie zu besuchen. Im Jerusalemer Telephonbuch fand ich sie unter: Eleonore Wegner. Ich rief an, und wir verabredeten einen Termin. Nie werde ich ihre frische, feste, freundliche Stimme vergessen, wie sie mich fernmündlich begrüßte: »Willkommen in Jerusalem, in Israel!«

Sie wohnte in der Herzl Avenue 48, in einem vierstöckigen kalksteinverkleideten Mietshaus. Dort lebte sie im Parterre in einer Zweizimmerwohnung und hatte nach hinten hinaus eine kleine Terrasse, wo Vögel einen Wassernapf zum Baden hatten, wo aber auch Katzen der Umgebung gelegentlich gefüttert wurden, ganz friedlich, Lola Landau hat es mir gezeigt. Eine turkmenische Jüdin, Ziona, führte den Haushalt und öffnete mir die Tür. Lola Landau selbst war nach einem Sturz gehbehindert und empfing mich in ihrem kleinen Salon. Im Alter eine winzige Person, die Augen hinter dicken Brillengläsern, aber mit einem Blick, der vor Freude sprühte und mir die Begegnung von Beginn an unvergeßlich machte. Neben ihrem Salon verfügte Lola Landau über ein kleines, intimeres Zimmer, ihren Schlaf- und Arbeitsraum mit der von der Straße abgewandten Terrasse. Dort stand ihr Schreibtisch – beladen mit Manuskripten; sie hat bis zum Schluß, bis in ihr 98. Lebensjahr, fast bis zu ihrem Todestag, unermüdlich geschrieben.

In ihrem Arbeitszimmer hing ein alter Kupferstich, der Hesekiel Landau, einen ihrer Vorfahren, zeigte. Lola Landau erzählte mir, daß er unter Maria Theresia die Prager Juden vor einer Ausweisung bewahrt hatte. Sie war stolz auf ihr Herkommen und bekannte sich uneingeschränkt zu ihren Wurzeln. Aus ihrer eigenen Familiengeschichte waren ihr verschiedene jüdische Traditionen vertraut. Der Vater war mitteleuropäischer Ashkenase, die Mutter, aus Worms gebürtig, sephardischer, iberischer Herkunft. In ihrer Autobiographie hat sie aber Kindheit und Jugend fast ganz ausgespart. Vielmehr konzentrierte sie sich darauf, zu zeigen, wie es dahin kam, daß die erwachsene Lola Landau, durch die Nazis provoziert, sich dem Judentum bewußt neu zuwandte und Israelin wurde.

Schon früh war sie eigene Wege gegangen. Sie besuchte nicht, wie es damals in ihren Kreisen die Regel war, ein schweizerisches Mädchenpensionat, sondern trat 1909 auf eigenen Wunsch in ein englisches Internat ein. Sie folgte damit einer Empfehlung ihres Vetters Curt Hahn, der später, als deutscher Emigrant, Gordonstoun, die Schule des heutigen britischen Kronprinzen, gründete. In diesem englischen Internat wurde sie von einer deutschen Mitschülerin beleidigt: sie sei keine Deutsche, da sie Jüdin sei. Die junge Eleonore wehrte sich heftig, es kam zum Skandal, die Mitschülerin mußte die Anstalt verlassen, Eleonore hatte sich kraftvoll behauptet und durchgesetzt. 78 Jahre später in Jerusalem sagte Lola Landau über die damalige Mitschülerin: »Sie hatte ja recht, aber ich wollte das damals nicht anerkennen.« Immer wieder wies sie auf ihren Vater hin: »Er war ein kämpferischer Jude, auch wenn er es nicht wußte.« Er hatte ihr die Lebensregel mitgegeben: »Wenn du wegen deines Judentums angegriffen wirst, mußt du dich wehren und notfalls zuschlagen.« Die Mutter dagegen war voll in ihrer bürgerlichen deutschen Umgebung aufgegangen: »Stell dir vor, wir haben ihretwegen sogar Weihnachten gefeiert«, erinnerte sich Lola Landau mit liebevoller Ironie.

Drei verschiedene Leben hat Lola Landau gelebt. Das erste war die Kaiserzeit bis zum ersten Weltkrieg, das zweite vollzog sich in der Weimarer Republik, das dritte in Israel. 43 Jahre hatte sie in Deutschland gelebt, 54 Jahre lebte sie in Israel. Als Autorin reflektiert sie die Entwicklung in ihren sehr unterschiedlichen Lebenswelten vom Standpunkt »Israel« aus, ihre Entwicklung im Land selbst bleibt dabei weitgehend unberücksichtigt. Aber zu ihrem 95. Geburtstag am 3. 12. 1987 erschien ein kleiner Zusatzband ›Leben in Israel‹, gefördert durch den Berliner Senat und Inter Nationes

Bonn. Zu diesem Geburtstag gratulierten endlich auch Vertreter der deutschen Botschaft und des Goethe-Instituts, »vorher nie«, wie Lola Landau auf Befragen dazu anmerkte.

Eindrucksvoll beschreibt sie in ihrer Autobiographie ›Vor dem Vergessen‹, wie es zum Bruch mit der deutschen Umgebung kam. Hier wird der 1. April 1933 als historisches Datum in seiner ganzen Bedeutung begreifbar.

›Vor dem Vergessen‹ hält Abstand zur Entwicklung Deutschlands seit 1933, berichtet aber direkt vom Kampf um Frieden und Demokratie, wie er im ersten Weltkrieg begann, wie er die Revolution von 1918 bestimmte. Lola Landau setzt sich auch mit den historischen Enttäuschungen auseinander, die zu verarbeiten waren, mit dem Versailler Vertrag, der den antidemokratischen Rückschlag zum Dritten Reich begünstigte. Von Israel aus leistete sie damit einen ganz eigenständigen, in deutschen Verhältnissen unverwechselbaren Beitrag zur Vergegenwärtigung demokratischer Traditionen.

1977 wollte Lola Landau auf Einladung der Stadt Berlin ihre alte Heimatstadt noch einmal besuchen. Sie war im Rahmen eines Programms, das Emigranten das Wiedersehen für jeweils ein paar Tage ermöglichen soll, ausgewählt worden. Sie schrieb an die federführende Behörde des Regierenden Bürgermeisters von Berlin: »Sehr geehrter Herr, mit herzlichem Dank bestätige ich den Empfang des so interessanten Jahrbuches Berlin 76. Ich freue mich, dieses für mich neue Berlin mit eigenen Augen zu sehen, da ich vom 16. bis 23. August von Ihnen eingeladen bin.

Ich möchte noch erwähnen, daß ich Schriftstellerin bin ... Ich erlaube mir heute, Ihnen ›Kindheitserinnerungen an Berlin‹, die ich, angeregt durch die Einladung, kürzlich schrieb, einzusenden.« Diese Erinnerungen blieben damals unveröffentlicht. Erstaunliche Bilder tauchen darin auf, der Kleistpark, die Potsdamer Straße, der Potsdamer Platz aus der Sicht eines dreijährigen Kindes und vieles mehr. Diesen Kindheitserinnerungen legte sie den Text des Schlagers ›Potsdamer Platz‹ bei, der, wie sie schrieb, »bei der Aufführung meines Kinderstücks von den Bollejungen auf der Bühne gesungen wurde«. Lola Landau bewies wieder einmal, daß ihre Arbeiten immer aus eigenem Erleben und mit erstaunlich modernen Anmutungen gestaltet waren.

Leider konnte Lola Landau die Reise nach Berlin auf ärztliches Anraten dann doch nicht verwirklichen; so hat sie ihre Heimatstadt nach der endgültigen Vertreibung 1936 nie wiedergesehen.

Am 7. 7. 1977 hatte Lola Landau die Reise nach Berlin absagen müssen, am 17. 5. 1978 starb Armin T. Wegner in Rom. Lola Landau war doppelt herausgefordert, sich mit der Geschichte noch einmal aus der Erinnerung heraus auseinanderzusetzen, und für sie wurde dies zum Anlaß, an ihrer Autobiographie zu arbeiten. Beredt legt sie Zeugnis ab darüber, daß sie sich nie aufgab, sondern immer wieder ihre Verantwortung wahrnahm, gleichgültig welche Katastrophen ihr Jahrhundert für sie bereithielt.

Lola Landau hat die vorfaschistische Zeit mit deutlicher Distanz stand zu ihrem Thema bearbeitet, sie hat sich ganz auf ihr eigenes Gedächtnis verlassen und war darin völlig uneitel. Das liberale Berlin und das Preußen im Verständnis der Eltern aus der Kurfürstendamm-Perspektive, das konservative oder das sozialistische Preußen, sei es in Berlin, sei es in Breslau, sei es in Neuglobsow, werden aus der unmittelbaren Sicht der Autorin in großer Tiefenschärfe deutlich. Eindrucksvoll schildert sie, wie das Vertrauen in liberalen Fortschrittsoptimismus und in konservative Wertgewißheit in der Barbarei der Materialschlachten des ersten Weltkrieges scheiterte. Sie beschreibt es am Beispiel einzelner Menschen aus ihrem Umfeld und aus dem gegnerischen Lager so, daß der Leser unmittelbar persönlich gepackt ist. Den letzten Brief einer Ehefrau an einen englischen Offizier kommentierte sie 1988: »Meine Ehe mit Fried war glücklich, und ich zitterte um ihn, als er im Felde war. Dann erhielt ich von ihm den Brief jener Frau, den er bei einem toten englischen Soldaten gefunden hatte, – dies erschütterte mich so, daß ich Pazifistin wurde. Und auch Fried war durch den Krieg verändert und wurde Pazifist und Sozialist.« Mit diesem Blick für die Menschen und ihrem unglaublichen Gedächtnis ermöglichte sie es ihren Leserinnen und Lesern, direkt teilzuhaben an den Höhepunkten der Frauenfriedensbewegung um Rahel Strauss und am Sturz des Kaisers am 9. November 1918. Welche Gegenkräfte der Verrat jeder Menschlichkeit durch kriegführende Herren im ersten Weltkrieg geweckt hatte, und welche neuen Horizonte er gleichzeitig aufschloß, verdeutlichte Lola Landau so am eigenen Beispiel und an dem ihres ersten Ehemannes Siegfried Marck. Er war ein angesehener Professor in Breslau gewesen, sympathisierte mit den Unabhängigen Sozialisten um den 1933 ermordeten Eckstein und emigrierte über Frankreich in die USA, wo er 1957 als Sozialwissenschaftler in Chicago starb. In der französischen Emigration veröffentlichte er sein Hauptwerk ›Neuhumanismus als politische Philosophie‹ und die Kampfschrift ›Freiheitlicher Sozialismus‹, in welchem er mit jedem Dogmatismus abrechnet, sei er konservativer, sei er parteipolitischer Art, und sein Vertrauen auf das Urteil unabhängiger Bürger setzt. Armin T. Wegner, ihr zweiter Mann, wird ungeachtet seiner literarischen Verdienste schon allein wegen seines berühmten Briefes an Adolf Hitler zur Judenverfolgung unvergessen bleiben. Lola Landau legt diesen Brief als historisches Dokument von allgemeiner Bedeutung vor, sie beschreibt aber auch, wie dieser Brief über das unmittelbare Erleben der direkt Betroffenen, der Familie, zustande kam. Unvergleichlich ist ihre Schilderung des Einsatzes Armin T. Wegners für die Armenier im ersten Weltkrieg. Sie waren das erste Opfer staatlich-bürokratisch angeordneten Völkermords in unserem Jahrhundert. Bis heute wird Armin T. Wegner neben Franz Werfel als einer der wenigen Anwälte der Armenier von diesen geehrt. Nach wie vor bedeutsam ist ein Brief an den amerikanischen Präsidenten Woodrow Wilson aus dem Jahr 1919, der zur Parteinahme für die Geschundenen aufruft und der, von heute aus gesehen, ein gedanklicher Vorläufer des Briefes zur Judenverfolgung zu sein scheint. Aber auch Lola Landau war immer aufgeschlossen für fremde Kulturen. So schrieb sie in den zwanziger Jahren zusammen mit Wegner das Theaterstück ›Wasif und Akif oder die Frau mit den zwei Ehemännern‹, in welchem sie sich mit traditionellen türkischen Figuren auseinandersetzt, ganz im Geist der demokratischen Emanzipation der Weimarer Republik. Später reiste sie für den Zionistischen Weltkongreß bis Indonesien. Auch unter schwierigen Bedingungen vernachlässigte sie ihr Engagement für Unterdrückte und Verfolgte nie, in ihren internationalen Bemühungen setzte sie auf Ausgleich und erhoffte sich einen fruchtbaren Austausch für alle Kulturen.

In Jerusalem hat sie die Verständigung mit den Palästinensern gesucht. Sie wohnte in ihrem Haus sogar Tür an Tür mit Palästinensern. Sobald es 1967 möglich wurde, suchte sie sich Kontakte im arabischen Teil der Jerusalemer Altstadt, um zum Frieden in der Region aktiv beizutragen und, als 1987 die Intifada, der palästinensische Aufstand in Israel und den besetzten Gebieten, begann, wollte sie vermitteln. »Wir müssen auch etwas geben«, hieß ihr Credo.

Als in der jüdischen Gedenkstätte Yad Vashem, im Hain der Gerechten, ein Baum für Armin T. Wegner gepflanzt wurde, hat Wegner Lola Landau in Jerusalem besucht. Die Erinnerung daran bewahrte sie und hoffte auf eine Zukunft in produktivem Einvernehmen zwischen Deutschen und Juden, Deutschland und Israel. Niemals jedoch stellte sie ihre israelische Identität in Frage, sondern bekannte sich ausdrücklich dazu, wie ein Gedicht aus dem Jahr 1975 beweist:

Ich trage Jerusalem auf dem Rücken

> Ich trage Jerusalem auf dem Rücken
> wohin ich auch wandre in Hast oder Rast.
> Jerusalem, kostbare Last!

So begann es, und es endet:

> Wenn ich Dein vergesse, Jerusalem
> soll mich die lockende Welt zerstücken
> die Hände zermalmen, den Geist verrücken
> Wie die Mutter trägt ihr Kind auf dem Rücken
> Trage ich Dich Jerusalem,
> Kostbare Last.

Indem sie sich ihrer selbst sicher war, war Lola Landau frei, noch einmal ihre Vergangenheit zu sichten. Dabei verzichtet sie auf jedes »name dropping«, prunkte nicht mit scheinbar wichtigen Namen oder Ereignissen vergangener Zeitgeschichte. Sie selbst ist die Quelle eines außerordentlichen Geschichtsverständnisses. So beschreibt sie den Kampf um die Republik in Neuglobsow, und »namenlose« Zeitgenossen werden uns zu wichtigen Personen, die Verantwortung trugen: der Fischer Michaelis, der Bäcker Hummel, der Maler Dierks. »Der General« war ein hartgesottener Feind der Wegner-Landaus, aber als ich sie danach fragte, hatte sie seinen wirklichen Namen vergessen. Sein Profil ist allerdings in solcher Deutlichkeit geschildert, daß an ihm unübersehbar klar wird, was »Reaktion« und was »Reaktionäre« waren, und woran die Weimarer Republik gescheitert ist. »Der General« war übrigens der berühmt-berüchtigte Litzmann, vierundachtzigjährig gestorben im Dritten Reich, beigesetzt in Neuglobsow mit einem Staatsbegräbnis. Die Nazis haben später unter ihrem Besatzerregime Lodz in Polen in Litzmannstadt umbenannt. Heute heißt Lodz wieder Lodz, und das alles macht deutlich, daß nicht nur wir Deutschen uns mit der Geschichte dieses Jahrhunderts auseinanderzusetzen haben. Auch die Opfer, seien es Juden, seien es Polen, haben ein Recht auf unser Gedenken.

In ihren letzten Lebensjahren wurde Lola Landau in ihrer Wohnung von jungen Deutschen, die zu freiwilligem Arbeitseinsatz nach Israel kamen, gepflegt. Lola Landau nahm zu diesen Pflegerinnen freundschaftliche Kontakte auf und berichtete gern von ihnen, jede konnte sie scharfsichtig und mit Respekt schildern. Eine dieser Pflegerinnen schrieb 1990 nach Lola Landaus Tod: »Daß sie nicht mehr lebt, tut mir leid. Ich kannte und bewunderte sie, ließ mich gerne von ihrer Persönlichkeit einnehmen und empfand auch, daß sie Mut und Lebenswillen verbreitete, auch wenn sie unter ihrem Alter litt. Ich lernte Lola vor gut eineinhalb Jahren kennen. Ich betreute sie an einigen Nachmittagen in der Herzl Avenue und erlebte sie somit persönlich, was für mich ein großer Gewinn war. Mich hat immer gewundert, daß sie in Deutschland nicht bekannter war.«

Israel war für Lola Landau der Ort, wo Juden aus aller Welt zusammenströmten, wo die verschiedensten Traditionen gebündelt wirksam werden sollten. In der großen Vielfalt, für die sie aufnahmefähig war, entdeckte und schuf sie immer wieder Querverbindungen, die über alle Einseitigkeiten und Beschränktheiten hinwegführten und für die Zukunft zu neuen Entwicklungen Mut machten. Ashkenasen und Sepharden, Juden und Nichtjuden, Okzident und Orient, Deutsche, Engländer, Israelis und Araber, Gebildete und Ungebildete, Reiche und Arme hat sie kennengelernt, und aus diesem multikulturellen Reservoir schöpfte sie ihre Kraft.

Ihre Stärke bewies sie besonders eindrucksvoll in ihrer Lyrik. Ein Gedicht aus dem Jahr 1988 fand weltweite Aufmerksamkeit:

In meiner Todesnot

In meiner Todesnot
Höre ich durch die Wand
die Stimme eines Kindes
Vom Engel gesandt.

In meiner Todesnot
Fühle ich eine Hand
Die Leben, Wärme spendet
Von Engeln gesandt.

Ich höre keine Stimme
Ich fühle keine Hand
Ich bin allein im Dunkel
in Einsamkeit verbannt.

In meiner Todesnot

Doch tief in meiner Seele
Ist Wissen eingebrannt
Wo immer ich auch bin
In meiner Todesnot
Ein Engel wird gesandt.

Thomas Flügge

Weitere Titel aus der Reihe
›Die Frau in der Literatur‹

ARNOŠT LUSTIG
Die Ungeliebte
Aus dem Tagebuch einer Siebzehnjährigen
Mit einem Nachwort von Jiří Gruša
Ullstein Buch 30224

BETTINE VON ARNIM
Lieben, das allein ist meine Kunst
Mit einem Nachwort von Andreas Mäckler
Ullstein Buch 30225

GINA KAUS
Die Schwestern Kleh
Roman
Mit einem Nachwort von Sibylle Mulot-Déri
Ullstein Buch 30226

ANGELIKA MECHTEL
Die Blindgängerin
Mit einem Nachwort von Horst Ferle
Ullstein Buch 30227

ELIZABETH VON ARNIM
Elizabeth auf Rügen
Mit einem Nachwort von Kyra Stromberg
Ullstein Buch 30228

Die leichten Damen der Weltliteratur
Herausgegeben und mit einem Nachwort von Manfred S. Fischer
Ullstein Buch 30229

STEPHEN CRANE
Maggie, das Straßenmädchen
Mit einem Nachwort von Frank Dietschreit
Ullstein Buch 30231

MARINA SAUER
Clara Rilke-Westhoff
Biographie
Ullstein Buch 30232

IRMA BRANDES/
URSULA MAUCH
Ich habe viel gelebt in diesen wenigen Tagen
Frauen der Romantik
Essays
Ullstein Buch 30233

PEA FRÖHLICH
Marie steigt aus dem Fenster
Kurzgeschichten mit Fotos von Jens Heilmeyer
Mit einem Nachwort von Margarethe von Trotta
Ullstein Buch 20237

GABRIELE WOHMANN
Der Flötenton
Roman
Mit einem Nachwort von Norbert Schachtsiek-Freitag
Ullstein Buch 30238

Die schönsten Novellen der Frieda von Bülow über Lou Andreas-Salomé und andere Frauen
Herausgegeben und mit einem Nachwort versehen von Sabina Streiter
Ullstein Buch 30239

NIGEL NICOLSON
Portrait einer Ehe
Harold Nicolson und Vita Sackville-West
Mit einem Nachwort von Ingrid von Rosenberg
Ullstein Buch 30240

HERTHA PAULI
Der Riß der Zeit geht durch mein Herz
Erlebtes – Erzähltes
Mit einem Nachwort von Annemarie Stoltenberg
Ullstein Buch 30243

Das Leben und die erstaunlichen Abenteuer der Mary Ann Talbot
Herausgegeben und mit einem Nachwort versehen von Peter Krahé
Ullstein Buch 30244

GERTRUD SYBILLE MENDE
Sandgasse 7
Autobiographischer Roman
Mit einem Nachwort von Ilse Bezzenberger
Ullstein Buch 30245

GRAZIA DELEDDA
Cosima
Roman
Mit einem Nachwort von Birgit Klarner
Ullstein Buch 30246

»Bist Du Luftbild oder Leben?«
Brautbriefe aus zwei Jahrhunderten
Herausgegeben und mit einem Nachwort versehen von Susanne Ledanff
Ullstein Buch 30247

MARGARETE BUBER-NEUMANN
Milena, Kafkas Freundin
Ein Lebensbild
Mit einem Nachwort von Gudrun Bouchard
Ullstein Buch 30248

GEORGE SAND
Die kleine Fadette
Roman
Mit einem Nachwort von Irmela Körner
Ullstein Buch 30249

EVA ZELLER

Nein und Amen

Roman
Mit einem Nachwort von
Geno Hartlaub
Ullstein Buch 30251

MAXIM GORKI

Ein Mensch wird geboren

Frauenerzählungen
Mit einem Nachwort von
Christa Ebert
Ullstein Buch 30252

HILDE SPIEL

In meinem Garten schlendernd

Essays
Mit einem Nachwort von
Marcel Reich-Ranicki
Ullstein Buch 30253

GEORGE EGERTON

Schlüsselerlebnis

Erzählungen
Mit einem Nachwort von
Ingrid von Rosenberg
Ullstein Buch 30254

ANNETTE VON DROSTE-HÜLSHOFF

Berta · Ledwina

Mit einem Nachwort von
Ursula Naumann
Ullstein Buch 30255

FLORA GROULT

Flüchtig ist der Augenblick

Erzählungen
Mit einem Nachwort von
Gudrun Bouchard
Ullstein Buch 30256

HEDI WYSS

Der Ozean steigt

Roman
Mit einem Nachwort von
Bettina Klingler
Ullstein Buch 30257

BRIEFE ÜBER DIE GALANTERIEN VON BERLIN

Mit einem Nachwort von
Sonja Schnitzler
Ullstein Buch 30258

ANNEMARIE SCHWARZENBACH

Das glückliche Tal

Roman
Herausgegeben und mit einem
Nachwort von
Charles Linsmayer
Ullstein Buch 30259

CÉCILE INES LOOS

Verzauberte Welt

Ein Lesebuch
Herausgegeben und mit einem
Nachwort von
Charles Linsmayer
Ullstein Buch 30260

»WENN DU MICH LIEBST, BIST DU ERLEDIGT!«
Erzählungen
Herausgegeben und mit einem Nachwort von
Iris Denneler
Ullstein Buch 30261

LELAND BARDWELL
Zeit vertreibt Liebe
Erzählungen
Mit einem Nachwort von
Ilse Bezzenberger
Ullstein Buch 30262

JEAN CHALON
Alexandra David-Néel
Mit einem Nachwort von
Herbert Achternbusch
Ullstein Buch 30264

URSULA HAAS
Freispruch für Medea
Roman
Mit einem Nachwort von
Gunna Wendt-Rohrbach
Ullstein Buch 30265

CAROLINE VON HUMBOLDT
Ein Leben in Briefen
Herausgegeben und mit einem Nachwort von
Gunther Tietz
Ullstein Buch 30266

IVO ANDRIĆ
Das Fräulein
Roman
Mit einem Nachwort von
Silvia Bitschkowski
Ullstein Buch 30267

»MEIN LIEB LIEB LIES!«
Briefe
Mit einem Nachwort von
Ursula Naumann
Ullstein Buch 30269

DER GEKÖPFTE UNTERLEIB
Ein Lesebuch
Herausgegeben und mit einem Nachwort von
Manfred S. Fischer
Ullstein Buch 30270

ANASTASSJA ZWETAJEWA
Kindheit mit Marina
Roman
Mit einem Nachwort von
Ariane Thomalla
Ullstein Buch 30271

ELIZABETH VON ARNIM
Vater
Roman
Mit einem Nachwort von
Annemarie Stoltenberg
Ullstein Buch 30272

CHARLOTT FRANK
Sagen, was noch zu sagen ist
Mit einem Nachwort von
Rita Mielke
Ullstein Buch 30274

GINA KAUS
Teufel in Seide
Roman
Mit einem Nachwort von
Sibylle Mulot
Ullstein Buch 30275